Anderland
Das letzte Gefecht

D1676542

Nur wer sein Ziel kennt, findet den Weg.
(Lao-tse)

Michael Giersch

Anderland

Das letzte Gefecht

Band 2 der Arkansas-Saga

Bibliografische Information der Deutschen Nationalbibliothek:
Die Deutsche Nationalbibliothek verzeichnet diese Publikation in der Deutschen Nationalbibliografie. Detaillierte bibliografische Daten sind im Internet über http://dnb.d-nb.de abrufbar.

© 2012 Michael Giersch.
ISBN 978-3-848-215-034 Herstellung und Verlag: Books on Demand GmbH, Norderstedt. Alle Rechte der Verbreitung vorbehalten. Das Werk darf – auch teilweise – nur mit Genehmigung des Verlages wiedergegeben werden.
Umschlaggestaltung: Silke Giersch.

MIX
Papier aus verantwortungsvollen Quellen
Paper from responsible sources
FSC® C105338

FSC
www.fsc.org

Von diesem Autor bereits erschienen:
Koma
Anderland

Kapitel IV

Keine Nachrichten

Punk

Punk irrte, seit die Seuche ausgebrochen war, kreuz und quer durch Deutschland, Ausgangspunkt ihrer Odyssee war Rostock, ihr Geburts- und Wohnort.

Letzten Montag (oder war es Dienstag?) hatte sie angesichts der Tatsache, dass zahlreiche Menschen in ihrer Umgebung verstarben, beschlossen, zu ihrer Tante nach Ulm zu fahren.

Nein, die Menschen waren nicht einfach verstorben, sondern reihenweise umgefallen, wie eine Reihe Dominosteine bei einem Weltrekordversuch.

Da Punk ihre Tante telefonisch nicht erreichen konnte, hatte sie sich kurzerhand in den Zug gesetzt und war in Richtung Süden gefahren.

Sie gelangte bis zum Hamburger Hauptbahnhof, der Zug blieb stehen und fuhr nicht mehr weiter. Irgendwelche Bummelzüge fuhren auch nicht, es fuhren gar keine Züge mehr. Der Bahnhof war mit Leichen übersät, die niemand barg. Da sie mit einem Bus oder mit der Straßenbahn nicht bis nach Ulm fahren konnte, hatte Punk sich ein Auto ausleihen müssen. Den toten Fahrer und seine Braut (das Paar war scheinbar kurz vor der Vermählung, dies erkannte Punk an deren Klamotten), legte sie auf einen Bürgersteig. Genauer gesagt auf einen Stapel toter Menschen.

Natürlich kannte Punk sich mit Autos nicht aus, sie hatte keinen Führerschein, sie musste sich das Fahren mangels Fahrlehrer selbst beibringen, ein Vorhaben, was über einen halben Tag dauerte und der Luxuslimousine einige kräftige Beulen eingebracht hatte. Teilweise, weil Punk nicht richtig an die Pedale herankam. Sie war nicht besonders groß, sie hatte den Sitz schon ganz nach vorn geschoben, aber so ganz reichte es dann doch nicht. Als sie dann meinte, genug geübt zu haben, fuhr sie in Richtung Süden los. Dies war Dienstag- oder Mittwochnachmittag gewesen. Sie gelangte mit der schicken Limousine über große Umwege bis nach Hannover.

Als sie endlich in Hannover ankam, stieg die Sonne im Osten schon wieder auf, der große Wagen stotterte ein paarmal, ächzte und stöhnte, dann blieb er einfach stehen. Ein Blick auf die Tankuhr sagte Punk, dass der Treibstoff ausgegangen war. Sie blieb stehen, wo sie stand, legte sich auf die Rückbank im Fond und schlief ein paar Stunden.

Aus ihren Träumen gerissen wurde sie am folgenden Vormittag von lautem Geschrei und Gejohle, von splitternden Scheiben, rollenden Einkaufswagen und lauten Schmerzensschreien.

Sie lugte vorsichtig durch die Fondscheibe, die Limousine hatte direkt vor einem Einkaufszentrum schlappgemacht. Plünderer hatten die Schaufensterscheiben eines Discounters eingeschlagen, sie räumten den Laden aus. Jeder schrie durcheinander, ein Mann mit langem grauen Bart brüllte immer wieder *Anarchie, Anarchie, Anarchie!*

Drei Bullen, die der Übermacht der marodierenden Bande hilflos ausgeliefert waren, schlugen wahllos mit ihren Gummiknüppeln auf die Plünderer ein, bei jedem Treffer verzog Punk schmerzhaft das Gesicht, sie hatte die harten Knüppel oft genug zu spüren bekommen. Diese hatten eine abschreckende Wirkung. Punk beschloss, zu warten, bis die Bullen sich verzogen hatten, sie zog es vor, nicht wegen Autodiebstahls oder Unfallflucht verhaftet zu werden. Oder weil sie keine Fleppe hatte.

Als die Plünderer die Bullen bedrohten und schließlich auch angriffen, waren die Männer es leid, sie sprangen in ihren Streifenwagen und flüchteten.

Punk musste grinsen, dass die Bullen vor ihr flüchten, hätte sie gerne auch einmal erlebt. Bisher war es stets umgekehrt gewesen. Sie stieg aus und gesellte sich zu den Marodeuren. Sie deckte sich mit dem Nötigsten ein, aß einige Schokoriegel mit Erdbeermarmelade zum Frühstück und suchte ein neues Fahrzeug aus. Was sie auch schnell fand.

In Marburg ging dem braunen Kleinwagen die – Sprit – Luft aus, der Wagen hatte auch reichlich Macken und Schrammen abbekommen. Kleinere Hindernisse räumte Punk einfach mit der Karosserie aus dem Weg. Sie beschloss, sich für ihre Weiterreise einen weiteren Kleinwagen zu besorgen, aber keinen braunen, sie konnte diese Farbe nicht besonders gut leiden.

In dieser Stadt existierten kaum noch lebende Menschen, die Geschäfte waren größtenteils schon geplündert. Punk hatte weit weniger Auswahl an Speis und Trank. Dies ärgerte sie, die Leute dachten ständig immer nur an sich, Egoistenvolk! Sie musste sich mit einer zertrampelten Tüte Chips, zwei Schokoriegel, einer Mettwurst, die unter eine Kasse gerollt war und einer Flasche Tomatensaft begnügen. Dies war sie gewohnt, sie war nicht besonders anspruchsvoll.

Sie besorgte sich ein anderes Fahrzeug, diesmal ein Cabriolet, einen kleinen grünen Flitzer. Das Verdeck stand auf, bei dem schönen Wetter war dies kein Problem. Sie setzte ihre Fahrt fort, der Sitz und der Fußraum waren zwar etwas nass, aber das war für Punk kein Problem. Irgendwann begann es zu tröpfeln und dann zu schütten, Punk drückte jeden möglichen Knopf um das Verdeck zu schließen, es funktionierte nicht. Sie rückte so nahe wie möglich an die Windschutzscheibe, um nicht den ganzen Regen abzubekommen. Vergeblich! Der Regen durchnässte sie bis auf die Haut.

Punk war klatschnass, im zerbeulten Wagen schwappten mindestens drei- oder vierhundert Liter Wasser und sie fror wie Roald Amundsen bei einer Südpolexpedition. Ihre Odyssee wurde in Würzburg durch Irre unterbrochen. Dort lebten wieder zahlreiche Menschen, jedoch waren sie anscheinend alle verrückt geworden. Einige schossen mit irgendwelchen Waffen in der Luft herum, und riefen irgendetwas von Weltuntergang, andere vögelten auf offener Straße, wahrscheinlich, um sich noch einmal schnell (bevor die Banane geschält war) zu vermehren.

Punk sah auch Massenschlägereien, wahrscheinlich ging es um Lebensmittel oder um Wasser. Einmal prallte ein blutender, besoffener Kerl auf die Motorhaube des Cabriolets, zum Glück konnte sie weiterfahren, der Mann landete seitlich, nachdem er sich wie ein Stuntman abgerollt hatte, auf der Straße.

Verpflegung aufzunehmen war in Würzburg schwieriger, Punk musste aufpassen, dass sie nicht erschossen oder von den Schlägern durch die Stadt gejagt und verprügelt wurde. Sie schaffte es mit List, Tücke und Schnelligkeit, besorgte sich ein neues – kein Cabriolet – Fahrzeug und fuhr weiter.

Mit der bayrischen Bonzenkarre erreichte Punk Ulm. Sie hatte den Sitz – mehr ein Sessel – wieder ganz nach vorn schieben müssen. Sie stellte das zerbeulte Auto vor der Mietwohnung ihrer Tante ab. Ihre Tante und ihr Onkel – Marianne und Klaus – waren Altpunks und natürlich nicht zuhause. Oder tot. Oder abgehauen nach Rostock, um sie zu suchen. Oder auf einer Mondreise.

Die Haustür stand auf, Punk ging die Stufen zum ersten Stock hoch, trat die Wohnungstür ein und plünderte den Kühlschrank. Sie setzte sich an den Küchentisch, auf dem ein Zettel lag. Auf diesem war notiert, dass ihre Tante und ihr Onkel sich nach Dortmund aufgemacht hätten. Falls sie diese Nachricht sehen würde, sollte sie nachkommen, wenn nicht, dann nicht. Logisch, Punk wusste, dass Onkel und Tante eine Kneipe in Dortmund besaßen. Verpachtet hatten, als Altersabsicherung, was immer das zu bedeuten hatte. Sie wusste auch, wo die Kneipe war, sie beschloss, nach Dortmund zu fahren.

Sie fuhr mit der Bonzenkarre weiter, im Tank war noch genug Benzin. Kurz vor Mannheim machte die Bonzenkarre mitten auf einer verstopften Autobahn schlapp. Punk stieg (nachdem sie die Leichen entsorgt hatte), in einen schwarzen Kleinwagen um. In Mannheim nahm sie Proviant auf, machte ein kurzes Nickerchen und setzte ihre Fahrt fort.

Sie hatte vergessen, sich zu vergewissern, ob genug Benzin im Tank des Fahrzeugs war, sie kam nur bis Koblenz, direkt am Rhein blieb der Wagen stehen. Bei dieser Gelegenheit genehmigte sie sich gleich ein Bad, sie nahm das Duschgel, das sie sich in Ulm besorgt hatte, und sprang nackt in den Fluss, das Wasser war fürchterlich kalt. Mit einem Mal standen zwei Männer am Ufer. Dem Aussehen nach zu urteilen, Brüder. Sie riefen, Punk solle rauskommen, oder sie würden ihre Klamotten in den Fluss werfen. Punk gehorchte, obwohl ihre Kleidung mal wieder eine Wäsche nötig hatte.

Die Männer, beide so um die dreißig Jahre alt, schwitzten heftig und sie hatten milchige Augen. Sie stanken fürchterlich nach kaltem Schweiß und besoffen waren sie auch. Der eine – blonde – meinte, sie würde mal so richtig durchgefickt, was der andere – schwarzhaarige – bejahte.

Punk aber nicht! Sie stieß den größeren – schwarzhaarigen – der beiden in den Rhein, was nicht besonders schwierig war, er schien schon ziemlich kraftlos zu sein.

Er trieb in Richtung Nordsee.

Der andere Mann war auch schon ganz schön schlapp, er rannte eine Weile hinter Punk her und brach dann zusammen. Punk beerdigte ihn im Rhein, neben seinem Bruder, der Rhein war sozusagen das Familiengrab der beiden Brüder geworden. Punk murmelte in kurzes, schnelles Gebet, sie fror.

Sie vollendete ihr Bad schnell, das Rheinwasser hatte höchstens zehn oder elf Grad Temperatur. Da sie kein Handtuch bei sich hatte, vollzog sie einen kurzen Dauerlauf, damit sie wenigstens etwas trocken wurde.

Nachdem sie sich angekleidet hatte, besorgte sie sich ein anderes Fahrzeug, lud den restlichen Proviant um und setzte ihre Odyssee fort.

Mit dem gelben Bully kam sie bis nach Leverkusen. Den gelben Bully fuhr sie im Stehen, was sehr schwierig war und was man dem Bully in Leverkusen auch ansah. Es war ungefähr zehn Uhr des Nachts, sie traf auf eine Gruppe Punker, die gerade mitten auf der Straße eine Fete veranstalteten. Punk besoff und bekiffte sich mit ihren Leidensgenossen. Einige – fast alle – hatten diese seltsamen milchigen Augen. Sie musste kurz in eine Ecke kotzen, dann legte sie sich in den zerdepperten Bully und schlief ihren Rausch aus.

Am nächsten Morgen waren alle Punks tot.

Punk stillte mit einer Flasche Bier ihren Nachdurst, dann suchte sie in einem Lebensmittelgeschäft nach Proviant, sie fand aber nur eine Dose Pfirsiche, der Dosenöffner lag gleich daneben. Eine Frau hatte versucht, die Dose zu öffnen, sie lag neben dem geplünderten Regal auf dem Boden. Ihr nackter Oberkörper war mit blutigen Striemen übersät, als hätte sie jemand ausgepeitscht. Anscheinend war auch hier jeder verrückt geworden. Punk war's egal, sie besorgte sich einen blauen Kleinwagen und vergaß wieder auf die Tankuhr zu schauen. Warum verstecken die Autobauer diese scheiß Tankuhren aber auch andauernd an einer anderen Stelle?

Sie kam nur bis Düsseldorf, der blaue Kleinwagen hatte nicht eine Beule. Genauer gesagt, bis zum Flughafen. Punk deckte sich im Flughafen mit Proviant – was noch reichlich vorhanden war – ein. Käse, Wurst, Marmelade, Brot und Bier. Vor allem reichlich Bier. Wahrscheinlich hatte die Regierung verboten, einen Flughafen zu plündern. Sie riss eine Dose warmes Bier auf. *Weshalb heißt es eigentlich Flughafen? Im Hafen fahren doch nur Schiffe! Eigentlich müsste es Flugzeugankommstation heißen.* Punk schüttelte ihre Gedanken wie Regentropfen ab, stieg in ein Taxi und setzte ihre Fahrt fort. Es war nicht mehr weit bis nach Dortmund, so hoffte sie jedenfalls. Sie hatte keine Ahnung von Westfalen, sie war ein waschechter Ossi.

* * * *

Punk zog die Richterrobe (diese erkannte sie sofort, sie hatte oft genug vor einem Richter gestanden), vom Gesicht des am Boden liegenden Mannes.

Sie stutzte und zuckte zurück, irgendjemand hatte dem Mann das halbe Gesicht weggeschossen, ein dunkelgrünes Auge glotzte sie überrascht an.

11

Tach Mädchen, wo kommst du denn her? Wir hatten hier 'ne nette Party. Du kommst zu spät, sie ist schon vorbei, schien das Auge zu sagen.

Der Oberkörper des Mannes war vollständig zerfetzt, die Gedärme hingen aus seinem offenen Bauch, Fliegen legten ihre Eier in die Wunden, sie ließen sich nicht stören. Punk beabsichtigte auch nicht, sie zu stören, sie warf die Robe wieder zurück und betrat durch die Tür ohne Scheibe das Restaurant ihrer Tante Marianne.

»Kann mir mal jemand sagen, was hier passiert ist? Ein Mann im Kampfanzug liegt mit zerschossener Fresse vor der Kneipe, mit einer *Richterrobe* auf dem Körper. Die Scheibe der Tür liegt auf dem Bordstein, wurde hier 'ne schwarze Messe oder so etwas zelebriert? Oder hat hier jemand Krieg gespielt?«

Marianne und Klaus waren nicht zugegen, die Pächter auch nicht. Punk hatte gehofft, wenigstens den einen oder anderen lebenden Menschen anzutreffen. »Scheiße, hier sind sie nicht, wo soll ich denn suchen, soll ich ganz Dortmund abklappern? Marianne! Klaus! Seid ihr hier?«, rief sie durch den Schankraum in Richtung Küche.

Keine Antwort.

Punk ging hinauf in die Wohnung Mariannes, sie brauchte die Tür diesmal nicht einzutreten, sie stand bereits auf. Die Wohnung war bis auf Katze verwaist, Katze lag tot in ihrem Körbchen. Marianne und Klaus hatten die Katze Katze getauft, weil denen kein anderer Name gefallen hatte. Jede andere scheiß Katze hieß *Mieze* oder *Pussy*, oder so.

Punk ging in die Küche, auf dem Tisch lag ein Stapel alter Tageszeitungen. Klaus hob sie auf, weil er stets die Fenster putzen musste. Wenn er die Scheiben nach dem Fensterputzen mit Zeitungspapier abrubbelte, dann bekam er sie streifenfrei. Meinte er. Punk war's egal, sie hatte noch nie im Leben Fenster geputzt.

Sie hob den Stapel auf und sah auf die Daten. Die älteste Ausgabe war vom dreizehnten, die jüngste vom fünfundzwanzigsten Oktober. Punk schaute auf den Kalender, der auf einer der Türen des Küchenschranks klebte. Der fünfundzwanzigste war ein Donnerstag gewesen, dies bedeutete, dass Marianne und Klaus seit Donnerstag keine Zeitung bekommen hatten, was nicht bedeuten musste, dass sie seit letztem Donnerstag tot waren.

Nur der Zeitungsbote, der hatte wahrscheinlich keine Zeit mehr, die Zeitungen zu verteilen.

Sie legte den Stapel zurück auf den Tisch und trat noch einmal an den Kalender heran. Sie fuhr mit dem Zeigefinger den Kalender vertikal ab. Da sie fast die ganze Woche ohne Uhr – sie besaß keine Uhr – unterwegs gewesen war, wusste sie nicht, was der Tag geschlagen hatte. »Entweder wir haben heute Freitag, Samstag oder Sonntag«, murmelte sie. Sie schob den Kopf in den Nacken, schaute unter die weiß gestrichene Decke und dachte über ihre Odyssee nach. »Ich glaube, wir haben heute Samstag oder Sonntag, Freitag fällt wohl aus. Wie schnell man doch das Zeitgefühl verliert.«

Punk verließ Mariannes Wohnung wieder und ging nach unten in Richtung Gesellschaftssaal.

Im Saal waren die Tische und die Stühle merkwürdig zusammengestellt. Fast wie in einem Gerichtssaal. In der Mitte stand ein fast leerer Kasten Bier, eine Flasche war noch vorhanden. Punk nahm sie heraus, öffnete sie mittels Tischkante und trank einen tiefen Schluck. Ein beschriftetes Stück Pappe lag auf den Fliesen, Punk bückte sich und hob die Pappe auf. *Tetzlaff*, las sie und ließ die Pappe wieder fallen. Auf den Tischen standen leere Bierflaschen, die Kronenkorken lagen verstreut auf dem weißen Keramikboden. Zigarettenkippen waren auf den Tischen zerdrückt, oder einfach auf den Boden geworfen worden. Links auf zwei Tischen befanden sich vier leere Mineralwasserflaschen und vier leere Gläser, in einem Glas schwamm etwas in einer blassroten Flüssigkeit. Diese seltsamen Pappen standen auf allen Tischen. Punk ging reihum und schaute sich die anderen Pappen an, alle Namen waren ihr unbekannt. »Scheint fast so, als hätte hier eine Verhandlung stattgefunden, deshalb die Robe«, murmelte sie.

Draußen dämmerte es, Punk beschloss, die Nacht bei Marianne zu verbringen. Marianne hatte oben in ihrer Wohnung sogar ein richtiges Bett, vielmehr zwei Betten. Wann hatte sie zuletzt in einem richtigen Bett geschlafen? Vor acht, neun oder waren es zehn Jahre? Sie freute sich schon auf eine Nacht in einem Bett, aber erstmal musste sie noch etwas zu trinken finden, was in einer Kneipe nicht besonders schwer zu sein dürfte.

Auf einem Tisch stand eine Pappschachtel mit Vogelfutter, Punk griff die Schachtel und studierte die Liste der Zutaten. »Kerngesund das Zeug«, murmelte sie und schüttete einen Haufen in die hohle Hand. »Was für Vögel gut ist, kann für uns ja nicht schlecht sein. Sogar mit Jod-Es-Elf-Körnchen, was immer das ist, aber Jod-Es-Elf-Körnchen können nur gut sein.« Sie schüttete das Futter in ihren Rachen, kaute genüsslich darauf herum und schaute sich weiter um. Auf einem Tisch, der neben zwei anderen auf einem selbst gebauten Podest stand, lag eine Glocke. Hinter den Stühlen lag ein aufgeschlagenes Lexikon. Punk nahm die Glocke in die Hand und bimmelte einmal kräftig. »Hallo, alle wach?«, rief sie. Ihre Worte klangen seltsam hohl in diesem leeren Saal. Sie legte die Glocke wieder weg und schaute auf den Nebentisch. Mit einem Aufschrei fuhr Punk zurück!

An dem Tischbein lehnte doch tatsächlich eine MP! Punk konnte es nicht fassen, eine MP! Ohne Besitzer, also war die MP nach internationalem Recht automatisch ihre. Auf dem Tisch lagen ein Block Papier und ein Kugelschreiber, während unter dem Tisch einige lose Blätter lagen. Sie bückte sich und hob ein Blatt auf. Die Schrift war verschmiert. *Der Angeklagte Tetzlaff bekommt hundert Reichsmark Strafe wegen Gerichtssaalverschmutzung*, las sie. »Was soll der Scheiß denn? Reichsmark!« Sie ließ den Zettel fallen. Er flatterte zu Boden wie ein welkes Laubblatt.

Punk nahm die MP in die Hand und zog das Magazin heraus. Voll! Sie steckte das Magazin wieder in die Waffe, griff nach dem Abzug, zog ihn durch. »Ratatata!«

Plötzlich donnerte die Bleispritze tatsächlich los, die Salve donnerte in die dunklen Butzenscheiben, es wurde etwas heller. Mit einem *plonk, plonk, plonk* prallten einige Kugeln an einem Gerüstrahmen ab und verschwanden in der Dämmerung. Punk erschrak und schrie auf, sie ließ die MP fallen, als hätte sie eine heiße Herdplatte berührt. Die Waffe gehorchte der Erdanziehungskraft und fiel auf die Fliesen. Punk trat an die Fenster und inspizierte den Schaden, drei Scheiben hatten ihr Massaker nicht überlebt, sie trat mit ihren ausgelatschten Turnschuhen in die Scherben. Nur die Tür, die nach draußen führte und die zwei rechten Fenster waren heil geblieben.

Punk zuckte mit den Schultern, trat zurück, hob die Waffe auf und untersuchte sie. Irgendwo musste doch ein Sicherungshebel sein. Sie fand einen kleinen Hebel, legte ihn um, richtete die Waffe auf ihren Kopf und zog den Abzug durch. Nichts geschah! Sie hatte den richtigen Hebel gefunden. Und wenn nicht?

Wie viele Patronen habe ich jetzt verballert, überlegte Punk, *wie viele sind in so einem Magazin? Zwanzig oder vierzig Schuss? Keine Ahnung!* Punk schätzte grob, dass sie zehn Patronen verbraucht hatte, es blieben noch mindestens zehn übrig, besser als gar nichts.

Punk nahm ihre neue MP, die Bierflasche und das Vogelfutter, ging in die Küche und untersuchte den Kühlschrank, der nicht mehr kühlte. Sie entdeckte einen halben Kanten Gouda, eine halbe Stange Salami und ein Stück Roggenbrot, welches noch nicht ganz verschimmelt war. Sie kramte ein Messer aus der Schublade, schnitt den Schimmel von Gouda und Brot, legte Salami, Käse und Brot auf einen flachen Teller und stellte ihn auf den Tisch. Das Vogelfutter beabsichtigte sie, als Beilage zu essen. Dann ging sie in den Keller, fand einen halb vollen Kasten Bier, schleppte ihn in Mariannes Wohnung, ging zurück in die Küche, holte Vogelfutter, MP, Bierflasche und Teller, lief hoch in Mariannes Wohnung und machte sich einen schönen Abend.

* * * *

Harry und Willi legten Strubbel auf die Decke unter dem Küchenfenster. Strubbel schlief noch wie ein Stein.

»Das Beste ist, wenn wir heute Abend noch aufbrechen«, meinte Ark nachdenklich, »schließlich haben die Gangster unsere Adressen. Hier werden sie zuerst auftauchen, ich glaube nicht, dass die nach Hamm oder Wattenscheid fahren, so blöd ist kein Mensch. Außerdem glaube ich nicht, dass sie unser Ultimatum einhalten, je eher wir hier verschwinden, desto besser.«

»Was ist, wenn wir einfach hier bleiben? Mit so viel Dummheit rechnen die sicher nicht«, meinte Anna.

Ark setzte sich auf ihren Stammplatz. »Dann finden wir aber das Tor oder den Vorhang nicht, oder wie man solche Eingänge nennt.«

»Ich schlage vor, wir warten erstmal, bis der Köter wach wird, ich habe keine Lust, ihn andauernd durch die Gegend zu schleppen, der ist nämlich höllisch schwer, ich glaube, er hat Bleiknochen«, sagte Harry.

»Genau!«, pflichtete Willi ihm bei. »Ich trage den Köter keinen Millimeter mehr.«

»Da stellt sich nur noch die Frage, wohin wir eigentlich fahren?« Harry setzte sich neben Ark. »Vielleicht sollten wir uns trennen? Wenn ein Spähtrupp das *Loch* findet, gibt er dem anderen Spähtrupp Bescheid?«

»Und wie? Soll der Trupp vielleicht trommeln, oder Rauchzeichen geben?«, gab Ark spöttisch zurück. »Es gibt keine Telefone mehr und Funkgeräte haben eine begrenzte Reichweite! Außerdem glaube ich nicht, dass Funkgeräte funktionieren, wir haben auch keine.«

Willi packte Konservendosen (welche sie unterwegs in einem geplünderten Supermarkt ergattern konnten), aus einer Plastiktüte. »Was haben wir denn hier Schönes? Wer möchte die Dose Ravioli? Schöne kalte Ravioli. Dann haben wir eine leckere Dose Linsensuppe, eine Dose Erbsensuppe und eine Dose Gemüsesuppe. Natürlich alles schön kalt. Zum Nachtisch gibt's eine Dose Pfirsiche! Ich habe noch ein Brot im Gefrierfach, dies dürfte mittlerweile aufgetaut sein.«

Ark holte den Dosenöffner aus der Schublade des Küchenschranks. »Dein Sarkasmus nützt uns gar nichts, wir müssen und daran gewöhnen, kalt zu essen, da beißt keine Maus einen Faden ab.«

Willi verschwand in seiner Wohnung, um das Brot zu holen.

Ark hielt den Dosenöffner an die erste Dose und hämmerte mit der flachen Hand die Spitze des Öffners in das Weißblech. »Wer welche Dose isst, ist doch völlig schnuppe, dieses Dosenfutter schmeckt doch eh immer gleich. Zum Glück habe ich keinen elektrischen Dosenöffner, dann hätten wir die Dosen mit Hammer und Meißel öffnen müssen. Oder mit einer Blechzange.« Sie schob die Dosen wahllos in Richtung Anna und Harry und genehmigte sich die Linsensuppe.

Anna bekam die Dose Ravioli, angeekelt verzog sie das Gesicht. »Das soll ich essen? Ravioli? Und dann auch noch kalt?«

Willi kam zurück und setzte sich an seinen Platz. Mittlerweile hatte jeder einen Stammplatz in Arks Küche. »Kind, ich weiß ja nicht, wie du erzogen worden bist, aber eines kann ich dir sagen: Die fetten Zeiten sind vorbei, es gibt nichts Warmes mehr, es sei denn, wir können ein Feuer machen. Wenn wir irgendwann mal einen Hasen fangen, dann zünden wir ein Feuer an, dann bereite ich uns einen Festtagsbraten. Das Brot ist übrigens noch gut.«

Anna steckte zögernd ihren Löffel in die Dose Ravioli. Sie nahm auch eine Scheibe Brot, welche Ark mit einem Messer abgeschnitten hatte, entgegen. »Ich war – bin – ein Einzelkind, meine Eltern sind mit mir fast jeden Tag in ein Restaurant gegangen, meine Mami hat nicht oft gekocht.«

Willi packte Anna absichtlich grob an, damit sie die Realität endlich verstand. »Dann waren – sind – deine Eltern reich, es gibt – gab – aber auch arme Leute in unserem Staat, auch wenn dies unsere Regierung nicht wahrhaben will. Das mit dem Geld hat sich ja jetzt erledigt, hundert *Reichsmark* Strafe, dass ich nicht lache. Ab jetzt sind alle Menschen wieder gleich, es gibt keine korrupten Politiker und keine Kapitalisten mehr, die unsere Regierung erpressen können.«

»Wieso? Die Regierung hatte doch das Sagen.« Anna steckte zögernd den ersten Löffel Ravioli in den Mund.

Harry hatte seine kalte Erbsensuppe schon fast aufgegessen. »Gibt's noch Nachschlag? Anna, du musst dich mal an eines gewöhnen. Diese Regierung bestand oder besteht nur aus Hampelmännern und -frauen, welche die Gesetze der Lobbyisten abgeknickt haben. Das Kapital hatte die Macht.«

»Was sind denn Lobbyisten?«

»Das sind Leute, die viel Geld und das Sagen haben – hatten«, sagte Ark und schnitt eine Scheibe vom Brotlaib. Sie schnitt noch weitere Scheiben ab und verteilte sie.

Arkansas schnitt das Brot stets mit einem Messer, eine elektrische Brotschneidemaschine hatte sie nie besessen.

Anna nahm eine Scheibe Brot entgegen. »Dann haben wir ja gar keine Demokratie.«

»Genau so ist – war – es, die Leute durften alle paar Jahre wählen, die reale Entscheidungsgewalt hatten die Lobbyisten. Man nennt dies Plutokratie, Geldherrschaft. Was meinst du, warum wir noch kein Auto haben, welches nur einen Liter Sprit auf hundert Kilometer verbraucht? Da brauchst du nur eins und eins zusammenzuzählen«, sagte Willi.

Anna verstand schnell. »Wegen der Ölloppisten.«

»Genau so isses, Mädchen, aber dies ist Vergangenheit, wir müssen uns auf die Zukunft konzentrieren«, sagte Ark und warf ihre leere Dose aus alter (so alt war die Gewohnheit noch gar nicht), Gewohnheit in den gelben Sack, der hinter der Küchentür stand. Harry und Willi taten es ihr nach.

Annas Dose war noch halb voll, Harry schielte auf ihre Ravioli. Sie schob ihm die Dose rüber und versuchte eine Scheibe Brot vom Laib abzuschneiden, was sie nicht konnte, die zerstückelte Scheibe war krumm und schief.

Ark schüttelte ob des vergeblichen Versuchs den Kopf und nahm Anna das Messer aus der Hand. Die vergebens abgeschnittene Scheibe steckte sie in ihren Mund. »Überfluss ist abgeschafft«, nuschelte sie.

»So, jetzt müssen wir uns erstmal ein bisschen hinlegen«, sagte Ark nach dem *Festmahl* und klatschte wie eine Lehrerin, die ihre Klasse zusammentrommelt, in die Hände. »Wenn wir heute Abend noch aufbrechen wollen, dann müssen wir ausgeruht sein, Zähneputzen nicht vergessen! Willi und Anna, eure Uhren haben doch sicher eine Weckfunktion, stellt die Wecker auf ... sagen wir ... neunzehn Uhr. Dann können wir noch ein paar Stunden schlafen.«

»Genauer gesagt, vier Stunden und vierundzwanzig Minuten«, stellte Willi mit einem Blick auf seine Uhr fest. »Ich habe keine Ahnung, wie man den Wecker einstellt.«

»Männer und Technik«, meinte Anna lächelnd. »Ich stell dir die Weckzeit auf meinem Handy ein, der Akku müsste noch voll sein.« Sie zog ihr Handy aus der Hosentasche ihrer Lederhose, stellte die Weckzeit ein und übergab Willi das kleine Gerät.

»Wie? Wecken können die Dinger auch, ich dachte, es sind Telefone?«

Harry schlug Willi auf die Schulter. »Warte noch drei oder vier Jahre ab, dann holen diese Dinger dir sogar das Bier aus dem Kühlschrank, wenn's dann wieder kühlende Kühlschränke gibt. Wahrscheinlich holen sie dir sogar die Zeitung. Komm, wir gehen pennen, die nächste Zeit haben wir nicht mehr allzu viele Möglichkeiten zum Schlafen, ich fürchte eher wenige.«

Die Männer verließen Arks Wohnung. »Weckende Telefone«, murmelte Willi, »was es so alles gibt.«

»Du glaubst gar nicht, was es inzwischen alles gibt, denk mal an das Internet.«

Anna verschwand im Bad, Ark folgte ihr. »Aber trink das Wasser nicht, wer weiß, ob's noch gut ist, vielleicht ist es ja schon verseucht oder vergiftet oder was-weiß-ich.«

* * * *

Punkt neunzehn Uhr zehn saßen die vier Gestrandeten wieder auf ihren Stammplätzen an Arks Küchentisch.

Arks Albträume waren verweht wie eine Rauchfahne im Sturm, seit sie Harry und Goebbels kennengelernt hatte, schlief sie ohne Albtraum durch, wie damals. Fast wie damals, sie hatte einen Traum gehabt, der nichts mit den anderen zu tun hatte. Sie hatte einer Frau, einer Frau mit wunderschönen grünen Augen bei irgendetwas geholfen. Die Frau war in einer anderen Dimension gefangen, einer ganz *anderen*. Ark würde das pummelige Gesicht nie vergessen, sie war sich sicher, dass sie diese Frau wiedersehen würde. Aber später.

Na, wie ab ic das gemact?

Die vier Köpfe der am Tisch sitzenden Menschen zuckten zum Fenster. »Strubbel ist wieder wach«, sagte Willi freudig erregt. »Eigenlob stinkt«, konnte er es sich nicht verkneifen.

Tut ir Zweibeiner nur so blöd, oder seid ir so dumm? Wie groß die Milcstraße ist, dies weiß doc jeder Sztaryuvbziell und ir nict?

»Entschuldigung, Einstein, aber woher wusstest du das?«

Einstein war ein sclaues Kerlcen, aber viel wusste er nict. Er ist ja auc nict so alt geworden wie ic.

»Da du jetzt wach bist, können wir ja aufbrechen«, meinte Anna.

Ic ab Unger!

17

»Ich denke, du kannst einen ganzen Monat lang nichts fressen?«, fragte Anna verwundert.

Mancmal. Wenn es sein muss, aber es muss ja nict eute sein.

»Doch, heute muss es sein, wir können nicht warten, bis du einen Zweibeiner, den du fressen kannst, gefunden hast, wir brechen auf«, entschied Ark, »und zwar so schnell wie möglich.«

Ier liegen doc genug rum. Willst du, dass ic verunger?

»Nein, außerdem bist du zu dick.«

Das ist doc mein Winterfell!

»Musst du ewig das letzte Wort haben? Ich habe ›nein‹ gesagt. Noch ein Wort und ich jage dich zurück in deine Ebene, da kannst du dann schwarz-weiße Vierbeiner jagen.«

»Eine Frage noch«, sagte Harry, »es brennt mir schon die ganze Zeit unter den Fingernägeln, Strubbel? Du hast dich doch bei der Verhandlung, als sie dich entdeckt haben, totgestellt? Als der dicke Rudi das Fenster geöffnet hat, sagte er, dass auf dem Gerüst ein toter, stinkender Köter liegt, wie hast du das denn fabriziert?«

Strubbel schaute Harry mit seinen gelben Wolfsaugen an. *Das Zweibeinerfleisc in dieser Ebene ist scwer verdaulic. Davon bekommt ein Sztaryuvbziell Bläungen, ic musste einen faren lassen!*

Die vier Gestrandeten lachten lauthals los.

Was gibt's denn da zu lacen?

Zehn Minuten später trieb Ark ihren Geländewagen durch die tote Stadt, Harry jagte mit seinem Taxi hinterher, sie gab schon wieder heftig Gas, Harry konnte kaum folgen. Mit traumwandlerischer Sicherheit wich sie allen Hindernissen aus.

* * * *

Punk war schon herrlich voll, sie hatte sich an der Salami, am Gouda, Brot und Vogelfutter gelabt. Und sie trank jede Menge warmes Bier, sie war so glücklich wie – fast – nie in ihrem Leben.

Plötzlich vernahm sie durch ihren vernebelten Verstand Motorengeräusche, sie erhob sich, geriet ins Torkeln, schwankte, fiel auf den Wohnzimmertisch und warf eine halb volle Flasche Bier um, der Gerstensaft blubberte über eine Fernsehzeitung, die kein Mensch mehr benötigte.

Die Fernsehzeitung zeigte den fünfundzwanzigsten Oktober.

Punk wankte nach unten in den Schankraum, das Vogelfutter wie eine Tüte Chips in der Hand. Sie durchquerte ihn und trat durch die zerschossene Eingangstür vor die Kneipe. Das waren bestimmt Marianne und Klaus.

* * * *

18

Ark nagelte das Bremspedal am Fahrzeugboden fest, als die Gestalt in dem Scheinwerferlicht des Geländewagens auftauchte. Die Gestalt wankte (wie ein Seemann bei schwerem Seegang auf dem Atlantik), mitten auf die Straße! Die Reifen schlitterten über den nassen Asphalt, sie riss das Lenkrad herum. Der schwere Wagen drehte sich einmal um seine eigene Achse, knallte mit dem Heck gegen den verlassenen gelben Kleinwagen und blieb dann schaukelnd stehen. Die fremde Person wurde nur um Zentimeter verfehlt.

Stan und Ollie protestierten kreischend.

Ark fluchte ihr charakteristisches *Fuck* und stieg aus.

»Bist du eigentlich –«

Sie brach ab. Ein schmales Persönchen mit Stan und Ollies Futter in der Hand, stand – wankte – vor ihr im Scheinwerferlicht. Sie war sehr klein, höchstens eins fünfundfünfzig, bei vielleicht fünfundvierzig Kilo Gewicht.

Gegen diese Frau war Ark ein Schwergewicht.

Ein blasser Igelkopf mit schwarz-rot-grün-gelben Haaren, die wie Stalagmiten auf ihrem Kopf standen, starrte Ark ungläubig aus dunklen Augen an. Sie wunderte sich immer wieder, wie die Punks ihre Frisuren hinbekommen. Vielleicht mit Gips? Die Fremde trug eine grüne, mit Flicken übersäte Lederjacke, ein ehemals weißes Shirt, eine braune, geflickte Lederhose und verdreckte Turnschuhe, die Schuhe mussten ursprünglich einmal weiß oder hellgrau gewesen sein. Auf ihrer linken Wange prangerte eine dicke, bogenförmige Narbe, eine beige Schimanski-Jacke vervollständigte das Bild. Diese Person war eindeutig ein Punk, vielmehr eine Punkerin.

»Ich wollte euch das Vogelfutter zurückbringen«, lallte die Punkerin, riss die Augen auf, kotzte Ark einen braunen Brei vor die Füße und fiel seitlich auf die Straße. Das Vogelfutter verteilte sich in der Nacht.

»Mann, ist die voll! Wir nehmen sie mit«, bestimmte Harry, der sein Taxi mit letzter Not hinter Ark zum Stehen gebracht hatte. »Los, packt sie in Kandys Wagen, da ist mehr Platz, Beeilung!

Mit vereinten Kräften luden Ark und Willi das Leichtgewicht in den Geländewagen, dann setzten sie ihre Flucht fort.

Die Punkerin schnarchte und furzte fürchterlich, Ark öffnete trotz des Regens die Seitenscheibe. »Wo kommt die plötzlich her? Ich denke, wir sind die Einzigen?«, fragte sie und fuhr in Richtung Norden.

»Liegenlassen können wir sie ja wohl schlecht.« Willi beugte sich zurück und schaute auf den Rücksitz, auf dem die Punkerin zwischen den Gepäckstücken lag. Der Vogelkäfig stand im Fußraum. »Vielleicht kann sie uns ja noch helfen.«

Arkansas schüttelte mit dem Kopf. »Vielleicht ...«

»Vielleicht sollten wir das Licht löschen«, meinte Willi nach einer Weile.

Ark löschte das Licht. »Daran hätte ich auch sofort denken können.« Im Rückspiegel erkannte sie, dass die Lichter des Taxis auch gelöscht wurden, Harry hatte begriffen.

* * * *

Drei Stunden später regte sich die Punkerin.

Ark war auf eine Autobahn gefahren, dann schnell wieder runter, um eventuelle Verfolger abschütteln zu können. Dann war sie wieder auf die Bahn gefahren. Zwischendurch fuhr Ark ein paar Kilometer Landstraße, um dann wieder auf eine Autobahn zu wechseln. Die Autobahn war relativ leer gefegt, nur hin und wieder stand ein Fahrzeug im Weg. Sie wusste nicht, auf welcher Autobahn sie sich befand.

»Wo bin ich hier?«, fragte die Punkerin. »Wer seid ihr? Wo ist meine MP, wo ist mein Vogelfutter?«

»Wir werden von Nazis verfolgt, von einer MP weiß ich nichts und du bist in einem Geländewagen, den ich geklaut habe. Das Vogelfutter gehört Stan und Ollie.«

Punk richtete sich auf. »Wer seid ihr? Stan und Ollie? Wie komme ich in diese Karre? Was ist hier eigentlich los?« Sie rieb verschlafen über ihre Augen. Und sie hatte eine Standarte wie ein Quartalssäufer.

»Die ganze Menschheit ist krepiert, wir sind in einer anderen Ebene, es gibt kein Strom mehr und wir werden von Nazis, die uns verurteilt haben, verfolgt. So einfach ist das«, sagte Willi und drehte die Musik leiser.

»Menschheit? Nazis? Ebene? Verurteilt? Was laberst du denn für einen Scheißdreck?«

»Willi redet keinen Scheißdreck, er hat recht«, entschied Ark, »wer bist du eigentlich? Und wo kommst du her?«

»Ich heiße Punk und komme aus Rostock, meinen wirklichen Namen habe ich vergessen.«

»Morgen Punk, der Mann neben mir heißt Willi Tetzlaff, ich bin Arlinda Kandy Saskya Zacharias. Bevor du über den Namen nachdenkst, meine Eltern haben mich so getauft, ich kann nichts dafür, Freunde nennen mich Arkansas, oder einfach nur Ark.«

»Arkansas ist gut, das ist doch ein Staat in Amerika, oder nicht?«

»Ich bin sogar in Amerika geboren, genauer gesagt in Waukegan, Wisconsin. Am Lake Michigan. Arkansas habe ich nie gesehen, vielleicht mit dem Finger auf der Landkarte.«

»Ich will euch ja nicht unterbrechen, aber wo sind wir hier eigentlich?«, fragte Willi, »ich bin noch nie so weit von Zuhause fort gewesen, mal abgesehen vom vorletzten Urlaub. Da war ich in der Türkei.«

»Ich glaube, in der Nähe von Rheine, ich bin mir aber nicht hundertprozentig sicher«, meinte Ark.

»Warum verfolgt uns der Wagen?«, fragte Punk.

»Das Taxi verfolgt uns nicht, es begleitet uns. Darin befinden sie unsere Freunde, Anna, Harry und Strubbel. Verfolgen tun uns ganz andere Typen«, antwortete Ark.

»Strubbel?«

»Der heißt eigentlich Strazubiizelli, oder so ähnlich, das kann kein Mensch aussprechen. Anna hat ihn umgetauft, aber dies alles später.« Ark steuerte einen Parkplatz, der vor einem dunklen Hotel lag, an. »Hier machen wir Rast, vielleicht gibt's hier noch etwas zu futtern.«

»Vielleicht sollten wir die Autos hinter dem Hotel parken, damit sie nicht so leicht gesehen werden«, dachte Willi praktisch und deutete auf eine Einfahrt neben dem Hotel.

Die Tür des Hotels stand sperrangelweit auf.

»Du hast recht, warum habe ich nicht gleich daran gedacht?«

»Du kannst nicht an alles denken, dafür hast du ja mich.«

Fünf Minuten später betraten die fünf Gestrandeten und ein Hund (der sich in seiner Fluchtebene geirrt hatte), ein düsteres Hotel. Harry verteilte aus seiner Ledertasche Leuchterkerzen und Feuerzeuge. Sie zündeten die Kerzen an.

Sofort wurden sie von Hunderten Fliegen umschwirrt.

Wenig später saßen sie am Küchentisch. Harry rümpfte die Nase. »Riecht ihr das? Ich glaube, wir müssen erstmal lüften und aufräumen, ich bin mal gespannt, wie viele Leichen in dieser Bude liegen. Ich schlage vor, Anna und ich gehen in die zweite Etage, Willi und Punk in die erste, Kandy und Strubbel schauen sich hier unten um. Aber erst einmal nur die Toten zählen, hast du verstanden, Strubbel? Zählen, nicht fressen!«

Strubbel hob den Kopf und grinste Harry an. *Warum nict?*

Harry schaute in flackernde Kerzengesichter. »Darum nicht, in zehn Minuten versammeln wir uns wieder hier.« Kollektives Nicken, die Gestrandeten machten sich auf den Weg.

»Okay ...«, meinte Harry, als sie sich nach einer Weile wieder am Küchentisch versammelt hatten, »... wie viele Leichen haben wir?«

»Also, hier unten liegen nur drei Tote, ein Mann, eine Frau und ein Jugendlicher. Ich nehme an, Eltern und der Sohn, so genau habe ich nicht hingesehen. Ich habe erstmal jedes Fenster aufgerissen, vielleicht verpissen sich ja dann die ganzen Fliegen«, sagte Ark und verscheuchte eine besonders fette Fliege, die sich auf ihre Stirn gesetzt hatte.

»In der ersten Etage sieht's schlimmer aus.« Punk verscheuchte einen ganzen Schwarm Fliegen von ihrem Haar, die Fliegen hatten anscheinend Spaß an Punks Frisur gefunden. »Willi und ich haben dreizehn Tote gezählt, vier Männer, fünf Frauen und vier Kinder, darunter ein Baby, vielleicht ein halbes Jahr alt. Scheinbar alle Gäste.«

»In der zweiten Etage befinden sich neun Tote, alles Männer. Alte, junge, jugendliche. Ein Kegelverein, das habe ich an den T-Shirts erkannt«, sagte Anna. »Die fürchterlichen Neune.«

»Da haben wir aber Glück, dass dieses Hotel nicht voll belegt war. Der Schuppen hat doch mindestens fünfzig Betten, wenn nicht mehr, ist ja nicht gerade eine kleine Pension.« Harry zählte kurz zusammen. »Wir haben fünfundzwanzig Leichen. Die Frage ist, was tun wir mit denen?«

»Wenn wir jeden zusammentragen, dann sind wir die ganze Nacht unterwegs, wir müssen sie aus einem Fenster werfen, das nach hinten zum Hof liegt. Wir müssen sie so wenig wie möglich anfassen, wer weiß, was wir uns von denen einholen, wir werfen sie alle auf einem Haufen und verbrennen sie«, sagte Anna und schaute in die flackernden Kerzenlichtgesichter.

»Das habe ich mir auch schon überlegt, aber das mit dem Feuerchen lassen wir mal schön sein, der Feuerschein lockt nur unsere Verfolger an«, sagte Harry und zündete eine Selbstgedrehte an.

»Das habe ich in der Aufregung ganz vergessen«, antwortete Anna.

Ark erhob sich und klatschte in die Hände. »Macht ja nix, also los, wenn wir in einer oder anderthalb Stunden mit dem Aufräumen fertig sind, dann können wir uns noch etwas zu futtern suchen. Und schlafen müssen wir auch noch. Und vor allem müssen wir die Fenster wieder verschließen, sonst holen wir uns heute Nacht den Tod im Durchzug.«

»Das Baby trage ich aber runter, es ist doch noch so klein«, sagte Anna und stand ebenfalls auf.

* * * *

Rudi betrat die kleine Kneipe, er stand stramm wie ein Zinnsoldat und machte Meldung. Dabei zeigte er den Hitlergruß. »Die Feinde haben ihre Fluchtburg gegen neunzehn Uhr verlassen. Sie sind nach Norden gefahren!« Er hechelte wie ein Hund in einer Hitzeperiode, er schien den ganzen Rückweg gerannt zu sein.

Susanna setzte ihr spöttisches Lächeln auf und schüttelte den Kopf. Fehlte nur noch, dass der einen Diener vorführte. Lydia grinste sie mit zwei Reihen weißen Zähnen an. Sie schien dasselbe wie Susanna zu denken.

Goebbels und seine Kumpane hatten sich nach der Verhandlung in einer kleinen Kneipe einquartiert. Dann hatte Goebbels beschlossen, einen Wachposten vor Wohnung der Negerin aufzustellen. Er ahnte, dass die Feinde zuerst dort auftauchen würden, er war ja ein schlaues Kerlchen! Wie nicht anders zu erwarten, hatte Rudi sich freiwillig gemeldet. Goebbels hatte in dem Stadtplan nachgeschaut, um den Wohnort der Negerin herauszufinden. Hernach hatte er Rudi dort hingefahren. Zurück musste der Dicke laufen. Was ihm nichts ausmachte, wie er eiligst versicherte. Er wollte gern zurücklaufen.

»Hast du den Sender angebracht?«, fragte Goebbels anstatt einer Antwort. Goebbels war sauer, sie hockten an der Theke der Kneipe und tranken – nichts! Wenn man fludderiges Mineralwasser als Nichts bezeichnen konnte. Und das tat Goebbels. Das Fassbier war längst ausgegangen, im Keller fanden sie nicht eine einzige gefüllte Flasche. Auch oben in den Wohnungen hatten sie nachgesehen, nichts! Das ganze Haus hatten irgendwelche Marodeure geplündert, in der Kneipe befand sich nicht eine Flasche Schnaps. Irgendwo hatten Susanna und Klemens dann einen Kasten Mineralwasser aufgetrieben. Goebbels hatte keine Lust, halb Dortmund nach Bier abzusuchen, also biss er in den sauren Apfel und trank Mineralwasser.

»Also gut«, sagte er, »lasst denen noch ein wenig Vorsprung, dass sie nach Norden fahren, habe ich mir schon gedacht. Das Spielchen soll ja auch ein wenig Spaß machen«, grinste er in die Runde. »Ich hoffe, der Sender funktioniert. Angeblich soll er noch achtundvierzig Stunden senden. Ich fahre natürlich wieder in meinem Bully, mit Eva und den Waffen. Susanna, Klemens, Gabi und Marc nehmen die rote Protzkarre. Heiko, Lydia und Rudi fahren in dem Van. Wir fahren in zwei Stunden los. Aber nicht so, wie ihr es denkt, ich habe mir etwas ganz Besonderes ausgedacht, passt auf ...«

* * * *

Am folgenden Morgen saßen Ark und ihre Freunde bei Kerzenlicht wieder in der Küche des Hotels. Der Ort der Versammlung war die Küche, wie damals, als es noch kein Handy, Internet und Fernseher gab. Das Rad drehte sich zurück. Arkansas hatte in der Nacht schon wieder Kontakt mit dieser ominösen Frau, die sie nicht kannte, gehabt. Es war eine längere Unterhaltung gewesen, aber sie hatte keine Erinnerung, sie wusste nur deren Namen. Fast, Tanja oder so ähnlich hieß die Frau.

Im Osten ging die Sonne auf.

Die Flüchtenden hatten diese Nacht endlich mal wieder ausgiebig geschlafen, Strubbel hatte die ganze Zeit Nachtwächter gespielt. Punk erfreute diese Tatsache besonders, sie konnte endlich mal wieder eine Nacht (was sie am gestrigen Abend verpasst hatte) in einem richtigen Bett verbringen. Nicht irgendeine unbequeme Couch, ein harter Fußboden oder eine Bank in einem Park.

»Und der Hund kann wirklich reden?«, fragte sie ungläubig. Sie saß in der Mitte des Küchentisches zwischen Willi und Anna und konnte oder wollte diese Tatsache noch immer nicht glauben.

Ic rede nict, ic denke, belehrte Strubbel Punk.

»Ihr erzählt mir hier etwas von anderen Ebenen, Vorhängen und sprechenden – denkenden – Hunden, die menschliche Leichen fressen. Schmecken die denn? Alle Menschen sind tot, außer uns und den Nazis? Die Nazis verfolgen euch – uns – weil sie Arkansas und Anna vergewaltigen wollen? Und Willi und Harry killen? Ihr seid doch bescheuert! Das hat sich bestimmt ein verrückter Schriftsteller ausgedacht, der jetzt an seiner Maschine sitzt und sich kaputtlacht!«

Warum kann ic dic versteen? Und warum verstest du mic? Außerdem fresst ir auc tote Tiere!

»Das ist noch lange kein Grund – oder doch?«

Sieste!

23

»Ich glaube es nicht, ich bin doch tatsächlich in einen Film geraten, in dem sich die Leute quer durch das Universum beamen. Gleich kommt Mr. Spock und reicht mir die Hand. Hoffentlich werde ich gleich wach, ich saufe nie wieder!«

»So lächerlich ist das gar nicht«, sagte Anna, »du hast nicht den Troll erlebt, der hat mir den falschen Weg gewiesen, aber ich habe mich nicht verarschen lassen, stimmt's Harry?«

Harry nickte beifällig.

»Welcher Troll? Das wird ja immer schöner?«

Anna ahmte die Pumuckl-Stimme des Trolls nach. *»Die dunkle Frau, die dunkle Frau, die nicht spielen kann Mau Mau.* »Oder etwas Ähnliches hat er gesagt, auf jeden Fall ist Arkansas gemeint, sie spielt kein Mau Mau und sie ist dunkelhäutig«, sagte sie nachdrücklich.

Sie hat recht, sie hat recht, ich bin echt!, ertönte eine Stimme aus dem Nichts. *Ich bin der Troll, ich bin der Troll, glaubst du's, oder nicht, du Wicht?*

Anna grinste verschmitzt, der Troll schien stets in ihrer Nähe zu sein, nur zeigte er sich nicht.

Punk sah in die Luft, starrte unter die Decke nach einem Urian. Ihr Kopf kreiste einmal durch die Küche. Sie sah außer ihren neuen Bekannten keinen Menschen. »Habt ihr hier irgendwo ein Tonband oder so etwas versteckt? Oder kann jemand von euch bauchreden?«

»Wie denn, ohne Strom? Außerdem sind wir das erste Mal in diesem Hotel«, sagte Harry.

»Ihr hättet hier ja schon gestern einen batteriebetriebenen Rekorder verstecken können«, zweifelte Punk.

»Natürlich! Wir haben schon gestern gewusst, dass wir unterwegs eine besoffene Punkerin auflesen. In weiser Voraussicht, dass wir in Anbetracht unserer wunderschönen Lage nichts anderes zu tun hatten – außer vielleicht etwas Urlaub zu machen – als diese Punkerin mit ein paar lustigen Bauchreden zu überraschen, sind wir gestern Morgen nach Rheine in ein verlassenes Hotel gefahren und haben ein Kassettenrekorder mit Batterien im Hotel versteckt, das glaubst du doch wohl selbst nicht?«, sagte Harry, der Punk gegenübersaß, süffisant grinsend.

Schließlich gab Punk sich geschlagen. In ihrem bisherigen Leben hatte sie gelernt, sich schnell auf andere Situationen einzustellen. »Also gut, was machen wir jetzt? Ein Troll, der aus dem Nichts spricht, ein sprechender Hund, andere Ebenen gibt's sonst noch was?«

»Wir werden von Nazis verfolgt, die uns killen wollen, dies haben wir dir aber schon erzählt. Dass wir unsere Ebene wiederfinden müssen, will ich mal ganz außer Acht lassen, irgendwie ist alles Mist«, sagte Ark.

Harry nahm Ark in den Arm und küsste sie zärtlich auf die Wange, er saß natürlich neben Ark.

Anna wechselte sofort das Thema, sie richtete ihren Blick auf Punk. »Wann wurdest du geboren und welches Sternzeichen bist du?«

»Tschernobyl«, antwortete Punk. Sie stand auf und ging an den Kühlschrank. »Wir haben sogar noch was zu trinken.« Sie zog zwei Flaschen Mineralwasser aus dem Kühlschrank, stellte sie auf den Tisch, ging zu dem Küchenschrank, nahm fünf (weil keine Gläser vorhanden waren), Kaffeebecher heraus, verteilte die Becher und setzte sich wieder.

»Also am sechsundzwanzigsten April neunzehnhundertsechsundachtzig«, sagte Ark.

»Neunzehnhundertsechsundachtzig ist richtig, sechsundzwanzig auch, aber nicht April, sondern Januar.«

»Das kann nicht sein, Tschernobyl war im April, in Geschichte hatte ich stets eine Eins.«

»Genau«, pflichteten Harry und Willi Ark bei.

Anna hatte keine Ahnung, sie trank Mineralwasser aus einem Kaffeebecher, Pfui Deibel! Das hatte sie ja noch nie getan!

Ark hatte einen bösen Verdacht. Schon bei der schwachsinnigen Verhandlung kamen ihr die Daten, welche Harry und Willi genannt hatten, seltsam vor. Da stellte sich nur die Frage, warum die falschen Daten *richtig* waren. Jedenfalls hatten Harry und Willi auf die falschen Daten *richtig* geantwortet.

Sie sah Punk direkt an. »Wann wurde Johann Sebastian Bach geboren?«

»Keine Ahnung, soll das hier ein Quiz werden?«

Ark überlegte einen Moment. »Lass mich mal machen, ich habe da einen bösen Verdacht. Wann waren die Anschläge auf die Zwillingstürme des WTC, das Capitol und dem Pentagon?«

»Am elften sechsten zweitausendundeins.«

»Dies war drei Monate später«, bemerkte Willi.

Ark und Harry nickten zustimmend.

Ark bohrte weiter. »Wann begann der Zweite Weltkrieg?«

»Am ersten sechsten neununddreißig.«

Ark schaute in die Runde. »Merkt ihr etwas?« Harry und Willi nickten beifällig, Anna und Punk zuckten mit den Schultern.

Ark versuchte eine letzte Frage. »Wann war das Attentat auf Verteidigungsminister Rainer Voss?«

»Am vierten achten letzten Jahres.«

Ark lehnte sich zurück und trank einen Schluck Mineralwasser. »Hier ist drei Monate eher!«

Punk starrte sie verständnislos an. »Warum? Drei Monate eher? Was soll das denn jetzt schon wieder bedeuten?«

»All diese Daten sind in unserer Ebene drei Monate später, mir ist dies schon bei der Verhandlung aufgefallen, ich kam nur nicht gleich drauf«, erklärte Ark. »Verstehst du? Der Zweite Weltkrieg zum Beispiel begann in unserer Ebene am ersten neunten neununddreißig, mit dem Überfall der *SS* auf Polen.«

Anna staunte mit offenem Mund. »Das könnte bedeuten, dass in unserer Ebene die Seuche erst in drei Monaten ausbricht.«

»Genau«, meinte Ark erregt. »Das bedeutet ferner, dass wir drei Monate Zeit haben, das Loch zu finden, ganz nebenbei müssen wir uns die Nazis vom Hals halten. Dann können wir vielleicht die Ursache der Seuche finden und unschädlich machen. Je eher wir das Loch finden, desto besser ist es«, resümierte Ark.

»Das wäre dann ja die berühmte Nadel im Heuhaufen, eher findest du eine Kupfermünze von Kolumbus irgendwo im Atlantischen Ozean, und vor allem: warum gerade wir? So ein bunt zusammengewürfelter Haufen? Wenn Gott – oder wer auch immer, gewollt hätte, dass jemand unsere Ebene vor einem Virus rettet, dann hätte er doch eine Crew aus Rambo, Supermann, Matula und Schimanski zusammenstellen können? Das hätte ich jedenfalls getan. Die würden doch jede Ebene zusammenballern«, sagte Harry.

»Vielleicht sind wir von irgendeiner Fee ausgesucht worden, sozusagen als Mega-Superhelden, als Retter aller Enterpriseses!« Anna sprang auf, warf die Arme in die Luft und drehte sich im Kreis. »Bsssss!«, summte sie wie eine Biene.

Ark lächelte und wandte sich zu Harry und Willi. »Aber mit euch habe ich noch ein dickes Hühnchen zu rupfen.« Die beiden Männer sahen Ark erschrocken an.

»Ich beantrage die Todesstrafe!«, imitierte Anna Goebbels' Stimme. Im Stimmenimitieren war Anna Erste Bundesliga.

Ark ignorierte Anna. »Warum habt ihr bei der Verhandlung auf die richtigen Fragen die *falschen* Antworten gegeben? Und warum waren die falschen Antworten *richtig*? Das verstehe ich nicht. Goebbels musste die richtigen Daten doch wissen. Die Ermordung der Geschwister Scholl und die Machtergreifung Hitlers, auch wenn die falschen Daten in diesem Buch vermerkt waren?«

»Darauf gibt es zwei Antworten«, antwortete Willi. »Erstens: Goebbels und seine Vasallen sind wie Punk auch aus *dieser* Ebene. Zweitens: Strubbel hat uns die falschen *richtigen* Daten zugefunkt und wir haben es nicht bemerkt.«

Ic bin unsculdig! Strubbel lag unter dem Tisch, er stieß mit der Schnauze gegen Willis Bein.

»Das glaube ich auch«, sagte Harry, »wenn der Köter uns etwas Falsches gesendet hätte, dann hätten wir's auch bemerkt. Aber warum wir die falschen Daten *richtig* wussten, oder vielmehr die richtigen Daten *falsch*, oder umgekehrt, oder so, das weiß ich auch nicht.«

»Und was ist mit mir? Ich bin anscheinend noch in dieser *richtigen* oder doch *falschen*? Ebene, warum habe ich dann überlebt, alle anderen sind doch tot, das ist doch alles Humbug!«, rief Punk erregt. »Wenn ihr euer Loch findet, dann bin ich hier ja ganz allein!«

»Du kommst einfach mit, dich gibt's dann eben zwei Mal«, sagte Anna.

»Ich glaube nicht, dass wir Punk einfach so mitnehmen können, obwohl: Mittlerweile glaube ich, dass nichts mehr unmöglich ist«, erwiderte Harry.

»Cura bis nachher! Erstmal müssen wir das Loch finden, wenn wir dafür mehr als drei Monate benötigen, dann müssen wir wohl hierbleiben! Über eine Woche ist schon um, wir haben nur noch zweiundachtzig oder dreiundachtzig Tage Zeit«, sagte Anna. »Wenn wir nur wüssten, wo wir suchen müssen, das Loch kann doch überall sein. In Hongkong, Berlin, Offenbach oder sogar in Brokmöller!«

»Du meinst sicher Brokdorf, mein Kind, hoffentlich stammen Goebbels und seine Vasallen auch aus *dieser* Ebene, dann können die uns schon mal nicht folgen«, dachte Willi laut. »Aber habt ihr euch schon mal Gedanken gemacht, wie wir uns *drüben* treffen sollen? Schließlich kennen wir uns gar nicht, außer Saskya und ich, meine ich.«

»Wer ist denn Goebbels? Den Namen habe ich jetzt schon öfter gehört?«, fragte Punk.

»Haben wir dir das nicht schon gesagt? Das ist der Anführer der Nazis, er hat noch sieben Leute bei sich, vier Männer und drei Frauen, um genau zu sein«, sagte Ark.

»War der tote Mann im Kampfanzug vor der Kneipe jemand von euch?«

»Nein, er war von Goebbels' Truppe, jemand von seiner eigenen Truppe hat ihn hingerichtet, einfach so über den Haufen geknallt. Jetzt weißt du, mit wem wir es zu tun haben, die sind absolut skrupellos«, sagte Harry.

»Und ihr – wir – haben keine Waffen?«

»Nein, außer vielleicht dem Bogen«, antwortete Harry.

»Welchen Bogen?«

Arkansas stand auf, verließ das Hotel und ging zu ihrem Wagen. Sie holte den Bogen und den Köcher und legte ihre Waffe auf den Tisch. »Draußen ist alles ruhig.«

Punk nahm den Bogen behutsam in die Hand. »Kann jemand von euch damit umgehen? Wo habt ihr den denn her?«

»Das ist eine lange Geschichte, wir haben nicht die geringste Ahnung, wie man mit so einem Gerät umgeht«, sagte Willi mit einem Seitenblick auf Ark.

Punk stand auf. »Dann wird's aber Zeit, dass wir's üben.«

Die Männer standen ebenfalls auf. »Ihr nicht«, bestimmte Punk. »Bögen sind was für Amazönen, schaut ihr mal nach, ob wir hier irgendwo noch etwas Essbares haben, in diesem riesigen Bunker wird's wohl irgendwo noch etwas zu futtern geben!«

Die drei Frauen verließen die Küche und gingen mit dem Bogen an die frische Luft.

* * * *

»Hell genug ist es ja schon«, sagte Punk mit einem Blick in den blauen Himmel, »regnen wird's auch nicht, der Wind ist kaum zu spüren, es ist ideales Bogenschießwetter.«

»Sag mal Punk ...«, sagte Anna, »... ist das Wetter *hier bei euch* immer so launisch? Heute Hagel und Schnee, morgen fürchterliche Hitze, dann ist es wieder kalt und es regnet?«

»Wieso? Ist das bei *euch* anders?«

»Ja, jedenfalls schlägt das Wetter nicht so schnell um.«

Das Wetter ist in jeder Ebene anders, bemerkte Strubbel, der den anderen gefolgt war. *Mal nass, mal trocken, mal ier und mal da!*

»Tatsächlich? Wie ist es denn in *deiner* Ebene?«, fragte Anna.

Sceiße, andauernd fällt dieses nasse Zeug, was ir Regen nennt, vom Dac!

»Was ist denn ein Dak?«, fragte Punk. »Du redest – denkst – aber auch seltsam.«

»Damit meint er bestimmt den Himmel oder die Wolken. Worauf sollen wir zielen?«, fragte Ark. Sie legte einen Pfeil auf und spannte die Sehne.

Anna deutete auf eine knorrige Eiche, die in etwa hundert Metern Entfernung stand. »Triffst du die?«

»Mal probieren.« Ark spannte die Sehne bis zum Anschlag, kniff ein Auge zu und schickte den Pfeil auf die Reise. Sirrend schoss der Pfeil mit einer unglaublichen Geschwindigkeit auf den Baum zu, mit einem lauten *Pock* schlug er in die Rinde ein, das Pfeilende mit der roten Feder zitterte unruhig.

Ark starrte ungläubig auf den Bogen. »Das gibt's doch gar nicht? Gleich beim ersten Schuss ein Treffer!«

Punk sah Ark skeptisch an. »Und du willst noch nie geschossen haben? Das glaube ich dir nicht.«

»Ich auch nicht.« Anna eilte zu der Eiche, um sich den Treffer genauer anzusehen. Bei der Gelegenheit zog sie den Pfeil auch gleich aus dem Holz. Ein Unterfangen, was sich als nicht so einfach herausstellte, der Pfeil war tief in die Rinde eingedrungen, die vier Widerhaken taten ihr Übriges. Sie schaffte es und lief zurück.

»Lass mich mal!« Anna nahm Ark den Bogen aus der Hand.

Das get nict, nur der Besitzer darf und kann mit dem Bogen der Welten scießen, das sagen die alten Gesetze und die Gelerten!

»Papperlapapp, was du immer zu meckern hast, warum sollte ich es nicht können?« Anna spannte die Sehne, steckte die Zunge zwischen die Zähne, zielte mit einem Auge und schickte den Pfeil auf die Reise. Mit einem leisen *zieeng* zischte er los. Die Verlorenen starrten auf den Baum. Nichts passierte, der Pfeil eierte zehn Meter durch die Luft, dann landete er mit der Spitze im gepflegten grünen Rasen. »Das gibt's doch nicht.« Anna lief zu dem Pfeil, holte ihn zurück und übergab Punk den Bogen. »Probier du mal, vielleicht hast du mehr Glück!«

Punk tat wie Anna, der Pfeil weigerte sich, mehr als zehn Meter zurückzulegen.

Ab ic doc gesagt! Auf mic ört ja keiner!

Ark nahm einen anderen Pfeil aus dem Köcher. »Probier den mal!«

Anna spannte die Sehne und ließ den Pfeil los, der flog höchstens acht Meter weit, bevor er sich sanft auf den Rasen legte.

Dasselbe bei Punks Versuch.

Nacheinander probierten sie die acht Pfeile aus, jeder versagte bei Anna und Punk seine Dienste, Ark traf die Eiche mit jedem Schuss.

Ab ic doc gesagt, wiederholte Strubbel.

Sie gaben es auf und gingen wieder ins Hotel zurück.

»Wenn dir etwas passiert, dann kann niemand den Bogen bedienen, dann sehe ich gestochen schwarz, wir müssen auf dich aufpassen wie auf einen Schieß-hund, wir müssen eure Freundin wie eine Flasche Nitroglyzerin behandeln«, sagte Punk.

»Was ist denn Nitrogelatine?«, fragte Anna.

»Das ist der gefährlichste Sprengstoff der Welt, ein Pups und er fliegt dir um die Ohren, damit kannst du praktisch die ganze Welt in die Luft jagen, wenn du die nötige Menge besorgst.«

»Übertreib mal nicht«, sagte Ark.

»Wie ein Chinaböller?«

»So ähnlich.«

* * * *

Willi und Harry überraschten die drei Frauen mit einem opulenten Frühstück. Sie hatten verpackte Wurst und Käse aufgetrieben, Peperoni, Oliven, Schinken und sogar H-Milch. »Brot haben wir leider nicht und heißen Kaffee natürlich auch nicht, aber ich habe noch eine Packung Schwarzbrot aufgetrieben.« Triumphierend (wie ein Eishockey-Weltmeister den Pokal), hob Willi das in Zellophan verpackte Brot in die Höhe.

Über welche Nebensächlichkeiten man sich doch freuen kann, wenn das Luxusleben vorbei ist, dachte Ark. *Schwarzbrot, der neue Luxus.*

»Wo zauberst du die Sachen eigentlich her, ich denke, alles ist geplündert?«, fragte Anna und setzte sich an den Tisch.

»Der riecht das, etwas, was ja eigentlich mir zustehen sollte«, meinte Harry schmatzend.

»Mit vollem Mund spricht man nicht, das ist Reichsvollmundsprechen, darauf steht die Todesstrafe«, sagte Anna mit Goebbels' Stimme.

Punk, die von der vergangenen Verhandlung keine Ahnung hatte, schaute Anna entgeistert an. »Warum nicht?«

Strubbel trottete aus dem Hotel und suchte sein Frühstück.

Nach dem Frühstück fuhren sie weiter.

»Wir müssten jetzt langsam in Niedersachsen sein, wie spät haben wir's eigentlich?«, fragte Ark nach einigen Stunden.

Willi schaute auf seine Uhr. »Viertel nach elf, warum?«

»Ich denke mir mal, dass Harry schon wieder Appetit hat.«

»Der hat doch andauernd Hunger.«

Unvermittelt betätigte Harry die Lichthupe, zum Zeichen, dass Ark anhalten solle.

»Siehste.« Ark fuhr rechts ran, sie stoppte neben einem ausgebrannten Wohnmobil und stieg aus.

»Was ist?«

»Ich muss mal tanken.«

»Bediene dich, hier stehen ja genug Fahrzeuge rum, du hast freie Auswahl!« Punk stieg aus. »Warum nehmt ihr nicht ein anderes Auto? So habe ich das getan, wenn der Sprit alle war, habe ich mir einfach einen anderen Wagen genommen.«

»Dann müssen wir andauernd unsere Klamotten umladen, das ist uns zu aufwendig«, antwortete Ark.

Harry ging los, um ein Kraftfahrzeug, welches mit Diesel betankt werden musste, zu suchen. Er lief geschlagene fünf Minuten über die Autobahn, endlich wurde er fündig. Er kam zurück. »Dort hinten steht ein Diesel.« Er wühlte in seiner Ledertasche und zauberte einen dicken Gartenschlauch heraus. Den Schlauch hatte er in weiser Voraussicht auf etwa einen Meter Länge zurechtgeschnitten. Dann ging er zum Kofferraum, holte den Zehnliter-Ersatzkanister aus Kunststoff und ein Brecheisen (das er an einer Tankstelle gefunden hatte), hervor. Er ging mit seinem Werkzeug bewaffnet zum Diesel, brach den Tankdeckel des Autos auf, steckte den Schlauch in den Tank und sog heftig an seinem Ende. Zu heftig, er bekam einen Schwall Benzin in den Mund. »Scheiße!« Harry würgte den Sprit aus seiner Kehle und steckte endlich den Schlauch in den Kanister. Der Diesel floss aus dem Tank in den Kanister, es dauerte nicht lange und er war voll.

Harry ging noch immer spuckend und würgend zu seinem Taxi, steckte einen Trichter (den er sich auch im Kaufhaus ausgeliehen hatte), auf den Tankstutzen und kippte den Sprit hinein. »Hat mal jemand etwas zu trinken, ich habe die Brühe verschluckt.«

Anna gab ihm eine Flasche Mineralwasser, Harry spülte seinen Mund aus. »Danke, wenigstens einer denkt an mich.«

Nach der ersten Betankung startete Harry den Motor und fuhr neben das Spenderauto, dann musste er nicht mehr so weit laufen. Das Laufen verbraucht nur Energie und sein Magen knurrte schon wieder. Er wiederholte die Prozedur mit dem Schlauch, bis sein Tank voll war.

»Warum lässt du den Sprit nicht sofort in deinen Tank laufen?« Anna war unbemerkt neben Harry getreten.

»Weil das sonst nicht geht, mein Tank liegt höher.«

»Wenn wir schon mal dabei sind, meiner muss auch Diesel tanken«, sagte Ark.

Harry betankte auch Arks Geländewagen. Halb voll, in dem Tank des Spenderautos war nicht genug Diesel enthalten. Er suchte ein neues Spenderauto, welches zum Glück vor dem ersten stand und füllte Arks Tank. Zum Schluss füllte er den Ersatzkanister, verschloss ihn und legte ihn in seinen Kofferraum zwischen der Kiste Wasser und der Kiste Bier, die anderen Utensilien warf er hinterher. Dann zog er eine Flasche Bier aus dem Kasten, entkorkte sie und trank einen langen Schluck. »Fertig, wir können weiterfahren.«

Strubbel beobachtete Harrys Prozedere mit Erstaunen, er verstand nicht, warum der Zweibeiner einem Blechpferd etwas wegnahm und den anderen Blechpferden etwas gab.

Anna zog eine Flasche Wasser aus dem Kasten, Willi und Punk genehmigten sich ein Bier, Ark eine Cola.

Ic muss mal, das Zweibeinerfleisc ... sclägt wirklic auf den Magen!

Arkansas deutete auf einen Kastenwagen. »Aber nicht hier, Strubbel, geh hinter den grünen Lieferwagen dort hinten, der ist weit genug entfernt. Du verpestest uns die ganze Luft mit deinen Abgasen!«

Strubbel schaute sich unentschlossen um. *Grün?*

»Ja sicher, der grüne Lkw da hinten, bist du farbenblind?«

Farben?

»Jetzt sag bloß, dass du keine Farben erkennen kannst?«

In meiner Ebene gibt's nur scwarz, grau und weiß, was sind denn Farben?

»Der räud'ge Hund, der räud'ge Hund, der nichts sehen kann bunt!«, rief Anna. »Dieses hat der Troll auch gesagt, dass wir auf dich stoßen, wusste der Troll auch.«

Was at die Witzfigur gesagt? Ic ein räudiger Und? Wenn ic den erwisce!

Strubbel trottete davon, um sein Geschäft zu verrichten.

»So, dann hätten wir dieses auch geklärt.« Ark hatte sich so etwas schon gedacht. Nicht, dass der Köter farbenblind ist, sondern dass er zu ihnen stoßen *musste*, warum auch immer. Wer weiß, welche Macht hinter der ganzen Sache steckt. »Es wird Zeit, dass wir weiterkommen, wir haben schon genug Zeit vertrödelt, das nächste Mal müssen wir anders tanken, unsere Auftankung dauert zu lange.«

Der Westwind hatte aufgefrischt, der Duft Strubbels' Exkremente wehten trotz der Entfernung heran. »Pfui Deibel!«, rief Anna und hielt sich demonstrativ die Nase zu.

Strubbel trottete wieder heran. *Zweibeinerfleisc sclägt auf den Magen!*

Sie stiegen in ihre Autos und fuhren weiter.

Nach etwa zwei Stunden murmelte Willi: »Wenn wir hier weiter fahren, kommen wir nach Hamburg.«

»Erstmal kommt Bremen, wohin wir fahren, ist doch egal, Hauptsache, die Glatzen erwischen uns nicht. Dann seid ihr in null Komma nix tot, Anna, Punk und ich werden wahrscheinlich vergewaltigt. Im Rückspiegel sehe ich jedenfalls nur Harrys Taxi, vielleicht haben sie uns verloren.« Ark wechselte von der Autobahn auf eine Bundesstraße, die Autobahn war verstopft, zum Glück nicht vor, sondern hinter der Ausfahrt, sie hätte umkehren und einen anderen Weg suchen müssen, es wäre nicht das erste Mal gewesen.

Willi rieb demonstrativ über seinen Bauch. »Hoffentlich machen wir bald eine Pause. Ich habe Hunger.«

Ark gab Vollgas. »Du bist genau wie Harry, andauernd hast du Hunger.«

* * * *

Goebbels stoppte den Bully und stieg aus, Eva huschte ihm hinterher, sie verschwand in einem Graben, sie schien es sehr eilig zu haben.

Susanna und Heiko stiegen ebenfalls aus.

»Der Sender ist klasse, er funktioniert ausgezeichnet, in Bremen müssten wir sie am Schlafittchen haben. Susanna, du verfährst, wie wir es besprochen haben, deine Karre ist die Schnellste. Sieh zu, dass du vor den Flüchtigen in Bremen ankommst. Aber pass auf, mach kein Licht an, sonst sehen sie dich. Und fahr einen Umweg, sie fahren einen ziemlich direkten Weg. Ich und Heiko fahren mit den anderen weiter!«

»Für wie blöd hältst du mich eigentlich?«, antwortete Susanna schnippisch und sah auf ihre Uhr. »Ich schätze, ich muss mich ziemlich beeilen, wann kommen die Flüchtigen denn in Bremen an. Ungefähr, meine ich?«

»Ich schätze, in zwei, drei Stunden, je nachdem, wie viele Hindernisse sie aus dem Weg räumen müssen. Oder welche Umwege sie fahren werden, wenn die Straßen zu verstopft sind«, sagte Heiko an Goebbels' statt.

Zur Bestätigung nickte Goebbels. »Die du mit Sicherheit auch fahren musst, also sieh zu, dass du verschwindest!«

Susanna klopfte auf die Motorhaube der Limousine. »Keine Bange, der hat reichlich Pferde unter der Haube.« Sie stieg in ihr Fahrzeug, winkte mit der Hand aus dem Fenster und gab der Limousine die Sporen. Mit röhrendem Auspuff verschwand der Wagen.

Goebbels klopfte mit der Faust gegen die Frontscheibe des Bullys. »Meiner ist zwar nicht so schnell, aber ich habe den Sender, bis der seinen Geist aufgibt, haben wir sie schon längst eingeholt und gefangen.«

»Wo hast du den Sender eigentlich her?«, fragte Heiko.

»Ist 'ne Spezialanfertigung, aus Russland, der funktioniert vom Feinsten, er funkt angeblich ungefähr fünfzig Kilometer weit. Wie genau, das weiß ich auch nicht, das interessiert mich auch nicht. Angeblich hundertprozentig genau, ich glaube, der ist vom *KGB*. Ich habe ihn mal von einem russischen Kumpel gekauft, das ist schon 'n paar Jahre her, aber er funktioniert einwandfrei. Er ist so sicher wie damals, das kannst du mir glauben!«

»Warum damals? Und warum hast du denen zwei Stunden Vorsprung gegeben, wenn der Sender nur auf fünfzig Kilometer peilen kann? Sie können wasweiß-ich-wo hingefahren sein, das kann doch kein Mensch wissen!«

»Dass die nach Norden fahren, hatte ich irgendwie in den Knochen, frag mich nicht, warum. Los steigt wieder in eure Karren, wir müssen uns auf die Socken machen. Eva komm hier hin!«

Eva kam herangewieselt und sprang in den Bully. »Oink, oink!«

* * * *

Arkansas stoppte und stellte den Motor ab. »Ich muss mir mal ein bisschen die Beine vertreten, die Herumkurverei strengt ganz schön an. Gut, dass die Karre sich so leicht lenken lässt, sonst würden mir die Arme abfallen. Wenn du willst, kannst du ja mal fahren.«

»Ne, ne, mach du das mal, ich habe so ein Fahrzeug mein ganzes Leben noch nicht gefahren, du machst das doch toll. Dies nennt man übrigens Servolenkung.«

Ark stieg aus, reckte die Arme in die Luft, stellte sich auf die Zehenspitzen und stieß einen hohlen Schmerzensschrei aus. »Was ist das denn, Servolenkung?«

»Servolenkung bedeutet, dass die Kraft –«

»Machs kurz«, unterbrach Ark, sie wusste, dass Willi bei seinen Erklärungen stets beim Urknall anfing. Er konnte banale Begriffe wie Schlüssel oder *Salatschüssel* etwa eine Stunde lang erklären, er fing dann bei der Rohstoffgewinnung an und hörte beim ersten Abwasch auf.

»Ein Fahrzeug lässt sich mit einer Servolenkung einfacher steuern.«

»Geht doch, wenn man bedenkt, dass ich bis vor ein paar Tagen noch keinen blanken Schimmer von dem Karren hatte, dann fahre ich doch schon ganz gut oder nicht?« Stolz schaute sie Willi, der ebenfalls ausgestiegen war, an.

»Echt klasse«, pflichtete Willi ihr bei.

Lemmy verstummte, Harry und die beiden Frauen kamen hinzu. »Die Mucke ist echt geil«, meinte Punk mit einem offenen Grinsen, »was tun wir denn jetzt, Pause oder was?«

Harry reckte seine fast zwei Meter und stieß einen lang gezogenen Schrei aus, er hallte gespenstisch in der toten Stadt wider. Vögel stiegen auf und protestierten gegen die Ruhestörung. »Ich schlage vor, wir suchen uns etwas zu futtern.« Demonstrativ rieb er über seinen Bauch. »Wir haben mit Sicherheit schon vierzehn Uhr.«

»Fünfzehn, um genau zu sein«, meinte Willi mit einem kurzen Blick auf seine Uhr, »ich habe auch schon wieder schmacht.« Er schaute die Straße hoch. »Vielleicht gibt's hier einen Supermarkt, der noch nicht vollständig geplündert ist. Wo ist übrigens der Köter?«

»Im Taxi, er schläft. Schließlich hat er die ganze Nacht Wache gehalten«, meinte Anna und ging schon los, ihre neuen Freunde folgten.

Fünf Minuten später betraten sie durch eine eingeworfene Schaufensterscheibe einen großen Supermarkt, der noch nicht so arg geplündert war, es war keine Menschenseele zu sehen, weder tot noch lebendig.

»Sieht so aus, als wenn die Plünderer hier noch nicht so fürchterlich zugelangt hätten. Wir müssen uns auch Vorräte mitnehmen, dann müssen wir nicht in jeder kleinen Stadt nach einem Laden suchen und uns etwas zu essen besorgen«, sagte Ark und erntete kollektives Kopfnicken.

Willi und Punk gingen zur Kasse und deckten sich mit großen Plastiktüten ein. Sie verteilten die Tüten, jeder bekam zwei.

»Wir müssen gezielt einkaufen, Saskya ist für Käse, Wurst und Margarine, vielleicht sogar für Butter zuständig. Anna für die süßen Sachen. Marmelade, Zucker, Süßigkeiten im Allgemeinen, Zucker braucht der Mensch auch. Harry besorgt die Getränke, aber nicht nur Bier, wenn ich bitten darf. Punk stöbert Konservendosen auf. Rindfleisch, Sülze, aber vor allem etwas, was wir aufwärmen können. Dosensuppen und so 'n Zeugs, ihr wisst ja selbst, was ich meine. Ich werde mich nach Brot, Chips, Gewürzen, Salz und vielleicht auch ein paar Gläsern Gurken umschauen. Vogelfutter brauchen wir auch und Hundefutter, vielleicht frisst der Köter das ja. Außerdem brauchen wir Messer, Gabeln und so 'n Zeugs. Auf Teller müssen wir wohl verzichten, wir können ja nicht einen ganzen Hausstand mitschleppen. Ach ja, schaut euch auch nach einem kleinen Gaskocher, so einen Campingkocher um, vielleicht gibt's hier ja so etwas. Treffpunkt ist die Kasse hier, also los, auf auf, und denkt daran, wir haben nicht viel Zeit!« Willi klatschte wie ein Handballtrainer (dessen Mannschaft vielleicht zurücklag), bei einer Halbzeitansprache in die Hände, dabei ging er sogar leicht in die Knie.

Die fünf Gestrandeten machten sich an die Arbeit.

Punk musste bedrohlich nahe an die Frischfleischabteilung heran, um ihre Aufgabe erfüllen zu können. Je näher sie an die Abteilung herankam, desto mehr stank es nach verdorbenem Fleisch und verdorbenem Käse. In den Auslagen war tierisches Getümmel. Raten Mäuse, Füchse, sogar ein paar Wildschweine und ein paar Elstern labten sich an dem verfaulten Fleisch, sie ließen sich von Punk nicht stören. Als wenn sie wüssten, dass sie von den Menschen nichts mehr zu befürchten hatten. Punk hielt sich mit einer Hand die Nase zu und begann mit der freien Hand die großen Tüten zu füllen. In diese Tüten passte allerhand rein, Punk raffte beflissen alles zusammen, was sie finden konnte. Zusätzlich stopfte sie die Taschen ihrer Schimanski-Jacke voll. Ihr machte der Einkauf sichtlich Spaß, sie konnte alles, was sie brauchte, mitnehmen, ohne bezahlen zu müssen. Ein weiterer Vorteil war, dass sie *nach* dem Einkauf nicht flüchten musste, weil sie die Hälfte geklaut hatte. Sie pfiff ein altes Lied von *Grönemeyer*, welches vom Einkaufen handelte.

Es dauerte nicht lange und sie hatte die Tüten und ihre Jacke voll beladen, schwer bepackt trat sie den Rückzug an, ihre Arme waren zu kurz, die Tüten schliffen auf dem roten Boden. Sie schlurfte um ein Regal herum, schrie auf und ließ die Tüten fallen! Die fielen um, einige Dosen Gulasch rollten heraus.

Vor Punk stand ein Wildschwein, genauer gesagt, eine Bache, mit drei Frischlingen im Schlepptau. Die Bache war ebenso erschrocken wie Punk, auch sie und deren Frischlinge quiekten auf. Dann zogen die Schweine weiter in Richtung Gammelfleischabteilung, sie kümmerten sich nicht weiter um sie.

Punk sammelte die Dosen wieder ein und schleppte ihre Beute in Richtung Kasse.

Anna wartete schon auf sie. »Hast du gesehen? Hier wimmelt's nur so vor Ratten.«

»Dann geh mal nach hinten zur Fleischabteilung, da wimmelt noch was ganz anderes, und wie es da stinkt«, erwiderte Punk.

»Was ist denn dahinten?«

»Mäuse, Füchse, Wildschweine, sogar ein paar Elstern.«

»Wildschweine, tatsächlich?«

»Du musst dich dran gewöhnen, dass dir jeden Tag alle möglichen Tiere über den Weg laufen, wenn sie nichts mehr finden, dann machen sie sich über die Leichen her.«

»Igitt.«

Harry, Ark und Willi kamen fast zeitgleich zurück, auch sie hatten ihre Tüten voll beladen.

»Einen Campingkocher habe ich nicht gefunden, den scheint's hier nicht zu geben«, sagte Ark enttäuscht.

Punk hatte gar nicht nach einem Kocher gesucht, warum aufwärmen? Dosenfutter kann man doch auch kalt essen.

»Hier wird's wohl irgendein Geschäft geben, was diese scheiß Dinger verkauft, wir gehen die Straße hoch und schauen uns mal um«, sagte Willi und deutete mit beiden Armen in Richtung Ausgang, dann schaute er sich suchend um.

»Was suchst du denn?«, fragte Ark.

Willi schaute sie an. »Einen Einkaufswagen, was denn sonst? Besser zwei, wir haben ja 'ne Menge eingekauft. Oder sollen wir alles zu deinem Auto schleppen? Mit einem Einkaufswagen ist's einfacher.«

»Wieso mein Auto? Wir können die Brocken doch auch in Harrys Taxi packen.«

»Harrys Kofferraum ist voll, Punk, das ganze Gepäck und der Köter sitzen auf der Rückbank, unser Geländewagen hat hinter dem Rücksitz noch eine Menge Platz.«

»Ist doch auch jetzt egal«, sagte Anna, »wir sollten hier nicht so lange palavern, welche Sachen in welchem Wagen liegen werden. Es ist den Nazis völlig egal, sie verfolgen uns noch immer, Cura nachher, wie der Lateiner sagt. Sehen wir zu, dass wir weiterkommen.«

»Anna hat recht, aber erst müssen wir etwas essen, mit leerem Magen kann ich nicht flüchten«, sagte Harry. »Ich kann eigentlich gar nicht gut flüchten.«

Willi kam mit zwei Einkaufswagen zurück. Sie packten ihre Tüten in die Wagen, dann verließen sie den Supermarkt.

Sie verstauten die Waren in Arks Geländewagen, der mittlerweile auch schon ziemlich voll war.

Harry zauberte einen Dosenöffner aus seiner Ledertasche.

Willi verteilte Löffel, Harry öffnete fünf Dosen Ravioli. Willi verteilte geschnittenes, verpacktes Brot, Pfeffer und Salz. Er stellte die Mahlzeit auf das Dach des Taxis. »Na denn, Mahlzeit.«

Schweigend löffelten sie die kalten Ravioli, Punk langte besonders zu. »Schmeckt doch klasse, ich weiß gar nicht, warum ihr es aufwärmen wollt, das ist doch Blödsinn.«

»Einmal am Tag muss man eine warme Mahlzeit haben, sagen die Wissenschaftler«, sagte Anna schmatzend.

»Warum? Ich esse schon jahrelang nichts Warmes und ich lebe noch. Was dir Wissenschaftler und vor allem Politiker erzählen, das darfst du nicht glauben, die sind alle nur Interessenvertreter.«

Erst begann es zu tröpfeln und dann wie aus Eimern zu schütten.

Die fünf Gestrandeten flüchteten in ihre Autos.

»Sag mal Harry, wo sind wir hier eigentlich?«, fragte Anna. Auch sie hatte sich schnell an die karge Kost gewöhnt.

»Ich schätze mal, in einem Vorort von Bremen, die Innenstadt kann es nicht sein, dafür ist hier alles zu klein.«

»So groß ist Bremen nun auch wieder nicht«, widersprach Punk, »mach mal die Mucke lauter, gleich kommt *Ace Of Spades*.«

Harry drehte die Musik lauter, Strubbel schlief noch immer, ihn störte das Gehämmer von *Motörhead* nicht, sein buschiger Schwanz zuckte im Takt der Musik auf und ab.

Unvermittelt schrie Anna auf, sie starrte durch die Windschutzscheibe in den strömenden Regen hinaus.

Eine rote Limousine näherte sich von Westen, eine ziemlich bekannte Limousine.

Anna ließ ihre Dose und den Löffel fallen, sie begann zu schreien und zu weinen.

»Woher wissen die, dass —« Harry brach ab.

Anna verlor die Nerven.

Sie öffnete die Wagentür und rannte in den strömenden Regen hinaus, dabei schrie sie wie von Sinnen.

»Anna, nicht!«, brüllte Harry.

Der rote Wagen stoppte. Vier schwerbewaffnete Personen in Kampfanzügen sprangen heraus.

* * * *

»Anna, nicht!«, brüllte auch Arkansas, ließ ihre Dose fallen und sprang aus dem Geländewagen. Sie erkannte, dass einer der Nazis auf Anna zielte! Der versuchte tatsächlich, Anna zu erschießen! Sie spurtete zwischen Anna und dem Nazi, sie hatte die Hoffnung, dass Goebbels es verboten hatte, sie zu killen. Aber sie sah keinen Goebbels, nur die rote Bonzenkarre. Ark erstarrte. *Fuck!*, dachte sie. Klemens stand keine fünf Meter von ihr entfernt, er konnte sie gar nicht verfehlen, grinsend zog er den Abzug seiner MP durch.

»Kandy, schwimm!«, brüllte Harry aus vollem Hals.

Und Ark schwamm!

* * * *

Anna hörte das Rattern einer Maschinenpistole, sie flitzte schreiend um die Ecke eines Drogeriegeschäfts und fand sich in einer Nebenstraße wieder. Der Regen prasselte unaufhörlich auf ihren Körper, er wurde stetig intensiver. Vereinzelte Kugeln schlugen in die Häuserwand ein und schwirrten davon. Anna sah einen offenen Kanaldeckel, sie rannte darauf zu und starrte in die Tiefe. Sie hatte Angst. Das dunkle Loch oder eine Kugel im Rücken? Sie überlegte nicht lange, sie stieg in das Loch. Drei Fingernägel brachen ab, als sie die Sprossen hinunter stieg, ihr Stetson war völlig durchnässt, Anna fror.

* * * *

Klemens traute seinen Augen nicht, die Negerin löste sich einfach in Luft auf. Zweitrangig! Klemens feuerte einen kurzen Feuerstoß auf die Negerin, er sah, wie die Kugeln in den Körper einschlugen. Eine weniger, soll Goebbels doch denken, was er will. Klemens spurtete los, er musste die Kleine haben! Er sah sie um eine Ecke flitzen und schickte einen Feuerstoß hinterher, er zielte absichtlich etwas höher, er wollte sie nicht töten, noch nicht. Dann nahm er die Verfolgung auf, er hetzte um die Ecke und sah, dass die Kleine in der Kanalisation verschwand. Er rannte zu dem Loch und blieb schwer atmend stehen. Scheiß Regen! Klemens überlegte. Wenn er die Kleine nicht besitzen durfte, dann konnte er sie wenigstens killen! Klemens kniete sich vor das Loch auf die Straße und spähte in die Tiefe. Er sah ein Feuerzeug aufblitzen, dann flackerte unruhig eine Kerze. Er klaubte eine Handgranate aus seiner Tasche, zog den Sicherungsring ab und warf die Granate in das Loch. Dann erhob er sich, trat zurück und wartete auf die Detonation. Die Granate würde direkt neben der kleinen Schlampe afticken, sie hatte nicht den Hauch einer Chance! Er zählte im Geiste mit, nach zehn Sekunden zog er die Stirn in Falten, warum explodierte da unten nichts? War die Granate defekt? Klemens nahm eine zweite Handgranate aus seiner Tasche und warf sie unter einen grünen Kleinwagen, der keine zwanzig Meter von ihm entfernt stand. Sie explodierte vorschriftsmäßig, das Auto hüpfte kurz auf und fing Feuer. Kurz entschlossen zog er eine dritte Handgranate aus seiner Tasche und warf sie in das Loch, wieder keine Reaktion. Mittlerweile war seine Kleidung völlig durchnässt, er zuckte mit den Achseln und machte sich auf den Rückweg, er traute sich ohne eine Taschenlampe nicht in das Loch. Vielleicht wurde er hier oben noch gebraucht, redete er sich ein. Die Kleine konnte ihm nicht entkommen, irgendwann würde sie schon wieder auftauchen.

Als er um die Ecke bog, explodierte das Auto in einem Feuerball.

* * * *

Anna kletterte flugs die Sprossen hinunter, sie zitterte und sie hatte eine höllische Angst. Prompt verfehlte sie eine Sprosse, schlug schmerzhaft mit dem Kinn gegen das Eisen und biss sich auf die Zunge. Sofort strömte der süßliche Geschmack von Blut in ihren Mund. Laut fluchend und bibbernd kletterte sie weiter, ihre Zähne klapperten laut aufeinander. *Wo bin ich hier nur reingeraten?*

Nach vier, vielleicht fünf Metern verspürte Anna wieder festen Boden unter den Füßen, aber es war so fürchterlich dunkel, sie konnte nichts sehen.

Anna entsann sich ihrer Kerze und des Feuerzeugs, sie wühlte in der Innentasche der Lederjacke, fand die Kerze und das Einwegfeuerzeug sofort. Die Kerze war halb abgebrannt, Anna schnippte das Feuerzeug an und hielt die Flamme gegen den Docht. Der fing sofort Feuer, diffuses Licht erhellte ihre nähere Umgebung. Fette Spinnen krochen erschrocken in irgendwelche Steinritzen. Ratten sah sie zum Glück keine, noch nicht!

Wo soll ich nur hin? Wer hilft mir denn? Wo ist der Troll, wo ist Strubbel? Wo ist Mammiii?

In ihrer Verzweiflung *rief* Anna nach Strubbel.

Strubbel, wo bist duuu? Hilf mir! Ich bin hier unteeen! Hilf mierrr!

Keine Antwort.

Der Köter schlief offenbar noch immer.

Anna schaute sich in der Kanalisation um, das flackernde Kerzenlicht zeigte nicht viel, nur Spinngeweben, das hohe Gewölbe und huschende Ratten. Also doch Ratten!

Die Angst kroch in Annas Körper wie ein Wurm in die feuchte Erde. Ratten!

Sie entfernte sich vorsichtshalber ein paar Meter von dem Loch, vielleicht folgte der Nazi ihr ja, was dann?

Plötzlich ertönte ein Geräusch von oben, Anna fuhr herum, ihr Herzschlag setzte einen Moment aus. Etwas Rundes tickte auf die Eisensprossen. *Kloing, kloing, kloing!*

Die stickige Luft brodelte, heulte und war mit einem Mal *sauerstoffarm!* Anna wurde hin und her gerissen, das Kerzenlicht flackerte unruhig, aber erlosch nicht.

Der Troll erschien aus dem Nichts, sein grüner Stab leuchtete schwach. Er grinste Anna an, sperrte seinen Mund auf, weiter als jeder Mensch es zu tun imstande war. Sein Maul verformte sich in einem Sekundenbruchteil zu einer Baggerschaufel, zu einer *riesigen* Baggerschaufel! Anna riss erstaunt die Augen auf, das war unmöglich! Bevor das runde Ding den nassen Boden erreichte, verschluckte der Troll es. Anna sah, wie das Ding seinen Kehlkopf passierte und verschwand. Die Baggerschaufel bildete sich zurück, der Troll grinste sie an und verschwand so plötzlich, wie er gekommen war. Spurlos! Die Luft wurde wieder *sauerstoffreich*, das Heulen und das Brodeln nahmen ab, Anna war wieder allein.

* * * *

Irgendwo im Sternenbild Fische explodierte eine Handgranate. Das interessierte nicht wirklich.

* * * *

Anna rieb perplex über ihre Augen, was war dieses seltsame runde Ding? Sie verharrte zitternd auf ihrer Position, zehn Sekunden später hörte sie erneut dieses *kloing, kloing, kloing!*

Der Troll erschien schon wieder in einem Tosen, Brodeln und fast luftlos. Er sperrte sein Maul wieder zu einer Baggerschaufel auf, verschluckte das eirunde Ding und grinste Anna an.

Diesmal verschwand er nicht, Anna sah, dass sich der Bauch des Trolls kurz wölbte, dann rülpste er genüsslich. Überirdisch explodierte etwas.

Ich bin der Troll,
ich bin der Troll,
ich weiß gar nicht, was das soll!

Lispelte die Pumuckl-Stimme.
»Wer bist du, WAS bist du?«, hauchte Anna.

Ist meine Nase rot,
dann bist du tot,
ist meine Nase weiß,
dann mach ich keinen Scheiß!

Anna starrte auf des Trolls Nase, im diffusen Kerzenlicht erkannte sie, dass die Nase des Trolls weiß war.

»Das bedeutet, dass du mit roter Nase böse und mit weißer Nase nicht böse, sondern gut zu mir bist?«

Der Troll schien mit sich zu kämpfen, er verzog schmerzhaft das lederne Gesicht, seine Nasenfarbe wechselte von rot zu weiß. Rot, weiß, rot, weiß, wie eine rot-weiße Ampel, die ausgefallen war, er kämpfte mit sich.

Du musst hier raus,
du musst hier raus,
so sieht das aus!

Der Zwerg drehte sich um, hielt seinen leuchtenden grünen Stab in die Luft und ging. Die Bommel an seinen Stiefeln schaukelten wie kleine Blindschleichen. Anna blieb nichts anderes übrig, als ihm zu folgen.

Folge mir,
folge mir,
ich zeig's dir!

Der Troll sagte keinen Ton mehr, Anna hörte nur ihre eigenen Füße, die ab und zu in eine Pfütze platschten. Irgendwo tropfte Wasser monoton von dem Gewölbe auf den Steinboden. Plitsch! Plitsch, plitsch. Leise tippelnde Schritte von Ratten, die Ratten machten sie nervös, was sollte sie tun, wenn diese sie angriffen? Sie hatte gar nichts, keine Abwehrwaffe, mit der sie sich hätte wehren können. Und die Ratten waren sicherlich schrecklich zahlreich! Wie viele Ratten leben in so einer Kanalisation?

Annas Kerzenlicht spendete mehr Schatten als Licht, ständig rutschte sie aus und fiel beinahe in die Rinne, in der die Kloake dahin rann.

Sie fror, ihre Zähne klapperten aufeinander, der starke Regen war durch ihren Kragen unter die Lederklamotten geflossen, ein widerliches Gefühl.

Warum fließt hier noch Wasser? Ich denke, alle Menschen sind tot?, grübelte Anna. *Der Regen*, beruhigte sie sich. *Du wirst auch schon meschugge.*

Der Troll stolzierte voraus, den leuchtend grünen Stab in die Höhe haltend. Anna stolperte vorsichtig, stets ein Auge auf die Rinne werfend, hinterher.

Plitsch, plitsch, plitsch.

Sie hielt ihre Kerze hoch über dem Kopf. Da der Troll ihr den Rücken zugedreht hatte, konnte sie nicht erkennen, ob seine Nase weiß oder rot war.

Nach einer Weile drehte der Troll den Kopf, blickte Anna mit schmerzverzerrtem Gesicht kurz an und zeigte nach rechts in einen Abzweig.

Anna ging geradeaus weiter, sie hatte eine rote Nase schimmern gesehen. Ein Unterfangen, was gar nicht so einfach bei dem schummerigen Kerzenlicht war, sie konnte die Nase des Trolls kaum ausmachen.

Der Troll lachte meckernd wie eine Ziege und folgte ihr.

Anna bemerkte, dass die etwa Hunderte, wenn nicht sogar Tausende Ratten, die in der Kanalisation hausten, ihr auswichen. Sie schob das Phänomen auf die Anwesenheit des Trolls. Die Ratten wagten anscheinend nicht, ihn anzugreifen.

Also blieb auch sie vorerst verschont. Der Troll schien allmächtig zu sein. Trotz ihrer Angst fragte Anna sich, welches merkwürdige Wesen dieser kleine Zwerg war, er schien nicht von dieser Erde zu stammen. Aber wenn er nicht von dieser Erde kam, woher denn dann?

Der Troll überholte Anna, seine Nase schimmerte wieder weiß. Sie stolperte über einige Leichen, die sich vor dem Virus in die Kanalisation geflüchtet hatten. Deshalb der offene Kanaldeckel. Sie waren schon reichlich angefressen und stanken nach Verwesung, Anna verzog angewidert das Gesicht.

»Heee, Troll! Wo willst du hin?«, rief sie dem Zwerg, der keine zwei Meter vor ihr ging, hinterher. Der Troll drehte seinen ledernen Kopf, hob den Stab und grinste Anna an.

Weiße Nase.

Ich bring dich raus,
ich bring dich raus,
so sieht das aus!

Anna betrachte ihre Kerze, sie war nur noch ein zwei Zentimeter langer Stummel. So lange war sie schon in dieser Kanalisation? Das konnte doch nicht sein. Nach ihrem Ermessen befand sie sich erst seit zehn oder elf Minuten in dem Loch, aber der Kerze nach zu urteilen, war mit Sicherheit schon eine Stunde verstrichen!

»Zeit, Zeit, Zeit, was ist schon Zeit, du kleine Göre!« Laubrasselstimme, rote Nase! Anna wurde vorsichtiger, der Troll verriet sich nicht nur durch seine Nasenfarbe, sondern auch durch seine Stimme.

Rote Nase und Laubrasselstimme bedeuten Gefahr.

Weiße Nase und Pumuckl-Stimme bedeuten keine Gefahr.

Vielleicht!

Offensichtlich konnte der Troll auch Gedanken lesen, was vermochte der eigentlich nicht? Anna starrte auf ihre Kerze. Höchstens noch fünf Minuten, dann würde sie erlöschen. Sie irrte unmöglich schon so lange in der Kanalisation herum, irgendetwas stimmt mit der Zeit nicht, hat der Troll die Zeit *verschoben*? Oder *verworren*? Annas Gedanken schlugen Purzelbäume.

Plitsch, plitsch, plitsch!

* * * *

Arkansas schwamm! Sie tauchte in einen Wasserfall ein. So intensiv hatte sie das Phänomen bei ihrem Sprung über das Gartentor nicht verspürt, eigentlich hatte sie gar nichts gespürt. Ark sah keine bunten Blitze, weiße Lichttunnel oder etwas Ähnliches, wie sie es mal in diversen Filmen gesehen hatte. Sie schwamm (*schwebte?*) durch ihre Ebene. Sie erkannte, dass sie in ihrer *richtigen* Ebene ihre Patienten versorgte. Ihr anderes Ich unterhielt sich mit Dr. Juliane Vollmer,

Doktor Vollmer lachte mit blitzenden Zähnen. Offensichtlich hatte Ark ihr einen Witz oder eine Anekdote erzählt.

Einen Bruchteil einer Sekunde!

Ark schwamm durch ihre *echte* Ebene hindurch, in der Dimension schienen die Menschen unversehrt. Sie sah für den Bruchteil einer Sekunde Jenny, Lil und eine *verschwommene* Arkansas am Skattisch sitzen. Warum verschwommen? Sie kniff die Augen zusammen. *Vielleicht bin ich doch tot?*

Als Arkansas die Augen wieder öffnete, erkannte sie, dass die junge Ark in einem Flugzeug saß, mit ihren lebenden Eltern bei der Ausreise aus Amerika. Eine Zehntelsekunde später sah Ark sich über ein Gartentor springen. Alles war so durcheinander. *Bin ich jetzt tot?*

Das Ganze dauerte nicht einmal eine Sekunde. Oder eine Ewigkeit?

Ark wusste es nicht.

Sie durchstieß einen weiteren *Wasserfall*, landete in einem grobkörnigen Sand, überschlug sich und prallte gegen einen roten Stein. Sie krümmte sich schmerzhaft zusammen, für den Bruchteil einer Sekunde war sie benommen. *Nur nicht die Besinnung verlieren!*

Ark wirbelte stöhnend herum, sie sah sich im Kugelhagel Klemens' zusammenbrechen. Deutlich konnte sie durch den Wasserfall – die Wasserfälle? – erkennen, dass die Kugeln in ihren Kopf und in ihren Bauch einschlugen.

»Bin ich jetzt tot?«

Arkansas schaute in den Himmel. Eine Sonne, die viel größer war als die *ihre*, brannte gnadenlos vom wolkenlosen grünen Himmel, ihr brach der Schweiß aus. Grüner Himmel?

Wo bin ich hier?

Ark schaute sich um, sie war in einer Steppe gelandet, in einer Kiessteppe. In der Ferne, es mochten vielleicht zweihundert Meter oder eine Million Kilometer sein, stolzierten Dinosaurier durch den trockenen Wüstensand. Ark rieb ungläubig über ihre Augen und schlug sich ins Gesicht, um endlich wach zu werden. Sie wurde nicht wach, sie war wach, hellwach, die Dinos waren echt! Sie sah, dass die Dinos Sand oder Kies weideten. Solche Dinos hatte sie weder in einem Buch noch in einem Film gesehen. Eines der Tiere sah wie eine Kreuzung zwischen einem Corythosaurus und einem Brontosaurus aus der Kreidezeit aus. Oder einer Seeschlange. Oder einer Trappe. Oder ... Was war, wenn diese Tiere außer Wüstensand auch kleine dunkelhäutige, Rastalocken tragende, verirrte Versprengte fraßen? Ark erschauerte, löste sich von dem Anblick der Saurier und schaute nach rechts.

Ihre Augen weiteten sich erneut ungläubig, in dem kalten, (*warum kaltem?*) Wüstensand stand, *schwebte* eine große Frau. Deren schlanke Beine berührten den Sand nicht, oder kaum, diese Frau war sehr groß, sie maß bestimmt drei Meter. Sie war nackt, fast nackt, ein durchsichtiges weißes Negligé umhüllte den gertenschlanken Körper. Ark war sofort neidisch ob dieser Figur. Volle Brüste schimmerten unter dem Stoff hervor. Eine weiße, fast durchsichtige Haut vollendete den Körper. Ein Lorbeerkranz, welchen sie um die Stirn trug, verlieh ihr eine göttliche Aura. Die Frau kniff die Augen zusammen, sie schien zu überlegen.

»Wer bist du? Wo bin ich? Bin ich tot?« Ark war verwirrt, sie erhob sich ächzend und rieb über ihren schmerzenden Kopf. Andauernd musste ihr Schädel leiden, erst die blöde Dogge und dann dieser Stein. Scheiß Dogge, scheiß Stein!

Die Frau kniff die Augen fester zusammen, sie schien etwas zu *fordern*.

Ark spürte, dass sich eine fremde Macht in ihrem Kopf *eintastete*. Sie versuchte, sich zu wehren, erfolglos.

»Ich musste erstmal deine Kommunikationsmöglichkeiten überprüfen. Du bist also ein Mensch, du bist die Erste der Gattung Mensch, die mir entgegentritt, zumindest seit langer Zeit, ihr kommuniziert ganz schön primitiv, um es mit euren Worten zu sagen.« Weiße Augen schauten Ark an.

Ark brachte nur ein dünnes »Hä? Wer bist du?«, über die Lippen.

»Ich bin eine Weltenbummlerin, um es mit euren Worten zu sagen.«

»Wie?«

»Du bist also Arkansas, die Hüterin des Bogens«, sagte die Bummlerin verächtlich. »Du hast deinen Bogen nicht mit.«

»Er liegt im Auto, Hüterin des Bogens? Bin ich jetzt tot?« Ark deutete mit ihrem Finger auf den Wasserfall, blutüberströmt lag ihre Leiche auf der Straße, im strömenden Regen. Harry kam angerannt und nahm die *andere* Ark in den Arm, er weinte.

»Wenn du tot wärest, dann wärst du nicht hier. Dann wärst du ganz woanders, um es mit euren Worten auszudrücken.«

»Weltenbummlerin? Was ist das denn schon wieder für ein Quatsch?«

»Eure Rasse muss lernen, zu erkennen. Ihr lauft blind durch die Gegend, um es mit euren Worten zu sagen. Merkt ihr gar nicht, dass ihr alles falsch macht? Ihr verseucht eure Luft, die ihr zum Leben benötigt, ihr verschmutzt euer Trinkwasser, ihr holzt eure Wälder ab, für Möbel, Papier und so ein überflüssiges Zeugs, um es mit euren Worten zu sagen.« Die Bummlerin stemmte empört ihre Arme in die schmalen Hüften.

»Falsch? Wie meinst du das?«

»Eben falsch, falsch ist falsch. «

»Was meinst du damit?«, wiederholte Ark.

»Falsch«, wiederholte die Weltenbummlerin.

Ark merkte, dass sie so nicht weiterkam. »Kannst du mir vielleicht mal erklären, wie ich zurück in meine Dimension komme? Und wo ich hier etwas zu trinken bekomme? Bei euch ist es ja höllisch heiß.« Zur Bestätigung ihrer Worte wischte sie Schweiß von ihrer Stirn, auf der schon wieder eine Beule wuchs.

»Du hat Glück, das Tor ist noch auf, es passiert nicht oft. Du brauchst nur hindurchzutauchen, dann bist du schon wieder daheim.«

43

»Aber das ist doch gar nicht meine Ebene. Ich will in meine *richtige* Dimension, in die, in der noch jeder lebt.« Ark deutete wieder auf den Wasserfall. »Dort, in der *anderen* Ebene ist doch alles tot.«

»In nicht ganz drei Monaten wird dies deine ...«, die Bummlerin legte den Kopf schief, »... wie sagst du ...? Ebene sein, wenn du und deine Freunde sich nicht beeilen«, hauchte ihre Stimme. Sie wurde von kaltem, (warum kaltem?) Wind verweht.

»Aber? Wie soll ich es anstellen? Wie sollen *wir* das anstellen? Ich habe keine Ahnung. Was hat der Troll damit zu tun? Oder Strubbel? Oder ich?«, rief Ark verzweifelt.

Die Bummlerin drehte sich um und ging, *schwebte* in die Wüste. »Du musst das Tor suchen, sonst fluppt das nicht, um es mit euren Worten zu sagen.« Die Weltenbummlerin verschwand schwebend, sie löste sich einfach wie auch die Dinos im Nichts auf!

»Warte!«, rief Ark verzweifelt. »Lass mich hier nicht allein! Wo bin ich hier? Wie viele Ebenen gibt es? Warum bin ich hier?«

»Du bist freiwillig hierher geschwommen, um es mit euren Worten zu sagen«, schwebte die dünne Stimme in Arks Gedanken. »Hunderte Welten? Tausende Welten? Niemand, außer einer weiß es, ich bin nur eine kleine Weltenbummlerin.« Die dünne Stimme verfloss im Wüstensand.

Ark war wieder allein, völlig allein in einer fremden Welt! *Freiwillig? Spinnt die lange Tante? Vielleicht bin ich ja in der Sahara? Oder in der Wüste Gobi? Aber die Dinos?*

Sie brach in Tränen aus.

»Heul nicht, mach«, schwebte die dünne Stimme in ihre Gedanken. »Das habe ich dir schon einmal gesagt.«

Ark erinnerte sich an das Krankenhaus, sie saß damals auf einem Stuhl und hatte gerade ein Fußbad genommen, dabei quasselte diese seltsame Stimme in ihre Gedanken.

Sie sah zu dem Wasserfall.

Sie durfte nicht jammern, sondern sie musste handeln.

Die Konturen des Wasserfalls waren schon schlechter zu erkennen, sie waren verwaschen, verwischt und verschwommen. Nicht lange und das Tor würde geschlossen werden, von wem auch immer. Sie würde für alle Zeiten in dieser Dimension bleiben müssen. *Vielleicht sitzt da hinten ja ein Pförtner auf vierhundert Euro Basis, der mich durchlässt*, dachte sie sarkastisch. *Und wenn ich zurückgehe? Dann ballert der Nazi mich ab! Ich würde genau in seine Kugeln laufen – springen. Schließlich hat er mich schon einmal erschossen. Warum einmal erschossen? Ich lebe ja noch! Oder nicht? Bin ich jetzt wirklich tot? Was bin ich eigentlich? Wenn ich hierbleibe, dann werde ich mit Sicherheit verdursten oder verhungern! Oder beides. Ich kann doch nicht wie die Dinos den Sand fressen? Oder ich werde von-was-weiß-ich-welchen Tieren gefressen! Bloß nicht! Also muss ich irgendwie zurück. Vielleicht laufe ich ja gar nicht in die*

Kugeln des Nazis, vielleicht verfehlen sie mich ja. Also los! Du hast keine Chance! Nutze sie!

Kurz entschlossen trat Ark an den stetig schwächer schimmernden Wasserfall heran, sprang hinein und schwamm zurück.

* * * *

Harry sah Kandy im Kugelhagel zusammenbrechen.

»Nein!«, brüllte er, warf seine Dose und den Löffel in den Fußraum, riss die Tür auf und rannte durch den strömenden Regen zu Kandy.

Der Nazi rannte Anna hinterher, die anderen Nazis saßen noch immer in ihren Autos.

Schluchzend erreichte Harry Kandy und riss die Leiche hoch. Er presste die stark blutende Frau an sich, Kandy war tot. Harry weinte bitterlich, flüsterte immer wieder deren Namen und streichelte mit einer Hand über die Rastalocken. Harry starrte auf seine Hand, sie war völlig mit Kandys Blut beschmiert. Etwas Gehirnmasse rann auf seine Brust, Harry war's egal.

Irgendwo explodierte eine Handgranate, er registrierte es kaum.

Er sah durch seine tränenüberströmten Augen einen *Wasserfall*? Direkt hinter Kandy. Er sah Ark in die Luft reden, mit jemandem reden, etwas ... Aber sie war doch tot, von den Kugeln des Nazis durchsiebt! Er sah ihre Lippen, die bewegten sich, oder nicht? War sie nun tot oder nicht? Harry war verwirrt.

Oder doch?

Oder nicht?

Oder was?

Harry wusste nicht mehr, was er glauben sollte.

Das werden sie büßen, die Schweine, dachte er.

Der andere Nazi kam wassertriefend zurück. Er zielte mit seiner MP auf Harrys Kopf. Harry war's egal.

Susanna, Gabi und Marc stiegen aus ihren Fahrzeugen. »Klemens, lass es, den brauche ich noch!«, brüllte Susanna durch den strömenden Regen und richtete ihre MP auf Klemens. Der starrte sie mit weit aufgerissenen Augen an. Gabi und Marc richteten ihre MPs auf das Taxi und dem Geländewagen.

Klemens fuchtelte mit der MP vor Harrys Nase herum. »Steh auf!«

Harry legte Ark auf die nasse Straße und stand auf. Seine Klamotten und Hände waren blutbesudelt. Der Regen wusch das Blut ab, rosa rann Arks Lebenssaft in die Gosse.

Plötzlich flog ein schwarzer Schatten heran! *Ic asse Regen!* Strubbel flog gegen Klemens, dieser kam noch nicht einmal dazu, einen Schrei auszustoßen. Strubbels riesiges Gebiss schnappte zu, mit einem lauten *Knacks* brach die Halswirbelsäule Klemens'. Der brach wie vom Blitz getroffen zusammen.

Ein bunter Schatten in einer grünen Schimanski-Jacke kam herangeflogen, entriss dem Nazi die MP und wirbelte herum. Punk feuerte augenblicklich auf

45

die Nazis, die wie zu Salzsäure erstarrt im strömenden Regen standen. Gabi und Marc vollführten einen grotesken Tanz, als die Kugeln in ihre Körper einschlugen. Dann brachen sie zusammen und landeten in einer großen Pfütze. Sie kamen noch nicht einmal dazu, die Waffen hochzureißen.

Susanna gab einen Feuerstoß in Richtung Punk ab und sprang hinter das Taxi in Deckung. Der Feuerstoß war viel zu hoch angesetzt, die Kugeln schlugen in das Fenster einer Wohnung und fegten die Vorhänge zur Seite. Sie sah eine Frau, die auf der Fensterbank lehnte, mit einem Kissen unter den Ellenbogen. Eine tote Frau mit langen roten Haaren. Ein Scherbenregen prasselte auf den Bürgersteig.

Punk warf sich auf die nasse Straße und spuckte die letzten Patronen in Richtung Taxi.

* * * *

Susanna schaute sich kurz um. Warum taten Gabi und Marc nichts? Sie standen wie zur Salzsäure erstarrt da und glotzten in den Regen.

Der strömende Regen peitschte in ihr Gesicht, sie wischte sich fahrig mit der Hand über die Augen. Wo blieb Goebbels? Das Arschloch war doch sonst überall präsent!

Ein schwarzer Schatten wischte durch den Regen und packte Klemens ins Genick, ein zweiter Schatten huschte heran und schnappte sich die MP Klemens'.

Der Schatten ballerte sofort los!

Susanna sah aus den Augenwinkeln Gabi und Marc wort- und tatenlos zusammenbrechen, irgendetwas Blutiges spritzte ihr ins Gesicht.

Der Schatten richtete seine MP auf Susanna.

Susanna gab einen kurzen Feuerstoß auf den Punk ab, dann kapitulierte ihre Waffe. Sie sprang hinter das Taxi.

Scheiße, ich hab im Hotel die Waffen vertauscht!, zuckte ein Gedanke durch ihr Hirn. *Im scheiß Gerichtssaal dieser Kneipe!*

Ein weiterer Feuerstoß wischte heran, die Kugeln sirrten durch die Luft und schlugen in die Karosserie des Taxis.

Das war Krieg!

Nicht jede Kugel prallte gegen das Taxi, Susanna spürte, dass ein Projektil in ihren linken Arm einschlug. Die Kugel zerriss ihren Kampfanzug, Stoff- und Hautfetzen spritzten zur Seite. Sie kreischte auf und ließ die Waffe fallen.

* * * *

Ein lauter Aufschrei.

»Ich bin verwundet!«, kreischte Susanna.

»Das kann ja jeder sagen, komm mit erhobenen Händen raus, dann wirst du auch verarztet!«, brüllte Punk zurück.

Willi sprang aus dem Geländewagen, sein Gesicht war vor Grauen und vor Trauer um Ark grotesk verzerrt. Er trat hinter das Taxi, bückte sich und hob die fallen gelassene MP auf.

»Sie ist tatsächlich verletzt!«, rief er.

Strubbel trottete zurück in das Taxi. *Sceiß feuctes Dac*!

Die ganze Schießerei hatte nicht einmal eine Minute gedauert.

Willi richtete die leere Waffe auf Susanna. Er hatte keinen blanken Schimmer, wie er die Waffe zu bedienen hatte, aber Susanna schaute in sein entschlossenes Gesicht und erhob sich. Sie zitterte und blutete aus einer Wunde im linken Oberarm, auch in ihrem Gesicht war Blut, wahrscheinlich von der dicken Gabi oder dem Italiener.

»Das Magazin ist leer«, sagte Susanna kleinlaut.

Willi störte das leere Magazin nicht, sie waren eindeutig im Vorteil.

»Ihr Schweine habt Kandy ermordet!«, brüllte Harry und stürzte mit erhobenen Händen auf Susanna zu. Die duckte sich ängstlich und schlug die Hände über dem Kopf zusammen.

Willi trat Harry in den Weg. »Das bringt doch nichts, wenn du sie jetzt erwürgst, davon wird Saskya auch nicht wieder lebendig. Die Frage ist, was machen wir mit ihr? Und wo ist Anna? Warum haben die uns so schnell gefunden?«

Harry stoppte abrupt, seine grauen Winterstiefel schlitterten über den nassen Asphalt. Er starrte auf den Lauf der MP, die zufällig auf ihn gerichtet war.

Der Regen tropfte vom Stetson und lief in seinen Kragen.

Willi richtete die Waffe zur Seite. »Tschuldigung«, murmelte er.

»Wir legen sie um, ist doch klar. Das hätten sie mit uns auch getan, das siehst du ja an Arkansas. Aber erstmal sehen wir zu, dass wir in trockene Tücher kommen, ich bin schon ganz nass. Ich bin in letzter Zeit schon genug nass geworden«, sagte Punk.

»Habe ich etwas verpasst?«

Die drei wirbelten herum, ihre Augen quollen aus den Höhlen, mit offenen Mündern starrten sie Ark an. Susanna stieß einen spitzen Schrei aus.

Da bisse ja wieder, bemerkte Strubbel aus dem trockenen Taxi.

Harry starrte abwechselnd in Arks Gesicht, auf seine Hände und auf seine Kleidung. Kein Blut, keine Gehirnmasse, das Blut und das Gehirn waren verschwunden!

Aufgelöst!

Ins Nichts, was ist Nichts?

Harry drehte sich um und starrte auf die Stelle, an der Kandy *gestorben* ist, war? Oder nicht?

Die andere Kandy war verschwunden, vielmehr die tote Ark, die lebende Kandy stand ja vor ihm, von den Toten auferstanden.

Was konnte, *wusste* diese Frau? War sie eigentlich ein *Mensch*? Oder etwas anderes? Was anderes? Vielleicht eine aus der *Enterprise*-Crew? Oder so eine Art *ET*? Ein Marsmännchen oder -frauchen? Rätsel über Rätsel, das Ganze war ja komplizierter als Sudoku.

Verwirrt nahm Harry Arks Kopf in die Hände und untersuchte die Einschlagstellen der Projektile. Für den Bruchteil einer Sekunde quoll Gehirnmasse über seine Hände. Harry sah die Masse verschwommen glitschig zwischen seinen Fingern verrinnen, er erschauerte und kniff die Augen zusammen, sein Herz vollzog einen Sprung rückwärts. Er blinzelte mit den Augen und sah genauer hin. Wieder nichts, kein Blut, keine zerschmetterte Schädeldecke, keine herausquellende Gehirnmasse, nichts! Die Gehirnmasse war schnell vergessen, er betastete den Oberkörper Kandys, alles in Ordnung. Vor ihm stand tatsächlich die echte leibhaftige Kandy! Harry konnte es nicht glauben, er küsste sie auf den Mund und nahm sie in den Arm. »Du lebst, ich kann es nicht fassen, du lebst! Aber ich habe doch gesehen dass ... Der hat dich doch erschossen?«

Susanna versuchte, die Gunst der Stunde nutzen, um sich davonzuschleichen. Der Lauf von Punks MP zuckte hoch. Das Magazin war zwar leer, aber das musste die Göre nicht wissen. »Hiergeblieben!« Susanna gehorchte.

»Jetzt mach mal halblang, du Busengrapscher! Kaum bin ich mal zwei Minuten nicht da, schon macht ihr nur Unsinn und Anna ist verschwunden«, meinte Ark mit einem Lächeln. Der strömende Regen lief unter ihrem Stirnband hervor und tropfte über ihre kleine Nase. Eine flinke Zunge schnellte hervor und leckte die Tropfen ab.

»Ich habe ja gar nicht gewusst, dass du dir solche Sorgen um mich machst, du hast ja sogar geheult. Kann mir mal jemand erzählen, wie das Ganze jetzt weitergeht?«

* * * *

Anna irrte schon seit Stunden durch die Kanalisation.

Oder waren es erst zehn Minuten?

Oder tausend Jahre?

Plitsch, plitsch, plitsch!

Anna wusste es nicht, sie hatte jegliches Zeitgefühl und die Orientierung verloren.

Ihre Kerze war längst erloschen, sie orientierte sich nur noch an dem grünen Stab des Trolls. Ab und zu ließ sie das Feuerzeug aufblitzen, damit sie nicht ausrutscht und in die Kloake fiel, oder über Leichen stolperte. Sie ging über einen toten Mann, der eine Polizeiuniform trug, er sah sie fragend aus toten, milchigen Augen an. Anna fragte sich, wie viele Menschen hier unten begraben lagen, sie hatte bei dreißig Toten aufgehört zu zählen.

Die Absätze ihrer Winterstiefel hallten hohl von den Steinwänden wider, dies war das einzige Geräusch, welches Anna vernahm, der Troll gab schon seit

Stunden keinen Ton mehr von sich. Oder waren es erst Minuten? Oder vier Ewigkeiten?

Noch nicht einmal die sonst überall präsenten Ratten ließen sich blicken.

Unvermittelt drehte der Troll den Kopf.»Da geht's lang.«

Alarm! Rote Nase und Laubrasselstimme!

Es wurde kälter, Anna fror noch arger. Sie landete in einer Sackgasse, sie versuchte umzukehren. Mit einem Mal wurden die roten Steinwände *durchsichtig*. Anna verharrte, starrte auf die Wand und fröstelte noch stärker.

Das Weltall tat sich auf, Anna sah eine Galaxie rotieren. Sie hatte mal in einem Buch die Milchstraße abgebildet gesehen. Das Thema der Himmelskunde interessierte sie schon lange, ihre Mutter lästerte stets, dass Anna eines Tages in die Milchstraße fahren würde. Wenn Mutter wüsste! Das Gebilde war die Milchstraße, unverkennbar!

Plitsch, plitsch, plitsch!

»Dort musst du hin.«

Rote Nase.

Anna verharrte auf der Stelle, die Milchstraße schwebte rotierend auf sie zu. Es wurde noch kälter, schweinekalt! Die Weltraumkälte kroch durch Annas Lederkleidung wie ein Krebsgeschwür in einen Körper. Zitternd schlug Anna die Arme um ihren Leib, ihre Atemluft waberte in weißen Wolken aus dem weit aufgerissenen Mund, sie sank bibbernd zu Boden. Diese *Kälte*! Eiskalte heiße Tränen schossen in ihre Augen, sie rollten über ihre Wangen und gefroren augenblicklich. Anna schaute sich um, sie versuchte den Troll, Strubbel oder Mami zur Hilfe zu rufen.

Sie erstarrte, der Ort, an dem der Troll soeben noch gestanden hatte, war – nichts! Weltraumdunkelheit, ewige Finsternis.

Die Luft wurde dünner, stetig dünner. Dünner! Anna bekam Schwierigkeiten zu atmen. Sie rang schwer keuchend nach Sauerstoff, ihre Lungen pumpten verzweifelt nach Luft, ihr Herz raste, die Kälte lähmte sie.»Mammiii, ich kann nicht mehr!«, japste sie.

Sah so das Ende aus?

Dann: Nichts! Anna verlor das Bewusstsein!

Sie stieg auf und schwebte über ihrem Körper, sie fühlte sich – erleichtert? Oder hoffnungsfroh? Anna schwebte in die Milchstraße hinein, die Kälte hatte einer angenehmen Wärme Platz gemacht. Anna schaute nach unten, sie erkannte Arkansas, die in einem Wüstensand stand, vor ihr schwebte eine verschwommene, große Frau. Ark redete mit dieser Frau, Anna verstand kein Wort.

Sie schwebte weiter, tauchte in die Milchstraße ein, sie fühlte sich federleicht und – *fromm*.

Fromm?

Ihr Flug dauerte vielleicht ein, zwei Sekunden oder eine Ewigkeit. Dann wurde sie wieder zurückgerissen. In wahnsinniger Geschwindigkeit zuckte sie zurück, *Etwas* zog sie zurück in den feuchten, dunklen Schacht.

Ich will nicht zurüüück!

Die Kälte sprang sie wieder an wie ein Tiger, diese knochenfressende, fürchterliche, beißende Kälte. Hart landete sie in einer Pfütze.

Sie lag mit geschlossenen Augen auf dem nassen Steinboden, in dieser scheiß Pfütze, etwas zerrte an ihrer linken Hand.

Etwas Pelziges huschte über ihren Mund und blies ihr stinkenden Atem ins Gesicht, kleine Zähne machten sich an ihrer Nase zu schaffen, kleine Zähne knabberten an den linken Fingern.

Anna schlug die Augen auf. *Warum kann ich sehen, die Kerze ist doch erloschen?*

Grünes Licht waberte durch das Gewölbe, der Troll war wieder zurückgekommen.

Eine fette Ratte hockte auf Annas Brust und versuchte ihre Nase anzuknabbern, drei weitere Nager machten sich an ihrer linken Hand zu schaffen.

Anna schrie gellend auf und wischte die Ratte von der Brust. Diese verschwand quiekend in einem Abzweig, ihre Kumpels folgten ihr.

Anna schrie noch immer wie von Sinnen, sie wischte die imaginären Ratten zur Seite.

Nach einer scheinbaren Ewigkeit beruhigte sie sich. Wie lange konnte sie die Nervenbelastung noch durchhalten? Nicht mehr allzu lange.

»Ich lebe noch«, murmelte sie gegen die Gewölbedecke.

Etwas Wärme strömte zurück in ihren Körper, Anna bewegte vorsichtig die Glieder. Nichts war gebrochen. Sie schielte auf ihre Nase, die blutete. Sie schielte auf die linke Hand. Auch die Finger bluteten! Kein Traum, die Ratten waren real.

Anna erhob sich schwer atmend, die Milchstraße rotierte noch immer in der Steinwand.

Der Troll drehte den Kopf und starrte sie an. Der dünne Stab in dessen Hand leuchtete wie eine grüne Stableuchte.

Plitsch, plitsch, plitsch!

Das Geplätscher ging Anna auf den Wecker.

Rot, weiß, rot, weiß!

Der Troll kämpfte wieder mit sich. Weiße Nase, bessere Luft und wärmer, rote Nase, weniger Luft und kälter.

»Da musst du hin!« Anna hörte eine Mischung aus Laubrassel- und Pumuckl-Stimme.

Rote Nase, weiße Nase, rot, weiß, rot, weiß.

Weiß.

Geh da nicht hin,
geh da nicht hin,
bist von Sinn?

Weiße Nase, Pumuckl-Stimme!

Die Rettung?

Die Milchstraße löste sich im Nichts auf, Anna wurde es wärmer, die Luft wurde wieder atembarer. Erleichtert atmete sie auf. Wie lange sollte dieses noch so weiter gehen, wie lange würde sie es noch durchhalten?

Der Troll ging weiter und wechselte die Richtung, er schritt nach Osten, oder war es Westen? Anna hatte null Ahnung, sie folgte dem grünen Stab. Sie ging ganz dicht hinter dem Troll her, sein kleiner Körper strahlte eine entsetzliche Kälte aus. Weltraumkälte.

Sie hielt größeren Abstand.

Nach einer weiteren halben Stunde oder einer Ewigkeit stieß Anna auf eine Leiter. Über der Leiter befand sich ein runder Kanaldeckel. »Wo bin ich hier?« Sie sah nach oben, der starke Regen prasselte auf den Deckel, es war noch einigermaßen hell, sie konnte etwas Licht, welches durch die Löcher fiel, sehen. *Dann bin ich doch noch gar nicht so lange hier unten*, überlegte sie.

Der Troll ging mit hoch erhobenem Stab weiter. *Wo will der hin?*

Endlich stoppte der Zwerg.

Pitsch, pitsch, pitsch!

Geh da hoch,
geh da hoch,
nun mach doch!

»Aber da ist doch ein Deckel drauf«, beschwerte sich Anna, »wie soll ich denn da rauskommen, der Deckel ist doch viel zu schwer für mich?«

Der Troll schaute in die Höhe, er plusterte sich wie ein Auerhahn auf und vibrierte, seine Augen versprühten grüne, gezackte Blitze. Der Deckel vibrierte, glühte kurz grünlich auf, zitterte, und dann flog er mit einem lauten Knall aus der Halterung.

Fassungslos starrte Anna den Troll an. »Wie hast du das gemacht? Bist du ein Zauberer?«

Auf Wiedersehen,
auf Wiedersehen,
es war angenehm!

Mit einem leisen Knall verschwand der Troll im Nichts!

Anna zuckte mit den Schultern und machte sich an den Aufstieg.

* * * *

»Warum habt ihr uns so schnell gefunden?«, grollte Harry Susanna an. Sie saßen in einem fremden Wohnzimmer auf einer Couch, die Leichen hatten sie kurzerhand aus dem Fenster geworfen.

Ark verband Susanna fachmännisch. Punks Treffer war nur ein Streifschuss gewesen, nichts Schlimmes. »Könnt ihr euch das nicht denken?«, fragte Susanna mit spöttisch heruntergezogenen Mundwinkeln.

Punk verstand sofort. »Eine Wanze oder ein Sender oder so etwas!« Sie sprang auf und rannte in den noch immer strömenden Regen hinaus.

»Wo ist Goebbels?«, bohrte Harry weiter.

»Der sollte eigentlich schon längst hier sein«, gab Susanna gleichmütig Auskunft. »Ich weiß gar nicht, wo er so lange bleibt.« Susanna sah Willi an. »Die Knarre kannst du weglegen, das Magazin ist leer, das habe ich dir doch schon einmal gesagt.«

Sie wandte ihren Blick wieder zu Harry. »Gleich kommt er, dann seid ihr eh tot.«

»Nun blas mal nicht so aufm Kamm«, schaltete Ark sich ein. »Du bist unsere Gefangene, nicht wir deine.«

Susannas tiefblaue Augen funkelten Ark spöttisch an. »Du glaubst doch nicht im Ernst, dass Goebbels das interessiert?«

Nein, das glaubte Ark nicht, Goebbels war ein skrupelloser Verbrecher.

Punk kam nass triefend zurück, das Wetter schien ihr nichts auszumachen. In der Hand hielt sie einen kleinen Sender, nicht größer als eine Batterie, die Armbanduhren mit Strom versorgt. »KGB«, sagte sie, »der Sender war unter dem Taxi versteckt, nicht besonders gut. Da hätten wir bis nach Palermo fahren können, sie hätten uns auf jeden Fall gefunden!«

Susanna zog ihre Augenbrauen in die Höhe und erwiderte nichts.

»Schmeiß sie ins Klo und zieh ab!«, bestimmte Ark.

Punk ging ins Bad.

»Was habt ihr jetzt mit mir vor?«, erkundigte Susanna sich vorsichtig. »Wollt ihr mich killen?«

»Im Gegensatz zu euch sind wir keine skrupellosen Mörder, wir nehmen dich mit«, sagte Willi, packte Susannas Zopf und zog kräftig daran. »Was nicht heißen soll, dass wir zimperlich sind.«

»Aua, du tust mir weh!«

Ic öre Geräusce von stinkenden Pferden, sie kommen näer, sendete Strubbel. Er erhob sich von dem gemütlichen Sofa und schaute Susanna direkt an. *Deine Freunde kommen! Nur noc drei Kilometer, wie ir sagen würdet.*

Susanna riss die Augen auf, sie war geschockt. Ein Hund, der sprechen kann. Irre! »Warum kannst du reden? *Denken? Stinkende Pferde? Was ist das denn?«

Kann doc jeder! Stinkende Pferde, eben, die nicts weiden müssen, aber dennoc reiten!

Punk kehrte zurück. »Wanze versenkt!«

»Sehen wir zu, dass wir hier wegkommen, drei Kilometer sind nicht besonders viel«, bestimmte Ark.

»Aber was geschieht mit Anna, wir können Anna doch nicht im Stich lassen?«, fragte Willi in die Runde.

»Die werden wir schon irgendwo wieder aufgabeln«, antwortete Ark.

Punk richtete ihre leere MP auf Susanna. »Abgang!«

Eine Minute später lenkte Ark den Wagen durch den noch immer strömenden Regen in eine Nebenstraße, Punk saß auf der Rückbank, Susanna hatten sie in das Taxi verfrachtet, Punk hatte für Susanna Platz machen müssen, was Punk nicht besonders behagte.

Arkansas bog um eine Ecke, die Scheibenwischer vollbrachten Höchstarbeit.

Plötzlich vollzog sie eine Vollbremsung.

Reite weiter! Sie sind kurz inter uns!, sendete Strubbel.

»Aber hier liegen doch überall Leichen, ein ganzer Haufen, sie sind regelrecht *gestapelt*, da kann ich doch nicht einfach drüberfahren!«, rief sie in den Rückspiegel.

Du musst!

Willi schaute Ark von der Seite her an. »Tu es, ich bitte dich, wir müssen weiter!«

Ark schloss die Augen und begann zu weinen.

»Machs!«, zischte Willi wieder.

Ark gab Gas, der schwere Geländewagen wurde kurz angehoben, als die Vorderreifen über die ersten Leichen fuhren. Ark schluchzte heftiger, sie konnte förmlich *spüren*, wie die Knochen der Leichen unter den breiten Reifen zerbrachen, sie *spürte* förmlich, wie Köpfe, Arme, Beine und Brustkörbe unter den Reifen zermalmt wurden. Sie schrie, Willi und Punk mit ihr.

Harry folgte in seinem Taxi, der Geländewagen hatte eine gute Fahrspur (eine regelrechte Spurrille, schließlich war er viel schwerer) hinterlassen, sein Taxi rollte fast mühelos über den Leichenhaufen.

Der Wagen hoppelte noch mal kurz, dann war der Totenberg endlich überwunden. Ark atmete auf und wischte mit einer fahrigen Bewegung Tränen aus ihre Augen. Sie sah in den Rückspiegel und schaute Strubbel an. »Woher wissen die Gangster, in welche Richtung wir fahren?«

Sie faren nac Geör! Eure Pferde sind meilenweit zu ören!

Ark begriff, jegliche Nebengeräusche fehlten vollständig. Kein Verkehrslärm, keine Straßenbahn oder irgendeine Sirene, nichts. Ihre Autos schienen tatsächlich meilenweit zu hören zu sein. »Und jetzt?«, fragte sie.

Reite links!

Ark kurbelte am Lenkrad und fuhr links ab.

Reite rects!

Arkansas fuhr rechts in eine kleine Seitengasse.

Pferde aus!

Ark ließ den Motor des Geländewagens absterben, Harry parkte hinter dem schweren Fahrzeug. Keine zwei Minuten später sah Ark im Rückspiegel einen Bully und einen Van vorbeirauschen.

Ark hielt die Nervenbelastung kaum mehr aus, sie hatte die Schnauze voll! Sie drehte sich um und sah Punk an. »Gib mir mal den Bogen und den Köcher!«

Punk sprang vom Rücksitz auf die kleine hintere Ladefläche, in der sie das Gepäck verstaut hatten, kramte den Bogen und den Köcher aus dem Chaos und überreichte die Waffe Ark.

Ark nahm den Bogen, stieg aus und legte einen Pfeil auf. *Wenn die Nazis zurückkommen, dann schieße ich! Ich werde die Glatzen erbarmungslos abknallen,* dachte sie. »Werde ich das wirklich tun?«, fragte sie ihr Gewissen.

Harry stieg aus und trat neben Ark. »Du willst doch wohl nicht –«

»Doch ... ich weiß es nicht, aber wenn es hart auf hart kommt, dann ...«

»Aber ...« Harry schaute in Arks braune Augen und verstummte.

Plötzlich explodierte die Straße! Ein Gullydeckel sprang keine zwanzig Meter entfernt vor Ark und Harry in den nachlassenden Regen, er überschlug sich, wirbelte um die eigene Achse und verschwand in der Dämmerung.

Ark und Harry starrten auf das Loch, das der Gullydeckel hinterlassen hatte. Was war denn nun schon wieder? Ark richtete den Bogen auf das Loch, sie war auf alles vorbereitet.

Zehn Sekunden später erschien ein Stetson, dann ein Kopf, Anna!

Ark ließ den Bogen sinken und starrte Anna an. »Wo kommt die denn jetzt her?«

Anna schaute sich gehetzt um, sie erkannte die Autos von Ark und Harry und stieß ein abgehacktes Lachen aus. Dann rannte sie mit wehendem Haar durch den Regen an Arks Geländewagen vorbei und sprang in das Taxi.

* * * *

Goebbels folgte seinem Instinkt, irgendeine Stimme sagte ihm, in welche Richtung er zu fahren hatte. Er musste mehrmals Umwege fahren, stehen gebliebene Fahrzeuge versperrten ständig die Autobahn. Für Goebbels kein Problem, er wusste, in welche Richtung die Flüchtigen fuhren. Nach Norden! Er würde etwas später als geplant nach Bremen kommen. Aber Susanna und ihre Verbündeten hatten die Sache sicher im Griff, keine Eile war geboten.

Der strömende Regen machte ihn fast wahnsinnig, die altersschwachen Scheibenwischer des Bullys waren der Aufgabe kaum mehr gewachsen, Goebbels fluchte.

Der Van folgte ihm auf der Stoßstange.

Knatternd erreichte der Bully einen Vorort von Bremen, Goebbels stoppte den Wagen, kurbelte das Seitenfenster runter und lauschte. Er hörte die Salve einer Maschinenpistole rattern, missmutig verzog er sein Gesicht. Hoffentlich hatten die Kameraden seine Negerin nicht erschossen, er hatte ausdrücklich befohlen, dass dieser nichts passieren durfte!

Befehl ist Befehl!

Goebbels stieg aus und ging zu dem grünen Van.

Heiko ließ die Scheibe runterfahren. »Was ist?«

»Sie sind hier ganz in der Nähe, ich habe eben eine MP gehört, irgendwer hat geschossen, macht mal eure Anlage aus und horcht, wir müssen jetzt nach Gehör fahren.«

»Alles klar!«, antwortete Heiko und ließ die Scheibe wieder hochfahren. Er ließ Goebbels im Regen stehen. So eine Respektlosigkeit hatte Goebbels noch nicht erlebt! Er nahm sich vor, Heiko beizeiten zur Rechenschaft zu ziehen.

Er stampfte durch die Pfützen zurück zu seinem Bully, stieg ein und fuhr weiter. Eva lag auf dem Beifahrersitz und grunzte zufrieden.

Fünf Minuten später erreichte Goebbels das Zentrum (das nahm er jedenfalls an), der Vorstadt. Die bayrische Luxuskarosse stand verlassen in der Fußgängerzone, die Türen standen sperrangelweit auf. Kein Mensch zu sehen. Alarm! Goebbels schnappte seine MP, schaute sich kurz um und stieg aus.

Heiko und seine Kumpane verließen ihr Fahrzeug. Der Regen hatte nachgelassen, stattdessen hatte die Dämmerung eingesetzt.

Klemens tauchte in Goebbels' Blickfeld auf. Er lag auf dem Bauch und rührte sich nicht. Goebbels drehte ihn mit der Fußspitze seiner Springerstiefel um, tote Augen starrten ihn an. Was war hier passiert? Er nahm der Leiche die verbliebene Handgranate ab und stopfte sie in die Seitentasche seiner Hose.

»Goebbels! Komm mal hier hin!«, rief Heiko durch den leichten Regen.

Lydia und Rudi sicherten in alle Himmelsrichtungen.

Goebbels stampfte durch die Pfützen zu Heiko. Vor der roten Bonzenkarre lagen blutüberströmt die Leichen von Gabi und Marc. Marcs Brustkorb mutete an wie eine zerstückelte Salami. Er durchsuchte die Leichen, die Handgranaten befanden sich noch in den Taschen der Kampfanzüge. Goebbels zog sie aus den Taschen, sammelte die MPs ein und verstaute sie in seinem Bully.

Er schaute sich weiter um, Susanna war verschwunden! Er ging zurück zu der roten Limousine und starrte hinein. Typisch Susanna, vier Handgranaten lagen in der Konsole. Goebbels fischte sie heraus und stampfte zu seinem Bully zurück.

»Durchsucht Susannas Wagen, vielleicht können wir ja noch irgendetwas gebrauchen, wir müssen sie suchen, weit kann sie ja nicht gekommen sein, dann geht's weiter!«, befahl Goebbels.

»Klemens' Knarre ist verschwunden«, meldete Lydia.

»Das habe ich selbst schon gesehen!«, schnauzte Goebbels sie an. »Dann haben unsere Feinde auch eine Waffe, wir müssen vorsichtig sein. Zum Glück haben sie kein Ersatzmagazin und keine Handgranaten, so will ich jedenfalls hoffen!« Goebbels drehte sich um und horchte in den Bully. »Das Signal steht auf der Stelle, sie haben die Wanze bestimmt entdeckt und irgendwo entsorgt.

Wir müssen weiter nach Gehör fahren, achtet auf Motorengeräusche, in der Stille kann es ja nicht so schwer sein!«

»Vielleicht stehen sie aber auch irgendwo hinter einem Haus und warten. Und sie wissen nichts von der Wanze«, wandte Heiko ein.

»Ja, ja, ja, du Klugscheißer, ihr seid aber auch fürchterlich schlau, so schlau bin ich schon lange!« Goebbels setzte sich zurück in den Bully und fuhr weiter, seinen Kopf streckte er aus dem Seitenfenster. Eva grunzte zufrieden, Goebbels streichelte den Kopf des Schweins.

* * * *

Anna war verängstigt und verschwitzt und sie stank nach Kanalisation. »Ihr glaubt nicht, was ich da unten erlebt habe«, stöhnte sie.

Die Gestrandeten saßen abermals in einem Wohnzimmer einer fremden Wohnung. Die Bewohner hatten sie ebenfalls kurzerhand durch die Fenster entsorgt. Daraufhin hatten sie erstmal ordentlich durchgelüftet, um so viele Fliegen wie nur möglich zu verscheuchen. Strubbel bewachte Susanna und lauschte ganz nebenbei nach Motorengeräuschen.

»Anna, mittlerweile glaube ich alles«, sagte Harry und zog an seiner Selbstgedrehten.

»Der Troll kann die Zeit *verschieben* oder *beeinflussen*, oder was auch immer«, stammelte Anna. Sie starrte auf ihre linke Hand. Ark hatte die Wunden mittels Hausapotheke desinfiziert und mit kitschigen Kinderpflastern beklebt. Auf den Pflastern war Donald Duck zu sehen! Echt kitschig! Und das in ihrem Alter! Auch auf Annas Nase klebte ein Pflaster. »Ich war in der Milchstraße, bin beinahe erstickt und erfroren. Aber der Troll hat mich dann doch gerettet. Ihr müsst aufpassen! Wenn er eine rote Nase hat, dann ist er böse, ein Arschloch. Wenn er eine weiße Nase hat, dann ist er gut, dann hilft er uns!«

»Bis dato haben wir ihn ja noch nicht gesehen, nur du«, wandte Willi ein.

»Troll? Zeitverschiebung? Milchstraße? Und dann auch noch ein sprechender Hund? Seid ihr bekloppt? Ich dachte bisher, Goebbels ist irre, aber es trifft scheinbar auch auf euch zu«, meinte Susanna mit einem süffisanten Lächeln.

»Halt die Schnauze! Du weißt ja gar nicht, in was du eigentlich reingeraten bist«, kommandierte Punk.

Susanna zuckte mit den Schultern und verhielt sich ruhig.

»Das verstehe ich auch nicht«, nahm Anna den Faden wieder auf, »ich sehe den Troll, er spricht mit mir, er rettet mich! Aber *ihr* seht ihn nicht.«

Anna ahmte die Pumuckl-Stimme des Trolls nach. *Die bunte Frau, die bunte Frau, die dem Boss die Waffe klau!* »Oder so ähnlich hat er gesagt!« Sie schaute Punk, die sich in einen alten Ohrensessel gefläzt hatte, an. »Damit bist übrigens du gemeint, dann bleibt mir nur noch ein Rätsel. Der schwarze Mann, der schwarze Mann und so weiter. Das werde ich auch noch knacken.«

Punk wusste von den Reimen des Trolls, Anna hatte ihr davon berichtet. »Aber ich habe dem Boss doch keine Waffe geklaut, es war doch nur die Waffe des Handlangers, dieser ... wie heißt der?«

Ich kann mich doch auch mal irren!, ertönte die Pumuckl-Stimme des Trolls aus dem Nichts.

Susanna zuckte hoch. »Was ist das, *was* war das?«

»Der Troll, das erzählen wir dir schon die ganze Zeit, bist du taub?«, meinte Ark. Sie stand auf und spähte aus dem Fenster, das zur Straße lag. »Anscheinend haben sie uns verloren, aber was tun wir jetzt? Was machen wir mit dieser Göre?« Sie drehte sich um und deutete mit dem Bogen auf Susanna. »Wir müssen doch das Loch suchen, wir haben nur noch zwei Monate und drei Wochen Zeit. Dann können wir uns nicht mit *der da* herumärgern.«

Ark schaute erneut aus dem Fenster, ihre Stirn hatte eine neue Beule, direkt neben der Beule, die ihr diese scheiß Dogge eingebrockt hatte. Dies sah sie im Spiegelbild der Scheibe. Die neue Beule war aber kleiner und nicht so bunt.

»Ist doch klar, wir ballern sie ab, du hast doch den Bogen«, sagte Punk gelassen.

»Du kannst sie doch nicht einfach töten, bist du verrückt?«, rief Anna erschrocken.

»War doch nur 'n Scherz, beruhige dich. Wir nehmen sie als Geisel mit«, beschwichtigte Punk.

»Du glaubst doch nicht im Ernst, dass Goebbels auf mich Rücksicht nimmt, in welcher Welt lebst du eigentlich? Der Mann ist irre, ein echter Nazi, der scheißt was auf seine Kameraden. Wenn's hart auf hart kommt, opfert der jeden für die Sache«, sagte Susanna.

»Wieso echter Nazi? Bist du kein echter Nazi?« Harry stand auf, trat seine Zigarette auf dem roten Teppich aus und gesellte sich zu Ark an das Fenster. Er schaute hinunter auf die Straße, es war schon fast dunkel. Normalerweise leuchteten um diese Zeit die Straßenlaternen auf und die Neonlichter der Schaufenster flackerten unruhig. Menschen eilten durch die Straßen, um vielleicht noch schnell etwas einzukaufen oder zu essen. Die wummernden Bässe der ersten Discos drangen auf die Straßen, Autos von irgendwelchen Schürzenjägern fuhren langsam Patrouille. Hunde wurden ausgeführt, verliebte schlenderten Arm in Arm an den beleuchteten Schaufenstern vorbei. Teenies saßen auf den Bänken und stopften einen Döner oder eine Currywurst mit Pommes in sich hinein. In den ersten Kneipen wurde geknobelt oder Skat gespielt. Später würden die ersten Krankenwagen mit heulenden Sirenen anrollen, wenn ein Besoffener auf die Schnauze gefallen war, oder wegen einer Schlägerei. Und nun? Nichts! Nur die dunkle, tote Straße, in der vereinzelt Leichen lagen und vor sich hin stanken!

Harry fröstelte, er schob seine Gedanken beiseite. Ihm fiel auf, dass er und Ark direkt am Fenster ein gutes Ziel boten. Auch wenn es hinter ihnen schon fast dunkel war. Im Augenblick war's ihm egal. Er sprach gegen die Fensterscheibe. »Du siehst gar nicht wie ein Nazi aus. Eher wie ein Model, auch wenn du einen Kampfanzug trägst. Deine Vorzüge habe ich ja schon erfahren dürfen. Auch wenn es nicht ganz freiwillig war.« Harry erntete ob seiner Aussage einen Stoß von Arks Ellbogen in seine Rippen.

»Mittlerweile hat unsere Gesinnung jede Gesellschaftsschicht erreicht«, antwortete Susanna spöttisch.

Die Pferde kommen zurück, meldete Strubbel. *Sie sucen uns.*

Ark lugte aus dem Fenster. »Das ist mir klar. Wie weit?«

Ungefär zwei Kilometer, um es in euren Entfernungen zu sagen.

»Unsere Fahrzeuge finden sie nicht so schnell, die haben wir ja im Hinterhof geparkt«, meinte Willi und trat auch an das Fenster heran. »Wenn das so weiter geht, dann bekommen wir noch einen hübschen Häuserkampf. Sie sind mit der Tucke da ...«, er deutete auf Susanna, »... noch fünf Leute. Die Tucke scheidet aus, solange sie in unserer Gefangenschaft ist, wir sind auch fünf Leute, das bedeutet Patt.«

»Du vergisst, dass sie mit automatischen Waffen und Handgranaten bewaffnet sind, wir haben zwei leere Knarren und einen Holzbogen. Sie müssen doch nur ein paar Hölleneier durch die Fenster werfen, wahrscheinlich sind's auch noch Splitterhandgranaten, dann haben wir aber ganz schlechte Karten. Es sei denn, sie wollen der Göre nichts t –« Harry brach ab, als er Susannas spöttischen Blick bemerkte.

»Was sind Handgranaten?«, fragte Anna in die Runde.

»Das sind so kleine eirunde Stahldinger, da ziehst du einen Sicherungsring ab, wartest ein paar Sekunden, wirfst sie in das Loch, in welches sich deine Gegner verkrochen haben und dann macht's bumm«, klärte Punk Anna auf.

Annas Augen weiteten sich vor Schrecken. »Dann hat der böse Nazi solche Handgeranien in den Kanal geworfen, er wollte mich in die Luft sprengen, sie sind aber nicht explodiert. Zumindest nicht da unten.«

»Wo denn?«, fragte Harry und drehte eine neue Zigarette.

»Im Bauch des Trolls, er hat sie verschluckt.« Anna riss die Arme auseinander. »Mit sooo einem riesigen Maul, einfach verschluckt!«

Susanna verzog die Lippen zu ihrem typischen zynischen Grinsen und tippte mit einem Zeigefinger gegen ihre Stirn. »Ihr seid doch bescheuert, wahrscheinlich hat er nachher auch noch gerülpst und sich wonnig über den Bauch gestrichelt.«

»Woher weißt du das?«, fragte Anna erstaunt und zog die Stirn in Falten. »Gerülpst hat er, aber über den Bauch gerieben, das glaube ich nicht. Jedenfalls kann ich mich nicht daran erinnern.«

»Lass dich nicht verarschen, Anna. Willi, Harry und ich gegen runter zu unseren Autos, wir holen die Schlafsäcke und etwas zu essen. Proviant haben wir ja zum Glück reichlich eingepackt. Du, Punk und Strubbel bleiben hier und passen auf unseren Gast auf, aber zündet keine Kerzen an und macht keinen Lärm«, kommandierte Ark und ging vor, Harry und Willi folgten ihr.

Wir sind ja nict blöd! Außerdem öre ic die Pferde nict mer. Strubbel hatte auch mal wieder etwas zu sagen.

Anna rutschte näher an Punk heran. »Sag mal, wie heißt du eigentlich richtig? Ich meine, kein Mensch heißt doch einfach nur Punk?«

»Meinen bürgerlichen Namen habe ich vergessen, ich glaube Carola, Corinna oder so. Mein Nachname ist Schwindel, oder Schindel, oder so ähnlich.«

Die Wolken rissen auf, der zunehmende, fast volle Mond streute sein fahles Licht direkt in das Wohnzimmer.

»Ach wie süüüß!«, spottete Susanna, zog eine kleine Flasche Nagellack aus der Innentasche ihres Kampfanzuges und begann im Mondlicht ihre Fingernägel zu lackieren.

»Man kann doch nicht einfach so seinen Namen vergessen, besitzt du denn keinen Personalausweis? Einen Ausweis muss doch jeder bei sich tragen, falls die Polizei mal etwas überprüfen will?«, fragte Anna.

»Ich wette, die war bei den Bullen bekannt wie ein bunter Hund.«

Anna achtete nicht auf Susanna. »Was haben die Kühe damit zu tun?«

»Im Straßenjargon werden die Polizisten *Bullen* genannt, es hat mit den Rindviechern nicht besonders viel zu tun«, lachte Punk. »Aber die blöde Kuh dahinten hat gar nicht mal so unrecht. Ich war bei den Bullen bekannt, ich brauchte keinen Ausweis. Von Anfang an nicht. Ich nehme an, dass du in einer gut behüteten Kindheit aufwächst, vielmehr aufgewachsen bist?«

»Meine Mama ist Lehrerin, mein Papa Buchhalter, ich habe leider keine Geschwister, dabei möchte ich doch so gern ein kleines Brüderchen haben. Mit Brüdern kann man viel besser spielen.«

»Ach wie süüüß.«

»Schnauze, sonst lernst du mich kennen. Also, bei uns war das ganz anders, ich bin vor dreiundzwanzig, vielleicht vierundzwanzig, höchstens aber fünfundzwanzig Jahren in Rostock geboren, damals gab es die *DDR* noch. Aber nicht mehr lange, als ich drei oder vier Jahre alt war, fiel die Mauer.«

»Das hat mein Papi mir schon mal erzählt«, nickte Anna, »damals waren die Menschen in ihrem eigenen Land eingesperrt, sie durften ihr eigenes Land nicht verlassen, nur mit Genehmigungen von Behörden?«

»Das waren alles Bolschewisten, dieses war aber gar nicht süüüß«, spottete Susanna.

Punks Schlag mit der flachen Hand kam kurz und heftig, der rote Nagellack fiel aus Susannas Hand und verteilte sich auf dem Teppich. Susannas Unterlippe platzte auf, dunkles Blut lief an ihrer Kinnspitze hinunter.

Anna schrie auf. »Was machst du denn da? Das ist Misshandlung, es ist verboten!«

Punk ignorierte Annas Einwand. »Ich habe dir doch gesagt, halt die Klappe!«, sagte sie zu Susanna, dann fuhr sie fort. »Bis die Mauer fiel, war in unserer Familie eigentlich alles in Ordnung. Mein Vater war bei einem Automobilwerk beschäftigt, meine Mutter war bei einer Bäckerei in der Backstube Vorarbeiterin.

Damals gab es noch *richtige* Bäckereien, hinten in der Backstube wurde das Brot gebacken und vorn im Laden wurde es verkauft. Für damalige Verhältnisse waren wir, so glaube ich, sogar ein bisschen reich. Ich hatte sechs Geschwister, drei Brüder und drei Schwestern. Ich war das vierte Kind.«

Punk sah Anna von der Seite an. »Jetzt frag mich nicht wieder nach irgendwelchen Namen.« Anna sagte nichts, Susanna auch nicht, sie versuchte, ihre Blutung mit einem Taschentuch zu stoppen.

»Wir wohnten in einem typischen *DDR*-Plattenbau«, fuhr Punk fort. »Diese hast du sicher schon mal im Fernsehen gesehen. Nach der Wende ging es dann bergab, aus den blühenden Landschaften, welche der damalige Bundeskanzler versprochen hatte, entwickelten sich vergammelte Ruinen. Mein Vater wurde irgendwann gefeuert, meine Mutter gleich hinterher, wir wurden arme Schweine. Mein Alter begann zu saufen, meine Mutter gleich mit. Mein ältester Bruder verschwand wegen irgendwelcher Drogengeschäfte in einem Jugendknast, unser einst so toller Plattenbau vergammelte. Irgendwann kam mein Vater in den Knast, er soll ein zehnjähriges Mädchen missbraucht haben. Meine Mutter hängte sich vor lauter Kummer und Scham an einem Fensterkreuz auf, wir sechs restliche Kinder wurden in verschiedene Jugendheime verteilt. Damals war ich ungefähr zehn Jahre alt, so wie du jetzt. Hoffentlich bringen die etwas zu trinken mit, ich habe einen fürchterlichen Durst! Also, im Jugendheim haben mich die Betreuer, die ich bald nur noch Arschlöcher nannte, stets nur *he, du da*! gerufen. Vielleicht habe ich deswegen meinen Namen vergessen. Wir wurden auch geschlagen. *Erziehen* nannten die Spinner es dann. Oder mit einem Gartenschlauch verdroschen. Die Öffentlichkeit bekam davon nichts mit, die Kontrolleure vom Jugendamt wurden bestochen, offiziell waren wir das Vorzeigejugendheim. Hinter die Kulissen konnte – und wollte – niemand schauen, so etwas durfte es im wiedervereinigten Deutschland ja nicht geben. Dann war da auch noch so ein Arschloch, der sich Heimleiter nannte, ich glaube, das war er sogar. Ist ja auch egal, auf jeden Fall wurden vom Stellvertreter des Heimleiters, Kohl hieß das Arschloch, des Nachts Jungen oder Mädchen geweckt und in sein Büro gebracht. Dort blieben sie dann zwei, drei Stunden, was der Stellvertreter und sein Boss dann mit den Kindern angestellt haben, das kannst du dir ja vorstellen. Oder vielleicht auch nicht.«

»Das würde es bei uns nicht geben.« Susanna tupfte noch immer über ihre aufgeplatzte Unterlippe.

»Ach neee? Was war denn damals im Dritten Reich in den Umerziehungsanstalten los? Außerdem? Hat hier irgendjemand gesagt: *Scheißhaus melde dich*?«

Anna konnte sich schon ungefähr vorstellen, was die Männer mit den Kindern getan hatten. Ihr Vater hatte ihr einmal etwas in dieser Richtung erzählt. »Hast du da auch deine Narbe her?« Sie deutete mit einem Zeigefinger auf Punks linke Wange.

Punk strich mit einer Hand gedankenverloren über die etwa zehn Zentimeter lange, ein Zentimeter dicke, halbkreisförmige Narbe. »Genau daher habe ich diese Narbe. Irgendwann musste ich ja auch mal dran sein, damals war ich zehneinhalb Jahre alt, oder elf. Ich wurde, das weiß ich noch genau wie heute, mit einem anderen Mädchen, ich glaube sie hieß Corinna, in das Büro geführt. Sie versuchten, sich mit *he, du da!* und Corinna ein paar schöne Stunden zu machen. Ich muss zur Verdeutlichung sagen, ich war schon seit jeher ein Heißsporn. Also, wir wurden in das Büro geführt und die beiden Männer gaben uns etwas zu trinken. Ein scharfes, widerliches Zeug. Doppelkorn, glaube ich. Wir mussten das Gesöff trinken, die beiden soffen das Zeug auch. Schon nach einem kurzen Schluck wurde es mir schwindelig. Die beiden soffen das Zeug wie Wasser. Sie sagten, wenn wir den Schnaps trinken, dann würde es nicht so wehtun. Damals wusste ich nicht, was die damit meinten, aber dass dieses nichts Gutes bedeuten konnte, dies spürte ich instinktiv. Egal, auf jeden Fall zogen sie ihre Hosen runter und sagten uns, dass wir denen einen blasen sollten. Ich hatte ja keine Ahnung, aber dass es etwas Schmutziges sein musste, spürten wir beide. Corinna fing an zu heulen, da gab der Stellvertreter ihr eine Ohrfeige. Ihr Kopf schlug gegen einen Schrank, in dem Akten gestapelt waren. Dadurch platzte Corinnas Lippe auf, das Blut schoss auf ihr Nachthemd. Dann sah ich rot, habe ich erwähnt, dass auf dem Tisch außer der Schnapsflasche auch noch ein paar leere Bierflaschen standen?«

Anna und (erstaunlich!) Susanna schüttelten mit den Köpfen. Die Gefangene lauschte Punks Erzählung ebenso gespannt wie Anna.

»Also ...«, fuhr Punk fort, »... auf dem breiten protzigen Schreibtisch standen auch zwei oder drei leere Bierflaschen. Ich bin froh, dass sie leer waren, sonst hätte ich es womöglich nicht geschafft. Ich sprang also zu dem Tisch und riss eine Flasche an mich, die beiden Männer konnten gar nicht so schnell reagieren. Entweder, weil ich sie überrascht hatte, oder weil sie zu besoffen waren, wahrscheinlich beides gleichzeitig. Wir waren mit Sicherheit die Ersten, die sich wehrten, vielmehr ich. Auf jeden Fall drehte sich der fette Heimleiter erschrocken um, ich sehe es noch wie heute. Sein Schwanz wippte in seiner Drehung. Ich schlug die Flasche fest gegen seine Kniescheibe, sodass sie zersplitterte. Ich hörte auch ein knirschendes Geräusch, seine Kniescheibe muss wohl bei meiner Aktion draufgegangen sein. Derweil sprang Corinna zur Tür und flüchtete. Die Männer waren sich in der Sache zu sicher, sie hatten noch nicht einmal die Tür abgeschlossen. Der fette Boss und sein Stellvertreter glotzten Corinna ungläubig nach, dieses nutzte ich aus. Ich zog die zerdepperte Flasche quer über den Schwanz des Heimleiters. Er brüllte auf wie ein abgestochenes Schwein und presste seine Hände gegen seinen Dödel. Sie waren ja auch Schweine, alle beide. Plötzlich zog er die blutverschmierten Hände wieder hervor. Ich starrte auf einen halben Schwanz, den er in der blutverschmierten Hand hielt. Der Heimleiter starrte mit weit aufgerissenen Augen auf seine Hand und schrie wie ein Irrer. Den Schrei werde ich nie vergessen. Sein Stellvertreter stand noch immer wie eine Statue mitten im Raum. Er starrte auf des Bosses halben Schwanz, aus dem das Blut strömte. Ich nutzte die Gelegenheit und zog ihm die Flasche quer über den Oberschenkel, dann flüchtete ich.«

Punk machte eine kleine Pause um Luft zu holen. So viel an einem Stück hatte sie bestimmt seit zehn Jahren nicht mehr geredet.

Mittlerweile waren Ark, Harry und Willi zurück, Punk hatte es gar nicht bemerkt. Auch sie lauschten der Geschichte mit atemloser Spannung.

Harry schob Punk eine Flasche Bier rüber, die trank einen langen Schluck.

»Und was passierte dann?«, fragte ausgerechnet Susanna. Erschrocken schlug sie daraufhin eine Hand vor ihren Mund.

»Corinna wartete draußen auf mich, warum sie nicht abgehauen ist, das wissen die Götter. Wir flüchteten gemeinsam aus dem Heim, die Haustür war auch nicht abgeschlossen. Natürlich regnete es in Strömen, logisch, wir trugen ja nur Nachthemden am Körper und hatten nichts an den Füßen. Wir flitzten um eine Ecke, ich rutsche auf einem Haufen Hundescheiße aus und flog mit dem Kopf in meine Rettungsflasche, die ich noch in der Hand hielt.«

»Das mit der Hundescheiße kommt mir bekannt vor«, meinte Ark.

Punk ging nicht darauf ein. »Ich rappelte mich auf, meine Wange beachtete ich nicht weiter, wir mussten weg. Wir rannten also durch den strömenden kalten Regen. Es war Ende November, müsst ihr wissen. Zu den Bullen konnten wir nicht, die würden uns eh kein Wort glauben und wieder ins Heim zurückbringen. Corinna und ich rannten durch den strömenden Regen, meine Backe blutete wie ein abgestochenes Schwein. Corinna trat prompt in eine Scherbe, wenn's schon schiefgeht, dann richtig. Danach humpelte sie hinter mir her. Nach einer Ewigkeit stießen wir auf eine Gruppe Punker. Mittlerweile waren wir völlig durchnässt, wir froren wie die Schneider, wo immer dieser seltsame Ausdruck herkommt. Die Punker nahmen uns auf und versorgten unsere Wunden. So bin ich zum Punk geworden. Sie nannten mich nicht *he du da!*, sondern einfach nur Punk. Corinna und ich haben noch ab und zu Verbindung, wir schreiben uns Briefe, sie ist heute bei einer berühmten Rockband Sängerin, war, um genau zu sein.« Punk beendete ihre Geschichte und trank einen langen Schluck aus ihrer Bierflasche.

Ark gab Susanna eine Wasserflasche. »Ich glaube, wir legen uns erstmal hin, morgen ist ein langer Tag.«

Anna blickte auf ihre Uhr. »Wir haben erst zehn nach sechs, es ist viel zu früh zum Schlafen, ich bin noch gar nicht müde.«

»Das interessiert mich nicht, wir haben morgen einen schweren Tag vor uns.« Ark verteilte die Schlafsäcke. »Wir haben leider nur vier, und eine Decke, ich befürchte, unser Gast muss ohne Decke oder Schlafsack schlafen.«

»Irgendwo im Haus wird es sicherlich eine Decke oder so etwas geben«, meinte Willi und begab sich auf die Suche.

»Ich gehe nach draußen, mich ein wenig umschauen«, entschied Punk, »um diese Uhrzeit kann ich eh nicht schlafen. Normalerweise stehe ich um diese Uhrzeit auf.«

»Aber erstmal wird etwas gegessen.« Harry verteilte kalte Dosensuppen. »Das wird zwar kein Festessen, aber der Zweck heiligt die Mittel.«

Punk schlang die kalte Brühe hinunter. »Ich weiß gar nicht, was ihr habt, das ist doch lecker, ihr seid alle viel zu verwöhnt.«

Genau, bemerkte Strubbel.

»Stan und Ollie müssen auch noch gefüttert werden«, sagte Anna und ging zu dem Käfig, den Ark mitgebracht hatte.

»Streu mir 'n bissken auf die Nudelsuppe«, befahl Punk.

Anna verzog angeekelt das Gesicht, als sie die Jod-Es-Elf-Körnchen auf die kalte Suppe streute.

Punk grinste sie an und rührte um. »Das schmeckt gut.«

Nach dem *Essen* meinte Punk: »Von mir aus könnt ihr euch hinlegen, ich dreh draußen erstmal 'ne Runde.«

Anna deutete mit ihrem Löffel auf Punk. »Ich gehe mit.«

»Du bleibst schön hier, draußen ist es gefährlich«, bestimmte Punk, »seht zu, dass ihr die Alte fesselt, damit sie nicht abhaut.«

Ic passe scon auf sie auf, erklärte Strubbel. *Wenn sie ... wie sagt ir? Faxen mact, dann aue ic sie in Stücke. Erenwort!*

Punk warf ihre leere Suppendose hinter sich, mit einem lauten *Kling* prallte sie gegen einen Heizkörper.

»Schmeiß den Müll doch nicht einfach ins Zimmer!«, protestierte Willi, der noch aß, da er vorher die Wolldecke gesucht hatte.

»Warum nicht?«, fragte Punk und stand auf.

Sie verließ ihre neuen Freunde und trat vor die Haustür, kühle Herbstluft schlug ihr entgegen, es machte ihr nichts aus. Sie hatte schon so manche – eigentlich in den letzten Jahren fast jede – Nacht im Freien verbracht. Punk verschmolz mit der Dunkelheit, der Regen hatte endgültig nachgelassen, das fahle Mondlicht spendete ein wenig Licht.

Punk verstand es ausgezeichnet mit der Dunkelheit umzugehen, sie war ein Kind der Straße, sie nutzte jeden Schatten als Deckung aus. Ab und zu musste sie irgendwelchen Leichen ausweichen.

Nach einer Weile stolperte sie über einen Mann, der wie ein Börsenmakler aussah, ein großer schwarzer Aktenkoffer aus Leder lag neben ihm. »Na du reiches Arschloch, deine Kohle hat dir auch nichts genützt.« Punk ging in die Knie und begutachtete den Koffer, dieser war noch nicht einmal mit einem Zahlenschloss versehen. Punk öffnete ihn, schlug den Deckel auf und staunte nicht schlecht. Sie schätzte die Summe, die in dem Koffer lag, auf vierhunderttausend Euro, mit Sicherheit Schwarzgeld. Offenbar wollte der Mann es in Sicherheit bringen, hatte es aber nicht mehr geschafft. Angewidert schlug Punk den Koffer zu.

Ein erwachsener Fuchs kam ohne Scheu herbei und bediente sich an dem Börsenmakler. Oder Industrieboss. Oder Gewerkschaftsboss. Oder Politiker.

Wie auch immer, es war eh die gleiche Korruptionsbrühe. Eine Rattenfamilie folgte dem Fuchs.

Punk ging weiter. Sie erreichte einen Discounter, der noch nicht ganz so arg geplündert war, besorgte sich eine Dose Bier und schlenderte gemütlich weiter. Sie hielt sich ständig im Schatten der Gebäude außerhalb des Mondlichts.

Ab und an stoppte sie und schaute in eines der Schaufenster. Die meisten waren geplündert, vor allem die Elektro- und die Schmuckgeschäfte. Punk fragte sich, was die Leute mit Schmuck wollten.

Sie erreichte eine kleine Kneipe und zog die Tür auf. Hinter der Tür hing in etwa einem Meter Entfernung ein dicker Vorhang, der zur Seite geschoben worden war. Sie vernahm Geräusche, dann Stimmen, alarmiert verschmolz sie mit dem Vorhang.

Sie müssen hier ganz in der Nähe sein, sagte eine volltönende Bassstimme.

Wir warten, bis wir ihre Motoren hören, dann haben wir sie. Aber lasst die Negerin in Ruhe, die gehört mir!

Punk trank einen Schluck Bier und lauschte gespannt weiter.

Ich wiederhole noch einmal, die Negerin gehört mir. Mit den anderen könnt ihr tun und lassen, was ihr wollt. Das ist mir egal. Eva, mach sitz!

Scheinbar gehorchte Eva nicht, ein kleines rosa-schwarzes Minischwein kam heran getippelt und schnüffelte an Punks Hose. Punk trat mit dem linken Fuß nach dem Schwein, sie traf zielsicher die platte Nase. Das Schwein quiekte auf und verschwand wieder in der Kneipe.

Punk hörte das Rücken von Stühlen. *Scheiße, sie kommen!*

Sie huschte zurück auf die Straße und schaute sich kurz um. Sie entdeckte eine große Mülltonne, die in etwa zehn Metern Entfernung stand. Sie lief auf diese Mülltonne zu. Das Bier schwappte aus der Dose. *Passend zum Outfit,* dachte sie sarkastisch, als sie sich hinter die Tonne versteckte.

Ein großer, breiter Mann mit einer Uzzi im Anschlag erschien im Mondlicht, er schaute sich kurz um und verschwand wieder in der Kneipe.

Punk kroch hinter der Deckung hervor und schlich erneut zur Eingangstür der Kneipe. *Wegen Krankheit geschlossen!* Stand an der Tür auf einem DIN-A4-Blatt in großen roten Lettern vermerkt. Punk hatte den Zettel beim ersten Mal übersehen. Und wenn, es gab Wichtigeres.

Lydia, geh mal nach draußen und schau nach dem rechten, irgendetwas stinkt da draußen!

Punk vernahm abermals Schritte, die sich näherten. Sie huschte hinter dem Vorhang hervor, ließ unterwegs die Bierdose fallen, huschte zu der Mülltonne, schlug den Deckel auf und sprang hinein. Gerade noch rechtzeitig, leider musste sie den Deckel auflassen. Punk hörte die Stiefelabsätze der Frau, die zwischen den Hauswänden widerhallten. Kampfstiefel. Die Schritte entfernten sich, Punk atmete auf. Sie hörte ein *Krrrk,* als sich die Absätze auf einem Stein oder einer Scherbe drehten, die Schritte kamen wieder näher. Die Frau, die von der Bass-stimme Lydia genannt wurde, trat gegen Punks fallen gelassene Bierdose. Mit einem blechernen Geräusch rollte die Dose auf die Mülltonne zu und prallte mit einem kurzen *Pock* gegen den Kunststoffbehälter. Punk hielt die Luft an und verschmolz mit dem Müll. In der Tonne stank es nach Verwesung und Bioabfällen. *So viel zur Mülltrennung*, dachte sie sarkastisch.

Lydia erreichte die Tonne, trat einmal kurz davor (*pock*) und schaute hinein. Punk stellte sich tot, sie hatte ihre Augen vor Schreck – so hoffte sie jedenfalls –, weit aufgerissen. Die Frau *musste* annehmen, dass Punk tot war, der Müllgestank tat sein Übriges. Sie durfte nur nicht blinzeln, oder husten, oder beides.

Die blonde Frau mit dem Pferdeschwanz verzog angewidert den Mund. »Schlaf gut, du scheiß Punk!« Die Frau kippte den Rest der Bierdose in Punks Gesicht, scheinbar hatte sie die Dose aufgehoben. Lydia ließ die Dose fallen, sie knallte mit einem *pock* schmerzhaft auf Punks Nasenbein, die verbiss sich einen Schmerzensschrei.

Punk blieb beinahe das Herz stehen, wenn die Blonde eine Salve aus ihrer MP in die Tonne feuert, dann war sie unweigerlich verloren. Oder ein Höllenei hineinwarf. Ihre Beine begannen vor Angst zu zittern, sie versuchte krampfhaft, das Zittern zu unterdrücken, sie *musste* es verhindern! Schließlich bekam sie ihre Muskeln unter Kontrolle, innerlich atmete sie auf.

Die Blonde hantierte an ihrer Hose, sie zog eine Handgranate hervor und hielt sie in die Höhe. »Ich weiß zwar nicht, ob du noch lebst, aber ich gehe mal auf Nummer sicher. Adios Amigo!«

Punk schiss sich vor Angst in ihre Hose, sie fühlte, wie die Kacke in ihre Unterhose quoll. Ihr vergangenes Leben zog blitzschnell durch ihr Unterbewusstsein, Punk sah alles, ihre verpfuschte Kindheit, ihr Lotterleben auf der Straße, ihre erste Liebe, Marius. Er hatte sie nur verarscht. Wie jeder! Jeder war schon immer gegen sie gewesen. Die Bullen, die Ämter, die *Beamten*. Sogar ihre angeblichen Kumpels. Punk nahm sich vor, im nächsten Leben Beamter zu werden. Was für abstruse Gedanken man – frau vor dem Tod hatte.

Punk sah nur eine Chance, sie beschloss, aufzuspringen, sie musste die Blonde umklammern und auf die lange Reise, die lange Reise in die ewige Nacht mitnehmen, dann hätte ihr Ausflug sich immerhin noch gelohnt. Punk spannte alle Muskeln.

Schneider, Schneider meck meck meck!, hörte Punk eine dünne Pumuckl-Stimme.

Die Blonde wirbelte herum. Punk entspannte sich, sie sah erleichtert, dass die Handgranate auf ihrem Blickfeld verschwand, ihre warme, feuchte Kacke klebte unangenehm in ihrem Slip.

Der Arm der Frau erschien erneut, er holte weit aus, dann schnellte er vor. Sie schien das Höllenei nach irgendetwas zu werfen. Punk wartete ein paar Sekunden, gleich musste das Höllenei explodieren und dem Fremden den Garaus machen. Sie runzelte die Stirn, es gab keine Explosion! Die Frau verschwand aus Punks kleinem Blickfeld. Punk wagte es, sie lugte vorsichtig aus der Mülltonne. Sie sah einen kleinen Mann, der noch lächerlicher als sie gekleidet war. Seine braunen Bommel an seinen Lederstiefeln hüpften kurz auf, als die Handgranate in seinem Magen explodierte. Der Zwerg grinste und rülpste. Punk riss ungläubig die Augen auf, es konnte doch nicht sein, ein kleiner Mann, der Handgranaten *frisst* wie andere *Frikadellen*! Sie sah das riesige Maul, von dem Anna erzählt hatte, also hatte Anna nichts erfunden! Das Maul des Trolls schrumpfte wieder zu einem kleinen Mund.

Dies konnte nur der Troll, von dem Anna erzählt hatte, sein.

Der Zwerg verschwand im Nichts.

Die Blonde schrie erstickt auf und spurtete zurück in die Kneipe, Punk hatte sie anscheinend vergessen.

Punk nutzte die gute Gelegenheit, sprang aus der Mülltonne und huschte um einen Häuserblock. Sie warf sich gegen die Wand und lugte (da sie fürchterlich neugierig war) vorsichtig um die Ecke. Drei Männer und die Blonde stürmten mit MPs aus der Kneipe.

Punk verzog sich sicherheitshalber ein Stück tiefer in die Häuserschlucht. Sie dachte kurz über ihr weiteres Vorgehen nach. Sie ließ die Nazis Nazis sein, sie musste eine Wohnung finden, in der sie ihren kleinen Arsch sauber wischen konnte. Vier Nazis und ein Schwein gegen sie, noch dazu mit einer vollen Unterhose, das war nicht zu schaffen. Sie nahm sich trotzdem vor, nachher zurückzukommen, es konnte nur von Vorteil sein, wenn sie die Nazis weiter belauscht.

Punk verließ ihren Beobachtungsposten. Irgendetwas raschelte an ihrer Hose, als sie losging. Sie stoppte und schaute auf ihre Klamotten. Ein bisschen vergammeltes Gemüse hing an ihrer Lederhose. Sie bückte sich und wischte es ab. Aber Gemüse raschelt doch nicht, Punk schaute sich um und begutachtete ihr Hinterteil. Ein kleiner, durchsichtiger, fast leerer Müllbeutel klebte an ihrem rechten Oberschenkel. Sie riss ihn ab und warf ihn weg.

Punk ging wieder in den Discounter, besorgte sich eine neue Dose Bier und schlich im Schatten der Häuserschluchten weiter.

Endlich fand sie einen offenen Hauseingang, ein riesiges Mietshaus, sie trat ein. Mindestens zwanzig Briefkästen hingen an der Wand im großen Flur. Punk stieg die ausgelatschten Holzstufen hinauf, das Holz knarrte laut in dem stillen Treppenhaus. Sie ging hoch in die zweite Etage, in der ersten und im Erdgeschoss gab sie ein zu gutes Ziel ab. Sie suchte eine Wohnung, die zum Hinterhof lag, sicher ist sicher.

Nach kurzer Suche befand sie eine Wohnung als geeignet. Idealerweise war die Wohnungstür nicht verschlossen, sie war nur angelehnt, Punk musste die Tür nicht eintreten. Sie trat ein und sah sich um, kein Mondlicht erhellte die Wohnung. Sie roch abgestandene Luft, in dieser Wohnung müsste mal wieder dringend gelüftet werden. Punk zog eine Leuchterkerze – die Harry ihr gegeben hatte –, aus der Innentasche ihrer Schimanski-Jacke und zündete die Kerze mit dem Feuerzeug (welches Harry ihr ebenfalls gegeben hatte), an und schlich gespannt weiter. Das kleine Flackerlicht erhellte ihre nähere Umgebung etwas,

Punk schlich über einen tiefen dunklen Teppich. Von der etwa fünf Meter langen Diele zweigten rechts und links mehrere Türen ab. Gespannt öffnete sie die erste Tür rechts und leuchtete kurz hinein. Küche. Punk ging an die gegenüberliegende Tür, das schien ein Esszimmer oder etwas Ähnliches zu sein, sie schlich weiter. Neben der Küche war das Bad, gegenüber des Bades befand sich das Wohnzimmer. Das fünfte Zimmer, (das neben dem Bad), war das Schlafzimmer, Punk roch schwachen Verwesungsgestank. Schnell verschloss sie die Tür wieder und öffnete die gegenüberliegende Tür. Sie hob die Kerze über den Kopf und leuchtete hinein, in diesem Zimmer roch es anders. Punk schnüffelte wie ein Spürhund. Es roch nach – Katzendreck. Sämtliche Alarmglocken jaulten auf!

Zu spät, sie hörte ein heiseres Fauchen, eine Millisekunde später sprang Punk eine dunkle, pelzige, kleine Gestalt an! Das Katzenvieh sprang ihr genau ins Gesicht und schlug ihre spitzen Krallen in Punks hagere Wangen. Spitze Zähne schlugen in ihre kleine Nase, sie rissen und zerrten. Punk schrie schrill auf, sie ließ die Kerze und die Bierdose fallen, drehte sich im Kreis und versuchte die Katze aus ihrem Gesicht zu zerren. Das Katzenvieh knurrte wie ein junger Löwe und biss fester zu.

Doch damit noch nicht genug, eine zweite Katze sprang Punk in den Rücken, rutschte hinunter und verbiss sich in der Lederhose.

Punk riss endlich die erste Katze aus ihrem Gesicht und warf sie gegen die Tür, die ins Schlafzimmer führte. Der Stubentiger schrie schmerzgepeinigt auf.

Die Katze am Oberschenkel leckte über die Hose, das Zeug, wegen dem die Plastiktüte an ihrem Bein geklebt hatte, war offenbar Katzenfutter oder etwas Ähnliches gewesen. Zumindest etwas Essbares, vielleicht sogar eine tote Maus.

Punk begriff. Die Viecher waren wahrscheinlich seit Tagen hier eingesperrt gewesen, sie hatten mit Sicherheit tierischen schmacht, im wahrsten Sinne des Wortes.

»Das ist aber noch lange kein Grund, mich anzufallen, ihr blöden Viecher, ich bin viel zu zäh für euch«, stöhnte sie. Ihr Gesicht schmerzte, die Krallen der Katze hatten tiefe Spuren hinterlassen. Und das Bier war wahrscheinlich auch ausgelaufen!

Die erste Katze machte sich bereit zum nächsten Angriff. Punk sah sie in der Dunkelheit kaum, sie erkannte nur, dass sie schwarz oder grau war.

Nachts sind alle Katzen grau.

Punk trat einen Schritt vor, sie erwartete den Angriff. Sie stampfte auf die Bierdose, ein dicker Strahl schoss heraus und spritzte dem Katzenvieh ins Gesicht. Die Katze schüttelte sich und wimmerte kurz auf. »Das sind meine letzten Biervorräte«, beschwerte Punk sich bei der Katze, die in der diffusen Dunkelheit lauerte. »Blödes Vieh!«

Katze Eins trat die Flucht an, sie lief in Richtung Wohnungstür. Stubentiger Zwei rutsche von Punks Oberschenkel und folgte ihr. Vor der Küchentür stoppten sie jäh.

Punk bückte sich, hob die Kerze auf, zündete den Docht wieder an und folgte den Katzen. Im flackernden Kerzenlicht erkannte sie, dass die Viecher scheußlich abgemagert waren.

Sie öffnete die Küchentür, die Katzen sprangen sofort hinein und stürmten zu ihren Fressnäpfen. Auf der Arbeitsplatte stand ein Karton Trockenfutter, sie nahm den Karton und verteilte Futter in die beiden Näpfe. Sie gönnte sich ihre Provision wie ein gieriger Banker selbst.

AC und *DC* stand in großen schwarzen Lettern auf den Behältern geschrieben. So ein Quatsch.

Neben den Näpfen befanden sich zwei weitere Behälter für Wasser. Punk hob sie auf, ging zur Spüle und drehte den Wasserhahn auf. Erst kam eine braune Brühe, dann versiegte die Quelle. Sie zuckte mit den Schultern, ging zum Kühlschrank, der nicht mehr kühlte, und öffnete die Tür. Sie entdeckte eine Flasche Mineralwasser, sie kippte das Wasser in die Näpfe. »Damit müsste ihr klarkommen, Leitungswasser gibt's nicht mehr. Und Milch erst recht nicht«, sagte sie und stellte die Näpfe neben die fressenden Katzen. Diese schnurrten zufrieden.

Punk hatte in dem Kühlschrank auch eine Flasche Bier entdeckt, sie entkorkte sie und trank einen tiefen Schluck, dann nahm sie ihre Kerze und ging in Richtung Badezimmer. Im Spiegel begutachtete sie ihre Wunden. Das flackernde Kerzenlicht zeigte ihr auf jeder Wange vier tiefe Risse, aus denen dünne Blutstreifen rannen. Ihre Nase zierten blutige, kleine Zahnabdrücke, sie blutete aber nicht stark.

Sie ging zurück in die Küche, nahm die Wasserflasche, kippte etwas von der perlenden Flüssigkeit in ihre hohle Hand und spülte das Blut aus ihrem Gesicht. Um die weitere Versorgung der Kratzer musste sich die Krankenschwester Arkansas kümmern. Punk tat die Kratzer als Peanuts ab, sie hatte schon ganz andere Verletzungen überlebt.

Sie stellte die Flasche zurück auf den Küchentisch und ging in das Schlafzimmer. Zwei Leichen lagen im Bett, die Frau auf dem Mann, die Leute schien es wohl beim Vögeln erwischt zu haben. Punk hoffte, dass sie wenigstens noch einen Abgang hatten. Sie ignorierte die Fliegen auf den Leichen, zog die Frau von dem Mann und legte sie auf die Seite, die Fliegen flogen davon. Der schlaffe Penis des Mannes rutschte auch auf die Seite, als wenn er seiner Frau folgen wollte. Punk begutachtete die Figur der Frau. »Meine Größe hat sie ja nicht gerade, aber in der Not frisst der Deiwel Fliegen«, sagte sie und steuerte den Schlafzimmerschrank an. Sie wühlte in den unteren Schubladen und fand einen frisch gewaschenen Slip. Sie hielt den Slip dicht vor ihre Augen. »Ist zwar zwei Nummern zu groß, aber das muss reichen, vielleicht sollte ich mir einen von Anna ausleihen, sie hat ungefähr meine Größe.«

Punk kehrte den Leichen den Rücken und verschwand wieder im Bad. Sie stellte die Kerze auf das Waschbecken, entledigte sich ihrer Hose und des vollen

Slips. Mit nacktem Unterkörper lief sie wieder in die Küche, sie hatte die Mineralwasserflasche vergessen. Die Katzen fraßen noch immer.

Sie ging zurück ins Bad und spülte mit dem Mineralwasser ihren Arsch sauber, was angenehm kribbelte. Sie trocknete sich mit einem schwarzen Badetuch ab und zog den viel zu großen Slip über. Dann schlüpfte sie wieder in ihre geflickte Lederhose. Anschießend ging sie zurück in die Küche. Die Katzen fraßen noch immer. Punk gönnte sich eine Handvoll Katzenfutter und spülte mit einem großen Schluck Bier nach. Auf dem Küchentisch lag ein tragbarer CD-Player, ein uraltes Modell. Sie klappte den Deckel auf und schaute die CD an. Heimatmusik. Sie warf die CD auf die hellen Fliesen und testete die Funktionstüchtigkeit des Players, alles in Ordnung, augenscheinlich waren die Batterien voll. Sie steckte den Player in ihre Schimanski-Jacke. Für Anna.

Anschließend durchstreifte Punk die Wohnung, im Wohnzimmer auf dem Tisch lag ein französisches Opinel-Messer. Die Klinge war etwa achteinhalb Zentimeter lang, das Heft aus Buchenholz gefertigt. Punk klappte die Klinge zu und steckte auch das Messer ein.

Sie ging in das Schlafzimmer zurück und untersuchte die kalten Füße der Frau. Die Leiche hatte ungefähr Größe achtunddreißig oder neununddreißig, genau wie sie. Jedenfalls so ziemlich genau.

Punk ging zurück in die Diele, in der ein Schuhschrank stand. Ein Schuhschrank, welch ein Luxus, Punk besaß nur ein Paar Schuhe, da war ein Schuhschrank überflüssig. Neben dem Schuhschrank stand ein Paar dunkler Winterstiefel. Sie streifte ihre vergammelten Turnschuhe von den Füßen und probierte die Stiefel an, sie passten wie angegossen.

Sie ging zurück ins Schlafzimmer, ihr neuer Slip rutschte, was sie nicht weiter störte, sie musste ihn nur immer wieder hochziehen.

Bei der Gelegenheit wollte sie sich auch gleich ein Paar neue Socken besorgen, sie kramte wieder in einer Schublade, fand dicke Wintersocken und streifte sie über ihre schmalen Füße. Dann zog sie wieder ihre neuen Stiefel an, so billig kam sie nie wieder an neue Klamotten. »Ihr braucht die Brocken ja nicht mehr«, sagte sie zu den Leichen.

Punk ging wieder zurück in die Küche und verstreute das Katzenfutter auf die Fliesen. »Ab jetzt müsst ihr alleine klarkommen«, sagte sie zu den fressenden Katzen, die zufrieden schnurrten. Sie blies die Kerze aus und verließ die Wohnung, die Tür ließ sie auf, die Katzen sollten noch eine Chance haben.

Punk schlich zurück zu dieser Kneipe, in der die Nazis palaverten. Sie musste nur zweimal links, einmal rechts und wieder dreimal links gehen, das war schnell erledigt, ihre Ortskenntnisse waren ausgezeichnet.

Sie lugte vorsichtig um die Ecke, dort stand eine Wache. Sie hatte sich dieses schon gedacht, die Braunen hatten einen Wachposten aufgestellt. Diesmal nicht die blonde Frau (die mit der Handgranate), sondern einen Mann. Das fahle Mondlicht tauchte ihn in ein goldenes Licht. Sie sah eine Zigarette glimmen. Der

Nazi schaute sich aufmerksam um, die MP folgte seinen Bewegungen. Hier kam sie nicht weiter.

Sie musste durch den Hinterhof, der vielleicht fünf oder sechs Meter entfernt war. Vielleicht war dort ja ein Hintereingang. Aber erst musste sie den Kerl ablenken, sonst konnte sie nicht in den Hinterhof schleichen. Sie trank ihre Bierflasche leer und betrachtete sie kurz. Dann holte sie mit aller Kraft aus und warf die Flasche gegen ein Fenster im ersten Stock gegenüber des Nazis. Die Flasche zersplitterte, die Scherben regneten auf den Bordstein. Die Fensterscheibe blieb intakt.

Der Nazi schreckte auf, seine Zigarette fiel auf den Asphalt, er sah sich hektisch um. Dann ging er vorsichtig auf die Einschlagstelle zu und inspizierte sie. »Was war das denn? Goebbels!«, schrie er in Richtung Kneipeneingang.

Punk nutzte die Gunst der Sekunde und huschte in den Hinterhof. Atemlos erreichte sie die Rückfront des Hauses, Sport war nicht ihr Ding. Die Hinterhoftür war verschlossen, aber ein altes Holzfenster stand auf kipp. Punk wusste aus Erfahrung, dass diese uralten Holzfenster keine Einbruchssicherung hatten, ihre schmale Hand griff durch den Spalt und entriegelte das Fenster. Ein Blumentopf, der mit vertrocknetem Basilikum bepflanzt war, stand auf der Fensterbank, sie musste vorsichtig sein. Sie bog ihr Handgelenk bis zum Anschlag durch und griff sich den Plastiktopf. Sie zog ihn heraus und stellte ihn auf den Asphalt ab. Dann schlüpfte sie geschmeidig ins Haus. Sie robbte auf allen vieren durch die Küche, wie ein Aal schlängelte sie über den weiß gekachelten Boden. Das blöde Schwein kam schon wieder an und leckte mit stinkender Zunge durch ihr Gesicht, Punk zog vor Ekel ihre Nase hoch. »Verpiss dich«, flüsterte sie.

Eva, komm hier hin!, tönte die volle Bassstimme.

Das Schwein tippelte davon. »Oink, oink!«

Wieder die Bassstimme: *Lydia, geh mal in die Küche nachsehen, da ist doch irgendetwas!*

Punk hörte Stühlerücken, dann näherten sich Schritte, die Absätze der Kampfstiefel klackerten laut auf den Fliesen, Punk schaute sich panisch um. Ihr Herz vollzog einen Schlag rückwärts, als sie das offene Fenster sah, sie hatte vergessen, es zu verschließen. Scheiße!

Die Schritte näherten sich unerbittlich, ein Herd sprang in Punks Blickfeld, die Backofentür stand auf. Sie kroch flugs auf den Herd zu. »Hoffentlich passe ich da rein!«, flüsterte sie verzweifelt. Sie quetschte sich in die dunkle Öffnung, ihr Vorteil war, dass sie so klein und schmal war und dass sich keine Grillroste und keine Pfannen oder Töpfe in dem Ofen befanden. Innen war kein Griff, mit dem sie die Tür zuziehen konnte, kurzerhand griff sie nach außen und zog die Tür zu. Sie klemmte sich prompt die Finger der rechten Hand. Sie steckte sich die Finger in den Mund, um nicht zu schreien, Punk schmeckte ihr eigenes Blut, sie hatte sich die Finger ziemlich übel gequetscht. *Scheiß dir bloß nicht wieder in die Hose*, dachte sie.

Die Absätze klapperten in die Küche, sie sah die Stiefel durch die Glasscheibe des Backofens vor dem Herd stehen. Punk zitterte ob ihrer Angst und wegen ihrer unbequemen Haltung. *Was ist, wenn sie die Tür öffnet? Du Idiot musst dich aber auch immer in die Höhle des Löwen begeben! Das ist das letzte Mal! Vorausgesetzt, ich überlebe es!*

Die Schritte entfernten sich, Punk hörte, wie das Fenster geschlossen wurde.

Die Schritte entfernten sich noch weiter, die Blonde ging offenbar wieder zurück in die Kneipe, Punk atmete auf.

Sie wartete noch zwei Minuten, dann öffnete sie vorsichtig die Ofentür. Ihre rechte Hand schmerzte höllisch, zwei Fingerkuppen waren aufgeplatzt, Blut quoll heraus, Punk leckte es ab.

Ich lasse mal Eva raus, sprach die dunkle Stimme.

Stühlerücken.

Dann eine zuknallende Tür.

Dann eine Minute Ruhe.

Punk schlich weiter in Richtung Schankraum.

Wieder knallte die Kneipentür zu.

Der Spinner sieht Gespenster, genau wie du gerade, Lydia!

Aber da war ein kleiner Mann, der hat meine Handgranate verschluckt, ich schwöre es auf Odin! Und in der Mülltonne lag ein Punk, ich wette, der lebte noch!

Wieder Stühlerücken, Punk hörte erneut Stiefel auf den Fliesen klappern.

Eine Minute Stille.

Abermals das Schlagen der Eingangstür.

Du bist bescheuert, da ist kein Punk in der Tonne, Heiko hat auch nichts gesehen!

Aber –

Nix ›aber‹, du hast Gespenster gesehen!

Eine andere Männerstimme: *Die ist doch bekloppt.*

Ich geb dir gleich bekloppt!, fauchte die Frauenstimme.

Schnauze! Die Bassstimme. *Also, wir warten bis morgen früh, irgendwann müssen die ja ihre Motoren starten, dann hören wir sie und schnappen sie uns! Ich wette, sie fahren weiter in Richtung Norden. Wir sind jetzt vier gegen vier, Susanna wird wohl über dem Jordan gegangen sein. Aber wir haben die Feuerspritzen und die Handgranaten, sie haben nichts, oder nur wenig!*

Punk hatte genug gehört, sie trat den Rückzug an. Vorsichtig öffnete sie das kleine Fenster in der Küche und schlüpfte hinaus.

Eva – das Schwein – stand vor ihr, als sie auf dem Asphalt landete. Punk trat ihr vor die Schnauze. Das rosa-schwarze Tier verschwand quiekend und sie ging *nach Hause*.

Bei dem Discounter packte Punk noch zehn Dosen Bier und Ersatzbatterien ein. Und Katzenfutter als Snack. Ihre Schimanski-Jacke nahm allerhand auf.

Dank ihrer ausgezeichneten Ortskenntnisse erreichte sie die Wohnung, in welcher sie und ihre Freunde residierten, schnell.

* * * *

Wo warst du denn so lange?, wurde sie von Strubbel empfangen.

»Ich habe unsere Feinde belauscht, mir in die Hose geschissen und Bier besorgt«, flüsterte Punk.

Ihre neuen Kameraden schliefen schon, auf dem Boden, in Schlafsäcken. Willi hatte eine Decke aufgetrieben, diese hatte er über die auf dem Teppich schlafende Susanna gelegt.

Kein Wunder, wenn ir euc immer diese komiscen Dinger über euer Fell ziet! Dann könnt ir es gar nict laufen lassen!

»Vielleicht hast du recht, wir sollten alle nackt durch die Gegend laufen. Aber dann erfrieren wir, wir haben nicht so ein dichtes Fell wie du.«

Alles get wieder zurück.

»Wie meinst du das?« Mit einem zischenden Geräusch öffnete Punk eine Dose Bier. Sie schüttete einen Haufen Katzenfutter auf den Tisch und bediente sich.

Strubbel ging nicht auf Punks Frage ein. *Was frisst du da?*

»Katzenfutter, schmeckt echt lecker.« Punk zündete die Kerze an. Dann stand sie aus dem Sofa auf, zog vorsichtig die Jalousien runter und setzte sich wieder.

Was sind Katzenfutter? Gib mir auc was. Was säufst du da?

»Bier, das schmeckt auch echt lecker.«

Strubbel sprang behände auf den Tisch und naschte von dem Katzenfutter. Punk erhob sich wieder, ging in die Küche und suchte eine Salatschüssel. Sie ging zurück, kippte eine Dose Bier in die blaue Plastikschüssel und stellte sie vor Strubbel. »Da sauf«, flüsterte sie.

Strubbel schleckte mit seiner langen rosa Zunge das Bier aus der Schüssel. *Scmeckt gut! Das Futter auc!*

»Sag ich doch.«

Gib mir mer!

Punk staunte nicht schlecht, die Salatschüssel war schon ratzekahl leer. Sie öffnete eine zweite Dose und kippte das Bier in das Gefäß.

Strubbel schleckte sie wieder auf. *Noc eine!*

Punk warf die Dose in eine Ecke und schenkte Strubbel nach. »Du hast ja einen ganz schönen Durst.«

Strubbel schaute Punk mit seinen gelben Wolfsaugen an. *Zweibeinerfleisc verursact nict nur Bläungen, es mact auc durstig. Ir Zweibeiner seid ganz scön salzig. Was ast du mit deiner Scnauze gemact?*

»Zwei Katzen haben mich angefallen und mir das Gesicht zerkratzt«, flüsterte Punk.

Wie können die dic denn anfallen? Die liegen doc vor uns!

72

Punk lachte auf. »Dieses ist doch nur das Futter für die Tiere, Katzen sehen fast so aus wie du, zumindest so ähnlich. Sie sind aber viel kleiner und vor allem nicht so gefräßig wie du.«

Ac so!

Der Alkohol begann zu wirken. *Weißt du, was ein Ztiw ist?*

»Nein, keine Ahnung.« Mit einem zischenden Geräusch öffnete Punk die nächste Dose Bier.

Pass auf: Was sagt ein Zweibeiner, wenn er auf ein Holzgewäcs trifft?

Punk vermutete, dass Strubbel einen Witz meinte. »Keine Ahnung.«

Tac! Aa, aa, aa! Strubbel rollte über den Tisch und trommelte mit seinen weißen Pfoten auf seinen Bauch, er schien zu lachen.

»Ich lach mich tot«, grinste Punk.

Oder diesen ier ...

Strubbel erzählte die ganze Nacht Witze, über die nur er lachen konnte, dabei soff er noch zwei Dosen Bier. Als Punk auf dem Sofa einnickte, war das Katzenfutter aufgegessen.

* * * *

Arkansas schlug die Augen auf.

»Guten Morgen«, sagte Anna. »Ich habe mich schon gewaschen und sogar die Zähne geputzt. Nur duschen konnte ich nicht, das *Wasser* ist ja *kalt*.«

»Morgen.« Ark rieb den Schlaf aus ihren Augen. »Ohne Strom ist Wasser nun mal kalt. Du hast das Wasser doch nicht etwa getrunken? Wo sind die anderen?«

»Da mach dir mal keine Sorgen, die anderen sind im Bad, unsere Gefangene auch.«

Ark deutete mit dem Kopf auf Punk, die auf dem Sofa selig schlief. »Wo war sie denn die ganze Nacht?«

»Keine Ahnung, aber den leeren Bierdosen nach zu urteilen, hat sie sich etwas zu trinken besorgt.«

Punk schlug die Augen auf, nahm eine angebrochene Dose Bier vom Tisch und trank einen langen Schluck. Angewidert verzog Anna das Gesicht, Punk stand auf und zog vorsichtig die Jalousien hoch, draußen war es schon hell, die Sonne stand aber noch tief, der Himmel war Oktober-Postkartenblau. »Guten Morgen, ich habe die Glatzen belauscht, die glauben, dass wir weiter nach Norden fahren, sie sind hier ganz in der Nähe. Ein paar Straßen weiter, sie warten, bis sie Motorengeräusche hören, dann wollen sie uns verfolgen.« Sie zeigte mit einem ausgestreckten Finger auf Arkansas. »Uns wollen sie killen, du sollst Goebbels' Sklavin werden. Anna, hast du mal 'nen Slip für mich? Arkansas, kannst du mal nach meinen Kratzern sehen?« Punk ging auf Ark zu und deutete auf ihr Gesicht.

»Wieso Kratzer? Warum Slip? Du hast eine Fahne wie ein Seemann«, sagte Ark.

73

Punk betastete ihre Kratzer, sie waren leicht angeschwollen. »Das ist 'ne längere Geschichte, kommt erstmal mit. Ich brauche 'ne andere Unterhose und Ark muss die Kratzer und meine Hand desverzieren, oder wie man das nennt.«

Willi und Harry erschienen, Susanna in der Mitte. »Wie siehst du denn aus?«, fragte Willi erschrocken.

»Halb so wild«, meinte Punk und folgte Anna und Ark ins Bad.

Harry deutete auf Strubbel, der offenbar noch immer schlief. »Mit der Bewacherei scheint der Köter es nicht so ernst zu nehmen, der pennt ja wie ein Stein.«

»Der war gestern besoffen!«, rief Punk aus dem Bad heraus. »Er hat mir die ganze Nacht über Witze erzählt, welche nur er versteht und darüber lacht!«

Zehn Minuten später hielten sie mit knurrenden Mägen Kriegsrat. »Goebbels hat also gesagt, dass wir weiter nach Norden fahren, da hat er sich gründlich geschnitten, wir fahren zurück nach Westen«, bestimmte Ark.

Willi stand aus dem Sofa auf, ging in die Küche und kam mit drei Dosen grüner Bohnen zurück. »Mehr ist nicht da, ich habe auch keine Lust, runter zum Wagen zu gehen, zum Frühstück muss es reichen.«

Er ging zurück in die Küche und zauberte Teller, Pfeffer, Salz, einen Dosenöffner und Gabeln herbei.

Ark öffnete die Dosen und verteilte den Inhalt auf sechs Teller. Jeder, außer Susanna bekam eine Gabel, die Nazibraut musste mit den Fingern essen.

»Sicherheitshalber«, meinte Punk. Ihr Gesicht und ihre rechte Hand waren synchron zu Anna mit kitschigen Donald Duck-Pflastern verpflastert.

Aua, aua, aua! Strubbel erwachte. *Mein Kopf! Ilfe!*

»Was hast du denn?«, meinte Punk schmatzend.

Das komische gelbe Wasser, welces du mir eute Nact gegeben ast, tut we!

Punk streute Pfeffer und Salz auf ihre Bohnen. »Ach, das ist nur ein Kater, du musst mit dem anfangen, womit du aufgehört hast.« Sie schüttete die letzte Bierdose in Strubbels Schüssel und stellte sie vor ihm. »Hier sauf, und deine Kopfschmerzen gehen gleich garantiert vorbei.«

Zögernd streckte Strubbel seine Zunge in das Bier. *Ab ic euc den scon erzält?*

»Halt bloß das Maul, deine Witze musste ich die ganze Nacht ertragen!«, schimpfte Punk.

Ir Zweibeiner abt aber auc keinen Umor!

»Was gedenkt ihr denn mit mir zu tun?«, fragte Susanna vorsichtig an.

»Wir nehmen dich mit, meinst du, wir lassen dich hier zurück?«, sagte Willi. Er schaute in die Runde. »Nur, wie stellen wir es an, damit sie unsere Motorgeräusche nicht hören? Die Motoren hört man bei dieser Stille bis nach Palermo. Hat irgendjemand einen Vorschlag?«

»Wir können die Autos schieben, bis wir außer Hörweite sind«, schlug Anna vor.

»Wie weit sind die denn entfernt?«, fragte Ark Punk.

Punk schaufelte sich eine Gabel Bohnen in den Mund. »Ist noch was von dem Katzenfutter da?« Sie schaute sich um, packte den Karton und schüttelte. »Strubbel, du verfressenes Vieh, du hast meine ganzen Chips gefressen!« Sie warf den leeren Karton hinter sich gegen die weiße Wand.

Anna sprang auf. »Apropos Futter, Stan und Ollie müssen gefüttert werden!« Sie huschte zum Vogelkäfig, der auf dem Fernseher stand, und füllte die kleinen Näpfe der Vögel auf. Dann huschte sie in die Küche und kam mit einer Flasche Mineralwasser zurück. Sie kippte das abgestandene Wasser auf den Teppich und füllte frisches Mineralwasser nach. »Was anderes haben wir leider nicht.«

Punk streckte ihre Hand nach dem Vogelfutter aus. »Gib mal her.«

Anna reichte ihr die Pappschachtel, Punk streute eine Portion Vogelfutter über ihre Bohnen. Susanna verzog verächtlich den Mund.

»Also ...«, nahm Punk Arks Faden wieder auf, »... sie sind, um genau zu sein, sechs Straßen von hier entfernt. Viermal links und zweimal rechts, oder umgekehrt. Da keine störenden – außer vielleicht ein paar Vögel – Nebengeräusche vorhanden sind, können sie uns also leicht hören. Sie können uns bis Sri Lanka hören, apropos Nebengeräusche. Hier Anna, ich hab dir etwas mitgebracht.«

Punk kramte in der Außentasche ihrer Schimanski-Jacke und zauberte einen CD-Player hervor. »Ersatzbatterien habe ich dir auch mitgebracht, die behalte ich aber erstmal in meiner Jacke. In dem Apparat sind schon Batterien drin, ich glaube, die sind voll. Wenn sie leer sind, dann sagst du Bescheid, dann gebe ich dir die anderen.«

Anna nahm den Player entgegen. »Danke, aber ich habe doch gar keine CD und keine Kopfhörer.«

»Du kannst von mir eine haben«, tröstete Harry.

»Au ja, aber die, wo *Cevil War* drauf ist!«, sagte Anna.

Willi erhob sich. »Hier wird sich doch irgendwo ein Kopfhörer auftreiben lassen.« Er ließ seinen Blick durch das Zimmer wandern. Dann eilte er auf die Stereoanlage, die auf einer Kommode neben dem Fernseher stand, zu. Er zog eine Schublade auf und schaute hinein. »Das ist ja einer!«, meinte er freudestrahlend, erhob sich, wobei seine Knochen unüberhörbar knackten und ging zurück.

»Hier, bitte Anna.«

»Aber der ist doch viel zu groß.«

»Der bedeckt deine Ohren ganz, es ist nicht so ein oller moderner Ohrstecker, damit ist der Sound auch viel besser«, belehrte Willi Anna.

Kollektives Kopfnicken, sogar von Susanna.

Stan und Ollie flogen herbei und landeten auf Punks Schulter. »Wie wär's, wenn wir die Karren erstmal im Standgas rollen lassen, bis wir weit genug weg sind. Das müsste doch eigentlich klappen?«

»Wie geht das denn?«, fragte Ark.

»Du darfst kein oder nur ganz wenig Gas geben und musst am Anfang mit der Kupplung spielen, damit die Karre nicht verreckt, dann rollt sie ganz von alleine«, erklärte Harry.

»Das könnte hinhauen!«, rief Willi. »Wenn wir das Standgas dann noch etwas höher drehen, wird es einfacher, dann rollen wir fast lautlos davon. Man kann das Standgas doch höher drehen?«, meinte er mit einem schiefen, erwartungsvollen Blick auf Harry.

»Klar geht das, ich hoffe auch in dieser Ebene, in *unserer* geht es auf jeden Fall.«

Nach dem *Frühstück* verließen die fünf Gestrandeten und ihre Gefangene die tote Wohnung. Strubbel trottete vor und suchte sein Frühstück.

* * * *

»Rudi, kletter mal aufs Dach und guck, ob du unsere Feinde sehen kannst!«, befahl Goebbels. »Von dort oben kann man die bestimmt gut erkennen!«

»Aber, das ist doch mindestens fünfzehn Meter hoch!«, versuchte Rudi zu protestieren.

»Kein ›aber‹, sieh zu!«

Rudi schnappte seine MP und spurtete aus dem Schankraum, durch die Küche, in das Treppenhaus. Er schaute durch das Holzgeländer in die Höhe. »Mann ist das hoch, mindestens fünfzehn Meter und kein Fahrstuhl?«

Rudi stolperte ersten Stufen hoch. Schnell geriet er außer Atem, sein starkes Übergewicht rächte sich.

Am zweiten Treppenabsatz legte er eine Pause ein, setzte sich auf die Stufen und schnaufte wie ein Walross, Geifer tropfte aus seiner Nase. Rudi quälte sich stöhnend hoch, weiter, der Boss hatte befohlen!

Am vierten Treppenabsatz musste er eine weitere Pause einlegen, ihm war schwindelig, kotzübel und er schwitzte wie ein Marathonläufer. Schwarze, weiße und rote Blitze schossen durch seinen Kopf, als er kurz die Augen schloss. *Warum muss ich das denn immer machen?* Er quälte sich wieder hoch. Er schwankte, klammerte sich an dem grünen Handlauf fest und zog seine fünfundzwanzig Kilo Übergewicht weiter.

Zuerst war er schnell gegangen, jetzt zog er sich nur noch zitternd weiter, je höher er kam, desto dunkler wurde es. Die Morgensonne stand noch zu tief, außerdem war es Ende Oktober, Rudi bezweifelte, dass es hier oben tagsüber überhaupt hell wurde.

Endlich erreichte er ausgepumpt die Tür zum Dachboden, er lehnte sich gegen die Wand und holte tief Luft. Der Geifer spritzte aus seinem Mund, als er sich auf den zitternden Knien abstützte, er klatschte auf seine Kampfstiefel. Endlich bekam er seinen fetten Körper wieder unter Kontrolle.

Rudi ging zur Tür und drückte die Klinke. Verschlossen! Kurz entschlossen trat er zur Seite, zielte auf das Schloss der grauen Holztür und zog den Abzug durch. Ratternd entlud sich die Uzzi, die Projektile knallten gegen das Schloss, einige schossen gegen die graue Stahlzarge. Funken flogen, Kugeln jaulten davon. Rudi drückte sich in eine Ecke, um nicht von einem Querschläger getroffen zu werden. Er schickte noch einen Feuerstoß hinterher, das musste reichen, er trat an die Tür heran, verscheuchte den Pulverqualm mit einer Hand und trat mit seinem Stiefel gegen die zerschossene Klinke. Die Schüsse dröhnten noch immer in seinen Ohren, die Tür sprang auf und schlug gegen die Wand, wie im Film! Er bekam einen Steifen. Rudi konnte sich schon denken, dass Goebbels ob der Schüsse tobte, aber wie sollte er die Tür denn sonst aufbekommen? Rudi war ratlos.

Er betrat den halbdunklen Trockenboden, in dem es nach altem Sperrmüll roch. Er konnte fast nichts erkennen, er sah in die Höhe, auf der Suche nach einem Dachfenster und stolperte prompt über einen alten Holzstuhl. Er flog der Länge nach hin, seine MP ratterte abermals los, die Kugeln rissen ein großes Loch in das Dach, die Ziegel flogen zerschmettert hinaus in den Morgen, Morgenlicht flutete durch das defekte Dach. Dieses war vorteilhaft, er konnte immerhin etwas besser sehen.

Goebbels würde toben.

Rudi rappelte sich auf, seine Nase blutete. Er wischte das Blut mit einem Ärmel seines Kampfanzugs ab und stolperte weiter.

Der Dachboden war eine einzige Rumpelkammer. Schränke, Tische, alte Fernseher, verstaubte Koffer, alles, was die Bewohner nicht mehr gebrauchen konnten, wurde auf den Boden geschleppt. Rudi wettete, dass es im Keller nicht besser aussah, er stolperte prompt über einen Karton mit Büchern. Der kippte um, Staub stob auf und kitzelte in seiner Nase.

Er ging weiter, endlich sah er ein Dachfenster, Rudi quetschte sich zwischen einer Plastikwanne, welche mit alten Puppen vollgestopft war und einer uralten Musikbox hindurch. Er versuchte durch die Scheibe zu schauen, aber sie war verdreckt und mit Moos bewachsen, sodass er kaum etwas Sonnenlicht erkennen konnte.

Hinter ihm raschelte etwas, sein Herz vollführte einen doppelten Rittberger, er riss den Kopf herum und starrte in das Dämmerlicht.

Erleichtert atmete er auf, eine Mäusefamilie hatte es sich im Inlett eines alten Teddybären gemütlich gemacht. Er kam in Versuchung, sie zu erschießen, er unterdrückte sein Vorhaben aber schnell. Das würde Lärm bedeuten, Goebbels unnötig auf die Palme zu bringen war nicht besonders gesund, um nicht zu sagen *gesundheitsschädlich*.

Er ging zu dem Holzstuhl und zog ihn vor das Fenster. Dann stellte er sich vorsichtig auf den wackeligen Stuhl, er hatte Angst, dass dieser sein Gewicht nicht tragen würde. Er wippte ein paar Mal, der Stuhl ächzte und stöhnte, aber er brach nicht zusammen.

Er stieß mit dem Kopf gegen die verdreckte Scheibe, Spinnweben, Staub und Mörtelreste klebten auf seiner verschwitzten Glatze. Eine große, fette Spinne sprang ob der frechen Störung auf, husche über seine dreckige Glatze und verschwand in dem Gerümpel. Rudi schrie schrill auf und wischte mit einer nervösen Bewegung über seinen Kopf. Dadurch knallte seine Glatze mit einem dunklen *Pock* gegen den Sparren, erschrocken schrie er abermals auf.

Rudi verabscheute Spinnen!

Zitternd griff er den Hebel, mit dem man das Fenster entriegeln konnte, der Riegel kratzte über das verrostete Eisen, er schob das Stahlfenster hoch. Das Kreischen der alten Scharniere ging ihm durch Mark und Bein. Er schlug das Fenster nach hinten und legte es auf das Dach.

Rudi reckte seinen Kopf durch die Öffnung und schaute hinaus, genau in die Morgensonne. Er kniff die Augen zusammen und drehte den Kopf. »Mann, ist das steil!« Etwa drei Meter über dem Fenster stand majestätisch wie eine Stele der Kamin, da musste er hinauf, um einen besseren Überblick zu haben. Er sah wieder nach unten, etwa drei Meter unter dem Fenster befand sich die Dachrinne. Uralt und sicherlich morsch wie ein von Holzwürmern zerfressendes Holzbein. Die Straße oder irgendwelche Feinde konnte er nicht sehen, das Haus war zu hoch. Aber das würde sich ändern, wenn er erst auf dem Kamindeckel saß.

Wenn! Rudi hatte Schiss, er war noch nie auf einem Dach gewesen, das Dach war so hoch und so steil, fürchterlich steil und dann war es auch noch nass vom Morgentau! Aber Goebbels hatte das doch befohlen! *Rudi, kletter mal auf das Dach und guck, ob du unsere Feinde siehst!* Oder so ähnlich.

Rudi beschloss, diesen Befehl nicht zu verweigern, er nahm die MP von der rechten Schulter und steckte sie durch die kleine Dachluke. Er entdeckte etwa zwei Meter rechts über dem Fenster versetzt einen Dachhaken, in dem man eine Dachleiter einhängen konnte. Er sicherte die MP und warf sie in Richtung Haken, er hoffte, dass der Gurt sich in dem Haken verfing. Was er auch beim ersten Versuch tat, er jubelte innerlich auf.

Nun kam die schwierigste Aufgabe, er musste sich durch das Fenster quetschen! Kopf und Oberkörper passten leicht durch die Öffnung, jetzt kam der Unterkörper, der bei ihm wie eine Birne ausgebildet war. Er blieb hängen. »Scheiße, warum sind die Fenster auch so schmal?« Er wackelte mit seinem dicken Arsch, die Sparren wackelten gleich mit. Und der Rahmen des Fensters. Der Stuhl kippte mit einem leisen Geräusch um. »Scheiße!« Jetzt hing er in der Luft.

Rudi wackelte wie ein Hula-Hoop-Mädchen weiter, gleichzeitig stemmte er sich mit den Armen hoch. Er stöhnte und ächzte, plötzlich ein Ruck! Eine Seitentasche seiner Hose riss mit einem ratschenden Geräusch ab, eine Handgranate rollte heraus und knallte in das Gerümpel. Rudi saß schweißgebadet auf der Kante des Fensters und lauschte. Wenn der Sicherungssplint sich gelöst hatte, dann würde es fürchterlich Bumm machen. Acht, neun, zehn. Nichts! Er wischte mit dem verstaubten Ärmel über seine verschwitzte Stirn. Glück gehabt!

Rudi betrachtete das Dach, die Ziegel mussten sicherlich schon dreißig, wenn nicht gar vierzig Jahre alt sein, an vielen – an fast allen – Stellen war die Glasur abgesprungen, teilweise waren ganze Brocken aus den Dachpfannen herausgebrochen. Links vom Kamin war das Loch, das er geschossen hatte. Die Ziegel waren nicht nur vom Morgentau glitschig, sondern auch mit Moos überwuchert. Er stieß mit dem Zeigefinger gegen eine Pfanne, der Finger glitt mühelos hindurch und hinterließ ein kleines Loch. Er kam wieder ins Schwitzen, da sollte er hoch, das ging doch nie und nimmer?

Das Dach war für den nächsten Monat zum Totalabriss vorgesehen, was Rudi aber nicht wissen konnte, Pfannen, Latten und Dachstuhl, alles sollte erneuert werden. Dieses würde wohl niemand mehr tun.

Rudi, kletter mal aufs Dach und guck, ob du unsere Feinde sehen kannst!

Oder so ähnlich. Rudi stemmte seinen Körper hoch und klammerte sich an dem Fensterflügel, der auf dem Dach lag, fest. Er schaute hoch zu dem Haken, wenn er diesen erreichen konnte, dann hatte er schon fast gewonnen. Er stellte sich auf den Rahmen und machte sich lang. Er kam nicht heran, der Haken war einen halben Meter nach rechts versetzt. Rudi zertrat mit seinen Stiefeln zwei oder drei Ziegel, der Schutt fiel ins Innere. Jetzt konnte er einen Fuß in die Öffnung stecken, er hatte einen etwas festeren Stand. Seine Knie begannen zu zittern, er konnte es nicht unterdrücken. Sie zitterten, als wenn sie unter Starkstrom stünden. Rudi klebte wie eine Fliege auf dem verwitterten Dach, er keuchte, sein Atem rasselte. Verzweifelt trat er mit dem linken Fuß weitere Ziegel ein. Jetzt hatte er zwei Standpunkte. Die Latten knirschten verdächtig unter seinem Gewicht. Er streckte ein Bein aus und schüttelte es, bis das Zittern nachließ. Mit dem zweiten Bein verfuhr er genauso, das war zu viel, eine Latte brach!

Rudi brach in das Dach ein und rutschte ab, sein Kopf knallte auf die Pfannen, er fraß eine Portion Moos. Verzweifelt verkrallte er seine Finger in das Moos, er begann zu weinen, dann ein Wunder, sein linkes Bein blieb an einer Latte hängen, er kam zum Stillstand. Sein Herz pochte wie ein schmerzender Zahn, er war schweißgebadet. Er blieb einige Minuten in dieser verkrampften Haltung liegen, um zu verschnaufen.

Ein schwarzer, glänzender Käfer kam angekrabbelt, er stoppte direkt vor seiner Nase. Der Käfer streckte seine Fühler in Rudis Nasenloch, der wagte es nicht, sich zu bewegen. Der Käfer versuchte in seine zu Nase krabbeln. Rudi blies so fest wie er konnte Atemluft aus seiner Nase, der Käfer wirbelte davon und rollte in die Dachrinne. Rudi atmete auf, er fraß schon wieder Moos.

Er schaute nach oben. Etwa einen halben Meter über seinem ausgestreckten Arm befand sich der Dachhaken. *Wo ein Haken ist, da muss auch ein Balken sein, schließlich müssen sie den Haken ja irgendwo festschrauben!* Rudi peilte die Richtung und schlug mit der rechten Faust drei Ziegel ein. Volltreffer! Rudi sah durch den Schutt den Sparren. Er wischte den Schutt zur Seite und krallte seine rechte Hand um den Sparren. Erleichtert atmete er auf, das war geschafft. Er zertrümmerte mit dem rechten Bein abermals ein paar Ziegel. Jetzt hatte er einen einigermaßen sicheren Stand auf dem Sparren. Rudi beruhigte seinen Herzschlag durch tiefes Durchatmen.

Wieder schielte er auf den Haken über ihm. Wie ein Rettungsanker stand er dort oben, mit seiner MP um den Hakenhals. *Mit einem schnellen Sprung könnte ich ihn doch erreichen,* überlegte er.

Er ging kurz in die Hocke, spannte die Muskeln und stieß sich ab, der ganze Dachstuhl wackelte, federte und vibrierte.

Und wenn das Scheißding gar nicht festgeschraubt ist? Sondern nur angenagelt? Mit durchgerosteten Nägeln? Oder nur mit Scheiße angeklebt? Dann fällst du runter und knallst auf die Straße! Du bleibst mit zerschmetternden Gliedern liegen. Vielleicht läuft ja gerade Goebbels da unten rum, dann kannst du ihn wenigstens noch mitnehmen, dieses Arschloch! Ha, ha, ha!

Der Haken hielt, Rudi klammerte sich fest. Er schrie triumphierend auf, zog sich hoch, nahm die MP und legte sie auf die Kaminplatte. Dann setze er sich auf den First. Er verschnaufte ein wenig, dann hoppelte er mit seinem dicken Arsch über die Firstziegel in Richtung Kamin. Die Ziegel zerbröselten unter seinem Gewicht, der uralte Mörtel und Ziegelreste kullerten in Richtung Dachrinne.

Schwer atmend erreichte Rudi den Kamin, er setzte sich auf die Abdeckplatte und schaute seine Klamotten an. Sein Kampfanzug war von oben bis unten mit Moos, Dreck und Ziegelresten beschmiert. Eine Seitentasche seiner Hose war fast ganz abgerissen, die sonst auf Hochglanz polierten Springerstiefel waren verdreckt und zerkratzt. Er bückte sich, riss die Tasche vollends ab und warf den Stofffetzen in den Kamin.

Er schaute sich um. Dass das Haus hoch war, hatte er sich schon gedacht, aber *so* hoch? Er saß mindestens fünfundzwanzig Meter über dem Erdboden, ihm wurde schwindelig. »Wie soll ich hier nur wieder runterkommen? Warum habe ich eigentlich diese scheiß Uzzi mitgenommen?« Er hatte noch immer Moos und Dreck im Mund, er spuckte auf die Ziegel. Dann hielt er Ausschau.

Rudi musste keine halbe Stunde warten, er hörte nichts. Er sah die beiden Autos der Feinde etwa fünf bis sechs Straßen weiter langsam durch die liegen gebliebenen oder verunglückten Fahrzeuge rollen. Gut, dass das Haus so hoch war. Er sah die Feinde nur ab und zu, ab und an wurden die Autos von Häusern verdeckt, aber es reichte. Sie rollten lautlos in Richtung Westen! Sie fuhren zurück nach Westfalen, Goebbels hatte sich geirrt, der große Goebbels!

Rudi, kletter mal aufs Dach und guck, ob du unsere Feinde sehen kannst! Er musste Bericht erstatten!

Er schnappte seine Uzzi, wirbelte herum – und kam ins Stolpern. Er hatte ganz vergessen, dass er sich auf einem Dach befand! Rudi knallte mit seinem dicken Hintern auf die Ziegel, die sich unter ihm pulverisierten, und kam ins Rutschen! Er schrie auf und ließ die Uzzi fallen, sie rutschte über die Ziegel, schepperte über die Dachrinne und verschwand im endlosen Nichts.

Rudi schrie wie ein verwundeter Bulle, rollte sich auf den Bauch und breitete seine Arme und Beine aus. Dies hatte er mal in einem Film gesehen, da hatte es funktioniert. Er rutsche tiefer, erst langsam, dann schneller! Er hatte etwa sechs

Meter fünfzig bis ins Nichts, Rudi krallte seine Finger in das Moos, er schrie brüllend. »Mamiii, hilf miiir!« Er steckte den Kopf ins Moos, er versuchte, seinen Sturz mit seinem Gesicht abzubremsen. *Ich muss doch Bericht erstatten!* Rudi gewann nicht mehr an Geschwindigkeit, er wurde aber auch nicht langsamer, er schrie in das Moos und spürte, dass zwei Schneidezähne abbrachen. Er spuckte die blutigen Reste ins Moos.

An jedem Ende eines Ziegels tickte sein Kopf kurz auf. Tock, tock, tock!

Rudi passierte die Stelle, an der er eben die Ziegel zerbrochen hatte, seine Stirn rumpelte über den Sparren, ein scharfer Splitter stach in seine Kopfhaut. Er versuchte blind, den Sparren zu umklammern, irgendetwas Spitzes stach in seine rechte Hand.

Noch etwa drei Meter, Rudi schrie nicht mehr, er wimmerte nur noch, seine letzte Rettung war die Dachrinne! Wenn die hielt, war er vorläufig gerettet, dann musste er nur noch auf den Dachboden zurückklettern. *Ich muss doch Bericht erstatten!*

Plötzlich riss ein scharfer Schmerz an seinen Eiern! Rudi schrie heiser in das Moos, er erwartete, dass er in wenigen Sekunden über die Dachkante in die Tiefe stürzen würde, er wartete auf den Aufprall.

Mit einem Mal stutze er. »Warum rutsche ich nicht mehr?«, fragte er das Moos.

Tatsächlich, er lag still, seine Eier schmerzten höllisch, er war irgendwo hängen geblieben. Rudi zitterte wie das berühmte Espenlaub, seine Finger brannten höllisch, sein Kopf kam ihm vor, als wäre er durch einen Schredder gelaufen. Sein ganzer Körper bestand aus Schmerz, Feuer und Pein.

Und seine Beine baumelten über dem Abgrund. Er bewegte sie, nichts, kein Widerstand. Er schluchzte auf. »Ich muss so schnell wie möglich da rein!« Panik sprang ihn an. Wenn er noch ein Stück tiefer …

Er schlug mit seinem Schädel gegen die Ziegel, die sofort zerbrachen. Er prügelte seine Stirn schreiend auf alle Ziegel, die er mit dem Kopf erreichen konnte, die Ziegel zerbrachen wie dreuges Reisig, seine Stirn platzte auf wie eine überreife Melone. Ziegelsplitter stachen in seinen Mund, seine Wangen und in den Hals. Rudi konnte mit dem Kopf keine Ziegel mehr erreichen, er nahm seine bloßen Fäuste, er zerhämmerte noch immer schreiend alle Ziegel, die er erreichen konnte, zu Schutt und Asche, seine Fäuste platzten auf, Ziegelreste und Holzsplitter drangen in sein Fleisch. Dabei schrie er wie von Sinnen.

Endlich war das Loch groß genug! Er riss noch zwei Reihen verfaulter Latten ab und zog sich an dem Sparren hoch. Der ganze Dachstuhl wackelte.

Er ließ sich durch das entstandene Loch fallen. *Ich muss doch Bericht erstatten!* Er fiel nur etwa zwanzig Zentimeter, dann landete er mit dem Kopf in einem Haufen Mäuseköttel, eine große Staubwolke stob auf. Schwer atmend blieb er in der trockenen Scheiße liegen. »Ich muss doch Bericht erstatten«, sagte er zu den Mäusekötteln. Er drehte seinen Körper auf den Rücken, rappelte sich stöhnend auf und lugte durch das Loch. Ein zweiter Dachhaken hatte ihn gerettet, und seine Eier! Bei diesem Gedanken meldeten sich die Schmerzen zurück.

Rudi jammerte auf, drehte sich um und kroch auf allen vieren durch einen Haufen alter Kleider und Mäntel. Ein alter Lampenschirm flog auf seinem Kopf, aus seiner Nase tropften Blut und Rotze. Er stand abrupt auf, Schwindel erfasste ihn. Er taumelte und stieß mit dem Kopf gegen einen Sparren, der Lampenschirm dämpfte den Aufprall ein wenig. Blitze zuckten durch sein Gehirn, er taumelte weiter, er konnte kaum sehen. Dreck, Moos und der Lampenschirm machten ihn fast blind.

Rudi, kletter mal aufs Dach und guck, ob du unsere Feinde siehst! Oder so ähnlich. Rudi hatte alles gesehen, er musste Bericht erstatten!

Er taumelte gegen die zerschossene Tür, versuchte den Lampenschirm abzustreifen, stolperte, schlug gegen eine Wand und trat ins Leere. Er stürzte den ersten Treppenabsatz hinunter.

Rudi, kletter mal aufs Dach und guck, wo unsere Feinde sind!

Stell dir mal vor, die Ziegel wären neu gewesen!, waren seine letzten Gedanken. Dann knallte er gegen die Glasbausteinwand und blieb wie tot liegen.

Rudi, kletter mal aufs Dach und guck, wo unsere Feinde sind!

Befehl ausgeführt!

* * * *

»Lydia, schau mal, wo der Trottel bleibt, der ist schon über eine Stunde weg, er sollte doch nur mal nachsehen!«

»Warum denn immer ich, lass doch Heiko gehen.«

»Reiz mich nicht unnötig, ich bin wegen des Trottels schon geladen genug. Mach hin, aber komm sofort zurück. Nicht, dass ihr da oben noch 'ne Nummer schiebt!«

Lydia stand vom Barhocker auf. »Mit dem stinkenden fetten Schwein? Du bist doch irre!« Ihre blauen Augen sprühten Blitze. »Dann vögel ich lieber mit dir, du hast wenigstens einen Hals, in den ich meine Zähne schlagen kann, um dir die Kehle rauszureißen!«

Heiko grinste boshaft.

»Verschwinde! Mach, was ich dir sage! Ich bin der König, mir widerspricht man nicht!«, brüllte Goebbels. »Du verdammte Schlampe!« Er nahm einen Kristallaschenbecher und warf ihn hinter Lydia her. Aber die war schon um die Ecke geflitzt und verschwunden. Der gläserne Aschenbecher flog ins Leere, knallte gegen einen Tisch und zerbrach in tausend Stücke.

* * * *

Reineke trabte durch die Stadt, er musste sich beeilen, sein Wurf war hungrig. Er hatte sich ein Bein von einem Zweibeiner ergattert. Die Genitalien, die er am liebsten fraß, hatte schon ein Artgenosse vom Nachbarrevier gefressen. In letzter Zeit war das Fressangebot ungewöhnlich reichhaltig, dies kam seiner Brut zugute, sie würden sich sicher sehr schnell vermehren. Und er sah keinen Zweibeiner mehr, jedenfalls keinen, der sich bewegte, auch das war ein gutes Zeichen.

Reineke hörte einen lang gezogenen Schrei, er stoppte abrupt und lauschte angespannt. Er hörte etwas scheppern, oben. Er streckte seine blutige Schnauze in die Luft und schaute in die Höhe. Er sah *etwas* kommen, er versuchte noch zu flüchten, zu spät! Die MP knallte auf seine Wirbelsäule und brach sie durch. Reineke fiel auf den Bordstein und war auf der Stelle tot.

* * * *

Lady D fuhr nun schon fast eine ganze Woche quer durch Deutschland. Als die Seuche ausgebrochen war, befand sie sich auf den Weg nach München, sie wollte mit einigen Industriellen noch ein paar Einzelheiten besprechen.

Die Wirtschaftsbosse waren alle tot, als sie in Bayern ankam, Thorsten Schiller, der Führer von Bayern auch. Sie hatte sich in ihre Limousine gesetzt und war nach Baden-Württemberg weitergefahren. Sven Küster, ihr Kontaktmann in dem Bindestrichland war schon schwer angeschlagen. Sie musste ihn mit ihrer Pistole, Kaliber zweiundzwanzig, den Gnadenschuss geben. Sie fuhr weiter nach Rheinland-Pfalz, Robert Schmidt lag in seiner Wohnung, er gab gerade seine letzten Zuckungen von sich, als sie die Tür eingetreten hatte, auch er konnte ihr nichts mehr berichten.

Irgendwann (letzten Mittwoch oder Donnerstag) hatte ihre Limousine den Geist aufgegeben, sie besorgte sich einen spritzigen Kleinwagen, was ihr aber wenig nutzte, denn die Straßen waren meist ziemlich verstopft.

Über Hessen, Thüringen, Sachsen und Brandenburg ging es nach Mecklenburg-Vorpommern, Jens Müller lebte noch, aber der zeigte heftige Anzeichen dieser Krankheit. Er bettelte Lady D an, sie solle ihn in ein Krankenhaus bringen, die wollte sich nicht den Teufel ins Haus (beziehungsweise ins Auto) holen. Die Zweiundzwanziger musste entscheiden, sie gab ihm den Gnadenschuss. Anschließend fuhr sie weiter nach Schleswig-Holstein, sie hatte die vage Hoffnung, dass wenigstens Rosi Unbehagen noch leben würde, vergebens. Schade, Rosi hätte sie liebend gern mitgenommen.

Nun stand Lady D in der Wohnung von Karl Kumbernuss in Bremen. Sie schaute auf den Leichnam und musste unwillkürlich lächeln, sie dachte daran, wie Karl neulich in der Fabrikhalle von Hugo misshandelt wurde.

Hugo! Wehmütig dachte sie an den Hünen, er hatte allen Annäherungsversuchen standgehalten, sie musste es doch unbedingt mit ihm treiben! Ein verschmitztes Lächeln strich über ihre Lippen.

Lady D musste in Richtung Nordrhein-Westfalen weiterfahren, zu Rudolf Kauke, alias Goebbels. Die Großschnauze war mit Sicherheit auch schon tot, Lady D bezweifelte, dass überhaupt noch jemand lebte. Zum wiederholten Male fragte sie sich, welches Virus für diese Situation verantwortlich war, das scheinbar die ganze Menschheit dahingerafft hatte – und warum gerade *sie* noch unter den Lebenden verweilte.

Sie verließ Kumbernuss' Wohnung, stieg in ihr Auto und fuhr weiter in Richtung Westen.

Lady D erreichte einen kleinen Vorort von Bremen, sie fuhr durch tote Straßen. Sie sah einen toten Fuchs auf einem Bordstein liegen, neben ihm lag eine MP. Lady D stoppte, stieg aus und begutachtete die Waffe. Sie war verbogen, irgendjemand hatte mit der Waffe auf dem Fuchs eingeschlagen, vermutete sie. Dies war zweifellos eine von den Waffen, welche sie in Israel bestellt hatte. Glaubte sie zumindest. *Wenn es eine der Waffen ist, dann könnte es doch sein, dass noch irgendjemand von den Kämpfern lebt,* überlegte sie.

Lady D warf die nutzlos gewordene Waffe auf den toten Fuchs, stieg in den Kleinwagen und fuhr weiter.

Zwei Minuten später riss Lady D verdutzt ihre Augen auf, da stand doch tatsächlich ein Mann in der Mittagssonne! Mit einer fahrigen Bewegung wischte sie über ihre Augen.

Dort stand wahrhaftig ein Mann auf der Straße. Mit einem Benzinkanister aus Kunststoff in der Hand. Er winkte. Der Mann war spindeldürr und etwa eins siebzig groß. Sein dunkelblauer Anzug von der Stange schlotterte um seinen Körper. »Bitte halten Sie an, Hugo, wir haben einen Gast!«

Hugo betätigte den Blinker und stoppte vor dem fremden Mann. »Sehr wohl Madame!«

Irgendwann kriege ich dich doch noch rum, dachte sie.

Der fremde Mann ging zur Beifahrertür, Lady D ließ das Fenster runterfahren. Der Mann ging in die Knie und schaute sie an. Vor seinem schmutzigen, ehedem weißen Hemd baumelte ein dunkelblauer Schlips, passend zu seinem zerknitterten Anzug. »Guten Tag, ich bin liegen geblieben, wenn ich mir die Bemerkung erlauben darf.« Er blies Lady D sauren Atem ins Gesicht.

Lady D's Herz blieb einen Moment stehen, als sie durch die dicken Gläser der altmodischen Hornbrille in die tiefschwarzen Augen sah.

Der Fremde mit dem großen Muttermal auf der Stirn und der fast marmorweißen Haut blies Lady D ein saures »ich suche nach einer Tankstelle« entgegen.

Sein roter Fünftagebart passte nicht zu seinem weißen Haar.

Lady D verzog angeekelt das Gesicht. »Sie können bei mir mitfahren, wir haben genug Platz«, erwiderte sie trotzdem freundlich. »Aber Tankstellen funktionieren offenbar nicht mehr.«

»Danke«, blies der saure Atem.

Lady D stieg aus und klappte den Sitz zurück. »Wenn ich gewusst hätte, dass wir auf lebende Personen treffen, dann hätte ich mir einen Viertürer gekauft«, lächelte sie strahlend.

Der Mann zwängte sich in den engen Fond und legte den Kanister neben sich auf den Rücksitz.

Lady D setzte sich wieder auf den Soziussitz, schlug die Tür zu und ließ das Fenster bis auf einen kleinen Spalt hochfahren. Hugo fuhr, ohne auf eine Aufforderung zu warten, weiter. Er betätigte schon wieder den Blinker, *Fahrtrichtungsanzeiger*, wie es im schönsten Beamtendeutsch heißt.

Lady D lächelte spöttisch über diese lächerliche Geste.

Sie drehte den Innenspiegel, sodass sie den Fremden direkt ansehen konnte. »Haben Sie eine Ahnung, was hier passiert ist?«

»Nein«, sagte der Fremde, »ich komme gerade aus Hamburg, ich habe dort als Versicherungsvertreter gearbeitet, plötzlich ist jeder Mensch in meiner Umgebung verstorben, keine Ahnung, weshalb. Ich möchte nach Westen, dort wohnen Verwandte von mir«, blies er seinen Sauerampfer in Lady D's Nacken.

Lady D verzog erneut angewidert das Gesicht. Sie ließ die Scheibe ein Stück weiter runterfahren, klappte die Sonnenblende runter und grinste sich an. Sie begutachtete ihr tadellos gepflegtes Gebiss.

»Mein Name ist Hans Kohl«, fuhr der Mann fort, »wie gesagt, ich komme aus Hamburg, wenn ich mir die Bemerkung erlauben darf. Wie ist ihr werter Name?«

»Hannelore Krüger«, log Lady D. Sie deutete mit ihrem manikürten Zeigefinger auf Hugo. »Der große Mann heißt Hugo Freund.«

Bei den Namen *Hannelore Krüger* verzog Hugo erstaunt seine Stirn. Lady D bemerkte dies, Kohl beachtete das kurze Zucken nicht.

»Sehr erfreut, Herr Kohl«, dröhnte Hugos tiefe Bassstimme.

»Ganz meinerseits.«

Eine Weile schwiegen die Überlebenden.

»Darf ich fragen, wohin Sie fahren, Frau Krüger?«, blies Kohl.

»Wir fahren eigentlich ziellos quer durch Deutschland, Sie sind der erste Überlebende, auf den wir gestoßen sind. Endlich, es können doch nicht alle Menschen gestorben sein«, strahlte Lady D.

Hugo umkurvte einige liegen gebliebene Kraftfahrzeuge, dann betätigte er den Blinker – was Lady D zu einem spöttischen Lächeln veranlasste – und steuerte den Kleinwagen auf die Autobahn Zwei in Richtung Westen.

»Was machen Sie beruflich? Dieser Mann ist bestimmt Ihr Chauffeur, wenn ich mir die Bemerkung erlauben darf?«

»Dieser Mann ist mein Mitarbeiter, nicht mein Chauffeur, ich bin freie Händlerin von Nachrichten, wenn ich mir die Bemerkung erlauben darf«, spöttelte Lady D Kohl nach.

»Sie handeln mit Nachrichten? Welch seltsamer Beruf? Dieses habe ich noch nie gehört. Ich meine, ich bin P... äh ... Versicherungsvertreter. Aber von dem Beruf Nachrichtenhändlerin habe ich noch nie etwas gehört?«, blies der Sauerampfer.

»Da sind Sie nicht der Erste, aber es ist eigentlich ganz einfach. Ich kaufe und verkaufe Nachrichten. So ähnlich wie die *dpa*.«

»Ach so! Hätten Sie vielleicht etwas zu trinken? Ich habe fürchterlichen Durst«, wehte der Sauerampfer Lady D ins Genick.

Hugo betätigte den Blinker und fuhr links ran. Er stieg aus, öffnete den Kofferraum, zog eine Flasche Mineralwasser heraus, quetschte sich wieder hinters Lenkrad und übergab die Flasche Kohl. »Bitte.«

»Danke«, quetschte Kohl zwischen den Zähnen hervor, der schwarze Riese war ihm scheinbar nicht ganz koscher. Der hatte den Sitz bis zum Anschlag nach hinten geschoben, es reichte aber nicht ganz, er musste das Auto mit stark angewinkelten Knien steuern.

Kohl trank einen großen Schluck und rülpste Lady D seinen Sauerampfer in den Nacken. Die verzog ärgerlich das Gesicht, sagte aber nichts.

Hugo lächelte wissend.

»Haben Sie Lust zu vögeln?«, fragte Lady D unvermittelt mit einem Blick in den Rückspiegel.

Hugo verzog keine Mine.

»Ich ... äh ... ich ... meine ... äh ... ich bin erstaunt über Ihre Indiskretion, ich muss doch schon sehr bitten. Ich habe nicht die Absicht, mich Ihnen hinzugeben, außerdem bin ich homosexuell, wenn ich mir die Bemerkung erlauben darf«, erwiderte Kohl brüskiert.

»Tschuldigung, das konnte ich nicht wissen«, meinte Lady D. Sie hatte durch diese Frage alles erfahren, was sie wissen musste. Sie hatte nicht im Mindesten die Absicht, sich dem Sauerampfer hinzugeben.

Einige Stunden rollten sie schweigend über die mal mehr, mal weniger verstopfte Autobahn, Hugo meisterte alle Hindernisse mit Bravour.

Lady D sah einen grünen Van und einen blauen Bully, die auf der Autobahn parkten. Hugo betätigte nicht den Blinker, er stoppte hinter dem Van, der hinter dem Bully stand.

Aus dem Auspuff des Vans stoben weiße Wolken, das Fahrzeug war in Betrieb! Dies bedeutete, dass noch vor Kurzem jemand mit dem Van gefahren sein musste.

Bei Lady D und Hugo schrillten sämtliche Alarmglocken. Hugo öffnete seine schwarze Lederjacke und zog die Fünfundvierziger hervor.

»Warum haben Sie eine Waffe?«, fragte Kohl verständnislos.

»Schnauze!«, zischte Lady D.

»Aber –«

»Schnauze habe ich gesagt!«

»Ich muss doch sehr bitten ...«

Hugo stieg langsam aus, seine Augen tasteten die Umgebung ab, seine Fünfundvierziger durchsuchte jede Himmelsrichtung. Dann bückte er sich zu Lady D. »Alles gut Madame, niemand zu sehen.«

»Aber ... Warum laufen die Motoren?«

»Das weiß ich leider –«

»Hände hoch!«, brüllte eine sonore Stimme. »Waffe fallen lassen!«

Hugo wusste, wer die besseren Argumente hatte, er stand vor dem Kleinwagen, hinter ihm stand irgendjemand mit einer Waffe. Er *wusste*, dass der Mann hinter ihm eine Waffe in der Hand hielt. Er ließ seinen zwölfschüssigen Colt – eine Spezialanfertigung – fallen und hob die Hände, klappernd landete der Colt auf dem Asphalt.

Hugo ärgerte sich maßlos, er hatte sich überrumpeln lassen, mit dem billigsten Trick, den es in der Polizeigeschichte gibt. Sie hatten hinter der Schnauze des Bullys gelauert.

»Aussteigen!«, befahl die Stimme. »Umdrehen!«

Lady D stieg aus, Kohl verkroch sich in dem Fußraum des Kleinwagens.

»Ach nee, der Neger und seine Chefin, das ist aber eine Überraschung«, meinte Goebbels süffisant. Er feuerte einen Feuerstoß in die Seite des Kleinwagens, der schaukelte wie die Besucher einer Volksmusikverarschung. »Du da hinten, auch rauskommen!«, befahl Goebbels.

Kohl kroch aus dem Wagen, er schiss sich vor Angst in die Hose und hob die Hände. »Das war zufällig, ich habe mit denen nichts zu tun, ich kann mich auch Ihnen anschließen, ich bin völlig unschuldig!«, wimmerte er.

»Ach du Scheiße, ein Jammerlappen, ein Schmierer, davon habe ich doch schon genug. Halts Maul, du Albino. Wo habt ihr den denn aufgegabelt?«

Kohl zog es vor, den Mund zu halten.

»Lady D und der Neger, wie klein die Welt doch ist, wer hätte das gedacht?«

Lady D schaute sich um, ein italienisch aussehender Mann, eine blonde Frau mit Pferdeschwanz, ein vermummter Mann und Goebbels hatten ihre Uzzis auf sie, Kohl und Hugo gerichtet, sie hatten keine Chance, vorerst nicht.

Der vermummte Mann hatte die Hände verbunden, von seinem Gesicht war, außer den Augen und den zerfetzten blutigen Lippen nichts zu erkennen. Sein Kampfanzug war teilweise zerrissen und völlig verdreckt. Er grinste Lady D mit zwei fehlenden Schneidezähnen an.

»Wieso Lady D? Ich denke, sie heißt Hannelore Krüger? Das ist der Beweis, sie haben mich hintergangen!«, jammerte Kohl in weiser Voraussicht.

»Halts Maul, du Jammerlappen, stellt euch an den Bully. Was ist das denn für ein Taugenichts? Lydia, durchsuch sie nach Waffen!«, bellte Goebbels.

Die drei Gefangenen stellten sich gehorsam an den Bully und breiteten die Arme aus. Lydia durchsuchte zuerst Lady D. An deren schwarze Lederjacke, die nicht geschlossen war, angekommen, umklammerte sie Lady D's Brüste. »Mann, hast du dicke Titten«, flüsterte Lydia ihr ins Ohr.

Lady D's Brüste streckten sich ihren Händen entgegen. »Wir können ja mal kurz in die Büsche verschwinden.«

Lydia ging nicht auf Lady D's Bemerkung ein, sie untersuchte die Innentasche der schwarzen Lederjacke, zog eine kleine Pistole hervor und warf sie hinter sich. Lady D's schwarze Lederstiefel ignorierte sie. Dann durchsuchte sie die beiden Männer. »Alles klar, keine weiteren Waffen!«

»Ich hab noch nie eine Waffe benutzt«, jammerte Kohl. »Aber der da.« Kohl zeigte auf Hugo. »Der besitzt eine Waffe, das habe ich genau gesehen!«

»Die hat er längst fallen gelassen, du Schmierer, du bist ja schlimmer als Rudi!«

Der Vermummte grinste noch arger.

Lady D's Magenwände zogen sich zusammen, erst der Sauerampfer und dann der Grinsende ohne Schneidezähne. »Was habt ihr mit uns vor?«, würgte sie zwischen zusammengebissenen Zähnen hervor.

»Wir nehmen euch erstmal mit, obwohl ich Lust hätte, den Schmierer abzuknallen. Wir haben ja noch eine Rechnung offen, Sie und ich.«

Kohl drehte sich um und fiel auf die Knie. »Bitte bitte bitte tut mir nichts! Ich habe die beiden nur zufällig getroffen, ich flehe euch an!«

Goebbels ignorierte das Gejammer.

Lady D und Hugo verzogen verächtlich den Mund.

»Der Neger fährt bei mir mit, Rudi, du hältst ihn in Schach! Die beiden anderen Herrschaften steigen in Heikos Van. Und keine Zicken!«, kommandierte Goebbels.

»Aber? Wir können uns doch zusammentun? Dann ist es doch einfacher?« Kohl hatte nichts begriffen. Wie immer.

»Kehr halt das Maul, du Jammerlappen, steig in die Karre, sonst jag ich dir 'ne Kugel in den Kopf!«

»Wie reden Sie eigentlich mit mir?« Wimmernd verschwand Kohl im Van.

»Ich hätte dir einen besseren Geschmack zugetraut, was ist das denn für eine Lusche?«, raunte Goebbels Lady D ins Ohr.

»Den haben wir aufgelesen«, meinte *Hannelore* und verschwand im Van.

* * * *

Als sie Rheine erreichten, dämmerte es bereits. Die Sonne verabschiedete sich mit einem letzten Gruß aus dem Westen.

Wenigstens das stimmt, befand Ark.

Im Osten geht die Sonne auf, im Süden macht sie ihren Mittagslauf, im Westen wird sie untergehen, im Norden ist sie nie zu sehen, kam ihr ein alter Reim in den Sinn. *Fehlt nur noch, dass wir zwei Sonnen haben, oder drei.*

»Was machen wir mit Susanna?« Harry kratzte sich am Kinn, an dem so langsam ein Bart wucherte. Ark war dies in den letzten Tagen schon aufgefallen, Harrys Bartwuchs war enorm. Die Zotteln waren im Gegensatz zu seiner blonden Siegfried-Mähne pechschwarz, ein seltenes Phänomen. Willi hingegen zeigte kaum Bartwuchs, sein Kinn war fast so kahl wie der Kopf.

Zur Bestätigung kratzte Willi über das kahle Kinn und strich durch sein schütteres Haar. »Wir schlafen hier, Strubbel wird schon auf sie aufpassen, morgen sind wir wieder zuhause.«

»Ich sehe mich draußen um ...«, meinte Punk, »... ich brauch eh keinen Schlaf, wo pennt ihr?«

Arkansas zeigte auf ein rotes Backsteinhaus. »Ich nehme an, dort drüben.« Punk musterte das Gebäude. »Kannst du mir mal sagen, wo?«

»Auf jeden Fall nicht im Erdgeschoss, sie könnten ja unsere Kerzenlichter sehen«, dachte Anna praktisch. »Wir müssen so hoch wie möglich.«

»Also gut Punk, wir gehen in den zweiten Stock «, sagte Ark, »ich würde sagen, die erste Tür rechts. Wenn es irgendwann *bumm* macht, darfst du dich nicht wundern. Wir werfen die Toten auf die Straße, was sollen wir auch sonst mit denen machen? Wenn du zurückkommst, klopfst du dreimal kurz, zweimal lang, wir verrammeln vorsichtshalber die Tür.«

»Das ist Leichenschändung«, sagte die Staatsanwältin Anna.

Punk ging nicht auf Annas Einwand ein. »Ist schon okay, ich weiß Bescheid, ich bin irgendwann heute Nacht wieder hier, dann seid ihr schon längst am pennen. Lasst mir zum Frühstück noch eine Scheibe Schinken übrig«, lästerte sie. »Schinken. Da gab es doch mal ein Lied ...«

Ic komme mit!

»Okay, Strubbel, du bist dabei, vier Ohren hören mehr als zwei. Das reimt sich sogar.« Punk drehte sich um, nahm die leere Uzzi und verschwand in der Dämmerung. »Das reimt sich tatsächlich, ich glaub's nicht.«

Strubbel folgte ihr.

»Warte!«, rief Anna. »Meine Batterien sind leer.« Sie hatte den ganzen Tag *Lemmy* gehört, die Batterien waren von der Dauerbeschallung erschöpft.

Punk gab Anna vier Batterien aus ihrer Schimanski-Jacke. »Der Junge hat's dir aber ganz schön angetan.« Sie und Strubbel verschwanden endgültig in der Dämmerung.

Ic öre Blecpferde, signalisierte Strubbel eine halbe Stunde später.

* * * *

Der Mann spähte durch sein Fernglas, er setzte es kurz ab und rieb mit dem Handrücken über seine Hakennase. »Das ist doch die ...« Er setzte das Fernglas wieder an die Augen, schaute angestrengt durch das Objektiv und stellte die Schärfe nach. »Tatsächlich ...«, murmelte er. »Das ist sie.« Der Mann erinnerte sich an das Gespräch in der Villa, er musste lächeln. »Das ist doch tatsächlich die Rote, die ich vögeln musste, vögeln durfte. Sie lebt noch, unglaublich.« Er trank einen Schluck aus der Flasche Gin, die er in einer Wohnung im fünften Stock gefunden hatte.

Der Mann war seit einem Tag in der Stadt, genauer gesagt, in Rheine. Nach seiner Korrespondenz mit Lady D war er zurück nach Hamburg gefahren. Die Seuche brach aus, daraufhin fuhr er quer durch Germany, um Überlebende zu suchen und zu finden. Irgendwann hatte ihn das Schicksal nach Rheine verschlagen. Eine Stadt, in der er noch nie zuvor gewesen war. Der Mann hatte mehrmals die Fahrzeuge wechseln müssen, er verspürte wenig Lust, andauernd irgendein Auto anzuzapfen. Dadurch war sein geliebter Benz in Oldenburg stehen geblieben. Der Mann hatte die Hoffnung, dass er den irgendwann abholen könne. Er kam mit den Autos der Neuzeit nicht zurecht, zu viel Elektronik. Bei diesen Neuzeitkarren konnte man ja noch nicht einmal eigenhändig das Getriebe wechseln.

Der Mann beobachtete weiter.

Der Leibwächter, Hugo stand neben Lady D. Beide Personen waren in schwarzem Leder gekleidet. Zwischen dem Hünen und Lady D wirkte der viel kleinere, dürre Mann mit dem schlohweißen Haar wie eine lange Bohnenstange. Er war kaum zu erkennen.

Seine große Auftraggeberin und der Riese, sowie auch der Dünne wurden offensichtlich bedroht. Ein Glatzkopf, ein Mumifizierter, eine langhaarige Blonde mit einem Pferdeschwanz und ein weiterer Mann hielten sie mit Waffen, – der Mann nahm an, mit MPs –, in Schach.

Der Mann schätzte die Entfernung ab, etwa vierhundert Meter Luftlinie. Sein Fernglas zuckte nach links. Er musste nur die Straße entlang laufen, dann die zweite rechts und schon war er da. Trotz des falben Mondlichts konnte er dies sehr gut erkennen, sein Nachtsichtgerät funktionierte ausgezeichnet.

Der Mann strich über seine Bartstoppeln und dachte nach. Nach kurzer Zeit beschloss er, der Roten beizustehen. Vielleicht zeigte sie sich erkenntlich, eine Hand wäscht die andere. Und die Rote konnte gut Händewaschen, dies wusste der Mann. Er verließ das Flachdach des vielleicht zehnstöckigen Gebäudes.

Eiligen Schrittes ging er die tote Straße entlang. Er erreichte die Querstraße und spähte um die Ecke. Die vier Bewaffneten standen mit dem Rücken zu ihm. Die drei offensichtlich Gefangenen standen an einer grauen Wand, sie hatten die Hände erhoben.

Der Mann zückte seine Fünfundvierziger und schlich leisen Fußes voran.

»Vergnügt habe ich mich mit dir, jetzt werdet ihr erschossen«, sagte der Mann mit der Glatze. »Habt ihr noch einen letzten Wunsch?«

»Beim Vögeln bist du eine Niete«, zischte Lady D, »ich hoffe, du wirst in der Hölle braten, Goebbels, dann kannst du dich demnächst selbst vögeln!«

Der Mann erkannte im Mondlicht, das der Dürre wie ein Kaninchen vor der Schlange zitterte, der Hüne verhielt sich ruhig.

»Du bist mit Sicherheit beim Vögeln eine Niete!«, rief der Mann. Er stand etwa zehn Meter hinter der Glatze. »Auf deinem hohlen Schädel ist ein geladener und entsicherter Fünfundvierziger gerichtet. Mit abgeflachter Munition. Wenn ich abdrücke, dann zerplatzt dein matschiges Hirn wie eine Seifenblase! Jetzt werft ihr eure Uzzis weg, die Handgranaten auch. Dass ihr welche bei euch habt, erkenne ich an den Beulen in euren Hosen und Jacken. Und macht keine Zicken, wir wollen den schönen Kies doch nicht mit Gehirnmasse aus deiner Glatze versauen!«

Goebbels ließ als Erster die MP fallen, seine Kumpane folgten dem Beispiel. Sie hoben die Hände, es war besser für die Gesundheit, befand der Mann.

»Vergesst die Handgranaten nicht!«

Die vier Ganoven räumten ihre Taschen leer. Mindestens zwanzig Handgranaten landeten auf dem Kiesboden.

Goebbels drehte sich um. »Du kannst nicht jeden erschießen, jemand von uns erwischt dich!«

Der Mann antwortete nicht, er wirbelte wie ein Schatten herum, schoss vier Straßenlaternen (die nicht mehr leuchteten), entzwei, wirbelte wieder herum und nahm Goebbels, der sich gerade bewegt hatte, ins Visier. Bevor die Scherben der Laternen den Boden erreichten, zeigte die Waffe wieder auf Goebbels. »Habe ich gesagt, dass du dich bewegen sollst?«

Goebbels stutzte. Er staunte ob der Schnelligkeit des Mannes. »Aber jetzt hast du nur noch zwei Schuss!«

»Wollt ihr's ausprobieren? Verpisst euch, bevor ich es mir anders überlege!«

»Du hättest uns lieber killen sollen, glaub man ja nicht, dass wir uns das gefallen lassen, ab jetzt ist Krieg!«, rief Goebbels über die Schulter zurück.

Die vier Fremden trollten sich, stiegen in ihre Autos und fuhren davon.

Plötzlich fuhr der schwarze Riese herum und spurtete behände hinterher.

»Hugo, bleiben Sie hier!«, rief Lady D.

»Ich verfolge sie, sie können sicher nicht schnell fahren!«, brüllte Hugo über die Schulter zurück. Dann war er schon um eine Pizzeria geflitzt und verschwunden.

»Sie sind ja schneller als *Lucky Luke*«, meinte Lady D trocken. »Ihre andere Waffe ist mir ja bekannt, ich glaube, ich muss mich revanchieren.«

»Das habe ich mir schon gedacht, ich konnte doch nicht zusehen, wie Sie erschossen werden, Lady D, es wäre zu schade. Sie haben doch so ausgezeichnete Qualitäten, wie ich mich erinnern kann.«

»Schon wieder Lady D! Ich denke, Sie heißen *Hannelore Krüger*? Anscheinend ist hier jeder mit jedem miteinander bekannt?«, fragte der Dünne irritiert.

Lady D deutete mit gestrecktem Zeigefinger auf den Dünnen. »Sein Name ist Hans Kohl, Hugo und ich haben ihn unterwegs aufgelesen.«

Der Mann nickte Kohl zur Begrüßung zu.

Kohl nickte zaghaft zurück.

»Der Glatzkopf hat gesagt, dass er Ihnen etwas angetan hat? Ist es schlimm?«, fragte der Mann besorgt.

Lady D zuckte mit den Schultern. »Ist nicht das erste Mal, mittlerweile gewöhnt man sich dran«, meinte sie mit einem schrägen Blick auf Kohl.

»Das tut mir aber leid, kann ich Ihnen irgendwie helfen?«

»Nein, ist schon in Ordnung, ich nehme an, dass Goebbels und seine Kumpane mehrere Waffen besitzen, schließlich habe ich die besorgt.«

Lady D war kälter als Nordpoleis, dem Mann fröstelte.

»Die Nazis heißen übrigens Rudolf Kauke, alias Goebbels; die Blonde mit dem Pferdeschwanz heißt Lydia Wurst; der vermummte heißt Rudolf – Rudi – Müller; der Mann, der wie ein Italiener aussieht, heißt Heiko Feuerbach.«

Lady D hatte sich wie immer gut informiert. »Goebbels hatte mehr Leute, ich nehme an, sie sind der Seuche zum Opfer gefallen, warum der Feiste verbunden ist, das kann ich mir leider auch nicht erklären, es ist wahrscheinlich auch nicht so wichtig. Ach ja, bevor ich es vergesse, Goebbels besitzt auch ein kleines Schwein. Ein rosa-schwarzes Ferkel. Ich glaube, das ist alles, was Sie vorerst wissen müssen. Dass Goebbels und seine Kumpane unsere Gegner sind, versteht sich ja wohl von selbst, sie werden versuchen, uns zu töten.«

Der Mann zog seine Augenbrauen zusammen und lud die Waffe nach. Mit den vier Anfängern würde er locker fertig werden. Er hatte sich schon mit ganz anderen Kalibern auseinandergesetzt. »Was ist mit Ihrem Chauffeur, diesem Herrn Hugo?«

»Er will die Nazis verfolgen und auskundschaften, das nehme ich mal an, gelegentlich handelt er seltsam. Aber er ist ein guter Mann, absolut verlässlich, auf den lasse ich nichts kommen.«

»Ist er tatsächlich sauber?« Der Mann bückte sich und verstaute vier Hand-granaten in den Taschen seiner schwarzen Sportjacke. Die MPs ließ er liegen.

»Sollten wir die Maschinenpistolen nicht auch mitnehmen?«

Lady D ignorierte Kohls dünne Lispelstimme. »Bevor ich Hugo eingestellt habe, habe ich ihn natürlich gründlich gecheckt, er ist hundert prozentig sauber, wenn da etwas wäre, dann hätte ich es auch bemerkt«, grinste Lady D den Mann mit privat versichertem Gebiss an. »Übrigens: Das restliche Geld brauchen Sie ja nicht mehr.«

»Ja, ich glaube, es hat sich erledigt, man kann eh nichts mehr kaufen«, grinste der Mann zurück.

Kohls dürrer Kopf zuckte verständnislos zwischen Lady D und dem Fremden hin und her. »Ich verstehe gar nichts?«

»Alles müssen Sie auch nicht verstehen, sonst werden Sie noch verrückt, falls Sie das nicht schon sind. Ich würde vorschlagen, dass wir uns von hier verab-schieden. Die Nazis sind verschwunden. Aber ich habe die Befürchtung, dass sie über kurz oder lang zurückkommen, sie haben sicherlich noch Waffen, ich bin mir sogar *sehr* sicher«, meinte Lady D an den fremden Mann gewandt. Sie deutete mit ihren manikürten Fingernägeln auf Kohl. »Eigentlich müssten wir den Mann hier zurücklassen, er hat versucht, mich ans Messer zu liefern. Er hat gejammert wie ein Waschweib, als die Glatzen uns überfallen haben. Ich glaube, er hat sich sogar in die Hosen gemacht«, lachte sie abfällig. »Aber wir nehmen ihn vorerst mit, vielleicht ist er ja noch zu etwas nütze. Wenn nicht, dann können wir ihn noch immer zum Teufel jagen!«

Kohl wurde rot, dies sah der Mann sogar in dem diffusen Licht. »Tatsächlich, er hat sich in die Hosen gemacht, wie ein kleines Baby«, lachte seine sonore Stimme.

Sie gingen zurück in das Hochhaus, in welchem der Mann einen Tag gewohnt hatte, und betraten eine verlotterte Wohnung. Kohl folgte wie ein treuer Dackel.

»Eine schöne Residenz haben Sie sich ausgesucht«, meinte Lady D mit einem schiefen Grinsen.

»Ja, Ihre Villa ist es gerade nicht, aber Sie hätten das Chaos mal sehen sollen, als ich hier reinkam. Ich musste erst einmal etwa zwanzig Leichen entsorgen. Die haben hier scheinbar eine kleine Party gefeiert. Schauen Sie auf den Wohnzimmertisch, Getränke sind noch reichlich vorhanden.«

Lady D betrat das Wohnzimmer. »Deshalb stinkt's hier so eigenartig. Wie haben Sie die Leichen entsorgt, in einem der Nebenräume?«

Der Mann deutete auf ein großes Fenster. »Nein, ich habe die effektivere Methode vorgezogen.«

Lady D ging zu dem Fenster, öffnete und sah hinaus. In der Tiefe sah sie verschwommen einen Haufen nackter Menschenleiber, sie verschloss das Fenster wieder. »Warum haben Sie die Menschen entkleidet?«

»War wohl 'ne Sexparty«, grinste der große Mann.

Kohl sagte nicht einen Ton, er saß auf dem großen Sofa, stützte sich mit den Ellbogen auf seine dürren Oberschenkel ab und starrte auf den schwarzen Teppich. Er schüttelte den Kopf und murmelte etwas Unverständliches.

Unvermittelt stand er abrupt auf, schnappte sich eine Flasche Wodka, trank einen großen Schluck, ging zum Fenster, riss es auf und starrte hinaus. Er warf das Fenster wieder zu, drehte sich um, ging zurück zum Tisch und trank noch einen großen Schluck. »Tatsächlich!«

»Ich glaube, wir können unseren Gast einen Augenblick allein lassen, er muss noch seine Unterhosen wechseln, hier liegen ja genug rum. Ich muss mich noch bei Ihnen für die Rettung bedanken«, grinste Lady D.

Der Mann zuckte mit den Schultern und grinste ebenfalls. »Ich wüsste da ein gemütliches Plätzchen.« Er nahm Lady D beim Arm und zog sie aus dem Zimmer.

Hugo

Hugo spurtete um die Pizzeria, er nutzte die Gunst der Minute, um sich abzusetzen. Sein Auftrag hatte sich praktisch mit dem Beginn der Seuche erledigt. Er spurtete an einer verlassenen Dönerbude vorbei, passierte zwei Discounter und bog links ab. Dann lief er sofort die nächste Straße rechts weiter. Er stolperte über zwei Leichen, fiel der Nase nach lang hin und rutschte auf dem Bauch weiter. Seine Hände rasierten durch einen Scherbenhaufen. Er schrie laut auf, als die scharfen Scherben seine Hände aufrissen. Er rappelte sich auf und spurtete weiter. Die nächste Straße wieder links. Nach einer Weile verfiel er in einen stetigen Dauerlauf. Er hoffte, so eventuelle Verfolger abschütteln zu können. Der Lauf machte ihm nichts aus, sein Körper war bis in die letzten Muskelfasern austrainiert.

»Hände hoch!«

Hugo bremste scharf, schlitterte einen Augenblick mit den Schuhen über den Asphalt, blieb stehen und hob die Hände. Keine zwei Meter vor ihm standen eine Punkerin und ein Hund. Ein gutes Argument war eine MP. *Irgendwie läuft hier jeder mit einer MP durch die Gegend*, dachte Hugo.

»Keine Bewegung, oder ich hetze meinen Hund auf dich, er frisst Menschen!«, kommandierte die kleine Frau.

Ic bin nict dein Und.

Woher kam die Stimme? Weder Hugo noch die schmale Punkerin hatten etwas gesagt.

»Mitkommen, du bist festgenommen!«, befahl die Punkerin und winkte ungeduldig mit ihrer MP.

»Was hast du vor?«

»Wir nehmen dich erstmal mit, mein abgerichteter Hund und ich. Der ist scharf wie Pumapisse. Geh drei Meter vor mir. Und schön die Hände über dem Kopf halten. Einen Mucks und baller dich ab. Ich habe schon ganz andere erledigt, wir haben schlechte Zeiten, hier laufen mir zu viele Verbrecher rum!«

A, a, a, da muss ic aber lacen! Andere abgeballert. In deinem Eisenstock sind ja noc nict einmal Eisenbienen drin!

Schon wieder diese seltsame Stimme in seinem Kopf, er würde doch nicht etwa verrückt werden? Waren es die ersten Anzeichen dieser Seuche? Hugo ging an der Punkerin, die genügend Sicherheitsabstand hielt, vorbei.

»Los, geh geradeaus!«

Hugo ging mit erhobenen Händen geradeaus weiter, die Punkerin war kein Profi, Profis quatschen nicht so viel. Außerdem hatte er noch nie eine killende Punkerin gesehen. Er beschloss, abzuwarten, vielleicht konnte er die Punkerin ja noch gebrauchen. Er schielte auf seine Hände, die bereiteten ihm Sorge, sie bluteten stark.

»Geh da vorne in das rote Backsteinhaus!«, kommandierte Punk nach einer Weile.

Rot?, signalisierte Strubbel.

»Halts Maul!«

Hugo betrat das Haus. »Ich sagte doch gar nichts.«

»Dich habe ich auch nicht gemeint, lauf in den zweiten Stock hinauf und klopf an die erste rechte Wohnungstür, dreimal kurz, zweimal lang.«

Diese Frau war mit Sicherheit kein Profi, dies erkannte Hugo erneut, sie war einfach nicht der Typ einer eiskalten Killerin, das *roch* er geradezu. Schließlich war er lange genug im Geschäft. Sie war zu *gut*, befand Hugo und stieg die knarrenden Holzstufen hinauf.

Im zweiten Stock angekommen, klopfte er mit rechter blutender Hand an die alte Holztür. Die Tür fiel beinahe aus den Angeln, so verrottet war sie. Sein Blut spritzte gegen die vergilbte, ehedem weiße Farbe.

»Tretet zurück, ich habe einen Gefangenen mitgebracht, er steht direkt vor der Tür!«, rief Punk.

Hugo hörte ein rumorendes Geräusch, anscheinend hatte jemand die Tür verrammelt.

Dann öffnete ein blonder Mann die Tür, ein dicker Joint glomm zwischen dessen Lippen, der Mann trat vorsichtig zurück.

Die Punkerin scheuchte Hugo in die Wohnung. Sie trat mit ihren Schuhen die Tür zu, scheppernd fiel sie ins Schloss.

Hugo folgte dem langen Mann. Er wurde in die Küche geführt, die Fenster standen sperrangelweit auf. »Die Fenster würde ich schnell schließen, wenn Goebbels es sieht, könnte er auf dumme Gedanken kommen«, sagte er zur Begrüßung und setzte sich auf einen freien Stuhl, der knarrend unter seinem Gewicht protestierte. Er war zu der Überzeugung gekommen, dass diese Menschen ungefährlich waren.

»Woher kennen Sie Goebbels? Stammesbruder? Und was waren das für Schüsse?«, fragte Arkansas.

»Bleiben wir doch beim *Du*. Dieses Siezen ist in dieser Situation doch wohl nicht angebracht. Eure Freundin habe ich ja schon kennengelernt. Die Schüsse hat der Mann abgefeuert, der mich vor den Nazis gerettet hat, aber das ist eine längere Geschichte.«

Punk warf ihre MP auf den Herd, klaubte Harry den Joint aus dem Mund und zog kräftig. Hustend prustete sie den Rauch wieder aus. »Das Zeug ist aber gut.«

Harry klopfte ihr auf die schmale Schulter.

Hugo grinste. »Goebbels habe ich vor zehn oder elf Tagen kennengelernt, er ist ein ganz Irrer und er ist gefährlich, unberechenbar.«

Kollektives Nicken.

»Ich sehe, ihr kennt ihn auch. Ich schlage vor, wir machen uns erstmal miteinander bekannt«, meinte Hugo lächelnd.

Arkansas stand auf. »Aber vorher wirst du verbunden, deine Hände bluten ja wie ein geschächtetes Lamm, Stammesbruder!« Sie nahm eine Kerze vom Küchentisch und verschwand im Bad.

Wenig später kam sie mit einer Pinzette, Verbandmaterial, einer Schere, einem Handtuch und einer Sprühdose Desinfektionsmittel zurück. »Die Hausapotheke ist voll. Ich glaube, das Zeugs nehmen wir mit. Zeig mal deine Bratpfannen, ich muss schauen, ob noch Fremdkörper in den Wunden sind?«

Hugo legte seine großen Hände mit den Handflächen nach oben auf den Tisch. »Ich bin über Leichen gestolpert und in einen Scherbenhaufen gefallen.«

»Stellt die Kerzen mal um seine Pranken, damit ich wenigstens *etwas* Licht habe.« Die Gestrandeten sammelten alle Kerzen, die in der Küche an verschiedenen Stellen postiert waren, zusammen, und verteilten sie in einem Halbkreis um Hugos Hände.

»Anna, du bist meine Operationsassistentin, ich muss erstmal mit der Pinzette die restlichen Scherben aus den Wunden fischen. Ein Op-Licht ist das ja nicht gerade«, bemängelte Ark.

»Ich habe keinen Mundschutz, keine Haube für die Haare und einen grünen Kittel habe ich auch nicht«, sagte Anna.

»Das ist doch jetzt schnuppe. Komm, wir fangen an.«

»Bist du vom Fach?«, fragte Hugo.

»Ja, sie ist Chefärztin in der Uniklinik Bochum, sie verpflanzt sogar Herzen, sie kann sogar ein *Auge* verpflanzen«, sagte Anna.

»Anna übertreibt, ich bin eine stinknormale Krankenschwester. Während wir den Riesen verarzten, können wir ihm alles erzählen, wer fängt an?«

Nacheinander erzählten Anna, dann Punk, Arkansas, Willi und Harry ihre Geschichten in der gerafften Version. Und Strubbel.

»Und jeder hat diesen seltsamen Wasservorhang gespürt? Außer Punk?«, fragte Hugo nach über zwei Stunden. Und der Hund kann wirklich reden? *Denken?*« Er schaute Anna direkt an. »Und es gibt einen Troll, wie du sagst?«

»Weil Punk tatsächlich aus dieser Enterprise ist, sie wusste doch die Daten, hier ist doch alles drei Monate früher. Und Arkansas ist doch schon mal *zurückgeschwommen*. Zumindest fast, sie ist ja falsch gelandet. Beamen Sie mich zurück, Scotty, würde Kirk sagen!«, rief Anna und vollzog ihre Enterprise-Drehung. »Und den Troll gibt's auch, alles stimmt!« Anna bekam einen Schwindelanfall und fiel in Arks Schoß. »Puhhh, alles dreht sich, ich glaube, ich muss landen«, lachte sie.

Hugo lachte lauthals los, seine dröhnende Bassstimme ließ die Wände vibrieren. »Also, ich heiße eigentlich nicht Hugo Freund, ich heiße James Winter, ich bin Amerikaner. Meine Mutter war eine Farbige, sie stammt aus Samoa, mein Vater ist weißer Franzose. Sie sind seit zwei Jahren tot, Flugzeugabsturz. Ich bin in Waukegan, Wisconsin geboren und lebe noch immer dort, wenn ich dann mal zuhause bin. Ich bin beim *CIA*.«

»Wie klein die Welt doch ist, ich bin auch in Waukegan geboren, erstaunlich«, sagte Arkansas.

»Was ist denn *CIA*?«, fragte Anna.

»Das bedeutet *Central Intelligence Agency*, das ist einer der Geheimdienst der USA. Die schnüffeln in der ganzen Welt rum und stecken ihre Nasen stets in Angelegenheiten, die sie eigentlich nichts angehen«, erklärte Ark.

»Wow! Geheimdienst, ist das spannend, hast du deine Marke dabei? Zeig mal!«

»Nein Anna, ich bin *undercover*, dies bedeutet, dass mich niemand erkennen kann, besser darf. Wenn mich jemand entlarvt, dann werde ich getötet und kein Mensch auf dieser Welt bekommt davon etwas mit.« Hugo – James – blickte zu Ark. »Diese Sache, weshalb ich hier bin, ist nicht einfach nur rumschnüffeln. Das solltest du wissen. Eine gewisse Lady D – ihren wirklichen Namen kenne noch nicht einmal ich –, war dabei, hier in Deutschland die Regierung zu stürzen. Mithilfe der Nazis, unter anderem auch dieser Goebbels. Die Nazis waren natürlich nur Mittel zum Zweck, sie hätten nachher entsorgt werden sollen, wie es so schön heißt. Ich wurde nach Deutschland gesandt, um sie am entscheidenden Tag festzunehmen, oder zu töten, je nach dem, wie sich die Dinge entwickeln. Das Ganze sollte in der Nacht vom neunten auf dem zehnten nächsten Monat geschehen. Ich, und noch ein paar andere Agenten sollten es verhindern. Wenn wir Lady D und die anderen Rädelsführer kaltgestellt hätten, dann wäre die ganze Sache gescheitert. Aber das hat sich jetzt ja erledigt. Wie es aussieht, sind nicht viele übrig geblieben.«

»Warum sprichst du so gut deutsch? Du redest ja fast ohne Akzent«, fragte Harry, griff in den Kasten Bier, den sie im Keller aufgetrieben hatten, und zog eine Flasche heraus.

»Das deutsche Bier ist übrigens Spitze, unseres in Amerika ist die letzte Plörre, wie ihr in Deutschland sagen würdet.«

Hugo – James – trank einen langen Schluck, dann fuhr er fort, die anderen hingen gebannt an seinen Lippen.

»Deutsch habe ich mir selbst beigebracht, die deutsche Geschichte hat mich schon als Kind interessiert, irgendwann habe ich begonnen, deutsch zu pauken. Ich bin jetzt fünfundvierzig Jahre alt, seit vierzig Jahren lerne ich deutsch, da muss doch sogar bei einem Amerikaner etwas hängen bleiben. Also weiter! Sie rüsteten mich mit erstklassigen Papieren aus, ich bekam einen vorzüglichen Ruf als Chauffeur und Killer verpasst, und schwuppdiwupp – war ich als Fahrer bei Lady D angestellt. Über welche Kanäle dies alles ging, weiß ich nicht, ich bin Agent und kein Politiker. Aber irgendwie hatte ich ständig das Gefühl, dass alle über irgendwelche Kanäle miteinander zusammenhängen. Politiker, Verbrecher, Mafia, Drogendealer und was-weiß-ich-nicht-noch-wer.«

»Dieses Gefühl hab ich schon seit fünfzig Jahren«, meinte Willi sauer lächelnd.

»Genau«, bestätigte Punk.

Anna kniff Punk in den Arm. »So alt bist du doch noch gar nicht.«

»Aua! Hast du 'ne Ahnung. Wenn du auf der Straße lebst, dann erlebst du mehr als jeder andere. Dann bist du mit vierzig schon über hundert Jahre alt. Ach was, zweihundert«, übertrieb Punk.

Harry baute einen neuen Joint. »Erzähl weiter.«

»Mit fünfundzwanzig – vor zwanzig Jahren –, kam ich zum *CIA*. Damals war die Welt noch nicht so überwacht, da brauchten sie laufend neue Leute. Heute ist – war – ja alles überwacht. Überall und alles. Das beginnt mit den Kameras, die überall montiert sind. Von denen, die ihr nicht seht, ganz zu schweigen. Überall hängen die Kameras. In Banken, Kaufhäusern, auf öffentlichen Plätzen, U-Bahnen, öffentlichen Gebäuden, einfach überall. Das endet mit Satelliten und anderen Mitteln. Ich wette, die können dir schon durchs Dach schauen und dich anrufen, wenn dein Kaffee zu dünn ist, eine Lorke ist, sozusagen.«

»Skandale hat es in letzter Zeit ja reichlich gegeben.« Ark nahm den Joint von Harry entgegen. Sie hielt das Feuerzeug an die Spitze und zog kräftig, süßlicher Rauch zog durch die Küche.

James winkte verärgert ab, sein Stuhl knirschte erbärmlich. Seine verbundenen Hände leuchteten weiß in dem flackernden Kerzenlicht. Er nickte Willi dankbar zu, als dieser ihm eine zweite Flasche Bier reichte. »Das waren doch nur Bauernopfer, da wurde den Medien ab und zu ein Politiker zum Fraß vorgeworfen, damit die sich profilieren konnten. Was meint ihr, wodurch ihr – wir – überall überwacht werden? Die Kameras, die ihr mittlerweile auf fast allen Plätzen seht, sind doch nicht alle. Überall sind noch etliche, die ihr nicht sehen könnt. Bankgeheimnis?« James lächelte verächtlich. »Auf dem Papier war es wunderschön, mit dem Papier konnte man sich auch den Arsch auswischen. Internet? Überlegt doch mal. Wenn die schon *Goggel-Earth*, oder wie das heißt, erlauben und freigeben, was meint ihr, was sie dann sonst noch so in petto hatten?« James winkte wieder mit seiner weiß bandagierten riesigen Pranke ab. »Die Medien durften nur das berichten, was den Regierungen in den Kram passte.«

»Aber wenn die doch so allmächtig waren? Warum kennt dann kein Arsch Lady D's richtigen Namen, den muss doch irgendjemand wissen? Und was ist mit den Kinderpornoringen, die überall im Internet unterwegs waren oder sind?«, wandte Arkansas ein und gab den Joint an Punk weiter.

Wieder wischte James' große Pranke durch die Luft, Ark wehte ein Luftzug entgegen. »Mit Sicherheit wissen einige den realen Namen, das dürften aber nur ganz wenige sein. Wer weiß, wer sonst noch so dahintersteckt. Und was die Kinderpornos angeht: Wenn die mächtigen der Welt *wollten*, dass die ganzen Ringe im Internet und auch anderswo *auflögen*, dann würde das auch passieren. Außer ein paar Bauernopfern, die ab und zu mal gefangen werden, versteht sich. Ich möchte nicht wissen, wie viele Regierungsmitglieder aus aller Welt da mit drinstecken!«

James trank einen Schluck. »Ich war – oder bin – doch auch nur ein kleiner *CIA-Agent*, ich durfte auch nur das wissen, was ich wissen sollte, wenn mich hier jemand getötet hätte, dann hätte kein Hahn danach gekräht. Es hätte noch nicht einmal in der Zeitung gestanden.«

Kollektives Nicken.

»Also ...«, nahm James den verloren gegangenen Faden wieder auf, »... ich wurde bei der übrigens sehr hübschen und fürchterlich gerissenen Frau eingeschmuggelt, meine Tarnung war perfekt. Noch nicht einmal das argwöhnische Luder bemerkte, dass meine Papiere gefälscht waren. Nach meiner Bewerbung bei ihr als *Chauffeur* ließ sie drei Wochen nichts von sich hören. Ich dachte schon, der Deal wäre geplatzt.« James trank einen Schluck Bier. »Nach drei Wochen bekam ich die Zusage. Sie hatte drei Wochen meine Papiere überprüft und nichts bemerkt, obwohl sie über ausgezeichnete Kontakte verfügt. Am zwanzigsten dieses Monats habe ich dann auch Goebbels kennengelernt, in einer alten Fabrik. Einzelheiten erspare ich euch, die sind auch nicht wichtig. Heute Mittag haben wir diesen dürren Mann, Hans Kohl heißt der, aufgabelt, ein widerlicher Typ. Einer von der Sorte, die mit den Wölfen heulen.«

»Was heißt das?«, unterbrach Anna James.

»Das sind Menschen, die ihre Nase stets in den Wind halten, sie arrangieren sich ständig mit den Leuten, von denen sie sich den größten Vorteil versprechen«, erklärte Willi an Hugos statt. »Opportunisten, das war in der Nazizeit besonders beliebt, das gibt's heute aber auch noch reichlich. Ich sage nur *FDP*.« Willi nahm Punk den Joint aus der Hand, die schaute ihn verdutzt an.

»Oppunissen? Komisches Wort«, sagte Anna.

James ignorierte Anna. »Genau. Aus Mitleid haben wir den Mann mitgenommen, auf der Autobahn haben die Nazis uns dann eine simple Falle gestellt, ich bin wie ein zehnjähriger Schuljunge hineingetappt. Sie nahmen mir meine Waffe ab, nahmen uns gefangen und fuhren mit uns in diese Stadt. Goebbels vergewaltigte Lady D, dann versuchten sie uns zu erschießen, einfach so, kaltblütig abknallen.«

»Was sollten sie denn sonst tun?«, spöttelte Susanna. Das waren die ersten Worte, die sie seit Stunden sprach, sonst hörte sie nur zu und lackierte ihre Fingernägel.

Punk sprang auf und flitzte in die Ecke unter dem Fenster, wo Susanna auf dem Teppich saß. Sie hob ihre kleine Hand. »Noch so 'n Spruch, Kieferbruch.« Susanna zuckte zusammen, sie hatte die Schläge Punks noch nicht vergessen. Sie grinste Punk mit geschwollenen Lippen an. Punk drehte sich wie ein Wachsoldat vom Buckingham-Palast um und begab sich wieder auf ihren Platz.

Soll ic sie 'n bisscen annabbern, sie at so einen zarten Oberknocen? Strubbel lag mit seinem massigen Kopf auf den Oberschenkeln Susannas.

Harry drückte den Joint auf der Tischplatte aus. »Untersteh dich! Erzähl weiter, James.«

»Punk und eure Gefangene haben sich aber richtig lieb«, schmunzelte James. »Viel gibt's da nicht mehr zu erzählen. Ich hatte schon mit allem abgeschlossen, da erschien der Profikiller, den wir in die Villa verschleppt hatten. Das muss ich nicht weiter auszuführen, das wäre zu lang. Der Mann ohne Namen, der mit Sicherheit höllisch gefährlich ist, rettete uns. Ich wette, der hätte Goebbels eiskalt die Birne weggeblasen.«

»Auch den Mann kennst du nicht?«, warf Punk ein.

»Profikiller haben keine Namen, auf jeden Fall rettete er uns, die Nazis verdufteten und ich fand die Situation günstig, mich abzuseilen. Jetzt bin ich hier. Obwohl ich eigentlich noch bei denen geblieben sein müsste, denn so hätte ich erfahren können, ob sie uns freundlich oder feindlich gesonnen sind. Es ist besser, wenn man weiß, mit wem man es zu tun hat. Wir werden mit Sicherheit noch auf sie treffen, auf sie und die Nazis. Ich wette, Goebbels' Bully ist voller Waffen, er hatte fünf oder sechs Holzkisten auf seiner Ladefläche und es roch nach Waffenöl. Aber das ist jetzt nicht mehr zu ändern«, beendete James seine Ausführungen.

»Und von einem Wasserfall oder Vorhang oder so etwas hast du nichts bemerkt?«, fragte Ark.

»Nein.« James kratze in seinem schwarzen Bart. »Oder doch? Ich glaube, es war am zweiundzwanzigsten, kann auch einen Tag früher gewesen sein. Ich befand mich in der Garage von Lady D's Villa und habe den Wagen gewaschen.« James lächelte säuerlich. »Als guter Killer musst du auch den Wagen waschen. Anschließend musste ich tanken, auf dem Weg zur Tankstelle fuhr ich durch so ein seltsames Phänomen, ich habe dem aber keine Bedeutung beigemessen, weil es dunkel war. Und wenn ich es untersucht hätte, wer rechnet denn damit, dass er wie in einem Science-Fiction-Film in eine andere Dimension, oder was immer dieses hier ist, verschlagen wird?«

»Toll, dann bin ich die Einzige, die aus dieser Ebene stammt, sozusagen der letzte Mohikaner«, sagte Punk erregt.

»Tröste dich, ich bin auch von hier, ich habe nichts von einem Wasserfall oder so etwas bemerkt«, meinte Susanna unbekümmert, »vielleicht sollten wir uns zusammentun, wir wären ein gutes Team.«

Anna fütterte Stan und Ollie. Zu trinken gab's Mineralwasser. Sie schüttelte die Flasche, damit die Kohlensäure entweichen konnte. Sie kümmerte sich rührend um die beiden Wellensittiche. »Du sagst, dass du als Mörder angestellt warst, hast du schon mal jemanden gekillt?«

»Das habe ich stets vermeiden können, es war aber gar nicht so einfach. Einmal war's ganz schön knapp, da sollte ich einen Mann, der Lady D hintergehen wollte, vor ihren Augen in den Kopf schießen. Ich habe sie dann überredet, es doch lieber im Wald zu tun, dann hätte ich ihn auch gleich vergraben können. Außerdem machte ich sie darauf aufmerksam, dass ihre Polstermöbel versaut werden würden. Wir befanden uns in ihrem Wohnzimmer, müsst ihr wissen. Sie hat schließlich eingewilligt.«

Harry schob James eine neue Flasche Bier rüber. »Was hast du dann mit ihm gemacht?«

»Danke, Harry. Das viele Sprechen macht ganz schön durstig. Also, ich bin mit dem Mann in die Stadt gefahren, habe ihn am Bahnhof abgesetzt und zu ihm gesagt, dass er am besten nach Palermo oder zum Mond auswandern solle. Er hat meinen Rat scheinbar beherzigt. Ich habe ihn nie wiedergesehen.«

»Ach wie süüüß!«, spöttelte Susanna.

Punk griff eine leere Bierflasche und warf sie in Richtung Susanna, das Glas knallte gegen die Wand neben Susanna und zerschellte.

Susanna zuckte zusammen und verschüttete schon wieder den Nagellack. Sie drehte die kleine Flasche um. »Jetzt ist sie leer!«

»Selbst Schuld, wenn du das Maul hältst, passiert dir nichts«, sagte Punk.

James stand auf und nahm die Uzzi. »Ich werde draußen mal eine Runde drehen, es kann nicht schaden. Außerdem müssen wir heute Nacht eh Wachen aufstellen, am besten immer zwei Leute.«

Ic alte Wace, der Feuerstock nützt dir gar nicts, da sind keine surrenden Bienen drin!

»Was hat der Köter gesagt – gedacht?« James zeigte mit dem Lauf der Waffe auf den am Boden liegenden Hund.

»Er hat gesagt, dass er Wache schiebt und dass dein Magazin leer ist, auch die andere Feuerspritze ist alle. Wir haben nur einen Bogen, mit dem nur Arkansas schießen kann, und mein Handy, welches ich werfen kann, ach ja, ich habe auch noch ein bisschen Kleingeld, das kann ich dann auch werfen«, sagte Anna.

»Die Uzzi ist leer? Was ist mit der anderen?« James nickte in Richtung Tür, an dessen Rahmen die zweite MP lehnte.

»Die ist auch leer, das habe ich doch gerade gesagt. Aber das macht nichts, ich komme zu deinem Schutz mit, dann passiert dir nichts«, meinte Anna und ging schon voraus.

Achselzuckend folgte James Anna.

* * * *

Goebbels streifte mit seiner Ersatz-MP geräuschlos durch den Abend. Er hatte sich entschlossen, allein auf Streife zu gehen, die anderen waren ihm zu blöd.

Er war in seinem Tarnanzug kaum auszumachen. Zusätzlich nutzte er jeden Schatten, den das kalte Mondlicht warf, aus. Plötzlich stutze er, er hörte Stimmen, eine dünne Mädchenstimme und eine volle Männerstimme. Das könnten die Göre und der Lange sein! Er drückte sich in den Schatten eines weißen Lieferwagens.

Keine zehn Meter entfernt kam die Göre um die Ecke, mit dem Neger! Wo kam plötzlich der Neger her? Egal, er musste das Reich von diesem Abschaum befreien. Ein Neger und eine Sympathisantin. Er musste kurz an damals denken, als die Nazis noch die uneingeschränkte Macht in Europa hatten. Damals hatten die pflichtbewussten Bürger Frauen, die sich mit Juden einließen, ein Pappschild um den Hals gehängt. Darauf stand dann: *Ich bin im Ort das größte Schwein, ich lasse mich nur mit Juden ein.* Er hatte so ein Bild mal in einer Zeitung gesehen und sich halb totgelacht. Die Zeiten würden wiederkommen, da war er sich sicher.

Die Göre und der Neger kamen näher, er konnte seine Feinde gar nicht verfehlen. Gehässig grinsend schob er sich aus dem Schatten, hob die MP und drückte ab.

Die beiden Feinde hoben die Köpfe und erstarrten.

Die MP ratterte – nicht – los!

Du hast vergessen zu entsichern!, zuckte ein Gedanke durch sein krankes Gehirn.

Goebbels entsicherte und drückte abermals ab, die Uzzi ratterte los!

* * * *

»Du musst mir noch mehr über die *CIA* erzählen, du warst so ein richtiger Geheimdienstmann? So wie James Bond?«, fragte Anna neugierig.

»James Bond wäre schon lange nicht mehr auf dieser Welt, so wie er mit den Frauen rumgemacht hat. So etwas Unvorsichtiges gibt's nur im Film. Die Wahrheit sieht ganz anders aus.«

Anna und James bogen um eine Ecke. Sie schauten auf und erstarrten. In acht oder neun Schritten Entfernung stand ein Mann, Goebbels! Er grinste diabolisch und riss am Abzug seiner MP.

Anna schrie auf, sprang vor, warf sich vor James' Brust und *schwamm!*

Ich komme zu deinem Schutz mit, dann passiert dir nichts, wischte ein Gedanke durch James' Gehirn, als er die MP losrattern hörte. Dann wurde es dunkel.

* * * *

Goebbels traten die Augen aus den Höhlen. Er sah die beiden Feinde – und er sah sie auch wieder nicht. Sie verschwanden vor seinen weit aufgerissenen Augen, bevor die Kugeln sie durchschlugen. Die Projektile spritzten in die Schaufensterscheibe eines Schuhgeschäfts. Die Schaufensterscheibe fiel laut knallend in sich zusammen.

Goebbels rieb ungläubig über seine Augen. »Das gibt's doch gar nicht, wo sind sie hin? Gerade waren sie noch hier, ich habe sie doch erschossen?«

Egal, diese beiden hatte er schon mal erledigt, sie waren verschwunden! Dort, wo die Göre sich versteckt hielt, hatte sich auch die andere Brut verkrochen, da war er sich völlig sicher.

Er lief in die Richtung, aus der die Feinde gekommen waren, schoss wahllos in die oberen Stockwerke der Häuser und brüllte: »Wir kriegen euch, wir kriegen euch!« Er schob ein zweites Magazin nach und verschoss auch dieses. Goebbels war offenbar verrückt geworden.

Kapitel V

Utopia

Anderland

Arkansas sprang auf. »Da hat doch wer geschossen? Das war eindeutig eine MP!« Die Echos der Schüsse kamen näher, irgendjemand brüllte in der toten Nacht herum und schoss wahllos durch die Gegend. »Kerzen aus!«, zischte sie. Punk huschte durch das Zimmer, bevor jemand reagieren konnte, und schlug die Kerzen mit der flachen Hand aus. »Strubbel! Pass du auf, dass die Schwatte keinen Ton sagt! Andernfalls reißt du ihr die Kehle raus, du darfst sie dann sogar fressen!«, flüsterte sie und warf sich wie bei einem Fliegerangriff auf den Boden.

Danke ser. Strubbel riss sein Maul auf, er biss aber nicht zu. Susanna verzog angeekelt das Gesicht. »Du könntest dir auch mal ein neues Mundwasser zulegen!«

Scnauze!

Wieder ratterte eine Salve los, die Projektile schlugen in umliegende Scheiben ein. Der Irre oder die Irren hielten die Waffen ziemlich hoch. Ark schlich zum Fenster und lugte vorsichtig hinaus. Goebbels lief mutterseelenallein durch die Straßen und ballerte um sich, dabei schrie er wie ein Verrückter. »Der Anführer von denen ist ganz allein«, flüsterte sie, »wir schnappen ihn.«

Stan und Ollie kreischten laut auf. Punk zog ihre Schimanski-Jacke aus und warf sie über den Käfig. Die Kanarienvögel verstummten sofort. »Das ist doch bestimmt eine Falle, wenn wir uns zeigen, dann knallen die uns aus dem Hinterhalt ab, da verwette ich meine wunderschönen neuen Schuhe«, flüsterte sie.

Ark nickte bestätigend. »Du hast recht, das habe ich gar nicht bedacht.«

»Du hast ja auch nicht auf der Straße gelebt.«

»Ich kriege euch alle! Den Nigger und die kleine Göre habe ich schon gekillt.« Goebbels jagte einen Feuerstoß in irgendeine Scheibe, die Splitter klirrten auf den Bordstein. »Dem Nigger hab ich erst die Eier und dann den Kopf weggeschossen. Die kleine Göre hat nur noch 'nen halben Kopf! Sie liegen da hinten um die Ecke! Wollt ihr nicht kommen, um sie zu beerdigen?«, brüllte er in die kühle Abendluft. Ein neuerlicher Feuerstoß schlug in irgendeine Scheibe ein.

Gut, dass Ark und Harry die Fahrzeuge im Hinterhof geparkt hatten, die würde er mit Sicherheit nicht finden.

Sie schlich zurück und klaubte sich den Bogen, der neben der leeren MP an der Tür lehnte. Sie zog einen Pfeil aus dem Köcher und legte ihn auf, so eine gute Gelegenheit würde es nie wieder geben! Ark schlich zurück zum Fenster und öffnete den Flügel einen Spalt weit. Der Irre war aus dem Blickfeld verschwunden. Ihr Kopf zuckte von links nach rechts, niemand zu sehen, nur die toten Häuser im schummerigen Mondlicht.

»Habt ihr gehört? Ich habe eure Kumpane gekillt!«, brüllte Goebbels. »Sie sind zwar verschwunden, aber ich habe sie erwischt!«

Willi verlor die Nerven. »Er hat Anna getötet, ich bring das Schwein um!« Er rannte zur Tür und versuchte hinauszustürmen, Punk packte seinen Fuß und hebelte ihn aus, Willi flog auf den Teppich. Harry sprang auf seinem Rücken und drückte ihn zu Boden.

Willi zitterte wie ein Fisch auf dem Trockenen, Harry drehte ihn um, Punk kam angekrochen und hielt ihm den Mund zu. Willis Augen traten aus den Höhlen, er versuchte, Punk in die Hand zu beißen. Harry drückte Willis Schultern auf den Teppich. »Beruhige dich«, zischte er, »er hat gebrüllt, dass sie verschwunden sind, vielleicht sind sie *geschwommen*! Versprich mir, dass du nicht schreist, dann nimmt Punk die Hand weg.«

Willi klimperte mit großen Augen.

Punk ließ los.

»Entschuldigt, aber so langsam geht mir der ganze Scheiß auf die Nerven«, flüsterte Willi. »Darf ich jetzt wieder aufstehen?«

Harry und Punk erhoben sich, Willi folgte.

»Er ist verschwunden«, flüsterte Ark, »hätte ich den Bogen eher genommen, dann hätte ich ihn erwischt. Ab jetzt lege ich den Bogen nicht mehr aus der Hand!«

»Glaubst du, dass Anna und James noch leben?«, fragte Willi betrübt.

»Für mich sind sie so lange lebendig, bis ich die Leichen sehe, der Glatzkopf kann mir viel erzählen, wenn der Tag lang ist. James ist CIA-Agent, du glaubst doch wohl nicht, dass er sich von einem wild gewordenen Nazi abknallen lässt. Vielleicht sind sie ja wirklich *geschwommen*.«

»Anna ist mir sehr ans Herz gewachsen, fast wie eine Tochter oder eine Enkelin, ich hoffe, dass sie und James durchkommen«, jammerte Willi.

Strubbel ließ die Kehle Susannas los. *Die kleine Zweibeinerin ist viel zu keck zum Sterben, sie ist sozusagen ein Sztaryuvbzbiell!*

»Ich sehe mich mal im Treppenhaus um, wenn er hochkommt, dann schieße ich ihm einen Pfeil in die Brust«, flüsterte Ark.

»Du willst ihn einfach so killen?«, fragte Harry leise. »Ich meine, so einfach erschießen? Das ist doch Mord!«

»Der Spruch hätte auch von Anna kommen können, Herr Staatsanwalt«, antwortete Punk an Arks statt. »Was meinst du, was der Irre mit uns machen würde? Falls du's noch nicht begriffen hast, das hier ist kein Film, sondern bittere Realität, hier heißt es nur *Der* oder *Ich*, du Weichei!«

Harry zuckte unter den Worten Punks zusammen.

»Tschuldigung, so hart wollte ich's eigentlich nicht sagen, aber es ist so, glaub mir!«

»Genau, ich gehe jetzt vor die Tür und halte Wache«, sagte Arkansas.

Ic komme mit, vier Lauscer ören mer als zwei!

* * * *

106

Die Landung war hart, Anna wurde durch die Luft geschleudert und landete im Kies, James landete neben ihr. Sein massiger Körper wirbelte riesige Staubwolken auf, Anna musste husten. Mit einem lauten *Plopp* schloss sich der Vorhang oder Wasserfall.

James sprang sofort stöhnend auf, er war jahrelang darin geübt, schnell auf neue Situationen zu reagieren. »Kannst du mir mal sagen, wo wir hier sind? Besten Dank, übrigens, du hast mir das Leben gerettet!«

»Wieso ich? Du bist doch geschwommen, oder nicht?« Anna spuckte auf den heißen Kies. Warum heiß? Sie hob den Kopf und schaute sich um. Da sie noch auf dem Kies lag, konnte sie nicht viel erkennen, sie erhob sich. Sie waren in eine Kieswüste *geschwommen*, dies erkannte sie auf den ersten Blick, grober Kies, so weit das Auge reicht. Am Horizont schimmerte etwas Blaues in der flimmernden Luft. Anna brach der Schweiß aus. »Mann ist das heiß, mindestens vierzig Grad.« Sie wischte mit einer Hand über ihre Stirn, setzte den Stetson auf und kontrollierte den CD-Player, der zusammen mit den Kopfhörern in der Innentasche ihrer Lederjacke steckte.

Der Player war in Ordnung, sie hatte auch nichts abbekommen. Annas Blick schweifte in den *gelben* Himmel?

Gelber Himmel? Ach ja, sie waren ja in einer anderen *Enterprise* gelandet. Zwei Sonnen strahlten vom wolkenlosen Himmel. Eine etwa so groß wie *ihre* Sonne, die andere so groß wie *ihr* Mond. Die kleinere Sonne stand etwa eine Handbreit über der großen. Standen die Sonnen im Süden oder im Osten? Gab es in dieser Enterprise eigentlich vier Himmelsrichtungen?

Nicht ein Lüftchen wehte, Anna erschauerte, wo waren sie hier nur gelandet? Und wie gelangten sie wieder zurück? Sie drehte sich um, Ark hatte erzählt, dass hinter ihr ein Vorhang, oder was auch immer geflimmert hatte. Sie sah nichts, nur eine pflanzenlose Geröllwüste. Wo war James? Anna bekam Panik, bloß nicht allein in dieser unwirtlichen Welt verschollen sein!

Sie entdeckte James und lief auf ihn zu. Er stand an einem großen Stein – dem einzigen Felsen weit und breit –, im Halbschatten gelehnt. »Ja, es ist heiß«, stöhnte er, »schau mal in den Himmel, siehst du die Flugzeuge dort oben?«

Anna schaute erneut in den Himmel. »Hier gibt's Flugzeuge! Dann sind wir zurück in unserer Enterprise, wir müssen die anderen nur noch nachholen!«

Der gelbe Himmel und die zwei Sonnen waren vergessen.

»Schau dir die Flugzeuge mal genauer an, kennst du solche aus unserer *alten* Welt?«

Anna blinzelte erneut in den Himmel. »Wow, das sind ja UFOs, ich glaub, ich spinne!«

»Genau, das bedeutet, dass wir entweder in der Zukunft gelandet sind, was ich mir bei zwei Sonnen und einem gelben Himmel nicht vorstellen kann, oder wir sind wirklich in einer anderen Dimension. Vor achtundvierzig Stunden hätte ich mich selbst für verrückt erklärt, ganz nebenbei erwähnt.«

»Genau, um es mit euren Worten zu sagen«, wehte eine dünne, nicht definierbare Stimme heran.

Anna und James schauten sich nervös um. »Was war das?«, hauchte Anna.

Eine mindestens drei Meter große Frau trat, *schwebte* hinter dem Felsen hervor. Anna hatte den Eindruck, dass die fremde Frau tatsächlich schwebte, sie trug keine Schuhe oder Sandalen. Die Frau mit dem goldenen, langen Haar war fast nackt, nur ein dünnes weißes Negligé umhüllte den gertenschlanken Körper, was ihre vollen Brüste betonte. Die weiße Haut war fast durchsichtig, auf dem Kopf trug sie einen Lorbeerkranz. Sie hatte weiße Augen.

Ark hatte Anna zwar von der Weltenbummlerin berichtet, aber nicht gesagt, wie sie aussieht. Entweder, sie hatte es vergessen, oder es war aus ihrem Gehirn gelöscht worden. Von wem auch immer. »Du bist die Weltenbummlerin!«, stieß sie hervor.

James starrte die Frau mit offenem Mund an. »Was bedeutet das denn schon wieder?«

Die Bummlerin ignorierte James' Bemerkung. Sie winkte ab. »Ich bin nur eine von vielen. Ihr seid schon die zweiten und dritten Exemplare der Gattung Mensch, die mir über den Weg laufen, um es mit euren Worten auszudrücken. So langsam nimmt es überhand, erst neulich traf ich jemand von euch, in einer anderen Ebene, wie ihr sagt«, hauchte die dünne Stimme.

»Das war bestimmt Arkansas, sie hat uns von dir erzählt, wie kommen wir wieder nach *Hause*, ich meine in unsere Ebene, in unsere *richtige* Enterprise?«

»Du musst Anna sein«, hauchte die Stimme. Anna erkannte keine Bewegungen der Lippen.

»Woher weißt du –«

»Ich hab es in Arkansas' Gedanken gelesen«, unterbrach die Weltenbummlerin Anna.

»Du kannst Geda –«

»Nicht alle Wesen sind so unvollkommen wie die Menschen. Ihr habt übrigens Pech gehabt, um es mit euren Worten zu sagen, das Tor ist zu. Schon eure Freundin hatte unglaubliches Glück, ihr aber müsst zur anderen Seite.«

James fand seine Worte wieder. »Wie weit ist es? Und wo bekommen wir hier etwas zu trinken, bei euch ist es ja höllisch heiß?«

»Du musst James alias Hugo, sein, du bist noch nicht lange bei der Truppe.«

»Woh... ach so ich weiß schon, du hast es in Annas Gedanken gelesen. Also, wie kommen wir zu unserem Tor? Oder Wasserfall oder was auch immer?«

Die Bummlerin deutete in Richtung Osten, wie James nach dem Stand der Hauptsonne annahm. »Ihr müsst nur ... wie sagt ihr? Drei Kilometer durch den ... wie sagt ihr ...? Kies laufen. Dann kommt schon der breite See, dann noch ein bisschen Wald, einen Berg hinauf und schon seid ihr da. Aber beeilt euch, der Wasserfall, wie ihr sagt, ist nicht ewig geöffnet. Die Sandwürmer sind nicht so schlimm, normalerweise fressen die nur Steine – Kies –, aber nehmt euch vor den Wasserläufern in Acht«, wehte die Stimme.

»Welche Wass –«

Die Weltenbummlerin verschwand wie ein Hauch in der Luft.

»Wenigstens können wir Luft holen«, meinte James. »Wenn wir uns beeilen, dann können wir morgen früh wieder bei den anderen sein.«

Anna zerrte an der Lederjacke. »Wenn wir keine Luft holen könnten, dann wären wir schon lange hinüber, wie die Gangster in den Filmen stets sagen. Ich muss *mir* erstmal Luft verschaffen, sonst ersticke ich noch.« Sie zerrte auch ihren weißen Rollkragenpullover vom Körper. Die Thermounterwäsche und das schwarze Sweatshirt behielt sie an.

James schälte sich aus seiner Lederjacke und warf sie über seine Schulter. »Du hast gehört, was die lange Tante gesagt hat, das Tor ist nicht ewig offen, dann lass uns mal losgehen!« James ging voran.

»Renn doch nicht so, so schnell kann ich nicht!«

»Komm, ich trag dich auf meinen Schultern, dann geht's schneller.« James zog seine Jacke wieder an, stemmte Anna hoch und setzte sie auf seine breiten Schultern.

»Der schwarze Mann, der schwarze Mann, der dich tragen kann!«, rief Anna.

»Wie?«

»So hat der Troll gesagt, er wusste alles, das habe ich dir doch erzählt!«

James verfiel in einen leichten Trab. »Damit wäre dieses auch geklärt.«

Er war gerade mal zehn Meter weit gelaufen, als schon die ersten Würmer aus dem Kies sprangen. Schwarze, armdicke riesige Leiber zuckten aus den Löchern. Das waren schwarze Steinpilze, keine Würmer. Einige waren nur etwa zwanzig Zentimeter hoch, andere aber einssiebzig und höher! Und sie hatten riesige Mäuler mit spitzen, rasiermesserscharfen Zähnen in den Hüten! Anna schrie gellend auf, als die ersten Zähne nach ihrem rechten Fuß schnappten.

Sie klammerte sich an James' Kopf und trat nach den Würmern. Wenn sie einen Wurm traf, zerplatzte der Hut und der verwundete Steinpilz verschwand in seinem Loch. »Renn!«, schrie Anna. »Die werden immer mehr!«

Anna sah, dass die Pilze förmlich wie die Pilze aus dem Boden schossen.

Ein Pilzwald!

Sie wogten sich im nicht vorhandenen Wind, sie schienen zu tanzen.

Tanz der Pilze.

Anna bemerkte, dass die Pilze nur an den Stellen aus dem Boden schossen, wo James gerade herlief, stets direkt vor und neben ihm. Sie ahnten, *wussten*, wo James herlaufen würde. »Du musst die Richtung ändern, sie können denken!«, kreischte sie.

James reagierte sofort, er lief Slalom, aber es nützte nichts. Auch das *wussten* die Pilze, kaum hatte James die Richtung geändert, schossen Pilzköpfe aus sämtlichen Löchern.

Die Pilze änderten ihre Taktik, sie schossen jetzt überall aus dem Kiesboden.

Ein riesiger Pilzwald!

James' lange Arme pflügten durch die Luft und zerschmetterten die zubeißenden Pilzköpfe. Einige Kleinere schnappten nach seinen Stiefeln, sie versuchten, sich in dem Leder zu verbeißen, andere versuchten, sich in seine Oberschenkel zu verbeißen, die Hüte zuckten vor wie Kobras. Seine Lederhose verhinderte das Schlimmste. Seine Arme pflügten wie ein Dreschflegel durch die zuckenden Leiber, manche Würmer – Pilze – schrien auf, wenn sie getroffen wurden.

Anna trat nach den zubeißenden Leibern, wenn ihr einer zu nahe kam. Aber die meisten Steinpilze konzentrierten sich auf James, sie *wussten*, wer ihr stärkster Gegner zu sein schien. Sie schrie auf, als ihr ein besonders großer Pilz entgegenzuckte. Sie musste James' Kopf loslassen, damit sie den Wurm abwehren konnte. Keine Millisekunde zu spät! Sie stieß dem Pilz beide ausgestreckten Hände in die Augen. *Warum haben die Augen?*, dachte Anna. Etwas Ekeliges, Glibberiges umspülte ihre Hände, sie würgte entsetzt. Der Pilz schrie auf und verschwand in seinem Loch. Annas Hände schossen mit Pilzfleisch verschmiert aus der Hutdecke, dicke Fleischbrocken regneten auf ihren Oberkörper. Sie schüttelte sich und krallte die Hände wieder um James' Kopf. Frisches Pilzragout lief über seine polierte Glatze.

Ein Monsterpilz kam von links und schnappte nach Annas Hand, diese reagierte blitzschnell, sie rammte ihren Arm in das abstoßende Maul. Der Pilz bekam ihre neue Uhr zu fassen, riss sie samt Armband ab und verschlang sie. Anna rammte den Ellbogen wieder in die Fratze, er verschwand fast bis zum Handgelenk in der Pilzmasse. Der Hut zerplatzte, der Restpilz verschwand in seinem Loch.

Ein Wurmpilz kam von rechts und riss den Rollkragenpullover, den Anna zwischen James' Nacken und ihrem Schoß gelegte hatte, runter. Anna schrie erstickt auf, ihre rechte Hand zuckte reflexartig vor und krallte die Finger in die Wolle. Der Hut des Pilzes riss ab, aber auch der Rollkragen. Noch durch die flimmernde Luft segelnd, verschlang der Hut den Rollkragen.

»Guten Appetit!«, kreischte Anna.

James kam ins Stolpern, Anna kreischte ängstlich auf. Er machte riesige, raumgreifende Ausfallschritte, um nicht hinzufallen. Anna hing fast horizontal in der Luft, sie krallte sich an James' Ohren fest, James schrie ob der Schmerzen auf. Ein weiterer Wurm verbiss sich in ihrem wehenden Haar, Anna schüttelte kreischend mit dem Kopf, ihr Stirnband rutschte über die Augen. Der Pilzhut versuchte Annas Haar zu fressen, Anna grapschte nach der glibberigen, grauen Masse und zerquetschte sie zwischen den Fingern. Die Masse fühlte sich an wie Wackelpudding. Angeekelt schrie sie auf und warf die Überreste des Pilzes hinter sich in den Kies. Darauf krallte sie sich wieder James' Glatze, sie klammerte sich an den großen Ohren fest. Die Glatze war zu verschmiert vom Pilzragout, da würde sie abrutschen und womöglich runterfallen.

James fing sich, er richtete sich wieder zu seiner vollen Größe auf, auch Anna kam zurück in die Vertikale. Sie schob ihr Stirnband zurück in die Stirn. James'

Arme zerquetschten noch einige Würmer, dann war mit einem Mal Schluss, als wenn jemand den Strom abgedreht hätte.

Die Würmer waren verschwunden, Anna drehte den besudelten Kopf und sah zurück, die Kieswüste war so verlassen wie eh und je. Keine Spur von einem Wurm, sie atmete auf.

James lief jetzt langsamer, der Kampf hatte ihn doch etwas ausgepumpt. »Alle Pilze sind weg, als wenn sie nie da gewesen wären«, sagte Anna erleichtert.

»Wenn *die* harmlos waren, dann möchte ich nicht die *anderen* Viecher sehen, die sind mit Sicherheit groß wie ein *Haus*«, sagte James verärgert.

Anna blieb vorsichtshalber auf den breiten Schultern sitzen. Nach einer halben Stunde hatten sie den See noch immer nicht erreicht. Keine weiteren Würmer erschienen, ein unschätzbarer Vorteil. James blieb kurz stehen. »Mit den Entfernungen hat die lange Tante es wohl nicht so. Normalerweise müssten wir schon längst da sein!« James' Atem schwitzte stark, irgendwann würde er Wasser nachtanken müssen. Und Anna ebenfalls. Anna hatte die Hoffnung, dass der besagte See ein Süßwassersee war, wenn es so etwas in dieser Enterprise gab.

Sie standen vor einer Kieskuppe in einer kleinen Kuhle, Anna saß eine halbe Etage höher, dadurch konnte sie besser sehen. »Dort vorn, es ist nicht mehr weit, vielleicht tausend Meter.« Sie zeigte in Richtung See, den James wegen der hohen Kuppe nicht sehen konnte.

Plötzlich griffen wieder einige kleinere Würmer an. Miniwürmer, diese Kuhle schien das Kinderzimmer der Monster zu sein. Einer verbiss sich in James' Stiefel, James trat ihn mit dem anderen Bein ab. Der Absatz seines Stiefels zerquetschte den Wurm, unter James' stämmigen Oberschenkeln hatte der Wurm keine Chance. Schwarzes Blut rann in den Kies. Die anderen Würmer erkannten schlussendlich, dass Anna und James keine leichte Beute sein würden, sie zogen sich in die Löcher zurück.

James trabte weiter.

Fünf Minuten später erreichten sie den See, James setzte Anna ab. Er war tatsächlich etwa fünfhundert Meter breit, aber so lang, dass Anna nach beiden Seiten kein Ende erkennen konnte. Nicht eine Welle kräuselte die Oberfläche. Überhaupt schienen es in dieser Ebene kein Wind und keine Wolken zu geben, Anna fragte sich, wie der See ohne Regen entstanden war. Sie sah auch weit und breit keinen Fluss, der den See hätte speisen können. Und wie ruhig es war, nicht ein Vogel zwitscherte, keine Baumwipfel rauschten im Wind, es herrschte absolute Stille.

Die Sandwürmer sind nicht so schlimm, normalerweise fressen sie nur Steine, äffte James die Weltenbummlerin nach. »Die lange Tante hat doch nicht mehr alle Indianer im Tipi! Schau mal, wie wir aussehen, wir sind ganz beschmiert von dem Pilzragout!« Von seinem Kopf tropfte schwarzes Pilzragout, er hob seine bandagierten Hände, die völlig mit schwarzem Pilzblut besudelt waren. »Die schönen Bandagen.«

111

Anna musste lachen. Sie waren in einer unbekannten Welt verschollen, mussten bei über vierzig Grad im nicht vorhandenen Schatten mit menschenfressenden Pilzen kämpfen, hatten Durst und Hunger, und er sorgte sich um seine Bandagen! Sie tippte James mit einem verschmierten Zeigefinger gegen die Brust. Auf dem schwarzen Shirt klebte in großes Stück Wurm. Genau da, wo in roter Schrift *Mamis Baby* stand. Sie wischte es weg.»Hast du keine anderen Sorgen? Am besten, wir reinigen erstmal unsere Klamotten. Ausziehen müssen wir sie eh, wenn wir durch den See schwimmen wollen. Außerdem stinkt das Wurmzeug fürchterlich.« Sie rümpfte demonstrativ die Nase und entkleidete sich bis auf die Unterwäsche. Sie wunderte sich, dass sie den CD-Player und die Kopfhörer während des Kampfes mit den Pilzköpfen nicht verloren hatte. Sie legte beides auf die Kleidung.

»Hast du keine Angst, dass ich dir etwas antu, ich meine wir sind ganz allein hier, niemand würde etwas hören. Schließlich kennst du mich gar nicht«, meinte James und schälte sich aus seinen besudelten Kleidern.

»Du meinst, das schmierige Zeug? Dann hättest du es schon längst getan«, gab Anna gleichmütig zurück. »Außerdem dürfen CIA-Agenten das nicht, es ist verboten!« Sie watete in den See und nahm mit der langen Winterunterwäsche ein Vollbad. Sie wusch sich gründlich die Haare und das Gesicht. Dann ging sie zurück, holte die andere Kleidung und wusch ihr Sweatshirt, den zerrissenen Rollkragenpullover, den Stetson und ihre Lederklamotten sauber. Das Wasser war sehr warm, mindestens dreißig Grad, Anna entdeckte nicht einen Fisch in dem klaren blauen Wasser. *Wenigstens ist die Farbe des Wassers echt, echt blau* dachte sie.

James folgte, er nahm sogleich ein Vollbad, dann reinigte er seine Klamotten. »Was meinte die lange Tante mit den Wasserläufern?«

»Keine Ahnung, ich sehe weit und breit nichts. Aber schau dir doch mal den Wald dort drüben an. Dies ist kein Wald, sondern ein Dschungel, die Bäume sind mindestens zweihundert Meter hoch. Außerdem riecht's hier nach Ostsee.« Anna schmeckte das Wasser aus der hohlen Hand und spuckte es schnell wieder aus. »Scheiße, Salzwasser, es wäre ja auch zu schön gewesen.« Sie bemerkte, dass ihr Mund völlig ausgetrocknet war. »Mann, habe ich einen Durst!«

»Ich auch, fürchterlich. Lass uns zusehen, dass wir schnell über den See kommen, vielleicht finden wir dort hinten im Wald einen Fluss?«

Anna bückte sich. »Schau mal, was ich gefunden habe.« Sie klaubte einen dünnen Stock aus dem Wasser und hielt ihn in die Höhe. Der Stock hatte nicht einen Ast. »Den nehmen wir mit!« Sie watete zurück an den Strand, James folgte.

Anna betrachtete den etwa einen Meter langen, schnurgeraden und daumendicken Stock nachdenklich. »Der sieht fast so aus wie Arks Bogen. Ich meine das Holz.« Sie wog den Stock in der Hand. »Wie leicht er ist, er wiegt höchstens zehn Gramm«, tat sie wie eine Frau vom Eichamt.

James deutete mit ausgestreckter Hand zum anderen Ufer des Sees. »Wenn das mal nicht elf Gramm sind«, brummte James. »Mach dir lieber mal Gedanken, wie wir unsere Klamotten trocken rüberbringen.«

Anna schaute ihn von der Seite an. James mutete in seinen Boxershorts wie ein behaarter Preisboxer kurz vor dem ersten Gongschlag an. »Wenn's nicht anders geht, dann müssen wir eben in Klamotten rüberschwimmen.«

James schaute sich um. »Aber dann wird doch dein CD-Player nass?« Der Mann hatte Sorgen! »Vielleicht können wir ja mit irgendetwas ein Floß bauen!«

Aber es war weit und breit kein Material, mit dem man hätte ein Floß bauen können, zu sehen. Noch nicht einmal ein Baum, geschweige denn ein Busch. Kies, so weit das Auge reichte.

Anna schaute nachdenklich auf den Wollpullover, dieser war schon wieder getrocknet. Die beiden Sonnen waren besser als jeder Wäschetrockner. »Ich habe eine Idee, du bindest mir den CD-Player in den Nacken. Vorher wickeln wir ihn natürlich in den Pullover ein. Auch müssen wir aus der Wolle erst einen Strick flechten, ich muss dann nur aufpassen, dass ich nicht untergehe, es ist doch alles ganz einfach!«

Gesagt, getan.

* * * *

Acht Seemeilen weiter südlich fühlten sensible Sensoren kräuselnde Wellen auf dem Wasser. Den Wesen entging nichts, sie waren hypersensibel. Sie verspürten Nahrung, die sie zu verwerten hatten. Die seltsamen Wesen schauten sich an und liefen los.

* * * *

»Passt, wackelt und hat Luft«, meinte James, als er den Pullover in Annas Nacken verzurrt hatte. James hatte aus den Wollfäden einen dünnen Strick geflochten. »Jetzt lass uns zusehen, dass wir hier rüberkommen, weiß der Geier, wie lange es noch hell ist, im Dunkeln ist es zu gefährlich.«

»Was tun wir mit den Schuhen? Anlassen?«, fragte Anna.

»Am besten, dann haben wir die Hände frei, falls etwas kommt, was auch immer das sein mag«, erwiderte James.

Sie zogen die Schuhe über die dicken Wollsocken und wateten vorsichtig ins warme Wasser, Anna behielt ihren neuen Stock in der Hand.

Etwa zweihundert Meter konnten sie noch gehen, dann wurde der See abrupt tiefer. Anna schwamm als Erste los. Den Stock hatte sie in den Ärmel der Lederjacke gesteckt. James folgte erst, dann schwamm er neben ihr.

Sie schwammen im ruhigen Brustschwimmerstil. »Gut, dass das Wasser warm ist«, meinte Anna, »stell dir mal vor, es wär so kalt wie die Ostsee um diese – unsere – Jahreszeit? Dann kämen wir womöglich nicht lebend drüben an.«

»Ja sicher. Hoffentlich kommen diese Wasserläufer nicht, die Pilze haben mir gereicht«, sagte James.

»So schlimm können Wasserläufer gar nicht sein, die lange Tante hat übertrieben, diese Tierchen sind doch so klein.« Anna schaute in die Tiefe, der See war nur etwa vier Meter tief, sie konnte bis auf den Kiesgrund sehen. Ihr Herz übersprang einen Schlag, auf dem Grund krabbelten Hunderte Flusskrebse. An sich kein Problem, wären die nicht so groß wie Galapagos-Schildkröten!

»Schau mal nach unten, ich glaube, wir haben Begleiter«, flüsterte sie.

James schaute auf den Grund. »Hoffentlich sind diese Tierchen satt, lass uns ruhig weiterschwimmen, dann kümmern sie sich vielleicht nicht um uns.«

»Und wenn sie gern kleine Annas und große James' fressen?«

»Dann müssen wir Franziska van Almsick spielen.«

Anna behielt die Flusskrebse im Auge, die schauten noch nicht einmal auf. Noch etwa zweihundertfünfzig Meter bis zum Ufer.

»Ich bin froh, dass ich dich und die anderen getroffen habe, wenn ich mir vorstelle, dass ich den Rest meines Lebens allein durch eine tote Welt laufen müsste, dann wird mir ganz anders. Außerdem wäre das uncool!«

James musste lachen, seine Bassstimme dröhnte bis zum Rand des Dschungels. »Ich auch, wenn du nicht gewesen wärst, dann wäre ich jetzt ein blutiges Sieb mit Segelohren.«

»Ich finde Segelohren toll, sie geben einem so etwas Schüchternes«, tat Anna psychologisch. »Außerdem haben sie mich vorhin im Pilzwald gerettet, ich konnte mich schön daran festhalten, wenn ich runtergefallen wäre, dann hätten die Pilze mich mit Haut und Haaren gefressen. Oder ich hätte sie allein fertigmachen müssen, das wäre dann aber auch kein Problem gewesen«, grinste Anna James an.

James musste wieder lachen. »Festhalten ist gut, daran gerissen hast du, mir tun meine Löffel noch immer weh, ich glaube, sie sind noch etwas größer geworden. Wenn wir in den nächsten Pilzwald kommen, dann kannst du mich ja tragen und ich schaue oben gemütlich durch die Gegend«, foppte er.

»Null Problemo.«

Noch etwa hundertfünfzig Meter bis zum Kiesufer, die Galapagos-Flusskrebse verhielten sich ruhig. *Platsch, platsch, platsch!* »Was ist das?«, fragte Anna ängstlich, ihre gute Laune war verflogen.

James schaute nach rechts, er schwamm rechts neben Anna. »Au, au, au, ich glaube, wir bekommen Zoff!«

Aus etwa hundert Meter Entfernung näherten sich Tiere. Nein, keine Tiere, einkaufswagengroße Monster! Mit mindestens zwölf dünnen Beinen.

»Franziska, gib Gas, wir müssen Franzis Weltrekord knacken!«, brüllte James. Er verfiel in den Kraulstil. Seine breiten, verbundenen Hände pflügten durch das Wasser wie Baggerschaufeln, seine Beine wirbelten das Wasser auf.

Anna verfiel auch in den Kraulstil, sie versuchte ihm zu folgen, aber James war zu schnell! Anna verlor rasch den Anschluss. »Winter, nicht so schnell, ich komme nicht mit!« Sie schaute sich panisch um, die Viecher kamen rasend schnell näher, sie *sprangen* förmlich über das Wasser. Bei jedem Schritt spritze Wasser unter den Hufen hervor. Hufe? Anna verdoppelte ihre Anstrengungen. Ihre kleinen Hände durchpflügten das Wasser, die Beine strampelten wild durch die Fluten. »Hugooo!«

Noch etwa hundert Meter!

James verfluchte den See, warum war es am anderen Ufer nicht so flach wie an dem hinter ihnen liegenden? Warum nicht? Dann könnten sie schon längst durch das Wasser waten. Er hörte auf zu schwimmen, drehte sich um und schaute Wasser tretend zurück. Das konnte Anna nicht schaffen, diese seltsamen Tiere kamen schnell näher! Kurz entschlossen schwamm er zurück.

Schnell erreichte er Anna. Die Monster waren schon bis auf zehn Meter heran, sie kamen von Norden und Süden, mindestens dreißig Exemplare der Tierchen. »Wird wohl nichts mit dem Weltrekord, bleib stehen und trete Wasser, wir müssen sie hier abwehren«, flüsterte James.

Anna keuchte, würgte und spuckte Wasser.

Die Monster kamen zum Stillstand, sie schienen sich zu beraten. James erkannte, dass sie sich gelegentlich anblickten, solch eine Beute hatten sie wahrscheinlich noch nicht gesehen.

James schaute die Tiere genauer an. Sie standen auf Elefantenfüßen, mit Beinen, dünn wie Kugelschreiber, mindestens einen Meter lang. James zählte pro Monster elf Beine. Fünf rechts, fünf links und eins hinten.

Wahrscheinlich benötigen sie das hintere, damit sie sich beim Kacken abstützen können, dachte er sarkastisch.

Warum kann das Wasser so schwere Füße tragen? So viel Oberflächenspannung hat doch kein Wasser?

Die Leiber waren Mutationen aus Fliege und Kellerassel. Wenigstens so ungefähr.

James schaute höher, er riss erschrocken die Augen auf! Direkt auf den Leibern steckten – ohne Hals – Menschenköpfe, reale Menschenköpfe, völlig kahle Menschenköpfe! Etwa halb so groß wie normale. »Das gibt's doch nicht«, flüsterte er.

Gibt's doch nicht, solltest du aus deinem Wortschatz streichen, hörte James eine fürchterlich kratzende Stimme in seinem Kopf.

Anna stieß einen schrillen Schrei aus, als sie die Totenköpfe entdeckte.

James verfluchte auch Goebbels, wäre das Arschloch nicht gewesen, dann hätte er wenigstens seine Waffe noch.

Auf den Köpfen der Monster wuchsen aus der Stirn jeweils zwei Hörner. Kleine, bleistiftdünne, etwa zwanzig Zentimeter lange Nashörner. Anstatt einer Nase hingen lange Fühler im Gesicht, die bis zur Wasseroberfläche reichten. Die weit aufgerissenen Mäuler entblößten spitze Eckzähne, die feuerroten Augen starrten auf die Beute.

Anna schaute nach unten, in die Flusskrebse kam Bewegung. »Die Hummer greifen auch an, James«, hauchte sie. »Ich glaube, es ist um uns geschehen.«

»Immer mit der Ruhe, wenigstens kommen sie nicht von hinten, so schlau sind sie nicht!«

Eine gespenstische Ruhe hatte sich über den See gelegt. Anna vernahm nur das leise Plätschern, was die beiden Menschen erzeugten, eine Ruhe vor dem Sturm. Sie schaute in den gelben Himmel. Ein UFO zischte mit wahnsinniger Geschwindigkeit heran und blieb ruckartig etwa dreihundert Meter über ihnen stehen. Was denn sonst? So hatten sie wenigstens Zuschauer bei ihrem Untergang.

Die Hummer stiegen langsam höher. So, als hätten sie alle Zeit der Welt.

Anna zog den Stock aus dem Ärmel. »Tut mir leid, dass ich dich da mit reingezogen habe, das hatte ich eigentlich nicht vor«, schluchzte sie.

James hob die bandagierte Hand und streichelte ihr über den Kopf. Arkansas hatte die Hände wirklich gut verbunden, trotz der Strapazen, die der Verband schon hinter sich hatte, hielt er noch immer bombenfest, er war sogar wieder weiß! *Über was für einen Scheiß mache ich mir eigentlich Gedanken?*, dachte er, als auch ihm die Tränen über die Wangen flossen, aber nicht wegen sich, sondern wegen Anna. Sie entschuldigte sich, dass sie ihm das Leben gerettet hatte. Für diese scheiß Lage konnte sie doch nichts!

Anna hob den Stock hoch über den Kopf. »Falls wir das hier nicht überleben, und ich glaube, wir haben keine Chance, dann wünsche ich dir im nächsten Leben viel Glück! Wenigstens ist das Wasser nicht kalt.«

»Ich dir auch«, raunte James.

Die Monster griffen an, die Pforten der Hölle öffneten sich!

Pitsch, pitsch, pitsch! Die Monster brauchten keine drei Schritte, um die beiden Menschen zu erreichen.

Anna schwamm Rücken an Rücken mit James. Die Hybriden bedrängten sich gegenseitig, als sie Anna und James angriffen. Anna schrie kreischend auf und schwang den Stock hoch über dem Kopf im Kreis. James stieß einen Kampfschrei aus, seine weißen Bandagen wirbelten durch die Luft.

Die Monster kamen von links, rechts und von vorn zugleich, Annas Stock wirbelte durch die Luft. Sie traf eines der Monster in die Kniekehle, die dünnen Beine brachen wie abgerannte Streichhölzer. Das Monster schlug mit seinen vier Flügeln, es hatte offenbar Angst, ins Wasser zu fallen. Es hob ab und versuchte zu fliehen. Ein Galapagos-Flusskrebs sprang aus dem Wasser und schnappte mit einem riesigen Maul nach der Kehle des Mutanten. Kreischend verschwand das Untier im Wasser. »Brich ihnen die Beine!«, kreischte Anna, »dann werden sie von den Krebsen ins Wasser gezogen!«

James wehrte mit einer Hand jeden Angriff ab und schlug mit der anderen Hand nach den Kniekehlen der Monster.

Um die beiden Kämpfenden herum brodelte, gischte und kochte das Wasser, Anna geriet außer Puste, das Abwehren der Monster ohne festen Boden unter den Füßen strengte ungemein an.

Ein Fühler schlang sich um ihren Hals und versuchte sie zu erwürgen. Gleichzeitig stießen die beiden Hörner nach ihren Augen. Ein zweites Monster zielte auf ihrem Hals. Anna kreischte auf, wischte die Hörner zur Seite und stach den Stock in das rote Auge des Mutanten, der seine Fühler um ihren Hals geschlungen hatte. Anna spritzten Blut und eine schwarze Masse ins Gesicht, der Mutant kreischte auf und fiel rückwärts ins Wasser. Ein riesiger Flusskrebs sprang aus dem Wasser und warf sich auf den verwundeten Mutant. Gurgelnd gingen beide unter. Um den zweiten Mutanten kümmerten sich zwei weitere Flusskrebse.

Annas Stetson flog vom Kopf, der tauchte unter Wasser, sie schluckte die inzwischen trübe gewordene Brühe, panisch paddelte sie wieder an die Oberfläche. Sie wurde schon von einem Mutanten erwartet. Anna spuckte ihm Wasser ins Gesicht und stieß den Stock in seinen Rachen. Der Mutant biss zu, Anna erwartete, dass der federleichte Stab zwischen den Hauern des Monsters zermalmt werden würde, aber weit gefehlt! Das Monster riss erstaunt die Augen auf und ließ den Stock los. Anna zog den Stab blitzschnell aus dem Maul und stach ihn in das rechte Auge. Das Monster schrie quietschend auf und schlug erregt mit den Flügeln. Es versuchte zu starten, ein Galapagos-Flusskrebs wusste sein Vorhaben erfolgreich zu verhindern, das Monster versank mit dem Galapagos-Flusskrebs wie ein Hammer in den blutigen Fluten.

James brüllte auf. »Scheiße!«

So unvermittelt, wie der erste Angriff erfolgte, so abrupt endete er, die Monster zogen sich zurück.

»Scheiße, einer hat mich erwischt!«, brüllte James.

Anna schaute in die Tiefe. Die Monster wurden von den Flusskrebsen zerrissen, das Blut färbte das Wasser schwarz. Lederne Flügel- und Chitinstücke trieben an die Oberfläche. »Ist es schlimm?«, keuchte sie.

»Halb so wild, wie viele hast du erwischt?«

»Vier sind überm Jordan ...«, Anna zählte kurz nach, »... ich habe noch zehn vor mir.«

»Ich habe acht versenkt. Gut, dass uns die Flusskrebse helfen, wenn sie auch noch angreifen würden, dann enden wir als Trockenfutter auf deren Tischen«, keuchte James.

»Die haben doch gar keine Tische. Hoffentlich kommen nicht noch mehr, ich werde langsam müde, die Wassertreterei schlaucht ganz schön. Ich schlage vor, wir bewegen uns langsam in Richtung Ufer.« Das Kind in Anna war wieder einmal verschwunden. Sie setzte sich in Bewegung, die Viecher belauerten sie. Abermals schauten die Monster sich an, sie schienen sich zu beraten. *Quietschende* Silben drangen aus den Mäulern, seltsame *klirrende* Laute. Diese Laute hörten sich an wie zersplitterndes Glas. Oder wie ein Kotelettknochen, welcher über einem Teller kratzt.

Noch etwa fünfundsiebzig Meter!

Anna steckte den Stock zwischen die Zähne und schwamm vorsichtig weiter. James folgte ihr, er bildete die Nachhut. Der Stock, was hatte dieser seltsame Stock mit der ganzen Scheiße zu tun? Warum hatten die Monster offensichtlich Angst vor diesem dünnen Pin? Warum konnte er die Monster vernichten? Fragen über Fragen.

Die Monster zögerten. Beute, die sich wehrt, hatten sie womöglich noch nicht gesehen.

»Es wird flacher, nur noch etwa zehn Meter, dann ich kann wieder stehen. Dann steigst du zurück auf meine Schultern, ist dein Player noch trocken?«, flüsterte der Hüne.

»Hast du keine anderen Sorgen, ich war nur mal kurz unter Wasser. Wir müssen aber noch weiter, damit du die Arme frei hast, mindestens noch zwanzig Meter.« Sie hatten inzwischen fünfzehn Meter Abstand von den Monstern gewonnen, noch etwa fünf Meter, dann würde James stehen können.

Ein schriller quietschender Schrei, das Wasser verwandelte sich erneut in eine brodelnde Hölle, die Monster griffen das zweite Mal an! Plitsch, plitsch, plitsch, *plitsch*!

James kraulte an Anna vorbei, plötzlich hielt er an und stand auf festem Untergrund. Seine Arme ragten soeben aus dem Wasser heraus.

Annas Arme pflügten durch die Fluten, sie keuchte, spuckte Wasser und fluchte. »Beeil dich, noch ein kleines Stück!«, rief James.

Ein Monster erreichte Anna kurz vor James und drückte sie unter Wasser. Die Viecher hatten die Taktik erneut geändert, sie versuchten, ihr Opfer zu ertränken.

James tauchte seinerseits unter und stieß sich im Kies ab. Schnell erreichte er Anna, die ihn mit offenen Augen anstarrte. Die Mutation drückte Anna die Elefantenfüße in den Nacken, das Vieh versuchte Anna zu ersäufen! James riss dem Mutanten mit einer einzigen Bewegung den Kopf ab, die Galapagos-Flusskrebse fielen über den zuckenden Kadaver her. James klopfte den Krebsen zum Dank auf den Panzer, welcher mit Moos oder Algen bewachsen war. Dann schnappte er Anna und trat den Rückzug an. Endlich erreichte er wieder festen Grund unter den Beinen.

Anna tauchte auf, spuckte Rotz und Wasser und keuchte gequält. »Willst du mich ersäufen? Danke, es steht eins zu eins.«

James grinste, hob Anna aus dem Wasser und setzte sie auf seine Schulter. »Wo hast du deinen Knüppel?«

Anna deutete auf die Wasseroberfläche. Der Stab trieb etwa eineinhalb Meter entfernt vor James auf dem Wasser. »Da isser«, keuchte sie und spuckte erneut Wasser, sie bekam einen Hustenanfall.

James beugte sich vor, griff den Knüppel und drückte ihn in Annas Hand. »Schlag den Viechern die Birnen ein!«

Anna keuchte, spuckte und hustete noch immer, James bewegte sich langsam rückwärts, das Wasser wurde stetig flacher.

Fünf Monster griffen frontal an, die anderen hielten sich im Hintergrund.

Anna schwang den Stock wie ein Ritter sein Schwert, James schwang seine Fäuste wie ein Berserker.

Die zurückgebliebenen Kumpels der Angreifer wurden von den Galapagos-Schildkröten angegriffen, sie mussten den Rückzug antreten.

»Ich glaube, mein CD-Player ist nass geworden, das werden die Viecher büßen!«, brüllte Anna mit der Laubrasselstimme des Trolls.

James rutsche auf einem großen Stein aus und fiel rücklings ins Wasser. Anna kreischte auf, entging aber dadurch einem Stoß eines Horns gegen ihr Auge. Wieder schlugen die Wogen über ihr zusammen. Anna ging zum Angriff über, sie tauchte unter einem Monster hindurch, durchstieß hinter ihm die Wasseroberfläche und knallte dem Vieh den Stock in den Rücken. Das Menschtier schrie überrascht auf, versuchte sich umzudrehen, aber Annas Stab zertrümmerte dem Monster beide dünnen Beine. Das Monster sank wie die Titanic. Die Flusskrebse erledigten den Rest, nur noch vier!

Anna schwamm im Kreis und suchte James. Der war etwa fünf Meter von ihr entfernt mit den verbliebenen vier Mutationen im Clinch. Er blutete mittlerweile im Gesicht, die Monster setzten ihm erbarmungslos zu. Ein Monster schlich sich in James' Rücken. »Eh, ihr verschrumpelten Stubenfliegen!«, schrie Anna, um die Aufmerksamkeit auf sich zu lenken. »Hier kommt Mama mit der Fliegenklatsche.« Dann tauchte sie unter.

James ergriff die Chance ob der Verblüffung der Monster und riss eines die Hörner ab, schwarzes Blut schoss aus der Wunde und spritzte in sein Gesicht. Er wich zurück und schwamm dem Monster, das sich hinter ihm gemogelt hatte, genau in die Arme. Beziehungsweise in die Fühler. Die Fühler wickelten sich blitzschnell um seinen Hals. Ein anderes Monster folgte dem Beispiel, schlagartig blieb James die Luft weg, er zappelte mit den Beinen im Wasser, der Grund des Sees war verschwunden. James versuchte, seine Hände zwischen den Fühlern und seinem Hals zu quetschen, es gelang ihm nicht, die Fühler saßen zu stramm. Langsam wurde ihm die Luft knapp, er riss mit seinen Pranken an den Fühlern, er versuchte sie aus den Fratzen reißen. Doch diese waren wesentlich stabiler als die Hörner, sie zogen sich wie Gummi auseinander. Die menschliche Fratze vor ihm grinste ihn an und holte mit den Hörnern aus. Es versuchte, sie ihm in die Augen zu stoßen!

Anna tauchte zwischen dem Monster und James auf, schrie wie eine Amazone im Kampf und stieß den Stab mit aller Kraft in den Leib des Viehs. Der Bauch des Monsters war im Gegensatz zum Rücken, der durch einen Chitinpanzer geschützt war, butterweich! Mühelos drang der Stock in die weiche Masse, ein Schwall schwarzen Blutes überschwemmte Annas Kopf. Sie hatte das Herz des Monsters getroffen, sie spürte, wie das Blut der Mutation in ihren Mund schoss. Sie tauchte unter, spie das Blut aus und spülte sich den Mund aus. Die Krebse kümmerten sich um die Reste. Ihr Kopf durchstieß wieder die Wasseroberfläche. Ihr Herz vollführte einen dreifachen Salto, das andere Monster stieß zu!

Anna warf in letzter Verzweiflung den Knüppel.

Der Rest war Zeitlupe. Der Knüppel überschlug sich, die Hörner kamen James' Augen näher, der Knüppel überschlug sich wieder, die Hörner kamen noch näher! Die Hörner waren nur noch Zentimeter von James' Augen entfernt, der Stab kam, traf und siegte! Die Hörner wurden abrasiert wie Grashalme von einer Sense, das Monster schrie überrascht auf und lockerte den Griff etwas. James ergriff die Gunst der Stunde und knallte seine Handkante gegen den Hals des Monsters, der Kopf flog wie ein Handball davon. Ein Galapagos-Krebs tauchte auf und verschlang den Kopf, dann kümmerten sich zwei weitere Krebse um den Kopflosen, der versank in den salzigen Fluten. Anna nahm sich den letzten Gegner vor, mit einem Schlag des Stocks wischte sie den Kopf von seinen Schultern, die Krebse kümmerten sich um den Rest.

»Ich glaube, die Viecher sind nur zusammengeklebt«, keuchte Anna. »Lass uns zusehen, dass wir an Land kommen, sonst versuchen die Krebse uns noch als Nachtisch!« Sie ließen das blutige Wasser hinter sich und wateten an Land. Erschöpft ließen sie sich in den Kies sinken. Sie beobachteten, wie die Galapagos-Krebse die verbliebenen sieben oder acht Monster in die Flucht schlugen. Aber von Norden und Süden erschien schon die Nachhut, mindestens zweihundert Mutationen erschienen am Horizont.

»Gut, dass wir durch den See nicht wieder zurück müssen«, hustete James. »Vielleicht hätten wir sie umzingeln müssen«, fügte er lächelnd hinzu.

»Null Problemo«, meinte Anna erschöpft. »Dass ein Mittagessen sich wehrt, haben diese Menschtiere sicher auch noch nicht erlebt, die waren ganz schön überrascht!«

»Ja«, lachte James Wasser spuckend. »In Zukunft werden sie von unserer Rasse die Finger – Fühler – lassen!«

Gut gemacht, hauchte die Stimme der Weltenbummlerin.

James beachtete die lange Tante nicht, er nahm Anna in den Arm. »Danke, das Vieh hätte mich beinahe erwürgt, es steht zwei zu eins für dich!«

»Null Problemo, wir sind ja noch eine Weile zusammen, dann kannst du ja aufholen. Aber ich glaube, mein CD-Player ist jetzt tatsächlich nass«, grinste Anna. Sie befreite ihren Oberkörper von den triefenden Klamotten, band die Schnüre ab, wickelte den Player aus dem zerrissenen Pullover und legte ihn in den Kies. »Viel hat er nicht abbekommen, ich war ja nicht lange unter Wasser. Nur eine kurze Zeit, um dich Schlappmann zu retten«, foppte sie und legte den Player in die Sonnen.

Die Armee der Monster trampelte auf den Strand zu, James sprang auf. »Komm, schnell weg!«

»Bleib doch mal cool«, meinte Anna, »hast du schon mal gesehen, dass Wasserläufer auf dem Land laufen? Dann hießen die doch Landläufer. Ich hoffe, dies ist in dieser Enterprise genauso!«

Die Armee lief bis zum Strand, sie verließen das Wasser nicht, sie schauten sich ratlos an. Wieder schienen die sich mit klirrenden Lauten zu unterhalten, zu beraten. »Ich möchte mal wissen, *was* oder *wer* solche Monster erschaffen hat?«, hauchte Anna.

»Das ist doch jetzt egal«, erwiderte James, »Hauptsache, wir sind gerettet.« Sie beobachteten die Monster weiter, die trauten sich anscheinend nicht an den Strand. Die Galapagos-Krebse ließen sich nicht blicken, sie schienen gesättigt zu sein.

Nach einer Weile drehen die Monster um und verzogen sich.

»Hab ich doch gesagt.« Anna stand auf und schaute in die Sonnen, die große Sonne war schon merklich tiefer gesunken, sie fiel förmlich vom Himmel. Die kleine Sonne verblasste, sie blieb als Mond stehen. »Lass uns in den Dschungel gehen, vielleicht gibt's da etwas zu trinken, ich habe einen Durst, das kannst du dir gar nicht vorstellen.« Anna setzte den Stetson auf und schaute auf James' linken Arm. »Mein lieber Scholli, du hast doch gesagt, dass die Wunde nicht der Rede wert ist, das müssen wir sofort verbinden! Du könntest eine Blutvergiftung bekommen!«

James' Arm sah grässlich aus, die Lederjacke war auf einer Länge von etwa zwanzig Zentimetern zerfetzt, Blut quoll aus einer klaffenden Wunde. »Zieh die Jacke aus!«, befahl Anna.

James quälte sich aus der wassertriefenden Jacke. »Womit willst du mich verbinden, wir haben doch nichts?«

»Natürlich mit den Binden von deinen Händen, womit denn sonst? Dein Arm ist jetzt wichtiger.« Anna löste die Binde von James' rechter Hand. »Aber erst müssen wir die Wunde desillusieren, oder wie es heißt.« Sie zog James hoch und schleppte ihn zum See, sie tauchte seinen Arm ins Wasser und wusch die Wunde sauber.

»Und wenn das Wasser verseucht ist?«, jammerte James.

»Dann gehst du so oder so drauf«, meinte Anna lapidar. Sie zog James zurück an den Strand. »Jetzt wollen wir mal sehen, ob ich das auch so gut kann wie Arkansas.« Sie band die Binden um die Wunde.

»Das sieht doch schon mal nicht schlecht aus«, meinte sie anerkennend nach einer Weile. »Die Wunden im Gesicht lassen wir mal, es sind nur Kratzer.« Sie hob den Player und die Kopfhörer vom Kies und ging Richtung Dschungel, der etwa einhundert Meter entfernt lag.

James schlüpfte in seine zerrissene Lederjacke und folgte ihr. »Verbinden kannst du aber gut, wo hast du das denn gelernt?«

»Das weiß ich nicht, ich hab es einfach gemacht.«

Die Hauptsonne fiel vom Horizont, die beiden Gestrandeten tauchten in den Dschungel ein.

»Lass uns mal eine Pause machen«, sagte James nach einer Weile und lehnte sich an einen Baum, welcher einer Eiche glich. »Ich bin total fertig, außerdem wird's schon dunkel. Fragt sich nur, weshalb?«

»Gut«, meinte Anna, »aber nur fünf Minuten.« Sie lehnte sich ebenfalls an den Baum und sank in die Hocke.

»Und wenn auch hier diese Monster lauern?«

»Dann verjagen wir die Viecher mit meinem neuen Wunderstock«, gähnte Anna.

Gemeinsam schliefen sie ein.

* * * *

»Morgen Kinder!«, rief Arkansas vergnügt. »Es gibt heißen Kaffee und Marmeladenbrötchen, Himbeermarmelade, geduscht habe ich schon. Ha, ha, ha, ist das eine Scheiße!«

»Kann mir mal jemand diesen blöden Köter vom Leib nehmen, der ist schwerer als ein Sack Zement«, beschwerte sich Susanna.

Strubbel, der die ganze Nacht auf Susanna aufgepasst hatte, regte sich. Er lag mit seinem massigen Kopf auf Susannas Brust. *Ic bin kein Köter!*

Punk, die auf dem Teppich geschlafen hatte, streckte die Arme in die Luft und gähnte herzhaft. »Warum stinkt's hier denn so?«

Ic ab Bläungen, ic glaube ic muss mal.

Punk sprang in die Höhe und riss das Fenster auf. »Puh, kein Wunder, wenn du Menschenfleisch frisst, das esse ja noch nicht einmal ich. Und ich fress ja schon so ziemlich alles.« Sie öffnete die Tür und ließ Strubbel raus. »Pass aber auf, dass dich niemand sieht.«

Ic bin ja nict blöd! Strubbel trottete die Stufen hinunter.

Fünf Minuten später hatten die Verfolgten sich am Wohnzimmertisch versammelt. Das Frühstück bestand aus kalter Dosenbohnensuppe und Mineralwasser. »Wir fahren zurück nach Westen, ich hatte bei der Auslosung eh ein schlechtes Gefühl. Der Schlüssel für unser Problem liegt im Ruhrpott«, bestimmte Ark. »Susanna fährt bei Harry im Taxi, mit Strubbel als Wache. Willi, Punk und ich fahren voraus.«

»Was ist mit den Glatzen«, wandte Harry ein, »die werden uns doch sicherlich verfolgen?«

»Wir müssen sie abhängen, mein Wagen ist schnell genug, dein Taxi ist auch schneller als Goebbels' Bully, die hängen wir locker ab.«

»Die haben aber noch ein stärkeres Auto, damit könnten sie uns einholen. Sie müssten den Bully dann eben stehen lassen«, sagte Willi.

»James hat mir erzählt, dass die Waffen der Nazis im Bully verstaut sind, du glaubst doch wohl nicht im Ernst, dass die ihre Knarren zurücklassen?«

»Mit Sicherheit nicht«, erklärte Susanna.

»Meinst du, dass Anna und James noch leben?«, fragte Harry.

»Klar, Goebbels hat gesagt, dass sie *verschwunden* sind, dies kann nur bedeuten, dass sie *geschwommen* sind, ergo leben sie noch. Wenn Strubbel zurückkommt, kannst du ihn fragen, ob er die Leichen unserer Freunde gesehen hat, ich wette nicht«, erwiderte Ark.

»Was bedeutet denn *ergo*?«, fragte Susanna.

Die vier Gestrandeten schauten Susanna nur verständnislos an und schüttelten mit den Köpfen.

Strubbel kam zurück. *Keine Spur von den Zweibeinern, aber dort war ein Tor, sie sind gescwommen.*

»Wohin?«, fragten alle gespannt, sogar Susanna.

Weiß ic doc nict, in eine andere Ebene, es gibt viele Ebenen! Unendlic viele. Das kann man nict beeinflussen!

»Das bedeutet, wenn jemand *schwimmt*, dann kann er gar nicht lenken, *wohin* er schwimmt?«, fragte Punk.

Nein! Oder mancmal doc!

»Das ist jetzt auch völlig schnuppe, wir fahren nach Westen. Wir müssen *fühlen*, ob irgendwo ein Tor ist. Irgendwann muss da ja etwas sein. Wenn wir hier hingekommen sind, dann kommen wir auch wieder zurück. Auf, auf, ab in die Karren, wir fahren los«, bestimmte Ark.

* * * *

»Wacha, wacha!«

Anna quälte sich aus ihrem Traum.

»Wacha, wacha!«

Irgendetwas Spitzes stach in ihr Gesicht. Sie öffnete blinzelnd die Augen und erschrak heftig.

Vor ihr standen etwa zwanzig nackte, kleine Männer, die mit Speeren bewaffnet waren. Kahlköpfig, ohne jegliche Körperbehaarung. Sie waren etwa so groß wie Anna, sehr kräftig und stanken wie eine Güllegrube. Deren Penisse waren mindestens dreißig Zentimeter lang, dünn wie die Beine der Monster und gebogen wie ein Fragezeichen.

»Auffa, auffa!«

Mittlerweile war die Nacht hereingebrochen, es wurde aber nicht richtig dunkel, der volle Sonnenmond spendete silbernes Licht. »Das muss wohl *aufstehen* heißen«, murmelte James verschlafen, »wir kommen auch von einer Scheiße in die andere.«

»Wenigstens haben sie keine Hörner.« Anna stand auf, sie bemerkte, dass ihr Gesicht und die Hände von Insekten zerstochen waren. Die kleinen Plagegeister umschwirrten James und Anna wie Wespen eine Schwarzwälder Kirschtorte. Anna versuchte, die Insekten zu verscheuchen, die mückenähnlichen Blutsauger ließen sich nicht vertreiben.

»Komma, komma!«, grinste der Anführer Anna mit grünen Zähnen an.

»Das soll wohl *mitkommen* bedeuten«, ächzte James, als er sich erhob. »Dann lass uns mal mitgehen, vielleicht haben die etwas Wasser, ich habe einen fürchterlichen Durst.«

»Ich auch.« Anna stopfte den Player und den Kopfhörer in die Innentasche der Jacke und setzte sich in Bewegung. Die Nackten gingen vor, hinter, links und rechts von ihnen, an eine Flucht war nicht zu denken.

Die Insekten umsurrten Anna, sie schlug danach, ohne irgendeinen Erfolg zu erzielen. Die Viecher stürzten sich vorwiegend auf Anna und James. Annas Gesicht und die Hände waren mit Pusteln übersät. *Warum greifen die Viecher nicht die Kleinen an?*

Die Kleinen trieben Anna und James tiefer in den Dschungel hinein.

Je tiefer sie in das Dickicht vordrangen, umso mehr Insekten fielen zischend, summend und stechend über sie her. Anna und James bluteten aus zahlreichen Wunden.

»Wir müssen irgendetwas gegen die Viecher unternehmen, die bringen uns noch um. Dagegen waren die Pilze und die Monster ein Witz«, keuchte James und schlug nach den Insekten. Die krabbelten auch in seine zerrissene Lederjacke und versuchten unter den Verband zu kriechen.

»Komma, komma!«

James und Anna wurden auf eine etwa einhundert Quadratmeter große Lichtung, die von hohen buchenähnlichen Bäumen umsäumt war, getrieben. Dies war bestimmt der Dorfplatz der Eingeborenen. Anna erkannte aber keine Hütten, Tipis oder etwas dergleichen. Sie hob den Kopf in den Nachthimmel. Sterne funkelten im unendlichen Weltall. »Schau dir mal die Bäume an, wie hoch die sind, mindestens fünfzig, sechzig Meter. Gibt's bei uns auch so hohe Buchen?«

»Keine Ahnung«, brummte James.

»Stoppa, stoppa!« Ein weiterer Mann trat aus dem Dickicht. Auch er war splitternackt, bis auf einer Art Krone aus Kokosnussschalen auf seinem kahlen Kopf. Auch er hielt einen Speer in der Hand. Und er hatte einen dicken Bauch. Anna und James blieben direkt vor ihm stehen, der Mann stank genau so fürchterlich wie seine Kameraden.

Der kleine Mann fasste mit den Fingern in Annas Haar und zog kräftig. Die anderen traten näher und zogen in James' Bart, sie mussten sich fast bis auf die Zehenspitzen aufrichten. »Wassa, wassa?«

»Aua, du Idiot, das tut weh!«, kreischte Anna.

»Wassa, wassa?«, krächzte der Eingeborene, seine Stimme klang wie ein verrostetes Reibeisen.

»Wassa, wassa?«, stimmten seine Kollegen im Chor ein.

»Der Medizinmann will bestimmt wissen, was unsere Haare bedeuten. Schau sie dir doch mal an, die sind alle völlig kahl, Haare haben sie bestimmt noch nie gesehen. Außerdem sehen sie alle gleich aus, jeder hat dieselbe Größe, alle haben diese weißen Augen, sie sehen aus, als wären sie geklont«, sagte James.

»Harra, harra!«, versuchte Anna die einfache Sprache der Indios zu übernehmen.

»Harra, harra!«, jaulte die Menge im Chor.

Anna bezweifelte, dass die Indios wussten, was sie da riefen und deutete das *internationale* Zeichen für Trinken an. Sie hob die Hand zum Mund und kippte einen imaginären Becher gegen die Lippen, sie hoffte, dass diese Geste auch in dieser Enterprise richtig gedeutet wurde. »Wir haben Durst und Hunger.«

»Ticka, ticka!« Der Medizinmann machte eine knappe Handbewegung, zwei seiner Männer verschwanden im Unterholz.

»Ist dir schon mal aufgefallen, dass es hier keine Frauen und keine Kinder gibt?« James zeigte auf den Medizinmann. »Und der Zwerg hier sieht aus, als wenn er schwanger wäre. Außerdem hat den krummsten Dödel, der sieht ja aus wie ein Korkenzieher.«

Anna musste kichern. »Vielleicht sind die Frauen im Wald, Holz holen oder Honig sammeln.«

»Mitten in der Nacht?«

Die beiden Männer kehrten mit wassermelonenartigen Früchten zurück. Die Früchte waren viel größer als eine Wassermelone, die Männer konnten sie kaum tragen. »Ticka, ticka!«

Sie stachen mit den Speeren Löcher in die Melonen und verteilten sie an Anna und James. Anna konnte die riesige Frucht nicht anheben, der Häuptling wuchtete die Kugel stöhnend in die Höhe und hielt die Öffnung vor ihrem Mund. Sie schluckte gierig, der Saft schmeckte herrlich, fast wie Orangensaft, erst jetzt bemerkte sie, wie durstig sie wirklich war.

Anna und James tranken die Melonen vollkommen aus.

James riss seine Melone mit seinen Pranken auseinander und probierte das Fruchtfleisch, er setzte sich auf den mit Moos bewachsenen Waldboden. »Das schmeckt lecker, probier mal.«

Anna setzte sich neben ihm, James reichte ihr die Hälfte seiner Melone.

Die Eingeborenen ließen sie in Ruhe.

»Wie spät haben wir es eigentlich?«, fragte James.

»Keine Ahnung, meine Uhr hat einer der Pilze gefressen, oder eines der Monster, ich weiß es nicht mehr so genau, plötzlich war sie weg. Hast du bemerkt, dass die Insekten nur uns angreifen? Die Eingeborenen bekommen nicht ein Stich ab.« Anna schlug sich ins Gesicht, schon wieder verspürte sie zwei Einstiche.

James warf seine leere Schale in das Unterholz. »Wahrscheinlich schmieren sie sich mit irgendeiner Salbe oder so etwas ein, deshalb stinken die auch so.«

»Meinst du?« Anna machte den Versuch, die seltsame Sprache der Männer zu übernehmen. »Sabba, sabba!« Die Eingeborenen schauten sie verständnislos an. Anna zeigte auf ihre offene Hand, legte ein Finger hinein und strich über ihr zerstochenes Gesicht. »Sabba, sabba, es kann doch nicht so schwer sein? Stellt euch doch nicht so blöd an, wir sind zerstochen!«

»Ah!«, machte der Medizinmann, »tuppa, tuppa!« Er deutete einen Wink an, die zwei Melonenholer verschwanden wieder im Unterholz.

»Die Melonenmänner sind etwas kleiner, vielleicht sind sie so etwas wie Diener«, bemerkte Anna, »außerdem sind deren Penisse nicht so verdreht.«

»Worauf du alles achtest.«

»Das ist der fachmännische Frauenblick«, antwortete Anna unverblümt.

»Ach so.« James lachte trocken auf.

Die Melonenmänner kehrten wenig später mit zwei Kokosnussschalen zurück, und stellten sie vor Anna und James in das Moos. »Ribba, ribba!«

»Er meint sicherlich, *einreiben*.« Anna tauchte einen Finger in die braunschwarze Masse, zog ihn wieder heraus und roch daran. »Pfui deibel, kein Wunder, dass die nicht gestochen werden. Wenn ich eine Mücke wäre, dann würde ich auch vor dem Zeug flüchten! Aber wenn's hilft.« Sie begann ihr Gesicht einzureiben, die Salbe kühlte angenehm, das hatte Anna nicht erwartet. Das quälende Brennen in dem zerstochenen Gesicht wurde sofort durch die Salbe gelindert, der Gestank war zweitrangig. Sie rieb auch ihren Hals und die Hände ein. »Das ist ja die reinste Wundersalbe, die Viecher greifen mich nicht mehr an«, sagte sie erleichtert.

»Tatsächlich,« seufzte James, »das Zeug ist absolute Spitze.«

»Auffa, auffa!«, befahl der Medizinmann und setzte sich wieder in Bewegung. Anna und James folgten ihm, was sollten sie auch anderes tun? Die Stammesgenossen des Bosses kreisten die beiden Gestrandeten wieder ein, verzichteten aber darauf, sie mit den Speeren in Schach zu halten.

Der Medizinmann betrat einen schmalen, ausgetretenen Pfad, der tiefer in den Dschungel führte. »Komma, komma!«

Sie tauchten in einen *richtigen* Urwald ein. Der Pfad schlängelte sich durch den Dschungel wie eine Seeschlange durch das Wasser. Anna konnte James, der vor ihr ging, kaum erkennen, so düster war es in dem Wald, die Kronen der riesigen Bäume verschlangen jegliches Mondlicht. Anna schaute in die Höhe, sie konnte die Größe der Bäume nicht abschätzen, die dicken Baumstämme verloren sich in der Dunkelheit. Rechts und links des Pfades, der etwa einen Meter breit war, wuchs undurchdringliches Unterholz, mindestens zwei Meter hoch. Sie bekam es mit der Angst zu tun und klammerte sich an James' Lederjacke.

Die stickige, süße Luft war erfüllt von den Stimmen des Urwaldes, überall zischten, summten, brummten und brüllten irgendwelche Tiere.

Anna hatte noch nie einen Urwald gesehen, geschweige denn betreten, sie hatte aber schon oft Dokumentarfilme im Fernsehen über Urwälder gesehen. Aber dass es so heikel ist, hatte sie sich nicht vorgestellt.

Ein riesiges Insekt brummte vor ihrem Gesicht, roch die Salbe und verschwand. Anna wagte nicht, danach zu schlagen. »Mama, wenn ich dir *das* erzähle, dann hältst du mich für übergeschnappt«, flüsterte sie.

Der Medizinmann drehte sich um. »Psst!«

Das interkontinentale Zeichen für *Ruhe*.

Plötzlich ein dröhnendes Brüllen, welches den Lehmboden erzittern ließ. Dann das Brechen und Zersplittern von Unterholz. Rechter Hand schien sich ein riesiges Tier durch den Dschungel zu pflügen, sicherlich kein Pflanzenfresser, eher ein Annafresser.

Anna schrie erstickt auf und klammerte sich noch fester an James.

Der Anführer drehte sich wieder um. »Psssst, löba, löba!« Anna versuchte sich erst gar nicht vorzustellen, was ein *löba* darstellen sollte.

Der Anführer beschleunigte seine Schritte, er hatte es eilig. Das grässliche Brüllen verlor sich in den unendlichen Weiten des Dschungels.

Nach einer halben Stunde – wenn es in dieser Enterprise so etwas wie eine halbe Stunde gab –, erreichten sie erneut eine große, runde Lichtung. Aber viel größer als die erste. Diese Lichtung war von riesigen Bäumen eingekreist, fast wie ein Fort. Das Mondlicht erreichte wieder den Boden, der Waldboden war nicht mit Moos bedeckt, sondern mit Kiefernnadeln, dreimal so groß wie die Nadeln, die Anna kannte. Es war ein Dorfplatz oder etwas Ähnliches. Anna sah wieder keine Zelte oder Hütten. In der Mitte des Platzes (der etwa einen halben Hektar maß), stand ein großer – riesiger – runder Kübel auf einer Feuerstelle. Dieser Kübel erinnerte sie fatal an die Kochgelegenheit von Menschenfressern. Sie hatte einmal einen Film darüber gesehen. Sie erschauerte, waren die Ureinwohner etwa Menschenfresser?

»Das gibt's doch nicht«, brummte James, »die Bäume können doch gar nicht in einem Urwald wachsen, zumindest nicht in so einem feuchten.«

»Welche Bäume?«

»Schau doch mal hoch, das sind Redwoodbäume, Mammutbäume. Zumindest sehen sie fast so aus. Die wachsen eigentlich nur in Kalifornien, wenn ich mich recht entsinne.«

Anna schaute in die Baumwipfel. »Erstens sind wir nicht in Kalifornien, sondern in irgendeiner anderen Welt, und zweitens solltest du *das gibt's doch nicht* aus deinem Wortschatz streichen. Mann, sind die hoch, wie hoch schätzt du sie?«

»Keine Ahnung, vielleicht hundertfünfzig Meter?« James setzte sich auf den Nadelboden und rieb an seinem verletzten Arm. »Ich bin mal gespannt, was jetzt passiert, und wo die Eingeborenen eigentlich schlafen, ich sehe hier nicht ein Haus oder Tipi.«

»Warum reibst du eigentlich ständig über deinen Arm? Stimmt da etwas nicht?«

»Das juckt und brennt so seltsam, hoffentlich waren die Hörner der Monster nicht vergiftet, ich glaube nicht, dass die hier ein Krankenhaus haben.«

»Auffa, auffa!«, rief der Anführer und zeigte auf die Bäume. »Auffa, auffa!«, sangen seine Chorknaben.

»Schau mal, da oben hängen Hängematten!«, rief Anna. »Der Zwerg glaubt doch wohl nicht im Ernst, dass ich da hochklettere? Der hat wohl nicht mehr alle Tassen im Schrank, das ist mindestens zehn Meter hoch.«

»Vielleicht ist es zu gefährlich, hier unten zu nächtigen. Wer weiß, was hier des Nachts alles so rumkriecht. Die kleinen Scheißer werden doch sicher eine Leiter oder so etwas haben.«

»Lodda, lodda!«, krächzte einer der Diener. Sie alle hatten auch dieselbe Stimmlage. Er verschwand im Unterholz, kehrte wenig später mit einer Leiter zurück und stellte sie an einen Baum. Drei seiner Klone steckten ihre Speere zwischen die Zähne, kletterten behände die Leiter hinauf und legten sich in die Hängematten.

Der Diener stellte die Leiter an einen anderen Baum und wieder kletterten drei Männer hoch. Nach und nach verschwanden alle Eingeborenen in den Hängematten.

»Auffa, auffa!«, riefen sie aus der Höhe im Chor. Sie deuteten auf einen Baum, der noch nicht bewohnt war.

James trat näher heran und begutachtete die Leiter. »Da soll ich hochklettern? Die bricht doch unter meinem Gewicht zusammen, ich wiege fast einhundertdreißig Kilo, die Leiter hält vielleicht dich Floh aus, aber nicht mich.«

Die Leiter bestand aus zwei langen, etwa zehn Zentimeter im Durchmesser starken Bäumen. Alle zwanzig Zentimeter waren Quersprossen mit irgendwelchen Baststricken festgebunden. Die Quersprossen maßen etwa drei Zentimeter im Durchmesser, viel zu dünn für James.

James trug die Leiter an den unbewohnten Baum, sie war erstaunlich leicht.

Im Wald brüllte ein Tier schrecklich laut auf. Anna erschrak, steckte den Stab zwischen die Zähne und machte sich an den Aufstieg. »Komm, worauf wartest du noch, die Monster kommen!« Flink wie die Eingeborenen erklomm sie die Leiter und verschwand in einer Hängematte. »Die sind ja richtig gemütlich!«, rief sie.

James stellte sich auf die erste Sprosse und wippte. Die Sprosse protestierte knirschend unter seinem Gewicht, brach aber nicht durch, noch nicht. James stieg vorsichtig Sprosse für Sprosse höher. Zwischendurch schaute er nach unten, ihm wurde schwindelig, er wusste bisher nicht, dass er Höhenangst hatte. Seine Knie begannen zu zittern, er riss sich zusammen und stieg weiter.

»Es ist nicht mehr weit, gleich hast du's geschafft, du darfst nur nicht runterschauen!«

Kurz vor dem Ziel überfiel ihn der Zitteranfall erneut, diesmal begann er in den Füßen, setzte sich in den Knien fort und wanderte wie ein Stromstoß durch seinen Oberkörper bis zu den Händen. Die Finger, welche die Sprossen umklammerten, zappelten wie eine Forelle an der Angel. James sah auf sein Ziel, der Schweiß schoss brennend in seine Augen, er sah einen halben Meter vor sich einen dicken verschwommenen Ast. Er atmete tief durch und wartete, bis das Zittern nachließ. Minuten später setzte er den Weg fort.

Zitternd und schwitzend erreichte James den dicken Ast, er umklammerte ihn mit dem gesunden rechten Arm wie einen Rettungsanker.

»Ziha, ziha!«, sang der Chor.

»Sie meinen sicher, dass du die Leiter hochziehen sollst«, meinte Anna verschlafen, sie schien von seinem Anfall nichts bemerkt zu haben.

Er wartete noch zwei Minuten, der Chor schrie drängender, die Eingeborenen
schienen eine Gefahr zu wittern. »Ziha, ziha!«

»Ja doch, ja docha, docha!« James zog ächzend die Leiter hoch und legte sie
über zwei dicke Äste, dann begutachtete er die Hängematte. Sie war aus einem
groben bastähnlichen Material geflochten. Mittels zwei Baststricken hatten die
Eingeborenen sie an zwei Ästen festgebunden. In dem Baum hingen noch mindestens zwanzig andere Matten, alle waren verwaist. Manche wurden von Affen
als Schaukel missbraucht. *Ihre Bevölkerungszahl muss in letzter Zeit ge-
schrumpft sein, vielleicht sterben die aus*, dachte James.

Er legte seine rechte Hand auf die Matte und drückte sie gen Waldboden.
»Hoffentlich hält die, wir befinden uns hier mindestens zehn Meter über dem
Waldboden.«

»Klar hält die, bei mir hält sie doch auch.«

»Du bist lustig, ich wiege hundert Kilo mehr als du, du Fliegengewicht.«

»Neunzig, Herr Winter.«

James legte sich in die Matte. »Wenn mir vor einer Woche jemand erzählt
hätte, dass ich in einer Woche in einer Hängematte schlafen würde, noch dazu in
einem Redwoodbaum, der in einer anderen Dimension steht, mit aggaagga
sprechenden Eingeborenen, denjenigen hätte ich sofort zum Psychiater geschickt. Denk dran, dass du zehn Meter über dem Boden bist, also dreh dich
nicht so oft um, oder geh schlafwandeln. Gute nachta, nachta!«

»Ihr Amis andauernd mit euren Psychiatern.« Mit diesen Worten schlief Anna
ein.

Sie erwachte wenig später durch ein dumpfes Stampfen und Schnauben, der
Sonnenmond war noch nicht viel weiter gewandert. Sie schaute auf James, der
direkt neben ihr lag und sich nicht rührte. Er schnarchte laut. So, als wollte er
den eigenen Ast absägen, auf dem er schlief. Vier pavianähnliche Affen schreckten aus ihrem Schlaf und kletterten kreischend höher. Irgendwo stieß ein Vogel
einen Warnschrei aus, die Insekten brummten und summten.

Anna lugte vorsichtig über die Kante der Matte. Sie biss sich auf die Lippen,
um nicht zu schreien, unten stand ein Albtraum! Eine Mutation zwischen einem
Löwen und einem Bären. Anna schnaubte, jetzt wusste sie auch, warum die
Eingeborenen die Hängematten *so* hoch gehangen hatten. Das Untier hatte bestimmt fünf Meter Stockmaß, der massige Löwenkopf, der mit einer riesigen
Mähne ausgestattet war, hatte bestimmt zwei Meter im Durchmesser, der Körper
war von einem Bären, massig wie ein Elefant, der Schwanz und die Beine wieder von einem Löwen.

Die Mutation schnupperte am Boden, wahrscheinlich suchte sie nach herun-
tergefallenen Pygmäen, die sie als Zwischenmahlzeit fressen konnte. »Das ist
bestimmt ein löba«, flüsterte Anna und zuckte zurück, als das Untier den Kopf
hob, schnüffelte und lauschte. Sie verkroch sich in die Hängematte und hielt die

Luft an, James hatte sein Schnarchen für eine Weile eingestellt. *Hoffentlich hat das Vieh nicht auch noch eine lange Zunge, dann fischt es uns hier heraus, wie ein Frosch eine Mücke aus der Luft.*

Das Untier schüttelte sich, stampfte quer über den Platz und schnüffelte an dem Topf. Es warf ihn um und leckte etwas heraus.

Anna konnte bis hoch in die Hängematte hören, wie die raue Zunge durch den großen Pott kratzte, sie stopfte sich mit den Händen die Ohren zu.

Das Untier schnaufte noch einmal und verschwand schnüffelnd im undurchdringlichen Urwald.

Anna fand in dieser Nacht keinen richtigen Schlaf.

* * * *

Sie erwachte aus einem unruhigen, monstergeplagten Dämmerschlaf durch James' lautes Stöhnen. Anna verspürte einen fürchterlichen Geschmack im Mund, sie vermisste ihre Zahnbürste.

Der Sonnenmond hatte sich wieder in eine kleine Sonne verwandelt, die große Sonne stieg am Horizont auf. Es würde nicht lange dauern und die große Sonne hatte die kleine eingeholt. Anna starrte mit verklebten Augen auf die große Sonne. Diese stieg mit einer unglaublichen Geschwindigkeit. *Dann sind die Tage hier auch viel kürzer*, überlegte sie.

James' Jammern riss sie aus den Gedanken. »Guten Morgen James, warum stöhnst du denn so?«

»Ich fühle mich gar nicht gut und mein Arm kribbelt so schrecklich.«

Anna langte rüber und legte eine Hand auf seine Stirn. »Mein lieber Schwan, du hast mindestens fünfzig Grad Fieber, du musst dringend zum Arzt!«

»Okay, ruf an, ich pack schon mal meine Tasche«, meinte James säuerlich.

Anna schaute auf die anderen Bäume, die Eingeborenen schliefen noch. »Ticka tacka Hühnerkacka!«, rief sie.

Die Eingeborenen schreckten auf. »Wassa, wassa?«, rief der Chor.

Anna sprang behände über James hinweg, landete händerudernd auf dem dicken Ast und schnappte sich die Leiter. »Große Scheiße passiert, die wasserlaufenden Menschtiere haben meinen Kumpel vergiftet, euer Guru muss ihn retten. Euer Kronenträger. Der, der mit der Medizin tanzt, versteht ihr?«

Die Eingeborenen nickten mit den Köpfen und grinsten grünlich, sie verstanden anscheinend nicht ein Wort von Annas Anderwelt-Denglisch.

Anna schüttelte mit demselben und ließ die Leiter runter, sie fiel ihr erstaunlich leicht. Dann flog sie mehr, als sie kletterte, die Leiter hinunter. Am Boden angekommen, trug sie die leichte Leiter wie ein Malermeister zum nächsten Baum. »Ticka tacka Hühnerkacka, kommt runter!«

Die drei Eingeborenen flitzten die Leiter hinab, Anna trug sie zum nächsten Baum, auf dem auch die beiden Diener wohnten.

Zwei Minuten später waren alle Indios auf dem Marktplatz versammelt, sie schauten Anna ratlos an.

Anna legte dem Medizinmann die Hand auf die Stirn, zog sie wieder weg, schüttelte sie kurz und pustete hinein. Das internationale, vielleicht auch andersweltige Zeichen für Fieber, so hoffte sie. Dann deutete sie hoch zu James. Der Medizinmann hüpfte kurz in die Luft, zeigte auf seine beiden Diener und schrie:»Fabba, fabba! Tuppa, tuppa!« Die Melonenholer flitzten in den Urwald. Wenig später kamen sie mit vier Schalen neuer Salbe zurück.

Anna deutete zur Mitte des Dorfplatzes.»Dort drüben ist doch noch Salbe.«

Die Eingeborenen kümmerten sich nicht um sie, einer der Melonenholer stellte die Leiter an den Redwoodbaum, der Medizinmann kletterte flink hoch.

Anna konnte ihn oben kaum erkennen, seine bronzefarbene Haut verschwamm mit den Blättern und den Baumstämmen des Dschungels. Erst jetzt fiel ihr auf, dass die schwarzbraune Salbe von allen Körpern verschwunden war, von ihrem auch. *Zieht rasch ein und fettet nicht*, schoss ein alter Werbespot durch ihren Kopf.

»Ziha, ziha!«, rief der Medizinmann von oben und gestikulierte mit den Armen in der warmen Morgenluft.

Das muss wohl heißen, wir müssen ihn vorsichtig runterlassen, er hat eine Infektion. Ich muss unten am Boden Erste Hilfe leisten, ruft ihr schon mal Christopher Acht, wer verständigt seine Angehörigen?, überlegte Anna sarkastisch.

Die beiden Diener flitzten in den Dschungel. *Sie müssen da wohl irgendwo ein Lagerhaus haben,* dachte sie.

Die beiden Melonenholer brachen wieder durch das Unterholz, sie warfen etwas unter den Baum und rollten es auseinander. Sechs weitere Eingeborene eilten hinzu und bückten sich. Dann flitzten alle auseinander.

Der Medizinmann trat ohne ein weiteres Wort hinter James' Matte und kippte sie um, dieser wurde von der Schwerkraft in die Tiefe gezogen.

Anna schlug die Hände vor die Augen zusammen.

»Komma, komma!«, rief einer der Eingeborenen.

Anna nahm die Hände von den Augen, James lag schon auf den mit Kiefernadeln übersäten Boden in der Dorfmitte. Sie rannte zu den Zwergen.

Der Anführer kam die Leiter heruntergewieselt, er fummelte an James' Lederjacke herum.»Wassa, wassa?«

»Das ist 'ne Lederjacke aus unserer Enterprise, woher sollst du die auch kennen?«

James war bewusstlos, Anna zog den Reißverschluss hinunter und wälzte ihn mithilfe des Dieners auf den Bauch. Ächzend zog sie dem Hünen die Jacke vom Körper. Die Ureinwohner rissen vor Staunen die Augen auf. Eine Haut, die man ausziehen konnte, hatten sie mit Sicherheit noch nicht gesehen.

Anna erhob sich, ging zu dem Sprungtuch, hob eine Ecke auf und betastete es neugierig. Es sah aus wie ein riesiges Spinnennetz, war etwa zehn Quadratmeter groß und es klebte. Dies war wahrhaftig ein Spinnennetz! Anna ließ es fallen wie eine heiße Kartoffel und nahm rasch Abstand. Was passiert, wenn die Spinne ihr Spielzeug vermisst und kam, um es zu holen? Und wie groß war die Spinne? Anna war nicht scharf auf so eine Bekanntschaft, sie ging wieder zurück.

Einige Ureinwohner hoben die Jacke auf und betasteten sie staunend, andere betasteten James' T-Shirt mit *Mamis Baby* darauf, wieder andere betasteten das Schulterhalfter, der zum Glück keine Waffe mehr enthielt. Der Anführer zischte wie eine böse Schlange, die Männer stoben auseinander.

Anna schaute auf den Verband, er war schwarz durchtränkt, der Arm war geschwollen. James musste die letzte Nacht fürchterlich gelitten haben. Der Arm war fast doppelt so dick wie der rechte.

Anna fiel auf die Knie, band den Verband vorsichtig ab. Etwas Stinkendes tropfte auf den Boden. Sie legte den Verband an die Seite, er stank wie eine Güllegrube.

Das Fleisch war braunschwarz und brodelte wie Mamis Linsensuppe. Sie starrte James' Arm an.

Den müssen wir abhacken, den kann kein Mensch mehr retten, dann hat er nur noch einen Arm, dachte sie.

Ihr schossen Tränen in die Augen. »Mein Freund, ich glaube, wir müssen uns von deinem Arm verabschieden, der ist nicht mehr zu retten!«

Der Boss hob den Verband hoch und zischte ein kehliges Wort. Die zwei Melonen- und Salbenholer verschwanden, Anna bekam es kaum mit.

Der Boss verteilte die Schüsseln, die Eingeborenen rieben sich gegenseitig die Körper mit der schwarzbraunen Salbe ein. Anna sah ihre Fragezeichen anschwellen, dachte sich aber nichts dabei. Sie nahm eine Schale entgegen, automatisch verschmierte sie diese breiige Masse auf ihre ungeschützte Haut. »Ihr sollt euch die Sonnencreme nicht auf die Haut schmieren, ihr müsst James retten«, sagte sie tonlos.

Kurz darauf kamen die Diener aus dem Warenlager zurück, sie überreichten dem Medizinmann einige grüne Blätter, die den Blättern von Bananenstauden ähnelten, und den Verband. Anna staunte, die Binde war wieder schneeweiß, wie neu.

Der Medizinmann rieb James' Arm mit der Salbe ein, wickelte die Blätter über die Wunde und schaute Anna herausfordernd an, der Binde traute er wohl nicht so recht. Anna nahm ihm die Binde aus der Hand. Sie verband James' Arm, der Boss schaute ihr interessiert zu und murmelte Beschwörungsformeln oder etwas Ähnliches.

Dann verschwand er kurz in der Reservatenkammer und kehrte mit einem Bastband zurück. Er übergab das Band Anna, die befestigte das Ende des Verbandes mit dem Bast.

Dann gab's Frühstück, die Eingeborenen verteilten orangenähnliche Früchte, die etwa so groß wie Fußbälle waren. »Balla, balla!« Sie verteilten ein kaltes teeähnliches Gebräu in Kokosnussschalen. »Ticka, ticka!« Anna ließ sich die Orange (die ein Aroma ähnlich einer Birne hatte) und den Tee schmecken.

Der Medizinmann flößte James etwas Tee und kleine Orangenstücke ein.

Die Sonne stieg höher, es wurde schnell heißer, Anna öffnete die Lederjacke, entsann sich des CD-Players und legte ihn zum Trocknen in die Sonnen. Viel Wasser hatte er ja nicht abbekommen, aber sicher ist sicher.

Nach dem Frühstück ging der Boss in die Reservatenkammer, kehrte kurz darauf zurück und tippte Anna auf die Schulter. »Icka, icka!« Er deutete mit der rechten Hand auf die Lederjacke von James und auf den Verband. »Icka, icka!« In der linken offenen Hand hielt er zwei Holzstücke, die etwa so lang wie Zigaretten waren, aber vier Zentimeter dick im Durchmesser. Auf den runden Stäben waren mit Blut oder mit Salbe seltsame Zeichen aufgemalt. »Icka, icka!«, rief der Boss und streckte ihr die offene Hand entgegen.

Sie begriff, der Boss versuchte, ihr die Jacke und die Binde abzukaufen!

Anna schüttelte mit dem Kopf. »Ne, ne, mein Junge, wir können die Jacke und die Binde nicht hierlassen, sie gehören nicht in diese Enterprise.«

Der Boss grinste und nickte mit dem Kopf.

»Ich würde eure Zukunft verändern, oder eure Vergangenheit, oder beides. Oder was-weiß-ich-was, das geht nicht! Ich kann ja auch nichts von hier in unsere Enterprise mitnehmen, jedenfalls vermute ich das mal. Außerdem weißt du gar nicht, was Geld alles anrichtet. Die Menschen bringen sich dafür um.« Anna deutete das internationale Handzeichen fürs Halsabschneiden an. »Die meisten Leute macht es raffgierig, sie lassen andere verhungern, Entwicklungshilfe nennt man das bei uns dann, das hat mein Dad mir erzählt. Fangt mir mal mit dieser Scheiße erst gar nicht an. Schuster, bleib bei deinen Leisten, sagt mein Papa immer.« Anna schüttelte abermals mit dem Kopf. *Vor einer oder zwei Wochen habe ich aber ganz anders gedacht.*

»Icka, icka?«, fragte der Eingeborene schüchtern wie ein Schulbub und blickte zu Boden.

Anna schüttelte schon wieder mit dem Kopf. Er tat ihr irgendwie leid, schließlich hatten die Eingeborenen sie gerettet, zumindest gefunden. Und sie brauchten noch deren Hilfe, um das Tor, welches sie in ihre Enterprise zurückbringen sollte, zu finden.

Um den Berg zu finden.

»Nogga, nogga?« Der Medizinmann nahm seine Krone ab und hielt sie vor Annas Brust. Er war eine Handbreit kleiner als Anna, wie alle anderen.

Anna nickte heftig mit dem Kopf, der Stetson flog auf ihren Rücken. »Nogga, nogga!«

»Ah, ah!« Der Medizinmann stampfte wie ein kleines Kind – das im Supermarkt keinen Lutscher bekommen hat –, mit dem Fuß auf den Boden und verzog sich beleidigt.

Anna setzte sich auf den Nadelteppich und schaute sich um. Bei Tageslicht sah die Umgebung schon ganz anders aus. Die Atmosphäre des Dschungels glich der in *ihrer Enterprise* so ziemlich. Ein immerwährendes Zwitschern, Affenkreischen, Summen, Brummen und Brüllen, die Luft roch süß, nass und

133

heiß. Auch die Insekten, die sie zuhause schon oft im Fernsehen gesehen hatte, glichen sich, nur waren die in dieser Welt viel größer, wie die anderen Tiere auch.

Der Dorfplatz glich beinahe wirklich einem Fort, so eng standen die Bäume beisammen. Es gab nur einen Eingang, der etwa drei oder vier Meter breit war, durch diesen war das Monster gestern Nacht getrampelt. Kein Tor versperrte den Weg. Den Eingang zu bewachen war zwecklos, gegen das Monster hatten die Eingeborenen keine Chance. Um das Monster besiegen zu können, reichten die Speere bei Weitem nicht aus, da benötigten sie schon ein paar Panzerfäuste samt Panzer. Ein fetter schwarzer Käfer, groß wie eine Meise, brummte vorbei, Mücken, Libellen, Moskitos und anderes Stechgetier surrten durch die Luft, sie hielten gebührenden Abstand, die Salbe wirkte ausgezeichnet.

Annas Blick wanderte höher, die Rebull-Bäume – oder wie die hießen – waren wirklich gigantisch. Um den Stamm zu umfassen, bräuchte es sicherlich fünfzehn von den Buschmännern. Wenn nicht mehr, die Buschmänner hatten nicht besonders lange Arme.

Anna kniff die Augen zusammen, eine Etage über ihrer Schlafstelle summte und schwirrte etwas. Sie erkannte ein Wespennest, etwa dreimal so groß wie ein Basketball. Sogar aus der Entfernung konnte sie die ein- und ausfliegenden Insekten erkennen, die waren wesentlich größer als *ihre* Wespen. Anna erschauerte.

Ihr Blick stieg langsam höher. Tropische Vögel sirrten und surrten durch die Luft. Krächzten, pfiffen, sangen und riefen. Die Affen durften natürlich auch nicht fehlen, sie sprangen wie *zuhause* durch die Äste, sie ähnelten Pavianen.

Unvermittelt rollten Anna Tränen über die Wangen. Sie war überwältigt. Ihr Blick wanderte höher, sie legte den Kopf weit in den Nacken.

Majestätisch ragten die Kronen der Redbull-Bäume in den gelben Himmel.

Anna kniff die Augen zusammen. Da flog noch etwas. Sie hatte den Kopf weit in den Nacken geschoben, sodass der schwindelig wurde. Sie musste sich mit den Händen am Boden abstützen. Dort oben flog tatsächlich noch etwas. Ein Steinadler oder ein Seeadler. Auf der Entfernung war das nicht zu erkennen. Einige seiner Kumpels gesellten sich zu dem Adler, majestätisch kreisten sie durch den wolkenlosen Himmel.

Etwas Glibberiges kroch über ihre Hand, Anna blinzelte ängstlich zu Boden, sie schrie und sprang auf. Ein Regenwurm, der viermal so lang und dreimal so dick wie *ihrer* war, verschwand ringelnd in dem Nadelteppich. Sie hatte angenommen, dass keine Tiere über den Boden kreuchten und fleuchten, zumindest hatte sie noch keine gesehen, sie wurde eines Besseren belehrt. Sie kniete sich wieder auf den Boden und wühlte mit den Händen in dem Nadelteppich, die Humusschicht war etwa zehn Zentimeter dick. Anna legte ungefähr einen Quadratmeter frei. Sie erkannte auf dieser Fläche unzählige Arten von Käfern, Würmern, Spinnen und Schnecken. Sie krabbelten, wieselten, gruben, bohrten und kämpften auch. Anna lächelte.

Sie bedeckte das Wohnzimmer der Tiere wieder mit den Nadeln und stand auf. Direkt vor ihr verlief eine Ameisenstraße, natürlich dreimal so große Ameisen wie *ihre*. Die Emsen schleppten allerlei Sorten Blätter, Käfer, Baumrinden und anderes Zeugs quer über den Dorfplatz, niemand störte sich dran. In ihrer Enterprise würden die Menschen schnell mit irgendwelchen Insektenvernichtungsmitteln angerannt kommen und wie die Bescheuerten um sich sprühen oder schütten.

Anna ging zu James, der in den prallen Sonnen lag. »Na, was macht dein Arm?«

»Was die Pilze, die Monster und die Insekten nicht schaffen, das schafft ihr. Wollt ihr mich grillen?«, brummte James.

Anna lief zu dem Medizinmann und *redete* mit ihm. Der befahl seinen Leuten, James in den Schatten zu legen. Die beiden Diener flitzten zu James und trugen ihn mühelos in den Schatten. Sie hatten nicht das geringste Problem mit dessen Gewicht.

Anna legte sich neben James, deponierte den Stetson auf die Brust und verschränkte die Arme unter dem Kopf. »Was macht dein Arm?«, wiederholte sie.

»Die Salbe ist die reinste Wunderbrühe, mein Fieber ist schon verschwunden, mein Arm schwillt merklich ab. Er juckt auch nicht mehr so stark, morgen früh bin ich wieder fit. Die lange Tante hat gesagt, dass wir durch den Kies rennen müssen, dies haben wir schon hinter uns, dann der See, den haben wir auch hinter uns, in dem bisschen Wald befinden wir uns jetzt. Fehlt nur noch der Berg, hoffentlich ist der nicht so hoch wie der Mount Everest.«

Der Medizinmann kam hinzu, er hielt eine Kokosnussschale in der Hand. »Ticka, ticka!«

James nahm den Tee entgegen. »Danke, mein Freund.«

Anna erhob sich. »Am besten, ich nehme ihn mir mal zur Brust, wir können ja nicht ewig hierbleiben, wir wissen ja nicht, wie lange das Tor noch geöffnet ist.« Sie legte freundschaftlich den Arm um die Schultern des Bosses, der schaute sie erstaunt an. »Komma, komma!« Sie schlenderten wie zwei alte Freunde in die Mitte des Dorfplatzes, setzten sich und lehnten sich gegen den großen Kübel. Der Dorfmeister rief drei seiner Leute zu sich, die anderen verschwanden im Dschungel.

James rollte sich auf den Bauch und beobachtete die Szene.

Die Unterhaltung begann ruhig, nahm jedoch rasch an Intensität zu. James sah Anna mit den Armen durch die Luft wischen, zwischendurch sprang sie auf machte Schwimmbewegungen, dann tauchte sie mit dem Kopf in imaginäres Wasser. Hernach fiel sie um, stand wieder auf und versuchte den Leuten zu erklären, was *Haus* bedeutet. Was sie in dieser Dimension erlebt hatten, hatte sie ja hinreichend erklärt. Die Eingeborenen tippten sich mit den Zeigefingern an die Stirn und brüllten vor Lachen. »Fabba, fabba!«, brüllten sie und tippten sich erneut gegen die Stirn.

»Ihr Hinterwäldler, es stimmt!«, blaffte Anna. Sie riss einem Mann den Speer aus der Hand und malte *Das Haus vom Nikolaus* auf den Nadelboden, die Männer brüllten noch lauter. Anna gab das Haus auf, sie versuchte es mit einem Auto. Sie stellte pantomimisch dar, wie eine Autotür zuschlägt, ließ einen Motor an und fuhr los. Dabei rannte sie im Kreis. »Brrreeeemmm!«

Die Eingeborenen wälzten sich auf den Bäuchen und trommelten mit den Fäusten auf den Nadelteppich.

»Gib's auf, das glauben sie dir doch nicht, die halten dich für einen Pausenclown. Frag sie lieber, wie wir zu dem Berg kommen!«, rief James.

Anna setzte sich und redete wieder leiser.

Nach einer Weile sprang der Boss auf und wirbelte mit seinen kräftigen Armen durch die Luft. »Nogga, nogga! Schlagga, schlagga!«

Anna deutete auf James, dann tippte sie sich auf die Brust. »Icka, icka! Komma, komma!«

»Schlagga, schlagga! Hogga, hogga!«, brüllte der Boss. Seine Leute schüttelten mit den kahlen Köpfen.

James musste lächeln, Anna unterhielt sich mit den Buschmännern wie eine Einheimische. Das Palaver dauerte über gefühlte zwei Stunden, irgendwann döste James ein.

Anna stieß ihn an. »Alles klar! War 'n hartes Stück Arbeit. Während du pennst, habe ich alles geregelt. Wir müssen einen Berg rauf, etwa fünf Kilometer. Dann kommt irgendwann eine Höhle, sie sagen, dass eine Schlange die Höhle bewacht. Die müssen wir überwinden, dann geht's zurück, morgen früh gehen wir los. Der Medizinmann und vier seiner Leute begleiten uns, aber nur bis hundert Meter an die Höhle heran, sie haben fürchterliche Angst.«

»Das ist gut, bis dahin ist mein Arm auch wieder fit.«

Der Boss kam heran, Anna bemerkte, dass sein Bauch seit der vorherigen Nacht etwas an Umfang zugenommen hatte. Er trug zwei Schalen mit Tee in den Händen.

»Wo holen die eigentlich ständig diese Klamotten her? Hier ist doch kein Lebensmittelgeschäft«, brummelte James.

Anna deutete auf die Bäume hinter dem Kochtopf. »Da krabbeln die durch, sie scheinen dort so etwas Ähnliches wie ein Lager zu haben.«

»Die sind doch ballaballa«, brummelte James, »warum lassen sie die Klamotten nicht gleich hier, dann müssen sie nicht immer hin- und herrennen?«

Plötzlich war der Teufel los. Der Boss warf die Schalen hinter sich. »Balla, balla! Balla, balla!«

Seine Leute rannten aufgeregt heran. »Balla, balla!«, riefen sie im Chor. Die beiden Diener verschwanden kurz in der Reservatenkammer und kehrten mit zwei zusammengerollten Fellen zurück. Die Felle waren mit Bastband verschnürt. Vier Männer liefen los und rammten jeweils im Abstand von fünf Metern die Speere in den Boden. »Balla, balla!« Dann begann ein verrücktes Fuß-Handball-alles-Spiel.

Zwanzig Mann, jeder gegen jeden, die Männer schossen, warfen, johlten und feuerten sich gegenseitig an.

Anna spurtete los und rettete den CD-Player, der noch immer in den Sonnen lag. Sie rannte zurück zu James, legte den Player neben ihm und eilte auf die Meute zu. »Ich spiele mit!«

James konnte weder Regeln noch Schiedsrichter erkennen. Alles rannte, keuchte, schoss und warf durcheinander. Und Anna mittendrin, der Stetson hüpfte auf ihrem Rücken auf und ab. Auch Mannschaften schien es bei diesem Spiel keine zu geben. James sah Annas langes, rotblondes Haar durch die heiße Luft wirbeln, wenn sie sich drehte, dribbelte und schoss oder warf. Der Stetson wirbelte mit, er baumelte jetzt vor ihrer Brust. Sie hatte die Regeln anscheinend sofort begriffen, es gab einfach keine! Manchmal fiel ein Tor und alle jubelten. Sogar die Gegner! Anna schoss das acht-zu-sechs-zu-vier-zu-zwei oder drei. Sie riss die Arme hoch. »Tooor!« Sie fiel auf die Knie und reckte die Fäuste in den Himmel. So, wie es die Fußballspieler in der Heimat immer taten. »Tooor!« Die Eingeborenen sahen Anna nur verständnislos an.

Das Spiel ging schon längst weiter, Anna hatte den Anpfiff verpasst, sie sah aber keine Gelbe Karte. James musste lächeln. Er würde gern mitspielen, aber er fühlte sich noch zu schwach.

Halbzeit.

»Fligga, fligga!«, schrien die Leute im Chor und fuchtelten mit den Armen in der Luft herum. »Fligga, fligga!«

Anna verstand falsch. »Ticka, ticka! Etwas zu trinken haben wir uns jetzt verdient!«

Die Eingeborenen verschwanden wild gestikulierend im Unterholz. »Fligga, fligga!«

Völlig verschwitzt lief Anna zu James. »Halbzeit, sieben zu sechs für uns, es ist ein harter Gegner, aber wir werden gewinnen!«

»Wieso sieben zu sechs?«, brummte James, »es gibt doch gar keine Mannschaften!«

Anna setzte sich neben James in die Nadeln. »Wieso? Wir führen! Die Mannschaft des Medizinmannes verliert, wir führen sieben zu sechs!«

»Ich erkenne in diesem Spiel kein System, es spielt doch jeder gegen jeden!«

»Du hast das Spiel nicht begriffen, ihr Amerikaner kennt aber auch nur Baseball oder Eishockey.«

»Fligga, fligga!«, riefen die Eingeborenen aus dem Unterholz heraus.

»Ticka! Die sollen etwas zu trinken bringen, was meinen die eigentlich mit *fligga*?«

Als Anna den Schatten sah, war es schon zu spät.

Der kleinbusgroße Seeadler schlug seine langen, spitzen Krallen in Annas Lederjacke. Der Adler schlug mit den Flügeln, kreischte erregt und startete durch. Anna kreischte überrascht auf und schlug mit den Händen nach den Beinen des Tieres. Ihre Beine schliffen über den Nadelboden und knallten mit einem lauten *Boiiing* gegen den großen Kupfertopf, sie schrie vor Schmerz auf.

Der Adler gewann an Höhe, triumphierend kreischte er auf. Zwei Meter! Anna versuchte verzweifelt, das Federvieh abzuschütteln. »Hilfe, warum hilft mir denn niemand? Hilfeee!«

»Fligga, fligga!«, rief der Chor aus dem schützenden Urwald. »Fligga, fligga!«

James riss entsetzt die Augen auf, sprang auf die Beine und versuchte den Adler, der Anna am Haken hatte, zu verfolgen. Die Welt drehte sich, er war noch völlig entkräftet, seine Beine waren wie Gummi.

James, hörte er seine Mutter, *wenn du etwas im Leben erreichen willst, dann musst du dafür kämpfen! Schon allein, weil du schwarz bist! Schwarze haben es in dieser Welt besonders schwer! Du weißt doch, dass Nigger in unserer Gesellschaft nicht besonders erwünscht sind!*

Doch hier ging es nicht um Rassenwahn oder Nigger, es ging um Anna, James musste sie retten! Er riss sich zusammen und taumelte dem Adler, der langsam aber sicher an Höhe gewann, hinterher. Anna zappelte in zwei Meter Höhe über dem Boden, James strauchelte, sprang aber sofort wieder auf. Drei Meter, der Adler gewann weiter an Höhe!

Du weißt doch, dass Nigger in unserer Gesellschaft nicht besonders erwünscht sind!

James sprang. Er erreichte mit seinem gesunden Arm Annas linken Fuß und krallte sich fest. Der Adler verlor an Höhe. Anna strampelte mit dem rechten Fuß nach dem linken. »Hör auf zu zappeln, ich hab dich!«, brüllte James aus voller Kehle.

Durch das zusätzliche Gewicht taumelte der Adler, er kreischte auf und gewann aber langsam wieder an Höhe. Seine gewaltigen Schwingen pflügten durch die Luft, James hing wie ein nasser Sack an Annas Fuß.

Vier Meter!

Der Adler gewann trotz James' zusätzliches Gewicht weiter an Höhe.

»Anna, tu was!«, brüllte James.

Anna entsann sich des gefundenen Stocks, der im Ärmel der Lederjacke steckte, sie zog ihn heraus.

Der Adler sah seine Felle davonschwimmen und hackte mit seinem spitzen Schnabel nach James' Hand. James schrie auf, als der Adler die beiden rechten Finger aus seiner rechten Hand riss, er ließ aber nicht los.

Der Adler verschlang die Finger, er schrie triumphierend auf.

James krallte sich trotz der Schmerzen weiter an Annas Bein.

Anna schlug mit dem Stock gegen den Schnabel des Federviehs, der Adler kreischte noch lauter.

Anna sah die Redwoodbäume näherkommen, noch acht oder neun Meter. Der Adler stieg nicht mehr auf, sondern er taumelte durch die Luft.

Anna stieß den Stock in den Unterkörper des Federviehs. Sie war überrascht, wie leicht der stumpfe Stock in den Leib des Adlers eindrang. *Was ist das für ein Stock?* Rotes Adlerblut spritzte in Annas Gesicht, sie kniff die Augen zusammen. Der Adler schrie schmerzhaft auf und sackte wie ein Flugzeug in einem Luftloch ab. Der rechte Ärmel der Lederjacke riss. Anna kreischte wieder auf, sie hing jetzt schief in der Luft. Der Adler versuchte verzweifelt, sich in die Luft zu schrauben, sie stieß noch einmal zu, der Stock verschwand fast völlig in dem massigen Körper, ein neuer Schwall roten Blutes überflutete sie.

Der Adler taumelte durch die Luft wie eine angeschossene Taube, er knallte mit dem Schnabel an einen mächtigen Baum und blieb stecken, Anna schlug schmerzhaft gegen die Rinde. Erschrocken flitzten zwei dackelgroße Eichhörnchen davon.

Der Vogel pumpte seinen Lebenssaft auf Anna, die noch immer kreischte.

James ließ Annas Fuß los und fiel schreiend in die Tiefe!

Dem Adler verließen die Kräfte, er ließ Annas Jacke los, Anna gehorchte keifend der Erdanziehungskraft.

Aber nur zwei Meter, Anna landete weich auf James' Bauch. Der schrie auf.

Die Eingeborenen strömten aus dem Wald.»Fligga, fligga!«

Anna sah James' schwerverletzte Hand.»Kümmert euch lieber um seine Hand, ihr Hornochsen! Der Mann verblutet gleich!«

»Jogga, jogga!« Die Eingeborenen kamen herbei, einer trug schon die berühmte Kokosnussschale mit der Salbe unterm Arm. Vier weitere holten die Leiter aus der Reservatenkammer und kletterten hintereinander zu dem Vogel in die Höhe, um ihn zu sezieren. Sie rissen ihn mit bloßen Händen auseinander.

»Flascha, flascha! Kocka, kocka!«

James stöhnte schwer auf.

Anna begutachtete den Schaden, der Ringfinger und der kleine Finger der rechten Hand waren blitzsauber abgehackt.

Der Medizinmann murmelte heisere Beschwörungsformeln, als er die verstümmelte Hand mit der Salbe einrieb. Er wickelte auch Bananenblätter um die Wunde. Anna konnte James' Hand nicht mit der Mullbinde umwickeln, diese hatte sie schon für den linken Arm aufgebraucht.

Sie verschnürte die Bananenblätter mit Baststricken, die ihr der Diener gegeben hatte, der Boss gab ein paar heisere Befehle, die Diener legten James in den Schatten.

Anna sah den Medizinmann an.»Wischi, wascha!« Sie musste das Adlerblut aus ihrem Gesicht waschen, es klebte unangenehm, wie Honig. Der Boss schaute sie verständnislos an. Anna versuchte es mit Pantomime. Sie rieb sich mit den Händen durchs blutverschmierte Gesicht.

»Ah! Hogga, hogga!«

Der Boss führte Anna zwischen die Bäume, sie folgte ihm gespannt. Sie sah aber keine Reservatenkammer, da war nichts. *Wo holen die all die Sachen her?*

Der Boss führte Anna auf einen ausgetretenen Pfad tiefer in den Dschungel hinein. Die Insekten suchten das Weite, sobald sie die Salbe rochen. Nach etwa hundertfünfzig Metern erreichten sie einen kleinen seichten Bach, der friedlich vor sich hin plätscherte. »Hogga, hogga!« Scheinbar hieß *hogga* nicht nur Höhle, sondern auch Bach, vielleicht hatten sie für Bäche keine anderen Worte gefunden.

Anna schälte sich aus den blutbesudelten Klamotten. Der Boss schaute zu. »Verpiss dich, du Spanner, du bist pietätlos, so etwas macht man in unserer Enterprise nicht!«

»Nogga, nogga! Ticka, ticka!« Der Boss deutete auf den Bach.

»Du meinst, ich darf das Wasser nicht trinken?«

»Nogga, nogga, ticka, ticka, giffa, giffa!« Der Boss deutete das internationale Zeichen für Trinken an, dies schien tatsächlich in allen Welten zu gelten.

»Ah, giffa, giffa«, meinte Anna. »Das Wasser ist vergiftet? Danke, mein Junge, ich hätte beinahe davon getrunken, ich habe so einen Durst.«

»Nogga, nogga, ticka, ticka!« Der Eingeborene verschwand. »Tuppa, tuppa!«

»Hol du Salbe, ich muss jetzt erstmal baden.« Anna ging das mit Moos bewachsene, seichte Ufer hinunter und hielt einen nackten Zeh ins Wasser, das Wasser war angenehm warm. Sie tauchte in den Bach, der etwa einen Meter tief war, ein. Anna wusch sich zuerst das Haar, das Stirnband gleich mit. Dann nahm sie sich die lange Unterwäsche und die Lederklamotten vor. Und den Stetson, der auch mit Blut besudelt war. Anschließend legte sie sich in voller Länge in den Bach, klammerte sich an einer Wurzel fest und schloss die Augen. Das Vogelgezwitscher und die süßen Düfte machten sie schläfrig, sie döste ein. *Was ist, wenn's hier Piranhas oder irgendwelche anderen annafressenden Fische gibt?*

Es machte bumm,
es machte bumm,
und dann waren alle dumm!

Verwirrt schlug sie die Augen auf. Der Troll, weiße Nase. Er stand etwa einen Meter von ihr entfernt im Bach, das Wasser reichte ihm nicht ganz bis zur Brust. Er lüftete seinen nach oben offenen, giftgrünen Zylinder, stach mit seinem grünen Zauberstab in die Höhe und sprang auf und ab. Er grinste sein wölfisches Grinsen. Das Wasser spritzte bis zu Annas Kopf. Die weiße Nase und kreischende Pumuckl-Stimme bedeuten, dass der Troll gut war.

»Was meinst du damit?«

Es kam ein großer Blitz,
es kam ein großer Blitz,
das ist kein Witz!

»Du meinst eine große Explosion?«

Atomar,
Atomar,
das ist wahr!

»Ein Atomkrieg hat diese Welt zerstört? Und diese Menschen sind die letzten Überlebenden?«

Rote Nase. »So wird es euch auch ergehen!«, grollte die Laubrasselstimme.

»Quatsch keine Opern, erklär mir mal lieber, wie ich wieder zurückkomme!«, verlangte Anna.

Da war ein Blitz,
da war ein Blitz,
das ist kein Witz!

Weiße Nase, der Zwerg löste sich mit einem lauten *Plopp* in der Luft auf.

Anna erwachte, der Boss kam mit der Wundersalbe zurück. *Immer wenn ich den Troll sehe, dann ist niemand dabei*, dachte sie enttäuscht.

»Tuppa, tuppa!«, krähte der Boss mit seiner kehligen Stimme.

»Jagga, jagga!«, antwortete Anna. Sie stieg aus dem Bach und wartete fünf Minuten, bis der seichte Wind die Haut einigermaßen getrocknet hatte. Die lästigen Insekten wagten sich nicht einmal in die Nähe der Schale, die der Buschmann neben ihr gelegt hatte. Der Medizinmann schaute zu, Anna cremte sich ein und stieg in die nassen Klamotten. »Noch nicht einmal einen Wäschetrockner haben die hier«, sagte sie und folgte dem Boss, der sie verständnislos anschaute.

Wieder zurück, sah sie nach James, der im Schatten friedlich schlief. Anna schaute zu den Sonnen. Die große Sonne wanderte gen Westen. »Es wird schon wieder dunkel, vielleicht noch eineinhalb Stunden, wo ist nur der Tag geblieben?«

»Tagga, tagga!«, antwortete der Boss.

»Ja, tagga, tagga. Wo ist er geblieben, der Tag, seltsame Tage habt ihr hier.« Anna beschloss, einen kleinen Erkundungsspaziergang zu unternehmen. Sie verließ das Lager durch den Haupteingang, welcher in südöstlicher Richtung lag. Der ausgetrampelte Pfad war nur etwa einen halben Meter breit.

»Nogga, nogga!«, rief der Boss ihr hinterher, sie kümmerte sich nicht darum.

Anna tauchte in den Dschungel ein, schon nach dreißig oder vierzig Metern stieß sie auf eine Abzweigung, sie drehte sich um. Der Eingang war schon nicht mehr zu sehen, sie war eine leichte Kurve gelaufen. Es ging nur geradeaus oder links weiter, Anna entschied sich für links, Richtung Osten. Das Kreischen, Summen und Brummen war außerhalb des Lagers deutlicher zu hören, Anna versuchte das Getöse zu ignorieren und lief eine seichte Linkskurve Richtung

Osten. Rechter Hand sah sie einen dichten Tannenwald, zwischen den Tannen waren riesige Spinnennetze gespannt. Sie blieb stehen, die Netze maßen sicherlich zehn Quadratmeter. Sie hob einen Stock vom festgetrampelten Lehmboden und warf ihn in eines der Netze. Sofort schnellte eine dackelgroße Spinne aus dem Versteck und sprang auf den Stock zu. Anna erschauerte. »Mann, oh Mann.« Sie war im Begriff, weiterzugehen, als die mindestens fünf Meter (die etwa zwanzig Zentimeter langen Haare darauf sahen aus wie Messer), lange Zunge auf die Spinne zuschnellte und sie aus deren Netz riss. Die Zunge und die Spinne verschwanden in irgendeinem Maul. »Sag wenigstens Danke!«, rief sie dem unbekannten Tier, welches sie nicht sehen konnte, zu. Anna beschleunigte die Schritte, sie hatte nicht vor, den Besitzer der Zunge kennenzulernen.

Nach etwa hundert Metern vollzog der Weg einen Neunzig-grad-Knick, Anna überlegte, ob sie weitergehen oder umkehren sollte. Sie entschied sich fürs Weitergehen. Der Weg kam ihr bekannt vor, rechts musste der Bach, in dem sie gebadet hatte, fließen. Erst lief sie eine Weile geradeaus, dann eine leichte Biegung nach links, dann kam auch schon der Abzweig, eine fast Neunzig-grad-Kurve. Anna entschied sich zugunsten der Kurve. Schon nach zwanzig Metern kam der Bach, sie überquerte ihn und folgte einer scharfen Rechtskurve. Nach etwa dreißig Metern folgte ein erneuter Abzweig, Anna entschied sich für links. Ein süßer Duft zog durch ihre kleine Nase, Orchideen! Sie blieb stehen und drehte sich nach rechts. Dort wuchs tatsächlich ein Orchideenfeld! Anna sah Tausende, Hunderttausende riesige Orchideen, die in allen nur erdenklichen Farben schillerten. Tellergroße, bunte Schmetterlinge flatterten vergnügt durch die Luft und bestäubten die Pflanzen. Bienen, Hummeln, Libellen und völlig unbekannte Flugtiere summten und brummten durch die süße Luft. So eine Farbenpracht hatte Anna noch nie gesehen. »Mami, Mami, wenn du das sehen könntest, ist das schööön, so wunderschööön«, seufzte sie und trat an das Feld heran, um eine der Blumen zu pflücken. Sie hielt die Blume zwischen den Fingern, sie fühlte sich *lebendig* an. »Seltsam.«

Plötzlich überfiel Anna Panik, sie machte abrupt kehrt, warf die Orchidee, die gerade in ihre Hand zu beißen versuchte, weg und rannte zurück. Sie sprang mit einem Satz über den Bach und rannte keuchend bis zum Abzweig, dann blieb sie schnaufend stehen.

»Orchideen, die beißen, in dieser Enterprise ist aber auch nichts unmöglich?« Sie lüftete den Stetson und wischte Schweiß unter dem Schweißband ab. »Warum hatte ich plötzlich so eine Angst? Soll ich weitergehen, oder umkehren? Der Wald scheint ja doch gefährlicher zu sein, als ich angenommen habe?«

Der Troll mir roter Nase platzte aus der Luft, lachte meckernd und zeigte mit seinem grünen Stab Richtung Rückweg, dann verschwand er wieder, er schien woanders eine Baustelle zu haben.

Anna entschied sich weiterzugehen, sie hatte noch genügend Zeit, bis es dunkel wurde, außerdem war sie fürchterlich neugierig, den Panikanfall hatte sie schon vergessen.

Die Trampelpfade waren in einem ausgezeichneten Zustand, die Eingeborenen schienen sie gut zu pflegen.

Anna folgte einer lang gezogenen Linkskurve, rechter Hand hatte ein Mischwald das Orchideenfeld abgelöst. Eichen, Ahorn, Kastanien, Linden, Ulmen, alles stand wild durcheinander. Zumindest sahen die Bäume so *ähnlich* wie *ihre* aus. Linker Hand stand der vertraute Redford-Wald. Die schon vertrauten Käfer flogen auf der Jagd nach Abendessen durch die laue Luft, riesige Affen schwangen sich kreischend durch die Wipfel der Bäume. Anna sah auch große meisenartige Vögel, die ihrerseits Jagd auf die Käfer machten. Und die allgegenwärtigen Spinnen. Aber sie fühlte sich auf dem Pfad sicher, sie vermutete, dass sie, wenn sie den Wald betreten würde, nicht mehr lange zu leben hätte, in den Wäldern wohnten bestimmt nur Monster und Kobolde, der Troll reichte. Anna musste an die lange Zunge, welche die große Spinne aus ihrem Netz gefischt hatte, denken.

Nach etwa zweihundert Metern vollzog der Weg einen erneuten Neunzig-grad-Knick nach Norden. Rechts befand sich noch immer der Mischwald, sie folgte dem Weg. Schon nach fünfzig Metern erschien der nächste Abzweig, eine Neunzig-grad-Kurve in Richtung Westen und ein schmalerer Weg, der tiefer in den Mischwald hinein führte. Den wollte sie dann doch nicht gehen. »Eine Wegelagerei ist das.«

Nebel zog von Südwest auf.

Anna entschied sich für den breiteren Weg nach Westen, sie hatte die Hoffnung, das Camp umrunden zu können. Rechts sah sie ihr völlig unbekannte Bäume. Diese gab es in ihrer Enterprise nicht. Vermutete sie mal. Dieser Wald schien unbewohnt zu sein, sie sah nicht ein Tier. Links noch immer Redford. Nach fünfzig Metern vollzog der Pfad schon wieder eine Neunzig-grad-Richtungsänderung. Der rechte, schmalere Pfad führte tiefer nach Norden in den scheinbar toten Wald hinein, der linke führte nach Süden.

»Mit den Kurven haben die's hier aber, wenn mein Orientierungssinn richtig funktioniert, dann müsste ich gleich die Westseite des Lagers erreichen. *Wenn die Richtungen in dieser Enterprise stimmen.*« Anna bekam wieder ein bisschen Schiss, hoffentlich hatte sie sich nicht verlaufen.

Der Nebel wurde dichter.

Anna nahm den Weg nach Süden, schon nach zwanzig Metern der nächste Abzweig. »Mit der Abbiegerei haben die es hier aber wirklich.« Anna ging rechts und folgte einer lang gezogenen Linkskurve. Links ein großes Farnfeld, mit riesigen, mindestens sieben, acht Meter hohen Farnen. Sie stoppte nach zwanzig Metern, der Weg kam ihr unheimlich vor, rechts stand ein Buchenwald, in dem unheimliche dunkle Schatten umherhuschten. Die Schatten waren so schnell, dass Anna nicht erkennen konnte, *was* da hin und her huschte. Außerdem wurde der Nebel stetig dichter. Er waberte um die Bäume wie ein verschwommenes Leichentuch. Sie atmete keuchend aus, kehrte auf dem Absatz um und rannte zu dem Abzweig zurück. Vorsichtshalber zog sie den Holzstock aus dem Ärmel ihrer Lederjacke.

Der Wind frischte auf, er strich sanft durch die Kronen der hohen Redwoodbäume, die links wuchsen. Sie hütete sich, den Pfad zu verlassen.

Anna beschleunigte ihre Schritte, sie bereute es mittlerweile, dass sie das Lager allein verlassen hatte, vielmehr, dass sie das Lager *überhaupt* verlassen hatte. »Ich kann aber auch nicht hören«, murmelte sie leise. Das Farnfeld begleitete sie. Wieder zählte sie die Schritte mit, nach siebzig Metern machte der Pfad einen Fünfundvierzig-grad-Knick, im Feld hörte sie ein leises Flüstern, Rascheln und Raunen. Sie beschleunigte wieder, rannte fast schon. Abrupt hörte das Farnfeld auf, sie atmete erleichtert auf. Links befand sich wieder ein Mischwald, in diesem Wald war es völlig still, totenstill. Sie sah nach rechts und erschrak. Der Buchenwald! Die umherhuschenden Schatten kamen näher, sie flitzten von Baum zu Baum, wie schattenhafte Affen. Dies waren aber keine Affen, sondern ... ja was denn? Schattenmenschen?

Anna begann zu rennen.

Der Nebel wurde noch dichter, der leichte Wind konnte ihn nicht vertreiben, er hing wie nasse Watte zwischen den Ästen und Stämmen.

Nach siebzig Schritten stieß sie auf eine Kreuzung, rechts zu gehen war unmöglich, der schmalere Pfad führte tiefer in den Geisterbuchenwald hinein. Der Weg geradeaus führte nur noch weiter vom Lager weg, Anna rannte links. Nach hundert Metern blieb sie mit Herzklopfen keuchend stehen, sie hatte Seitenstiche. Sie stützte sich auf den Knien ab und schnaufte tief durch.

Mittlerweile hatte die Dämmerung eingesetzt, war sie schon so lange unterwegs? Anna roch Sumpf, vermodertes Laub und Gestrüpp. Und Aas!

Der Nebel wurde undurchdringlich, er kroch wie eine weiße Wand vom Sumpf her auf sie zu.

Anna begann zu bibbern, sie fror mit einem Mal. »Mami, wenn ich hier lebend rauskomme, gehe ich nie wieder allein in den Wald, das schwöre ich dir!« Von links aus dem Mischwald hüpften katzengroße, feuerrote Frösche heran, überquerten den Pfad und verschwanden im Sumpf. Anna sprang erschrocken zurück. Aus dem Sumpf erklangen brüllende und fauchende Geräusche, etwas Riesenhaftes, durch den schemenhaften Nebel kaum zu Erkennendes kroch behände in ihre Richtung. Anna starrte in den Sumpf. Ein Krokodil, nein ein Monster kroch heran! Das Krokodil war mindestens doppelt so groß wie ein vergleichbares Exemplar in *ihrer* Enterprise. Zumindest der Kopf, den sie erkennen konnte. Sie sah sich um, die Schatten aus dem Buchenwald huschten auch heran! In der Dämmerung schienen alle Bewohner des Dschungels ihre Löcher verlassen zu haben, um auf Beutezug zu gehen. Und Anna war die beste Beute. Sie schrie verzweifelt auf und gab Fersengeld, der Stetson flog in ihren Nacken, das lange Haar wehte im Fahrtwind.

An der Südwestseite des Lagers vollzog der Weg schon wieder eine Richtungsänderung, eine Hundertachtzig-grad-Kurve führte den Weg wieder vom

Lager weg. Anna schaute sich panisch um, das Krokodil und die Schatten kamen näher. »Ich bin doch höchstens was für 'n hohlen Zahn für euch!«, kreischte sie und rannte weiter. Die Verfolger interessierte das Ganze nicht, sie kamen hurtig näher. Der Pfad führte jetzt leicht links, Richtung Lager. Nach fünfzig Schritten kam schon wieder eine Einmündung. Anna erkannte anhand der feuerroten (die scheinbar leuchteten) Bäume, dass dies der Weg war, den sie vor nicht langer Zeit als Gefangene beschritten hatte. Sie ließ den Weg rechts liegen und rannte weiter.

Der Weg führte in einem weiten Bogen in Richtung Süden, dann ging es schnurgerade weiter. Mittlerweile war es fast völlig dunkel, der Nebel wurde lichter. Mehr Monster krochen aus dem Wald, albtraumhafte Geschöpfe, die Anna vielleicht aus irgendwelchen Zukunftsfilmen kannte. Sie schaute sich nicht mehr um, sie rannte um ihr Leben. Zum Glück kamen die Monster von hinten und nicht von der Seite oder von vorn. Anna stolperte über eine Wurzel und fiel, sie schrie auf und umklammerte den Stock wie einen Rettungsanker. *Wo kommt denn jetzt eine scheiß Wurzel her?*, fragte sie sich, als sie auf dem ausgetretenen Weg landete.

Der Sturz rettete Anna das Leben! Ein Schatten flog über ihr hinweg und krachte gegen einen Redwoodbaum, das Monster schrie schmerzhaft auf. Anna rappelte sich geschmeidig auf und starrte das Monster an. Vor ihr lag eine Mutation aus einem Menschen, einer Kröte und einer Spinne! Das Monster ließ eine lange klebrige Zunge aus seinem Maul herausschnellen, die sich sofort um Annas Stiefel wickelte. Die behaarten Spinnenbeine und Arme zuckten unkontrolliert durch die Nacht.

Anna starrte schwer atmend auf die verzerrte Fratze, das Monster hatte das Gesicht ihrer Mutter, ihrer leibhaftigen Mutter! Dies war zu viel für ihre Nerven, schreiend schlug sie zu!

Der Holzstab durchtrennte die Zunge wie ein heißes Messer Butter, mit dem zweiten Hieb wischte Anna den Kopf des Monsters von den Krötenschultern. Sie kreischte verzweifelt auf und schlug noch einmal zu, der Stab durchtrennte den Menschenleib des Monsters.

Anna schaute sich verzweifelt nach den Verfolgern um, sie waren bis auf fünf Meter heran! Und sie waren schnell!

Sie rannte weiter und hatte die Hoffnung, dass die Viecher sich an den Überresten des Monsters laben würden. Die Seitenstiche brachten sie fast um, ihr kamen vor Schmerz die Tränen, sie musste aber weiterrennen! Sie lief wieder einen kleinen Vorsprung heraus. Nicht viel, vielleicht zehn Meter.

An der Südseite des Lagers endete der Pfad abrupt. Anna prallte gegen einen Redford-Baum, sie schrie erneut auf und sah für ein paar Sekunden Sterne. Irritiert schaute sie sich um, sie war in eine Falle gelaufen! Und die Monster kamen näher, Anna hörte das Trampeln auf dem Lehmboden. Weinend sank sie gegen den Baum. »Warum hilft mir denn niemand? Troll, wo bist du? Strubbel? Mamiii!«, rief sie in den dunklen Himmel. Sie sah sich hektisch um, es musste doch einen Ausweg geben! *Es gibt immer einen Ausweg, Anna, du musst ihn nur suchen.* Sagt ihre Mami stets.

Der Nebel war verschwunden.

Die Monster waren fast heran, vielleicht noch drei oder vier Meter.

In ihrer Verzweiflung kramte sie den CD-Player aus der Tasche, drückte auf *Play* und hielt den Monstern die Kopfhörer entgegen. Sie drehte die Lautstärke voll auf, *Motörhead* begann zu dröhnen. Die Monster verharrten und verzogen die Fratzen. Anna sah den rettenden Weg erst, als sie Tränen aus ihre Augen wischte. Er führte im Hundertvierzig-grad-Winkel in südöstlicher Richtung tiefer in den Urwald hinein. »Scheiße, da geht's weiter!« Anna sprang auf und rannte weiter, den Player hielt sie hinter sich in Richtung der Monster, die änderten ihre Taktik, sie brachen durch das Unterholz, um ihr den Weg abzuschneiden. Anna schlug mit dem Stock um sich und rannte um ihr Leben. »Das ist verboten!« Ein spinnenartiger Mensch stellte sich ihr in den Weg und grinste sie triumphierend an. Mit einem unmenschlichen Schrei schlug Anna mit dem Stab zu. Das Monster starrte sie erstaunt an, bevor der Kopf in die Bäume einschlug. »Das ist nicht verboten!« Sie sprang über die Überreste des Monsters hinweg, sah sich um und rannte weiter. Einige der Monster fielen über ihre toten Kameraden her, andere verfolgten sie weiter.

Die Monster wurden vorsichtiger, sie schienen vor dem Stock und *Motörhead* Respekt zu haben.

Keuchend, mit wild pumpenden Lungen und mit fürchterlichen Seitenstichen erreichte Anna eine Neunzig-grad-Kurve, die nach Südosten führte, so hoffte Anna. Sie rannte weiter und sah rechts den vertrauten Tannenwald, den sie zuerst entlang gegangen war. »Hoffentlich ist das der Scheißwald!«, keuchte sie.

Nach zweihundert Schritten endete die Kurve, aus dem Wald kam fürchterliches Gebrüll, zum Glück etwas weiter entfernt. Anna erreichte die Biegung, die sie zuerst genommen hatte. Endlich! Sie war einmal um das Lager herumgelaufen, verfolgt von Monstern und menschenfressenden Orchideen, wenn das Mama wüsste! Sie hechelte verzweifelt weiter, ihre Lungen pumpten wie eine Teichpumpe.

Endlich erreichte sie den Eingang des Lagers, die Monster zehn Meter im Schlepptau, das Krokodil allen voran. Ausgepumpt und erschöpft schaltete Anna den CD-Player aus und sank zu Boden. Sie war gerettet!

Doch der Albtraum war noch nicht zu Ende, die Monster stürmten das Lager!

Der Boss und einige Genossen eilten herbei. Sie steckten sich kleine Stäbe – die jenen ähnelten, mit dem der Boss die Lederjacke hatte kaufen wollen –, in den Mund und bliesen hinein.

Die Wirkung war verblüffend.

Anna hörte nicht einen Ton, die Monster aber wohl, sie verließen fluchtartig das Lager. Die Ultraschallbehandlung schienen sie nicht zu vertragen. Vier Buschmänner mit gezückten Speeren eilten hinterher.

»Wassa, wassa?«, keuchte der Boss.

Anna setzte sich schwer atmend auf und lehnte sich an die Beine eines Stammesbruders. Sie hob den Arm, in dem sie noch den Stock hielt und vollzog in der Luft einen Kreis. »Ich wollte doch nur einen Spaziergang um das Camp machen, du hättest ja mal etwas sagen können, sozusagen sagga, sagga!« Anna erinnerte sich an die letzten Worte des Medizinmannes. *Nogga, nogga!* »Entschuldigung, du hast mich ja gewarnt, ich habe nicht darauf geachtet, ich kann doch so schlecht gehorchen, aber ich wollte mal sehen, wie ihr hier so lebt.«

»Tana, tana?«, fragte der Boss und zeigte mit seinem Speer nach Osten. »Tanja, wer ist Tanja? Jagga, jagga!« Anna nickte mit dem Kopf. Eine Tanja sollte in ihrem Leben noch eine große Rolle spielen.

Der Boss schlug die Hände wie Witwe Bolte (die ihren toten Hahn auf dem Misthaufen entdeckt hatte), vor die Wangen, und jaulte auf wie ein hungriger Wolf. Seine Brüder fielen in sein Heulen ein.

Der Boss zeigte in Richtung Nordosten. »Orha, orha?«

Anna wusste nicht, was *orha* zu bedeuten hatte, sie nickte.

Der Boss und seine Stammesbrüder fielen auf die Knie und jaulten lauter. Der, an dessen Beine Anna lehnte, blieb stehen.

Der Boss zeigte nach Norden. »Tota, tota?«

Anna hatte keinen Schimmer, was er meinte, nickte aber.

Der Boss und seine Brüder warfen die Arme in die Höhe und jaulten los wie Feuersirenen.

Der Boss zeigte von Nordwest nach West. »Schat, schat?«

Das konnte Anna deuten, er meinte mit Sicherheit die Schatten in den Bäumen. Sie nickte heftig, sodass das Stirnband vor die Augen rutschte, mit einer fahrigen Bewegung zog sie es wieder hoch.

Die Eingeborenen heulten heisere Beschwörungsformeln.

Der Boss zeigte nach Südwesten. »Summa, summa?«

Anna hatte keinen blassen Schimmer, nickte aber.

Die Eingeborenen kippten um und heulten den kleinen Sonnenmond an.

Der Boss stand auf und strich Anna übers Haar. »Kogga, kogga?«

»Ich habe keine Ahnung, was du meinst, wo ist James, schläft er noch? Was gibt's zum Abendessen?«

Niederkunft

Anna wusste am folgenden Morgen nicht mehr, wie sie in ihr Bett – Hängematte – gelangt war. Zum Abendessen hatte es Adlersuppe gegeben. Zur Adlersuppe reichten die Eingeborenen ein Getränk, welches sie *schnappa* nannten. Das Gesöff machte sie schwindelig, irgendwann schwankte sie wie ein Seemann im Wind. Dann war mit einem Mal nur noch Dunkelheit.

Sie stöhnte laut auf. James – wie war der in die Matte gekommen? –, stöhnte ebenfalls.

»Morgen Anna, wenn wir noch weiter in dieser Ebene bleiben, dann werde ich ein Wrack! Erst zerpflücken mich die Monster, dann der Adler. Ich glaube, ich werde alt. Ich bin Geheimagent, das darf mir doch nicht passieren?«

»Mach dir mal nicht in die Hose, ich bin ja bei dir, außerdem gelten in dieser Enterprise andere Gesetzte. Der Troll war gestern wieder da, er sagte, dass diese Welt durch eine Atomexplosion zerstört wurde. Und dass es in unserer Ebene auch passieren wird.« Anna erzählte vom Troll und ihrem *Spaziergang* durch den Wald.

»Wieso? Ist doch niemand mehr da, der den berühmten Knopf drücken könnte.« James ignorierte die Monster aus dem Wald, so gefährlich konnte es nicht gewesen sein.

»Das hat der Troll aber gesagt, mit roter Nase und Laubrasselstimme, also stimmt es«, bestimmte Anna.

»Vielleicht will der keine Scheißer dich nur verarschen? Ich meine, so ein Troll ist ja auch nicht immer toll«, versuchte James einen Scherz. Er schaute in Annas blassblaue Augen und er wusste, dass sie es im Ernst meinte, sie schaute so *wissend* drein.

»Wie geht es deiner Hand und deinem Arm?«, wechselte Anna das Thema.

»Der Arm ist schon fast wieder der Alte, meine Hand heilt gut, sie tut nicht einmal mehr weh. Die Salbe ist 'ne echte Wundersalbe. Mit den beiden verlorenen Fingern muss ich wohl leben, leider ist es die Schusshand, ich muss demnächst mit links schießen, ich werde wohl lange üben müssen.«

»Auf *wen* willst du denn noch schießen? Außerdem hast du keine Waffe mehr.« Anna überlegte eine Weile. Sie wusste nicht so recht, ob sie James das erzählen sollte, schließlich entschied sie sich dafür. »Wir haben deine Finger aus dem Magen des Adlers gerettet, ich habe versucht, sie mit der Wundersalbe anzukleben. Ich dachte, es funktioniert, die Salbe scheint ja fast alles zu können. Aber *das* ging nicht. Der Guru versuchte, deine Finger doch tatsächlich in die Adlersuppe zu packen, als Zutat sozusagen, aber nach meinem Protest hat er es sich dann anders überlegt. Ich habe sie feierlich begraben. Willst du das Grab sehen, ich kann's dir zeigen?«

»Danke! Meine Finger in einer Adlersuppe, das fehlte auch noch, diese Barbaren! Dieser Medizinmann scheint ja auf dich zu hören?«

»Er hat noch nie – oder schon lange nicht – ein weibliches Wesen gesehen, er hat auch noch nie Haare gesehen, zumindest scheint es lange her zu sein. Er meinte gestern Abend, ich sei etwas Besonderes.« Anna quälte sich aus der Matte, ihr rotblondes langes Haar wurde von den Morgensonnen durchflutet.

»Du hast ja die ganze Zeit gepennt. Jetzt wäschst du dir erstmal das Blut vom Körper, hier in der Gegend ist ein Bach, die Leiter steht schon.«

Ohne Schwierigkeiten kletterte James die Leiter hinunter. Die Schwindelattacken blieben aus. »Wie bin ich eigentlich gestern Nacht hier raufgekommen?«, rief er nach oben.

Anna wartete, bis James den Waldboden erreicht hatte. »Das weiß ich nicht. Ich weiß ja noch nicht einmal, wie *ich* hochgekommen bin. Zur Adlersuppe gab's schnappa, das Zeug macht vergesslich.«

»Was ist denn *schnappa*?«, fragte James, als Anna das Ende der Leiter erreicht hatte.

»Das ist so ein Getränk, davon wurde mir ganz schwindelig, irgendwann war ich dann oben im Woodstock-Baum.«

James musste lächeln, die Eingeborenen hatten Anna besoffen gemacht und dann irgendwie den Baum hochbugsiert. Alkohol gab es scheinbar in allen Welten. »Das heißt nicht Woodstock-Baum, das heißt Redwoodbaum. In Woodstock war mal ein berühmtes Konzert, obwohl es gar nicht in Woodstock war.«

»Wie, entweder es war dort, oder es war nicht dort? Anna nahm James bei der ganzen Hand. Komm, ich zeige dir den Weg zum Bach. Das Wasser ist wunderbar warm, ich schau auch nicht zu, wenn du dich auskleidest.«

Anna bemerkte einen Diener, der gerade zwischen den Bäumen hervorkam. »Komm mal hier hin, du Ringelschwänzchen, tuppa, tuppa!«

Der Melonenholer nickte und verschwand in der Reservatenkammer.

»Weshalb wiederholen die eigentlich ständig jedes Wort?«, brummelte James.

»Vielleicht haben sie schlechte Ohren.«

Der Diener kam mit einer Schale Salbe zurück und grinste Anna und James an. »Tuppa, tuppa!«

»Dacka, dacka«, erwiderte Anna. Der kleine Mann verschwand eiligst, er schien einen wichtigen Job zu haben.

»Was zum Teufel heißt denn *dacka*?«, brummelte James. Er hatte das Gefühl, gestern etwas verpasst zu haben.

»Das habe ich denen gestern Abend beim Festessen beigebracht, das soll *danke* bedeuten. Jetzt können sie ein Wort mehr sprechen.«

»Dann bedeutet *bitta* wohl bitte?«

Anna führte James in den Urwald hinein. »Das ist 'ne gute Idee. Dies kannst du heute Abend ja mal vorschlagen, dann machen wir hier so 'ne Art Schule auf.«

»Du vergisst, dass wir nicht ewig hierbleiben können, die lange Tante hat gesagt, dass das Tor nicht mehr lange geöffnet ist.«

»Ach was, wir haben noch etwas Zeit, ich würde sagen, zwei Tage. Cura Post später«, wie der Lateiner sagt.

»Woher weißt du, dass wir noch Zeit haben?«

Sie erreichten den Bach. »Ich weiß es einfach.« Anna stellte die Nussschale mit der Salbe an das Ufer. »Zieh dich schon mal aus und spring rein, ich reinige inzwischen deine Klamotten.«

»Wenn *du* das sagst.« James entkleidete sich. Er bemerkte erst jetzt, dass seine Klamotten *extrem* stanken. Er legte sie Anna vor die Füße und watete in den Bach. Seine Boxershorts behielt er am Körper.

»Pfui Deibel, wie deine Klamotten stinken!« Anna warf die Kleidung in den Bach und begann sie zu waschen. »Trinken darfst du das Wasser aber nicht, es ist verseucht, hat mir der Guru gesagt.«

»Ihr scheint euch ja gut zu verstehen«, bemerkte James brummelig, »sag mal, hast du dir schon mal Gedanken gemacht, warum diese Salbe so fürchterlich stinkt?«

»Da ist bestimmt Krötenblut mit Spinnenbeinen drin, und zermalmte Menschenknochen. Und zerhackter Käfer, oder Gehirnmasse von den Wasserläufern, garniert mit den fleischfressenden Orchideen.« Anna rümpfte die Nase. »Oder verwesendes Fleisch.«

»Scherzbold.« James wusch sich, so gut es mit seinem verletzten Armen ging, dann erhob er sich. »Haben die Gnädigste auch ein frisches Handtuch?«

»Nein, die sind alle in der Wäsche, du musst warten, bis du trocken bist. Aber erst schmier ich deine Wunden mit der Salbe ein.«

Anna band die Verbände ab und begutachtete wie ein Chefarzt die Wunden. Von den Wunden an den Händen, die er von den Scherben auf der *alten* Ebene hatte, war schon nichts mehr zu sehen. Anna schob diese Tatsache auf die Salbe. »Das sieht aber schon wieder gut aus, ich glaube, nächste Woche können wir wieder arbeiten gehen. Ihr linker Arm ist fast vollständig verheilt ...« Sie schaute James mit Chefarztaugen an und hob mahnend den Zeigefinger. »Aber es wird eine klitzekleine Wunde bleiben.«

James lachte brüllend, Affen kreischten erschrocken auf, Vögel fielen in das Gezeter ein. »Du redest wie mein Hausarzt. *Klitzekleine Wunde*, ich lach mich tot.«

Anna erhob sich und ging etwas tiefer in den Dschungel hinein. »Schmier dich schon mal ein, ich hole frische Blätter, der Guru hat mir gezeigt, von welchem Baum ich die pflücken kann.«

Zehn Minuten später war James frisch verbunden. Er klemmte seine nasse Kleidung samt Schuhe unter den Arm. »Komm, wir gehen zurück, mal sehen, was unsere Freunde zum Frühstück zubereitet haben.«

Anna nahm die Schale und schmierte sich die Haut, welche nicht mit Kleidung bedeckt war, ein. Besonders das Gesicht und den Hals. »Bestimmt wieder ticka, der Speiseplan der Buschmänner scheint ja nicht besonders reichhaltig zu sein, wenn nicht gerade ein Vogel vom Himmel fällt. Komm, wir gehen zurück in *unser* Dorf.«

Sie erreichten wenig später den Dorfplatz. »Ich bestelle bei den Dienern eine riesige Schüssel Bohnen mit Speck, dazu Toast, Marmelade, Schinken und 'ne riesige Kanne heißen Kaffee!«, rief James über den verlassenen Platz. »Nein keine Kanne, ein Zehnliterfass!«

Sie setzten sich in die Mitte des Platzes, mit dem Rücken gegen den riesigen runden Kochtopf. James schlug mit dem Kopf an den Topf. *Boiiing!* Er sprang auf. »Mensch, das ist ja Metall!« Er ging in die Knie und klopfte mit der Faust gegen den Kübel. *Klong, klong, klong!*

»Ich hatte angenommen, dass er aus Holz oder etwas Ähnlichem besteht. Dass es in dieser Ebene Metall gibt, hätte ich ja nicht gedacht.« Er kroch auf den Knien um den Pott, der etwa fünfhundert Liter fasste, herum.

»Warum soll es in dieser Enterprise kein Metall geben? Das gibt's doch sicher überall. Außerdem wusste ich dies schon, schließlich bin ich mit meinen Beinen dagegen geknallt, als der Geier mich entführt hatte.«

James war an der gegenüberliegenden Seite angelangt. »Komm mal schnell her, ich habe etwas gefunden!«, rief er.

Anna seufzte und stemmte sich in die Höhe. Sie erreichte James, der kniete (wie ein Botaniker, welcher soeben eine neue Primelart entdeckt hat), vor dem Kübel. »Hier ist ein Schild befestigt. Aus Kupfer, zumindest etwas ähnliches wie Kupfer.« James murmelte etwas vor sich hin, kratzte mit dem Fingernagel über das Schild und murmelte weiter.

Urplötzlich fiel er zurück in die Tannennadeln.

»Was ist denn, bist du vergiftet?«

»Auf dem Schild steht Schmidt & Schmidt, Baujahr drei, null, null, vier! Fertigungsnummer sieben, eins, fünf. Weißt du, was das bedeutet? Der Kübel mit der Fertigungsnummer sieben eins fünf ist im Jahr Dreitausendvier herge-stellt worden, wir sind in der Zukunft!«

Anna erhob sich. »Na und? Das bedeutet noch lange nichts, wir sind in einer anderen Enterprise, vergiss das nicht. Hier kann der Kübel in dem Jahr herge-stellt worden sein, was hat dies mit unserer Ebene zu tun?«

»Dein Wort in Gottes Ohr.« James erhob sich stöhnend.

Mit einem Mal drang lautes Geschrei aus dem Urwald. Dann brachen die Diener und zehn Kumpels aus dem Unterholz, sie rannten wild gestikulierend auf Anna und James zu. »Auffa, auffa, komma, komma!«

»Was ist denn jetzt schon wieder?«, brummte James, »in dieser Enterprise gibt's auch jede Minute etwas Neues.«

Die Eingeborenen winkten wild mit den Speeren. »Komma, komma!«

»Ich glaube, die sind in Schwierigkeiten, komm los!« Anna und James spurte-ten gleichzeitig los. »Und das ohne Frühstück«, brummte James.

Die Pygmäen kehrten um und rannten zurück in den Urwald.

»Wassa, wassa?«, rief Anna hinterher.

Einer drehte sich um. »Komma, komma!«

Anna und James folgten den Männern, sie rannten über einen schmalen Trampelpfad. Zwei Minuten später erschien eine sehr kleine Lichtung, scheinbar das Krankenhaus der Eingeborenen. Es maß etwa fünfzehn Quadratmeter, kein Bett, kein Stuhl, kein Tisch. Geschweige denn ein Schrank.

Der Medizinmann lag auf dem mit Laub gepolsterten Boden und wand sich vor Schmerzen, sein Bauch war weiter angeschwollen, er sah wie ein aufgeblähter Basketball aus. Wie der Bauch einer Frau, die kurz vor der Entbindung von Zwillingen steht. Der Boss stieß abgehackte Schreie aus, sein Körper zuckte und bebte, er schwitzte stark. Seine Kokosnusskrone lag neben ihm.

»Komma, komma!«, heulten die Männer im Chor.

Einer kniete vor dem Boss und hielt dessen Korkenzieherpenis in die Höhe, ein anderer rieb über den Bauch des Medizinmannes.

Anna starrte zwischen die Beine. Außer dem Anus sah sie noch eine Öffnung, aus dieser ragte etwas heraus. Anna ging näher heran und schaute genauer hin. Ein nackter Fuß, sie fiel mit einem Aufschrei in Ohnmacht!

* * * *

James sah, wie Anna hintenüber ins Laub fiel. Er schaute auf den Unterleib des Bosses. »Ha, ha, ha! Ich glaub, ich spinne, der Boss ist 'n Zwitter und dazu auch noch schwanger!«, brüllte er in den Wald. Und kurz vor der Niederkunft, das Baby schien falsch zu liegen, vielleicht aber auch richtig, James hatte von dieser Materie nicht die Spur einer Ahnung.

»Kitta, kitta, ziha, ziha!« Die Eingeborenen starrten James mit flehenden Augen an.

»Anscheinend habt ihr keine Ahnung, was ihr tun sollt, wenn ein Baby falsch liegt. Ich aber aucha, aucha, nicha, nicha, um es in eurer Sprache zu sagen.«

»Kitta, kitta!« Wieder dieser flehende Blick.

»Also gut, ich werde mal sehen, was ich tun kann.« James begab sich in die Knie. »Ich frage mich, was ihr tut, wenn wir nicht hier sind, schließlich ist es nicht eure erste Geburt, nehme ich mal an?«

James betätigte sich als Hebamme, die abgerissenen Finger behinderten ihn nicht bei seiner Arbeit.

Einer der Diener hielt den Korkenzieher hoch, der andere presste seine Hände auf den Bauch des Bosses.

Die anderen Eingeborenen riefen kitta, kitta, ziha, ziha im Chor und tanzten um das Op-Team Tango oder Walzer herum.

James zog an den Beinen des Babys. War es richtig, mit den Beinen zuerst? Er hatte noch nie an einer Geburt teilgenommen, er wusste nicht, ob das Baby richtig oder falsch lag, er wusste gar nichts. Deshalb zog er einfach sachte an den Beinen, während der Diener so presste, als wenn er das Baby rausschieben wolle.

Der Boss jaulte und brüllte Beschwörungsformeln.

»Mann, oh Mann, das ist aber ein Brocken«, stöhnte James. Er wusste von seiner Ma, dass er bei seiner Geburt ziemlich groß gewesen war, über sechzig Zentimeter. Aber dieser Bursche hier schien alle Rekorde brechen zu wollen. Der Boss fiel in eine tiefe Ohnmacht, James operierte weiter.

Nach einer geschlagenen Stunde hatte das Baby das Licht der Welt erblickt. James' Hände waren bis zu den Ellbogen blutbesudelt, immerhin rotes Blut.

Der Junge – was denn sonst? – war kerngesund, so weit James es erkennen konnte.

Er staunte über die Größe des Kindes. Der Junge war fast genauso groß wie die Pygmäen, vielleicht drei oder vier Handbreit kleiner. James quollen die Augen über, als er sah, dass der Junge sofort stehen und gehen konnte. »Ihr seid ja wie Giraffen oder Antilopen. Vielleicht muss es in dieser Ebene so sein, wegen der vielen Gefahren, die hier lauern?«

Die Eingeborenen jubelten wie die Menschen in James' und Annas Enterprise bei einem Lottogewinn. Der frisch geborene Buschmann jubelte mit, er bekam sogleich einen Speer in die Hand gedrückt.

Anna war mittlerweile erwacht. »Männer, die Kinder bekommen, das kann es auch nur hier geben. Und das Ganze ohne Frauen.«

James ging die Eingeborenen der Reihe nach ab und hob die verdrehten Pimmel an. Keiner der Eingeborenen hatte eine zweite Öffnung, niemand hatte eine Scheide! »Mir scheint, dass nur der Boss Kinder bekommen kann, deshalb sind auch so viele Hängematten verlassen. Ich befürchte, die Jungs sterben bald aus.«

Der Boss erhob sich und schaute James mit weißen Augen an. Die Diener verschwanden mit der Plazenta. »Dacka, dacka!«, grinste er.

»Ja, ja, ist ja schon gut, du hast mich schon zweimal mit deiner Wundersalbe gerettet. Ich gehe mir erstmal die Hände waschen, du hast viel Blut verloren, mein Junge, ich glaube, du musst dich erstmal ausruhen.«

Ein Diener kehrte mit einer Schüssel Salbe zurück, der Boss cremte sich den wunden Unterkörper ein. James nahm ihm die Schüssel aus der Hand und verschwand mit Anna im Dschungel, sie suchten nach dem Bach.

»Ich schätze, heute Abend gibt's 'ne dicke Fete«, meinte James.

»Und wir sind eingeladen«, gab Anna zurück.

Nach James' Bad und einem verspäteten Frühstück – ticka mit Tee – stiegen Anna und James in die Hängematten, um ihr weiteres Vorgehen ungestört beraten zu können. »Was hältst du davon, wenn wir morgen in der Frühe abreisen? Wir müssen so langsam zurück, wer weiß, wie es den anderen geht«, murmelte James nachdenklich.

Anna kaute auf einem Stück ticka. »Das Tor schließt sich schneller als ich dachte, morgen früh ist höchste Eisenbahn.«

»Aber du hast doch gesagt, dass wir noch reichlich Zeit haben!«

»Ich habe nicht gesagt, dass wir noch *reichlich* Zeit haben, sondern *etwas*. Etwa zwei Tage. Der heutige Tag ist fast schon wieder zu Ende, dann sind wir schon über zwei Tage hier. *Diese* Tage hier. Und ich weiß nicht, wie lang hier ein Tag ist, zehn, elf Stunden? Vielleicht vierzehn, aber mit Sicherheit keine vierundzwanzig«, verteidigte Anna sich.

»Also gut, morgen reisen wir ab, hast du deine Koffer schon gepackt?«

»Klar«, murmelte Anna verschlafen.

Das ungleiche Paar döste in den Mittagssonnen ein.

In der Ferne erklang ein grauenvoller Schrei.

* * * *

»Wacha, wacha, auffa, auffa! Kocka, kocka! Komma, komma!«, riefen die Eingeborenen aufgeregt.

Anna reckte sich und rieb mit einer Hand über ihre Augen. »Wir sollen kommen, sie haben etwas für uns gekocht.«

»Dann wollen wir mal sehen, was es Schönes gibt.« James machte sich an den Abstieg. Anna wartete, bis er unten angekommen war, dann folgte sie ihm.

Die Untergehsonne stand schon merklich tiefer, Anna schätzte, dass es in zwei Stunden dunkel werden würde. Was man in dieser Enterprise so Dunkelheit nennen sollte. Die kleine Sonne verhinderte eine anständige Nacht.

James stand schon am Kochtopf und hielt seine Nase über die Kochschwaden. Anna fragte sich, wie die kleinen Menschen Feuer entfachten. Sie kam in Versuchung, denen ihr Feuerzeug zu zeigen, verwarf das Vorhaben aber schnell. Dies würde die Lütten nur verwirren.

»Das riecht aber gut, wie bei Muddern«, schwärmte James. Er tauchte die Holzkelle, die auch zum Umrühren verwendet wurde, in die Suppe, welche einer Gulaschsuppe ähnelte.

Der Boss hielt ihn zurück, er streckte drei Finger in die Höhe, für Zahlen schienen die Buschmänner keine Worte zu haben.

»In drei Stunden also, wenn deine Zeichen drei Stunden bedeuten«, brummelte James.

Anna schaute in die Runde, jeder der einundzwanzig Dorfbewohner war versammelt. Sie freuten sich auf das Festmahl wie kleine Kinder.

Kinder? Anna stutze. Die Indianer müssten seit heute Morgen doch zweiundzwanzig Einwohner sein. Sie zählte durch, was einfach war, denn die Eingeborenen saßen um den großen Kessel herum und palaverten.

Anna kam nur auf einundzwanzig, einer der Diener war verschwunden.

Sie zog den Medizinmann in eine ruhige Ecke und sagte ihm, dass sie am nächsten Morgen aufbrechen würden. Er nickte, wirkte aber traurig. Sie erkundigte sich auch nach dem anderen Diener, der Boss deutete über den Kessel in Richtung Urwald.

Anna war beruhigt, sie hatte schon befürchtet, dass der Diener von einem Untier gefressen worden war. Sie entsann sich des CD-Players, welcher die Flucht vor den Monstern gut überstanden hatte. In dem Player lag noch immer die Motorrad-CD von Harry. Eine Best-of. Sie drückte auf Play und setzte den Kopfhörer auf die Ohren. Dann tanzte sie mit einer imaginären Gitarre unter dem Arm quer über den Platz. Nach dem ersten Song kam ihr Lieblingslied, *Cevil war.*

Der erste Song war zu Ende, als einer der Eingeborenen erschien, er tippte ihr auf die Schulter. »Wassa, wassa?«

Anna drückte die Pausetaste und nahm den Kopfhörer ab. »Das ist Motorrad, meine neue Lieblingsband, gleich kommt mein Lieblingslied, möchtest du mal hören, das ist echt ein toller Song?«

Der Eingeborene grinste sie mit grünen Zähnen an und nickte.

Anna stülpte die Kopfhörer über die kleinen Ohren des Indianers und drückte auf *Play.*

Ein paar Sekunden geschah nichts, der kleine Mann grinste sie nur erwartungsvoll an. Dann begann das Gitarrenmassaker von *Motörhead! Cevil war!*

Erst riss der Mann die weißen Augen auf, verdrehte sie ins Innere, warf den Kopf in den Nacken, strampelte wie unter einem Stromstoß mit den Beinen, warf die kurzen Arme in die Luft und dann kam ein Urschrei aus seinem Rachen, der einer Mischung aus einem Wolfsheulen und einem Löwenbrüllen glich.

Er riss die Kopfhörer von den Ohren, rannte davon und verschwand im Urwald. Dabei schrie er Zeter und Mordio.

Anna starrte ihm verständnislos hinterher. »Was hat der denn?«

»Er ist wahrscheinlich nur Vogelgezwitscher gewohnt«, sagte James lächelnd.

»Oder Insektensurren.«

»Der hat doch keine Ahnung, er weiß doch gar nicht, was gut ist.«

Anna und James verbrachten den Nachmittag mit Dösen und Kräftesammeln in den Hängematten.

Die große Sonne war schon wieder hinterm Horizont verschwunden, als die Urwaldbewohner zur Geburtstagsfeier allerhand auftischten. Es gab ticka, balla, schnappa und kocka mit flascha. Und Tee, für den Tee hatten die Pygmäen kein Wort, sie nannten Tee auch *ticka*. Wo sie das Fleisch aufgetrieben hatten, war Anna zweifelhaft, der Geier war doch schon längst verzehrt.

Die Buschmänner und die Gäste hatten sich um den großen Kochtopf versammelt und palaverten. Der Boss versuchte, Anna begreiflich zu machen, dass seine Stammesbrüder Angst vor den morgigen Tag hatten. Kein Freiwilliger mochte sie und James begleiten, schon gar nicht derjenige, dem Anna die Kopfhörer übergestülpt hatte.

»Aber du hast doch gesagt, dass du und vier Leute uns begleiten«, sagte Anna verzweifelt, »wie sollen wir denn sonst die Höhle finden?«

Der Medizinmann deutete in die Runde. »Komma, komma!«

»Der meint bestimmt, dass du dir vier Leute aussuchen kannst«, meinte James.

155

Anna erhob sich und zeigte auf den verbliebenen Diener und drei andere Ureinwohner. »Icka, icka!«

Die vier Auserwählten taten empört. »Nogga, nogga!«

»Icka heißt doch *ich*, was hast du denen denn jetzt gesagt?«, fragte James.

»Dass sie mitkommen sollen. Das *icka* heißt auch *ihr*«, belehrte Anna James.

»Dogga, dogga!«, beendete der Boss die Diskussion.

Endlich wurde die Suppe in braunen Holzschalen verteilt. Anna fragte sich, wie die Pygmäen diese Schalen schnitzen, sie hatte bis dato noch kein einziges Werkzeug entdeckt, mit dem man hätte dies bewerkstelligen können.

Das Fleisch war noch etwas zäh, aber Anna ließ sich nichts anmerken. Mangels Löffel mussten sie die Suppe schlürfen. Sie aß zu der Suppe ein Stück balla, das nach Bananen schmeckte. Die Suppe schmeckte köstlich, sehr gut gewürzt, Anna und James langten tüchtig zu.

Ein Eingeborener (der mit dem Kopfhörer?) klaubte einen Regenwurm aus dem Waldboden. »Schlagga, schlagga!«, grinste er Anna an und warf den Wurm in seine Suppe.

»Wohl bekommt's, wenn ihr keine Angst vor dem bisschen Schlange habt, dann ist die Wache vor der Höhle wohl kein Problem«, meinte Anna und erntete ein beifälliges Nicken von James.

Nach dem Festmahl begann der Medizinmann zu singen. Kehlige, abgehackte Laute drangen aus seinem Mund, die Stammesbrüder fielen in seinen Gesang ein. Schrecklich! Anna verstopfte erst die Ohren mit den Händen, dann war sie es leid, sie streifte die Kopfhörer über ihre Ohren und lauschte Motorrad. James musste den Gesang der Eingeborenen ertragen, er summte sogar manchmal mit.

Nach endloser Zeit verwunderte es Anna, dass der andere Diener noch immer nicht zurückgekommen war. Sie ging zu dem Boss und fragte ihn danach.

Dieser deutete wieder über ... nein! *In* den Kochtopf! »Kocka, kocka!«

»Du hast doch nicht etwa –?« Annas Magen rebellierte, sie rannte zu dem Kessel und schaute hinein. Ein Schädel schwamm in der Suppe. Sie hatten den Diener gegessen! Anna kotzte das Abendessen in den Kessel, dann fiel sie in Ohnmacht. James fing sie (sein Abendessen auf den Waldboden kotzend), auf.

Anna erwachte kurze Zeit später, James hielt sie noch im Arm. »Ist es war, oder habe ich das geträumt?«, schluchzte sie.

»Leider nicht«, meinte James sanft, »sie kochen ihre Genossen, wenn ein neuer Junge geboren wurde. Und wir haben das Zeugs auch noch gegessen. Ab jetzt essen wir nur noch ticka oder balla, das steht fest.«

Anna löste sich von James. »Gut, dass wir morgen früh verschwinden, wie kann man nur seine Kumpels fressen, die sind ja schlimmer als Strubbel.« Sie schaute sich um, die Eingeborenen waren verschwunden. »Wo sind die alle hin? Ich will dem Boss erstmal meine Meinung geigen! Der hat sie doch nicht mehr alle!«

»Sie sind schon in die Hängematten geklettert, die sind besoffen. Willst du denen die Menschenfresserei austreiben? Ich glaube, das funktioniert nicht, wer weiß, wie viele Jahrhunderte oder Jahrtausende es hier schon Tradition ist, das kannst du von heute auf morgen nicht ändern. Vielleicht würden sie ähnlich reagieren, wenn sie sehen würden, dass wir ein Schwein schlachten und essen.«

»Vielleicht hast du recht, ändern kann ich es nicht, aber dann dürfen sie sich nicht wundern, wenn sie aussterben, wenn sie ihre eigenen Kumpels fressen. Schau dir mal die vielen leeren Hängematten an. Außerdem wird sicherlich ab und zu einer von irgendwelchen wilden Tieren gefressen. Und die natürliche Sterberate kommt auch noch hinzu. Diesen Stamm wird es bald nicht mehr geben!« Anna ging zu *ihrem* Baum, James holte die Leiter und stellte sie an.

»Löba, löba!«, schrien einige Ureinwohner nervös. »Löba, löba!«

»Wir sollten zusehen, dass wir dort hochkommen, umsonst machen die nicht so ein Theater«, meinte James nervös.

In der Nähe erscholl ein fürchterliches Brüllen, welches die Bäume erzittern ließ. Anna flitzte behände die Leiter hoch, sie konnte sich schon denken, *wer* da kommen würde.

James folgte ihr vorsichtig, er traute der klapperigen Leiter nicht besonders.

Kaum hatte er die Leiter hochgezogen, da betrat das Untier den Dorfplatz. Es brüllte ohrenbetäubend, Geifer spritzte aus dessen offenes Maul.

»Was ist das denn für ein Vieh?«, flüsterte James, der vorsichtig über den Rand der Hängematte nach unten sah.

»Den habe ich gestern Nacht schon gesehen, oder war es vorgestern? Gegen den habe noch nicht einmal ich eine Chance, geschweige denn du. Er sammelt runtergefallene Pygmäen auf. Zum Glück hängen wir hoch genug. Er kommt stets zur gleichen Uhrzeit. Die Eingeborenen sind selbst schuld, wenn sie die Suppe andauernd hier rumstehen lassen. Dies ist ja wie eine Vogelfütterung im Winter bei uns«, flüsterte Anna.

»Woher weißt du, dass er zur gleichen Uhrzeit kommt?«

»Am Stand des Sonnenmondes, woher denn sonst? Denk doch mal nach.«

Das Monster trabte zum Kochtopf, warf ihn um, und schleckte die Reste der Suppe heraus. Anna hielt ihre Ohren zu, als das riesige Gebiss des Monsters das Skelett des Dieners zermalmte. Die kümmerlichen Reste des Feuers fraß es gleich mit. Dann brüllte der Löwenbär noch einmal kurz auf und verschwand schnaubend in Richtung Ausgang. Sein Löwenschwanz zog eine Furche in den Waldboden.

»Gut, dass der kein Feuer spucken kann, so wie ein Drache, der würde uns wie ein Hähnchen grillen«, flüsterte Anna. Dann schlief sie ein.

»Ich möchte auch noch einmal Kind sein«, murmelte James.

Anna träumte einen schrecklichen Traum. Sie saß in der Runde der Eingeborenen, deren Korkenzieherpenisse waren steif, sie knabberte an einem fast schwarzen Arm. Sie unterhielt sich mit ihren Stammesgenossen, spülte mit ticka nach und riss ein Stück Fleisch aus James' Brust. Gierig biss sie hinein. James lag frisch gegrillt am Erdboden, die Stammesgenossen lachten.

Vielmehr der Rest von James, die Arme und Beine waren schon längst verspeist, die Knochen lagen um Anna herum verteilt. Sie schnitt mit ihrem Stock den Kopf ab und biss herzhaft in ein Ohr. Der Troll stand ihr gegenüber und fraß das Herz James'. Mit roter Nase. Er grinste sie an und spülte mit frischem Blut nach.

Schreiend erwachte Anna. Die beiden Sonnen standen schon im Zenit, so lange hatte sie geschlafen. Sie sah nach unten. Der Boss, drei seiner Genossen, James und der verbliebene Diener hatten sich schon auf dem Dorfplatz versammelt, sie stieg eiligst die Leiter hinunter. »Wir haben schon fast Mittag, es wird Zeit, dass wir aufbrechen, der Wasserfall ist bestimmt nicht mehr lange geöffnet«, begrüßte sie James nervös. »Ich habe geträumt, dass ich dich gegessen habe, du warst gut durch gegrillt, mit einer knusprigen Haut. Da fehlte nur noch die Schaschliksoße.«

»Guten Morgen Anna, vielmehr guten Mittag. Ich auch, nur habe ich *dich* gegessen, nur ohne Schaschliksoße. Wir können aufbrechen, die Leute sind bereit.«

Anna hob ein Stück balla vom Boden auf und biss herzhaft hinein. »Ich muss den Kerlen erstmal begreiflich machen, dass sie nicht die eigenen Leute fressen dürfen, *so* viel Zeit muss sein.«

»Meinst du, es hat einen Sinn?«, fragte James zweifelnd.

»Ich hoffe.« Anna schnappte sich eine Schale tuppa und marschierte zum großen Kochtopf. Sie winkte den Boss und die vier Genossen zu sich heran. Alle anderen vom Stamm befanden sich irgendwo im Wald. Pilze sammeln, vermutete Anna. »Komma, komma!«

Die Nackten schauten sich verständnislos an und schlichen zögernd näher. Anna lief zurück in den Urwald und kehrte mit einem dünnen, etwa fünfzehn Zentimeter langen, biegsamen Stock zurück.

James trat neugierig näher.

Anna schaute die Eingeborenen an. »So, jetzt will ich euch mal erklären, warum man seine Stammesbrüder nicht frisst«, begann sie wie eine Lehrerin, setzte sich im Schneidersitz vor den Bottich, tauchte den Stab in die tuppa und begann Strichmännchen an den Topf zu malen.

Die Eingeborenen und James setzten sich ebenfalls auf den Nadelteppich.

»Ihr müsst schon entschuldigen, der Pinsel und die Wasserfarbe sind nicht die besten Zeichengeräte, außerdem bin ich im Zeichnen und Malen eine Null. Meine Lehrerin sagt immer, aus mir wird nie ein von Koch, oder wie der Komponist heißt. Aber ich versuche mein Bestes.«

»Er hieß van Gogh.«

»Wer?«

»Der Mann war Maler und kein Komponist.«

»Das ist doch jetzt schnuppe, Künstler ist Künstler.«

»Den Herren wäre es sicher nicht egal, die würden sich im Grabe umdrehen.«

»Das geht doch gar nicht, ich fange jetzt an.«

158

»Du machst das schon«, meinte James aufmunternd.

Die Eingeborenen sagten nichts, sie starrten auf Annas rechte Hand.

Anna zeichnete sogar die Korkenzieher-Penisse. »So fabriziert ihr Kinder.«

Die Eingeborenen und James nickten.

Sie schaute die Dschungelbewohner wieder an. »Also, wenn ihr dieses schmierige Zeugs macht, dann kommt ein kleiner Junge – stets ein Junge –, dabei heraus. Richtig?«

Die Eingeborenen und James nickten.

Sie tauchte den *Pinsel* wieder in die tuppa. »Jetzt macht ihr aber?«

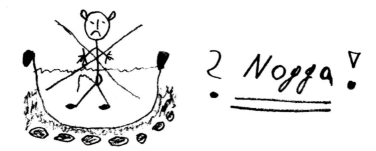

»Versteht ihr jetzt, was ich meine?« Anna stach mit ihrem *Pinsel* in Richtung Medizinmann, sodass die *Farbe* gegen dessen Brust spritzte. Der starrte gedankenverloren auf Annas Zeichnungen.

»Wenn ihr Nachwuchs bekommt, dann dürft ihr *niemanden* von euch *kochen*, sonst sterbt ihr aus. Kapisco?«

»Das hast du toll gemacht, Anna, aber ein van Gogh wirst du wirklich nicht«, meinte James anerkennend. »Vielleicht haben sie es ja begriffen, obwohl ich nicht glaube, dass sie *jogga und nogga* lesen können. Aber der eine Buschmann im Kochpott über dem Feuer, den du durchgestrichen hast, sagt genug. Das dürfte auch in dieser Ebene zu verstehen sein, wenn sie nicht ganz meschugge sind.«

»Wollen wir's hoffen, vielleicht haben sie dann noch eine Chance.«

Plötzlich sprang der Boss auf, stemmte einen seiner Genossen mühelos in die Luft und warf ihn in den Kupferkessel. Er drehte sich zu Anna und James um und schüttelte mit dem Kopf. »Nogga, nogga?«

Der Mann protestierte und kletterte aus dem Kessel.

»Er hat begriffen«, freute Anna sich, »genau, mein Junge. Nogga, nogga!«

Die Eingeborenen warfen ihre Speere in die Luft. »Nogga, nogga, kocka, kocka!«, brüllten sie.

»So wenn dies jetzt endlich geklärt ist, dann können wir uns ja auf den Weg machen«, meinte James, drehte sich um und ging schon voraus.

Der Boss, der verbliebene Diener, zwei andere Eingeborene und Anna folgten ihm. Die Eingeborenen hatten die Speere und etwas Proviant dabei.

* * * *

Goebbels bremste scharf ab, schloss das Fenster und stieg aus. Er ging zu Heikos dunkelgrünem Van, der hinter seinem Bully parkte. Heikos Seitenscheibe war noch geöffnet. »Hörst du das auch«, zischte Goebbels, »wir verfolgen nicht nur, wir werden auch verfolgt.«

»Natürlich hören wir das«, zischte Lydia zurück, »jetzt ist der Wagen stehen geblieben. Das sind mit Sicherheit Lady D und ihr neuer Freund.«

Goebbels war verunsichert. »Sollen wir sie hier in einen Hinterhalt locken, was meint ihr?«

»Sie hören doch, wenn wir nicht mehr weiterfahren, dann werden die sich denken, dass wir auf sie lauern«, wandte der vermummte Rudi aus dem Fond ein.

»Er hat recht«, brummte Heiko, »wir müssen weiterfahren, ob wir wollen oder nicht. Schon allein, um unsere Feinde nicht zu verlieren.«

»Also gut«, sagte Goebbels, »aber ich muss mal eben was mit Eva erledigen.« Er stiefelte zurück zu seinem Bully und verschwand im Führerhaus.

Eva quiekte kurz darauf auf.

»Was macht er denn mit Eva?«, fragte Heiko.

Lydia lächelte zynisch. »Das kann ich mir schon denken.«

»Was denn?«

»Denk doch mal scharf nach!«

Kurze Zeit später fuhr Goebbels weiter, er tätschelte Evas Kopf, die neben ihm auf dem Sitz lag. »Nicht wahr Eva, wir machen das schon, wir brauchen die anderen nicht. Wir bauen ein neues Reich auf.«

»Oink, oink!«

Goebbels kurvte um einen ausgebrannten Reisebus, der gegen den Pfeiler einer Brücke geknallt war, herum. »Wir werden die Weltherrscher sein, mächtiger als Hitler, Stalin, Mao und Napoleon zusammen. Ich bin dann der Weltenkönig und du wirst meine Königin. Ha, ha, ha!« Er nickte mit dem Kopf. »Die Spinner da hinten dürfen uns allenfalls dienen. Wir werden die Erde beherrschen. Aber erst müssen wir unsere Feinde vernichten, ausrotten! Die vor uns und die hinter uns.«

Goebbels hupte voller Vorfreude und lenkte auf die Standspur, weil die Autobahn verstopft war.

»Oink, oink!«

»Wie nennen wir unser Reich?«, überlegte Goebbels und zog die Stirn in Falten, »vielleicht Großgermanisches Weltreich, was meinst du?«

»Oink, oink!«

Plötzlich erschien im Scheinwerferlicht eine Gestalt auf der Fahrbahn, eine kleine, schmale Zwergengestalt!

»Was ist das denn?«, brüllte Goebbels und gab Vollgas. Er hatte vor, die Gestalt mit seinem Bully zu zerschmettern. Die Gestalt war noch etwa zehn Meter entfernt, Goebbels erkannte eine giftgrüne, mit verschiedenfarbigen Flicken übersäte Jacke, einen giftgrünen Zylinder, auf dem kein Deckel war und einen dünnen grünen Stab, den der Zwerg in der linken Hand hielt. Und dieses lederne Gesicht, das Tausende Jahre alt zu sein schien.

Das war der Zwerg, den er vor ein paar Tagen im Fernsehen gesehen hatte! »Jaaa!«, kreischte Goebbels, »ich niete dich um!«

Noch zwei Meter!

Der Zwerg sprang in die Höhe, auf den Bully zu! Mit einem lauten *Boing* knallte er gegen die flache Schnauze des Bullys. Mit der rechten Hand krallte er sich am Scheibenwischer fest, in der linken leuchtete der Stab. Der Lederkopf des Zwergs blähte sich auf, er nahm Goebbels jegliche Sicht. Der fast lippenlose Mund verzog sich zu einem wölfischen Grinsen, die seeblauen Augen starrten ihn an.

Mit einem schrillen Quieken verschwand Eva im Fußraum.

Mit weit aufgerissenen Augen und Mund starrte Goebbels in die Augen des Trolls, die große Nase, die stetig anschwoll, pulsierte rot.

»Du musst sie kriegen!«, schrie eine perverse Stimme, die wie trockenes Laub raschelte, in sein Gehirn.

»Natürlich! Bist du mein Verbündeter?«, brüllte Goebbels. Er hatte keine Angst, jedenfalls nicht so arge, wie er sie neulich in seinem Wohnzimmer verspürt hatte.

Anstatt zu antworten, veränderte sich das Gesicht des Trolls zu einer Landkarte. Die Lederhaut zeigte Straßen, Felder, Wälder, Flüsse und Seen, aber keine Städte oder Häuser. Drei grüne Punkte blinkten wie bei einem GPS-System auf dieser Karte. Goebbels nahm an, er *wusste*, dass der erste Punkt die Negerin war, der zweite er und der dritte das rote Luder und deren Vasall.

Aus den Punkten lösten sich drei kleinere. Die kleineren Punkte rasten über die Karte, sie zeigten den Weg, der ihm noch bevorstand. Dann stoppte der erste. *ZIEL*! Blinkte es in roten Buchstaben auf der Karte auf.

Der Troll brannte die Karte in Goebbels' Gehirn ein, wobei er versehentlich ein paar Verknüpfungen beschädigte.

Dann zerplatzte die rote Nase und der Troll verschwand.

Zurück blieb eine mit Blut verschmierte Windschutzscheibe, Goebbels betätigte die Scheibenwischer und fuhr weiter.

* * * *

Spät in der Nacht erreichte Arkansas Dortmund, sie wussten, dass sie verfolgt wurden. Die Motorengeräusche waren meilenweit zu hören. Zwischendurch hatten sie hin und wieder mal angehalten, um irgendein Tor zu *sehen* oder zu *spüren*. Zwecklos. Solange wie Anna und James nicht zurück waren, öffnete sich eh kein Wasserfall, vermutete Ark. Sie fuhr am Hotel, an dem sie Punk aufgelesen hatten, vorbei.

Der Vollmond spendete fahles gelbes Licht.

Ark stoppte kurz nach dem Hotel, Willi und Punk schliefen.

Sie stieg aus und ging zu Harry, der hinter ihr geparkt hatte. »Hast du irgendetwas gespürt?«

»Nein«, flüsterte Harry und deutete mit dem Daumen über seine Schulter. »Die beiden schlafen.«

»Ich könnte auch mal wieder 'ne Mütze Schlaf vertragen.« Ark gähnte demonstrativ. »Was machen unsere lieben Verfolger?«

Harry zog an seiner Zigarette. »Sie halten den gleichen Abstand.«

»Wo sollen wir denn jetzt hinfahren?«, fragte Ark und lehnte sich in die offene Seitenscheibe. »Wird Zeit, dass Anna und James zurückkommen, mich würde mal interessieren, wo die eigentlich abgeblieben sind.«

»Keine Ahnung. Fahren wir erstmal weiter.«

Ark machte kehrt und stieg in ihren Geländewagen.

Willi und Punk zuckten aus dem Halbschlaf hoch, als Ark die Tür zuschlug.

»Wo sind wir?« Willi rieb verschlafen über seine Augen.

»Wieder in der Heimat, wenn es so etwas noch gibt. Wir fahren erstmal wieder zu mir, habe ich soeben beschlossen. Irgendetwas müssen wir bei mir ja finden, außerdem muss ich mal wieder meine Blumen gießen.«

»Du hast Sorgen«, brummte Punk.

»Und schlafen muss ich a –«

Plötzlich bremste Ark scharf, rammte eine Straßenlaterne, die scheppernd hin und her wackelte, setzte zurück und schlug einen Weg in Richtung Osten ein.

»Was hat sie denn plötzlich?«, fragte Punk aus dem Fond.

Willi schielte Ark von der Seite her an. »Scheiße, es hat sie wieder erwischt, ich habe dir doch die Geschichte mit dem Bogen erzählt, sie hat den gleichen träumenden Blick, du brauchst sie erst gar nicht anzusprechen, sie reagiert nicht. Frag mich nicht, wohin sie fährt, aber es scheint wichtig zu sein.«

»Dann kann ich ja weiterschlafen«, erwiderte Punk und legte sich zurück auf die Rückbank.

Ark lächelte mit schweißnassem Gesicht. »Das Tor«, murmelte sie und fuhr schneller. »Das Tor ist nicht mehr weit.«

* * * *

»Wo will die denn hin?«, fragte Harry in den Rückspiegel.

Zum Tor!, antwortete Strubbel, *Ic spüre zwar nicts, aber sie wird scon wissen, was sie tut.*

»Wieso bist du wach?«

Ic bin immer wac! Vielmer fast immer.

»Was macht unsere Gefangene, schläft sie noch?«

Ja, aber die beiden anderen Zweibeiner kommen bald zurück, ic spür das, spürst du nicts?

»Bin ich der Wunderhund oder du? Du meinst, Anna und James leben noch, denen ist nichts passiert?«

Natürlic nict, sie bringen sogar etwas mit!

Harry zog an seiner Zigarette. »Was denn?«

Weiß ic doc nict!

Harry fragte erst gar nicht weiter, er bemühte sich Anschluss zu halten, Kandy gab ganz schön Gas, sie fuhr noch immer in Richtung Osten.

Susanna erwachte.

Strubbel knurrte sie zur Prophylaxe erstmal an. »Wo sind wir hier?«, fragte sie irritiert.

»Wir fahren in Richtung Osten, die Verfolger sind noch hinter uns, falls es dich interessiert.« Harry schaute in den Rückspiegel. »Wie viele Autos verfolgen uns, Strubbel?«

Zwei dieser stinkenden Pferde, ic weiß nict, wer oder was das zweite Pferd ist!

Susanna bekam von dieser Unterhaltung nur Harrys Worte mit, Strubbel dachte *gezielt* zu Harry.

»Ich frag mich nur, wohin Kandy fährt, wir sind schon hinter Unna.«

Sie findet das Tor in eure Welt, ic muss ierbleiben!

Kandy fuhr weiter Richtung Osten, die Straßen waren inzwischen wieder verstopft, mühsam quälte Kandys Geländewagen sich durch liegen gebliebene

163

Fahrzeuge, ab und zu musste sie Autos mit der bulligen Schnauze ihres Fahrzeugs an die Seite schieben. Stets vermied sie, über Leichen (denen dies sicher auch nichts mehr ausgemacht hätte), zu fahren. Sie fuhr die ganze Nacht durch, Harry folgte ohne einen Kommentar, er hatte sogar die Musik abgeschaltet.

Irgendwann bog Kandy von einer Kreisstraße rechts in einen schmalen Waldweg ab. Nach etwa zwanzig Metern hielt sie vor einer rot-weiß gestreiften Schranke an. Der Morgen graute bereits.

»Wir sind in Bönen«, bemerkte Harry, »noch ein paar Kilometer und ich bin wieder zuhause. Ganz nebenbei, ich habe kaum noch Sprit, genauer gesagt, mein Taxi pfeift auf dem letzten Loch.«

Was ist denn Sprit?

»Das ist dieses flüssige Zeug, welches wir in das Loch an der Seite des Pferdes kippen, ohne dieses Wasser können sie nicht laufen, dann bleiben sie einfach stehen«, versuchte Harry es einfach zu erklären. Von der Oligarchie der Ölkonzerne fing er erst gar nicht an, dieses würde Strubbel sicher nicht interessieren.

Würd ic auc macen, wenn ic nur Wasser bekäme!

Der Motor von Kandys Fahrzeug röhrte wie ein verwundeter Hirsch auf, dann sprang der Geländewagen einen Satz vorwärts und zerlegte die Schranke in seine Einzelteile.

Harry folgte. *Naturschutzgebiet* las er im Scheinwerferlicht seines Taxis auf einem Metallschild. »Wo will die eigentlich hin?«, knurrte er.

Zum Tor, gab Strubbel zurück.

Harrys Reifen mahlten über einen schmalen Schotterweg. Zuerst ging es geradeaus, dann folgte eine leichte Rechtskurve. Er erkannte im Scheinwerferlicht vier Holzbänke, gegenüber den Bänken einen See, großer Teich oder Weiher, dessen Ende er in der Dämmerung nicht erkennen konnte.

»Wo will die eigentlich hin?«, wiederholte Susanna Harrys Worte.

Scnauze!, signalisierte Strubbel. *Links das Wasser ist das Tor!*, meldete er.

»Der See ist das Tor? Ich kann doch gar nicht schwimmen, dann ersaufe ich!«

Keine Panik, wie ir sagt, Anna mact das scon!

»Anna ist verschollen, was dir nicht entgangen sein dürfte.«

Sie und der dunkle Zweibeiner kommen zurück!

Es folgte eine leichte Linkskurve, dann fuhr Kandy ein Stück geradeaus, eine leichte Rechtskurve, hernach wieder eine sachte Linkskurve. »Fährt die eine Rallye? Ich komme mir vor wie bei Paris-Dakar?«

Eine Weggabelung folgte, Kandy entschied sich für links, es ging steil bergan. Kandys Geländewagen schaffte die Steigung mühelos, Harrys Taxi hatte etwas mehr Mühe, aber es erklomm den Berg ebenfalls.

Eine etwa drei mal drei Meter große, nach allen Seiten offene Holzhütte, welche Wanderer oder Jogger zum Ausruhen nutzen konnten, folgte. Vor der Hütte standen eine Bank, ein Tisch und ein Papierkorb.

Ark ließ die Hütte rechts liegen und fuhr bergab weiter. Es folgte eine lang gezogene Rechtskurve, nach etwa fünfzig Metern stand ein Baum im Weg. Ark umkurvte diesen Baum, indem sie einige Büsche platt walzte, Harry folgte durch Arks freigelegten Weg. Kurze Zeit später fuhren sie eine scharfe Rechtskurve, nach fünfzig Metern erschien schon wieder eine Gabelung. Ark entschied sich traumhaft sicher für links. Sie schien genau zu wissen, wohin sie zu fahren hatte. Harry folgte fluchend mit einem sorgenvollen Blick auf seine Tankuhr, der Zeiger stand schon *hinter* dem roten Bereich. »Wenn das so weiter geht, dann bleibt unsere Karre gleich stehen.«

Du musst dem Pferd befelen, weiter zu reiten!, signalisierte Strubbel.

»Wenn der Saft alle ist, dann isser alle, da kannst du befehlen, was du willst. Dann bleibt das Pferd stehen. Und eine Tanke gibt's hier weit und breit nicht.«

Georct dir das Pferd nict immer?

»Ohne Sprit nicht.«

Susanna schaute verdutzt zwischen Strubbel und Harry hin und her, sie bekam von der Unterhaltung wieder nur Harrys Antworten mit.

Ark fuhr eine leichte Rechtskurve, vor zwei Bänken stoppte sie den Wagen und stieg aus. Harry parkte hinter ihr, er stieg ebenfalls aus. Willi blieb im Wagen sitzen.

Sie ging etwa fünf Meter, dann blieb sie stehen.

Harry holte sie schnell ein, sie stand vor einer steilen Böschung. »Kannst du mir mal erklären, was das soll?«, fragte er, als er neben ihr stand, »du gurkst hier in der Botanik rum und ich habe kei –«

Harry brach ab, als er in Arks Augen (die wie zwei Minisonnen in ihrem verschwitzten Gesicht leuchteten), schaute. Arkansas war nicht bei der Sache, nicht in dieser Welt, ihr Blick schaute irgendwo hin, sie starrte durch Harry hindurch.

Harry bekam es mit der Angst zu tun, plötzlich wurde Ark ihm unheimlich.

»Genau wie bei dem Bogen.« Willi und Punk waren unbemerkt hinter Harry getreten. »Du kannst sie ruhig ansprechen, sie bemerkt es nicht, sie weiß nachher noch nicht einmal, wie wir hier hingekommen sind.«

»Was sollen wir eigentlich hier?«, fragte Punk und gähnte herzhaft.

Harry ging nicht auf Punks Bemerkung ein, er schaute die steile Böschung hinunter. Sie war eng mit Bäumen und Dornenbüschen bewachsen, verfilztes Unterholz versperrte den Weg nach unten. Die Böschung war etwa zehn Meter tief und endete an dem Teichufer, Harrys Blick wanderte zum schwarzen Wasser, dessen Wellen sanft gegen das Ufer plätschern. Auf dem Wasser schwamm Laub, eine Entenfamilie schwamm quakend vorbei.

Im Osten kroch die Sonne schwerfällig höher.

»Das Tor«, murmelte Ark.

»Was?«

»Es muss sich erst noch öffnen.« Kandy drehte sich um, ignorierte die anderen und ging zu ihrem Wagen zurück. Willi und Punk mussten an die Seite treten, Ark wäre glatt gegen sie, oder sogar *hindurch*gelaufen, dessen war Harry sich völlig sicher. *Wer ist diese Frau?*, dachte er und folgte.

Willi und Punk beeilten sich, um schnell in das Fahrzeug zu steigen. Ark wendete (wobei sie die Holzbänke rammte), und fuhr den Weg zurück. Harry folgte.

Was war denn da?

»Kandy sagt, dass dort unten am Ufer dieses ominöse Tor ist, es muss sich aber erst noch öffnen.«

Ic ab doc gesagt, dass sie das Tor suct und findet!

»Klugscheißer!«

An der Gabelung, an der Ark soeben links gefahren war, fuhr sie geradeaus. Etwa dreißig Meter ging es leicht bergan, dann erschien schon wieder eine Gabelung. »Das ist ja das reinste Labyrinth«, schnaufte Harry.

Ark stoppte jäh, sie schien sich zu orientieren. Harry wartete ab. Sie fuhr zwei, drei Meter vor, setzte rückwärts in den Weg, der nach rechts führte, stoppte und fuhr wieder vorwärts. »Wo will die denn jetzt hin? Da ist doch nur ein Berg«, murmelte Harry.

Ein kurzer Hügel, nur etwa zwei Meter hoch, aber höllisch steil. Und dahinter dichter Wald. Ark hielt auf den Hügel zu und fuhr ohne Probleme hinauf. Der Geländewagen verschwand im Wald. »Da komme ich doch nie rauf«, knurrte Harry und fuhr an.

Das Taxi fuhr ein kleines Stück, stotterte, hustete, dann gab der Motor auf, der Tank war leer.

Jetzt streikt dein Pferd, bemerkte Strubbel trocken.

Harry fluchte und stieg aus, er versuchte erst gar nicht, das Taxi wieder in Gang zu bringen, ohne Benzin fährt ein Motor nun mal nicht. »Ich muss zu Fuß hinterher, pass auf unsere Gefangene auf!«

Harry stieg mühsam den Berg hinauf, der war matschig und glatt. Er schaffte es, ohne auf die Schnauze zu fallen. Oben angekommen zündete er eine Kerze an. Überflüssig, denn mittlerweile war es schon fast taghell.

Es versprach ein schöner Tag zu werden, es war mild, fast warm, der blaue Himmel war wolkenlos, der Wind kaum zu spüren.

Harry blies die Kerze wieder aus und ging los. Zwischen zwei Eichen lagen die Außenspiegel des Geländewagens. Kandy hatte das Fahrzeug zwischen den Bäumen hindurchgequetscht, die Spiegel hatten dran glauben müssen. Harry setzte seinen Stetson auf und ging weiter. Das platt gewalzte Unterholz wies ihm den Weg. Im Zickzack führte die Spur durch den Wald, manchmal standen die Bäume so eng, dass Kandy ihnen hatte ausweichen müssen. Durch so dicht stehende Bäume kam noch nicht einmal ein so schwerer Wagen hindurch. Harry schaute weiter in den Wald hinein, der Geländewagen war nirgends zu sehen. »Ist Kandy schon so weit gefahren?«, murmelte er und beschleunigte seine Schritte. Nach etwa hundert Metern endete die Spur abrupt. Er erreichte ein etwa fünf Meter tiefes Loch, welches etwa zehn Meter im Durchmesser maß.

»Wer hat meinen Wagen hier reingefahren?«, hörte Harry Arkansas aus dem Loch rufen.

»Das warst du selbst, du hattest wieder so einen Blackout, frag Punk, die wird es dir bestätigen«, vernahm Harry Willis Antwort.

»Wo ist Harry? Warum sind die Spiegel verschwunden? Und die Haube ist auch verbeult. Wo sind wir hier eigentlich? Warum wird es schon wieder hell, es war doch gerade noch dunkel?«

»Es stimmt tatsächlich«, meinte Harry und stieg ins Loch, »du bist die ganze Nacht durchgefahren, du hast wahrscheinlich das Tor gefunden. Es muss sich erst noch öffnen, dies hast du zumindest gesagt.«

»Weshalb *wahrscheinlich*? Wo ist dein Taxi und wo sind die anderen?«

Harry deutete mit dem rechten Daumen über die Schulter zurück in den Wald. »Kein Sprit mehr, es steht dort hinten auf dem Waldweg.«

Ark seufzte. »Bei dem Bogen hatte ich auch schon so einen Blackout, ich weiß von nichts mehr, bin ich wirklich die ganze Nacht durchgefahren?«

* * * *

»Warum halten wir, wenn ich mir die Bemerkung erlauben darf?«, lispelte Kohls dünne Sauerampferstimme in Lady D's Nacken.

Lady D ließ das Fernglas sinken. »Weil die anderen ebenfalls angehalten haben.«

Der Mann ohne Namen war hinter einem Bahnübergang stehen geblieben, direkt neben einem Pumpwerk.

Lady D hob erneut das Fernglas an die Augen. »Sie stehen in etwa einem Kilometer Entfernung, direkt in einer Kurve«, murmelte sie.

Der Mann zog die Schlüssel ab. »Wir müssen zu Fuß weitergehen, hier sind nur Felder, wir haben keinerlei Deckung.«

Er deutete nach Südwesten. »Wir gehen eine Weile die Schienen entlang, dann wieder in Richtung Osten.« Seine Hand wanderte nach Südosten. »Dort, bei den Häusern, an der Kreuzung tauchen wir dann in den Wald ein. Danach müssen wir unsere Nasen stets nach Nordosten richten, dann sehen wir vielleicht, was die Leute vorhaben.«

»Warum verfolgen wir die Fremden eigentlich?«, blies Kohl.

Der Mann stieg aus. »Weil ich wissen will, was sie vorhaben. Dies gehört zu meinem Naturell, ich will *immer* alles wissen, deshalb lebe ich noch.«

Lady D schraubte ihre Traumfigur aus dem Fahrzeug. »Sie gehen mir mit Ihrer Fragerei auf die Nerven, Sie fragen schon die ganze Nacht nach jedem Mist, wenn *ich* mir die Bemerkung mal erlauben darf. Entweder Sie kommen mit oder nicht. Sie können auch hierbleiben, wenn Sie wollen.«

Dr. Kohl quälte sich aus dem Fond. »Wenn ich mir die Bemerkung erlauben darf, dann komme ich lieber mit.«

Der Mann ohne Namen schaute sich um. »Sie haben angehalten, sie verfolgen irgendjemanden, warum? Das will ich mir ansehen.«

Kohl schaute sich unsicher um. »Was kümmern uns die anderen Leute? Sollen die doch machen, was sie wollen.«

Lady D schaute Kohl mitleidsvoll an. »Kommen Sie jetzt mit oder nicht? Wir können auch auf Ihre Hilfe verzichten, wenn Sie es unbedingt wissen möchten. Sie sind eh nur ein Anhängsel, wenn ich mir die Bemerkung erlauben darf«, spöttelte sie erneut Kohls Lieblingssatz nach.

Kohl zog missmutig den Kopf ein.

Der Mann überprüfte seine Fünfundvierziger und ging ohne jeden Kommentar los. Lady D folgte ihm, Kohl dackelte wie ein schwarzer Pudel hinterher.

Im Osten stieg die Sonne, Ursprung allen Lebens, auf.

* * * *

Der Weg war beschwerlich, die Pygmäen führten Anna und James tiefer in den Dschungel hinein. Es ging schon leicht bergan, immerfort versperrte undurchdringliches Unterholz den Weg. Dann mussten sie umkehren und sich einen neuen Weg suchen. Macheten oder etwas dergleichen hatten die Ureinwohner nicht.

Anna hatte sich unterwegs den zerrissenen Rollkragenpullover ausgezogen und um die Hüften gebunden. Sie wollte ihn eigentlich wegwerfen, aber sie wusste nicht, was dies in dieser Welt verändern würde. Dann hatte sie sich mit tuppa eingecremt, die Pflaster entfernt und in die Hosentasche gesteckt.

»Stoppa, stoppa!« Der Medizinmann stoppte, endlich eine Pause! Anna taten die Beine und besonders die Füße weh.

Der Boss verteilte ticka und balla.

Anna setzte sich auf den mit Laub übersäten Boden und lehnte sich an eine Birke. »Wir sind nach meiner Schätzung seit zwei Stunden unterwegs, was meinst du, wie lange es noch dauert, bis es dunkel wird?«

James biss in ein Stück balla. »Zwei, drei Stunden, wobei das mit den Stunden hier so eine Sache ist, ich habe gelegentlich das Gefühl, dass hier die Tage unterschiedlich lang sind, mal so, mal so. Ich glaube nicht, dass wir vor Einbruch der Dunkelheit das Tor erreichen.«

Anna gönnte sich ein Stück ticka. »Das wird ja richtig romantisch in der Dunkelheit, vor allem, wenn ein löba vorbeikommt.«

»Wir können ja Händchen halten, wie ein verliebtes Ehepaar.«

»Du bist mir zu alt, du bist ja älter als Harry, und das will was heißen«, grinste Anna.

Die Insekten hielten sich dank der tuppa zurück.

Der Boss stand auf. »Auffa, auffa!« Er war sichtlich nervös, er trieb seine Leute und auch Anna und James zur Eile an. »Komma, komma!«

Anna erhob sich stöhnend. »Wir sollen uns beeilen.«

Es ging weiter, eine Stunde später gelangten sie an drei kleine Hügel, etwa zwei Meter hoch. Die Hügel standen in etwa einem halben Meter Abstand hin-

168

tereinander. Sie sahen aus, wie riesige vergrabene Höcker eines überdimensionalen Kamels. Da rechts und links des schmalen Pfades undurchdringliche heckenähnliche Wände wuchsen, blieb ihnen nichts anderes übrig, als darüber zu steigen.

»Mauffa, mauffa!«, jaulte der Boss und zeigte mit seinem Speer auf die Hügel. »Komma, komma!«

»Er meint, wir sollen schnell rübersteigen«, sagte Anna und spurtete los. Sie rannte den ersten Hügel, der aus lockerer Erde bestand, hinauf. Am Gipfel des Hügels befand sich ein großes Loch. Anna blieb stehen. Das Loch maß etwa einen halben Meter im Durchmesser. »Passt auf, hier oben ist ein großes Loch!« Sie rannte den Hügel hinab und nahm sich den nächsten vor. Keine Minute später hatte sie den dritten Hügel überwunden. Sie drehte sich um, sie konnte die anderen nicht sehen. »Das macht ja richtig Spaß, soll ich noch mal zurückkommen?«, rief sie laut.

»Bleib drüben, wer weiß, was die Berge zu bedeuten haben!«, rief James zurück und spurtete los.

»Mauffa, mauffa, komma, komma!«, brüllten die Nackten.

Da James wesentlich schwerer als Anna war, kam er nicht so schnell voran. Die lose Erde rutschte ständig unter seinen stämmigen Beinen weg, er hatte wenig halt. Mit der gesunden Hand krallte er sich in der Erde fest, die verletzte Hand konnte er nicht benutzen. Endlich schaffte er es und kam keuchend bei Anna an.

»War doch gar nicht so schlimm«, meinte Anna, »mich würde mal interessieren, weshalb hier die Hügel im Weg stehen?«

Der Häuptling erschien auf dem ersten Hügel, behände sprang er über das erste Loch. Er hielt den Speer wie ein Ritter eine Lanze vor sich. »Mauffa, mauffa!«, brüllte er.

Seine Stammesbrüder folgten ihm, auch sie riefen ängstlich und bitterlich.

»Was rufen die denn dauernd? Da ist doch gar nichts?«, sagte James.

Doch!

Den verbliebenen Diener erwischte es am letzten Hügel. Anna schrie auf, als der Kopf aus dem Loch zuckte. Erde spritzte in die Höhe und zur Seite, der Diener kreischte ängstlich auf. Der schwarze Schädel eines Anderland-Maulwurfs schoss aus dem Loch, groß wie das Haupt eines Elefantenbabys, mit Zähnen wie ein Säbelzahntiger! Der ganze Kopf schien nur aus Zähnen zu bestehen. Der Maulwurf kreischte auf, erwischte den Diener am rechten Bein und zog ihn erbarmungslos ins Loch! Der Diener kreischte wie eine Sirene auf und stach mit seinem Speer auf den Kopf des Monsters ein. Blut spritzte aus den Stichwunden, der Maulwurf schien es nicht zu bemerken. Blut spritzte auch aus dem Bein des Dieners.

Mit einem Ruck wurde der Diener tiefer in das Loch gezogen, Anna sah nur noch seinen halben Oberkörper. Er kreischte fast im Ultraschallbereich und stach weiter auf das Tier ein.

Endlich lösten sich seine Stammesbrüder und auch James aus der Erstarrung. James spurtete los, er erreichte den Maulwurf als Erster, der Medizinmann und seine Brüder folgten ihm zögernd. Anscheinend hatte denen noch niemand beigebracht, dass man sich auch wehren konnte. Kein Wunder, dass die Bevölkerungszahl ständig dezimiert wurde!

James schlug mit der bloßen – die mit den drei Fingern – Faust auf den blutigen Kopf des Tieres ein, das Monster schüttelte den Körper und riss wie ein Alligator am Bein des Dieners.

Der Medizinmann und seine Brüder hatten den Hügel inzwischen erklommen, sie stachen brüllend auf den schwarzen Kopf des Maulwurfs ein. Doch es war zu spät, sie hatten zu lange gezögert. Mit einem weiteren Ruck verschwand der Diener bis zum Hals im Loch, sein Schrei brach ab, aber er stach weiter verzweifelt nach dem Maulwurf.

Dann verschwand er endgültig, er tauchte in das Loch, wie ein Kapitänleutnant in sein U-Boot.

Der Häuptling und die zwei verbliebenen Brüder ließen sich enttäuscht in die lockere Erde fallen und rollten den Hügel hinunter.

James erhob sich keuchend. »Anna, wo warst du denn mit deinem Wunderstock?« Ein großer Vorwurf schwang in seiner tiefen Stimme.

Anna löste sich aus der Erstarrung, sie hatte den Stock vor lauter Aufregung ganz vergessen! »Ich ... ich ... vergessen ... tut mir ... leid ...«, stammelte sie.

James erkannte, dass er Anna zu Unrecht angepflaumt hatte. Sie war doch erst zehn Jahre alt, ein Wunder, dass sie sich die ganze Zeit so gut gehalten hatte. Er stieg den Hügel hinab und nahm sie schützend in den Arm. »Tut mir leid, entschuldige.« Anna begann zu weinen.

Die Eingeborenen setzten ihren Weg fort, als ob nichts geschehen wäre.

»Kein Wunder, dass sie aussterben, sie wissen gar nicht, dass sie sich auch wehren können. Wenn wir mehr Zeit hätten, dann würde ich denen es mal beibringen«, meinte James seufzend.

»Wir haben leider nicht mehr viel Zeit«, schluchzte Anna. Und nach einer Weile entrüstet: »Wenn die nicht so ein Theater gemacht hätten, als sie über den Hügel gestiegen sind, dann hätte der Maulwurf nichts bemerkt, er ist zwar blind, aber nicht taub. *Mauffa, mauffa*!«, äffte Anna die Eingeborenen nach. »Aber die müssen ja gleich so ein Theater machen!«

»Vielleicht beginnen sie sich ab jetzt zu wehren, sie haben gesehen, dass ich das Vieh angegriffen habe, sogar mit bloßen Händen, erst dann haben sie sich auch getraut.«

Der schmale Pfad stieg weiter an, links und rechts wucherten noch immer die Hecken.

Dann wurde das Gelände steiniger, die Hecken und auch die Bäume zogen sich zurück. Wie abgeschnitten war der Urwald zu Ende. Es dämmerte bereits.

»Des Nachts durch diese gefährliche Welt zu laufen, passt mir aber gar nicht«, brummte James.

»Mir auch nicht, das kannst du mir glauben.«

»Schlagga, schlagga!«, riefen die Eingeborenen und stürzten sich in eine kleine Grube. Der Boss hielt grinsend einen grauen Tausendfüßer, der etwa einen Meter lang war, in die Luft. Er verschlang ihn bei lebendigem Leibe. »Schlagga, schlagga, lagga, lagga!«

Auch seine zwei verbliebenen Brüder stopften sich die Tausendfüßer in die Rachen.

Der Boss kam heran und hielt den Verschollenen einen überdimensionalen Tausendfüßer vor die Augen. »Schlagga, schlagga, lagga, lagga!«

»Nix da, nix da! Ich meine nogga, nogga! Esst ihr mal eure Schlangen und Kumpels, wir haben die Schnauze voll«, wehrte Anna ab. »Wie weit ist es denn noch bis zur hogga, es wird schon dunkel?«

Der Boss deutete mit seinen kurzen Armen zu einem Berg, der mit einem Mischwald aus Buchen, Eichen und anderen unbekannten Bäumen bewachsen war. »Hogga, hogga!«

Anna schaute in die besagte Richtung. Da die große Sonne gerade hinter dem Berg verschwand, nahm sie an, dass es Westen war. »Das ist ja ganz schön steil, mein lieber Mann. Ich sehe aber keine Höhle, siehst du eine, Jamie?« Sie verscheuchte einen roten Käfer – welcher die Größe einer Meise hatte –, der vor ihrem Gesicht hin- und herbrummte.

Der Boss schnappte ihn aus der Luft und verschlang ihn roh, mit Haut und Flügeln. »Fligga, fligga, lagga, lagga!«

James schützte seine Augen vor den letzten Sonnenstrahlen, er schaute zu dem Mischwald hinauf. »Ich erkenne auch keine Höhle, dort oben ist nichts. Und nenn mich nicht Jamie, dies haben damals meine Lehrer in der Schule schon getan und ich habe es gehasst. Dann lieber Hugo.«

Urplötzlich erzitterte die Erde, ein ohrenbetäubendes Brüllen zitterte durch die warme Abendluft.

»Löba, löba!«, flüsterten die drei Pygmäen und stachen die Speere gegen einen unsichtbaren Feind in die Luft.

»Ich befürchte, es ist das Monster von neulich«, sagte James zu dem Boss, »da helfen euch eure Zahnstocher gar nichts, da hilft nur Fersengeld. Gibt's hier irgendwo eine Höhle, in der wir uns verkriechen können?«

Dann sind wir die Gejagten, vernahm Anna Willis Worte von neulich in ihrem Kopf. Damals hatten sie in einer Frittenbude zusammengesessen und gespeist. Wie lange war das her? Drei Tage? Vier Tage? Anna hatte keine Ahnung.

Das Brüllen und Trampeln kam schnell näher, das Tier *flog* offenbar ungeheuer schnell heran.

James sah zu dem Wald hinauf. »Bis dort oben werden wir es wohl nicht mehr schaffen, es ist zu weit weg.«

Anna sah den Boss, der schon vor Angst zitterte, an. »Scheißt euch doch nicht ewig wegen jeder Kleinigkeit in die Hosen, die ihr gar nicht am Körper tragt.

Gibt's hier irgendwo eine Höhle? Hogga, hogga?« Sie zeigte hoch zum Wald.

»Nicht diese dort oben, sondern eine andere? Nogga, nogga, hogga, hogga?« Sie deutete mit linker Hand in die inzwischen öde Wildnis, die nur noch aus Geröll, Büschen und Felsbrocken bestand. »Hogga, hogga? Jetzt sag doch mal was, du Hornochse!«

Der Boss nickte eifrig. »Dogga, dogga!« Er rannte los, seine Brüder, Anna und James folgten ihm auf dem Fuß.

»Muss man denen denn alles sagen?«, brummelte James.

Der löba sah sie, begann zu brüllen und startete durch. Anna schaute sich gehetzt um, kreischte auf und rannte schneller.

Der löba nahm die Verfolgung auf sein Abendessen auf.

Der Boss spurtete quer über den Berg nach Norden. Dann änderte er die Richtung und lief weiter nach Westen, es wurde noch steiler. Anna japste nach Luft, der Staub, der aufgewirbelt wurde, brachte sie zum Husten.

Der brüllende löba holte rasch auf.

Der Boss zeigte mit seinem Speer auf eine Felswand. »Hogga, hogga!«

»Aber dort ist doch nur eine Wand«, keuchte Anna. Sie rannte aber weiter.

Noch zwanzig Meter bis zur Felswand, der löba holte ständig weiter auf.

Ein Artgenosse des Bosses stolperte, machte drei lange Ausfallschritte, dann fiel er schreiend auf die Schnauze. Der Boss und sein Bruder ignorierten ihn und rannten weiter.

»Heee! Ihr Arschlöcher, euer Kumpel ist hingefallen, wollt ihr ihm nicht helfen?« James schaute sich um, der löba war nur noch etwa zwanzig Meter hinter ihm. Er stampfte durch die Ödnis, wie der berühmte Elefant durch den Porzellanladen. Er brüllte triumphierend auf, das Gebrüll schmerzte in James' Ohren.

James rannte zurück, er schnappte sich den verängstigt schreienden Eingeborenen, stemmte ihn auf seine Schultern und schaute sich um.

Nur noch zehn Meter!

Und noch zehn Meter bis zur Felswand, James setzte zum Spurt seines Lebens an!

Anna erreichte die Felswand, die mindestens vierzig Meter hoch und Hunderte Meter lang war, als Erste. Wenn hier keine Höhle ist, dann ... Irritiert stoppte sie vor der Wand und schaute sich suchend um. »Hier muss doch irgendwo –«

Der Boss kam herangehechelt und sprang kopfüber gegen – in die Felswand!

Anna hatte mit einer großen Höhle gerechnet, sie hatte die Felswand in Augenhöhe abgesucht, jetzt schaute sie nach unten, wo der Boss verschwunden war. Dort befand sich tatsächlich ein Loch! Ungefähr fünfzig Zentimeter im Durchmesser, direkt über der staubigen Erde. Ein Rattenloch.

Des Bosses Bruder rannte heran, er sprang ebenfalls kopfüber in das Loch.

Anna überlegte nicht lange und sprang hinterher. Aber sie wirbelte sofort herum und lugte hinaus.

James kam angerannt, den löba im Nacken. »Weg daaa!«

Anna warf sich zur Seite.

James warf den Eingeborenen wie einen Sack Kartoffeln ins Loch, dann sprang er hinterher, keine Sekunde zu spät!

Der löba rannte mit voller Wucht gegen den Berg. Drinnen hörte es sich an, als wäre ein Panzer gegen eine Wand gefahren. Steinsplitter, Staub und kleine Brocken regneten auf Anna, die Indianer und James hinab.

»Hoffentlich bricht der Eingang nicht ein, dann sind wir geliefert, dann sind wir verschüttet«, sagte Anna schnaufend.

Der löba brüllte verärgert auf.

»Die lassen ihren Kumpel einfach liegen, sie werfen ihn dem Vieh zum Fraß vor. Diesen Egoismus, diese Ellbogengesellschaft kommt mir aus unserer Welt bekannt vor!«, brüllte James die Eingeborenen mit dröhnender Stimme an. Etwas Spucke tropfte aus seinem Mund.

Die Nackten drückten sich verängstigt in den Staub.

James stellte sich in voller Größe vor die Waldmänner und hob seine Dreifingerhand. »Normalerweise müsste ich euch eins in die Fresse hauen, ihr dürft doch nicht einfach euern Bruder im Stich lassen!«, brüllte er.

Assen, assen, assen!, echote die Höhle.

Die Waldmenschen umklammerten sich gegenseitig und drückten sich noch tiefer in den Staub.

Anna schaute sich um, die Höhle war nicht völlig dunkel, irgendwie schienen die Wände Licht auszustrahlen. Wenn auch ein sehr schwaches, grünliches Licht. Sie sah rechts und links aber keine Wände. Seltsam. Von der hohen Decke, die sie auch nicht erkennen konnte, tropfte Wasser. Ein Ende in der Tiefe konnte sie ebenfalls nicht erkennen. *Wo kommt dieses Licht her?*

»Lass sie James, vielleicht lernen sie doch noch, dass man seinen Mitmenschen auch helfen kann, anstatt sie aufzufressen. Oder irgendwelchen wilden Tieren zu überlassen. Aber sie müssen sich beeilen, viel Zeit haben sie nicht mehr, bei dieser Geburtenrate, vor allem bei dieser *Sterberate*.«

Der löba steckte seine Löwennase in den Eingang und begann zu schnüffeln, er schien nicht aufgeben zu wollen.

Anna stand auf, trat wie eine Elfmeterschützin ein paar Meter zurück, lief an und trat dem löba mit Picke gegen die schnüffelnde Schnauze. Der löba brüllte schmerzhaft auf, die Nase verschwand.

Anna drehte sich triumphierend um. »Seht ihr, so geht das, ihr dürft nicht immer Angst zeigen!«

Die Buschmänner starrten sie ehrfurchtsvoll an.

Anna bückte sich und schaute durch das Loch. »Verschwinde! Du blödes Vieh! Wir sind für dich doch nur was für 'n hohlen Zahn!«

Zur Antwort kam eine lange, graue Zunge herangeschnellt und wickelte sich um Annas rechtes Bein. Diese kreischte ängstlich auf, als die Zunge sie in Richtung Loch zog. James, der neben Anna stand, sprang mit seinem ganzen Gewicht beidbeinig auf die Zunge. Er sprang darauf herum wie ein Trampolinspringer. Die Zunge platzte auf und verspritzte schwarzes Blut. Der löba brüllte, dann verschwand sie.

Die Eingeborenen beobachteten die Szene zitternd und Beschwörungsformeln murmelnd.

»Es ist am besten, wir inspizieren erstmal die Bude, vielleicht kommen wir ja hinten irgendwo raus«, meinte James und deutete in die Finsternis.

Wieder erschien die Schnüffelnase. »Jetzt reicht's mir«, zischte Anna. Sie zog den glatten Stab aus dem Ärmel, trat an die Öffnung heran, holte wie ein Golfspieler aus und schlug den Stock mit aller Kraft quer über die Nase des löbas. Der Stock zuckte kurz auf und zog eine lange Furche in die Nase, schwarzes Blut spritzte Anna entgegen. Der löba brüllte auf, sie sprang zur Seite. Brüllend verschwand die Nase. »Put«, rief Anna und steckte den Stab zurück in den Ärmel.

»Ich glaube, ich mache erstmal Licht, hoffentlich ist mein Feuerzeug schon trocken.« Anna zog die Kerze (die Harry ihr in der letzten gemeinsamen Nacht gegeben hatte) und das Feuerzeug aus der Innentasche ihrer Lederjacke. Sie schnippte ein paarmal, der Feuerstein funkte. Schnipp, schnipp, schnipp.

Die Eingeborenen beobachteten Anna gespannt.

Endlich sprang das Feuerzeug an. »Geht doch«, murmelte sie und hielt die Flamme an die Kerze, der Docht fing sofort Feuer.

Die Eingeborenen schrien auf und fielen vor Anna in den Staub. »Kogga, kogga, kogga, kogga!«, riefen sie ehrfürchtig.

»Ich glaube, jetzt hast du sie verwirrt, ein Feuerzeug haben sie noch nie gesehen, geschweige denn eine Kerze. Wenn jetzt noch der Troll erscheint, dann flippen die aus«, sinnierte James und spähte in die Tiefen der Höhle.

»Soll ich denen mal mein Handy zeigen, vielleicht leuchtet das Display noch?«

»Das lass mal lieber, sie glauben schon jetzt, dass du eine Königin bist, *Kogga* wird wohl Königin oder König heißen.«

»Auffa, auffa, nogga, nogga, kogga, kogga!«, sagte Anna zu dem Boss.

Der Boss schaute sie aus dem Dreck an. »Nogga, nogga, kogga, kogga?«

»Jagga, jagga! Ich bin nur ein zehnjähriges Mädchen aus einer anderen Enterprise, sonst nichts. Genauer gesagt, aus Wattenscheid, nicht aus Bochum, musst du wissen. Das ist ein riesengroßer Unterschied, zumindest für uns Wattenscheider!«

»Ah!«, grinste der Boss und erhob sich.

Seine Kumpels atmeten erleichtert auf und erhoben sich ebenfalls, sie mochten offenbar nicht von einer Frau regiert werden.

»Wir sollten die Kerze teilen, dann haben wir zwei Leuchten«, meinte James nachdenklich.

Ohne einen Kommentar abzugeben, brach Anna die Leuchterkerze kurzerhand in der Mitte durch. James kniff den Docht mittels Fingernagel des Daumens und des Zeigefingers durch. Anna zündete die zweite Kerze an.

174

Die Eingeborenen beobachteten das Ganze staunend.

Anna ging schon wie ein Höhlenforscher los, da fehlte nur noch der Helm mit der eingebauten Lampe auf der Stirn. Sie hielt die Kerze hoch über den Kopf. »Jamie, komm mal hier hin, ich habe etwas entdeckt.«

»Nenn mich nicht Jamie, meine Lehrer –«

»Ja, ja, ich weiß, schau mal nach oben.«

An der Felswand klebten basketballgroße Gebilde. »Was ist das denn?«, grummelte James.

»Ich nehme mal an, es sind Wespennester, zumindest so etwas ähnliches wie Wespen. Jetzt machen wir Tabula rascher.«

»Was bedeutet das denn?«

»Das hat Harry mir erklärt, es ist auch Latein, Harry kennt alle Sprachen dieser Welt. Es bedeutet reinen Tisch machen, oder einen fertigmachen, wir machen den löba Tabula rascher. Wenn wir fertig sind, dann können wir endlich weitergehen.«

»Du meinst Tabula rasa?«

»Ist doch egal jetzt, heb mich mal hoch, ich schnapp mir so ein Nest, dann stopfen wir es in das Maul des Monsters, damit wir endlich weiterkommen!«

James lachte verächtlich auf. »Du willst also nur mal so ein Wespennest von der Wand pflücken, zum Monster tragen und es ihm ins Maul stopfen. Hast du dir schon mal überlegt, dass die Viecher dich angreifen könnten? Und das Monster öffnet das Maul freiwillig? Wie du bei einer Kontrolluntersuchung beim Zahnarzt?«

»Natürlich. Du musst das Monster natürlich ein bisschen reizen, damit es auch das Maul öffnet, ist doch logisch. Außerdem können wir dem Guru zeigen, dass er und seine Brüder sich wehren können und nicht immer alles hinnehmen. Sonst sind sie bald alle. Du hast doch gesehen, wenn wir den Boss nicht nach einer Höhle gefragt hätten, dann hätten sie sich anstandslos fressen lassen, dies war doch schon mal ein Anfang.«

»Wir sollen uns buchstäblich in die Höhle des Löwen begeben? Aber du hast recht, wir machen's.« James winkte nach dem Boss. »Komma, komma!«

Der Boss schlich zögernd näher, die Kerze war ihm nicht so ganz koscher.

James drückte ihm seine Kerze in die Hand, der Boss wich verängstigt zurück und starrte auf das Licht. »Halt mal fest, ich muss Anna hochheben. Und hol deinen Kumpel, er muss Annas Kerze halten.«

Der Boss reagierte nicht. »Komma, komma!«, rief James dem nächsten Pygmäen zu. Dieser schlich zögernd näher.

James hatte eine Idee. »Tuppa, tuppa!« Er schaute den Boss an. »Du wirst doch wohl deine Wundersalbe dabeihaben, oder hast du die verloren? Tuppa, tuppa!«

»Jagga, jagga!« Der Medizinmann reichte die Kerze seinem Kumpel, der hob die Hände und wich erschrocken zurück.

»Mach mal Licht, renn nicht weg!« James war verärgert, weil die Kleinen nicht so reagierten, wie er es erwartete.

Der Medizinmann lüftete seine Krone, James staunte nicht schlecht. Auf dem Kopf des Bosses stand eine kleine Schale mit der Salbe, scheinbar die eiserne Reserve. Der Boss reichte James die Schale. »Tuppa, tuppa!«

»Danke, mein Junge, ich hoffe, dieses Geschmier hilft auch gegen Wespen. Komm Anna, ich creme dich ein. Und mich, dann wickelst du deinen kaputten Pullover um das Nest und wir zeigen der Bestie mal, was 'ne Harke ist.«

James cremte Anna und sich selbst dick mit der Salbe ein.

Anna zog den Pullover aus und wickelte ihn in um den rechten Arm. »Ich muss mich auf deine Schulter stellen, sonst komm ich da nicht ran, hoffentlich bin ich dir nicht zu schwer?«

James lachte und begab sich in die Hocke. »Du Würstchen, steig auf.«

Anna kletterte auf seine Schultern.

Die Eingeborenen beobachteten das Ganze verständnislos.

»Mann, sind die riesig, dreimal so groß wie *unsere* Wespen, hoffentlich hilft die tuppa.« Anna wickelte den kaputten Pullover um das Nest, sofort umschwirrten sie die Wächter, sie stachen aber nicht zu. »Sie stechen noch nicht, lass mich schnell runter.«

Der Boss und seine Kumpels wichen zurück, als Anna mit dem Nest im Arm den Boden erreichte. Sie legte das Nest in den Dreck, zog den Stab aus dem Ärmel und übergab ihn James. »Hier, ärger das Vieh mal ordentlich. Gib ihm Saures, sagt mein Vater immer, wenn er und seine Freunde Skat spielen!«

»Ich gehe als Erster raus, das Vieh wartet mit Sicherheit schon auf uns. Hoffentlich merken sich die Pygmäen unsere Aktion.« James stiefelte zum Ausgang und kroch hinaus.

Anna hob das Wespennest vom Boden und folgte ihm.

»Die Luft ist rein«, flüsterte James. »Wo ist denn unser Teddybär?«

Anna kam von Wespen umschwirrt aus der Höhle gekrochen. Noch hielt die Wirkung der tuppa.

Der Boss und der andere Indianer erschienen mit den Kerzen in der Hand am Eingang und starrten neugierig hinaus.

»Teddybär, Teddybär, komm doch mal her!«, rief James.

»Wo bleibt er denn? Lange hält die tuppa nicht mehr«, monierte Anna, die von Hunderten schwarz-gelben Wespen umschwirrt wurde. »Scheiße, die erste hat mich schon gestochen!«

Brüllend kam das Untier bergan, es witterte leichte Beute. Der Boden erzitterte unter den stampfenden Löwenklauen.

James trat ihm mit dem Stock entgegen, er kam sich gegenüber dem Monster wie ein Zwerg vor.

»Löba, löba!«, kreischten der Boss und dessen Genossen.

Löba griff James frontal an. James wich aus, der löba war nicht besonders schlau. Er schlug dem löba den Stab quer durch das mörderische Gebiss, ein

Hauer brach ab und verschwand in dem Mondlicht. Der löba riss sein Maul auf und brüllte schmerzgepeinigt. »Wirf! Anna!«, brüllte er.

Anna holte wie ein Pitcher weit aus und warf das Wespennest dem löba ins weit aufgerissene Maul. Der Pullover mit dem stechenden Inhalt prallte gegen einen Fangzahn, knallte von einem Maulwinkel in das andere, und landete auf der noch immer blutenden Zunge. Der löba verschlang den Pullover, dadurch lag das Nest frei. Sofort flogen zahlreiche Wespen aus dem Nesteingang und griffen an!

Der löba machte einen entscheidenden Fehler, was er aber nicht wissen konnte. Er spuckte das Nest nicht aus, sondern er verschlang es in seiner Gier.

Erst passierte gar nichts. Dann brüllte der löba auf, warf seinen massigen Kopf in den Nacken und kreischte markerschütternd. Seine Löwenmähne schlug wie ein haariger Vorhang durch die Luft, er stampfte auf den Boden wie ein Kind (das an der Ladenkasse unbedingt einen Lutscher haben will), drehte sich um und trampelte den Berg hinab.

Anna drehte sich zu den Eingeborenen, die noch immer am Eingang kauerten, um. »Seht ihr? So geht das, ihr müsst euch auch mal wehren, dann wird alles gut.«

Der Boss und seine Brüder nickten ehrfürchtig.

»Komma, komma, hogga, hogga«, sagte James und gab Anna den Stab zurück.

»Nogga, nogga, witta, witta!«, kreischten die beiden.

Die ersten Blitze zuckten durch die dämmerige Finsternis, der Sonnenmond war von schweren Gewitterwolken verdeckt.

Die Eingeborenen verzogen sich vom Eingang.

»Ich glaube, gleich wird's hier fürchterlich donnern, warten wir erstmal ab, bis das Gewitter vorbeigezogen ist«, stöhnte James und kroch zurück in die Höhle.

Anna folgte ihm. »Ich dachte, in dieser Enterprise regnet's nicht?«

»Ich schätze mal, es regnet in jeder Ebene«, brummte James, »sonst wächst doch nichts, ohne Regen keine Bäume.«

»Die Wespen haben in meine Nase gestochen«, jammerte Anna, »hoffentlich ist das Gift nicht so stark.«

»Jammer nicht rum, wir haben schon ganz andere Sachen überlebt«, brummelte James.

Anna ging zurück und lugte aus dem Loch. Ein Gewitter brach los, so wie sie es in der *alten* Enterprise noch nicht erlebt hat. Die schwarzen Wolken hingen direkt über den Baumwipfeln. Sie schossen Blitze auf die Bäume ab, die Anna *so* noch nicht gesehen hatte. Als würden sie auf die Bäume *zielen*. Die Blitze waren heller, schneller und *anders* als in ihrer Ebene. Stakkatoartig zuckten sie vom schwarzen Himmel. Ein Blitz schoss in einen Redwoodbaum und fällte ihn, der fiel krachend um und fing sofort Feuer. Anna zuckte zusammen.

»Jamie, guck dir das mal an«, hauchte sie.

177

James kroch an das Loch heran. »Nenn mich nicht ... Solche Gewitter gibt's bei uns nicht, das ist ja die Hölle. Wir müssen wohl die ganze Nacht hier verbringen, haben wir denn noch Zeit?«

»Ich weiß es nicht, die Zeit ist hier so seltsam, ich habe keine Orientierung mehr. Wenn der Troll oder Strubbel hier wären, dann würden sie es uns sagen, da bin ich mir sicher.«

Die Blitze schossen in Abständen von Millisekunden vom Himmel, der Donner folgte sodann, das Gewitter wütete direkt über der Höhle.

Es regnete nicht, es *floss* vom Himmel. Die Blitze zuckten unaufhörlich, der Donner war *gewaltig*, die Wassermassen *schossen* förmlich vom Himmel, stürzten von der Felswand und flossen in die Höhle.

Die Eingeborenen zogen sich zurück und murmelten Beschwörungsformeln.

Anna und James folgten. James nahm den Pygmäen die Kerzen ab, eine übergab er Anna. Sie hoben die Kerzen in die Höhe und schritten tiefer in die Höhle hinein.

Anna konnte noch immer keine Konturen der Höhle erkennen, keine Decke, keine Wände. Die Höhle schien riesige Ausmaße zu haben. Noch nicht einmal James' Kerzenschein (der durch seine Größe natürlich viel höher reichte), erreichte irgendein Ende.

Die Eingeborenen führten sie tiefer in die Höhle hinein, es ging leicht bergan.

Du läufst in den Abgrund!, hörte Anna die Laubrasselstimme des Trolls. Sie war sicher, dass nur sie diese Stimme hören konnte. Sie ignorierte den Troll.

»Wie groß ist die Höhle eigentlich noch? Wir laufen schon seit einer halben Stunde durch die Dunkelheit«, stöhnte sie nach einer Weile.

»Hogga, hogga!«, sangen die Pygmäen im Chor. Sie waren scheinbar genauso verängstigt wie Anna, offenbar waren sie noch nie so tief in eine Höhle vorgedrungen.

»Haltet doch mal das Maul«, fuhr James sie an, »euer Geschrei macht einen ganz kirre, mit euerm Geschrei werdet ihr uns verraten! Gerade bei dem Maulwurf war's genauso, deshalb hat er euren Kumpel gefressen. Ihr müsst auch mal das Maul halten können!«

Die Eingeborenen sahen ängstlich zu James auf.

Wasser tropfte stetig von der nicht zu erkennenden Decke.

»Wenn wir so weitergehen, dann sind wir bald durch diesen Berg durch«, maulte James.

»Was ist denn dahinten?«, rief Anna und rannte los. In etwa zehn Metern Entfernung war etwas Eckiges, das *so* nicht in die Felswände hineinpasste. Wäre nicht dieses seltsame grüne Licht, dann wären sie vorbeigelaufen.

Felswände?

Ja! Sie hatten das Ende der Höhle erreicht!

Sie blieb vor einer Tür, welche ihr bekannt vorkam, stehen. »Das ist doch eine Feuerschutztür, so eine, wie sie in unserem Heizkeller eingebaut worden ist?«

James trat näher heran. »Und auch noch grau lackiert, wie bei uns, hoffentlich ist sie nicht verschlossen.« Er betätigte die schwarze Klinke und zog die Tür kurzerhand auf, sie knarrte, ächzte und schrie. »Vielleicht sollten die Kleinen sie mal ölen«, brummte er, als er in den Raum trat. »Und neu anstreichen, der Lack ist ja schon fast ab.«

Die Eingeborenen blieben in der Türöffnung stehen.

Der Raum war klein, etwa zwanzig Quadratmeter, dann endete die Höhle endgültig.

»So wie es aussieht, müssen wir wieder zurück, hier ist Ende«, meinte James.

Anna entdeckte einen etwa fünf Meter langen Tisch, der an der rechten Wand stand. »Schau mal, hier steht ein Tisch, genau wie bei uns.«

Auf dem Stahltisch, der die Zeiten anscheinend gut überstanden hatte, lagen verschiedene Dinge. Anna trat vor und schaute sich diese Gegenstände an. Ein Buch lag vor ihr. Sie hob es auf und las den Titel. »*Der Vierte Weltkrieg*«, sagte sie gedämpft. Sie drehte sich zu den Pygmäen um. »Was ist hier passiert?«, schrie sie die Kleinen an.

Die Waldbewohner zuckten ängstlich zusammen. »Nogga, nogga!«

James trat näher und begutachtete den Fund. Das Buch war in Folie eingeschweißt. »Das soll wohl so eine Art Relikt für die Nachwelt sein, schau mal hier.« James zeigte auf verschiedene eingeschweißte Bücher, die auch auf dem Tisch lagen, »Nappi, Hitler, Caligula, es sind die Überreste aus längst vergangener Zeit.«

Anna hob ein Buch auf. *Die deutsche Revolution 2088* zeigte der Umschlag.

James hob das nächste Buch auf und leuchtete es an. »*Chinas Revolution im Vierten Weltkrieg 2114 - 2119.*«

Er legte das Buch zurück auf den Tisch und ging ihn langsam bis zum Ende ab. Anna folgte ihm. »Brecht, Böll, ein Duden von *Zweitausenddreiundvierzig*, Marx, King, die haben hier alles gesammelt. Quer durch die Weltliteratur. Fragt sich nur, wer das war? Ist ja eigentlich auch unwichtig«, beantwortete er seine Frage selbst. Er hob ein Buch vom Tisch auf. »Schau mal hier, das war in meiner Kindheit mein Lieblingsbuch. *Emil und die Detektive* von Erich Kästner, das habe ich mindestens hundert Mal gelesen.« Er hob ein weiteres eingeschweißtes Buch hoch. *Die Erde 3089*. Stand auf dem Cover. Der Erdball war auf dem Cover abgebildet. »Guck mal hier, Afrika und Europa sind auf diesem Atlas verbunden und das Mittelmeer ist *viel kleiner.*« Sein Finger fuhr über den Atlantik. »Und Europa hat sich nach Amerika *gedreht*. Das ist unmöglich, dann müsste das Mittelmeer doch größer sein.« James legte den Atlas zurück auf den Tisch und schlug mit der Dreifingerhand gegen seine Stirn. »*Unmöglich* sollte ich eigentlich nicht mehr sagen.«

Anna drehte sich um und schrie die Waldbewohner erneut an. »Was wisst ihr über Napoleon? Und über Hitler?«

»Nogga, nogga!«

»Woher sollt ihr auch so etwas wissen. Ihr *könnt* es gar nicht wissen?«

179

James deutete auf eine eingeschweißte Zeitung. »Schau dir diese Zeitung mal an.«

Anna nahm die Zeitung in die kerzenlose Hand und hielt sie vor ihre Augen. Das Erscheinungsdatum zeigte den 1. November 3114. Anna schaute sich die Schlagzeile an.

Sechs Verrückte und ein dusseliger Köter wollen die Welt retten, diese Spinner!

Stand dick auf der ersten Seite. Darunter der Troll mit roter Nase. Er winkte. Anna stieß James an und tippte mit einem Finger auf das kleine Bild. »Das ist der Troll!«

James starrte auf die Zeitung. »Wo?«

»Da, unter der Schlagzeile! Ach was, nur ich kann ihn sehen. *Sechs Verrückte und ein dusseliger Köter* und so weiter kannst du bestimmt auch nicht sehen!« Anna warf die Zeitung zurück auf den Tisch.

»Nein, dort steht irgendetwas über Schmiergeldzahlungen in der Regierung, wie es auch bei uns Usus ist. Aber mal etwas anderes, wer hat diese Bücher und Zeitschriften eingeschweißt, warum kann ich mir denken, weil die Nachwelt informierte werden musste, aber *wer* war das?« James deutete auf die Pygmäen, die noch immer in der Tür standen. »*Die* mit Sicherheit nicht, *die* bekommen ja noch nicht einmal einen Nagel in die Wand geschlagen.«

»Nogga, nogga!«

Anna hob eine *Bilt*-Zeitung vom 8.4.3115 vom Tisch und riss die Plastikhülle ab.

Ameriko zündet Atombombe über dem Norddeutschen Tiefland!

Las sie.

Ein aggressiver Angriff auf Dietschland fordert über eine Million Todesopfer!
Ein Bilt-Reporter war live dabei!

Las Anna weiter.

Der Krieg um das Trinkwasser fordert Millionen Opfer!

Las Anna vor.

Dietschland antwortet mit einem Gegenschlag auf Kalifornien und New York!

Las Anna weiter.

Die Verbündeten Amrerikos zündeten daraufhin Atombomben im Ruhrgebiet und in Sachsen!

Sinnierte Anna.

Das ist der fünfte Weltkrieg!

Anna warf die *Bilt*-Zeitung auf den Tisch. »Haben wir denn gar nichts gelernt?«, hauchte sie. »Wir machen alles kaputt, wir zerstören uns selbst.«

James nahm Anna erneut in den Arm. »Schau mal auf die Buchstaben.« Er tippte auf die Zeitung. »Hier steht Bilt, und nicht *Bild*, und Ameriko, nicht *Amerika*.« Er zeigte auf das nächste Wort. »Dort steht Dietschland und nicht *Deutschland*.« Er tippte auf eine Illustrierte. »Hier steht Stirn und nicht *Stern*.

Auch der *Spiegel*, *Hitler*, *China* und *Marx* sind falsch, *anders* geschrieben. Wir sind nicht in unserer Zeit und erst recht *nicht* in unserer Enterprise, wahrscheinlich tobte hier tatsächlich ein Atomkrieg, was aber nicht heißen muss, dass es bei uns *ebenso* gekommen ist. Spögel, so ein Blödsinn, wenn das der Augstein wüsste, der würde sich im Grabe umdrehen.«

Anna löste sich aus James' Umklammerung. »Warum machen wir so etwas? Warum können wir nicht in Frieden leben? Sag mir das, James?«

James streichelte über Annas rotblondes Haar, der Stetson baumelte auf ihrem Rücken. »Vielleicht sind wir noch nicht reif für diese Welt, wer weiß es schon? Komm, lass uns von hier verschwinden, wir haben noch viel vor.«

Sie verließen die Reliktenkammer und verschlossen die Tür hinter sich.

»Und wenn«, nahm Anna den Faden wieder auf, »warum machen wir alles verkehrt?«

»Wir sind einfach bescheuert, da beißt keine Maus ein Faden ab.«

Sie gingen bergab.

»Wir müssen alles besser machen, vielleicht können wir ja noch etwas retten?«

»Das erzähle mal unseren Mitmenschen, jeder denkt doch nur an sich. Das beste Beispiel sind doch die Kleinen hier, die lassen ihren Kumpel im Stich, wenn ich mir den nicht geschnappt und mitgenommen hätte, dann hätte der löba ihn gefressen.«

Anna fasste neuen Mut. »Ja. Wir müssen aber zusehen, dass wir so schnell wie möglich von hier verschwinden, ich weiß nicht, wie lange das Tor noch geöffnet ist, vielleicht schaffen wir es noch.«

»Die Zeit drängt?«

»Ja, jetzt bin ich mir wieder sicher.«

»Warum?«

»Keine Ahnung.«

Es ging weiter bergab, die Eingeborenen sagten nicht einen Ton.

Nach einer halben Stunde erreichten sie wieder den Höhleneingang, das Gewitter tobte noch immer. Sogar der löba hatte sich verdrückt. »Scheiße«, meinte Anna, »hier steht fast kniehoch Wasser, wir können doch nicht im Wasser übernachten?«

»Kniehoch. Das sind vielleicht zehn Zentimeter. Morgen früh zeige ich den Lütten, wie man einen Gully einbaut«, brummte James. »Raus in den Regen gehe ich aber auch nicht, ich hatte schon einen nassen Arsch.«

»Bloß nicht, heute Nacht können wir noch hierbleiben.«

»Reicht die Zeit bis morgen Mittag? Ich befürchte, so lange werden wir noch brauchen.«

»Ich hoffe, aber es wird knapp.«

Das Gewitter ließ nach, der löba erschien erneut, er steckte seine Nase schnüffelnd in die Öffnung. Der Boss sprang vor und trat dem Monster gegen die Nase. Der löba verschwand brüllend. Der Boss drehte sich um und grinste stolz.

Die Eingeborenen reckten die Speere in die Luft und brüllten auf. »Löba, löba, stoppa, stoppa!«

»Sie haben es begriffen!«, jubelte Anna und schlug dem Boss und dessen Kumpane freundschaftlich auf die Schulter. »Wo schlafen wir denn heute Nacht? Hier können wir wohl nicht bleiben, ist es zu nass, da holen wir uns einen Schnupfen oder *Rheuma*?«

»Am besten, wir gehen in die Reliktenkammer, dort können wir die Tür schließen. Da scheint es mir relativ sicher zu sein, wer weiß, was hier so alles rumkriecht?« James schaute die Eingeborenen an, deren Gesichter flackerten im Kerzenlicht. »Komma, komma, inne Kammer!«

Die Pygmäen folgten Anna und James.

* * * *

»Ich könnte mal wieder eine Dusche und eine Zahnbürste gebrauchen«, seufzte Anna, als sie am nächsten Morgen die Kammer verließen.

»Frag mich mal, wie viel Zeit haben wir noch?«, brummte James und schloss die Tür.

»Ich weiß nicht, ich spüre nichts mehr, ich habe kein *Netz* mehr. Hoffentlich ist es nicht schon zu spät.«

»Was ist mit dem Troll, kann der uns nicht weiterhelfen?«

»Er ist hier ganz in der Nähe, aber er zeigt sich nicht.«

Ich hab die Gicht,
ich hab die Gicht,
so geht das nicht!

Die Eingeborenen hoben erschrocken die Augen in die Höhe und murmelten leise Beschwörungsformeln.

»Sie haben es auch gehört«, flüsterte Anna. »Also ist der Troll doch echt, ich bilde ihn mir nicht ein, ich wusste, dass ich nicht plemplem bin.«

»So langsam glaube ich auch an den Troll. Ich dachte, du spinnst. Kein Wunder, wenn nur *du* ihn *hören* oder *sehen* kannst«, meinte James mit einem schiefen Blick auf Anna.

»Die Erwachsenen glauben Kindern nie.«

Sie erreichten den Höhleneingang, das Wasser war tatsächlich verschwunden.

»Hogga, hogga!«, riefen die Eingeborenen und zeigten auf den trockenen Boden.

Das war ich,
das war ich,
ohne Gicht!

Die Eingeborenen lauschten und starrten zur nicht erkennbaren Höhlendecke, die Stimme war ihnen offenbar nicht so ganz koscher.

James schaute vorsichtig durch das Loch. »Es würde mich nicht wundern, wenn der Troll die Pfütze ausgetrunken hätte. Einen Abfluss sehe ich jedenfalls nicht.«

»Wer denn sonst?«, fragte Anna.

»Die Luft ist rein, wir können starten, der löba scheint ein Nachttier zu sein. Kerzen aus, auffa, auffa!«, sagte James.

Die Pygmäen führten James und Anna zurück, quer über dem Berg, die Hauptsonne stieg im Akkord höher.

»Heute wird's aber wieder heiß«, stöhnte Anna und lüftete ihre Lederjacke.

»Hier wird's jeden Tag heiß. Jetzt weiß ich auch, warum die nackig durch die Gegend laufen. Sogar des Nachts wird es kaum kühler, das hält ja kein Mensch aus.«

»Lass die Jacke lieber an, wenn wir *drüben* ankommen, dann kann sie uns vielleicht noch nützlich sein, wer weiß, was uns dort erwartet.«

»Wenn«, seufzte Anna.

Die Waldbewohner wechselten die Richtung, sie gingen nach Westen, es ging steiler bergan. In etwa vierhundert Metern Entfernung begann der Mischwald.

Der Berg wurde stetig steiler, die Sonnen brannten heißer. Das lose Geröll rutschte ständig unter ihren Stiefeln weg, sie bekamen kaum Halt. Der Berg schien kein Ende nehmen zu wollen. Anna stöhnte, sie hatte Durst. »Ein Himmelreich für eine ticka.«

Den Eingeborenen schien der Anstieg nichts auszumachen, sie schwitzten und schnauften nicht. »Ticka, ticka!«, meinte der Boss und deutete zum Wald.

»Der meint sicher, dass wir dort oben etwas zu trinken bekommen, sozusagen als Belohnung für den Etappensieg«, schnaufte James, rutschte aus und fiel auf die Schnauze.

Die Waldbewohner lachten trocken auf, sie schienen sich über die beiden Behaarten zu amüsieren.

»Was gibt's denn da zu lachen?«, schnauzte James und stand auf.

Die Lütten verstummten.

Anna schaute in den gelben Himmel. »Schau mal nach oben, James. Dort lauert schon eine ganze Adlerfamilie auf ein Frühstück.« Sie zählte neun Adler, die majestätisch durch die klare Luft segelten. Sie ähnelten jenem, der Anna fressen wollte, stark. »Hoffentlich bleiben die auch oben, ich habe keine Lust auf einen Rundflug?«

James schaute auf. »Bis zum Wald ist es ja nicht mehr weit, vielleicht noch fünfzig Meter. Wenn sie angreifen, dann müssen wir uns sputen. Vielleicht haben sie im Wald Angst?«

»Scherzbold, vielleicht aber auch nicht«, schnaufte sie.

Überraschend unbehelligt erreichten sie den Waldrand, Anna lehnte sich an eine Buche. »Mann, habe ich einen Durst, das war aber auch ein scheiß Hotel, kein Frühstück und kein Kakao. Ich beschwere mich bei der Direktion.«

Einer der Eingeborenen verschwand im Dickicht.

»Ein Himmelreich für ein kühles Pils«, stöhnte James und wischte Schweiß von seiner Stirn. »Ein deutsches Pils, am besten, aus dem Sauerland.«

Anna zog das Stirnband vom Haar und wrang es aus. »Das kannst du zweimal sagen, ein Himmelreich für eine Flasche *Krombacher*.«

James schaute Anna verdutzt an, erwiderte aber nichts.

Der Eingeborene kam mit drei kleinen tickas zurück, James riss sie auseinander und verteilte das Fruchtfleisch. »Ich frag mich, wo die Lütten diese Dinger herholen, die scheinen ja überall zu wachsen. Sie sind zwar etwas kleiner als die anderen, aber sicherlich auch gut?«

Sie ließen sich die tickas, die nach Ananas schmeckten, munden. Anna spähte durch das Unterholz. »Ich sehe noch immer keine Höhle.«

»Der Boss hat doch gesagt, sie ist etwa fünf Kilometer weit entfernt, da fragt sich nur, von wo aus er es meinte. Vom Camp, vom Dschungelende oder von *Kaiserslautern*?«, brummte James.

Anna schaute den Boss an. »Hogga, hogga?« Sie hob die rechte Hand und zeigte ihm erst ein, dann zwei Finger.

Der Boss zeigte ihr drei Finger. »Drei Kilometer und das bergauf«, sinnierte Anna. »Und dazu noch dieser dichte Wald.«

»Wir haben es bis hierher geschafft, dann werden wir die letzten drei Kilometer auch noch schaffen«, schmatzte James und leckte seine verbliebenen Finger ab. Er verzog ob der Salbe, die er auch abgeleckt hatte, angeekelt den Mund und spuckte auf den Boden.

Anna lachte auf und warf die tickaschale an die Seite. »Dann lass uns losgehen.«

Die Eingeborenen gingen vor.

In dem Wald war es erstaunlich ruhig.

»Ich höre gar nichts«, sagte Anna, »kein Affengebrüll, kein Vogel, nichts, noch nicht einmal Insekten gibt's hier.«

»Vielleicht ist es ein Geisterwald, oder so etwas«, brummte James.

Die Eingeborenen sagten nichts, sie konzentrierten sich offensichtlich auf den beschwerlichen Anstieg.

Die Kleinen hatten nicht einen Kratzer an den nackten Füßen, obwohl das Geröll teilweise sehr scharfkantig war. Außerdem erschwerten umgestürzte Bäume und dichtes, stacheliges Unterholz den Weg. Schon nach einem Kilometer waren Annas und James' Gesichter und Hände zerkratzt und bluteten leicht.

James hatte Annas Gedanken gelesen. »Kannst du mir mal sagen, warum die Lütten nicht einen Kratzer abbekommen, wir aber aussehen wie gegeißelt?«

Anna biss in ein Stück balla, die einer der Nackten irgendwo aufgetrieben hatte. Sie fragte sich zum wiederholten Male, *wo* die Kleinen die Früchte ernteten. Seit sie den Wald betreten hatten, hatte sie nicht einen Baum, auf dem irgendwelche Früchte wuchsen, gesehen. »Sie wissen sich besser im Wald zu bewegen als wir, ich habe es beobachtet, sie sind wahre Bewegungskünstler. Sie weichen den scharfen Dornen der Büsche einfach aus, ich hab's probiert, aber ich verletze mich nur noch schlimmer. Wir Stadtmenschen haben dieses verlernt, in den Städten wachsen ja auch nicht solche Büsche?«

James verließ den Stamm einer Esche, an dem er gelehnt hatte, und warf die Schale seiner balla in das Unterholz. »Na denn weiter! Nur noch zwei Kilometer, so hoffe ich mal.«

Die Waldbewohner übernahmen wieder die Führung.

Nach einiger Zeit versperrten umgestürzte Eichen, Kiefern und undurchdringliches stacheliges Unterholz den Weg. Die Eingeborenen fluchten und kehrten um.

Anna schob den Stetson in den Nacken und wischte Schweiß von ihrer Stirn. »Wir müssen uns einen anderen Weg suchen, wir verlieren noch mehr Zeit. Was hältst du davon, wenn ich das Zeug einfach anstecke, trocken genug ist es ja?«

»Gar nichts«, antwortete James, »dann flüchten unsere kleinen Freunde womöglich und wir finden die Höhle nie. Außerdem haben wir Gegenwind, die Flammen werden in die falsche Richtung brennen.«

Anna steckte einen Finger in den Mund, spie wegen der stinkenden Salbe aus und hielt den Finger in die Luft. »Ganz schwacher Südwind, aber zu spüren, wenn dort auch Süden liegt. Du hast recht, wir müssen den Umweg nehmen. Könnte auch auf Südwest drehen, der Wind, meine ich.«

James gab ihr einen Klaps auf den Stetson. »Schlaumeier, man könnte dich auch Wetterfee nennen.«

Sie folgten den Kleinen, die noch immer fluchend nach Osten abbogen. Sie umrundeten die Baumsperre in einem großen Halbkreis, dadurch verloren sie eine weitere halbe Stunde.

Als sie sich wieder auf dem richtigen Weg befanden, waren Anna und James vollständig durchgeschwitzt. Sie machten erneut eine balla-Pause.

Die große Sonne begann schon wieder zu sinken, Mittag war bereits überschritten.

»Noch drei oder vier Stunden, dann ist es schon dunkel«, brummte James.

»Wir schaffen es noch vor der Dämmerung, es ist ja nur noch ein, vielleicht eineinhalb Kilometer weit.«

»Wenn die Lütten mit drei auch drei Kilometer meinten, und nicht *dreihundert*«, brummte James.

»Auffa, auffa!«, drängte der Boss. Auch er schien zu spüren, dass die Zeit drängte.

James quälte sich auf die Beine. »Warum haben die hier keine Geländewagen? So einen wie Arkansas? Wie spät haben wir's eigentlich?«

Anna quälte sich ebenfalls hoch, ihr gesamter Körper schien mit einem Hammer bearbeitet worden zu sein. »Scherzbold!«

Der Berg wurde stetig steiler, zur Entschädigung wurden der Baumbestand und das Unterholz spärlicher. Anna und James fielen häufiger auf die Knie, sie fluchten, stöhnten und ächzten. Die stabilen Lederklamotten hatten *doch* schon etwas gelitten. Die ersten Risse und Löcher zeigten sich.

Die Eingeborenen bewegten sich wie Bergziegen über das Geröll, sie rutschten nicht einmal aus, Anna bewunderte die Knirpse erneut.

»Der Berg hat mindestens fünfundvierzig Grad, warum fallen die nicht hin? Wir fallen andauernd aufs Maul, die aber nicht?«, stöhnte James.

Anna stoppte und schaute den Berg hinauf. »Die Buschmänner bewegen sich wie die Ziegen. Es ist nicht mehr weit.«

»Das hast du vor einer Stunde auch schon gesagt.«

Nach weiteren zehn Minuten wurde der Berg endlich flacher, um dann auf einem Plateau zu enden. Sie hatten den Berg endlich erklommen! Auf diesem Plateau wuchsen vereinzelte Bäume – hauptsächlich Kiefern und Birken – und vertrocknete Büsche.

In etwa hundert Metern Entfernung ragte eine glatte, vertikale, graue Felswand vor Anna und James auf. Sie war mindestens vierzig Meter hoch. Das Tor war zum Glück ebenerdig, sie brauchten nicht zu klettern. Diese Senkrechte hätten sie auch nie geschafft.

Der rechteckige Höhleneingang maß etwa fünf Quadratmeter, er war im Vergleich zu der Wand winzig, dies konnte Anna auch aus der Entfernung erkennen.

»Da ist das Tor ja endlich«, flüsterte sie.

»Spürst du etwas?«

»Nicht die Bohne, komm wir verpissen uns!«

»Verpissen! Das aus dem Mund einer jungen Lady«, schmunzelte James, »hast du dir schon mal Gedanken gemacht, wie wir es anstellen sollen, damit wir auch in unsere *richtige*, das heißt eigentlich *falsche* Ebene landen? Oder doch die richtige?«

»Ja sicher, wir denken einfach ganz feste an Arkansas, denn klappt es schon. Und an Harry, vielleicht Punk«, antwortete Anna lapidar.

»Dass es so einfach ist, hätte ich mir auch denken können. Als ich das letzte Mal in einer anderen Welt war, da habe ich es auch so gehandhabt, es war ganz einfach. Tschuldigung, ich hatte es schon vergessen. Ich bin ja nicht jeden Tag in einer andren Welt«, brummte James.

Die Eingeborenen versorgten Annas und James' Wunden mit tuppa aus der Krone des Medizinmannes, die Salbe kühlte sofort angenehm. Dann gingen sie langsam, fast ehrfürchtig weiter.

Nach fünfzig Metern blieben die Eingeborenen stehen. »Schlagga, schlagga!«

Anna schüttelte verärgert den Kopf. »Ihr wisst auch nicht, was ihr wollt. Gestern Morgen habt ihr sie noch roh gefressen, jetzt habt ihr Schiss vor den Viechern. Das verstehe, wer will?«

Die Eingeborenen schüttelten mit den Köpfen. »Schlagga, schlagga, dogga, dogga, komma, komma!«

»Also gut, dann gehen wir den Rest des Weges eben allein, wir danken euch für eure Unterstützung. Macht's gut und denkt dran, ihr dürft nicht eure Brüder fressen!«, ermahnte Anna und drehte sich in Richtung Süden, wo die Höhle lag. Von Weitem sah der Eingang harmlos aus. Kein Wasserfall, kein Fluten, nichts. *Hoffentlich ist die noch auf*, dachte sie verzweifelt.

Der Boss hielt sie am Arm fest, Anna drehte sich um. Er legte ihr Daumen und Zeigefinger auf die Stirn. »Widda, widda!« Anna sah Tränen in seinen Augen.

»Das soll wohl *auf Wiedersehen* heißen«, flüsterte James.

Anna musste schlucken, sie legte ihrerseits einen Daumen und einen Zeigefinger auf die Stirn des Bosses. »Widda, widda«, flüsterte sie. Auch ihr stiegen die Tränen in die Augen.

Nacheinander verabschiedeten sich die Eingeborenen und die Menschen aus der fremden Dimension mit dieser Prozedur voneinander. Dann drehten die Urwaldbewohner um und gingen langsam zurück.

Anna und James gingen auf das Tor zu. Mit einem Schlag wurde es stockfinster. Schwarze, schwere Wolken, die fast die Wipfel der Bäume erreichten, sprangen förmlich heran.

Zwei Gewitter sprangen aufeinander zu, eins von Süden und eins von Norden.

»Witta, witta!«, riefen die Eingeborenen.

»Die Kleinen sind mir richtig ans Herz gewachsen«, sagte Anna und drehte sich noch einmal um.

»Mir auch. Lass uns zusehen, dass wir zurück in unsere Heimat kommen, gleich wird's hier nass!«

Sie winkten den Eingeborenen noch einmal nach, drehten sich um die eigene Achse und schritten zügig auf die Höhle zu.

Nach zehn Metern brach die Hölle los! Über Anna und James prallten die Wolken zusammen. Blaue, weiße und rote Blitze schossen aus den Wolken und schlugen im Wald und in die Felswand ein. Es begann zu schütten, die Wassermassen stürzten fast wie ein Wasserfall vom Himmel, binnen Sekunden waren die beiden Gestrandeten trotz deren Lederklamotten durchnässt bis auf die Haut.

Sie begannen zu rennen, Anna lief vor, der Stetson flog ihr in den Nacken.

Vom schwarzen Himmel schossen erneut Blitze, der Donner, der darauf folgte, war so laut, dass Anna erschrocken aufschrie. Sie stolperte über einen knorrigen Busch und fiel auf einen etwa zwanzig Meter langen und vielleicht fünfzig Zentimeter dicken Baum, welcher im Weg lag.

Der *Baum* schrie auf und rollte sich blitzartig zusammen!

Scheiße, das ist eine Schlange, eine Anakonda, dachte James und sprang Anna geistesgegenwärtig hinterher. Er wischte sie mit einem gewaltigen Hieb von der Schlange, bevor diese sie zusammenquetschen konnte, Anna schrie gequält auf.

Dafür erwischte die Schlange ihn, James fiel genau auf die Stelle, an der Anna vor nicht ganz einer Sekunde gelegen hatte, die Anakonda rollte den muskulösen Leib über James' Brustkorb zusammen, schlagartig blieb ihm die Luft weg.

Zur Bestätigung von James' misslicher Lage zerriss ein Donnerschlag die elektrische Luft, der ihn taub werden ließ. Gleichzeitig zitterten mehrere Blitze aus den schwarzen Wolken, schlugen in die Felswand und in einen Baum – der krachend umfiel – ein. Und er war in einer nassen Schlange eingewickelt! Wenn ein Blitz in die Schlange einschlug, dann war er erledigt. Er versuchte, seine Arme zwischen seinem Brustkorb und der Schlange zu drücken. Zwecklos! Er begann, mit seinen Fäusten auf den Schlangenleib herumzutrommeln. Die Schlange interessierte das Ganze nicht, sie zog ihren Körper weiter zusammen.

Anna flog durch James' Schlag in einen Dornenbusch, sie riss die Hände vor Augen, um sie vor die Spitzen zu schützen. Sie wirbelte herum und erkannte verschwommen durch die Wassermassen, dass James in höchster Lebensgefahr schwebte. Sie wühlte sich aus dem Busch, der seine Dornen in ihr Fleisch schlug und rannte zu James. Sie versuchte, ihn von der Schlange zu befreien. Sie krallte ihre kleinen Finger um den Leib der Boa und zog. Diese zog sich nur noch arger zusammen. Ein völlig hoffnungsloses Unterfangen, die Schlange war tausend mal kräftiger.

»Das ist Reichs-James-Erwürgen, das ist verboten!«, keuchte sie.

James traten die Augen aus den Höhlen, er schnappte mit weit aufgerissenen Augen wie ein Fisch auf dem Trockenen verzweifelt nach Luft. Ein Wasserschwall strömte in seinen Mund, er musste husten. Verzweifelt spuckte er das Wasser aus.

»Anna, tu was«, röchelte er, »das Vieh bringt mich um!«

Der Stock!, durchfuhr es Anna siedeheiß. Sie zog den Stock aus dem Ärmel und hieb hektisch auf den Leib der Schlange ein. Ihr Herz raste wie ein ICE ohne Panne auf freier Strecke. Der Stab bewirkte: nichts! So ging das nicht! Anna hob den Stock wie ein Bauarbeiter seinen Fünfkilohammer hoch über den Kopf und schlug mit aller Kraft zu. »Bist du nicht willig, so brauche ich Gewalt, Schiller oder Beethoven!«

Der Stock prallte auf die Schlange, dies ergab ein sirrendes Geräusch, der Stock vibrierte in ihren Händen. Anna schrie schmerzgepeinigt auf. Sie wunderte sich, dass der dünne Stock nicht zerbrach.

Die Boa interessierte das Ganze nicht.

Anna hatte das Gefühl, auf ein Stahlrohr einzuschlagen.

Das hatte keinen Zweck! Sie steckte den Stock zurück in den Ärmel und wischte sich das klatschnasse Haar aus dem Gesicht. Der durchnässte Stetson zerrte schwer an der Kehle.

Plötzlich erschien der Troll mit der roten Nase aus dem Nichts. Mit vor der Brust verschränkten Armen schaute er Annas Bemühungen grinsend und abschätzend zu. Hinter ihm rotierte in den Gewitterwolken eine Galaxie.

Er wurde nicht nass!

Ein Blitz schoss aus den Wolken und schlug in den Troll ein, der zuckte nur mit den Schultern, die Erde um ihn herum verbrannte.

Anna verharrte, sie starrte den Troll an. Einhunderttausend Ampere – und der rührte sich nicht!

Sie schaute erneut zu der Schlange. Die Boa reckte die Schnauze in Richtung James und riss sie auf. Sie versuchte offenbar, ihn zu verschlingen.

»Hilf mir doch, du blöder kleiner Scheißer!«, schluchzte Anna verzweifelt.

Der Troll sah Anna abschätzend an und grinste sein wölfisches Grinsen.

Anna fiel auf die Knie. Dabei riss das rechte Hosenbein an einem scharfkantigen Stein auf, sie bemerkte es kaum. Sie zog in ihrer Verzweiflung das Handy aus der Hosentasche und hielt der Schlange das Telefon wie einen Polizeiausweis vor die Augen. »Hände hoch, CIA!«, kreischte sie verzweifelt.

Die Schlange verharrte kurz und stellte die Ohren auf.

Ohren?

Die Eingeborenen kamen zurück und hieben mit ihren Speeren auf die Anakonda ein, offenbar hatten sie ihre Angst überwunden. Die Speere ritzten noch nicht einmal die Haut, die Indianer schlugen aber tapfer weiter. »Schlagga, schlagga, stoppa, stoppa!«, brüllten sie.

Die Boa zog sich kräftiger zusammen, James schrie gequält auf. Er stemmte sich verzweifelt gegen die Kraft der Anakonda.

Der Troll sah gleichgültig zu.

Ohren?

»Wann wird deine Nase wieder weiß, dann kannst du uns helfen, du Scheißer!«, schrie Anna den Troll an. »Du blöder Giftzwerg!«

Ein Doppeldonner krachte und riss ihr die letzten Worte von den Lippen.

Der Troll antwortete nicht.

Die weit aufgerissene Schnauze der Schlange näherte sich unerbittlich James' Kopf, der wie ein Aal in der Reuse zappelte.

Anna warf in ihrer Verzweiflung das Handy ins Maul der Schlange. Die verschluckte es als Vorspeise, wodurch sie ein paar Sekunden abgelenkt wurde.

Die Eingeborenen stachen jetzt auf die Augen der Schlange ein. Diese kniff die Augenlieder zusammen und verstärkte die Umklammerung.

James brüllte erneut schmerzgepeinigt auf.

Das Ende der Schlange wickelte sich ob der Angriffe gegen ihre Augen wütend um eine junge, etwa fünf Meter hohe Birke und riss sie aus der Erde, der Baum flog hoch in die Luft, überschlug sich und knallte – wohin auch sonst? – zusammen mit einem krachenden Donner auf James.

Der schrie abermals auf.

Anna stach mit dem Stock ins Maul der Boa, die biss zu, schrie gequält auf und verstärkte den Druck weiter.

Ohren?

Anna geriet in Panik, lange konnte James nicht mehr durchhalten. Sie stemmte die Hände in die Hüften und überlegte.

Der Troll mit der roten Nase lachte gehässig auf, er ergötzte sich an dem Schauspiel.

Anna kramte ihr Kleingeld aus der Tasche ihrer Lederhose und stieß den Troll zur Seite. Der flog in eine Pfütze. »Verpiss dich, du Spinner!« Sie warf die Münzen der Schlange an den Kopf. »Hände hoch, CIA!«, wiederholte sie. Der Troll trollte sich beleidigt.

Die Galaxie auch.

Die Schlange kümmerte sich nicht um die Münzen, mit einem lauten *Kratsch* riss sie einen Ast von der Birke und verschlang ihn. Er verschwand im Maul wie ein Regenwurm.

James rollte verzweifelt mit den Augen und starrte Anna an. *Hilf mir!*, rief sein verzweifelter Blick.

Anna hatte eine Idee, sie kramte ihr Feuerzeug aus der Tasche und schnippte es an. Sie hatte die vage Hoffnung, die Schlange verbrennen zu können. Aber der Regen und der peitschende Orkan löschten die kleine Flamme immer wieder.

Es war aus, aus und vorbei, James war erledigt.

Die Eingeborenen gaben die Bemühungen auf.

Anna setzte sich weinend auf den schlammigen Boden. »Ich schaff es nicht!«, schluchzte sie.

James röchelte nur noch, seine Muskeln drohten zu erlahmen, die Anakonda war zu stark.

»Ich habe doch schon alles versucht, aber sie hört nicht! Sie hört einfa...«

Hören? Ohren?

Anna verstand schlagartig! Wer Ohren hat, der kann auch hören! Sie robbte durch den Schlamm und schrie der Schlange ins Ohr. »Das ist Reichs-James-Erwürgen, das ist verboten!«, rief sie mit der Laubrasselstimme des Trolls.

James zappelte nicht mehr, er schien aufgegeben zu haben.

Die Boa schüttelte mit dem Kopf, sie zögerte kurz, als sie die Stimme des Trolls hörte. Dann zog sie sich weiter zusammen. Anna sah eine letzte Chance, die Schlange konnte augenscheinlich sehr gut hören, sie konnte wahrscheinlich auch *verstehen!*

Anna griff zum allerletzten Mittel!

Sie sprang der Schlange in den Nacken, zog den CD-Player aus der Innentasche der Lederjacke, stülpte der Schlange die Kopfhörer über die Ohren, drückte auf *Play* und stellte die Lautstärke auf die höchste Stufe.

Hoffentlich funktioniert das Scheißding noch, betete sie verzweifelt. Dies war die – James'– letzte Chance!

Motörhead begann zu musizieren.

Titel eins!

Bomber!

Anna hörte die Sirenen durch die Kopfhörer, trotz des prasselnden Regens und des Donners. Die Lautstärke war völlig überdreht, aber das kümmerte sie nicht im Geringsten.

Huuuhhh! Huuuhhh! Huuuhhh! Dröhnten die Kopfhörer.

Dann setzte eine Sologitarre, nachfolgend ein Schlagzeug ein.

Dann begann Mr. Lemmy Kilmister zu singen!

Schlagga schrie gequält auf, rollte sich auseinander und ergriff die Flucht!

Motörhead hält die stärkste schlagga nicht aus!

Anna saß wie eine Rodeoreiterin im Nacken der Anakonda, die Schlange schrie auf und peitschte mit dem Schwanz auf den wasserdurchtränkten Geröllboden, der wie unter einem Donnerschlag erzitterte. Sie schüttelte ihren massigen Leib und den Kopf, sie versuchte Anna abzuwerfen, die klammerte sich an die Kopfhörer, nagelte sie gegen die Ohren der Schlange fest und drückte ihre Schenkel in die Flanken der Boa. Das Tier schlängelte sich auf das Tor zu, Anna wartete eiskalt ab. Kurz bevor die Schlange den Wasserfall erreichte, zog Anna die Kopfhörer von den Ohren und sprang wie ein Cowboy (der bei einem Rodeo von seinem Pferd springt), ab. Sie wollte nicht in irgendeine Schlangenwelt hineingezogen werden.

Anna schrie triumphierend auf, rollte sich ab und landete schon wieder in einem Dornenbusch. Fluchend wie ein Kesselflicker wühlte sie sich aus dem Busch und stand auf.

Die Boa verschwand kreischend in einer anderen Welt.

Die Hüterin der Höhle war dank *Motörhead* geflohen!

Erleichtert wischte Anna das nasse Haar aus ihrem Gesicht und ging zurück zu James. Der lag noch immer im strömenden Regen und bewegte sich nicht, die Ureinwohner standen wie bestellt und nicht abgeholt um ihn herum.

James war tot!

Schluchzend ging Anna in die Knie und tastete nach seinem Puls. Nichts!

Anna stand auf, sie war völlig verzweifelt. Jetzt hatten sie es bis hierhin geschafft, und im letzten Moment gab James den Geist auf! Hätte sie nur auf die Warnungen der Ureinwohner gehört, hätte sie die Warnungen nur richtig *verstanden*! Natürlich! Schlagga bedeutet nicht nur Wurm, sondern auch Schlange, in diesem Fall Riesenschlange, nein Überriesenschlange! Wie alles in dieser Welt – bis auf die Ureinwohner –, war auch die Schlange viel größer als die Schlangen in *ihrer* Ebene. Doppelt so groß! Mindestens! Das hätte sie sich doch denken können! James hatte sie gerettet und hatte es nicht überlebt, es war ihre Schuld!

Anna drehte sich um, ihr Stock rutschte aus dem Ärmel und tickte mit einem lauten *Pock* auf James' Stirn. Sie ließ den nutzlosen Stock liegen und wandte sich zum Tor, es war noch geöffnet. Sie musste zurück, so oder so.

»Das war knapp. Hier, vergiss deinen Stab nicht!«

Anna wirbelte herum. James lebte, ein Wunder!

James wickelte sich aus der Umklammerung der Birke. »Es hätte dir aber auch eher einfallen können, das Vieh hat mir beinahe die Rippen gebrochen«, raschelte er.

»D... d... du lebst ...«, stammelte Anna, »ich ... ich ... ich dachte, du bist tot?«

»Als der Stab auf meinen Kopf gefallen ist, bin ich wach geworden, ich war wohl nur ohnmächtig!«, rief James gegen den Sturm an. »Das mit deinem

Kemmy hätte dir aber auch eher einfallen können«, wiederholte er. »Lass uns schleunigst von hier verschwinden, ich bin ganz nass!« James übergab Anna den Stab.

Anna steckte ihn zurück in den Ärmel. »Ich wusste doch immer, dass Harrys Musik zu etwas nütze ist, außerdem wäre ich mit dem Regenwurm auch allein fertig geworden. Ich versuchte, die Sache nur ein wenig zu verkürzen. Ich glaube, es steht fünf zu vier oder sechs für mich!«, brüllte sie James an und verstaute den CD-Player und die Kopfhörer wieder in die Innentasche.

»Wenn du dich mal nicht verzählt hast!«, schrie James zurück und richtete sich auf. Er wankte ein wenig, die Schlange hatte ihn doch etwas zugesetzt. Der strömende Regen lief über seine Glatze, sein Gesicht und versickerte in seinem Kragen.

Er betastete seinen Oberkörper. »Nix gebrochen, vielleicht ein wenig verstaucht, aber darum kann Arkansas sich gleich kümmern!«, brüllte er gegen den stürmischen Wind an.

Anna entsann sich, weshalb sie eigentlich vor Ort waren. »Dann lass uns mal zusehen, dass wir nach *Hause* kommen, du hast dich ja lange genug ausgeruht, du fauler Sack. Immer muss man alles allein machen!«

»Witzbold!«

Die Eingeborenen starrten auf das Tor. »Hogga, hogga, komma, komma!«, riefen sie im Chor.

Anna nahm den noch immer stöhnenden James bei der linken Hand. Der Sturm riss ihr fast die Worte von den Lippen. »Komm, ich pass auf dich auf, sonst landest du noch in der Schlangenwelt!«

»Was ist mit deinem Kleingeld? Wollen wir es nicht auflesen und mitnehmen? Wer weiß, wie wir die Zukunft hier verändern!«, schrie James.

»Das lassen wir hier!«, schrie Anna zurück. »Der löba wird heute oder morgen einen ehemals weißen, kaputten Rollkragenpullover ausscheißen, den müssen wir auch hierlassen. Willst du so lange warten und ihn dann aus seiner Scheiße buddeln? Das geht nicht! Das Tor ist nicht mehr lange geöffnet!«

»Nein!«

Sie winkten den Eingeborenen noch einmal zu und torkelten zu dem Wasserfall. Die Pygmäen winkten zurück.

Anna hielt sich im Windschatten von James, damit der Wind sie nicht umriss.

Die Wolken schickten zum Abschied grelle, zuckende Blitze und fürchterlichen Donner.

»Und denk an Arkansas, damit wir nicht was-weiß-ich-wo landen! Und an Harry oder an Willi, vielleicht auch an den scheiß Köter! Von mir aus auch an deine Großmutter, wenn's denn hilft«, schrie Anna gegen den heulenden und tobenden Sturm an.

Der Höhleneingang zeigte sich seltsam verändert, verwischt und wabblig. Wie durchsichtiges Gummi, das hin- und hergezogen wird. Es war höchste Eisenbahn, das Tor drohte sich zu schließen. Anna und James sprangen, ohne eine

Sekunde zu zögern in die Höhle, sie *schwammen* in *ihre* Ebene zurück. Das tobende Gewitter, die Schlange und die Waldmänner ließen sie hinter sich.

* * * *

Die Eingeborenen schauten den Besuchern kopfschüttelnd hinterher. »Warum sprechen die eigentlich so seltsam? Und was sollte das Gekritzel auf unserem Kochtopf?«, rief der Boss gegen die Wassermassen und Donnerschläge, welche vom Himmel stürzten, an.

»Wer weiß, aus welcher primitiven Welt sie stammen«, antwortete sein Bruder, »aber deine Idee mit den Menschenfressern war jedenfalls vom Feinsten. Echt cool, ey. Die haben doch tatsächlich geglaubt, wir fressen unsere eigenen Kumpels, sind die blöde!«

Der Boss ging los. »Aber die Schlange haben sie – hat Anna – sehr gut fertiggemacht. Der scheiß Stock ist offenbar absolute Spitze. Kommt, lasst uns nach Hause gehen.«

Kapitel VI

Tod und Troll

Figuren eines Schachbretts, willenlos, von fremder Hand geleitet, das sind wir.
(Omar- e Chajjiam)

Eingekesselt

Goebbels kannte den Weg, welchen seine Feinde fuhren, schließlich hatte dieser seltsame Mann den Wegeplan in seinem Gehirn eingebrannt. Dass dabei ein paar (oder etwas mehr) Gehirnzellen draufgegangen sind, störte ihn nicht weiter, denn er bemerkte es nicht.

Wie auch.

»Eva, wir werden König und Königin dieser Welt sein!«, schwärmte er erneut.

Goebbels fuhr nur noch im Schritttempo, sie hatten ihr Ziel fast erreicht.

Er drehte den Kopf zum Beifahrersitz, auf dem Eva saß. »Wir müssen nur reichlich Nachwuchs schaffen. Arische Menschen, über die wir herrschen können.«

»Oink, oink!«

»Als Erstes fliegen wir rund um den Globus und suchen auf den anderen Kontinenten nach Überlebenden, dann sortieren wir aus. Wer nicht für uns ist, ist gegen uns. Die gegen uns sind, kommen dann lebenslang ins Straflager oder werden gleich umgelegt.« Goebbels' glänzende Augen starrten Eva irre an.

»Oink, oink!«

»Dann bauen wir Raketen, die bis ans Ende des Universums fliegen. Die Außerirdischen nehmen wir gefangen oder töten sie.« Er sabberte, sein Speichel spritzte gegen die Windschutzscheibe. »Es sei denn, sie unterwerfen sich uns, dann sind wir die Könige des Universums. Ha, ha, ha, wir werden über alles und jeden herrschen.«

Goebbels stoppte an einem verlassenen Haus, der Van stoppte hinter ihm. Er stieg aus, marschierte etwa hundert Meter die Straße entlang, bog in einen Waldweg ab, blieb vor einer zertrümmerten Schranke stehen, und orientierte sich. Dann marschierte er zurück und ging zu Heikos Van.

Der ließ die Seitenscheibe runterfahren. »Wo gurkst du eigentlich rum? Ich –«
Heiko schaute in Goebbels' irre Augen und brach ab.

»Wir lassen die Karren hier stehen und gehen zu Fuß weiter. Heute Nacht greifen wir an!« Er nickte mit dem Kopf hoch in den Wald. »Sie haben sich irgendwo dort oben verkrochen. Und denkt dran, keine Gefangenen, noch nicht einmal die Negerin, wenn wir hier fertig sind, kann ich mir so viele Negerinnen halten, wie ich will. Schöne Negersklaven. Diese Seuche hat auch ihr Gutes, vielmehr nur Gutes, ich kann die Welt nach meinem Gutdünken gestalten.«

»Was ist, wenn sie unsere Autos finden und unsere Waffen klauen?«, fragte Lydia vom Beifahrersitz.

Goebbels öffnete die Hecktür des Bullys. »Wir schließen sie natürlich ab, du blöde Kuh! Und außerdem sind die irgendwo da oben im Wald und warten, ich glaube nicht, dass sie aus ihren Löchern kriechen und nach irgendwelchen Autos

Ausschau halten werden. Sie warten auf irgendetwas. Was das ist, weiß ich nicht.«

Heiko, Lydia und der vermummte Rudi verließen den Van.

»Jeder bekommt zwei MPs«, erklärte Goebbels, »und erstmal vier Handgranaten, wir haben ja genug.« Er sprach wieder völlig normal, der irre Slang aus seiner Stimme war verschwunden, vorerst verschwunden. »Und schließt euere Karre ab.«

»Kommt mit«, sagte Goebbels, als er die Waffen verteilt hatte, »wir müssen uns einen schönen Platz suchen, von wo aus wir angreifen können.« Er ging zügig los, die Kumpane folgten.

Den Waldweg, den er gerade betreten hatte, ließ er rechts liegen. Nach etwa fünfzig Metern folgte ein zweiter Waldweg, Goebbels bog rechts ab. Kurz darauf standen sie vor einer rot-weißen – intakten – gestreiften Schranke.

»Von hier aus greifen wir heute Nacht Punkt null Uhr an.« Goebbels deutete nach Osten. »Dort oben müssen sie sich irgendwo verkrochen haben.«

»Woher weißt du das eigentlich?«, spöttelte Lydia. »Sie können sich doch sonst wo verkrochen haben, schließlich hatten wir keinen Sichtkontakt?«

»Das hat mir der seltsame Mann gesagt, der vor meiner Windschutzscheibe gehangen hat.«

»Welcher Mann?«, fragte Heiko.

»Ja, welcher Mann, das frage ich mich auch schon die ganze Zeit. Kommt, wir kehren um, wir haben den ganzen Tag Zeit für unsere Vorbereitungen.«

Lydia grinste Heiko an und tippte mit einem Zeigefinger gegen ihre Stirn. Die Allerweltgebärde für *verrückt*.

»Was willst du den ganzen Tag vorbereiten? Warum greifen wir nicht gleich an und schießen sie in Stücke?«, fragte Rudi.

»Wir müssen die Waffen und unsere andere Ausrüstung überprüfen, etwas essen, wir müssen auch mal wieder ein bisschen schlafen, schließlich sind wir die ganze Nacht durchgefahren, du Schlaumeier, denk doch mal ein bisschen nach, du Idiot!«

»Zu futtern haben wir aber nichts«, bemerkte Lydia spitz.

»Wir haben aber noch einen Kasten Bier, dann muss es eben ohne Essen gehen.« Goebbels machte kehrt und ging zu den Autos zurück. »Ihr fangt schon mal an, ich muss noch etwas mit Eva erledigen. Eva, komm hier hin!«

Eva kam aus dem Wald gewieselt.

»Was hat der denn andauernd mit dem Schwein zu erledigen?«, fragte der vermummte Rudi auf dem Rückweg zu den Autos.

Lydia lächelte verschmitzt. »Keine Ahnung«

* * * *

Ark schlug die Augen auf.

»Guten Morgen, vielmehr guten Mittag, du Schlafmütze«, begrüßte Harry sie. »Wir haben schon alles umgeladen, fragt sich nur, was wir mit dem Taxi machen.«

Arkansas rieb über ihre verschlafenen Augen. Nach der Ankunft in dem Wald hatte sie sich ein wenig hingelegt, jetzt wurde es schon bald Mittag. »Wir müssen die Karre verschwinden lassen, ist doch klar. Wenn Goebbels den Wagen sieht, dann weiß er sofort, dass wir hier sind!«

Das weiß er so oder so, sandte Strubbel.

»Woher weißt du –«

Ic weiß es!

Arkansas quälte sich aus dem Geländewagen. Die Sonne schickte ihre lebensspendenden Strahlen vom wolkenlosen Himmel durch das laublose Astwerk. Es war warm, mindestens zwanzig Grad. Es hätte so schön sein können, allerlei Vögel zwitscherten, Elstern krächzten, Eichhörnchen huschten durch die Bäume. Ark stöhnte und entledigte sich ihrer Lederjacke.

Die Luft roch einmal abgesehen vom vermodernden Laub nach Frühling, aber da war noch etwas anderes. Ark schnüffelte wie ein Hund. Das war doch –

»Strubbel, du Sauköter, hast du schon wieder gefurzt? Fucking Dog!«

Ic bin unsculdig!

»Vogelfutter verursacht Blähungen«, entschuldigte sich Punk.

»Was futterst du so ein Zeug auch!« Ark schaute sich um, im hellen Sonnenlicht sah das Ganze schon wieder anders aus. Sie war in ein Waldloch gefahren, welches etwa zehn bis zwölf Meter im Durchmesser maß. In jede Himmelsrichtung befanden sich steile Böschungen, bestimmt drei, vier Meter hoch. Sie bezweifelte, dass sie den Geländewagen wieder aus dem Loch herausbekam, Geländegang hin oder her.

Sie trat an den Nordhang und versuchte ihn zu erklimmen. Es war sehr schwer, die Erde unter ihren Füßen war locker, dazu behinderte rutschiges, klebriges Laub und heruntergefallene Äste ihren Aufstieg. Ark musste ihre Hände zu Hilfe nehmen. Den letzten Meter zog sie sich am Ast eines Ahornbaumes hoch. Oben angekommen, waren die Lederhose, ihr nicht mehr ganz weißer Rollkragenpullover und die Winterstiefel verdreckt, ihre Hände nicht minder. Sie entdeckte die Abdrücke der Reifen des Geländewagens und folgte der Spur. »Hier bin ich durchgefahren?« Nach hundert Metern endete der Wald an einem Weg, dort stand auch Harrys Taxi. Sie drehte sich um und schaute in Richtung Loch, der Geländewagen und ihre Freunde waren nicht zu sehen. Zufrieden ging sie zurück.

Als Arkansas zurück war, verteilte Punk gerade drei Flaschen Mineralwasser. »Mehr haben wir nicht mehr, das Bier ist auch schon ausgegangen.«

Die letzten Biervorräte hatten Punk und Strubbel im Laufe des letzten Tages vernichtet.

»Schon ist gut, du säufst ja wie ein Loch«, schmunzelte Harry. Er drehte an seinem letzten Joint.

Ark nahm den Joint in Empfang und rauchte ihn an. »Das Versteck ist ja klasse, sie können uns von dem Waldweg aus nicht sehen, aber das Loch könnte auch eine ganz schöne Rattenfalle sein, wenn wir entdeckt werden. Schließlich haben unsere Gegner Handgranaten.« Sie gab den Joint an Harry weiter und nahm ihren Bogen.

»Du willst Goebbels doch wohl nicht mit diesem Holzknüppel aufhalten?«, säuselte Susanna, die noch immer von Strubbel bewacht wurde. »Sie haben Handgranaten und Maschinenpistolen.«

Arkansas ging auf die Bemerkung Susannas nicht ein. »Morgen oder Übermorgen in der Frühe öffnet sich das Tor. Dann sind wir eh verschwunden. So lange müssen wir uns halten, egal wie.« Sie wandte sich zu Strubbel. »Wann kommen die beiden *Freischwimmer* denn wieder?«

Bald, so genau weiß ic das auc nict! Ic scätze mal, eute Nact!

»Geht's denen gut?«

Weiß ic doc nict, bin ic ein Weltenbummler?

»Aber du hast doch gesagt – *gedacht* –, dass sie etwas mitbringen? Was ist das denn nun, ich will es endlich wissen?«, fragte Harry.

Ja!

Damit war für Strubbel die Diskussion beendet, er taperte in den Wald. Mit den Hängen hatte er dank seiner Bärentatzen keine Probleme.

»Am besten, wir lassen das Taxi erstmal verschwinden«, meinte Willi.

Gemeinsam krabbelten die Gestrandeten wie Wühlmäuse den Hang hoch. Punk blieb bei Susanna und hielt mit ihrem kürzlich erbeuteten Opinel-Messer Wache.

»Hier bin ich durchgefahren? Ohne einen Baum zu rammen?«, meinte Ark erneut erstaunt, als sie das Waldstück durchquerten.

Harry deutete auf die beiden Außenspiegel, welche im Laub lagen. »Hier war's ein bisschen eng.« Er bückte sich, hob die Spiegel auf, ging zum Taxi und warf sie in den Kofferraum. »Und wenn wir die Karre im See versenken?«, überlegte er laut.

»Das ist Umweltverschmutzung, wir müssen den Wagen einen Abhang runterschieben, dann mit Laub und Äste tarnen. Ich war beim Bund Panzerfahrer, ich weiß, wie man so was macht«, erwiderte Willi und erntete beifälliges Nicken von Saskya.

»Die richtige Größe hast du ja«, frotzelte Harry.

»Du wärest beim Bund wahrscheinlich Leuchtturm geworden«, konterte Willi.

»Ich habe verweigert. Hätte ich gewusst, dass wir mitten in einem Krieg landen, dann hätte ich das nicht getan.«

»Vor fünfzehn Tagen oder drei Wochen haben wir ein ganz normales Leben geführt, wer konnte denn wissen, dass wir in solch einen Schlamassel landen?«, ergänzte Ark. »Welches Datum haben wir heute, den dreißigsten Oktober?«

»Nein, den ersten oder zweiten November, schätze ich mal. Meine Uhr hat keine Datumsangabe«, erwiderte Willi.

»Ist ja auch schnuppe«, meinte Harry. Er öffnete die Tür und kurbelte am Lenkrad. »Hier geht's ein bisschen bergab. Wir schieben die Karre in die kleine Mulde da ...«, er nickte hinter sich, »... und dann kannst du deine Tarnkünste beweisen.«

Gesagt, getan, unter Willis professionellen Anweisungen tarnten sie das Taxi.

»Wenn dies die Grünen sehen könnten. Wir haben noch nicht einmal das Öl abgelassen, der Tank war ja schon leer. Und die Bremsflüssigkeit auch nicht«, stöhnte Harry, als sie vor ihrem vollendeten Werk standen.

Arkansas warf einen Ast eines Bergahornbaumes auf den Wagen. »Die haben doch ihre Ideale verkauft, als sie Achtundneunzig mit in die Regierung gewählt wurden. Die würden sogar Altöl in die Nordsee kippen, wenn's, dem Zweck dient, so machtgeil sind die inzwischen geworden.«

»Da hast du auch wieder recht, außerdem war hier irgendwo mal 'ne Müllkippe, wer weiß, was die Leute hier so alles verbuddelt haben«, meinte Harry und warf einen Haufen Laub auf die Motorhaube.

»Hier war mal eine Müllkippe?«, fragte Willi.

Harry deutete mit dem Finger nach Norden. »Irgendwo da hinten, ich wohnte ja hier in der Ecke, da weiß man so etwas. Außerdem hat mir dies ein alteingesessener Bönener gesagt, vor Jahren zwar schon, aber ich hab's mir gemerkt. Der Mann ist sicher schon verstorben.«

Von dem Taxi war inzwischen nichts mehr zu sehen, es war völlig mit dem Wald verschmolzen, man konnte noch nicht einmal die Funkantenne erkennen, Willi hatte sie abgebrochen und vorschriftsmäßig in den Kofferraum gelegt.

Harry sog die warme Nachmittagsluft in seine Lungen. »Gute Arbeit, Kleiner, du bist ein echter Tarnkünstler.« Er schlug Willi auf die Schulter.

Willi und kratzte über seinen spärlich behaarten Kopf. »Gelernt ist gelernt, haben wir auch nichts vergessen, *Langer*?«

»Du Tausendprozentiger, unsere letzten Vorräte sind verstaut, Stan und Ollie auch, wir haben an alles gedacht. Komm, wir gehen zurück, Punk ist mit Susanna ganz alleine«, meinte Ark.

»Punk wird mit der Schwarzhaarigen schon fertig, außerdem ist der Köter auch noch da«, sagte Harry und setzte sich in Bewegung. Die drei Gestrandeten marschierten zurück zu ihrem Stützpunkt.

»Wird auch langsam Zeit, dass ihr zurückkommt, ich muss mal für kleine Mädchen«, wurden sie von Punk empfangen. Sie sprang aus dem Geländewagen und suchte schleunigst das Weite.

»Warte!«, rief Harry.

Punk stoppte und drehte sich um. »Was ist denn?«

Harry ging zum Heck des Wagens, öffnete die Tür und kramte aus den ergründlichen Tiefen seines Beutels einen Klappspaten und eine Rolle Toilettenpapier heraus. »Hier, damit kannst du ein Loch buddeln, und deinen kleinen Arsch abwischen.«

Punk trampelte nervös auf der Stelle, sie hielt es kaum noch aus. »Klopapier, so ein Luxus!« Sie grapschte Harry die Utensilien aus der Hand und verschwand schleunigst.

»Ich muss auch mal«, sagte Susanna leise.

Strubbel kam zurück, er leckte über seine blutigen Lefzen. *Ic ge mit und pass auf sie auf!*

»Du willst mir beim Pinkeln zusehen? Das erlaube ich dir nicht!«, protestierte Susanna.

Bist du unsere Gefangene oder ic? Mitkommen! Du ast ier gar nicts zu melden, wer ier wem etwas erlaubt, das entsceiden noc immer wir!

Susanna fügte sich ihrem Schicksal.

* * * *

Punk krabbelte auf allen vieren – den Spaten zwischen die Zähne und die Rolle Klopapier zwischen Kinn und Brust geklemmt –, den Hang hoch und brach durch das Unterholz, sie eilte in westliche Richtung. In einer Birkenschonung stoppte sie und rammte den Spaten, den sie schon auf dem Weg aufgeklappt hatte, in die Erde. Das Blatt des Spatens hackte in eine große Wurzel. Punk steppte auf einer Stelle (wie ein Jogger, der vor einer Schranke warten muss), auf dem Waldboden herum. »Ich scheiß mir gleich in die Hosen!«, jammerte sie. Panisch hackte sie den Spaten an einer anderen Stelle in die Erde. Der Spaten stieß auf keinen nennenswerten Widerstand. Endlich! Punk buddelte in höchster Alarmbereitschaft ein Loch, setzte sich in die Hocke und ließ ihrem Drang freien Lauf. Die Schweißausbrüche ließen nach. »Seit wann buddel ich denn ein Loch, wenn ich muss? Das sind ja ganz neue Sitten«, murmelte sie.

Ein Kaninchen flitzte vorbei, sein Kumpel folgte ihm. »Wann hatte ich eigentlich das letzte Mal einen Kaninchenbraten?«, überlegte sie laut. Punk beobachtete das Loch, aus dem die Vierbeiner gekrochen kamen. Sie wischte sich den kleinen Hintern ab, buddelte das Loch wieder zu und schlich mit hoch über dem Kopf erhobenen Spaten vorsichtig an das Loch heran. Sie hielt vor Spannung und Erwartung die Luft an, sie musste keine zwei Minuten warten. Ein großes Kaninchen reckte den Kopf aus dem Loch. Punk war bereit zum alles entscheidenden Schlag. Doch das Kaninchen roch Lunte, es flitzte los wie die Feuerwehr, Punk fluchte und rannte hinterher. Das Kaninchen schlug vorsichtshalber Haken und rannte, als wäre der Teufel hinter seiner Seele her. Was ja auch irgendwie stimmte. Das Kaninchen war klein und flink, Punk auch, sie ließ sich nicht abschütteln. Ab und an musste sie gebückt durch das Unterholz brechen, die Äste der jungen Bäume und Dornen irgendwelcher Büsche peitschten in ihr Gesicht, an die Hände. Mehrmals stolperte sie über umgefallene Bäume oder irgendwelche Wurzeln. Das Kaninchen gewann an Vorsprung, schon acht oder neun Meter, Punk keuchte und fluchte. Sie rammte mit der Schulter eine junge Birke, torkelte gegen eine junge Eiche, verlor das Gleichgewicht, verhakte sich mit dem rechten Schuh in einer Wurzel und fiel im hohen Bogen durch die Luft. Wobei der Spatenstiel aus den kleinen Fingern glitt, sich überschlagend durch die Luft wirbelte und genau im Nacken des Nagetiers landete. Dieses fiel wie vom Blitz getroffen um. Punk beobachtete das Ganze auf dem Waldboden liegend. Sie spuckte eine Handvoll Laub aus. »Alle neune«, murmelte sie noch immer Dreck spuckend. »Ich frage mich nur, warum der Spaten das Vieh getroffen hat, warum ist er nicht an einem Baum hängen geblieben?«

Punk erhob sich. »Hier stehen doch genug Bäume rum.« Sie klopfte die Erde und das Laub von ihren Klamotten und ging zu dem erlegten Wild. Sie zog ihr Opinel-Messer aus der Schimanski-Jacke, arretierte die Klinge, schlitzte dem ohnmächtigen Kaninchen die Kehle auf und ließ es an einer ausgestreckten Hand ausbluten. Das Kaninchen zappelte eine Weile, die letzten Nerven zuckten, dann war es im Kaninchenhimmel eingetaucht. Oder auch geflogen, je nachdem.

Hernach zog sie dem Tier fachmännisch das Fell ab, entnahm die Innereien und verbuddelte die Überreste. Sie hatte Übung darin, wenn man auf der Straße lebt, dann muss man sich schon mal etwas einfallen lassen. Sie schulterte ihre Beute, ging zu ihrer *Toilette*, klaubte das Klopapier vom Laub und begab sich zurück zum Geländewagen. »Die werden staunen.«

* * * *

»Wo warst du denn so lange?«, fragte Ark, als Punk den Abhang heruntergestolpert kam. »Und wie siehst du aus? Dein Gesicht und deine Hände sind ja völlig zerkratzt.«

Punk warf das Kaninchen auf die Haube des Geländewagens. »Renn du mal einem Nager durch diesen Urwald hinterher, dann siehst du nicht anders aus.« Sie schaute Willi an. »Heute Mittag gibt's Kaninchenbraten. Wir haben doch noch zwei oder drei Dosen grüne Bohnen? Und zum Nachtisch Pfirsiche, oder nicht?«

»Natürlich«, sagte Willi, »und Gewürze haben wir auch reichlich, ich mache euch einen Festbraten, danach werdet ihr euch jeden Finger ablecken. Das Kaninchen braten wir überm offenen Feuer. Du hast ja schon das Fell abgezogen und ausgenommen ist es auch schon. Die Bohnen können wir mit dem Campingkocher aufwärmen!«

»Ach wie romantisch«, spöttelte Susanna.

Punk hob den Spaten. »Halts Maul oder ich brate dir eins über!«

Susanna zuckte ängstlich zusammen und verzog schmollend die Mundwinkel.

Willi schlug sich mit der Hand gegen die Stirn. »Wir haben doch keinen Campingkocher, den haben wir neulich in der ganzen Aufregung, als die Nazis kamen, vergessen!«

Harry ging zu seinem Ledersack und wühlte in den unergründlichen Tiefen herum. »Wer sagt das denn?« Triumphierend zauberte er einen blauen Gaskocher hervor.

»Wo hast du den denn her?«, fragte Willi.

»Aus dem Kaufhaus, das wir nachher abgefackelt haben«, erklärte Harry und zog an seiner Zigarette.

»Soll ich dich verbinden?«, fragte Ark Punk fürsorglich.

»So ein paar Kratzer, schmier da ein bisschen Salbe drauf und dann ist es gut.«

Harry und Willi schichteten schon einen Haufen kleiner Äste auf. »Wir brauchen zwei Astgabeln und einen dicken Ast, auf dem wir das Tier aufspießen können.« Willi verschwand im Wald.

* * * *

Lady D, der fremde Mann und Dr. Kohl ließen eine Schonung hinter sich, sie gingen querfeldein.

»Sie haben anscheinend einen Kompass im Hirn, wissen Sie eigentlich noch, wo Sie langgehen müssen?«, keuchte Lady D. Sie war das Laufen – erst recht nicht querfeldein –, überhaupt nicht gewohnt. Gut, dass sie Stiefel trug, der Weg war tief und matschig.

Kohl in seinen Halbschuhen war da schon schlechter dran, immer wieder vernahm Lady D sein Fluchen ob des unbequemen Weges. Er hielt des Öfteren an und stützte sich an einem Baum ab, dabei keuchte er schwer. Der fremde Mann hatte eine Engelsgeduld mit ihm, er wartete dann. Trotz *dessen* Halbschuhe, die sicherlich nicht billig gewesen waren, hatte er keine Probleme mit dem Terrain.

Lady D ging der Schlappschwanz mit seinem Gejammer auf die Nerven, am liebsten hätte sie ihn zum Teufel gejagt, aber sie brauchte ihn noch.

»Ich gehe erstmal der Nase nach, irgendwann übernimmt dann der Instinkt«, erklärte der Mann und betrat einen befestigten Weg. »Wir folgen diesem Weg.« Er wandte sich nach rechts, weiter in Richtung Osten.

»Warten Sie doch, ich bin hingefallen!«, jammerte Dr. Kohl.

Lady D und der Mann drehten sich um, Kohl war in eine Pfütze gefallen, er kniete auf dem schmierigen Lehmboden und zeterte. »Warum müssen Sie uns aber auch in so eine unwirtliche Gegend führen, wenn ich mir die Bemerkung erlauben darf!« Sein ehedem blauer Anzug von der Stange war mit Matsch verschmiert, in seinem schütteren Haar klebten Laub und Matschklumpen, auch in seinem roten Bart klebten die dunkelbraunen Klumpen. Er wischte sie weg, rückte seine Brille zurecht und stand auf.

Das Vogelgezwitscher schien ihn zu verhöhnen, eine Krähe oder Elster *lachte*. Zwei Eichhörnchen beobachteten das Ganze aus einer sicheren Entfernung hoch oben in einer Eiche.

Lady D ließ ihr Taubengurren verlauten, der Mann lachte ebenfalls. »Sie können ja hierbleiben, wenn Sie wollen, niemand zwingt Sie mitzukommen«, sagte der Mann, drehte sich um und ging weiter. Lady D folgte ihm. »Vielleicht sollten wir den Schlappschwanz *doch* hier zurücklassen«, bemerkte der Mann, »er ist uns doch nur ein Klotz am Bein, ich wette, wenn's brenzlig wird, macht der sich von dannen.«

»Ich würde ihn lieber jetzt als gleich loswerden, das können Sie mir glauben, aber ich brauche ihn noch.«

Der Mann folgte dem Weg und bog links ab. Er schaute Lady D erstaunt an. »Sie brauchen ihn noch? Fragt sich nur wofür?«

»Keine Angst, *dafür* nicht, *dafür* sind Sie zuständig. Übrigens ...«, meinte sie mit einem schrägen Blick auf den Mann, »... es wird mal wieder Zeit.«

»Aber doch nicht vor all den Leuten«, grinste der Mann.

»Warum nicht?«, gurrte Lady D.

Eine Weile gingen sie schweigend nebeneinander her, Kohl folgte in fünf Metern Abstand. Mittlerweile war sein Anzug nur noch ein verschlampter Putzlappen, er schien noch ein- oder zweimal hingefallen sein. Seine Brille war verschwunden, er stützte sich auf einen Stock, den er irgendwo gefunden hatte. Er konnte das rechte Bein nicht mehr voll belasten.

»Was gedenken Sie zu tun, wenn wir dieses hier hinter uns gebracht haben?«, fragte Lady D unvermittelt.

»Das weiß ich noch nicht, ich muss erstmal sehen, was wir vor uns haben, wer weiß, was noch kommt.«

Lady D deutete mit einem Daumen über ihre Schulter. »Wenn wir den losgeworden sind und wir *werden* ihn loswerden, dann können wir uns doch zusammentun. Jeder so ganz allein auf dieser verlassenen Welt ist doch auch nicht zu empfehlen?«

»Wenn ich bedenke, dass Sie mich nach meinem Job liquidieren lassen wollten, dann ist das aber kein besonders guter Vorschlag.«

»Woher wissen Sie das?«, fragte Lady D gelangweilt.

»Sie streiten es ja noch nicht einmal ab.«

»Nein, warum auch? Jetzt sind Sie mal nicht so nachtragend, tun wir uns zusammen, oder nicht?«

Der Mann dachte an die heißen Szenen, die er mit dieser Rassefrau erlebt hatte. »Vielleicht.«

Kurze Zeit später blieb der Mann abrupt stehen und hob die Hand.

»Was ist?«, fragte Lady D.

»Hören Sie die Stimmen nicht? Dort unterhalten sich doch Menschen.« Der Mann deutete mit einem Nicken nach Norden, er hatte scheinbar Ohren wie ein Luchs.

»Nein, ich höre nichts«, meinte Lady D flüsternd.

»Ich höre auch nichts«, lispelte Kohl, der aufgeschlossen hatte.

Der Mann zog seine Waffe und verließ den Weg, er ging wieder durch das Unterholz in Richtung Osten. »Es ist am besten, wir gehen diesen Leuten erstmal aus dem Weg.«

Lady D zuckte mit den Achseln und folgte ihm, Kohl fluchte leise und dackelte hinterher.

Der Mann drehte sich zu Kohl um. »Schnauze!«

Kurze Zeit später überquerten sie einen befestigten Weg. Kohl atmete auf, aber der Mann brach weiter durch das Unterholz. Kohl fiel schon wieder auf die Nase und fluchte gedämpft, Lady D verzog spöttisch die Lippen.

Sie erreichten den Hochsitz eines Jägers, der etwa vier Meter hoch und Platz genug für drei oder vier Personen hatte.

»Der Hochsitz ist so gut wie neu, riechen Sie mal, die Pfosten riechen wie frisch geschlagen«, sagte der Mann und stieg sofort die Holzleiter hinauf. Lady D war's egal, sie zuckte mit den Schultern und folgte ihm.

Kohl ließ seinen Stützstock fallen und quälte sich stöhnend die Leiter hoch. Sein Fuß schien wieder einigermaßen in Ordnung zu sein.

Lady D setzte sofort das Fernglas vor die Augen und suchte die Umgebung ab. Sie deutete nach Nordosten. »Dort sehe ich Qualm oder Rauch aufsteigen, ich erkenne aber keine Menschen, da muss ein Loch oder eine Grube sein.«

Kohl schnüffelte mit hocherhobener Nase. »Da wird irgendetwas gebraten, oder gegrillt, wir können hingehen und nachfragen, ob wir nicht etwas abbekommen. Ich habe fürchterlichen Hunger, wenn ich mir die Bemerkung erlauben darf.«

Lady D schaute ihn spöttisch an. »Und wenn es die Herrschaften von neulich sind? Dann laufen wir direkt in eine MP-Salve, Sie Idiot, wenn ich mir die Bemerkung erlauben darf!«

Kohl schaute sie entrüstet an und blies ihr seinen Sauerampferatem ins Gesicht. »Ich muss doch sehr bitten, wir wollen doch die Contenance bewahren.«

Lady D verzog angewidert das Gesicht.

Der Mann konnte sich ein Grinsen nicht verkneifen. »Lady D hat recht, wir warten erstmal ab. Die Zeit spielt für uns, wir beobachten, was passiert.«

»Warum heißen Sie eigentlich Lady D, besitzen Sie keinen richtigen Namen?«, fragte Kohl mehr zu sich selbst.

»Das geht Sie einen Scheißdreck an!«, fauchte die Brünette.

Kohl duckte sich.

»Gehen Sie mal lieber Zigaretten holen, ich habe nichts mehr zu rauchen«, grinste sie ihn an.

»Woher soll ich –«

»Sie sind aber auch blöd«, schmunzelte der Mann, verstaute seine Fünfundvierziger in das Halfter, zog einen kleinen Spiegel und ein Rasiermesser aus der Innentasche seiner Sportjacke und begann sich seelenruhig zu rasieren.

Dr. Kohl sank wie ein nasser, verlumpter Sack auf den Holzboden des Hochsitzes. »Ich glaube, ich muss mich erstmal ein bisschen ausruhen, wenn ich mir die Bemerkung erlauben darf.« Keine zwei Minuten später vernahmen der Mann und Lady D leises Schnarchen.

»Das trifft sich ja gut«, meinte die Brünette, nachdem der Mann mit seiner Rasur fertig war, »dann können Sie mich jetzt befriedigen, schließlich schläft der Jammerlappen.«

»Hier?«

»Warum nicht?«, meinte Lady D und entledigte sich ihrer Hose, »nur 'n Quickie, es wird bei mir nicht lange dauern, wie Sie wissen.«

»Nicht lange ist gut, Sie können ja nicht genug bekommen. Aber schreien Sie nicht wieder so laut wie neulich, sonst haben wir hier gleich eine vollständige schwerbewaffnete Armee stehen.«

Eine Elster flog auf, als sich der Mann ans Werk machte, sie flog auf einen Ast gegenüber des Hochsitzes und beobachtete die Intimitäten der Menschen interessiert.

* * * *

Keine Armee, sondern ein versprengter Haufen mit knurrenden Mägen. »Wann ist das Kaninchen fertig?«, fragte Punk schon zum x-ten Mal ungeduldig.

»Das ist kein Kaninchen, sondern ein Hase«, belehrte Willi und drehte den provisorischen Grill. »Zehn Minuten musst du dich schon noch gedulden.«

Arkansas, die das Oberkommando über die grünen Bohnen übernommen hatte, konnte die Mägen aller Anwesenden förmlich knurren hören, ihrer eingeschlossen. »Die Bohnen sind gleich fertig«, meinte sie und streute etwas Salz und Pfeffer darüber.

»Da fragt sich nur, wie wir unser Essen verteilen, schließlich haben wir keine Teller«, sagte Harry. Er saß auf der Motorhaube des Geländewagens, die zur Nordwestseite des Verstecks zeigte und rauchte.

»Schau doch mal in deinen Wundersack, vielleicht sind da Teller drin«, spottete Susanna, die von Punk bewacht wurde.

Strubbel schlief.

Ark nahm die Rolle Klopapier, die auf dem Dach des Autos stand, und begann die Motorhaube abzuwischen. Harry sprang erschrocken ab. »Die Haube ist ab jetzt Tisch und Teller zugleich, Stühle haben wir nicht, also müssen wir im Stehen essen, dann rutscht es auch besser. Obwohl es mit einem kühlen Pils besser rutschen würde«, sagte sie mit einem schrägen Blick auf Punk, »aber so eine kleine Dicke und ein versoffener Köter mussten ja unsere Bierreserven vernichten. Und das Mineralwasser samt Cola ist auch ausgegangen, ab jetzt müssen wir verdursten.«

»Ich bin nicht dick!«, protestierte Punk grinsend, »außerdem hat Strubbel mich dazu verführt.«

»Und morgen fällt Weihnachten, Pfingsten und Ostern auf einem Tag, dazu öffnet sich auch noch der Wasserfall«, sinnierte Willi. »So, der Hase müsste jetzt gut durch sein.« Er hob den Stock, auf dem der Hase steckte, von den provisorischen Dreibeinen und ging feierlich zu Arks Geländewagen. Er ließ den dampfenden Hasen, der unverschämt lecker roch, auf die Haube rutschen und warf den Stock hinter sich in die *Küche*. Hernach nahm er das scharfe Messer, welches er im Supermarkt besorgt hatte, und zerlegte den Hasen in fünf gerechte Teile, er zelebrierte fast eine Zeremonie daraus.

Die anderen konnten es kaum erwarten.»Nun mach schon«, quengelte Harry.

Ark verteilte die dampfenden grünen Bohnen neben dem Fleisch.

Punk verteilte Messer und Gabel, nur neben Susannas Portion legte sie kein Besteck.»Na denn, Mahlzeit.«

Susanna kam zögernd näher.»Bekomme ich auch etwas ab?«

Die anderen stürzten sich über ihre Beute.»Natürlich«, schmatzte Ark, »meinst du, wir lassen dich verhungern?«

Die Knochen warfen sie auf einen Haufen, für Strubbel.

Das war kein Festmahl, es war das beste Mahl im ganzen Universum. Willis Schulter war nach dem Essen ganz wund vom vielen Schulterklopfen. Immer wieder erschien aus irgendeiner Ecke ein Arm, die ihm voller Lob auf die Schulter schlug.

Beim Nachtisch – Dosenpfirsiche – meinte Ark:»So, jetzt müssen wir erstmal Bestandsaufnahme machen. Was haben wir an Waffen? Strubbel hat gesagt, dass Goebbels und seine Kumpane wissen, dass wir hier sind. Also werden sie irgendwann angreifen. Wir müssen uns irgendwie verteidigen, zumindest *so* lange, bis der Vorhang oder Wasserfall oder wie auch immer man das Ding nennen mag, sich öffnet.«

»Also«, begann Harry, »wir haben deinen Bogen, den nur du bedienen kannst. Dann haben wir noch unser Geschirr, das heißt, Messer, Löffel und Gabeln. Je sechs Stück, um das Fleischermesser nicht zu vergessen.«

»Außerdem habe ich das Opinel-Messer«, warf Punk ein und stopfte einen halben Pfirsich in ihren Mund.»Übrigens Willi, das Kaninchen war erste Klasse, echt lecker.«

»Ja, echt lecker.« Susanna hielt sich erschrocken die Hand vor den Mund.

»Hase«, verbesserte Willi, »wir haben noch den Vorschlaghammer im Wagen. Außerdem steht im Wagen eine Werkzeugkiste mit einem kleinen Hammer, allerlei Schraubenschlüssel und vor allem Schraubenzieher. Damit kann man notfalls jemanden erstechen. Oh Mann ... Ich stehe hier in einem fremden Wald in Bönen, in einer anderen Dimension, fast jeder Mensch ist hinüber, diejenigen, die noch leben, wollen uns killen und ich mache mir Gedanken, wie man einen Menschen mit einem Schraubenzieher erstechen kann. Dieses hätte mir –«

»... jemand vor drei Wochen erzählen sollen, wir wissen es«, ergänzte Ark. »Dazu haben wir dann noch unsere Kampfadler«, fuhr sie säuerlich fort und deutete mit einer Hand auf Stan und Ollie, die im Käfig auf dem Dach des Autos standen und mit den frei lebenden Vögeln um die Wette trällerten. »Die können wir auf unsere Feinde hetzen. Wir haben also praktisch nichts gegen Maschinenpistolen und Handgranaten.«

Harry hob seine Gabel in die Luft. »Wir haben keine Chance, die sollten wir konsequent nutzen!«

Punk trank einen Schluck Pfirsichsaft. »Die leeren MPs können wir zur Not werfen, außerdem liegen hier überall Stöcke und Äste herum, diese können wir auch werfen, es sieht doch gar nicht so schlecht aus. Und Erde, wir können sie mit Dreckklumpen bewerfen. Notfalls werde ich sie *anpissen*. Und zu einem Geländewagen gehört auch ein Wagenheber. Noch haben sie uns nicht gefunden, ihr tut ja gerade so, als wenn wir schon tot wären!«

»Vielleicht hilft uns ja im entscheidenden Augenblick der Troll?«, sinnierte Ark.

»Aber der zeigt sich doch nur Anna, warum sollte *der* uns helfen? Anna und James sind bekanntlich verschollen«, wandte Willi ein.

»Vielleicht finden sie uns auch gar nicht, vielleicht suchen sie ganz woanders?«, hoffte Harry.

»Auf jeden Fall stellen wir heute Nacht außer Strubbel noch weitere Wachen auf, ich schlage vor, zwei Leute, ich bin mit meinem Bogen freiwillig dabei.« Ark schaute in die Höhe. »Hoffentlich hält das Wetter, nicht eine Wolke. Nicht, dass wir uns noch einen nassen Arsch holen.«

Um Ark das Gegenteil zu beweisen, zogen von Westen Wolken auf.

»Ich nehme das Fleischmesser und ein paar Schraubenzieher, ich bin auch dabei«, sagte Harry.

»Wer denn sonst«, lästerte Susanna, »muss Liebe schön sein!«

Sie werden wissen, wo sie sucen müssen! Strubbel war erwacht, er machte sich sofort über die Knochen her.

»Ich schlage vor, wir suchen alles zusammen, was wir gebrauchen können und sammeln es erstmal hier.« Ark deutete mit einem Kopfnicken neben den Grillplatz.

Strubbel hatte schon jeden Knochen vertilgt. *Ic see mic nac Essbarem um.* Er erklomm den Nordosthang des Loches und trottete davon.

Die Verschollenen machten sich an die Arbeit.

* * * *

Ic abe Unger, so ein paar Knocen macen doc einen ecten Sztaryuvbziell nict satt!

Strubbel überquerte einen schmalen Weg, dann wandte er sich nach Osten. Er taperte an einem seltsamen Holzgewächs vorbei, aus dem eigenartige, quiekende Geräusche drangen. Vor Laute, die er nicht kannte, fürchtete er sich grundsätzlich, er beschleunigte und verließ diesen seltsamen Ort eiligst.

Er trottete durch eine scharfe Kurve und bummelte Richtung Süden. Befestigte Wege vermied er, er lief lieber durch die Wildnis. Strubbel war es eh ein

Rätsel, weshalb die Zweibeiner die Wege so übersichtlich gestalten, da konnte man (Strubbel) sich im Notfall gar nicht verstecken. Oder in einem Versteck nach Beute lauern. Er verstand die Zweibeiner nicht, seltsame Wesen.

Strubbel stoppte und spitzte die Ohren. Da näherte sich Beute! Strubbels Magen knurrte, als er sich tief in das feuchte Laub drückte. Er blinzelte mit halb geschlossenen Augen nach Westen, aus dieser Richtung lief das Mittagessen in seine Falle.

Ein ihm völlig unbekanntes Wesen erschien keine fünf Schritte vor ihm aus einer Senke. Strubbel machte sich bereit zum Sprung, er spannte die Muskeln seiner Hinterläufe an. *Da ist ja nict viel dran!*

Das zarte Wesen entdeckte Strubbel trotz seiner Tarnung und starrte ihn aus großen schwarzen Augen an. Das graue Tier mit der weißen Brust begann, sofort vor Angst zu zittern. Das grazile Tier, das größer, aber viel schmächtiger war als er, war ein Jungtier. Dies erkannte – roch – Strubbel sofort.

Harry hatte Strubbel vor ein paar Tagen mal etwas von der Tierwelt aus seiner Ebene berichtet, unter anderem hatte er auch dieses Tier erwähnt. Aber Strubbel konnte sich nicht an den Namen erinnern, in dieser Ebene gab es fast nur seltsame Namen. Qubn nannten sie *Stetson* und das Fell, welches sie noch zusätzlich über *ihrem* Fell trugen, nannten sie *Kleidung*! Warum? Und dann *Auto*, *Reh* und so seltsame andere Dinge. Verstehe einer die Zweibeiner.

Strubbel begutachtete seine Beute, sie war sehr jung, höchstens vier, vielleicht fünf Monate, sie *roch* so jung. Das Tier war ganz allein, anscheinend von der Herde getrennt. *Du bist mir zu jung, du ast dein ganzes Leben noc vor dir, verscwinde!*

Als hätte das graue Tier mit den großen Glupschaugen ihn verstanden, drehte es sich um und verschwand schleunigst im Unterholz. Vielleicht hatte es ihn sogar verstanden.

Mit knurrendem Magen trottete Strubbel weiter in Richtung Westen. *Einmal am Tag muss man ein gutes Werk vollbringen! Das sagen die alten Gesetzte!*

Zehn Minuten später war erneut Alarm, Strubbel drückte sich wieder ins Laub, sein Mittagessen kam näher, viel lauter als sein begnadigtes. Es grunzte und schmatzte, wühlte und schnüffelte.

Strubbel schob seine Augenlieder dezent in die Höhe und wartete. Kurz darauf erschien das Mittagessen in seinem Blickfeld, er riss erstaunt die Augen auf. *Das ist doc das scwarz-weiße Wesen aus der Steinöle von neulic! Arry at es Scwein genannt.* Das Schwein war zwar auch noch jung, aber das war ihm jetzt egal. Strubbel sprang auf und ging zum Angriff über! Die Gier nach Nahrung ließ ihn unvorsichtig werden, das Schwein war noch zu weit entfernt.

Seine Beute schaute erstaunt auf, wirbelte herum und flüchtete, Strubbel nahm die Verfolgung auf.

Seine Beute war viel kleiner als er und dementsprechend flinker. Es wieselte um die hohen Holzgewächse, durch Gestrüpp und Löcher, sprang über umgefallene tote Holzgewächse und quiekte dabei ängstlich.

Trotzdem holte Strubbel auf, er war nicht so behände, er walzte einfach alles platt. *Ic krieg dic!*

Nur noch zwei Meter!

Strubbel setzte zum alles entscheidenden Sprung an. Seine Beute vollzog einen Haken nach rechts und lief einen kleinen Abhang hinunter. Strubbel sprang hinterher, seine Beute wieselte wieder nach links, Strubbel sprang hinterher.

Vor ein langes Holzgewächs! Offenbar hatte er etwas an den Augen.

Eva verschwand in einem Erdloch.

Strubbel lag benommen vor dem Holzgewächs und schüttelte sich. *Ic glaube, ic werde alt! Ic warte, irgendwann muss es ja wieder da rauskommen!*

Irgendwann dauerte keine zehn Sekunden, panisch quiekend sprang Eva wieder aus dem Loch. Sie war in einen Fuchsbau geflüchtet! Der Fuchs folgte ihr auf den Eisbeinen.

Strubbel sah seine Beute davonschwimmen, er sah sie schon im Magen des grauen Tieres mit dem buschigen Schwanz verschwinden. Verwandter hin oder her, dieses war seine Beute!

Strubbel nahm zum zweiten Mal eine Verfolgung auf, diesmal rannte er hinter zwei Beuten her.

Eva kam nicht weit, sie war von der Verfolgungsjagd durch Strubbel schon ausgelaugt. Der Fuchs sprang knurrend auf sie und drückte sie in das Laub. Eva quiekte todesängstlich auf. Reineke biss ihr in den Nacken, Eva quiekte brutal lauter. Der Fuchs drehte sie auf den Rücken und schnappte nach der Kehle.

Dann war der Tod persönlich heran! Strubbel sprang mit seinem ganzen Gewicht in den Rücken des Fuchses und schnappte nach dessen Genick. Mit einem lauten *Knacks* zerbrach die Wirbelsäule des Fuchses, der grunzte auf und erschlaffte.

Strubbel drehte den Fuchs und schüttelte ihn noch ein paarmal, es war seine Art, das tut man in seiner Ebene so.

Durch Strubbels Geschüttel kam Eva frei, sie flüchtete mit blutendem Nacken.

Strubbel schaute dem Schwein traurig nach, er hätte es gern gefangen, schließlich war es ein Komplize seiner Feinde. Er schaute auf den toten Fuchs.

Dann fress ic eben dic!

Der Fuchs war alt und zäh, das Fleisch würde wieder fürchterliche Blähungen erzeugen.

* * * *

»So, das reicht vorerst«, sagte Ark, »wir haben allerhand zusammen.« Sie schaute in die Luft, die Wolken zogen sich stetig zusammen. »Ich möchte mal wissen, wo Strubbel bleibt, in einer Stunde wird's dunkel.«

»Der wird schon kommen«, meinte Harry, »er hat sicherlich einen dicken Fisch gefangen.« Harry war noch einmal mit Willi zum Taxi zurückgegangen und hatte die Werkzeugkiste leergeräumt. Zusätzlich hatten sie auch das Reserverad und den Verbandskasten mitgenommen. Mit dem Ersatzrad vom Geländewagen hatten sie jetzt zwei Radwaffen, die man werfen oder rollen konnte. Fragt sich nur, wer dies tun sollte? Ark und Punk mit Sicherheit nicht, Strubbel erst recht nicht. Willi? Harry bezweifelte es. Und er selbst? Vielleicht zwei, drei Meter, weiter würde er auch nicht kommen, die Reifen hatten zu viel Gewicht. Harry befand die Idee mit den Rädern als Flop, er stapelte sie hinter dem Heck des Geländewagens, dann konnte sich wenigstens jemand darauf setzen. So erfüllten auch die Reifen ihren Zweck.

Der Haufen mit den *Waffen* hatte eine beachtliche Größe angenommen. Ring- und Maulschlüssel in allen nur erdenklichen Größen, Schraubendreher, zwei kleine Hämmer, sogar eine kleine Sammlung dünner Eisenfeilen. Dazu das Besteck, zwei Scheren aus den Verbandskästen, der Vorschlaghammer, die leeren MPs und zwei Wagenheber mit Kurbel.

»Ob das gegen die Bleispritzen und die Hölleneier reicht?«, überlegte Willi.

»Mehr haben wir nicht«, meinte Punk und setzte sich auf die gestapelten Reifen.

Harry ging zu seinem Ledersack und wühlte in den unergründlichen Tiefen. Er zauberte drei kleine Spiegel hervor, nahm einen Hammer und schlug sie vorsichtig entzwei. Dann entfernte er die Kunststoffrahmen und warf sie hinter sich. »Jetzt haben wir noch sechs Spiegel mit scharfen Kanten, das ist aber endgültig alles.«

Kurz vor Einbruch der Dunkelheit kehrte Strubbel zurück. *Bald wird Wasser vom Dac fallen*, meinte er zur Begrüßung. *Beinae ätte ic das Scwein erwisct!*

»Ich fürchte, es gibt ein handfestes Gewitter, spätestens heute Nacht«, sagte Punk. Sie fütterte Stan und Ollie, dabei gönnte sie sich eine Handvoll Vogelfutter. »Wir müssen irgendetwas aufstellen, womit wir Regen auffangen können, fragt sich nur was?« Punks Blick schweifte durch das Loch, sie entdeckte die leeren Mineralwasserflaschen. Kurzerhand stand sie auf, nahm drei Kunststoffflaschen vom Wagendach und schnitt sie mit ihrem Messer etwa zehn Zentimeter unter den Flaschenhälsen durch. Dann stellte sie die abgeschnittenen Stücke zurück aufs Dach. Die Restflaschen mit den Schraubverschlüssen warf Punk hinter sich, was Willi mit einem schiefen Blick quittierte. »Darin können wir Wasser sammeln, wenn's regnet. Das habe ich schon oft getan, wenn ich kein Bier mehr hatte. Morgen – wenn wir dann noch leben –, müssen wir einen Bach suchen, oder Wasser aus dem See holen.«

»*Wenn* ihr dann noch lebt«, sagte Susanna amüsiert und deutete auf den Haufen. »Ihr glaubt doch wohl nicht im Ernst, dass ihr den Verrückten mit Löffel und Gabel aufhalten könnt? Mit *Besteck*? Der Mann ist irre, der geht über Leichen! Ob ich mit euch draufgehe, ist ihm völlig egal, ich kenne ihn, er wird um sich ballern wie ein Irrer. Und die anderen auch, das kann ich euch flüstern!« So viel hatte sie bis dato noch nicht an einem Stück gesagt.

Ark wurde es ob Susannas Worte mulmig zumute, die Gefangene hatte nicht so ganz unrecht. Schließlich ging es gegen fünf Verrückte, die schwer bewaffnet waren, mit Handgranaten und MPs. Wieder wurde ihr bewusst, wie klein ihre Chancen eigentlich waren. Sie schätzte, etwa so hoch oder tief wie bei einem Lottogewinn, aber mit Jackpot.

Sie schwiegen betreten.

»Ich mache euch einen Vorschlag«, sagte Susanna nach einer Weile. »Ihr lasst mich frei, ich gehe zu Goebbels und versuche zu vermitteln, vielleicht kann ich ihn ja zur Räson bringen.«

»Ja sicher«, murmelte Harry und zündete eine Selbstgedrehte an, »und morgen früh wiederholt sich der Urknall, hast du deine Tabletten nicht genommen?«

»Welche Tabletten? Ihr versteht mich nicht«, sagte Susanna erregt, »sie haben über zwanzig MPs mit über neuntausend Schuss Munition und über neunzig Handgranaten. Könnt ihr euch vorstellen, was meine Kameraden aus diesem Rattenloch machen?«

Punk stellte den Vogelkäfig in den Fußraum des Autos. Sie hatte Annas Job der Vogelpflege übernommen. »Ach du Scheiße«, murmelte sie.

»Es wird gleich dunkel«, sagte Ark. Sie antwortete Susanna nicht, die anderen hatten schon genug Angst. Und sie auch. »Harry, Strubbel und ich übernehmen die erste Wache, vier Stunden. Punk bewacht Susanna, Willi kann ein bisschen schlafen.«

»Du glaubst doch wohl nicht im Ernst, dass ich schlafen kann?«

Angriff

Ark war gerade im Begriff, Willi – der tatsächlich eingeschlafen war – zu wecken, als es zu regnen begann. Erst tröpfelte es seicht vom Himmel, dann wurde der Regen stärker.

Ganz nebenbei hatten Ark und Harry ihre erste Liebesnacht – am Stamm einer dicken Eiche – verbracht. Mehr ein Liebeshalbesstündchen, sie mussten ja noch Wache schieben.

Punk und Susanna schliefen friedlich nebeneinander im Fond des Geländewagens, Ark musste unwillkürlich lächeln, als sie die beiden so nebeneinander (sie hatten sogar ihre Köpfe aneinander gelehnt), sitzen sah.

Ic öre Zweibeiner, signalisierte Strubbel.

»Von wo?«, flüsterte Arkansas alarmiert.

Strubbel deutete mit seiner Nase in westlicher Richtung. *Act Zweibeine. Das Scwein nict!*

»Warum acht«, flüsterte Ark erschrocken, »die sind doch nur noch vier Leute?«

Mein ic doc! Vier Zweibeiner, act Zweibeine!

Ark atmete erleichtert auf, sie hatte schon befürchtet, dass die Nazis Verstärkung bekommen hatten. »Idiot, drück dich demnächst vernünftig aus, sonst bist du der Nächste, der gegrillt wird. Weck Willi und Punk und bewach die Göre. Von wo kommen sie?«

Strubbel deutete mit dem Kopf zum Westhang des Lochs, schüttelte den Regen aus seinem Fell und trollte sich. *Von dort, das abe ic doc scon gesagt. Das Dac weint, im Blecpferd ist es trockener!* Er stupste Willi und Punk mit seiner feuchten Nase an. *Sie kommen!*

Der Regen nahm an Stärke zu.

Harry verteilte die sechs zerbrochenen Spiegelstücke, dann bewaffnete er sich mit Schraubenziehern, ein paar Schraubenschlüssel und einem kleinen Hammer.

Ark nahm ihren Bogen.

Punk nahm ein paar Messer, Gabeln und einen Wagenheber.

Willi nahm das Fleischermesser, drei Kreuzschraubenzieher und die Schere aus dem Verbandskasten. »Na denn, gut Holz«, murmelte er.

Die vier Gestrandeten krochen auf allen vieren den Westhang hoch und spähten in den ständig stärker prasselnden Regen.

Fünf Minuten geschah nichts, sie krochen wieder zurück.

Dann geschah alles zusammen!

Zuerst donnerte es krachend und das Tor spuckte Anna und James aus. Die vier zuckten erschrocken zusammen. Vor Nässe triefend landeten Anna und James direkt vor den Nasen der vier, sie überschlugen sich nicht, sie lagen flach auf dem Boden, als wenn sie nur ein Nickerchen gemacht hätten. Ark verzog gequält die Nase, sie stanken wie eine Jauchegrube.

212

»Scheiße«, rief Anna, »wir sind nicht durchgekommen, es schüttet noch immer!« Sie sprang auf und drehte sich um die eigene Achse. »Wir müssen zurück und es noch einmal versuchen!«

James hob seinen Kopf. »Aber wir sind in einem …«

»Rein hier«, zischte Ark, »gleich wird's donnern!«

Anna riss erstaunt die Augen auf. »Was macht –«

Der Regen schoss jetzt wie ein Wasserfall vom Himmel.

»Ark! Was macht ihr –«, brüllte James, als er sie erkannte.

»Rein, fuck, kommt rein!«, rief Arkansas.

Anna und James sprangen kopfüber in das Loch und kullerten den kleinen Hang hinab.

Mit einem Mal ratterten die ersten Salven der Maschinenpistolen über ihre Köpfe hinweg und verschwanden im Osten. Sie waren ob des zischenden Regens kaum zu hören. »Deckung!«, zischte Ark.

Strubbel kam heran, um Anna und James zu begrüßen. Er wedelte sogar mit dem buschigen Schwanz.

Diese kleine Unachtsamkeit Strubbels nutzte Susanna zur Flucht. Sie sprang aus dem Geländewagen und erklomm den Nordhang.

Dann flogen die ersten Handgranaten in Richtung des Lochs – der Falle!

* * * *

Susanna nutzte ihre einzige Chance, sie kroch auf allen vieren den matschigen Hang hoch, sie stolperte dreißig Meter durch das Unterholz. Sie hörte die MPs, das Rattern der Waffen wies ihr den Weg. Sie stolperte ein paarmal, landete auf dem verschlammten Waldboden, sprang wieder auf und wandte sich nach Westen. Dann hörte sie die ersten Detonationen von Handgranaten. Sie grinste und wandte sich nach fünfzig Metern wieder nach Süden, später nach Osten. Sie war im Rücken der Angreifer (aber Verbündete) angelangt.

Sie sah verschwommen Lydia, die hinter einem Baum stand und auf das Loch feuerte. Eine zweite MP hing um deren Schulter. Rechts neben Lydia stand Goebbels, der gerade eine Handgranate in die Richtung des Loches warf. Links ballerten Heiko und Rudi aus vollen Rohren. Susanna trat hinter Lydia und tippte ihr auf die Schulter. »Gib mir mal 'ne Knarre!«

Lydia drehte ihren nassen Kopf und starrte sie an. »Wo kommst du denn jetzt her?«

Susanna schüttelte den Kopf und hustete, sie war aufgrund ihrer Flucht ausgepumpt. »Das ist doch jetzt egal, gib mir deine andere Knarre, das erzähle ich dir, wenn wir hier fertig sind!« Lydia zog den Riemen über ihre Schulter und übergab Susanna die MP und zwei Handgranaten. Dann warf sie ihr leeres Magazin weg und arretierte ein neues.

»Woher wusstet ihr so schnell, wo wir sind?«, rief Susanna gegen die Detonationen und den Regen an.

213

»Goebbels wusste es, frag mich nicht woher. Sie werfen die Handgranaten wieder zurück, sind die irre? Was werfen die noch? Warum fliegt so etwas Silbernes heran? Haben die Wurfsterne oder etwas Ähnliches?«

»Schraubenschlüssel!« Susanna ging weiter und stellte sich neben Goebbels an einen Baum. »Tach Süßer!«

Goebbels starrte sie erstaunt an, sagte nichts, wandte sich wieder dem Loch zu und schoss weiter.

* * * *

»Warum knallt es hier so laut, wenn ich mir die Frage erlauben darf?«, fragte Kohl verschlafen. Er zitterte am ganzen Leib, sein dünner Anzug stellte nicht gerade die passende Kleidung für diese nasse Witterung dar.

»Diejenigen, die dort vorn gegrillt haben, werden beschossen und Handgranaten fliegen auch«, zischte der Mann, »ich sehe mir das mal an, Sie beide bleiben hier, Sie haben keine Waffen.« Der Mann ohne Namen sprang vom Hochsitz und verschwand im strömenden Regen.

»Ich verschwinde, wenn ich mir die Bemerkung erlauben darf, ich habe keine Lust, erschossen zu werden«, lispelte Kohl. Er verließ das schützende Dach des Hochsitzes und kletterte die Leiter hinunter.

Lady D sah ihre Chance gekommen, sie folgte Kohl, der sich nach Norden wandte, er lief etwa zehn Meter vor ihr. Rechter Hand befand sich ein abgeerntetes Feld, Kohl verließ den Wald aber nicht, er nutzte die Deckung der Gehölze. Er bemerkte nicht, dass er von Lady D verfolgt wurde. Sie bückte sich und hob einen armdicken Ast auf. Nach einhundertfünfzig Metern bog er nach Nordosten ab, verfiel in einen schnellen Gang, er schien sich sicher zu sein. Das Waldstück wurde schmaler, rechts und links von abgeernteten Feldern eingerahmt. Lady D holte stetig auf, sie befand sich jetzt direkt hinter ihm. Kohl blieb kurz stehen, um Luft zu holen, als er Lady D im Rücken bemerkte, drehte er sich um. »Wenn ich mir die –«

Lady D's Ast traf ihn mitten auf die Stirn, die sofort aufplatzte und Blut verspritzte. Kohl fiel wie vom Blitz getroffen in eine große Pfütze. »... Bemerkung erlauben darf!«, ergänzte sie Kohls Spruch.

Die Brünette machte sich sofort an die Arbeit.

* * * *

Die Angreifer waren etwa zwanzig Meter entfernt, sie feuerten aus allen Rohren. Jedoch waren die meisten Projektile schlecht platziert, sie prallten an den umstehenden Bäumen ab oder verschwanden im verregneten Nichts. Die Nazis wussten wohl nicht so recht, wohin sie genau schießen sollten. Auch manche Handgranaten prallten an irgendwelchen Bäumen ab, bevor sie explodierten. Erde,

Metallsplitter, Laub, Aststücke und ganze Wurzeln regneten auf die Verteidiger des Lochs nieder.

Anna war nach ihrer Rückkehr sofort wieder im Kampfgeschehen eingebunden. Sie bückte sich, hob eine Handgranate – welche ins Loch gekullert war –, auf und warf sie zurück in den Wald.

»Bist du verrückt geworden?«, rief Arkansas, »du kannst doch keine scharfe Handgranate in die Hand nehmen? Weißt du was ...?«

»Was soll ich denn sonst damit tun, soll sie hier explodieren?«

Punk, Harry und Willi warfen gezielt mit ihren *Waffen* nach den Angreifern, die zum Glück (oder Dummheit) aus der gleichen Richtung angriffen. Spiegelstücke, Schraubendreher, die Schere, ein Zweihundertfünfzig-Gramm-Hammer und Besteck flogen in die Mündungsfeuer, welche schlecht gezielt und meist zu hoch angesetzt waren.

Dann war einige Sekunden Feuerpause, die Gegner schienen sich zu beraten.

»Wo wart ihr eigentlich?«, fragte Ark James, der neben ihr lag. Sie nahm einen Pfeil und spannte den Bogen.

»Das erzählen wir dir morgen, *wenn* wir hier lebend rauskommen. *Wenn!* Mit wie vielen Leuten haben wir es noch zu tun?«

»Noch immer vier, genau wie vorher, als ihr mal eben Zigarettenholen gegangen seid«, meinte Ark säuerlich.

Fünf, meldete Strubbel, der unauffällig hinter Ark und James geschlichen war. *Die eine Zweibeinerin ist verscollen, sozusagen abgeauen!*

»Na toll«, bemerkte James und hob den Wagenheber, den er sich vom Waffenhaufen geklaubt hatte. »Wenn man nicht alles allein macht. Noch nicht einmal auf einen Köter aus einer anderen Welt kann man sich verlassen! Das ist ja wie in der Politik.« Strubbel verzog sich beleidigt.

Eine weiß bandagierte Gestalt sprang hinter einem Baum hervor und eröffnete das Feuer. James riskierte alles, stand kurz auf und schleuderte den Wagenheber in Richtung des Mündungsfeuers, das viel zu hoch angesetzt war. Oberhalb der Blitze knallte es dumpf, dann folgte ein verhaltener Schrei. »Treffer!«, knurrte James.

Die Antwort folgte auf dem Fuße, fünf oder sechs Handgranaten flogen ins Loch, die Gestrandeten drückten sich schreiend gegen die Anhöhe und hofften auf ein Wunder.

Das Wunder kam mit einem Donnerknall, der Troll erschien mit weißer Nase aus dem Nichts, wischte mit Lichtgeschwindigkeit durch das Loch, warf drei Granaten zurück, stopfte sich zwei in das Maul und schluckte sie genüsslich runter. Dann verschwand er wieder.

Vor der Westseite des Lochs explodierten drei Handgranaten, es folgten überraschte Schreie.

»Ich hab's doch gesagt«, keuchte Anna, die das Ganze beobachtet hatte, »er frisst die Dinger!«

»Wer frisst was?«, presste Willi zwischen den Zähnen hervor.

»Was glaubt ihr, wer die Handgranaten zurückgeworfen hat? Der Troll! Und zweie hat er gefressen! Warum könnt ihr den Troll nicht sehen?«

Erneut eine Feuerpause, die Feinde schienen ob der Gegenwehr überrascht zu sein. Harry kroch auf allen vieren zu dem Haufen *Waffen*. »Ich habe keine Munition mehr«, flüsterte er.

Punk kroch hinterher. »Ich auch nicht, aber ich habe den Troll übrigens schon mal gesehen.«

»Du?«, fragte Harry zurück.

»Ja, ich kann ihn sehen, aber das erzähle ich dir, wenn hier alles vorbei ist.«

Der Himmel schoss noch immer seine Fluten in das Loch, mittlerweile waren sie völlig durchnässt.

Harry stoppte kurz vor dem Haufen und fluchte gedämpft. »Scheiße, hier liegt noch so ein Ding.«

Willi kroch erregt durch den Matsch zu Harry. »Ist der Sicherungsring ab?«

»Ja«, flüsterte Punk an Harrys statt.

Anna kroch zu den anderen, mittlerweile fror sie erbärmlich, es hatte sich durch den Dauerregen merklich abgekühlt. Sie tastete nach dem Stock, der noch in ihrem Ärmel steckte. Seltsam, alles andere aus der anderen Welt war nach dem Übertritt verschwunden, die Baststricke, die Bananenblätter, sogar die tuppa. Nur der Gestank der tuppa haftete noch immer wie ein Stigma an Anna und James.

Die anderen rümpften die Nasen, als Anna näher kam.

»Habt ihr in der Scheiße gebadet?«, flüsterte Punk. »Was ist das für ein Stock?«

»Den habe ich aus der anderen Division, ich habe ihn in dem See, auf dem die Monster wohnen, gefunden. Das ist ein Wunderstock«, flüsterte Anna zurück.

»Welche Monster?«

Anna antwortete nicht.

Mittlerweile waren auch Ark und James zu den anderen gekrabbelt. Der Westhang war unbewacht, die Nazis konnten sie wie die Hühner von der Leiter schießen, wenn sie es dann gewusst hätten. Zu sechst hockten sie um die Granate und starrten sie an, das Gefecht war vorerst vergessen. »Das ist ein Blindgänger, was machen wir damit?«, flüsterte Harry und schaute den anderen in die nassen und verdreckten Gesichter.

»Leg sie auf die Motorhaube von Arks Auto, den Rest mache ich«, flüsterte Anna.

»Ich fass doch keine scharfe Handgranate an«, flüsterte Harry zurück.

James schnappte mit seiner rechten Hand die Handgranate vom Boden und legte sie auf die Haube des Geländewagens. »Ob sie jetzt vor deinem Gesicht oder auf der Haube explodiert, ist doch völlig wurscht!«

Ark deutete auf die rechte Hand des Riesen. »Wo hast du denn deine Finger gelassen?«

»Die hat der Riesengeier gefressen, aber Anna hat sie beerdigt, in die Suppe sind sie auch nicht gekommen. Ist 'ne längere Geschichte, die erzähle ich dir später.«

»Ach so ...«

Anna kletterte auf die Haube und hob ihren Stock wie ein Golfspieler. Sie musste etwas in die Knie gehen, der Stock war nicht lang genug. Diese Kleinigkeit rettete ihr das Leben, die Salve eines Heckenschützen donnerte aus dem Wald und zischte über ihren Kopf hinweg, die Kugeln knallten in einen Baum und sirrten als Querschläger davon.

Die anderen warfen sich in den Schlamm, Anna kümmerte sich nicht darum, sie holte so weit sie konnte aus und schlug mit aller Kraft zu. Mit einem trockenen *Pock* wischte der Stock die Granate von der Haube, diese flog in hohem Bogen Richtung Norden davon. Kurz darauf donnerte eine Explosion, dann folgte ein lauter Schrei. »Put!«, sagte Anna und sprang von der Haube, gerade noch rechtzeitig, eine neue Salve zischte heran.

James deutete mit der vollständigen Hand nach Norden. »Sie versuchen, uns einzukesseln.«

Von der Südseite des Lochs flog erneut eine Handgranate heran, Anna wirbelte herum und schlug mit ihrem Stock zu. Mit einem trockenen *Pock* flog die Granate nach Südwesten davon und explodierte im Wald. »Dagegen war die andere Division ja direkt gemütlich«, keuchte sie.

»Woher wusstest du, dass sie von dort kommt?«, flüsterte Ark.

»Weiß ich nicht«, flüsterte Anna zurück.

»Wusste es der Stock?«

»Keine Ahnung.«

Ark spähte angestrengt in den Regen, hinter einem Baum im Nordwesten, keine zehn Meter weiter, lugte ein langer, blonder Pferdeschwanz hervor. Sie und spannte die Sehne des Bogens bis zum Anschlag, sie zielte in Kopfhöhe. Kurz darauf erschien der Lauf einer MP. Behände sprang Lydia hinter dem Baum hervor und eröffnete sofort das Feuer. »Fuck the Nazis!«, kreischte Arkansas und schickte den Pfeil auf seine Reise.

Sie erlebte das Ganze in Zeitlupe, der Pfeil verließ fast *zärtlich* mit einem leisen *ssst* die Sehne und schoss auf Lydia, die erschrocken ihre Augen aufriss, zu. Da Lydia offensichtlich nicht damit gerechnet hatte, dass Ark keine zehn Meter entfernt (völlig ohne Deckung), vor ihr stehen würde, verriss sie ihre MP. Die Kugeln knallten in die Frontscheibe des Geländewagens. Arks Pfeil zischte wie eine böse Schlange auf Lydias Kopf zu, das war ihr Ende.

Oder auch nicht! Wieder wischte der Troll heran, diesmal mit einer feuerroten Nase, die sich wie ein Spot in einer Disco drehte. Der Troll versuchte den Pfeil aus der Luft zu fangen, verfehlte ihn um Millimeter, aber er streifte ihn und gab ihm eine andere Richtung.

Lydia starrte mit offenem Mund und weit aufgerissenen Augen auf den Troll und den Pfeil, ihre MP zeigte auf den Waldboden, vor Schreck drückte sie noch einmal ab, die Projektile schlugen in die nasse Erde ein.

Der Pfeil eierte, schlug mit dem Ende gegen eine Eiche, die rote Feder flog davon. Dann schlug er in Lydias Oberschenkel ein. Die schrie schrill auf und hüpfte auf einem Bein in Deckung.

Arks Griff in den Köcher, das Herausziehen eines zweiten Pfeils, das in-die-Sehne-legen und spannen waren eine einzige, gekonnte, fließende Bewegung. Als hätte sie nie etwas anderes getan, als wäre sie mit diesen Bewegungen *geboren* worden.

Mit einem Mal stand Goebbels am Südhang des Lochs in Arks Rücken und riss seine MP hoch!

Willi stand Arkansas am nächsten, er hob geistesgegenwärtig das Fleischermesser, warf es nach Goebbels und sprang in letzter Millisekunde schützend vor sie. Das Messer überschlug sich ein paarmal, dann schlug es dumpf in Goebbels' rechte Brust ein.

Goebbels drückte ab, seine Salve donnerte in Willis Brust. »Rückzug!«, brüllte er.

Das ganze Kurzgefecht dauerte vielleicht zehn Sekunden. Willi brach zusammen, Goebbels türmte.

Ark wirbelte herum, sprintete den Hang hinauf, rutschte im Schlamm aus, verlor den Bogen und fiel rücklings in die Matsche. Sie rappelte sich auf, krabbelte auf allen vieren hinauf und lugte vorsichtig über den Hang. Goebbels war verschwunden.

»Hilfeee, ein Wolf!«, kreischte eine Frauenstimme an der Nordseite des Hangs.

* * * *

Strubbel war nach James' Bemerkung beleidigt den Nordhang hochgekrochen, vielleicht konnte er seinen Lapsus wiedergutmachen. Trotz des Regens, der noch immer wie ein Sturzbach vom Himmel fiel. Er verabscheute Regen.

Ohne es zu wissen, nahm er geradezu die gleiche Route wie Susanna auf deren Flucht, nur vollzog er einen größeren Bogen. Er hörte, dass im Westen gleich drei Eiseneier detonierten, und beschleunigte seine Schritte. Kurz darauf detonierte ein Eiseneier ganz in seiner Nähe, es folgte ein erstickter Schrei. Zwischendurch hörte er das Knallen der Eisenstöcke. Er beabsichtigte, sich in den Rücken der Angreifer zu schleichen, er wusste nur noch nicht, wie er es anstellen sollte, sie außer Gefecht zu setzten. Schließlich hatten sie ja Eisenstöcke, mit denen sie Bleihummeln verstreuen konnten. Etwa zwanzig Meter vor der Westseite des Lochs blieb er stehen. Niemand da! Strubbel stellte seine Lauscher auf und konzentrierte sich. Im Südwesten knallte schon wieder ein Eiseneier. Er hörte leise Schritte, die sich in Richtung Nordseite des Lochs bewegten. Kurz entschlossen machte er sich auf die Verfolgung.

Kurz darauf erkannte Strubbel die Zweibeinerin mit dem weißen Fell auf dem Kopf, sie hielt den Eisenstock in Richtung Loch, der Stock spuckte die Eisenbienen aus seinem Maul. Strubbel versuchte die Zweibeinerin anzugreifen, als ein Pfeil herangesurrt kam, vom Troll abgelenkt wurde und ein Zweibein der Zweibeinerin einschlug. Die Zweibeinerin schrie auf und hüpfte auf einem Zweibein Richtung Norden. Strubbel grinste, Arks Pfeil hatte gute Vorarbeit geleistet. Er schüttelte das Wasser aus seinem Fell und setzte zum Angriff an. Er beschleunigte, er beabsichtigte, der Zweibeinerin in den Rücken springen. Aber er hatte mal wieder Pech, heute war anscheinend sein Pechtag!

Er trat auf einen Ast, der zerbrach selbstredend, die weiße Frau wirbelte herum, hielt den Eisenstock in seine Richtung und zerrte hektisch an ihm herum. Strubbel hatte diesmal Glück, der Eisenstock enthielt scheinbar keine Eisenbienen mehr. Er sprang vor und prallte halb gegen die Weiße, die sich geistesgegenwärtig zur Seite gedreht hatte. Sie kreischte etwas, was Strubbel nicht verstehen konnte und hüpfte (als wenn sie Sackhüpfen üben würde) auf einem Zweibein davon. Strubbel sprang auf die Läufe und nahm die Verfolgung auf.

Irgendwo ratterte schon wieder ein Eisenstock.

Strubbel erreichte die Zweibeinerin schnell, er sprang ihr in den Rücken und schnappte nach ihrem Nacken. Die Zweibeinerin ließ sich fallen, Strubbel rutschte über sie hinweg und überschlug sich ein paarmal. Fünf Meter entfernt von der Weißen kam er zum Stillstand.

»Bleib liegen, Lydia«, zischte eine Stimme, »ich mach ihn alle!«

Die ehemalige Gefangene stand keine fünf Meter von ihm entfernt, mit einer Eisenstange (die Eisenbienen verschicken konnte) in den Händen.

Strubbel, mit der Lebenserfahrung von über hundertvierzig Lenzen ausgestattet, wusste, wann er den Rückzug anzutreten hatte. Er sprang auf und flüchtete mit weiten Sprüngen im Zickzackkurs. Dabei nutzte er die Bäume als Deckung.

»Scheiße, die ist ja noch gesichert!«

Strubbel wusste nicht, was die Worte bedeuteten, ihm war's auch egal, er musste zusehen, dass er wegkam. Kurz darauf donnerte die Eisenstange los! Die Bleihummeln zischten an seinen Lauschern vorbei, hackten in den Boden, überschütteten ihn mit Laub und Erde. Strubbel rannte im Zickzack weiter. Plötzlich verspürte er einen heißen Schlag am rechten Hinterlauf, er konnte nicht mehr so schnell laufen. Warum? Er hob den verletzten Lauf an, hüpfte auf drei Läufen weiter und steuerte die Nordostseite des Loches an.

Der Eisenstock verstummte. Strubbel schaute sich um, keine Verfolger in Sicht. Vorsichtig trottete er auf drei Läufen zurück zum Loch.

* * * *

Das Geballer, Geschrei und die Detonationen dauerten noch immer an, als Lady D mit ihrer Arbeit fertig war.

Sie begutachtete ihr Werk. Nachdem sie Kohl niedergeschlagen hatte, hatte sie ihn vollständig entkleidet. Anschließend hatte sie sein Hemd in Streifen gerissen und Kohl zwischen zwei Ahornbäumen festgebunden. Die dünnen Arme an zwei Ästen, die fünfundvierzig Grad in den verregneten Himmel ragten, die Beine an den Stämmen. Da hing er, wie ein lebendes X, den Kopf auf die magere Brust versunken. Von seinem dünnen Pimmel tropfte Regenwasser, Pipi oder beides.

Lady D trat an ihn heran, hob seinen Kopf an und schlug ihm rechts und links auf die Wangen. »Wachen Sie auf, Sie Waschlappen, ich habe etwas mit Ihnen zu bereden!«

Die Schießerei ging unvermindert weiter.

Kohl öffnete verwirrt die Augen. Er kniff das rechte erst wieder zu, weil Blut mit Wasser vermischt blassrot hineinlief. Er starrte sie aus einem Auge an. »Was soll das, wenn ich mir die Bemerkung erlauben darf?«

»Ich habe Sie niedergeschlagen, wenn *ich* mir die Bemerkung erlauben darf«, gurrte Lady D.

»Aber warum, was habe ich denn falsch gemacht? Ich *friere*! Warum bin ich *nackt*? Binden Sie mich sofort los. Das ist ja eine *Unverschämtheit*!«

»Hier haben Sie nichts falsch gemacht, mal abgesehen von ein paar Kleinigkeiten. Aber vor einiger Zeit, *da* haben Sie etwas fürchterlich Falsches getan«, sagte Lady D.

»Was denn? Wollen Sie mich erfrieren lassen? Binden Sie mich los, oder ich rufe die Polizei!«

Lady D lachte laut auf, ihre dunkle, verrauchte Stimme hallte durch den Wald. Sie warf ihre nasse Löwenmähne zurück, zog ihr Handy aus der Lederhose und tippte eine Nummer ein. »Eins eins zwo habe ich schon gewählt, sie brauchen nur noch zu sprechen.« Sie hielt das Handy gegen seinen Mund.

»Hilfe, Hilfe«, schnaufte Kohl in das Handy, »ich werde erfroren! Man hat mich entführt!«

Lady D warf das Handy über ihre Schulter, es prallte gegen einen Baum und blieb liegen. »Sie sind aber auch ein Dämlack, diese Dinger funktionieren doch nicht mehr!«

»Ach so. Was haben Sie mit mir vor, wollen Sie mich vergewaltigen, Sie sind doch sicher scharf auf mich, das kann man aber auch anders regeln?«

Mit einem geringschätzigen Blick auf seinen schlaffen Pimmel meinte Lady D: »Wo denken Sie hin, ich will Ihnen nur etwas zurückgeben.«

Plötzlich begann Kohl, laut lispelnd zu schreien. »Hilfe, jemand will mir etwas antun, warum hilft mir denn niemand? Ich werde vergewaltiiiigt!«

Lady D schnappte mit der linken Hand nach Kohls Zunge und quetschte sie zusammen. Kohl pisste sich vor Schmerzen auf die Schuhe.

»Noch ein Ton und ich reiße Ihnen den Lappen raus!« Sie ließ seine Zunge wieder frei.

»Wasch haschben Schi vor?« Lady D hatte offenbar zu feste gezogen, irgendetwas an Kohls Zunge war defekt.

Sie bückte sich, zog ihren rechten Stiefel von den Füßen, zauberte ein Stilett aus dem Schaft und zog den Stiefel wieder an. Sie schnitt Kohls Hose in Streifen, stopfte ihm einen Knebel in den Mund, band einen Streifen Stoff darüber und knotete ihn im Nacken zusammen.

»Jetzt hören Sie mir mal gut zu, ich möchte Ihnen eine Geschichte erzählen. Die Sache ist genau fünfundzwanzig Jahre, fünf Monate und fünfundzwanzig Tage her, wenn ich mir die Bemerkung erlauben darf.«

Kohl zitterte vor Kälte, (oder Angst?), er starrte sie fragend an.

»Ich hatte damals Geburtstag«, fuhr Lady D ungerührt fort, »genauer gesagt, ich wurde vier oder fünf Jahre alt, so genau weiß ich das nicht mehr, aber es ist ja jetzt auch egal.« Sie zog mit dem Stilett eine lange Furche quer über Kohls magere Brust. Sofort quoll Blut aus der Wunde und vermischte sich mit dem Regen. Es tropfte auf seinen kurzen Pimmel, der anschwoll.

Kohls Augen quollen auf den Höhlen, er starrte sie verständnislos an.

»Meine Eltern wollten noch schnell ein Geschenk für mich besorgen.« Das Stilett zog eine zweite Furche, parallel zur ersten, wie ein Bauer beim Pflügen.

Kohls Blick wurde nachdenklich, sein Pimmel war steif.

»Na, dämmert's? Meine Eltern baten einen Bekannten, um nicht zu sagen *Freund*, alsdann auf mich aufzupassen.« Das Stilett zog eine dritte Furche, diesmal vertikal.

Kohls Blick wurde fragend.

»Dieser Freund hatte nichts anderes zu tun, als mich zu *vergewaltigen*.«

Kohl riss ob der Erkenntnis die Augen weit auf, sodass sie beinahe aus den Höhlen kullerten.

»Endlich haben Sie begriffen, es hat ja lange gedauert. Ja, ich bin Maraike Zoff, Tochter des Gesundheitsministers von NRW, dem Ex-Gesundheitsminister, um genau zu sein. Ich habe Sie sofort wiedererkannt, als Sie unser Auto angehalten haben, an Ihrem Muttermal auf der Stirn und Ihrer Stimme, die ich mein Leben lang nicht vergessen konnte. Sie haben mich natürlich nicht erkannt, ich war ja damals noch *so* ein junges Mädchen, *jung* und *knackig*, genau so, wie Menschen von Ihrem Schlag es haben wollen. Sie haben mich damals vergewaltigt, rücksichtslos und brutal. Und mein Stiefvater hatte nichts anderes zu tun, als mich in ein Internat zu stecken. Ich will jetzt keine *Entschuldigung* oder so ein Blödsinn hören, oder ein ...«, Lady D schlug die Hände vor ihrem Busen zusammen, wie ein Mann oder eine Frau, die nicht so recht wissen, was sie sagen sollen. »... *es tut mir doch alles sooo furchtbar leid* hören. Ich habe Ihnen gesagt, dass ich Ihnen etwas zurückgeben will, dies werde ich jetzt tun, wenn ich mir die Bemerkung erlauben darf.«

Sie trat zurück, ging ins Unterholz, suchte einen ziemlich (wenn auch nicht besonders) glatten, etwa zehn Zentimeter dicken Ast, trat hinter Kohl und steckte das Holz mit einem starken Ruck in seinen Arsch. Kohl zappelte und zitterte wie eine Fliege im Spinnennetz. Er versuchte verzweifelt, sich loszureißen, aber sie hatte die Fesseln perfekt verschnürt.»Da war ja kaum Widerstand, sind Sie etwa schwul?«, lästerte sie.

Kohl weinte.

Sie trat wieder vor ihm, sie führte das Stilett blitzschnell. Das rechte Ohr Kohls fiel im Schlamm.

Kohl schiss eine Fontäne Dünnschiss an dem Ast vorbei, es landete auf dem nassen Laub.

»Dieses war dafür, dass mein Stiefvater sein Maul gehalten hat. Hören Sie auf zu kacken.«

Lady D's Stilett wischte zu Kohls linkem Ohr, welches erst auf seine schmale Schulter tickte, sich überschlug und im Schlamm landete.

Der Regen ließ etwas nach.

»Dies war dafür, dass auch *Sie* den Mund gehalten haben.«

Kohl war kurz vor der Besinnungslosigkeit, er starrte Lady D aus rotgeränderten Augen an.

»Nachdem meine Eltern mich in das Internat *abgeschoben* haben, erholte ich mich langsam von Ihrem Werk, wenn ich mir die Bemerkung erlauben darf«, fuhr Lady D fort. »Ich bestand mein Abitur mit Bravour, studierte Pharmazeutik und landete bald bei einem großen Konzern in der Chefetage. Indirekt habe ich das Ihnen zu verdanken. Hätten Sie mich nicht vergewaltigt, hätte mein Vater mich vielleicht nicht in das Internat geschickt, denn durch Beziehungen der Internatsleitung bekam ich den Studienplatz, wo ich die richtigen Leute kennenlernte. Indirekt habe ich das *auch* Ihnen zu verdanken, dass ich sexsüchtig geworden bin, aber das nur am Rande. Bald wollte ich mehr Macht über andere Menschen, so wie Sie damals Macht über mich hatten. Ich räumte alles, was mir im Wege stand, legal oder illegal aus dem Weg und war bald der erste Boss in dem Konzern. Welcher Konzern das war, muss Sie nicht interessieren. Aber ich will mehr, ich wollte die Macht über das deutsche Volk. Also schloss ich mich einer Gruppe an, die unsere Regierung zu stürzen beabsichtigte, reiche und mächtige Bosse.« Lady D zog vertikal die vierte Furche. »Leider kam uns das Virus dazwischen, würde mich nicht wundern, wenn mein Vater etwas damit zu tun hat. Der Traum ist ja nun ausgeträumt.« Das Stilett vollzog eine fünfte, diagonale Furche. »Hören Sie mir eigentlich noch zu?«

Kohl nickte schlapp.

»Fünfundzwanzig Jahre, fünf Monate und fünfundzwanzig Tage«, meinte die Brünette nachdenklich, »das macht fünfundfünfzig Schnitte. Fünf habe ich schon fertig, bleiben noch fünfzig«, rechnete sie wie ein Handwerker, der ein Aufmaß macht. »Hoffentlich ist auf Ihrem dürren Körper auch genug Platz. Ich werde wohl Ihren Rücken und Ihre Beine auch benutzen müssen. Sie werden dann ein wenig verunstaltet dastehen und ein bisschen Blut verloren haben.« Lady D hob mit der Stilettspitze Kohls Kopf an und starrte in seine schwarzen Augen. Das Stilett ritzte sein Kinn an. »Aber wenn Sie Glück haben, findet Sie jemand, wenn ich mit Ihnen fertig bin, bevor Sie mir noch erfrieren. Und wenn nicht ...« Lady D zuckte gleichgültig mit den Achseln.

Kohl schaute Lady D bettelnd in die Augen.

»Sie brauchen gar nicht zu betteln, mich hat damals auch niemand gefragt.«

Lady D machte sich ans Werk, erst jetzt fiel ihr auf, dass die Waffen verstummt waren. »Einen für Mamiii, einen für Papiii, einen für unser kleines Hänschen ...« Kohl zappelte wie ein Aal in der Reuse.

Der kalte Regen begleitete sie.

»So, fünfundfünfzig«, meinte Lady D nach einer guten halben Stunde. Sie trat zurück und begutachtete ihr Werk abschätzend. »Fertig! Leben Sie eigentlich noch?«

Kohl war inzwischen zu schwach, um seinen Kopf anzuheben. Er zitterte in seinen Hemdseilen, was anscheinend ja bedeuten sollte. Oder es war die Kälte, Lady D war's egal.

Kohls ganzer Körper war mit tiefen Schnitten übersät, er sah aus, als hätte ein Maler ihn mit roter Farbe oder mit Erdbeermarmelade bestrichen. Von vorn und hinten.

Der Regen hatte nachgelassen, der Himmel beabsichtigte scheinbar, seine Pforten zu schließen.

Lady D drehte sich um, sie beabsichtigte zu gehen. »Na denn, dann machen Sie's gut und erkälten Sie sich nicht!«

Sie ging fünf Schritte, stoppte, machte kehrt und ging zurück. »Das Wichtigste hätte ich beinahe vergessen!«

Sie packte Kohls blutverschmierten, wieder schlaffen Pimmel, das Stilett blitzte auf.

Kohl schrie in den Knebel und warf den Kopf nach hinten.

Lady D warf den abgeschnittenen Pimmel über ihre Schulter in den Wald. Sie hob den linken Zeigefinger wie eine Oberlehrerin. »Damit Sie mir das ja nicht noch einmal tun, das ist ja unmöglich!«

Sie wischte ihr Stilett an Kohls nasser Hose, die im Dreck lag ab.

»Alles Gute, Herr Doktor Kohl, ich hoffe, wir sehen uns bald mal wieder!«

Zehn Minuten später kam Lady D zum Hochsitz zurück. Der Mann ohne Namen befand sich schon wieder an dem Beobachtungsposten.

»Wo waren Sie denn so lange? Wo ist Herr Kohl?«, begrüßte er Lady D.

»Der hatte Angst und hat es vorgezogen, in ruhigere Gefilde zu ziehen, ich musste mal eben für kleine Mädchen.«

»So lange? Ich bin schon eine halbe Stunde wieder hier. Warum sind Ihre Hände so blutig?«

»Sie fragen zu viel, wie sieht es dahinten aus?«, sagte Lady D kühl und nickte mit dem Kopf in Richtung Nordwesten.

»Die Griller in dem Erdloch wurden angegriffen, von den Typen, denen Sie die Waffen besorgt haben. Ich vermute, jemand von den Grillern ist erschossen oder verwundet worden. Die Griller haben aber keine Waffen, um sich zu wehren, das ist unfair. Wir sollten den Grillern helfen.«

»Jetzt?«

»Nein, die anderen haben den Rückzug angetreten, einige von denen sind verletzt, fragen Sie mich nicht, wie die Griller das ohne Waffen fabriziert haben.«

»Woher wissen Sie eigentlich, dass die Griller, wie Sie die nennen, keine Waffen besitzen? Dies kann man doch nicht sehen?«

»Weil alle Mündungsblitze *in* Richtung des Lochs zucken und nicht *aus* dem Loch heraus, Sie sind ja genau so blöd wie ich neulich mit dem Zettel«, lachte der Mann.

»Zwei Dumme, ein Zettel und ein Loch, das passt doch«, lachte auch Lady D. »Und es reimt sich sogar.«

»Ich schlage vor, wir gehen morgen früh rüber, ich glaube nicht, dass die Gestörten heute Nacht noch einmal angreifen, sie müssen sicherlich ihre Wunden lecken.«

»Bis morgen früh ist noch viel Zeit, ich bin aber noch nicht müde. Außerdem, wo sollen wir hier schlafen? Und ich bin klatschnass, ich friere, Sie müssen mich wärmen, bei der Gelegenheit können Sie mich noch mal befriedigen.«

»Und wenn Kohl zurückkommt?«

»Der kommt nicht zurück.« Lady D schaute dem Mann tief in die Augen. »Erfüllen Sie Ihre ehelichen Pflichten.«

* * * *

Arkansas hatte Willis Oberkörper fachgerecht verbunden, sie befürchtete aber, dass er nicht durchkommen würde. Sein Puls schlug viel zu unregelmäßig, sein Herz flatterte. Ark befürchtete innere Verletzungen, kein Wunder, bei einer MP-Salve.

Er hatte ihr das Leben gerettet.

Willi lag auf den Rücksitz des Geländewagens. »Gebt euch keine Mühe, ich gehe drauf, das spürt man. Ich gehe zu meiner Emmy.« Er war kaum zu verstehen. »Hab ich den Verbrecher wenigstens getroffen?«

Ark musste schlucken. »Ich glaube ja, in die Brust.« Sie hatte ihm Schmerzmittel gegeben, die stärksten Tabletten, die es auf dem Markt legal gab. Diese hatte sie in weiser Voraussicht vor ein paar Tagen in einer Apotheke besorgt. Außerdem hatte sie die Wolldecke, die sie nach der Verhandlung gefunden hatten, über ihm ausgebreitet. Willi lächelte zufrieden.

»Rede keine Scheiße, du hast es bis hier geschafft, dann schaffst du den Rest auch noch. Danke übrigens, du hast mir das Leben gerettet!«

224

»Bitte schön«, stöhnte Willi, »aber du bist wichtiger, du musst unsere Ebene vor der Katastrophe retten. Du und Anna, ihr seid die wichtigsten Personen in diesem Spiel, das spüre ich.« Er zitterte, Ark wühlte einen Parka aus dem Stauraum hinter der Rückbank und legte ihn zusätzlich auf die Decke.

Strubbel kam angehumpelt, Ark verband den rechten hinteren Lauf des Hundes, die Wunde war nicht besonders schlimm, nur ein Streifschuss, aber er tat so, als wenn er geviertelt worden wäre. *Er at rect, du und Anna sind die Wictigen. Sie at den Stock.*

»Was hat der Stock denn nun schon wieder damit zu tun? Das ist doch nur ein Holzknüppel?«

Der ist aus demselben Material wie der Bogen der Welten, ein Wunder, dass Anna ihn gefunden at. Oder auc nict?

»Bevor die Sonne aufgeht, werde ich sterben«, hustete Willi.

Ark schätzte, dass die Sonne in einer, vielleict zwei Stunden aufgehen würde. »Strubbel, halte mal einen Augenblick Wache, ich muss zu den anderen gehen.«

Ic bin doc scwerverletzt!

»Mach, jammer nicht!«

Fragende Blicke aus Punks, Harrys, James' und Annas Augen empfingen Ark, als sie ihre Freunde, die im Dreck lagen und die Gegend erkundeten, erreichte.

»Ich glaube nicht, dass es gut geht«, seufzte Arkansas resignierend. »Wir haben nur Schmerzmittel, kein Blut, das man ihm geben könnte. Sein Verband ist schon wieder ganz durchtränkt. Mit einer Operation könnte man ihm wahrscheinlich helfen, aber erstens bin ich kein Chirurg und zweitens haben wir keinen OP-Saal. Es sieht nicht gut aus, tut mir leid, dass ich euch nichts anderes sagen kann.«

Ark schaute in betretene Gesichter. »Ich glaube nicht, dass sie heute Nacht noch mal angreifen werden«, flüsterte Anna, die zu dem Schal und den Handschuhen ihren Parka übergezogen hatte.

»Ich auch nicht«, brummelte James, »sie müssen erstmal ihre Wunden lecken, mit so einer Gegenwehr haben sie nicht gerechnet.«

»Ich halte den Rest der Nacht mit James Wache«, bestimmte Arkansas, »ihr könnt euch noch ein Stündchen aufs Ohr legen.«

»Wo sollen wir denn hier schlafen?«, brummte Harry, »sollen wir uns in den Dreck legen?«

»Warum nicht? Wir sind doch schon schmutzig genug«, sagte Punk, kramte einen Schlafsack aus dem Stauraum und legte sich hinter den Geländewagen.

»Du kannst mir in der Zwischenzeit erzählen, wo ihr euch die ganze Zeit rumgetrieben habt«, sagte Ark zu James.

Gesagt, getan.

Der Rest der Nacht verlief ruhig. Als die Sonne im Osten aufging, beendete James seinen Vortrag.

»Tut dir die Hand und der Arm denn nicht weh?«, fragte Ark und betastete vorsichtig die rechte Hand James'. Die Wunden waren vollständig verheilt.

»Keine Spur, die tuppa ist die reine Wundersalbe, was meinst du, wie die Konzerne sich darum reißen würden. Da würden Bestechungsgelder fließen, das kannst du dir gar nicht vorstellen. Es würden *Milliarden* an Bestechungsgeldern fließen.«

Bei Ark kam die Krankenschwester durch. »Mit Sicherheit, zeig mal deinen linken Arm.«

James entledigte sich seiner Lederjacke und präsentierte seinen linken Arm. »Meine Brust war viel schlimmer dran, die Schlange hätte mich beinahe zerquetscht.«

Arkansas untersuchte James' massige Brust und auch die Wunde an seinem Oberarm. »Deine Rippen sind ein bisschen gequetscht, verstaucht, aber nicht angebrochen oder gebrochen. Ist aber nicht weiter schlimm. Vor allem, bei so einem Prachtkerl, wie du es bist, nicht. Aber dein Arm, diese tuppa scheint tatsächlich ein Wundermittel zu sein.«

»Du hättest den Arm mal sehen sollen, als er entzündet war, Anna hat gesagt, er hätte ausgesehen wie eine kochende Linsensuppe, aber mit Kartoffeln.«

»Die Narbe sieht aus, als wenn sie schon ein paar Jahre alt wäre«, fuhr Ark fort. »Wenn ich das nicht mit eigenen Augen gesehen hätte, dann würde ich es bezweifeln. Vom heutigen Stand der Schulmedizin ist das eigentlich völlig unmöglich. Das bekommen noch nicht einmal die *Urwald-Gurus* hin. Dafür stinkt sie aber fürchterlich, eure tuppa, ihr riecht, als wenn ihr eine Woche Rosskur in einer Güllegrube gemacht hättet.«

»Was gut ist, muss auch stinken, das ist wie beim Limburger Käse, der schmeckt auch erst, wenn er richtig schön müffelt. Außerdem solltest du *unmöglich* so langsam aus deinem Wortrepertoire streichen, das hat Anna mir *drüben* oft genug gesagt. Während unseres fast einwöchigen Aufenthaltes *drüben* haben wir so viel *Unmögliches* gesehen, dies kann ich dir gar nicht alles erzählen, dafür brauche ich bestimmt eine Woche. Wenn wir hier heil rauskommen, dann setzen wir uns in eine Kneipe und saufen, bis der Arzt kommt. Dann erzählen Anna und ich euch alles.«

»Warum eine Woche?«, fragte Ark irritiert, »ihr seid doch nur zwei Tage, zwei Nächte und ein paar Stunden verschwunden gewesen?«

»Da irrst du dich, wir waren zwei halbe, drei ganze Tage und vier Nächte dort *drüben*.«

»Hier sind nur zwei Tage und Nächte vergangen, wenn ich mich nicht irre.«

»Dann hatte Anna mal wieder recht, sie sagte, dass die Tage da *drüben* viel schneller vorübergehen, ein Umstand, der mir auch aufgefallen ist. Da *drüben* war kaum Mittag, dann war's auch schon wieder Nacht. Die Welt *drüben* war ganz anders als hier und auch wieder nicht. Sie sind *weiter*, ich meine in den Jahren. Da ist irgendetwas um das Jahr Dreitausend. Oder noch weiter, der letzte Atomkrieg war ... ich weiß es nicht mehr.«

»Ist ja auch jetzt egal, das hilft uns auch nicht weiter.« Ark erhob sich von der nassen Erde und ging zu den Flaschen, die Punk als Regenfang auf das Dach gestellt hatte. Sie hob eine an, sie war dreiviertel voll. »Das hat ja heute Nacht ganz schön geschüttet.« Sie trank einen Schluck und gab die Flasche an James weiter. »Aber lass für die anderen auch noch was übrig. Ab jetzt ist das Trinkwasser rationiert.« Sie lugte durch das zerschossene Seitenfenster. Willi schlief, ganz leicht hob und senkte sich sein Brustkorb, er hatte die letzte Nacht überstanden.

Ark ging zu der Vorratskammer des Geländewagens und begutachtete die Vorräte. »Essen ist auch rationiert, wir haben nur noch drei Dosen Ravioli, zwei Dosen Hühnersuppe und ein ...«, sie schlug das Baguette auf das Wagendach, was das Dach mit einem trockenen *Pock* quittierte, »... nicht mehr ganz frisches Baguette.« Sie sah sich suchend um. »Aber erst muss ich ganz dringend auf die Toilette. Kacken muss man auch in anderen Ebenen.« Sie schnappte den Spaten, eine Rolle Toilettenpapier und kraxelte den Osthang hoch.

James eilte Ark hinterher. »Warte, ich komme mit!«

»Willst du mir etwa zuschauen?«, fragte Ark lächelnd.

»Quatsch, ich schiebe Wache, wenn du auf dem Boden hockst, dann können dich die Glatzen wunderbar abknallen, wir brauchen dich noch. Und außerdem muss ich auch.«

Als sie zurückkamen, standen die Freunde in der Gegend herum, sie wussten nicht so recht, was sie tun sollten. Ark schaute tunlichst nach Willi.

Er war wach, hatte Fieberschübe und zitterte am ganzen Leib. »Holt mich hier raus, ich will die Sonne noch ein letztes Mal sehen«, stöhnte er.

Ark gab James Bescheid, der Willi behutsam aus dem Geländewagen hob. Er legte ihn auf die sumpfige Erde, mit dem Kopf in Richtung Sonne, die ihre Morgenstrahlen zaghaft durch das laublose Geäst der Bäume schickte.

»Leg ihn doch nicht in den Schlamm, er friert doch jetzt schon«, fuhr Harry James an.

»Das ist doch jetzt egal«, flüsterte Willi, »kommt mal alle zu mir.«

Die fünf verbliebenen Eingekesselten knieten sich rechts und links neben Willi in den Matsch.

Abwechselnd streichelte er mit seiner blutverschmierten und verschlammten Hand ihre Wangen. Er streichelte sogar Strubbels Kopf, der vor seiner verletzten Brust lag. »Wenn ihr drüben ankommt, werden wir uns wiedersehen, dann werde ich euch etwas Schönes kochen.«

Ein Hustenanfall ließ seinen kranken Körper erzittern.

Stan und Ollie, die wieder im Käfig auf dem Dach des Geländewagens standen, zwitscherten traurig.

Den anderen traten die Tränen in die Augen, sie starrten in Willis verdrecktes Gesicht.

»Hier müsst ihr euch einen neuen Koch suchen«, fuhr er leise keuchend fort. »Ich werde das wohl nicht mehr tun können.« Er lachte trocken hustend. »War nett euch alle kennengelernt zu haben, auch wenn die Umstände auf Deutsch gesagt, beschissen waren. Das Schärfste war, als Harry und ich das Kaufhaus angesteckt haben, weiß jemand von euch, wie lange es gebrannt hat? Es gibt ja keine Feuerwehr mehr?« Willi lachte wieder trocken hustend auf.

Die anderen lächelten, sogar James, der davon keine Ahnung hatte. Punk schon, Anna hatte ihr von diesem Malheur mal erzählt.

Willi wurde wieder ernst. Er wandte sich an die beiden Männer. »Passt auf Anna und Saskya auf, sie sind wichtig, ich spüre das. Und nehmt den Köter mit, er kann euch helfen.«

Strubbel protestierte nicht gegen das Wort *Köter*, er zog es vor, seine Gedanken zurückzuhalten.

»Emmy, ich komme!«

Zwei verschiedenfarbige Augen starrten zum letzten Mal in die Sonne. Ark schloss sie, Anna brach in Tränen aus, Stan und Ollies Gezwitscher endete abrupt.

Ark überprüfte noch mal den Puls und legte ihr Ohr auf Willis Brustkorb, sie hörte keinen Ton. »Das Frühstück fällt heute aus, am besten, wir beerdigen ihn erstmal, das sind wir ihm schuldig. Hat irgendjemand etwas dagegen?« Sie schaute in betretene Gesichter. Ihre Freunde schüttelten synchron mit den Köpfen.

* * * *

Goebbels schloss den Verband, welchen er um Evas Nacken gebunden hatte, mit einem Pflaster aus dem Verbandskasten des Bullys. Er wechselte den Verband schon zum dritten Mal.

Die Sonne ließ sich im Osten blicken, der Regen hatte aufgehört, der Wind war eingeschlafen, der Himmel war wolkenlos.

»Deine Fürsorge um das dumme Schwein ist ja echt rührend«, spottete Lydia.

Goebbels schaute sie hasserfüllt an. Sie saß in der offenen Heckklappe des Bullys und betastete ihr verletztes Bein. »Du blöde Schlampe weißt ja gar nicht, wie wichtig Eva ist, ich muss doch mit ihr ein neues Reich aufbauen!« Er zuckte zusammen, als er sich zu heftig bewegte, die Wunde in seiner rechten Brust war recht tief und groß, das Fleischermesser war mit Wucht geschleudert worden. Eine Handbreit weiter nach links und es wäre um ihn geschehen gewesen.

Rudi trat hinter einem Baum hervor, hinter dem er seine Blase erleichtert hatte. »Sag mir mal lieber, wo der Pfeil hingekommen ist, der deinen Oberschenkel getroffen hat, der kann sich doch nicht so einfach in Luft aufgelöst haben.«

Rudis Gesicht sah aus wie eine rotblaue Schwarzwälder Kirschtorte, in die ein Elefant getrampelt war. Zusätzlich zu den Blessuren, die er sich auf dem Dach zugezogen hatte, waren seine Augen zugeschwollen und die Nase stand völlig schief, das Nasenbein war scheinbar gebrochen. Sein Gesicht schillerte rot, blau, schwarz und in allen anderen erdenklichen Farben.

Lydia stand auf und belastete ihr Bein. »Sag du mir lieber mal, warum du so seltsam mit dem rechten Auge blinzelst.«

»Da hat mich die Kurbel von dem scheiß Wagenheber getroffen, voll ins Auge, jetzt sehe ich alles doppelt und mit so seltsamen Schatten. Das nervt. Aber für den Zweck opfer ich auch ein Auge.«

»Komm Eva«, schnaufte Goebbels, »es wird mal wieder Zeit für das Reich! Lydia übernimmt das Kommando!« Goebbels und Eva überquerten die Kreisstraße und verschwanden in einer engen Gasse.

Heiko und Susanna kamen aus dem Wald zurück, auch sie hatten sich erleichtert. »Ich glaube, so langsam wird der verrückt«, murmelte Heiko. Der rechte Oberarm seines Kampfanzugs war zerfetzt, ein dicker Verband schimmerte unter den Stoffresten hervor. Die Splitter einer Handgranate hatten seinen Arm übel zugerichtet, er konnte ihn nicht mehr richtig bewegen. Wie ein Fremdkörper hing der Arm an seinem Körper herab. Auch seine rechte Wange war aufgerissen, diese hatte Susanna mit einem Pflaster verschlossen.

Susanna hatte bei dem Gefecht nichts abbekommen, die ältere Schusswunde behinderte sie nur mäßig. »Wieso langsam? Der war doch schon immer irre.«

Lydia nahm den Faden Rudis wieder auf. »Ich habe es schon gesagt: Als der Pfeil mich getroffen hat, versuchte ich, ihn sofort herauszuziehen, so wie die Helden in den Westernfilmen es tun. Aber er löste sich vor meinen Augen auf, er verschwand einfach, wie in einem Zukunftsfilm. Nur die Wunde blieb. Wenn der schwarze Schatten ihn nicht abgelenkt hätte, dann hätte mich der Pfeil direkt in die Stirn getroffen.«

»Welcher schwarze Schatten? Davon hast du nichts erzählt?«, fragte Heiko.

»Weiß ich auch nicht, aber da war *irgendetwas*, was den Pfeil abgelenkt hat. Fragt mich nicht, was, aber da war etwas!«

Rudi lachte verächtlich. »Er ist bestimmt an einem Baum geprallt und das mit dem Auflösen hast du nur geträumt.«

»Und warum besitzen die einen Hund, der *denken* kann?«, ergriff Susanna für Lydia Partei.

»Ein Hund, der *denken* kann, so weit kommt's noch«, zweifelte Heiko.

»Du hast es nicht erlebt«, verteidigte sich Susanna, »der Köter hat mit mir *geredet*, vielmehr *gedacht*. Ich habe mich ganz normal mit ihm unterhalten, so wie mit euch, er hat mir sogar beschrieben, wie es in seiner Ebene – wie er diese Welt nennt –, aussieht. Er hat mir die unmöglichsten Dinge erzählt.«

Susanna schaute Lydia direkt an. »Das war übrigens der Köter, der dich angefallen hat.«

»Ehrlich, ich dachte es war ein Wolf?«

»Wölfe gibt's hier doch gar nicht, noch nicht. Ich hoffe, ich habe ihm den Garaus gemacht, nachher konnte ich den Köter nicht mehr sehen.«

»Was soll der Käse denn? Andere Ebene, wir sind hier doch nicht in einem Science-Fiction-Film!« Rudi lachte lauthals auf, dabei verzog er sein Gesicht, er schien starke Schmerzen zu haben.

Goebbels und Eva kamen zurück, er sprang in den Bully und schaute in die Holzkisten. »Munition und Handgranaten haben wir noch reichlich, heute Abend machen wir sie platt. Ich verstehe gar nicht, warum wir es nicht schon gestern Nacht geschafft haben, warum konnten sie die Handgranaten zurückwerfen? Wir haben doch lange genug gewartet, oder hat uns die Rote im Endeffekt Schrott angedreht? Überhaupt: Weshalb werfen sie Handgranaten zurück? So bescheuert bin ja noch nicht einmal ich. Ich sehe doch lieber zu, dass ich so schnell wie möglich wegkomme, wenn eine scharfe Granate neben mir liegt, oder was meint ihr?«

Kollektives Kopfnicken.

»Wir nehmen heute Abend so viele Handgranaten und Magazine mit, wie wir tragen können. Gestern Nacht war es doch ein bisschen wenig. Dann packen wir sie.«

»Klar Heiko«, antwortete Goebbels, »das habe ich mir auch schon überlegt. Mehr Magazine, dafür bekommt jeder nur eine MP.« Er wandte sich an Susanna. »Du warst doch lange genug bei denen gefangen, wie sind die so drauf und vor allem, was haben sie an Waffen?«

»Sie sind zuversichtlich, dass sie fliehen können, was haben sie an Waffen?« Susanna überlegte kurz. »Die Negerin hat einen Flitzebogen, die Punkerin hat, glaube ich, ein Messer, das Fleischermesser von dem Opa haben wir ja jetzt. Sonst haben sie eigentlich nichts. Schraubenzieher, einen Wagenheber, die MPs sind leer, ein bisschen Besteck, Messer, Gabeln und so etwas. Ersatzräder liegen da auch noch rum. Ach ja, und ein Klappspaten, gegen unsere Waffen sollten sie nicht den Hauch einer Chance haben.«

»Warum greifen wir nicht sofort an?«, fragte Rudi.

»Du Dämlack, der Wagenheber hat dir wohl den letzten Verstand aus dem Hirn geprügelt? Das ist ganz einfach, weil wir wissen, wo sie sind und weil *die* nicht wissen, aus welcher Richtung wir kommen. Im Schutz der Dunkelheit können sie uns nicht so gut sehen. Außerdem müssen wir ein bisschen schlafen, ausgeruht kämpft es sich besser. Diesmal greifen wir aus allen vier Himmelsrichtungen an, so ein Frontalangriff ist doch Blödsinn. Susanna erstürmt das Versteck von Westen, Lydia von Nordost, Rudi von Nord, da sind die Hänge besonders steil, da können sie sich am besten verkriechen. Heiko kommt von Ost und ich von Süd. Zuerst wirft jeder von uns vier oder fünf Granaten in das Loch, ich werfe Punkt null Uhr die erste. Das ist mein Startzeichen, dann ballert ihr eure Granaten ins Loch, sie werden wie die Ratten aus ihren Löchern kriechen, dann können wir sie wie auf einem Schießstand abballern.«

»Und wenn sie die Granaten wieder zurückwerfen?«, unterbrach Rudi.

»Wenn über zwanzig Handgranaten ins Loch fliegen, dann können sie nicht jede zurückwerfen, das ist völlig unmöglich. So schnell ist kein Mensch«, erklärte Goebbels.

»Kein Mensch, aber ein Schatten«, meinte Lydia. »Aber jetzt mal was anderes: Ich habe Hunger und Durst, wir haben nichts zu essen und erst recht nichts zu trinken, wir müssen uns etwas besorgen.«

»Also gut«, meinte Goebbels und deutete nach Süden, »als wir hier hergefahren sind, haben wir einen Bach überquert, vielleicht einen Kilometer entfernt, wir fahren hin und füllen die leeren Bierflaschen, dann haben wir genug zu trinken. Wenn wir die da oben erledigt haben, schlachten wir ein Reh oder ein Wildschwein, plündern einen Getränkemarkt und feiern ein Fest!«

* * * *

Sie benötigten fast den ganzen Vormittag, um mittels Klappspaten und Händen Willis Grab auszuheben. Die Erde war nicht besonders hart, aber ständig war Wurzelwerk von irgendwelchen Bäumen im Weg.

Vögel begleiteten ihre Arbeit fröhlich zwitschernd, die Sonne strahlte vom wolkenlosen Himmel, es wurde wieder wärmer. Es hätte so ein schöner Pfadfindernachmittag werden können, wäre da nicht ihr toter Kamerad.

Ab und zu stolzierten ein paar Rehe vorbei und schauten ihnen zu, ihre Scheu vor den Menschen war wie weggeblasen.

Kein Wunder, es gab ja kaum noch Menschen.

So ein Wesen abe ic gestern getroffen, signalisierte Strubbel, *ic wollte es fressen, aber es tat mir leid.* Auch Strubbel hatte mitgeholfen zu graben, sein Fell war über und über mit Dreckklumpen bedeckt.

»Ein Reh hast du getroffen?«, fragte Ark, die vom Graben völlig außer Puste war.

Ja, aber ic musste mir eine andere Malzeit fangen, das Tier war doc noc so jung.

Harry und James legten Willi, den sie in die Wolldecke eingewickelt hatten, vorsichtig in das Grab. Anna weinte. Auch Punk standen die Tränen in den Augen.

»Wenn wir wieder in unserer Enterprise ankommen, wird er wieder leben«, schluchzte Anna.

»Da bin ich mir völlig sicher, mein Kind.« Ark streichelte Anna mit lehmverschmierten Händen über den Kopf, der Dreck blieb in Annas rotblondem Haar kleben, aber das war jetzt auch egal.

»Nenn mich nicht Kind, ich bin schon zehn, Weihnachten werde ich elf.«

Mit vereinten Kräften schaufelten sie das Grab zu.

Dann sprachen sie ein Gebet.

»Der kleine Mann, der kleine Mann, der nicht überleben kann«, flüsterte Anna nachher tonlos. »Da hatte der Troll doch recht, scheinbar weiß er alles.«

231

»Dann war das die letzte Prophezeiung des Trolls, sie ist eingetroffen«, flüsterte Ark.

»Ja.« Anna verschwand im Unterholz, um nach ein paar Ästen, mit denen sie ein Kreuz basteln konnte, zu suchen. Sie beabsichtigte, ziemlich gerade und glatte Äste zu suchen, Willi sollte ein schönes Kreuz bekommen. Nach kurzer Zeit fand sie eine weggeworfene Plastiktüte und steckte sie in die Tasche ihres Parkas. Nur die Äste ließen länger auf sich warten, Anna drang tiefer in den Wald hinein, einen Hochsitz ließ sie rechts liegen, sie suchte den Wandboden nach geeigneten Ästen ab. »Das kann doch nicht so schwer sein, hier liegen doch genug Äste herum«, murmelte sie.

Später kroch Anna sogar auf allen vieren durch das Dickicht.

Endlich fand sie zwei geeignete Äste einer Birke. »Die sind gut, Punk muss sie nur etwas zurechtschnitzen.«

Anna sah etwas Schrumpeliges, Blutiges auf dem Boden liegen. Sie kroch näher heran und hob es auf. »Was ist das denn?« Sie zuckte mit den Schultern und warf das fleischige Etwas hinter sich. »Bestimmt 'ne dicke Made oder so etwas Ähnliches.«

Anna stand auf, schob ihren Stetson in den Nacken und erstarrte. Ein spitzer Schrei verließ ihre Lippen, sie begann zu zittern und hielt sich den Mund zu, ihr Magen revolutionierte. Sie starrte auf einen Mann (der offensichtlich tot war), und kotzte ihr nicht gegessenes Frühstück auf ihre Füße, bis nur noch ein Schwall dünnes Wasser kam. Sie drehte sich um und rannte zum Grab zurück.

»Was ist los?«, zischte Ark, als sie Anna sah, die wild gestikulierend durch das Unterholz brach. Sie befürchtete schon wieder einen Angriff.

Anna stolperte und fiel in den nassen Waldboden. Sie sprang flink wieder auf und warf sich in Arks Arme. »Da hinten hängt ein nackter Mann, er ist voller Blut und bestimmt tot, und er hat keinen Schniedel mehr! Und ich hab ihn auch noch *angefasst*, das war gar keine Made!«

»Made? Wir sehen uns das mal an«, bestimmte Ark.

»Ich bleibe hier!«, schluchzte Anna. »Das ist ja schlimmer als im Gruselkabinett.«

»Gut, dann gehen wir eben allein. Wo ist es genau?«

Anna deutete nach Nordosten. »Irgendwo dahinten vielleicht drei, vierhundert Meter. Der Wald wird schmaler, rechts und links sind dann nur noch Felder.«

»Ich bleibe bei Anna«, entschied Punk.

Anna löste sich von Ark und betrachtete die Äste, die sie nicht verloren hatte. »In der Zeit können wir die Äste für Willis Kreuz zurechtschnitzen, du hast doch ein Messer?«

Sie zog die Plastiktüte aus der Tasche. »Diese schneiden wir in Streifen und binden damit die Äste zusammen.«

»Die brauchst du nicht«, meinte Harry, »in meinem Sack sind ein paar Rollen Paketband, die könnt ihr euch holen, damit geht es viel besser.«

»Okay, wir gehen inzwischen mal nach der Leiche sehen.« Ark, James, Harry und Strubbel drehten sich um und gingen nach Nordosten.

* * * *

Der Mann und Lady D lagen etwa zwanzig Meter entfernt gut getarnt in einem kleinen Erdloch und belauschten die Fremden. »Dort ist ja unser Freund und Kupferstecher Hugo wieder, der ist aber auch unverwüstlich«, flüsterte Lady D süffisant. »Nur seine rechte Hand ist etwas lädiert, ihm fehlen ein paar Finger. Sie sind ganz schön verdreckt, sie scheinen eine schmutzige Nacht hinter sich gebracht zu haben. Sie haben außerdem mal wieder ein Bad nötig, der Gestank weht bis hierher.«

»Unsere Nacht war ja auch nicht gerade sauber, wenn ich bedenke, was Ihre Lippen so alles mit mir veranstaltet haben, wenn Sie so weitermachen, ende ich noch als Wrack.«

»Nun übertreiben Sie mal nicht, immerhin haben wir zwei Stunden geschlafen«, grinste Lady D den Mann an.

Das rotblonde Mädchen mit dem Stetson kam durch das Unterholz gerannt, fiel auf die Nase, sprang sofort wieder auf und warf sich der Dunkelhäutigen mit den Rastalocken in die Arme.

»Was ist denn nun schon wieder los?«, grunzte der Mann, »das hören wir uns doch mal an, bevor wir uns zu erkennen geben.«

Sie hörten gespannt zu, was das Mädchen zu berichten hatte.

Als die drei Fremden mit dem Hund zum Tatort gingen, sagte der Mann: »Ich dachte Kohl ist getürmt?«

»Ist er ja auch«, erwiderte Lady D unbekümmert, »nur er war nicht schnell genug.«

»Haben Sie ihn ins Jenseits befördert?«

»Fragen über Fragen. Ich habe ihn sofort erkannt, als er mit dem Kanister an der Straße stand. Das war der Mann, der mich vor langer Zeit vergewaltigt hat. Vor fünfundzwanzig Jahren, um genau zu sein.«

»Deswegen haben Sie ihn so schief angesehen, als Sie nach der Vergewaltigung durch Goebbels *ist nicht das erste Mal, mittlerweile gewöhnt man sich daran* gesagt haben?«

»Das haben Sie aber gut beobachtet, Goebbels hat mich gar nicht vergewaltigt, er hat keinen hoch bekommen, aber ich musste ja den Schein waren. Stellen Sie sich mal vor, ich hätte ihn vor versammelter Truppe bloßgestellt, der Irre hätte doch gleich um sich geschossen, wir wären schon lange am vermodern.«

Der Mann staunte über Lady D's Kaltblütigkeit, die Frau schien scheinbar mit allen Wassern gewaschen zu sein. »Und an diesem Kohl haben Sie sich nach über zwanzig Jahren gerächt? Hieß er wirklich Kohl?«

»Ja. Fünfundzwanzig Jahre, fünf Monate und fünfundzwanzig Tage, um genau zu sein, ich habe jeden Tag gezählt, ich musste es noch nicht einmal aufschreiben, so wie Sie vor ein paar Tagen den Treffpunkt. Man sieht sich stets zweimal im Leben. Ich wusste schon damals, dass ich ihn irgendwann wiedertreffe.«

»Das mit dem Kreuz werden Sie anscheinend niemals vergessen?«

»Nein.«

Die Punkerin und das Mädchen kamen zurück und bastelten an dem Kreuz. Kurz darauf kehrten die anderen und der Hund zurück, der Hund humpelte leicht.

»Bevor wir uns zu erkennen geben, schaue ich mir mal an, was Sie da fabriziert haben. Ich muss mir ein Bild davon machen, was ich von Ihnen zu erwarten habe, wenn ich Sie zum Feind haben sollte.«

Lady D grinste den Mann nur an.

Der Mann kroch wie ein Indianer auf Kriegspfad über dem Boden, bis er sich weit genug entfernt hatte, dann stand er auf und ging Richtung Nordost.

Als er Kohl – der Geruch des Blutes wies ihm den Weg –, erreichte, staunte er nicht schlecht. Er ging einmal um Kohl herum und zählte die Schnitte. Nebenbei zog er den Ast aus Kohls After. »Kindchen, Kindchen«, murmelte er, »dich zum Feind zu haben, ist aber gar nicht gut für die Gesundheit.« Er drehte sich um und schlich zum Erdloch zurück.

»Sie haben aber ein scharfes Messer, fünfundzwanzig Jahre, fünf Monate und fünfundzwanzig Tage, das macht fünfundfünfzig Schnitte«, meinte er zur Begrüßung.

Lady D erwiderte nichts, sie schaute ihn schon wieder so seltsam an.

Die fünf Menschen und der Hund waren verschwunden.

»Am besten, wir gehen jetzt rüber.«

»Aber zuerst müssen Sie noch einmal Ihre Pflicht erfüllen«, meinte sie unschuldig wie eine Magd vom Lande. »So viel Zeit muss sein.«

* * * *

Punk schnitzte eine Spitze in den senkrechten Ast. »Und das Zeug hieß schnappa?«

»Genauer gesagt schnappa, schnappa, sie haben jedes Wort wiederholt, zwei *Mal* gesagt, als wenn sie taub wären. Von dem Zeug wurde mir ganz schwindelig.«

Punk schnitt etwa einen Meter Bindfaden von der Rolle Paketband ab. »Dann war's Schnaps, die haben dich besoffen gemacht. Ha, ha, ha! Gesoffen wird scheinbar in jeder Welt. Warum war ich nicht dabei, das wär 'ne riesige Fete geworden.«

Anna trieb den spitzen Ast mit einem kleinen Hammer, den sie aus dem Loch mitgebracht hatten, in die Erde. »Und jedes Wort«, sie schaute nachdenklich in den Himmel, »fast jedes Wort endete mit dem Vokal *A*. Sie hatten eine sehr einfache Sprache, nach ein paar Stunden konnte ich mich gut mit denen unterhalten, fast so, als wenn ich schon lange dabei gewesen wäre. Nur James hat das nicht so schnell begriffen, weil sie für ein Wort mehrere, manchmal völlig unterschiedliche Bedeutungen hatten. Wahrscheinlich ist sein Gehirn dafür zu alt, immerhin ist er schon fünfundvierzig.«

Punk lachte auf. »Halt mal fest!«

Anna hielt den waagerechten Birkenast an den senkrechten, Punk verschnürte die Äste mit der Paketschnur.

Die anderen kamen zurück, Harry war weiß wie eine Wand. »Wer macht denn so etwas?«

»Das ist – war – der Mann, den wir auf der Straße aufgelesen haben. Kohl hieß der, ich glaube Hans oder Helmut oder so ähnlich. Ich glaube nicht, dass es die Nazis getan haben, dies muss jemand ohne jegliche Skrupel getan haben.«

James konnte sich schon denken, welche Person das getan haben konnte, er sagte aber nichts. Er schaute sich unauffällig um, er vermutete, dass sie beobachtet wurden. Den anderen entging das Verhalten James'. Er schielte auf Strubbel. Wenn da etwas wäre, dann musste *er* es hören, schließlich hatte der Köter Ohren wie ein Luchs, nur zehnmal effektiver.

Strubbel zuckte nur mit dem Fell.

»Das Kreuz ist zwar nicht so schön wie das von Harrys Eltern, aber schlecht ist es auch nicht.« Anna stand auf, trat zurück und begutachtete ihr Werk. »Opa Willi wird sich freuen. Kommt, wir gehen zurück, wir müssen langsam mal etwas essen, das Frühstück ist heute Morgen ja schon ausgefallen.«

James schaute in die Runde. »Apropos morgen, wir haben schon Mittag durch, wie spät ist es eigentlich?«

»Keine Ahnung«, meinte Ark, »die einzige Uhr, die wir noch hatten, haben wir gleich mit begraben.«

»Ich schätze mal, in zwei, vielleicht zweieinhalb Stunden wird's dunkel«, meinte Punk und schaute in die Sonne, die weiter nach Westen wanderte.

Die fünf Gestrandeten gingen zurück zu ihrem Loch.

Sie *frühstückten* kalte Hühnersuppe mit vertrockneten Stücken Baguette. Der Campingkocher war im Chaos der letzten Nacht verloren gegangen. Anna war traurig, sie hatte keinen rechten Appetit.

Strubbel trottete in den Wald und suchte sich etwas zu fressen.

»Du musst etwas essen, Anna, wir müssen einigermaßen bei Kräften bleiben, wir wissen nicht, wann sich das Tor öffnet. Außerdem werden die Nazis heute Nacht wieder angreifen«, sagte Harry eindringlich.

Anna nahm zögernd einen Löffel und steckte ihn in die Dose. Da sie keine Teller hatten, mussten sie sich die zwei Dosen zu fünft teilen, zum Glück waren bei dem Gefecht nicht alle Löffel verloren gegangen.

»Tut mir leid, dass ich Ihr Festmahl unterbrechen muss, aber ich glaube, Sie haben ein Problem«, sagte eine ruhige Männerstimme. Ein Mann stand an der Ostseite des Lochs.

Die fünf Gestrandeten sprangen wie von einer Tarantel gestochen auf und suchten nach ihren Waffen.

Der Mann hob die Hände. »Wenn ich Ihnen etwas tun wollte, dann hätte ich schon längst geschossen. Wir möchten Ihnen helfen, gegen so viele MPs und Handgranaten sind Sie ja völlig hilflos.«

»Hugo Freund, nett, Sie mal wiederzusehen.« Die Frauenstimme kam von der Westseite des Lochs. James wirbelte herum.

»Lady D, Sie hätte ich ja am wenigsten hier erwartet, wie geht's denn unserem Mitfahrer?«

Lady D sprang in das Loch und gab James die Hand, was ihn sichtlich verblüffte. »Der ist verschwunden, ich sehe, Ihre rechte Hand hat gelitten in den letzten Tagen. Und Ihr Odeur auch, Sie stinken wie ein Schweinestall.«

»Das ist eine lange Geschichte, die würden Sie mir nie und nimmer glauben.«

Der große, fremde Mann sprang ebenfalls in das Loch. »Ich schlage vor, wir machen uns erstmal miteinander bekannt.« Er schaute James an. »Wir kennen uns ja bereits, Hugo, aus der Villa und aus der toten Stadt.«

Die Versprengten hüteten sich, Hugos richtigen Namen zu erwähnen, der Mann und vor allem die Frau sollten nicht alles wissen.

Alle Anwesenden stellten sich aneinander vor, nur der Mann erwähnte mit keiner Silbe seinen Namen. Ark nahm sich vor, argwöhnisch zu bleiben.

Der Mann schaute Ark an. »Ich nehme an, Sie sind hier der Boss, Frau Zacharias? Also, so wie ich es mitbekommen habe, wurden Sie von einer Horde schwerbewaffneten, sagen wir, Übeltätern angegriffen, und werden es heute Nacht wahrscheinlich wieder. Sie haben aber keine Waffen, mit denen Sie sich verteidigen können. Es stimmt doch, oder habe ich da unrecht?«

»Ich bin zwar nicht der Boss, wir haben keinen Boss, wir sind hier nicht beim Militär. Aber in der Hauptsache haben Sie recht.«

»Um die Leute zu schlagen, müssen wir angesichts der bewaffneten Übermacht List und Tücke anwenden, wie stark ist der Gegner eigentlich?«

»Fünf Mann«, antwortete Punk, »vielmehr zwei Frauen und drei Männer, mindestens zwei sind verletzt.«

Strubbel kehrte zurück. Die neuen Zweibeiner schienen ihn nicht zu überraschen. Er setzte sich vor dem Mann (der auf den beiden Ersatzreifen saß), auf seine fünf Buchstaben. *Tac!*

Der Mann schaute verdutzt auf. »Habe ich mich da gerade verhört?«

»Nein«, antwortete Anna, »der Hund kann reden, vielmehr *denkreden*.«

»Das glauben Sie doch wohl selbst nicht!« Lady D siezte sogar Anna.

»Sie haben es doch gerade selbst gehört.« Das waren die ersten Worte, die Harry nach der Bekanntmachung sprach.

Strubbel trottete zu Lady D, die noch immer an der Westseite des Lochs stand, und beschnüffelte sie. Dann trottete er zu Ark, die an der Kühlerhaube des Geländewagens lehnte. Er dachte *gezielt* zu Ark. *Die Zweibeinerin riect sclect, sie ist nict gut.*

»Ich weiß, Strubbel.«

Der Mann vergaß den denkenden Hund und fuhr fort. »Also weiter, ich habe eine Waffe, aber leider nur noch vier Schuss Munition. Und vier Handgranaten, die ich den Nazis abgenommen habe.«

»Wann denn?«, fragte Punk beiläufig.

»Das war, kurz bevor ich euch getroffen habe«, erklärte James.

»Zuerst müssen wir irgendwelche Stolperfallen bauen, vielleicht auch Fallen – Löcher – graben. Dann müssen wir aus diesem Loch raus, es ist ja die reinste Mausefalle.«

Punk fütterte Stan und Ollie. »Das hatten wir so oder so vor. Warum *wir*? Sie tun ja geradezu, als wenn Sie schon ewig bei uns wären?«

Der Mann ignorierte Punks schnippische Antwort. Er sah Harry an. »Aus welcher Richtung sind die Gegner denn gekommen, Herr Schindler?«

Harry deutete mit einem Daumen über die Schulter Richtung Westen. »Sie sind von dort hinten gekommen, nachher haben sie versucht, uns einzukesseln. Diesmal werden sie *gleich* von allen Seiten angreifen, vermute ich mal. Ich habe vier Rollen Paketband, vielleicht lässt sich ja damit etwas anstellen. Außerdem haben wir einen Spaten, wenn auch nur einen Klappspaten.«

»Das haben wir gesehen«, sagte Lady D und gurrte wie eine Taube.

Ark gefiel die Sache gar nicht, der fremde Mann und besonders die fremde Frau waren ihr nicht koscher.

Punk trat vor Ark. »Die Alte gefällt mir ganz und gar nicht«, flüsterte sie.

Ark löste sich von der Motorhaube und trat vor Lady D. »Mich würde zuerst einmal interessieren, *wie* Sie eigentlich zu uns gelangt sind, und warum *Sie* uns helfen wollen. Sie sehen mir gar nicht so aus, als würden Sie irgendjemandem aus purer Warmherzigkeit helfen, ohne dabei einen persönlichen Nutzen zu haben.« Ark war geladen, die arrogante Pute ging ihr auf den Wecker.

»Hören Sie mir mal gut zu, Sie kleines schwarzes Negerlein, wir –«

Lady D sah den Schlag nicht kommen, Arks rechte Hand knallte gegen deren linke Wange, die linke Hand folgte. Klatsch, klatsch, *klatsch*. Der Kopf der Frau wurde hin- und hergerissen, sie riss erschrocken die grünen Augen auf, mit *so* etwas hatte sie offensichtlich nicht gerechnet.

Der fremde Mann sprang auf, die Kameraden versperrten ihm den Weg.

»Jetzt haben *Sie* einen Fehler gemacht, mich schlägt man nicht, und *mich* zum Feind zu haben, ist nicht besonders gesund, mit Verlaub gesagt, sehr ungesund«, zischte die Brünette leise.

Strubbel trottete neben Lady D und knurrte sie drohend an.

Ark schaute Lady D mit ihrem Todesblick an. »Und mich nennt man nicht *Negerin*. Mich zum Feind zu haben, ist auch nicht besonders empfehlenswert«, zischte sie zurück. »Am besten, Sie verziehen sich, wir kommen auch ohne Sie klar. Wir sind bis dato gut klargekommen, *mit Verlaub gesagt*.«

Lady D lachte verächtlich. »Gegen Uzzis und Handgranaten, ohne Waffen? Da lachen ja die Hühner!« Sie ging den Westhang hoch, wobei sie nicht ein Mal ausrutschte. »Man sieht sich stets zweimal im Leben, denken Sie daran.«

Der große Mann machte keine Anstalten, Lady D zu folgen.

Die verschwand im Westen, sie schaute sich nicht einmal mehr um.

Der Mann sah Ark an. »Ich glaube, jetzt haben Sie ein Problem mehr, Frau Zacharias, mit dieser Frau ist nicht gut Kirschen essen.«

»Mit mir auch nicht, wenn ich gereizt werde. Was ist mit Ihnen, wollen Sie dieser arroganten Pute nicht folgen?«

»Nein, zumindest vorerst nicht. Jetzt sind die dort drüben sechs Leute, sie wird sich den anderen anschließen. Sie sucht stets nur ihren Vorteil.«

»Logisch«, meinte Punk, »aber wir sitzen schon so tief in der Scheiße, da kommt's auf den einen oder anderen Köttel auch nicht mehr an.«

Der Mann lachte laut auf. »Sie sind gut!«

»Da die Rothaarige weiß, was wir vorhaben, müssen wir umdenken«, bemerkte Harry. »Die Sache mit den Fallgruben können wir wohl vergessen, ich habe heute eh schon genug gegraben.«

»Wir lassen uns schon etwas einfallen«, bemerkte James. »Aber Ark? Die Rote ist wirklich brandgefährlich, das habe ich dir doch erzählt, sie ist gefährlicher als die ganze Nazihorde zusammen.«

»Cura Post nachher«, sagte Anna, »jetzt müssen wir uns erstmal überlegen, wie wir die Leute heute Nacht abwehren, schließlich öffnet sich bald das Tor, oder nicht, Ark?«

»Welches Tor?«, hakte der Mann nach.

»Diese Geschichte ist so unglaublich, dass Sie uns niemals glauben würden, auch nicht, wenn wir auf alle Heiligen der Welt schwören! Wenn's die denn gibt.« Punk ging an das Dach und trank einen Schluck Regenwasser. »Pfui Deibel, dass aber auch immer das Bier zuerst alle sein muss, Strubbel, du versoffene Köter!«

Ic bin kein Köter!, protestierte Strubbel.

Der Mann musste schon wieder lachen, anscheinend gefiel ihm Punk.

»Da hast du ja reichlich mitgeholfen«, schmunzelte Arkansas.

Der Mann lachte noch immer. »Ihr seid mir ja eine Truppe, in solch einer aussichtslosen Situation und dann auch noch Humor, um nicht zu sagen, Galgenhumor. Und dann auch noch ein Hund, der sprechen kann, vielmehr *denken*, sind wir hier in einer anderen Welt?« Der Mann schaute Harry an. »Ich schlage vor, Sie zeigen mir mal die Umgebung und nehmen Sie das Paketband mit. Das können wir sicherlich noch gebrauchen. Ach so, lassen wir die Siezerei, ich schlage vor, dass wir uns duzen. Mein Name spielt noch keine Rolle, wenn es an der Zeit ist, werdet ihr ihn schon erfahren. Vor der Seuche war ich Berufskiller, aber den Beruf musste ich aus verständlichen Gründen an den Nagel hängen, das solltet ihr vielleicht noch wissen.«

Harry kramte die Schnüre aus seinem Sack und ging vor. »Das wissen wir bereits.«

* * * *

Lady D war geladen, diese kleine Negerschlampe hatte sie doch tatsächlich geschlagen, unverschämt! Dieses sollte Folgen haben. Sie marschierte durch eine Birkenschonung und gelangte auf einen Schotterweg. Sie folgte dem Schotterweg in nördlicher Richtung. Nach zwei, drei Minuten hörte sie leise Stimmen. Sie zog ihr Stilett aus den Stiefel und schlich vorsichtig an die Stimmen heran.

Der Vermummte und der Italiener standen mit den Rücken zu ihr gewandt vor einem grünen Van und unterhielten sich. Vor dem Van stand ein blauer Bully.

Lady D schlich näher, sie schlich leise um eine rot-weiße Schranke herum, noch etwa zwei Meter und sie hatte die Männer erreicht.

Bevor die beiden etwas ahnten, hielt sie dem Vermummten schon das Stilett an den Hals, der erstarrte zur Salzsäure. Er schien zu wissen, dass dies kein Spaß war. »Wo ist Goebbels?«, zischte Lady D.

Heiko rührte sich nicht.

»Er ist mit Eva weggegangen, wir müssen Wache halten«, stotterte der dicke Rudi.

»Ihr seid mir ja schöne Wachmänner, ich hätte euch spielend eliminieren können. Wo sind die beiden Weiber?«

»Sie liegen im Bully und schlafen.«

»Ich habe euch ein Geschäft vorzuschlagen. Aber warten wir erstmal ab, bis Goebbels zurückkommt. Bis dahin legt ihr eure Waffen vorsichtshalber auf den Boden.«

Heiko und Rudi ließen ihre Waffen fallen, als wären sie glühende Kohlen.

Lady D bückte sich blitzschnell, klaubte die MP des Vermummten vom Boden und steckte das Stilett zurück in ihren Stiefel. »Umdrehen und Hände hoch, ich will eure Wichsgriffel sehen!«

Die beiden Männer drehten sich vorsichtig um.

»Jetzt warten wir auf Goebbels«, gurrte Lady D.

Lange brauchten sie nicht zu warten, Goebbels kam mit Eva aus einer kleinen Gasse, überquerte die Straße und ging auf Lady D und die Männer zu.

»Wo zum Teufel, sind die beiden Weib –«

Der Despot erstarrte, als er begriff, dass Heiko und Rudi sich haben überrumpeln lassen.

»Wie geht's denn so Goebbels? Ich habe Ihnen ein Geschäft vorzuschlagen«, gurrte Lady D.

Goebbels schnappte seine MP, wirbelte um die eigene Achse und suchte die Umgebung ab. »Ihr Dussel! Ihr habt euch überrumpeln lassen?«

»Keine Bange«, meinte Lady D süffisant, »ich bin ganz allein und so hilflos.«

»Und wo ist Ihr John Wayne?«

»Nicht mehr zugegen, ich habe Ihnen etwas vorzuschlagen, kommen wir nun ins Geschäft oder nicht? Ich wiederhole mich nicht gern.«

Goebbels überlegte kurz. »Also gut, *was* haben Sie mir vorzuschlagen?«

»Sie können die Arme wieder sinken lassen«, sagte Lady D zu den beiden Wachmännern. »Ich frage mich, wie ich mit solchen Dilettanten einen Umsturz vollziehen wollte, da muss ich wohl einen geistigen Aussetzer gehabt haben. Vielmehr Sie, Goebbels, ich hätte Ihnen mehr Sachverstand bei der Wahl Ihrer Truppe zugetraut.«

»Reden Sie keinen Unsinn, die Männer sind gut, Sie haben sie lediglich überrascht.«

»Das meine ich ja, anstatt Wache zu schieben, unterhielten sie sich über irgendeine Lappalie, und dann mit dem Rücken zum Waldweg, das war nicht fahrlässig, es war schon blöd!«

Heiko und Rudi starrten verlegen auf den Boden und sagten keinen Ton.

»Kommen Sie zur Sache und ihr hebt eure Knarren auf!« Goebbels starrte die beiden erbost an. Heiko hob seine MP auf, Lady D gab Rudi die Waffe zurück.

»Nach Ihrer Schießerei war ich mit dem Mann oben bei Ihren Feinden im Erdloch«, begann Lady D und setzte sich auf die Motorhaube des Vans. Sie spürte die vergangene Nacht, in der sie kaum geschlafen hatte. »Sie haben einen von denen erschossen, die Leute haben ihn bereits im Wald beerdigt.«

»Der Opa?«, unterbrach Goebbels.

Lady D rief die Gesichter der anderen in ihr Gedächtnis zurück und nickte müde. Sie hatte keinen Opa gesehen. »Ja der Opa, es sind nur noch fünf Leute, sechs mit dem Mann, er ist bei denen geblieben.«

»Warum fünf? Drei! Die Negerin, der Lange und der Punk!«, unterbrach Goebbels Lady D schon wieder.

Susanna und Lydia kamen aus dem Bully gekrochen.

Lady D beachtete sie nicht. »Fünf! Die drei Erwähnten, mein Ex-Fahrer Hugo und die kleine rotblonde Göre. Und der Köter.«

»Die kleine Göre und den Neger habe ich erschossen, ich habe es mit eigenen Augen gesehen, wie sie umgefallen sind, oder nicht?«, zweifelte Goebbels.

»Die Göre und der Neger, wie Sie ihn nennen, sind quicklebendig, ich hab's mit eigenen Augen gesehen.«

»Das kann nicht sein, ich habe fast ein ganzes Magazin auf die beiden abgefeuert.« Goebbels rief sich die Szene in sein Gedächtnis zurück, als er vor der Göre und dem Neger gestanden und geschossen hatte. Irgendetwas kam ihm spanisch vor, er hatte auf die Schnelle, wegen der Dunkelheit und weil er doch an dem Sicherungshebel gefummelt hatte … Aber irgendetwas erschien ihm seltsam. Vielleicht hatte die Rote recht.

»Glauben Sie's oder glauben Sie's nicht, ich habe die beiden vor nicht ganz einer halben Stunde gesehen. Und ich meine *gesehen*, sie sind stofflich, keine Geister, Hugo habe ich sogar die Hand gegeben.«

»Ist ja auch schnuppe, wir haben reichlich Waffen und die haben nichts, es dürfte kein Problem sein.«

Lady D hatte die vage Hoffnung, dass Goebbels mit dem Wort *wir* ihre Person eingeschlossen hatte, ansonsten musste sie es mit zwei Gruppen aufnehmen. Aber wie sie ihre Überredungskünste kannte, war sie dabei. Vielleicht müsste sie mit Goebbels oder mit allen Männern schlafen, aber dies würde sie schon hinbekommen. Es wäre ja nicht das erste Mal. Allerdings hatte sie mit dem Vermummten so ihre Probleme.

»Wo ist eigentlich der Albino, den Sie neulich bei sich hatten?«, fragte Lydia.

Lady D antwortete in Richtung Goebbels, sie sah Lydia nicht an. »Der ist verschollen, sozusagen abgehängt, aber das ist Schnee von gestern. Unwichtig, zurück zum Thema, Sie sagten, dass die da oben keine Waffen haben, das stimmt *so* nicht ganz. Der Mann trägt eine spezielle Fünfundvierziger. Er hat zwar nur noch vier oder fünf Schuss Munition, aber das heißt noch lange nicht, dass er harmlos ist. Und vier Handgranaten, welche Sie neulich auf dem Parkplatz zurücklassen mussten. Die MPs wollte er nicht haben. Die werden Ihnen Fallen stellen, mit Stricken, wie genau, das weiß ich auch nicht. Und sie haben vor, Löcher zu graben.«

»Ich nehme an, sie spannen die Stricke in Erdnähe, um uns Stolperfallen zu stellen«, dachte Heiko praktisch, »damit wir uns verraten, wenn wir uns anschleichen. Es könnte ja sein, dass jemand von uns über die Stricke oder in eine Grube fällt.«

»Du bist ja ein ganz schlauer«, höhnte Goebbels, »das ist doch logisch. Haben die Gegner viele Bindfäden?«

»Vier oder fünf Rollen Paketband«, antwortete Lady D, »das weiß ich nicht so genau. Wann haben Sie vor, anzugreifen?«

»Heute Nacht, Sie sind dabei, jetzt steht es sechs zu sechs.« Goebbels gab Susanna einen Wink. »Gib ihr eine Uzzi und so viele Magazine, wie sie tragen kann, sie zieht mit uns in den Krieg!«

»Aber wir kennen –«

»Kein ›aber‹, tu, was ich dir gesagt habe, ich muss mal wieder etwas mit Eva besprechen. Lydia hat das Kommando!« Goebbels verschwand mit Eva über die Straße in die Siedlung.

Lady D starrte Susanna herausfordernd an. »Ihr habt doch gehört, was Goebbels gesagt hat, er ist der Boss?«

Susanna händigte Lady D eine MP und Magazine aus.

»Und jetzt muss ich erstmal ein Stündchen schlafen, wo befindet sich das Schlafzimmer?«

* * * *

Harry bückte sich und hob einen zerbrochenen Spiegel auf. »Vielleicht können wir den ja noch gebrauchen.« Er steckte das Spiegelstück in seine Innentasche.

Harry und der Mann hatten fast den ganzen Nachmittag damit verbracht, Paketband zu verschnüren. Sie befanden sich auf dem Rückweg zum *Lager*. Harry hatte den Mann ins Vertrauen gezogen, der glaubte ihm nicht ein Wort.

»Ich habe keinen Wasserfall oder etwas dergleichen gesehen, dies habt ihr euch sicherlich eingebildet.«

»Punk hat auch keinen gesehen, sie stammt scheinbar auch aus dieser Welt, Ebene, Dimension, wie auch immer.«

»Ich glaube nicht daran, das ist doch alles Humbug. Andere Welten, wahrscheinlich auch noch Raumschiffe oder Laserwaffen!«

»Und wie erklärst du dir Strubbel, ist der Köter auch eine Einbildung? Hast du schon einmal einen Hund gesehen, der reden, *denken* kann? Und der so fürchterlich *furzen* kann, weil er tote Menschen und auch andere Säugetiere frisst?«

»Nein, das Phänomen ist mir neu, das muss ich ja zugeben, aber …«

»Also gewöhn dich daran, dieses hier ist alles Realität, bittere Realität.«

Sie rutschten den Nordhang hinunter und betraten das Lager, es war verwaist.

Die Sonne verabschiedete sich im Westen.

Vom See zog Nebel auf.

Stan und Ollie zwitscherten fröhlich in ihrem Käfig, Harry stemmte den Käfig hoch und verstaute ihn im Geländewagen.

»Nebel kann uns nur hilfreich sein«, meinte der Mann. »Vielleicht schaffen wir es dann. Schade, dass ich mein Fernglas nicht dabeihabe, es ist irgendwo verschwunden, vielleicht am Hochsitz.«

»Und wenn wir es nicht schaffen?« Harry ging auf die Bemerkung des Mannes nicht ein, er hatte andere Sorgen.

»Dann ziehe ich weiter«, sagte der Mann mit ernster Miene.

»Und wenn *du* es nicht schaffst?«

Der Mann zuckte mit den Schultern.

Ark und die anderen trudelten ein.

»Der Nebel wird ständig dichter«, sagte Ark zur Begrüßung, »es kann nur von Vorteil für uns sein. Heute Nacht können wir eh nicht schlafen, wir warten einfach, bis sich etwas tut. Um zehn – zweiundzwanzig – Uhr begeben wir uns auf unsere Plätze.«

Vor zwölf greifen sie nict an, bemerkte Strubbel und schaute Arkansas direkt in die Augen. *Wann öffnet sic endlic das Tor?*

»Keine Ahnung, vielleicht morgen früh, oder Nachmittag. Vielleicht, vielleicht aber auch gar nicht, ich weiß es nicht, ich spüre noch nichts.«

Strubbel schaute Anna an. *Und du?*

»Woher soll ich das denn wissen?«

Du ast doc den Stock.

»Das ist doch nur ein blöder Holzknüppel, woher soll *der* das denn wissen?«

Der Stock vibrierte in Annas Ärmel. Die schaute verblüfft auf ihren Parka. Leuchtete dort nicht auch etwas?

Siest du?

Die Dämmerung setzte ein.

* * * *

»Eins, zwei, drei und vier!« Der Troll mit der roten Nase schlug die Spielfigur und setzte sie zurück ins Haus. »Wenn du so weitermachst, verlierst deine Figuren.«

Der Troll mit der weißen Nase rümpfte dieselbe. Die Figur mit Arks Gesicht schaute verdrossen drein. Im Haus standen die Figuren mit Punks, Harrys und James' Antlitzen. Nur die grünen Figuren mit Annas, des unbekannten Mannes und Strubbels Konterfeien befanden sich noch auf dem Spielfeld. Die Figur Willis war durch die Ersatzfigur des Mannes ersetzt worden. »Du hast erst zwei drin, noch ist nichts verloren.«

Die schwarzen Figuren mit den Gesichtern von Goebbels und Rudi waren schon im Ziel, die von Susanna, Lydia, Lady D und Heiko waren auf dem Spielfeld unterwegs. Nur die Figur mit dem Schweinegesicht Evas stand noch im Haus.

Die beiden Trolle saßen in einem Redwoodbaum in der Welt der Pygmäen im Schatten und spielten *Verschollene ärgert euch nicht*. Mit sieben gegen sieben Figuren.

Der weißnasige Troll nahm den roten Würfel mit den Totenköpfen in die Hand und würfelte eine sieben. Er hüpfte mit Harrys Figur aus dem Haus, schlug die Figur Heikos und setzte sie ins Haus zu Eva zurück. Eva wedelte sogar mit ihrem Ringelschwänzchen. »Um zwölf geht das erst richtig los!«, freute er sich, lüftete seinen Zylinder und kratzte durch sein dichtes, stahlwolleähnliches braunes Haar. Der leichte Wind vermochte sein Haar nicht zu zerzausen. »Dies hier ist doch nur ein Vorspiel.«

»Wir werden sehen«, raschelte die Laubrasselstimme des rotnasigen Trolls. Er schnippte mit den Fingern und augenblicklich waberte dichter Nebel über das Spielbrett. »Noch eine irdische Stunde.« Er schnippte erneut mit den Fingern. In der anderen Ebene flog ein Hochsitz in die Luft.

* * * *

Ark verteilte die letzten Wasserreserven. »Ich will ja nichts sagen, aber woher wissen wir eigentlich, wenn es zweiundzwanzig Uhr ist? Niemand von uns hat eine Uhr?«

Der Nebel war mittlerweile zu einer überdimensionalen Waschküche mutiert. James, der keine zwei Meter vor Arkansas stand, war kaum zu erkennen.

»Strubbel wird's schon wissen, er hat eine innere Uhr«, antwortete Anna.

Harry zog an seiner Zigarette und hustete gedämpft. »Wo ist der Köter eigentlich? Wenn man den mal braucht, dann ist er nicht da?«

»Er ist auf Patrouille«, sagte der Mann. »Ist dir eigentlich bekannt, dass Rauchen ungesund ist?«

»Was wir hier veranstalten, ist auch nicht gerade ein Wellnesshotel. Und geh mal in einen Fast-Food-Schuppen«, sagte Harry mürrisch und hustete erneut.

Die Angst stand ihm ins Gesicht geschrieben, wie jedem, außer dem Mann, der schien ganz unbekümmert zu sein. »Denkt daran, ich habe nur noch vier Patronen, die Ersatzpatronen sind in meinem Wagen, die zu holen, wäre jetzt zwecklos, zwei von denen müsst ihr erledigen.«

»Warum hast du nicht mehr Patronen mitgenommen?«, fragte Anna, »du denkst doch sonst an alles?«

»Ich dachte, wenn die Waffe geladen ist, dann reicht's, ich wollte ja eigentlich nur eine Erkundungstour machen, ich wusste ja nicht, dass ich in eine Kesselschlacht gerate.«

Ark war froh, dass der Mann doch nicht so perfekt war, wie er sich gab. Er war ihr unsympathisch, sie wusste nicht warum, aber sie traute ihm noch immer nicht.

Plötzlich raschelte es im Unterholz. Alle, bis auf der Mann, sprangen auf.

Ic bin's nur. Alles ist ruig, beinae scon zu ruig! Und das Wolkenwasser wird immer dicter. *Ic ab euc was zu fressen mitgebract!* Strubbel ließ einen toten Frischling vor die Menschen fallen. Das junge Wildschwein war am Hinterteil schon angeknabbert. *Ic ab scon mal probiert, es scmeckt wunderbar.*

»Das können wir so nicht essen«, sagte James, »wir müssen erst das Fell abziehen, die Innereien herausnehmen und das Fleisch dann braten.«

Warum, das abt ir damals auc nict gemact.

»Damals?«, fragte James verwirrt.

Als die Welt noc nict so stank.

Ark lachte auf. »Er meint bestimmt vor langer Zeit, als wir – unsere Rasse – noch kein Feuer kannte. Da hatten wir aber auch einen viel *robusteren* Magen, Strubbel. Er konnte rohes Fleisch verdauen, heute geht das nicht mehr.«

Ir wisst nict, was gut ist. Strubbel machte kehrt und verschwand wieder im dichten Nebel.

»Ich schätze mal, wir haben etwa Viertel vor zehn«, sagte Punk.

»Woher willst du das denn wissen?«, fragte der Mann.

»Wenn man so lange ohne Uhr gelebt hat, wie ich, dann bekommt man ein gutes Zeitgefühl, tagsüber nach der Sonne und des Nachts nach dem Mond oder irgendwie anders. Wie genau, weiß ich auch nicht, es ist einfach so.«

Harry drehte eine Zigarette. »Früher, das ist noch gar nicht so lange her, da haben sie dir überall irgendwo die Zeit angesagt, auf der Arbeit, im Radio, an der Kirchturmuhr, einfach überall. Sogar auf einem Bon, den du an der Kasse bekommen hast, stand die Uhrzeit. Das ist ja wohl vorbei, wie so vieles, fast alles. Wie man doch so etwas Banales wie eine Uhr vermissen kann, ist schon seltsam.«

Anna gab Harry einen freundschaftlichen Klaps auf die Schulter. »Wenn wir zurück in unserer Ebene sind, dann haben wir doch wieder alles. Uhren, Kleiderbügel, Zahnpasta, Züge, die Fußballbundesliga und alles andere. Und Willi ist auch wieder daheim.« Sie legte den Kopf in den Nacken und überlegte. »Aber dann kennen wir uns doch gar nicht, schließlich haben wir uns erst hier in dieser Enterprise kennengelernt. Da müssen wir uns aber etwas einfallen lassen. Ach was, ich rufe euch dann einfach an, schließlich kenne ich eure Nachnamen.«

»*Wenn* wir *je* wieder in unserer Ebene ankommen, vorher stehen aber ein paar Probleme im Weg, ernste Probleme. Eine Horde Nazis, schwer bewaffnet mit MPs und Handgranaten. Und eine Frau, die sich Lady D nennt, bei der ich nicht weiß, woran ich bin. Nicht zu vergessen einen Wasserfall, der sich nicht öffnen will oder kann, der vielleicht gar nicht *der* See ist, sondern irgendein Teich in Nebraska, Ulm oder in Oberhausen«, meinte Harry leise.

Punk lachte leise. »Du siehst es zu schwarz, gestern haben wir den Ansturm doch auch ohne Verluste – fast ohne Verluste – überstanden. Warum dann nicht heute Nacht? Außerdem haben wir jetzt 'ne Knarre, zwar nur mit vier Schuss, aber immerhin, besser als dem Papst die Hand gegeben. Und wir haben einen scharfen Wachhund!«

Der Mann lachte auf. »*Dem Papst die Hand gegeben* ist gut, ich bin auch zuversichtlich, nichts wird so heiß gegessen, wie's gekocht wird, sagte meine Mutter immer. Harry hat mir eure Geschichte erzählt, die ist ja so abenteuerlich, dass ich's kaum glauben kann. Fremde Dimension, ein Wasserfall, der ein Tor in eine andere Zeit ist.«

»Der Köter war gestern auch schon dabei, von wegen Wachhund«, sagte Harry zu Punk. Dann sah er den Mann an. »Du glaubst es noch immer nicht? Anna erzähle ihm mal, was du in der Kanalisation erlebt hast, oder die Geschichte in der anderen Dimension, die mit diesen Pygmäen.«

Anna berichtete dem Mann von der Kanalisation und Anderland in der verkürzten Version. Der Mann kam aus dem Staunen nicht heraus. James musste ihm die verlorenen Finger und die Armwunde herzeigen. »Das ist der Beweis, schau dir seine Hand an. Und riech mal, was glaubst du, warum es hier so stinkt? Das ist noch immer der Gestank von dieser tuppa, obwohl sie *drüben* geblieben ist.« Sie zog den Stock aus ihrem Ärmel. »Und das, so ein Holz gibt's hier gar nicht, zumindest nicht in Europa, nehme ich mal an.«

Der Mann betastete den Stock. »Sieht aus wie Esche, aber sicher bin ich mir nicht, ich habe von der Natur wenig Ahnung.«

Harry zündete eine Selbstgedrehte an. »Das haben wir auch gedacht, es ist aber keine Esche, nur so ähnlich. Und überhaupt, Anna hat gesagt, dass dort *drüben* alles so ähnlich war, aber nur so *ähnlich*. Die Bäume zum Beispiel waren viel höher und dicker. Und erst die Tiere. Spinnen, so groß wie Dackel. Bis auf die Pygmäen mit den Ringelschwänzchen, die waren erheblich kleiner, *sie* waren *lütt*. Und haarlos, *völlig* kahl.«

Anna nickte. »Nicht *ein* Haar.«

Strubbel trottete kam zurück. *Sie kommen, das Scwein überneme ic!*

Der Mann erhob sich. »Von wo aus?«

Aus allen vier Rictungen, ir abt aber noc Zeit, sie müssen sic erst verteilen!

»Also gut, auf geht's, na dann Weidmannsheil, oder wie es heißt, wahrscheinlich in dieser Ebene gut Holz, oder gut Blatt.« Ark nahm ihren Bogen und den Köcher, streifte beides über die Schulter und erklomm den Westhang. »Viel Glück«, rief sie über die Schulter zurück, »und lasst euch nicht abknallen, ich brauche euch noch!«

»Ich würde eher sagen, gut Müllabholen oder gut Holzhacken«, meinte Harry mit einem sauren Grinsen und trat seine Selbstgedrehte aus.

Der Mann steckte Punk unauffällig zwei Handgranaten in ihre Schimanski-Jacke und zwinkerte ihr zu. »Die kannst du sicher gebrauchen.«

»Danke.«

* * * *

Arkansas patrouillierte etwa einhundert Meter abseits der Westseite des Lochs in einer Birkenschonung. Sie drückte sich in eine Erdmulde und wartete. Der Nebel war dichter als der Londoner Smog. Sie kannte den Londoner Nebel, sie hatte in London oft ihren Urlaub verbracht. Ark konnte kaum etwas sehen, eigentlich gar nichts. Sie lauschte angestrengt, die Ohren waren bei diesem Dunst ihre beste Waffe. Sie hörte nichts, nicht einmal das Rascheln irgendwelcher Tiere im Unterholz, auch die Tiere schienen die Gefahr zu ahnen.

Plötzlich ein Rumpeln auf dem Hochsitz, der keine vier Meter rechts von ihr stand. Arks Kopf zuckte herum. Dann folgte eine ohrenbetäubende Explosion. Sie drückte sich tiefer in das Loch, sie hatte sich vor Schreck beinahe in die Hose gemacht. Holzstücke, Erde, Steine und Laub regneten auf sie nieder. »Sie machen sich noch nicht einmal die Mühe, leise zu sein«, murmelte Ark in das nasse Laub. Dann war es wieder still. Ark beglückwünschte sich, sie hatte erst geplant, auf den Hochsitz zu steigen, dann aber einem inneren Instinkt nachgegeben, der ihr gesagt hatte, dass sie lieber auf der Erde bleiben sollte.

Ark legte einen Pfeil auf die Sehne und starrte angestrengt in die Nebelsuppe, sie sah keinen Menschen. Der- oder diejenige, welcher die Handgranate geworfen hatte, war sicher schon an ihrem Versteck vorbei. Sie beschloss, dem Werfer zu folgen, so gut es die Sicht zuließ. Sie stand auf und machte sich vorsichtig auf den Weg. Sie hielt sich nordwestlich. Schon nach wenigen Metern sah sie die ersten Paketschnüre. Harry hatte allen erklärt, wo der Fremde und er die Schnüre gespannt hatten. Beinahe wäre sie vor die Seile gelaufen, sie waren in dieser Nebelsuppe kaum zu erkennen. Harry und der Mann hatten die Schnüre nicht als Stolperfallen direkt über dem Boden, sondern etwa in Brusthöhe gespannt. Wenn hier jemand schnell herlief, konnte er sich vielleicht verletzen, oder zumindest für kurze Zeit aufgehalten werden. Ark bückte sich und ging unter die Paketschnüre hindurch, hernach schlich sie vorsichtig weiter.

* * * *

Harry hatte das Lager in nordwestlicher Richtung verlassen. Er war auf eine Eiche geklettert und hatte sich auf einen dünnen Ast gesetzt. Er wippte ein paar Mal vorsichtig, hoffentlich hielt der Ast stand. *Das hätten sie bedenken müssen, als sie den Reifen hier aufgehängt haben*, dachte er.

Vor ihm hing der Ersatzreifen des Taxis an einem Stück Paketschnur. Harry hatte sich zusätzlich mit einem schweren Schraubenschlüssel und einer Spiegelscherbe bewaffnet.

Wenn jemand der Feinden unter dem Reifen herschleichen würde, dann brauchte er nur mittels Spiegelscherbe die Schnur zu kappen, und der schwere Reifen würde dem Feind auf den Kopf fallen. Dann war er entweder bewusstlos, tot oder schwer verletzt, und Harry konnte sich die MP schnappen. So einfach ist das, das hat zumindest Anna gesagt. *So schwer ist das doch gar nicht, Harry*, hörte er Anna in seinem rechten Ohr.

Harry sah dies ein wenig anders. Erstens konnte er den Boden kaum ausmachen und zweitens musste der- oder diejenige nur mal kurz nach oben schauen und schon war es um ihn geschehen, trotz der Nebelsuppe. Er drückte sich dichter an den Stamm heran und hoffte, dass man ihn von unten nicht würde sehen können. Er kiebitzte angestrengt nach unten. Er fror. Langsam kroch die Kälte in seine Glieder, im Laufe des Tages hatte es sich merklich abgekühlt. Und der nasse Nebel tat sein Übriges, dicke und lange Unterwäsche hin oder her. Im Westen detonierte eine Handgranate. Harry schreckte auf, hoffentlich war Kandy nichts passiert. Er wusste, dass seine Traumfrau sich im Westen befand.

Nach fünf Minuten schlich Kandy wie eine Indianerin kaum wahrnehmbar auf Kriegspfad vorbei. Harry atmete auf, machte sich aber nicht bemerkbar, es erschien ihm zu gefährlich. Wenn er Kandy erschrecken würde, dann würde sie ihn womöglich mit einem Pfeil aus dem Baum pflücken. Schmerzlich wurde ihm bewusst, dass sie alle eigentlich völlig wehrlos waren, was war, wenn die Nazis auch in den Bäumen lauern? Sie konnten Kandy und die anderen wie die Hasen abknallen. Harry verscheuchte den Gedanken.

* * * *

Punk hatte einen Baum hinter der Ostseite des Lochs in der Nähe von Willis Grab ausgesucht und es sich auf einer Astgabel gemütlich gemacht. Vor ihr hing der Ersatzreifen von Arks Geländewagen. Ihr Opinel-Messer hielt sie schon in der Hand, sie wartete auf einen Gegner. Auch *sie* sah durch die Nebelsuppe fast nichts, vielmehr gar nichts. Vielleicht drei oder vier Schritte weit. Sie lauschte angestrengt in den Wald, sie hörte nichts, sogar die Tiere waren verstummt. Sie begann zu frieren, der Nebel kroch wie ein wabbeliger Wassergeist in ihre klammen Klamotten. Der mangelnde Schlaf machte sich ebenfalls bemerkbar, immer wieder fielen ihr die Augen zu. Sie zog eine Handgranate aus ihrer Schimanski-Jacke und steckte sich den Abzugsring in den Mund. Sie hoffte, dass sie dadurch nicht einnicken würde, denn sie war fürchterlich müde. Sie überlegte, wie es nach dieser Nacht weitergehen sollte. *Wenn* ihre neuen Kameraden wieder in deren Dimension zurückgehen sollten.

Wenn!

Wenn sie heute Nacht nicht alle massakriert werden würden, diese Option war die Option Nummer eins, da machte Punk sich nichts vor. Ein Reifen und ein paar Löffel gegen Maschinenpistolen und Handgranaten. Da war nicht sonderlich viel zu holen.

Aber was, wenn sie alle – fast alle – überleben? Dann war sie, mal abgesehen von dem fremden Mann, ganz allein in dieser toten Welt, vielleicht mit dieser Lady D. Dieser Gedanke gefiel ihr gar nicht, diese Brünette war ihr unheimlich, gefährlich.

»Ich gehe einfach mit, dann gibt's mich *drüben* zweimal«, murmelte sie auf die Granate. »Sozusagen eine doppelte Punkerin oder ein doppeltes *Lottchen*.«

Sie nickte ein, die Handgranate im Mund. Ihr Kopf fiel auf die Brust, das Messer in ihren Schoß.

* * * *

Anna hatte das Loch auf der Südseite verlassen, sie hatte die Order von Ark bekommen, sich einen möglichst dicken und hohen Baum auszusuchen und so hoch wie möglich zu klettern. Sie sollte sich aus allem raushalten, weil sie noch so jung ist, hatte Arkansas gesagt.

Aber dies passte ihr gar nicht, erstens war sie schon zehn Jahre alt, und zweitens wurde sie bald elf. Dies waren zwei gute, wenn nicht gar *sehr* gute Argumente.

Außerdem hatte sie in der anderen Welt genug erlebt, schon allein die Monster aus dem Geisterwald. Und die aus ... und ... und ... und.

Schon nach zehn Minuten begann sie sich zu langweilen und zu frieren, außerdem wurde sie gaaanz müde. Dies waren die dritten und vierten Argumente. Sie musste sich bewegen, damit sie nicht einschlief und damit sie einigermaßen warm blieb. Sie musste sich warmhalten. Beziehungsweise wie vor einem Start warmmachen. Dies hatten ihre Eltern ständig vor einem Kurzstreckenlauf gepredigt, Anna war im Warmmachen nicht gerade die erste Leuchte gewesen.

Außerdem konnte sie ihre Freunde nicht im Stich lassen. Schließlich hatte sie den Stock aus der anderen Enterprise mitgebracht. Anna schaute in die Tiefe und erschrak. Sie sah nichts, nur eine nebelige, wabernde Masse, welche um ihre Beine kroch. Und die ersten drei oder vier Äste unter ihr. Unter den Ästen befand sich eine riesige weiße Waschküche. Anna überlegte, wie hoch sie geklettert war. Und vor allem: *Wo* sie hochgeklettert war.

Schon im Kindergarten und in der Schule war sie stets die Beste beim Klettern gewesen. Andere Kinder trauten sich noch nicht einmal auf das Klettergerüst, welches auf dem Spielplatz stand, da kletterte Anna schon auf die höchsten Bäume, die ihr in die Quere kamen. In ihrem Klettereifer bemerkte sie damals nicht, wie hoch sie schon geklettert war, aber meistens ist es gut gegangen. Nur einmal war sie abgestürzt, aber nur ein paar Meter tief gefallen, weil eine Astgabel die kleine Anna aufgefangen hatte, was ihr vielleicht das Leben gerettet, aber auf jeden Fall ein paar Rippenbrüche eingebracht hatte.

Und einen Feuerwehreinsatz, ein Umstand, der auch einen Vorteil hatte, sie durfte mit Blaulicht und Sirene fahren, die anderen Kinder beneideten sie darum.

Ihre Mutter nicht.

Anna hatte vergessen, ihre Schritte mitzuzählen, als Kind hatte sie – wie auch in dieser Agga-Agga-Ebene –, fast jeden ihrer Schritte mitgezählt, dann war der Rückweg einfacher. Diesmal hatte sie es vergessen. »Ich glaube, ich werde langsam alt«, murmelte sie, »schon so ein alter Knacker wie Harry. So alt will ich eigentlich gar nicht werden, so alt wird doch kein Mensch, acht- oder neunundzwanzig.«

Anna schätzte – eine sehr grobe Schätzung – ihre Höhe auf sechs, vielleicht sieben Meter. Sie schob ihren Stetson in den Nacken, zog die Handschuhe aus, steckte sie in die Tasche des Parkas und machte sich wieder an den Abstieg. Die anderen brauchten ihre Hilfe.

* * * *

»Eins, zwei, drei«, meckerte der Troll mit der weißen Nase und sprang mit der Figur, die James' Gesicht zeigte, hinter die Figur mit dem Schweinegesicht. »Das Schwein ist so gut wie tot, es löst sich gleich in die Luft auf.«

»Abwarten«, sagte der Troll mit der roten Nase, »noch dreißig irdische Minuten, dann hast du verloren.« Er runzelte die Stirn und sandte etwas nach *draußen*. Dann hob er den Würfel, warf ihn in die Luft und schnippte erneut mit den Fingern. Der Nebel über dem Spielbrett wurde noch dichter.

Der Würfel fiel auf das Brett und zeigte eine drei.

* * * *

James hatte das Loch auf der Südostseite des Lagers verlassen, mit dem Vorschlaghammer bewaffnet. Angestrengt starrte er in die dicke Nebelsuppe, sie schien ständig dichter zu werden. »Scheiß Nebel, ich sehe fast gar nichts«, murmelte er.

Ic auc nict. Das Wolkenwasser wird immer dicter!

249

James erschrak, er hatte gar nicht mitbekommen, dass Strubbel ihm gefolgt war. »Willst du mir einen Herzinfarkt verpassen? Hörst du schon etwas?«, flüsterte er zwei Fragen.

Nein, das Wolkenwasser verschluckt alle Geräusce. Ic scnapp mir jetzt das Scwein, dachte Strubbel und verschwand wieder in der Nebelsuppe.

James postierte sich hinter einen dicken Ahornbaum und wartete auf das, was dann kommen sollte. Keine zwei Minuten später hörte er hinter sich etwas rascheln.

James' sämtliche Nervenfasern spannten sich bis zum Zerreißen, ganz langsam drehte er sich um und hob den Vorschlaghammer. Er sah fast nichts, aber das Rascheln war definitiv da. Er hielt den Atem an und lauschte, er konnte nicht genau definieren, aus welcher Richtung die Geräusche kamen.

Seine Kindheit schlich sich wie der Nebel in sein Gedächtnis. Damals war er sechs oder sieben Jahre alt gewesen. Er war an einem Winterabend mit seinem besten Freund Sam in einen Neubau geschlichen, um zu spielen. Jungen in diesem Alter spielen gern auf Baustellen. Sam und er stapelten gerade eine Wand Steine auf, als sie ein schnarrendes und kratzendes Geräusch vernahmen. Man hatte sie erwischt! Schließlich war es verboten, auf Baustellen zu spielen. Sie versteckten sich hinter ihrer provisorischen Wand und zitterten vor Angst. Wenn sie erwischt werden würden, dann würde das zuhause eine gehörige Tracht Prügel nach sich ziehen, das war bombensicher. Es war stockdunkel in dem nassen Kellerraum, sie hatten ihre Kerzen schnell gelöscht, als sie das Geräusch hörten. Sie hörten die Geräusche noch fast die ganze Nacht und wagten sich nicht hinter dieser Mauer hervor. Erst als die Sonne aufging, verließen sie völlig durchgefroren ihr Versteck. Eine gehörige Tracht Prügel gab es natürlich auch, aber nicht, weil sie auf dieser Baustelle erwischt wurden, sondern weil sie sich die ganze Nacht herumgetrieben hatten. Hätten seine Eltern damals gewusst, dass sie die ganze Nacht auf einer Baustelle verbracht hatten, dann wäre die Tracht Prügel mit Sicherheit heftiger ausgefallen.

James und Sam hatten nie erfahren, welche Geräusche es damals gewesen waren. Sie hatten Geister, Kobolde oder einen Troll vermutet.

Das Rascheln schlich stetig näher, James hob den Hammer hoch über den Kopf. Eine Gestalt schälte sich aus dem Nebel, eine kleine Gestalt. Eva!

James entspannte sich, er überlegte, ob er nach Strubbel rufen oder das Schwein erschlagen sollte. Beides wäre der größte Fehler, den er tun konnte. Vielleicht hatten sie das Schwein nur vorgeschickt, damit er seinen Standort verraten sollte. Außerdem konnte der wandelnde Sonntagsbraten nichts für diese Situation. Er ließ das Schwein passieren.

Eva schnüffelte keinen Meter an ihm vorbei, sie bemerkte ihn nicht, sie verschwand in der Nebelbrühe.

Der Nebel wurde noch dichter, James hatte das Gefühl, in einer dichten Wolke zu stehen. In der Ferne hörte er einen lang gezogenen Schrei.

* * * *

Die Nachricht zerfraß weitere Gehirnzellen in seinem Kopf. Goebbels zuckte zusammen. Der Schmerz, der sein Gehirn durchzuckte, warf ihn um. Er wälzte sich (als wenn er einen Anfall hätte), auf dem Schotterboden und schrie wie auf einer Streckbank. Er presste die Hände an den Kopf und schrie mit offenem Mund. Schaum tropfte von seiner Zunge verschmierte sein Kinn. Die Augen traten aus den Höhlen, sie schienen aus seinem Kopf rollen zu wollen. Der Blick starrte ins Nichts.

Rudi warf sich mit seinem ganzen Gewicht auf ihn und erstickte die Schreie mit seiner Hand.

Die anderen standen ratlos um Goebbels herum. »Was hat der denn?«, flüsterte Heiko leise.

»Ich glaube, der hat 'nen Anfall«, sagte Lydia leise, »dass der 'nen Fimmel hat, wusste ich ja schon immer. Es ist wahrscheinlich ein epileptischer Anfall.«

Goebbels beruhigte sich zügig von seinem Anfall, er riss Rudis Hand von seinem Mund. »Geh runter von mir, du fette Sau, du brichst mir ja die Rippen!«, bellte er.

Rudi erhob sich. »Ich wollte doch nur, dass uns kein Mensch hört. Ich ...«

Goebbels hob seine MP auf und erhob sich ebenfalls. »Noch einmal, und ich baller dich ab.« Er richte seine Waffe auf den vermummten Rudi. »Wir machen alles anders, ich habe eine Botschaft bekommen.«

»Was für eine Botschaft?«, fragte Lady D und schulterte ihre MP. »So langsam glaube ich auch, dass Sie spinnen.«

»Eine Nachricht«, sagte Goebbels.

* * * *

Arkansas zuckte herum in Richtung Lager, als die Handgranaten detonierten.

Fuck, wie sind die an uns vorbeigekommen?

Etwas explodierte in dem Lager, das konnte nur der Geländewagen gewesen sein.

Stan und Ollie! Die haben wir ganz vergessen! Das können sie unmöglich überleben, dachte Ark.

Sofort zog der Gestank von verbranntem Gummi, brennendem Benzin und verschmortem Metall durch den Wald. Und gegrillten kleinen Wellensittichen. Das bildete Ark sich jedenfalls ein. Sie roch halbe *Hähnchen* und verzog angewidert ihr Gesicht, sie schämte sich ihrer Tränen nicht. Diese Verbrecher haben Stan und Ollie gekillt, das sollten sie büßen! Stan und Ollie, ihre treuen Kameraden, die sie jahrelang begleitet hatten. Sie ging langsam in Richtung Lager, sie konnte keine zwei Meter weit sehen, der Nebel wurde stetig dichter. Sie spannte die Sehne des Bogens bis zum Anschlag und ging weinend weiter (ist das eigentlich der richtige Weg?) nach Nordwesten. Als sie Sperrfeuer vernahm, warf sie sich zu Boden. Die Irren ballerten wie die Verrückten in das Loch.

Als wenn sie so blöd gewesen wären, den Angriff in dem Loch abzuwarten, wie gestern Nacht. Sie schüttelte den Kopf und war im Begriff, sich zu erheben, als die Verrückten ihre Taktik änderten. Sie schossen jetzt blindlings in den Wald hinein. Die Kugeln zischten wie summende Bienen über sie hinweg. Ark wartete ab, bis sie nachladen mussten. In einer Feuerpause erhob sie sich und schlich weiter nach Nordwesten, die Bäume als Deckung ausnutzend.

Der Nebel wurde wieder etwas lichter. Nach fünf Minuten erkannte Arkansas in etwa fünf Metern Entfernung eine vom Nebel umwabte Gestalt. Sie spannte den Bogen langsam und bedächtig wie ein Beamter, der gerade über einem Bearbeitungsantrag einschläft. Sie schlich langsam näher, sie erkannte diese Person. Der lange blonde Pferdeschwanz war trotz der Nebelsuppe nicht zu übersehen. Lydia! Sie fummelte an ihrer Waffe herum, irgendetwas schien mit der MP nicht in Ordnung zu sein. Sie hörte die Blondine gedämpft fluchen. Dann vernahm sie ein Geräusch, wie man oder frau es vernimmt, wenn ein Magazin einrastet. Wenn jemand Kenntnis von dieser Materie hat. Hatte Ark aber nicht sie, nahm das Geräusch einfach mal so an.

Sie wollte ihren Pfeil gerade auf seine tödliche Reise schicken, als sie auf einen Ast trat. Dieser zerbrach laut knackend.

KNACKKKSSSKRK!

Lydia wirbelte herum, fluchte diesmal lauter und feuerte augenblicklich!

Ark warf sich zur Seite und schickte den Pfeil auf die Reise. *Du bist aber auch eine super Indianerin*, dachte sie, als sie auf dem Waldboden landete. Sie spürte einen Einschlag in ihrem rechten Oberschenkel, als der Pfeil in Lydias Stirn einschlug und am Hinterkopf wieder austrat, Lydia fiel um wie eine Dreckschippe.

Fuck, ich bin getroffen, zuckte ein Gedanke durch Arks Gehirn.

* * * *

Der weißnasige Troll schlug mit einem triumphierenden Lachen die Figur mit Lydias Antlitz und stellte sie in das Haus.

Die Figur wurde durchsichtig und verschwand im Nirwana.

Die Figur mit Arkansas' Konterfei schimmerte hell auf, wurde durchsichtig, verschwand einen Augenblick und wurde dann wieder stofflich. Sie wankte auf dem Brett wie ein Seemann bei Windstärke acht, fiel aber nicht um.

Der rotnasige Troll schüttelte mit dem Kopf und kratzte über sein Stahlwollehaar. Seinen Zylinder hatte er wie der weißnasige Troll abgelegt. »Eins zu null für dich, das war gut.«

Er schnippte erneut mit den Fingern, der Nebel wurde wieder dichter. Er nahm den Würfel und warf ihn auf das Spielbrett.

* * * *

Punk schrak auf und zuckte zusammen, als die Handgranaten explodierten, beinahe wäre sie vom Baum gefallen.

Sie war doch tatsächlich eingeschlafen!

Der Geländewagen zerlegte sich mit einem fürchterlichen Knall und einem riesigen Feuerball in seine Einzelteile, Punk sah das Feuer trotz des dichten Nebels schemenhaft zwischen den Bäumen wabern.

Wir haben die Vögel vergessen, zuckte ein Gedanke durch ihren Kopf. Die beiden Wellensittiche hatten in der Feuersbrunst keine Chance.

Was habe ich denn hier im Mund?

Sie zog dieses eirunde Etwas aus ihrem Mund, wobei sie den Sicherungsring abriss. Sie nahm die Handgranate in die Hand und drückte versehentlich auf den Abzugsbügel.

Sie starrte die Granate an. »Ach du scheiße!«

Sie holte weit aus und warf das Höllenei in den Nebel. Sie hörte ein hartes *Tock*, als die Granate gegen einen Baum prallte.

Punk steckte ihre Finger in die Ohren. Die Detonation kam augenblicklich, der dichte Nebel verschluckte den größten Teil des Knalls. Als wenn die Granate in einem Wasserfass explodiert wäre. Sie wurde nur mit einem Haufen Dreck überschüttet.

»Glück gehabt«, stöhnte sie und schüttelte sich.

Punk nahm ihr Messer aus dem Schoß und wartete. Sie bemerkte, dass sie vor Kälte zitterte, ihre Klamotten waren noch immer oder schon wieder feucht. »Ein Königreich für ein paar warme Klamotten«, stöhnte sie.

Sie trauerte nicht lange um die Vögel, sie konzentrierte sich auf ihre Aufgabe. Außerdem musste sie pinkeln und hatte fürchterliche Blähungen. Das Vogelfutter schlug ihr auf den Darm, er rumorte wie eine rotierende Speismaschine, in ihrem Bauch blubberte und gurgelte es, der Furz versuchte, sich mit aller Gewalt Freiheit zu verschaffen. Sie drückte krampfhaft dagegen, Schweiß trat auf ihre Stirn. Wenn sie jetzt einen fahren ließ, würde man es bis Palermo oder Fürstenfeldbruck hören können. Trotz des Nebels, dessen war Punk sich sicher. »So gesund sind die Jod-Es-Elf-Körnchen auch wieder nicht«, flüsterte sie und überlegte, ob sie den Baum verlassen und ihre Blase erleichtern sollte. Was unweigerlich eine Darmentleerung zur Folge gehabt hätte.

Die Endscheidung wurde ihr abgenommen.

Eine Gestalt schlich unter ihr über den Waldboden, Punk sah fast nur Nebel, hörte diese Gestalt umso besser, sie machte keinerlei Anstalten sich leise zu verhalten.

Die Nazis waren sich zu sicher oder sie konnten es nicht anders.

Punk setzte die Klinge an die Paketschnur an.

In ihrem Darm rumorte das Vogelfutter wie verrückt, die Speismaschine war überfüllt. Sie hüpfte verzweifelt auf dem Ast auf und ab, als wenn sie *so* den

Furz, der sich wie ein Gewitter aus ihrem Enddarm drängen wollte, zurückdrücken könnte. Zwecklos, sie konnte die Explosion nicht mehr zurückhalten. Zeitgleich mit der Zertrennung der Schnur verließ ein lauter Furz, der wie ein Braunbär (nur wesentlich lauter, eigentlich wie eine Junkers 52, die damals über Berlin flog) brummte, ihren kleinen Hintern.

Der Reifen folgte der Erdanziehungskraft.

Die Gestalt – Heiko – schrie auf, als er den donnernden Furz hörte, zuckte herum, riss den Kopf hoch und feuerte.

Punk spürte den Einschlag am linken Ohr, als der schwere Reifen gegen die Brust und die MP des Nazis knallte. Der fiel wie ein Maikäfer auf den Rücken, der Reifen landete auf seinem Gesicht. Blind feuerte Heiko weiter, aber in die falsche Richtung.

Punk sprang vom Baum, trat ihm die MP aus der Hand, packte den Reifen, warf ihn an die Seite, nahm ihr Messer und schnitt dem verblüfften Mann die Kehle durch. Seine weit aufgerissenen Augen starrten Punk überrascht an. Das Blut pulsierte sofort aus der durchtrennten Kehle und spritzte gegen ihre Hand, sie sprang erschrocken zurück.

Er schrie noch nicht einmal, als seine Seele im Nirwana verschwand.

»Du oder ich, mein Freund«, flüsterte Punk, »so ist das nun mal im Krieg, ihr wolltet den Krieg, wir nicht.«

Heikos Beine zuckten noch mal unkontrolliert, dann streckte er sie von sich.

Im Hintergrund ratterten Maschinenpistolen und detonierten Handgranaten. Das Gefecht war im vollen Gange.

Punk betastete ihr linkes Ohr und spürte nichts. Der Nazi hatte ihr ein Ohr abgeschossen! Jedenfalls fast, die Mitte des Ohrs war verschwunden, oben und unten hingen noch ein paar Fetzen. »Scheiße!« Die Wunde tat nicht mal weh, sie blutete aber wie verrückt. Und in ihrem linken Ohr war ein Geläut, als wenn der Pfarrer des Sonntagsmorgens zur Messe bimmelte. »Du Arschloch, jetzt habe ich nur noch ein Ohr.« Punk trat zu der Leiche, schnitt einen Streifen Stoff aus seinem Kampfanzug und verband sich den Kopf. Ihre blutigen Hände und die Klinge des Messers wischte sie an seiner Kleidung ab.

»Das mit dem Vogelfutter lässt du demnächst besser sein«, flüsterte Punk, als sie weiter Richtung Westen zum Loch schlich.

* * * *

Der weißnasige Troll schlug die Figur Heikos, sie wurde durchsichtig und verschwand, bevor er sie ins Haus zurückstellen konnte. »Zwei zu null für mich!«, meckerte er.

Die Figur Punks schwankte leicht, wurde durchsichtig und stand dann wieder still.

Der rotnasige Troll riss ein Büschel Haar aus seiner Stahlwolle, schrie auf und verschwand.

»Das ist unfair!«, zuckte die Pumuckl-Stimme durch die Baumwipfel. »Auch wir müssen Gesetze befolgen! Du kannst denen nicht helfen!«

»Du hast doch auch geholfen!«, erklang die Stimme des roten Trolls aus dem Nichts. »Dann darf ich das auch!«

»Das war doch nur ein Spiel, dies hier ist etwas anderes, etwas *Besonderes*!«

»Du hast recht.«

Der rote Troll verstofflichte sich zurück und würfelte eine sechs. Das ausgerissene Haar wuchs schnell wie der Wind nach. Er schnippte erneut mit den Fingern und der Nebel über dem Spielbrett wurde wieder dichter. Die Figuren waren kaum mehr zu erkennen.

* * * *

Dieser seltsame Nebel wurde schnell dichter. Vor ein paar Sekunden war er nur ein laues Süppchen gewesen, die Brühe änderte laufend seine Dichte.

James zuckte zusammen, als er Lady D keine zehn Schritte mit einer MP im Anschlag vor sich stehen sah. Er konnte die Brünette kaum ausmachen, der Nebel nahm rasend schnell zu, viel zu schnell! Er warf seinen Vorschlaghammer aus der Hüfte, bevor er gar nichts mehr würde erkennen können.

Doch Lady D war schnell, sie warf sich zur Seite, prallte gegen einen Baum und riss die MP hoch.

James hatte den Vorschlaghammer mit aller Wucht, die er zur Verfügung hatte, geworfen. Dieser prallte gegen die MP, als Lady D abdrückte und die tödlichen Projektile auf die Reise schickte.

James ließ sich rücklings in den Schlamm fallen, rollte um seine eigene Achse nach rechts und schützte seinen Kopf. Die Kugeln schlugen in die Bäume, rissen Holz und Rindenstücke heraus und surrten davon, ohne Schaden anzurichten. Er war durch seine Umdrehungen näher an die Brünette herangerollt, in vielleicht noch ein oder zwei Metern Entfernung lag die Wonnefrau.

Die Lady feuerte nicht mehr, offenbar war das Magazin leer oder sie hatte eine Ladehemmung.

Er spritzte so schnell wie er konnte auf die Beine und warf sich auf die Frau.

Lady D empfing ihn mit einem Tritt in seine Weichteile, James schrie auf und umklammerte ihre Kehle. Fest quetschte er ihren schlanken Hals zusammen. Er nahm keine Rücksicht darauf, dass sie eine Frau war, es ging um Sein oder Nichtsein. Sie zappelte unter ihm wie ein Fisch auf dem Trockenen, sie versuchte ihn abzuschütteln, aber er war zu schwer. Verzweifelt schlug sie mit den Fäusten gegen seinen Rücken.

James interessierte das herzlich wenig, in Anderland waren Anna und er mit ganz anderen Individuen fertig geworden. Er wollte sie aber nicht dumm sterben lassen. »Eines sollten Sie noch wissen, bevor ich Sie in die Hölle schicke«, schnaufte er, »ich bin vom *CIA*, wir haben alles über Ihre Umsturzpläne gewusst, meine Tarnung war perfekt!«

Lady D war sichtlich überrascht. »Das kann nicht sein, ich habe Sie hundert Mal überprüft. Lassen Sie mich los, sie bringen mich ja um!«, japste sie.

Zu seiner Überraschung lockerte er den Griff.

Lady D atmete erleichtert auf. »Ich habe Sie doch tausend *Mal* überprüft, Sie können kein Spitzel sein«, wiederholte sie.

»Meine Papiere waren dementsprechend präpariert, das konnten noch nicht einmal *Sie* herausfinden.«

»Warum tun wir beide uns nicht zusammen?«, fragte Lady D unvermittelt. »Bevor wir uns gegenseitig umbringen, können wir doch gemeinsam gegen die Neonazis kämpfen. Ich will euch doch nur helfen, deshalb habe ich mir die Waffe besorgt.«

Sie drückte ihre schweren Brüste gegen seinen Oberkörper, ihre grünen Augen blitzten verlangend.

»Und warum haben Sie dann auf mich geschossen?«

»Ich habe gedacht, Sie wären jemand von den Nazis, ich will Sie nicht erschießen. Sie sind – waren – doch so ein guter *Chauffeur*, ich war von Anfang an scharf auf Sie.«

James sah sogar Tränen in den wunderschönen Augen schimmern. Er ignorierte die Tränen, er kannte Lady D's Charakter. »Sie sind jetzt erstmal unsere Gefangene.«

»Oh bitte nicht, ich kann euch doch helfen.« Sie schob ein Bein zwischen seine brennenden Eier und rieb es aufreizend hin und her. »Außerdem wollte ich schon immer mit Ihnen schlafen, schon seit ich Sie das erste Mal gesehen habe, das habe ich Ihnen doch schon immer gesagt.« Ihr Blick wurde noch verlangender, das war ihr Vögelblick, diesem Blick konnte kein Mann widerstehen.

Wann gesagt? James wurde unsicher, er hatte schon lange keine Frau gehabt, es wurde mal wieder Zeit.

»Ich habe doch gerade nichts zerstört, durch meinen Tritt?«, gurrte ihre Taubenstimme. »Ich habe ausgefallene Wünsche, ich mag es am liebsten von hinten, aber dazu müssen wir erstmal aufstehen, hier auf dem Boden holen wir uns ja eine Erkältung.«

James wurde noch unsicherer. Er wollte dieses Prachtweib schon seit seiner Anstellung besitzen, aber dann wäre sein Auftrag in akute Gefahr geraten. Sex und Beruf, das passt nicht zusammen.

Aber es gab keine Aktion, keine Anstellung, keinen Auftrag mehr. Keine Menschen, kein Auftrag. Also doch.

Oder nicht?

Hüte dich vor der Frau! Die ist gefährlicher als eine Grube Schlangen, ein Wespennest und eine Wanne voll Skorpione zusammen. Auch wenn sie dich anbaggert!

Diese Worte hatte er vor seiner Abreise aus Amerika mindestens tausend Mal von seinem Vorgesetzten Archibald – Arche – Lydia McBrains – ebenfalls ein

Schwarzer –, gehört. Warum Arches zweiter Vorname feminin war, das war James schleierhaft.

Sogar am Flughafen, als er ihm *viel Glück* gewünscht und ihm kräftig die Hand gedrückt hatte, mahnte er: *Denk an meine Worte, vergiss sie niemals!*

James verstärkte den Druck auf den schlanken Hals Lady D's wieder, er hatte diese Worte *nicht* vergessen. Er *durfte* sie nicht vergessen.

»Aber, aber, Sie wollen mir doch nichts antun, ich habe Sie doch stets anständig bezahlt?«, krächzte sie.

Im Gebüsch raschelte es erneut, James' Kopf zuckte kurz hoch, sein Griff lockerte sich nur eine Millisekunde.

Lady D nutzte diese klitzekleine Ablenkung und stieß mit ihrem Kopf zu.

James schrie auf, als sein Nasenbein brach, eine Sturzwelle Blut schoss aus seiner Nase und spritzte Lady D ins Gesicht.

Die drehte sich blitzartig herum, schüttelte den völlig überraschten James ab, sprang auf und verschwand im Nebel.

Ihre MP ließ sie liegen.

James wälzte sich auf den Rücken, betastete sein Gesicht und legte den Kopf in den Nacken. Seine Nase schmerzte, als wenn sie von einem Boxer als Punchingball missbraucht worden wäre.

Er hielt mit den Fingern seine Nase zu, erhob sich stöhnend und verdrückte sich in den Schatten eines Baumes. Er konnte nicht auf dem Kampfplatz liegen bleiben, Nasenbluten hin oder her. Das Blut floss zwischen seinen Fingern hindurch und tropfte in den Mund. Angewidert spuckte er den klebrigen Lebenssaft aus.

Gefährlicher als eine Wanne Skorpione, hallte die Stimme des Bosses in seinem Gehirn nach. Der hatte damals recht behalten. »Hätte ich mal besser zugehört, ich bin manchmal aber auch blöd«, murmelte James. Er musste die Blutung stillen, bevor er sich an die Verfolgung machen konnte. Er riss ein paar Grasbüschel aus der Erde und steckte sie in seine Nasenlöcher. Sie kitzelten, er musste niesen, im hohen Bogen flogen die Grasbüschel in einem Blutschwall davon. Er entsann sich seines Taschentuchs aus Stoff, welches er stets in seiner Hosentasche trug, zog es heraus, riss es auseinander und steckte sich je einen Fetzen in ein Nasenloch. Die Blutung kam vorerst zum Stoppen. Er wartete einige Minuten, bis die Luft einigermaßen rein war, ging vorsichtig zur MP, zog das Magazin heraus und steckte es in seine Tasche. Dann hob er seinen Hammer auf und schlich weiter in Richtung Osten, in die Richtung, in der seine ehemalige Chefin verschwunden war. Er war sich sicher, dass er sie noch erwischen würde.

* * * *

Der rotnasige Troll blickte die Figur mit Lady D's Konterfei an, die erhob sich und stellte sich vor die Figur mit James' Gesicht. Er verschränkte die Arme vor

257

seiner Brust und lehnte sich an den Stamm des Redwoods. »Jetzt habe ich wieder einen Vorteil«, raschelte seine Laubrasselstimme.

»Abwarten.« Der Weißnasige blickte den Würfel an und *würfelte* mit seinen *Augen*. Der Würfel überschlug sich, blieb in der Luft stehen, was physikalisch unmöglich war und landete auf dem Spielbrett. Er zeigte eine vier. »Es steht noch immer zwei zu eins für mich!«, kreischte seine dünne Pumuckl-Stimme. Der Nebel blieb unverändert dicht.

* * * *

Ark schlich zu Lydias Leiche und tastete nach dem Pfeil in Lydias Stirn, doch der Pfeil war verschwunden! »Fuck«, murmelte sie und schloss Lydia die Augen. »Das habt ihr euch auch einfacher vorgestellt, aber so einfach ist das alles nicht«, murmelte sie leise.

Die ganze Gegend nach dem Pfeil abzusuchen hatte keinen Sinn, es steckten ja noch fünf oder sechs im Köcher. Außerdem musste sie sich um ihre Wunde kümmern. Sie setzte sich auf den Waldboden und untersuchte ihr Bein. Die Kugel hatte ihre Lederhose etwa zwanzig Zentimeter über dem Knie zerrissen. So weit sie es bei diesem Nebel und der Dunkelheit beurteilen konnte, war keine lebenswichtige Ader getroffen, nur das Projektil steckte noch.

Arkansas öffnete den Kampfanzug der Verblichenen und zog ihr die Jacke aus. Sie versuchte, die Jacke auseinanderzureißen, was ihr aber nicht gelang, der Stoff war zu stabil.

Sie schaute sich nervös um. Wenn jemand von den Gegnern erschien, war sie völlig wehrlos, der Bogen lag neben ihr. Sie hatte Glück, es kam niemand.

Sie warf die Jacke an die Seite, zog der Toten das Hemd aus und riss es in der Mitte durch, was einfacher war, als sie erwartet hatte. Sie zerriss das Hemd in mehrere Streifen und verband ihren Oberschenkel. Zwei Streifen steckte sie in ihre Tasche. »Die Kugel muss erstmal drin bleiben, Herr Doktor, und desinfizieren entfällt vorläufig, das müssen wir später erledigen«, murmelte sie.

Ark zog einen neuen Pfeil aus dem Köcher, legte ihn auf die Sehne und wandte sich humpelnd wieder nach Westen.

Auf der Südseite des Lochs schoss jemand in die Bäume, lud nach und ballerte weiter. Das konnte nur der verrückte Goebbels sein. »Warte ab Bürschken, ich komme schon.«

Ark hörte von Süden kommend jemanden durch das Unterholz schleichen, sie hatte die Hoffnung, dass dieser jemand Goebbels war. Sie humpelte hinter eine dicke Eiche, spannte den Pfeil, hielt ihren Atem an und starrte in den Nebel. Goebbels hatte nicht mehr lange zu leben.

Irgendwo hinter ihr explodierte ab und an eine Handgranate oder eine MP-Salve ratterte los. Ark betete, dass ihre Kameraden noch lebten, der Verlust Willis war schon groß genug.

Goebbels näherte sich weiter, er war nicht besonders vorsichtig, Ark hörte Laub rascheln und kleinere Äste brechen.

Goebbels' Ende war besiegelt. Ark spannte die Sehne bis zum Anschlag, holte noch einmal tief Luft, sprang hinter dem Baum hervor und schoss.

Anna schrie auf, als Arkansas hinter dem Baum hervorsprang.

Ark erkannte Anna in letzter Millisekunde und verriss den Pfeil, indem sie sich einfach fallen ließ. Der Pfeil zischte haarscharf an Annas Kopf vorbei und bohrte sich in eine Birke.

»Willst du mich umbringen? Ich dachte du bist meine Ersatzmutter. Mütter erschießen ihre Töchter nicht, das ist verboten?«, zischte Anna flüsternd.

Arkansas atmete erleichtert aus, beinahe hätte sie ihr Adoptionskind erschossen. Sie raffte sich auf, humpelte zu Anna, drückte sie an sich und weinte hemmungslos. »Ich habe dir doch gesagt, dass du im Baum bleiben sollst«, flüsterte sie tränenerstickt.

»Ihr Erwachsenen ewig mit euern Befehlen.« Anna befreite sich, ging zu der Birke und zog den Pfeil heraus. Sie musste ihn ob der Widerhaken ein paarmal hin und her drehen. »Hier, den brauchst du vielleicht noch. Mir war es zu kalt da oben in meinen feuchten Klamotten, ich musste mich doch irgendwie warmhalten.«

Arkansas legte den Pfeil wieder auf die Sehne. »Dann darfst du aber nicht wie ein Elefant im Porzellanladen durch den Wald trampeln, ich habe dich meilenweit gehört.«

»Na, na, übertreib mal nicht, was tun wir jetzt? Wo ist eigentlich der fremde Mann?«

»Das weiß ich nicht, er ist auf der Nordseite raus.«

»Nordseite, Südseite, ich weiß gar nicht, wo ich hier bin, der Nebel ist viel zu dicht, nicht immer, aber fast immer.«

Ark deutete Richtung Osten. »Dahinten ungefähr ist unser Fahrzeug, unser Ex-Fahrzeug«, verbesserte sie sich.

Wieder ratterten MP-Salven an der Nordseite des Lochs, darauf explodierte eine Handgranate.

»Das mit Stan und Ollie tut mir leid«, flüsterte Anna.

»Mir auch, aber darum können wir uns jetzt nicht kümmern, dahinten an der Nordseite scheint ja richtig was los zu sein. Dort wird am meisten geschossen, da muss ich hin. Du kletterst auf den nächstbesten Baum und verhältst dich ruhig. Ich muss unseren Leuten helfen.« Ark ließ Anna stehen und humpelte los.

»Warum humpelst du?«

»Lydia hat mich angeschossen«, flüsterte Ark über die Schulter zurück.

»Pass auf, sie schleicht sicher noch irgendwo dahinten herum.«

»Mit Sicherheit nicht, ich habe sie erschossen.«

Aus den Augenwinkeln vernahm Ark eine huschende Bewegung. Eine MP zuckte hinter einem Baum, an dem sie gerade vorbeigegangen war, hervor. »Anna Deckung!«, brüllte sie.

»Das wird die Göre büßen!«, kreischte eine Frauenstimme.

Susanna!

Anna ließ sich mit hocherhobenen Händen rücklings in den Dreck fallen, als die MP ihr tödliches Blei aus dem Lauf spuckte. Sie schrie laut auf, als sie getroffen wurde.

Ark schickte ihren Pfeil auf *seine* tödliche Reise, der rammte in die Rinde vom Baum, riss ein Stück heraus und landete auf der Erde. Die Entfernung betrug vielleicht zwei Meter und sie hatte vorbeigeschossen!

Wieder spuckte die MP los. Aber Anna war geistesgegenwärtig schon in ein Erdloch gerollt, die Projektile hackten die Erde genau an der Stelle auf, wo Anna vor einer Sekunde noch gelegen hatte.

Ark riss mit einer blitzartigen Bewegung einen Pfeil (der wie von selbst auf die Sehne zu springen schien), aus dem Köcher und hechtete vorwärts. Sie schrie gequält auf, als ihr verletztes Bein belastet wurde. Aber ihre körperliche Fitness kam ihr zugute. Wie ein Torpedo flog sie durch den Nebel und sprang mitten in den Kugelhagel hinein. Sie setzte alles auf eine Karte, sie drehte sich in der Luft, zielte nicht großartig, sondern schickte ihren Pfeil auf seine tödliche Reise, während sie rücklings durch den Nebel flog. Eine Kugel kratzte über ihre linke Schulter, als sie den schrillen Schrei Susannas vernahm. Sie landete mit einem gequälten Aufschrei im Laub, drehte sich blitzartig, rollte in das Erdloch und landete auf Anna, die kreischend aufschrie.

»Schnauze!«, zischte Arkansas, »ich habe sie getroffen, aber vielleicht lebt sie ja noch.«

»Sie hat mir in die Hand geschossen«, schluchzte Anna.

Ark wunderte sich, dass Anna diese Geschehnisse nervlich noch durchhielt. Andere, (auch Erwachsene) hätten schon lange einen Nervenzusammenbruch erlitten, oder wären kopflos irgendwo hingelaufen. Sie wunderte sich auch über sich selbst, vor zwei oder drei Wochen war sie noch eine gutbürgerliche Krankenschwester gewesen und nun befand sie sich mitten im Dschungelkrieg, in dem einer den anderen killen wollte. So oder so ähnlich hatte sie sich Vietnam oder Stalingrad vorgestellt. Jetzt war sie mittendrin in so einem Dschungelkampf.

Ark rollte von Anna runter, vorsichtig lugte sie aus dem Erdloch. Sie hatte zwar keine Schüsse – mal abgesehen die von der Nordseite des Lochs – mehr gehört, aber dies sollte nichts bedeuten, vielleicht musste Susanna nur nachladen.

»Gib mir mal einen Stock.«

Anna kramte in der Innentasche ihrer Lederjacke und reichte Ark anstatt eines Stocks ihren CD-Player. »Nimm aber die CD raus, die ist von *Kemmy*!«

»Spinner!« Ark spritzte hoch, schleuderte den Player in Richtung des Baumes und warf sich wieder in Deckung, kurz vor dem Baum blieb er im Laub liegen.

Keine Reaktion.

»Du bleibst hier, ich sehe mal nach.«

Am Nordloch war Feuerpause.

»Aber wenn sie dir auflauert?«

»Wie lange sollen wir denn hier warten?« Ark robbte wie eine Indianerin auf allen vieren aus dem Loch, sie krabbelte vorsichtig, jegliche Vertiefung ausnutzend, zum vier oder fünf Meter entfernt stehenden Baum, hinter dem Susanna sich verkrochen hatte. Erst als sie den Stamm erreichte, sah sie lange Beine, die leicht verdreht auf dem Waldboden lagen. Erleichtert atmete sie auf und erhob sich. Susanna starrte sie aus dem linken Auge erstaunt an. Das rechte Auge, dort wo der Pfeil eingedrungen war, war verschwunden.

Der Pfeil ebenfalls.

Ark schloss Susanna das übrig gebliebene Auge. »Ihr wolltet es nicht anders«, flüsterte sie.

Sie sammelte den fehlgeschossenen Pfeil, welcher einen Meter neben Susanna lag und den CD-Player ein und ging zu Anna zurück.

Die kniete im Erdloch und betastete ihre Hand. »Zeig mal her!« Anna streckte Ark die linke Hand entgegen. Ark betrachtete die Wunde. »Es ist nur ein Streifschuss, soweit wie ich es beurteilen kann, drei Zentimeter höher und dein kleiner Finger wäre verschwunden. Wie bei James. Tut das weh?« Anna schüttelte mit dem Kopf. Ark zog eines der Hemdfetzen aus ihrer Tasche und verband die Wunde, welche schwach blutete.

»Aber du musst sie doch desissizieren, oder wie es heißt.«

»Tut mir leid, aber unsere medizinische Abteilung ist mit Stan und Ollie in die Luft geflogen, das muss reichen, bis wir wieder zuhause sind. Dann müssen wir aber dringend einen Arzt konsultieren«, antwortete Ark säuerlich.

»Du hast zwei Menschen getötet!«, sagte Anna plötzlich.

»Was sollte ich denn tun? Wir sind hier mitten im Krieg, da heißt es Der oder Ich, wie in einem schlechten Film. Außerdem sind wir in einer anderen Welt, hier zählt das nicht, so hoffe ich jedenfalls. Wenn wir wieder *zuhause* sind, dann werden sie sicher wieder leben. Davon bin ich fest überzeugt.« Ark verknotete den Verband. *Bin ich das wirklich?*, dachte sie und sagte: »So, fertig, schau mal nach meiner linken Schulter, da hat mich eine Kugel getroffen.« Sie entledigte sich ihrer zerrissenen Lederjacke.

Anna beäugte die Verletzung. »Hier blutet es ein bisschen, nicht besonders viel, scheint nicht sehr tief zu sein. Zumindest das, was ich bei dieser Dunkelheit erkennen kann.« Sie tippte mit dem Zeigefinger direkt auf die verletzte Stelle.

»Aua, das ist Erwachsenenmisshandlung.«

Anna grinste. »Stell dich mal nicht so an, was soll ich denn sagen, ich werde hier von allen Seiten von Erwachsenen beschossen, das ist ein Fall für Amwesti International.«

Ark lachte trocken. »Das heißt Amnesty International.«

»Ist doch egal jetzt. Wie geht es weiter, was machen wir jetzt?«

»Du machst gar nichts, du kletterst auf einen Baum und wartest das Ende ab. Ich gehe zur Nordseite des Lochs und helfe den anderen, falls dort drüben noch jemand lebt. Ich habe schon lange keinen Schuss mehr gehört, es ist mir verdächtig ruhig.«

Anna nahm einen Handschuh aus ihrer Parkatasche und zog ihn über ihrem Verband. »Wie soll ich denn auf einen Baum klettern? Mit einer Hand?« Zum Beweis hielt sie ihre linke Hand in den Nebel.

»Ach ja, dann geh ...« Ark deutete nach Osten. »Zurück und versuche irgendjemanden von uns zu finden. Am besten Strubbel oder James. Oder beide, mit mir kannst du nicht gehen, dahinten ist es zu gefährlich. Oder verkriech dich in irgendeinem Erdloch und warte, bis ich dich rufe, oder ein anderer von uns.«

Ark hob ihren Bogen und den Köcher auf und verschwand humpelnd im Nebel. »Viel Glück!«

Anna hob hilflos die Schultern und ging nach Osten.

* * * *

Der rotnasige Troll schäumte vor Wut. Die Figur mit Susannas Antlitz schwankte, wurde durchsichtig und verschwand im Nichts. »Noch ist nichts verloren«, stöhnte er.

Der weißnasige Troll grinste. »Gib's zu, du verlierst, du hast nur noch zwei Puppen, drei zu eins für mich.«

»Drei!«, verbesserte der Rotnasige. »Die rote Frau gehört auch zu meinen Streitern. Außerdem hab ich noch einen dicken Trumpf in der Hand.«

»Wer weiß?«, meckerte der Weißnasige.

Der Rotnasige ließ den Würfel rotieren, der Nebel wurde lichter.

* * * *

Dem Mann waren die Handgranaten und die Munition ausgegangen. Bis auf einem Schuss. So schwierig hatte er sich das Ganze nicht vorgestellt, der Vermummte und Goebbels stellten raffinierte Gegner dar. Er hatte noch nicht einmal einen der beiden Nazis verletzten können, geschweige denn ausschalten. Die beiden Nazis nutzten den Nebel und die Bäume geschickt aus.

Er lag in einem Erdloch gegenüber der Nordseite des Lochs. Zurzeit war Feuerpause. Der Mann überlegte. Mit einer Patrone würde er nicht mehr weit kommen, er musste sich irgendwie eine Waffe besorgen. Aber wie? Seine beiden Gegner waren nicht zu sehen, der Nebel war zu dicht. Er vermutete, dass sie irgendwo südlich und östlich lauerten. Sie hatten ihn eingekesselt, sie waren deutlich im Vorteil. Und sie hatten einen schier unerschöpflichen Vorrat an Handgranaten und Munition. Eigentlich war es ein Wunder, dass er noch nicht getroffen worden war, die beiden Glatzen wussten anscheinend auch nicht so genau, wo er sich verschanzt hatte, sie feuerten immerzu vorbei oder zu hoch.

In etwa drei Metern Entfernung sah er eine dicke Eiche. Vorsichtig lugte er aus dem Loch und schaute sich um. Diese Eiche musste er erreichen. Er steckte seine Waffe in den Mund und robbte vorsichtig in Richtung Norden los.

Als er den Stamm der Eiche erreichte, bohrte sich der Lauf einer MP in seinen Nacken. »Hab dich«, flüsterte Goebbels triumphierend.

Ein zweiter Lauf bohrte sich in seinen Rücken.

»Aufstehen!«, kommandierte der Vermummte.

Der Mann hob die Hände und erhob sich, seine Waffe spuckte er aus.

Die beiden Nazis hatten es raffiniert angestellt, sie hatten nur gewartet, bis er sich bewegt. Er war wie ein Anfänger in diese Falle gelaufen.

Der Nebel lichtete sich etwas.

»Und was jetzt?«, fragte der Mann.

»Wir werden dich hinrichten«, sagte Goebbels lapidar. »Stell dich an den Baum, ein guter Kämpfer muss doch aufrecht sterben, nicht wie eine feige Ratte auf dem Boden.«

Der Mann lehnte sich an die Eiche. »Wenn ihr erwartet, dass ich um mein Leben bettle, dann habt ihr euch gehörig geschnitten.«

»Das habe ich auch gar nicht erwartet«, raunte Goebbels und richtete seine MP auf die Brust des Mannes. »Rudi, schieß ihm ins Herz, wir wollen doch nicht, dass er unnötig leidet. Hast du noch einen letzten Wunsch?«

»Ich glaube nicht, vielleicht eine Henkersmahlzeit«, erwiderte der Mann und schloss die Augen.

»Gibt's nicht! Außerdem haben wir nichts. Also dann, mach's gut!«

Lady D kam aus dem Nichts herangeflogen und sprang Rudi an die Kehle. Dieser verriss seine MP und schoss in die Luft.

Etwas Schwarzes flog heran und traf Goebbels an die Stirn, James flog hinterher und begrub Goebbels unter seiner massigen Gestalt.

James hatte die Brünette verfolgt, sie hatte es nicht bemerkt. Ohne es zu wollen, wurden sie Verbündete. Lady D rettete ihrem Lover das Leben und James rettete aus Prinzip.

Lady D wälzte sich mit dem Vermummten im Dreck, Rudi stach mit seinen Fingern in ihre Augen, Lady D schrie auf und ließ ihn los. Der Dicke schüttelte sie wie eine lästige Fliege ab, sprang auf und schlug James den Lauf seiner MP auf den Kopf, James röchelte auf und versank in einer Benommenheit.

Goebbels schüttelte James ab. »Rückzug!«

Die beiden Glatzen verschwanden im Nebel.

Lady D schüttelte James. »Aufwachen, wachen Sie auf!«

James schlug die Augen auf und blinzelte verstört um sich. »Weshalb leben wir noch? Warum haben die Killer uns nicht erschossen?«

»Keine Ahnung«, erwiderte der Mann und löste sich vom Baum, »vielleicht wollen sie noch ein bisschen spielen, wie die Katze mit der Maus.« Er half Lady D auf die Beine. Schönen Dank für die Rettung, aber können Sie mir mal sagen, auf welcher Seite Sie eigentlich stehen?«

»Mal hier, mal dort. Sie müssen sich aber wieder artig bedanken, mit Ihrem Gemächt, dies können Sie doch so ausgezeichnet.«

James verstand kein Wort.»Was tun wir jetzt?«, knurrte er und starrte Lady D ins blutverschmierte Gesicht.»Verfolgen wir sie oder lassen wir es sein? Schließlich sind wir jetzt so etwas wie Verbündete.«

»Lassen wir sie erstmal laufen, morgen früh ist auch noch ein Tag«, sagte der Mann und hob seine Waffe auf.

»Wie viele Kumpane hat dieser Goebbels eigentlich noch?«, überlegte James laut.

»Vier!«, rief Punk und schälte sich aus dem Nebel.»Einen musste ich töten, einen jungen Burschen.«

»Zwei!« entschied Anna. Sie schwebte wie ein Geist aus dem Nebel.»Arkansas hat Lydia und Susanna ins Jenseits befördert. Wo ist eigentlich Harry?«

* * * *

Der rotnasige Troll freute sich wie ein Schützenkönig, der den Vogel abgeschossen hatte, als seine beiden letzten verbliebenen Figuren sich von der Figur Annas und den anderen entfernten.»Jetzt hast du verloren, drei zu zwei«, schnarrte seine Laubrasselstimme.

Der weiße Troll dirigierte den Würfel mit seinen Augen in die Luft, der landete auf dem Spielbrett und zeigte eine eins. Der Nebel wurde wieder dichter.»Abwarten«, kicherte er.»Das Spiel ist noch nicht zu Ende, ich habe noch einen Vorsprung.« Die Figuren mit Annas, James', Punks Gesichtern, der Brünetten und die des Mannes standen auf einem Feld.

* * * *

Harry kauerte noch immer in seiner Eiche, er hielt seine Ohren zu, die Schießereien raubten ihm die letzten Nerven.

Eine verirrte Kugel hatte den Ast, auf dem er saß, getroffen und seinen Arsch verwundet. Zum Glück nur ein Streifschuss, nicht weiter schlimm. Ein unangenehmes Brennen zitterte unaufhörlich durch sein Hinterteil, aber es war auszuhalten.

Der Nebel, der sich zwischenzeitlich verflüchtigt hatte, nahm wieder deutlich zu.

Außer Kandy war noch niemand vorbeigekommen, Harry wurde langsam unruhig. Seit über einer Stunde ging das Gekrache und Geballer nun schon, und er saß völlig nutzlos in der Eiche.

Der Ast (der eh nicht gerade der Dickste war), auf dem er saß, war durch das Projektil instabil geworden, Harry befürchtete das Schlimmste. Der Ast neigte sich stetig zur Erde, Harry musste den Baum wohl oder übel bald verlassen.

Kandy kam erneut angeschlichen, sie humpelte. Prompt lief sie in ein von ihm gespanntes Seil und fiel rücklings in den Dreck. Sie fluchte wie ein Rohrspatz und versuchte aufzustehen. »Fuck, scheiß Seil, fuck!«

Harry hatte sich noch nicht zu erkennen gegeben.

Zwei Männer schlichen von Norden heran, sie sahen Ark auf dem Boden liegen. »Hände hoch!«, kommandierte Goebbels.

Ark warf den Bogen ins Laub und streckte die Hände in die Höhe.

»Da haben wir ja unsere Negerin zurück!«, höhnte Goebbels.

Harry sah seine Chance gekommen, die Agitatoren standen direkt unter ihm. Er nahm die Spiegelscherbe, beugte sich vor, und säbelte am Seil.

Damit löste er ein Chaos aus, das zu einem Desaster führte, wie es normalerweise nur Politiker zustande brachten. Sein verlagertes Gewicht war für den Ast zu viel, er ächzte, stöhnte und brach mit einem trockenen Knacken endgültig ab. Wahrscheinlich war er eh morsch gewesen.

Die Nazis sprangen erschrocken zurück und starrten in die Höhe.

Harry versuchte sich an dem Seil, welches er schon angeschnitten hatte, mit einer Hand festzuhalten. Das Seil riss selbstredend, er flog mit der Scherbe in der Hand schreiend samt Seil in die Tiefe. Er krachte bäuchlings auf den Laubboden, knallte mit dem Kopf in die Scherbe, welche ihm durch das Stirnband die Stirn aufriss. Der Reifen folgte sodann, knallte gegen seinen Kopf und rollte gegen den Stamm der Eiche. Er sah Sterne, in seinem Kopf dröhnte und summte ein Bienenschwarm, er war kurz davor, die Besinnung zu verlieren. Sein Stetson war platt wie eine Briefmarke, er hob den Kopf. Blut floss aus seiner Stirn und lief ihm in die Augen.

Er war direkt vor Goebbels' und Rudis Füße gefallen, heiser schrie er auf, er hatte alles vermasselt!

Kandy und er waren dem Tode geweiht. Und er war daran schuld!

Mit einer fahrigen Bewegung wischte er das Blut fort.

Rudi richtete seine MP auf Harry. »Komm, wir ballern ihn ab«, keuchte er. Er schien erregt zu sein.

»Nein, wir nehmen sie mit! Die anderen sind uns bestimmt auf den Fersen, eine bessere Gelegenheit konnten wir gar nicht bekommen, zwei Geiseln«, entschied Goebbels. »Aufstehen!«

Ark erhob sich und half Harry auf die Beine. Sie streichelte über sein blutverschmiertes Gesicht. »Du hast eine tiefe Schnittwunde, die muss genäht werden. Wir haben aber nichts hier. Ich werde dich erstmal verbinden.«

»Hier wird niemand verbunden, das fehlte auch noch, mitkommen, ihr geht vor, ich habe hier das Kommando!«, bellte Goebbels.

Ark wankte auf ihrem verletzten Bein vor Goebbels und Rudi her, Harry stützte sie. Der Bogen und der Köcher blieben im Laub liegen.

»Warum humpelst du so?«, fragte Harry.

»Die Blonde hat mich angeschossen, ist nicht weiter schlimm, was mit den anderen passiert ist, weiß ich nicht.«

»Schnauze!«, kommandierte Rudi.

»In unserem letzten Stündlein wird man sich doch wohl noch unterhalten dürfen, es ist unser letzter Wunsch«, sagte Ark.

»Lass sie reden«, bestimmte Goebbels. »Ihre letzte Stunde hat bald geschlagen, da lang!« Er deutete mit dem Lauf seiner MP nach Süden.

»Die Blonde und die Schwarzhaarige habe ich erledigt«, sagte Ark absichtlich laut, damit Goebbels ihre Worte auch verstehen konnte, »da bleiben nur der Italiener und Lady D.«

»Wir sind auch noch da«, sagte Goebbels.

»Du hast sie so einfach gekillt?« Harry überging den Kommentar Goebbels'.

»Was sollte ich denn tun, sie versuchten, Anna und mich umzubringen, das konnte ich doch nicht so einfach zulassen!«

»Wo ist die kleine Göre?«, schnarrte Goebbels.

»Keine Ahnung«, log Arkansas und quetschte Tränen aus ihren Augen, »mit einem Mal war sie verschwunden, ich glaube, sie ist tot.«

Im Gebüsch raschelte etwas, Eva schälte sich aus dem Nebel. »Eva du dummes Schwein, wo warst du denn die ganze Zeit?«

»Oink, oink!«

»Bleib bei Fuß!«

Die Agitatoren trieben Ark und Harry weiter nach Süden. Als sie einen Wanderweg überquerten, fiel Ark in den Matsch, sie war mit ihren Kräften am Ende.

Im Wald war es mucksmäuschenstill, das letzte Gefecht war offenbar zu Ende.

»Ich höre gar keine Schüsse mehr«, flüsterte Goebbels, »das kann doch nur bedeuten, dass unsere Leute, oder die anderen, oder alle tot sind. Ist nicht schade drum, dann waren sie auch keine guten Kämpfer.«

Ark lag auf dem Wanderweg und stöhnte. »Ich kann nicht mehr weiterlaufen.«

Goebbels deutete mit seiner MP auf Harry. »Trag sie!«

»Wenn niemand außer euch beiden noch lebt, dann könnt ihr auch aufgeben«, stöhnte Ark. »Ihr habt verloren.«

»Das könnte dir wohl so passen, wir haben euch als Pfand, es ist sicherer als die Bank von England.« Goebbels drückte den Lauf seiner MP in Harrys Rücken. »Heb sie auf.«

Harry bückte sich, schob seinen Stetson vor die Brust und hob Arkansas auf. Sein zerschnittenes Stirnband zog er vom Kopf und warf es in die Botanik. Ark stöhnte, als sie sich in seinen Nacken festkrallte. »Halt die Wunde zu, sonst läuft mir Blut in die Augen, dann kann ich nichts sehen«, sagte er.

Ark presste ihre Hände auf Harrys Stirn. Sie versuchte, den Blutfluss zu stoppen, was ihr mehr schlecht als recht gelang.

»Mit dir habe ich noch etwas vor«, flüsterte Goebbels heiser.

Arkansas konnte sich schon vorstellen, was *etwas* war.

»Rudi und dein Harry dürfen sogar zuschauen.«

»Darf ich dann auch?«, bettelte Rudi.

»Klar, ich habe heute meinen guten Tag, du darfst auch. Du darfst sogar diesen Harry vögeln, aber dann werden die beiden erschossen, los weiter!« Harry stolperte mit Ark auf seinem Rücken weiter in Richtung Süden. Ark war zwar nicht besonders schwer, aber die letzten Tage hatten ihre Spuren hinterlassen, er war müde und sein Magen knurrte. Und er war fürchterlich durstig. Seit dem Kaninchen hatte er – hatten sie alle – nichts Vernünftiges gegessen oder getrunken. Wie lange war es her? Ein oder zwei Tage? Harry konnte es nicht so richtig deuten.

Er begann zu schwitzen.

»Stell dich mal nicht so an, Langer, die kleine Negerin ist doch gar nicht so schwer.« Rudi lachte sauer auf. »Ich freue mich schon, wenn ich sie vö –«

»Halt doch mal das Maul«, unterbrach Goebbels, »du wirst noch früh genug dazu kommen.«

Zehn Minuten später überquerten sie einen weiteren Weg und betraten ein Waldstück, das einem Urwald glich. Der Weg war beschwerlich, ständig lagen umgestürzte Bäume im Laub. Oder sie mussten durch tiefe Wasserlöcher stolpern, die mit dornigen Büschen überwuchert waren. Mehr als einmal fiel Harry hin, rappelte sich aber wieder auf und schleppte sich mit Arkansas weiter. Er fragte sich, wo das Ganze noch enden sollte.

Mit einem Mal erschien eine dicht bewachsene Birken- oder Eichenschonung. Der Weg war nicht mehr so beschwerlich, da die Bäume klein und biegsam waren. Harry kam zügiger voran. Die Schonung ließen sie schnell hinter sich. Kurz darauf standen sie vor einem rauschenden Bach, welcher Hochwasser führte.

»Hier kommen wir nicht weiter«, meinte Goebbels, »wenn wir uns nasse Füße holen, könnten wir uns erkälten, das wollen wir doch nicht.«

»Du hast Sorgen, du hättest Arzt werden sollen«, stöhnte Harry. Arkansas rührte sich nicht, sie war augenscheinlich eingeschlafen. Oder in einem Dämmerzustand. Oder tot.

»Leg sie ab!«

Harry bückte sich zischend wie ein Schnellkochtopf auf Kochstufe zwei und lehnte Ark an eine junge Eiche, sie schlief tatsächlich. Ihr Stirnband war verschwunden, irgendwo im Dickicht abgerissen oder abgefallen. »Und jetzt? Wollt ihr uns töten? Das hättest du auch einfacher haben können.« Harry bog seinen schmerzenden Rücken durch. Seine Stirn blutete nicht mehr so stark, Ark hat das prima hinbekommen, auch wenn sie nichts oder kaum etwas davon bemerkt hatte.

»Wir warten, bis es hell wird«, befahl Goebbels, »setz dich neben deinem Schatz, dann könnt ihr bis zu euerm Ende noch ein wenig Händchen halten.«

»Aber warum?«, fragte Rudi verständnislos.

»Weil ich das so bestimmt habe. Der Führer befielt, das Volk gehorcht, so einfach ist das.«

* * * *

Der rotnasige Troll lachte gehässig auf, als die Figuren mit Arks und Harrys Antlitz sich zu denen von Goebbels' und Rudis gesellten. Die Figuren wanderten ohne eine sichtbare Bewegung der beiden Trolle auf dem Spielfeld weiter. »Jetzt gewinne ich! Drei zu drei.« Die Figur des Schweins gesellte sich zu den vier Personen. Die Figuren Harrys und Arks verschwammen, wurden durchsichtig und materialisierten sich wieder. »Lange halten die nicht mehr durch.«

»Abwarten«, kicherte der weißnasige Troll und strich nervös durch sein stahlwolleähnliches Haar.

Sie würfelten nicht weiter, sie beobachteten das Geschehen nur noch, sie hatten keinen Einfluss mehr darauf. Der Nebel lichtete sich weiter.

* * * *

»Harry befand sich irgendwo in einem Baum, ich glaube auf der Nordwestseite«, brummte James. »Und wo ist Ark?«

»Es ist am besten, wir verbinden Sie erstmal«, gurrte Lady D, »ich habe Sie ja ganz schön verletzt.«

»Toll! Womit denn?«, fragte James. Mit seinen Taschentuchfetzen in den Nasenlöchern sah er aus wie ein doppelrüsseliger Elefant.

Lady D zuckte mit den Schultern. »Hier liegen doch genug Leichen herum.« Sie schaute den Mann an. »Wir beide suchen einen Verblichenen, aus seiner Kleidung können wir Verbandsmaterial herstellen. Und dann müssen Sie sich auch noch bedanken.«

Der Mann schob seinen Kopf in den Nacken und stöhnte. »Haben Sie eigentlich keine anderen Sorgen?«

»Weniger«, sagte Lady D und zog den Mann in den Nebel, »aber versprochen ist versprochen.«

»Wir müssen sie suchen«, sagte Anna, als der Mann und die Frau im Nebel verschwunden waren, »wer weiß, was denen zugestoßen ist. Vielleicht leben sie gar nicht mehr.«

Doc! Strubbel war zurück. *Sie leben noc*!

»Strubbel!«, rief Anna aufgeregt, »wo warst du denn die ganze Zeit?«

Ic abe das Scwein verfolgt, aber nict erwisct, wegen des Himmelswassers see ic sclect!

»Wird langsam Zeit, dass du eine Brille bekommst, in deinem Alter ist es auch mal nötig, schämen musst du dich nicht. Ich hoffe, dass deine Nase noch funktioniert. Wir beide werden Harry und Ark suchen«, bestimmte Anna.

»Und was sollen wir tun, sollen wir hier Däumchen drehen?«, fragte Punk.

»Ihr verbindet eure Wunden, wir suchen nach den beiden, und ihr wartet hier auf uns. Dann springen wir in den See und gehen zurück in unsere Zeit, so einfach ist das.« Anna hatte das Kommando übernommen. Sie zog ihren Parka, Schal und die Handschuhe aus und warf sie auf den Waldboden. Die Kleidung war im Dickicht nur hinderlich, die Lederklamotten mussten reichen.

James sah Anna an. »Also gut, wir warten am Wrack. Vielleicht kommen Ark und Harry ja vor euch zurück, dann wissen sie, dass wenigstens noch zwei von uns leben. Aber ich würde zu deinem Schutz lieber mitkommen, so richtig gefällt mir das nicht.«

»Aber dann ist Punk doch ganz allein. Und wenn dann jemand von den Feinden vorbeikommt? Dann ist sie verloren. Ich habe Strubbel zum Schutz, du hast mich *drüben* genug beschützt.« Anna wandte sich gen Westen. »Komm Strubbel, du musst Arks Spur erschnüffeln, bevor sie kalt wird. Ich weiß, wo sie zuletzt war. Such, Hündchen, such!«

Ic bin nict dein Ündcen!

»Quatsch nicht, komm mit.«

Der Nebel wurde lichter. »Warum nimmt der Nebel wieder ab?«, fragte Anna Strubbel, als sie drei oder vier Minuten unterwegs waren. »Ab und an ist er so dicht wie in einer Waschküche, dann ist er wieder fast ganz verschwunden. Das ist ja das reinste Bäumchen-wechsel-dich-Spiel!«

Das macen diese Wesen, die du Troll nennst, signalisierte Strubbel.

»Sind es denn keine Trolle?«

Nein, in unserer Welt eißen sie anders.

»Wie denn?«

Anders!

Sie stoppten an einer Eiche, vor der ein Autoreifen und ein abgerissenes Seil lagen. Anna deutete in das Laub. »Kannst du damit etwas anfangen?«

Strubbel hob seine Nase und schnüffelte in die Luft. *Ier at Arry gesessen. Die Zweibeinerin ist auc ier vorbeigekommen, und auc die anderen!*

Anna nahm die nähere Umgebung in Augenschein und sah den Bogen samt Köcher im Dreck liegen. Sie bückte sich und hob ihn auf. »Die Zweibeinerin heißt Arkansas, das musst du dir langsam mal merken. Sollen wir ihn mitnehmen?«

Logisc, nem in mit.

»Aber warum, ich kann doch gar nicht damit umgehen, er gehorcht doch nur Ark?«

Nimm in mit!

Anna hängte den Bogen und den Köcher über ihre linke und rechte Schulter. »Meine Hand juckt.«

Was juckt, das eilt, das ist in jeder Ebene gleic, auc in dieser.

»Warum heilt die Wunde schon? Sie ist doch erst ein paar Stunden alt. Und tuppa haben wir nicht dabei?«

Vielleict mact das dein Stock.

Anna blieb verwundert stehen. »Was hat denn der Stock mit meiner Hand zu tun?«

Ast du die Wunde mit dem Stock berürt?
»Keine Ahnung!« Anna legte ihren Kopf in den Nacken und überlegte.
»Doch, gerade ist er aus meinem Ärmel gerutscht, da habe ich ihn wieder rein-
geschoben.«
Sieste.
»Du meinst, der Stock kann —«
Ja, beeil dic, das Tor öffnet sic morgen frü. Es wird gleic ell.
»Warum, ist die Nacht schon wieder vorüber? Das geht ja schneller als in
Anderland.«
*Es kommt dir nur so vor, ier ist die normale Zeit, was man ier so normal
nennt.* Strubbel nahm Arks Fährte auf und humpelte vorneweg, Anna folgte ihm.

Strubbel erschnüffelte Arks Fährte zielgenau. Sie führte durch dichtes Unterholz, nur ab und an kurz unterbrochen von umgestürzten Bäumen oder sperri-
gem Gebüsch. Dann ging es weiter durch kleine Mulden oder große Löcher. Der
Weg war höchst beschwerlich, Strubbel machte dies nichts aus, Anna geriet
gehörig außer Puste, immer wieder blieb sie an irgendwelchen Büschen oder
Sträuchern hängen.

Als sie einen befestigten Waldweg kreuzten, blieb der Köter abrupt stehen.
»Was ist?«, keuchte Anna und lief weiter. »Musst du mal pinkeln?«
Die Spur ist weg, verscwunden!
Anna kratzte über ihre juckende linke Hand. »Wie weg? Sie kann doch nicht
verschwunden sein, ebengerade war sie doch noch da?«
Strubbel trottete drei Meter zurück und schnüffelte erneut über den Boden. Er
lief wieder vor und hob den Kopf. *Weg.* Er ging erneut zurück und schnüffelte
die nähere Umgebung ab. *Verscwunden!*
»Sie kann sich doch nicht in Luft aufgelöst haben.« Anna setzte sich auf den
schlammigen Waldweg und ließ resignierend das Kinn auf die Brust sinken.
*Wie kommst du darauf, dass sie sic nict aufgelöst at? Du müsstest es doc am
besten wissen?*
»Meinst du, sie ist *geschwommen*? Wir haben doch kaum noch Zeit?«
*Nein, das Luftloc würde ic noc bemerken, da war etwas anderes. Wir müssen
zurück, ic muss Arrys Spur aufnemen.*
Anna riss heftig den Kopf hoch, sodass ihr Stetson nach hinten flog. »Ich
denke, du hast gleich *beide* Spuren geschnüffelt?«
*Das Wolkenwasser at meinen Spürsinn beeinträchtigt, außerdem ast du von
Arry nicts gesagt.*
Anna schlug mit der juckenden Hand gegen ihre Stirn. »Wie kann ein Köter
nur so blöd sein, jetzt müssen wir zurück und du musst Harrys Fährte neu auf-
nehmen, stimmt's? Wo Harry ist, ist auch Ark.«
Strubbel nickte nur und schaute betrübt zu Boden.
Anna bereute ihre Worte und streichelte ihm durch das dichte Fell. »Nun
versink mal nicht im Boden, das kann auch einem Superhund wie dir passieren,
wir gehen zurück.«

Wenn das Dac nict so tief ängt, ist es leicter.

»Hauptsache, die Spur ist noch nicht kalt, wenn wir wieder am Baum an-kommen. Dann haben wir aber ein Problem.« Annas Augen erspähten ein Stück Stoff, das in einem Busch hing. Sie zog es von den Ästen, es war zerrissen und blutig. »Das ist Harrys graues Stirnband, er hat es weggeworfen und es ist blutig, die Sache wird ja immer mysteriöser. Komm, wir sehen zu, dass wir zurück-kommen, jetzt heißt es Beeilung.« Anna machte auf dem Absatz kehrt und ging voran, Strubbel folgte. Das Stirnband warf sie zurück in den Busch.

Als im Osten die Sonne aufging, kamen sie erneut an Harrys Eiche (dem Ausgangspunkt) an. »Spürst du noch etwas?«, fragte Anna nervös. Die Zeit schien ihr förmlich wie bei einer Sanduhr zwischen den Fingern davonzurinnen. Sie spürte, dass es *tatsächlich* Zeit wurde.

Scwac, aber sie ist noc da. Ier sind vier Spuren, ic versuce, drei aufzunemen. Stör mic jetzt nict. Strubbel dackelte los, die Nase tief in dem Waldboden ver-graben.

Anna folgte ihm gespannt, sie verhielt sich ruhig. Die beiden gingen den gleichen Weg wie zuvor, Strubbel wühlte in der Erde wie ein Trüffelschwein. Die Spuren schienen wahrlich *sehr* schwach zu sein. Ab und zu hob Strubbel den Schädel aus der Erde und schniefte sich die Nasenlöcher frei, weil er wie ein Staubsauger Laub, Dreck und Tannennadeln angeschnüffelt hatte. Dann steckte er die Nase wie ein Gärtner seinen Spaten in die Erde und trottete weiter. Gele-gentlich hob er den Kopf, schnüffelte in die Luft, kehrte um, lief zwei oder drei Meter zurück und begann von Neuem. *Ic öre auc nicts.* Anna lief geduldig hinter ihm her, sie sagte nicht einen Ton, obgleich sie ständig nervöser wurde. Irgend-etwas war da im Busch, es schien zum Ende zu kommen, dieses *spürte* sie.

»Halt!«, rief sie nach einer Weile, bückte sich und klaubte ein schwarzes Stirnband vom Boden auf. »Das kann nur Arks Band sein, Harry hatte ein grau-es, Ark und ich ein schwarzes. Also sind sie schon mal bis hier gekommen. Weiter!« Anna schöpfte neue Hoffnung, Strubbel schnüffelte weiter.

Es wurde heller, als sie den undurchdringlichen Wald hinter sich ließen und eine Schonung – in welcher Eichen und Birken wuchsen –, betraten. Die Bäume standen zwar dicht an dicht, aber es war wesentlich leichter, Strubbel zu folgen. Anna atmete erleichtert auf, sie war es sichtlich leid, durch die Büsche zu krie-chen.

Der Tag versprach schön zu werden, nicht ein Wölkchen trübte den blauen Himmel, der Wind wehte gleich null.

Die Spuren werden wieder stärker, signalisierte Strubbel, *Arrys ist tiefer.*

»Warum tiefer?«, flüsterte Anna.

Keine Anung!

* * * *

271

Arkansas schlug die Augen auf, als Harry ihr sanft auf die Wangen schlug. »Wach auf, wir haben schon helllichten Tag, wach auf!«

»Mein Bein tut weh, jeder meiner Knochen schmerzt, wo sind wir hier? Ich muss doch gleich arbeiten, ich komme bestimmt zu spät.«

»Beruhige dich, wir müssen nicht mehr arbeiten, Arbeit gibt's nicht mehr. Die Glatzen wollen uns erledigen.«

Ark schreckte auf, als die Erinnerungen schlagartig zurückkamen. »Wir müssen –«

»Gar nichts müsst ihr«, knurrte Goebbels und schaute Ark mit glasigen Augen an. »Erst werde ich Eva begatten, dann dich, der Lange kann zusehen. Dann ist Rudi dran. Eva und ich werden ein neues Reich aufbauen, wir werden die Herrscher der Welt und Rudi wird mein Verteidigungsminister sein.«

Goebbels' Augen leuchteten irre, er schien dem Wahnsinn zutun zu wollen.

Ark schaute in die aufgehende Sonne, der Himmel war klar wie Glas. »Du willst doch an einem so schönen Morgen nicht ein oder zwei Morde begehen?«

»Entweder, ihr seid für oder gegen uns, das hat der Führer so bestimmt, wer nicht für uns ist, ist gegen uns!«, bellte Rudi. »Ihr habt noch eine Chance, der Führer hat's so beschlossen, entweder ihr bekennt euch zu uns oder ihr werdet sterben, so einfach ist das!«

»Niemals«, stöhnte Harry, »bevor wir mit euch kooperieren, müsst ihr uns schon killen.«

»Damit habt ihr euer Todesurteil gesprochen, ihr seid selber schuld!«, bellte Goebbels. Sein irrer Blick starrte Ark und Harry an. »Aber erst dürft ihr zugucken, wie ich mit Eva ein neues Reich aufbaue. Eva, du blödes Schwein, komm bei Fuß!«

Eva kam aus der Schonung gekrochen.

Rudi richtete seine MP auf die Delinquenten. »Wehe, ihr macht die Augen zu, dann erschieße ich euch gleich.«

»Ob ihr uns vorher oder nachher erschießt, ist doch völlig egal«, seufzte Harry und schloss die Augen. Arkansas nahm seine Hand und folgte seinem Beispiel. »Schade, ich wollte dich eigentlich heiraten.«

»Ich dich auch.«

Goebbels entledigte sich seiner Hose und kniete sich hinter Eva. »Gleich darfst du, Rudi.«

* * * *

James' Stimme sickerte dumpf unter seinem Verband, der eigentlich nur ein Fetzen Hemd eines toten Nazis war, hervor. »Was tun wir jetzt, sollen wir hier Däumchen drehen?«

Punk fummelte an ihrem nicht mehr vorhandenen Ohr, es juckte fürchterlich. »Wir müssen Anna und Strubbel folgen, vielleicht brauchen sie unsere Hilfe.«

»Fragt sich nur, in welche Richtung«, brummelte James.

»Ich werde euch jetzt verlassen«, bestimmte der Mann, »meine Mission ist hiermit beendet.«

Lady D schaute dem Mann tief in die Augen. »Ich gehe mit, wenn Sie nichts dagegen haben.«

Der Mann verließ das Loch, in dem es noch immer nach verbranntem Blech und Gummi stank, auf der Westseite. Das Autowrack versprühte Wärme, es glühte noch. »Wenn Sie mich die nächsten Tage in Ruhe lassen, dann dürfen Sie mitkommen.«

Lady D hakte sich bei dem Mann unter. »Versprochen, aber nur, wenn Sie mir Ihren Namen verraten. Wenn nicht, müssen Sie weiterleiden oder Spaß haben. Nennen Sie es, wie Sie wollen.«

»Mein Name ist Hase, ich weiß von nichts.«

»Selbst Schuld, Häschen«, säuselte Lady D, »dann müssen Sie eben weiterleiden.«

»In meinem Alter noch so viel Maloche«, stöhnte der Mann und legte Lady D einen Arm um die Schulter. Der Mann ohne Namen und Lady D verschwanden grußlos wie ein Liebespärchen in die aufgehende Sonne.

»Vielleicht sollten wir uns trennen«, meinte Punk, als das Liebespaar verschwunden war. »Wir können in zwei Richtungen gehen, dann ist die Erfolgsquote, dass einer von uns Anna und Strubbel findet, höher. Oder wir gehen zusammen, dann können wir uns gegenseitig decken, was meinst du? Ich bin für Süden, vielleicht finden wir unsere Freunde dort, wenn nicht, dann müssen wir alle vier Himmelsrichtungen ablaufen.«

»Wenn wir dann so viel Zeit haben. Wo ist eigentlich Süden?«, grummelte James, »seit ich in Anderland war, traue ich keiner Himmelsrichtung mehr.«

Punk deutete in die aufgehende Sonne. »Dort ist Osten.« Sie drehte sich auf dem Absatz und deutete nach Süden. »Dann ist dort logischerweise Süden, kapiert?«

»Bin ja nicht blöd«, brummelte James und stiefelte los.

* * * *

Strubbel zog seine verdreckte Schnauze aus der Erde. *Noc fünfzig Meter, wie ir sagt, dann aben wir sie. Sie steen, sie geen nict weiter!*

»Verhalte dich ruhig«, flüsterte Anna, »sie müssen uns ja nicht gleich entdecken.«

Ic sag doc gar nicts.

Anna hörte einen Bach rauschen. »Wir müssen sie ablenken, du gehst nach rechts und ich gehe links. Und denk daran, was ich dir gesagt habe«, bestimmte sie und steckte ihren CD-Player in Strubbels Schnauze, den Kopfhörer stülpte sie auf die Lauscher des Köters.

Ja, ja.

Anna und der Hund aus der fremden Welt trennten sich. Sie lief links weiter, bis sie den Bach, welcher Hochwasser führte, erreichte. Sie schaute auf die schäumenden Fluten. *Der ist mit Sicherheit ein harmloses Rinnsal, wenn er normales Wasser führt*, dachte sie. *Wenn ich da reingehe, dann ersaufe ich.* Aber sie sah keine andere Möglichkeit, an die Verbrecher, Ark und Harry heranzukommen. Wenn Ark bei denen und nicht in irgendeine andere Ebene geschwommen war. Möglich war *alles*.

Sie kniete sich auf die nasse Erde und steckte ihren Zeigefinger in die Fluten. »Mami, ist das kalt«, flüsterte sie und bekam eine zehn Zentimeter dicke Gänsehaut. Aber die Zeit drängte, kaltes Wasser hin oder her. Anna setzte sich in den Matsch und rutschte langsam in den Bach. Zuerst spürte sie gar nichts. Als das kalte Wasser in ihre Stiefel strömte, klapperte sie prophylaktisch schon mal mit den Zähnen. Sie schloss die Augen und tauchte in die eiskalten Fluten ein. Der erste Schock war gewaltig, das Wasser war nicht kalt, er war *saukalt*. Die Strömung erfasste sie und riss sie flussabwärts, viel zu schnell! Anna schrie beinahe auf, sie biss sich auf die Lippen und versuchte verzweifelt, sich am Ufer festzuhalten. *Warum muss immer ich nass werden*, dachte sie. *Wenn ich hier heile rauskomme, dann gehe ich die nächsten drei Wochen nicht baden.* Sie klammerte sich an eine Wurzel, welche aus der Böschung ragte, fest. Vorsichtig lugte sie über die Böschung und erschrak, Goebbels kniete in etwa fünf Metern Entfernung hinter dem Schwein. Sein nackter Arsch schob sich hin und her. Er stützte sich an Evas verbundenem Nacken ab. *Was macht der da?* Arkansas und Harry lehnten zwei oder drei Meter weiter von Goebbels mit geschlossenen Augen an einem dünnen Baum. Trotz der Kälte des Wassers durchströmte Anna eine Hitzewelle. Ark und Harry lebten! Sie beobachtete Goebbels, der mit dem Rücken zu ihr stand, weiter.

Kurze Zeit später hörte sie ein Grunzen und Stöhnen, Eva quiekte auf. Goebbels schloss seine Hose, der Vermummte nahm Goebbels' Platz hinter Eva ein. Annas Magen rebellierte vor Ekel, sie hatte begriffen, was die beiden Verbrecher mit Eva taten. Ihr Magen versuchte, irgendetwas von sich zu geben, was, das wusste Anna nicht, aber mit Sicherheit nichts Essbares. Sie riss sich zusammen, schluckte die Kotze runter und wartete ab.

»So jetzt bist du dran«, grunzte Goebbels und deutete mit seiner MP auf Arks Gesicht, nachdem Rudi fertig war.

Rudi richtete seine MP auf Harry. »Komm mir ja nicht auf dumme Gedanken, du darfst sogar zuschauen.«

Eva trollte sich in die Büsche.

Anna war alarmiert, die versuchten, Ark etwas anzutun. Wo blieb Strubbel, was tat der blöde Köter so lange?

Aber es tat sich etwas. Links neben Goebbels und Rudi begann *Motörhead* die Volksmusik zu publizieren.

Endlich!

274

Die beiden Verblendeten fuhren herum und jagten jeweils einen Feuerstoß in die Botanik, *Motörhead* grölte aber weiter.

Ich bin der Troll, ich bin der Troll, was du vorhast, ist nicht toll, raunte Anna mit der Laubrasselstimme des Trolls.

Goebbels' und Rudis Schädel zuckten von Ost nach West, hin und her. Sie wussten nicht, aus welcher Richtung die Stimme kam.

Anna raunte diesen einen Satz stetig weiter, bis Goebbels herumfuhr und eine Salve in ihre ungefähre Richtung schoss. Er streute seine Munition. Anna musste abtauchen, als ihr die Kugeln um die Ohren flogen, das eiskalte Wasser schlug über ihrem Kopf zusammen und floss in den Kragen. Sie erzitterte vor dieser Schweinekälte. *Lange halte ich das nicht mehr durch, ich muss hier raus!*

Auch Strubbel imitierte den Troll. Sie konnte die *Denke* des Köters sogar bis unter die Wasseroberfläche hören. Die *Denke* musste in Rudis und Goebbels' Hirne wie ein Gewitter einschlagen. *Ich bin der Troll, ich bin der Troll, was du vorhast, ist nicht toll!* Auch Strubbel wiederholte Annas Satz immer wieder, wie eine defekte Schallplatte.

Die beiden Nazis zuckten erneut herum und schossen wirr durch Gegend. Sie drehten sich wie ein Karussell in alle Himmelsrichtungen und schossen weiter. Ein Wunder, dass sie sich nicht gegenseitig abknallten. Schnell waren die Magazine leer. Sie rissen den Müll heraus, warfen sie an die Seite und fummelten an ihren Taschen herum.

Ark und Harry sprangen auf, auch sie hatten die Stimmen und die Musik vernommen.

Anna sprang wie die Norne *Skuld* aus dem Bach. »Runter!«, befahl sie.

Ark und Harry ließen sich wie Kohlensäcke, welche gerade in einen Keller ausgeschüttet worden waren, fallen.

Da stand Anna nun, mit zerrissener Hose und Jacke, verbundener linker Hand, klatschnass. Mit blauen Lippen und zitternd wie Espenlaub, unter ihrem Stetson klebten das schwarze Stirnband und Zweige.

Bevor Goebbels reagieren konnte, hatte Anna – schneller als jeder Indianer – einen Pfeil aus dem Köcher gezogen, den Bogen gespannt, die Zunge zwischen die blauen Lippen geklemmt und gezielt. Der Pfeil verließ sirrend die Sehne, schnellte auf Goebbels zu, durchdrang sein linkes Auge und trat am Hinterkopf wieder hinaus. Die kleine rote Feder am Ende des Pfeils glühte wie die rote Nase des Trolls auf. Goebbels fiel wie von einer Abrissbirne eines Baggers getroffen zu Boden, er konnte noch nicht einmal mehr schreien.

Und *Motörhead* musizierte dazu.

Anna ließ den Bogen fallen, zog blitzschnell den Stock aus dem Ärmel und schleuderte ihn in Richtung Rudi. Der Stab wirbelte um seine eigene Achse und flog zielgerecht auf Rudi zu. Der hatte ein neues Magazin arretiert, schaute jetzt auf und starrte auf den anfliegenden Stock. Er riss seinen Mund auf, sein Schrei erstarb auf den Lippen, als der stumpfe Stock mühelos in das Herz eindrang.

Dessen Salve rammte in die Erde. Die Abrissbirne traf auch den fetten Rudi, welcher wie ein nasser Sack zu Boden fiel.

»Ich friere«, stammelte Anna. »Das ist Reichs-Kriegs-erfrier –«, sagte sie mit Goebbels' Stimme und brach zusammen.

* * * *

Die beiden letzten Figuren des rotnasigen Trolls wackelten, hoben sich ein Stück an und verschwanden mit einem leisen *Plopp* im Nirwana. »Sie haben mich gelinkt!«, kreischte die Laubrasselstimme, »das werden sie büßen!«

»Quatsch nicht«, kreischte die Pumuckl-Stimme des weißnasigen Trolls zurück. »Das geht gar nicht, du hast verloren, unwiderruflich, auch wir müssen uns an gewisse Gesetzte halten, du kannst denen nicht helfen. Sie waren einfach zu blöd, zu dull, um es mit den Menschenworten zu sagen!«

Der rotnasige Troll raufte sich vor Wut die Haare und starrte auf das Spielfeld, er suchte nach einer Möglichkeit, doch noch zu gewinnen.

»Du hast verloren«, wiederholte der weiße Troll ruhig und setzte seinen Zylinder auf das kratzbürstige Haar. »Du hast keine Chance mehr!«

Der rote Troll starrte auf das Spielfeld, seine Figuren waren verschwunden, verschwunden wie der Wind, er heulte wie eine Sirene auf, riss seinen Kopf von den Schultern und implodierte ins Nichts. »Wir sehen uns wieder, ein anderes Spiel, ein anderes Glück!«

Der löba brüllte verängstigt auf, die Buschmänner verkrochen sich ängstlich in ihre Hängematten.

* * * *

Ark lehne sich müde an die Eiche. »Das war's dann, jetzt müssen wir nur noch zurück in unsere Dimension finden.«

Harry tätschelte über ihr Haar. »*Nur noch* ist gut. Anna, James, Punk und Strubbel werden Trauzeugen. Und *Lemmy*, der hat uns gerettet, zumindest indirekt.« Er ging auf die bewusstlose Anna zu. »Und Willi, das hat er sich verdient.«

Rascheln im Unterholz, Harry griff die MP des toten Goebbels und richtete sie auf die Büsche. Punk und James durchbrachen angelockt durch die Schüsse die Schonung, Harry ließ die Waffe sinken.

Strubbel erschien ebenfalls aus der Versenkung. *Alles klar? Wir müssen uns beeilen, das Tor öffnet sic bald. Nemt den komiscen Spieler mit, Anna wird in vermissen.*

»Hast du keine anderen Sorgen«, brummelte James und lud Anna auf seine breiten Schultern. »Das arme Kind erfriert gleich.«

276

Ark humpelte zum toten Rudi, zog den Stock aus dessen Herz und steckte ihn in den Köcher. Der Pfeil, welcher in Goebbels' Auge eingeschlagen war, blieb (wie die anderen, die getroffen hatten), verschwunden.

Sie schüttete den Köcher, der voller Wasser war, aus. »Jetzt besitzen wir nur noch vier Pfeile, das ist Reichs-Pfeil-Vergeudung.« Arkansas knickte ein und brach neben Anna zusammen.

James packte auch Ark auf seine Schultern, neben Anna.

Harry hob den Bogen und den Köcher auf. »Worauf warten wir noch, lass uns zusehen, dass wir verduften, wir essen zeitig. Apropos essen: Ich habe Hunger wie ein Bär!«

Arkansas regte sich auf dem Rückweg nicht ein einziges Mal, Anna ebenfalls nicht. James legte die beiden Frauen vor das Loch in den Dreck. »Jetzt müssen wir warten, bis sie zu sich kommen.«

Keine Zeit, signalisierte Strubbel, *das Tor öffnet sic, es bleibt nict lange geöffnet.*

»Und was passiert mit mir?«, quetschte Punk zwischen zusammengebissenen Zähnen hervor. »Ich bleibe dann ganz allein hier, was *soll* ich hier, so ganz allein?«

»Du kommst einfach mit«, entschied Harry, »wir lassen dich hier doch nicht zurück. Geht das, Strubbel?« Er beäugte Strubbel wie eine Schlange seine Beute.

Keine Anung, aber probieren wir es einfac, ic kann ja nict alles wissen!

Harry ging in die Knie und schlug Ark sachte auf die Wangen. »Wach auf, wir haben nicht mehr viel Zeit, ohne dich geht es nicht.«

Punk schlug Anna auf die Wangen und wiederholte Harrys Worte.

Anna schlug nach einer Weile irritiert die Augen auf, sie sah Punk, erkannte sie aber nicht. Mit einem Aufschrei versuchte sie aufzuspringen, aber sie bekam ihren Oberkörper nicht hoch. »Beruhige dich, ich bin's, Punk oder Cornelia, oder wie ich heiße.«

Anna entspannte sich. »Haben wir gewonnen? Wo ist mein Stock?«

»Ja, wir haben gewonnen«, meinte Ark (die inzwischen ihre Augen aufgeschlagen hatte), müde. »Lasst uns zusehen, dass wir hier wegkommen. Ich friere, ich habe Hunger, Kopfschmerz und mein Bein tut weh.«

»Ich friere auch, ich brauche dringend etwas Trockenes zum Anziehen«, schlotterte Anna.

»Wir müssen gleich in den Teich springen, da werden eure Klamotten doch gleich wieder nass, außerdem haben wir nichts Trockenes mehr, das ist doch alles verbrannt«, sagte Harry. »Ich besitze noch nicht einmal mehr Tabak.«

»Rauchen ist ungesund. Mein Parka muss irgendwo hier rumliegen!« Anna stand mit zitternden Knien auf. »Wo waren wir gewesen, als ich den Parker ausgezogen habe?«

Punk deutete zur Nordseite des Lochs. »Dort hinten, in der Nähe der Erdmulde, in der der Mann ohne Namen verschwunden ist!« Bevor jemand antworten konnte, spurtete sie schon los.

Wenig später kehrte sie mit Parka, Handschuhe und Schal zurück. Sie zog der zitternden Anna die Kleidungsstücke über.

»Warum konnte ich mit dem Bogen schießen?«, dachte Anna laut.

Vielleict wegen des Stocks, dachte Strubbel.

Harry deutete nach Süden. »Das ist jetzt auch egal, am besten, wir gehen über den Waldweg, den wir gestern oder vorgestern gefahren sind. Dann brauchen wir nicht durch die Schonung zu kriechen.« Er stützte Ark ab und setzte sich langsam in Bewegung.

Punk stützte Anna ab und folgte den beiden.

James und Strubbel bildeten die Nachhut, sie trauten den Frieden noch nicht so recht. »Was hast du eigentlich jetzt vor, Strubbel?«, fragte James.

Ic komme mit, was soll ic denn noc ier. Ist doc alles erledigt, wie ir es immer sagt!

»Kannst du denn so einfach in unsere Dimension gehen?«

Ja sicer dicker, ic bin ja auc ier ingekommen.

»Nenn mich nicht *dicker*. Aber da ist Wasser, ich meine, wo wir gleich reinspringen. Du bist doch wasserscheu?«

Ic werd's überleben!

Plötzlich blieb Anna stehen. »Meine Hand!«

Die anderen sahen sie verständnislos an. »Was ist damit?«, fragte Punk.

Anna band den provisorischen Verband ab. »Ich wurde doch angeschossen, aber jetzt, ein paar Stunden später tut sie gar nicht mehr weh.« Sie starrte auf ihre linke Hand. »Die Wunde ist schon fast wieder verheilt, bis auf das Stück Fleisch, was fehlt. Das war der Knüppel!«

»Du meinst, der Stock kann so gut heilen wie die tuppa?«, fragte James.

»Ja, seht doch!« Anna hielt ihren Freunden abwechselnd ihre Hand vor die Augen.

Ark begriff, was Anna meinte, sie zog den Stock aus ihrem Köcher, drückte ihn Anna in die Hand und riss sich den Verband vom Oberschenkel. Ihre Freunde folgten dem Beispiel.

Anna hob den Stock feierlich wie ein Indianerhäuptling, fuhr Punk über das Gesicht und über das Ohr.

Anna strich mit dem Stock sanft über Arkansas' Schulter. »Vielleicht holt er sogar die Kugel raus?« Sie fuhr über Arks Oberschenkel. Die Kugel blieb drin. »Schade, aber man kann nicht alles haben.«

Anna bearbeitete auch Harry, James und sogar Strubbel mit dem Stock. Dann übergab sie den Stock Ark, die ihn zurück in den Köcher steckte. »Alle geheilt, weiter!«

Nach zehn Minuten erreichten sie das Ostufer des Teichs. Punk und Harry setzten sich neben Ark und Anna auf eine der Holzbänke, die am Wegesrand standen. James blieb stehen.

»Wir müssen noch warten, es tut sich noch nichts«, sagte Ark. Sie hatte sich schon wieder etwas erholt. Sie klaubte mit spitzen Fingern den Holzstock aus dem Köcher und drückte ihn Anna in die unverletzte Hand. »Den brauchst du gleich.«

»Wir müssen noch irgendetwas tun, damit wir uns *drüben* wiedererkennen, vielleicht werden wir getrennt«, sagte Anna.

Punk zog ihr Messer aus der Innentasche ihrer Jacke. »Wir ritzen uns einfach unsere Namen in den Arm, am besten, jeder einen anderen, dann greift sozusagen das Schneeballsystem. Wenn einer von uns jemanden wiedergefunden hat, dann können die beiden einen anderen suchen und so weiter, versteht ihr?« Sie klappte das Messer auf und arretierte die Klinge.

Ark krempelte schon den linken Arm hoch. »Aber Beeilung, das Tor öffnet sich schnell und schließt sich noch schneller. Wie im Bahnhof, als wenn uns jemand nur *zusteigen* lassen will.« Punk ritzte Ark mit der Spitze des Messers *Harry* in den linken Unterarm. Winzige Blutströpfchen perlten heraus. Sie führte das Messer weiter. »Lass den Nachnamen weg, wir haben keine Zeit, mach nur ein *S* für Schindler, es muss reichen.« Ark wurde sichtlich nervös. Punk ritzte das *S* hintenan.

Dann kam Anna dran. »Du willst mir etwas in den Arm ritzen? Das tut doch weh, außerdem ist es *verboten*!«

Punk setzte das Messer an und begann *Arkansas* und ein *Z* in Annas linken Unterarm zu ritzen. Kleine Blutstropfen quollen aus der Wunde. »Jetzt werd mal nicht pingelig, Frau Staatsanwältin, in anderen Welten schlägst du dich mit Monstern rum und hier hast du Schiss vor ein paar Ritzerchen.«

Hernach war Harry an der Reihe. Sie ritzte *James* in dessen linken Unterarm. »Soll ich vielleicht noch *Hugo* dazuschreiben, in der anderen Welt heißt er ja gar nicht James?«

»Natürlich heißt er James, keine Zeit, mach hinne!« Jetzt wurde auch Anna nervös. »Das nächste Tor öffnet sich erst in vier Monaten, ganz woanders, dieses finden wir nie.«

»Woher weißt du –« James brach ab, als er in Annas blassblaue Augen schaute.

Punk stand auf, ging zu James und ritzte ihm *Punk* in den linken Arm. Dann gab sie James das Messer und krempelte ihren Ärmel hoch.

Vergesst mic nict?

James ritzte Punk *Strubbel* in den linken Arm und gab ihr das Messer zurück. »Einen Nachnamen hat der Köter ja nicht.«

Doc! Lleibzbvuyratzs!

»Das versteht doch kein Mensch, wenn ich die Bullen frage, ob sie einen *Lleibzbvuyratzs* kennen, dann stecken die mich *sofort* inne Klapse!«, schimpfte Punk.

»Soll ich die neuen Wunden auch heilen?«, fragte Anna.

Arkansas nahm ihren Bogen, streifte sich den Köcher über die Schulter und trat an die Böschung, die hinunter zum Ufer führte, heran. »Keine Zeit, seht zu, dass ihr heil hier runterkommt, der ist ja ganz schön steil und überwuchert, der

Abhang. Unten am Ufer müssen wir uns an den Händen halten und gemeinsam ins Wasser waten.«

Sie ging vor, die anderen folgten ihr. Die Böschung war wirklich höllisch steil, Ark rutschte ein paarmal aus und landete in einem Dornenbusch, sie fluchte laut. Endlich kam sie unten an und stand knöcheltief im kalten Wasser. Anna, Punk, James und Strubbel folgten.

Harry kam die letzten zwei Meter durch einen Dornbusch gerollt, er war unterwegs irgendwo hängen geblieben und gestürzt. Fluchend kam er im Wasser zum Stillstand, trank ungewollt einen Schluck Teich und spie aus. »Scheiße!«

Arkansas lachte und schaute hinaus auf das Wasser. Die schwache Morgensonne konnte den Nebel, der über dem Teich lag, nicht verdrängen. Laub, verrottete Seerosen, Wasserlinsen und kleinere Äste schwammen auf der Wasseroberfläche.

Anna musste niesen, sie schaute Arkansas an. »Jetzt habe ich mich auch noch erkältet. Durch den Nebel sehen wir doch gar nichts?«

Ark ging auf die Frage nicht ein. »Harry muss deinen Stock in die Hand nehmen, du musst ihn aber auch festhalten, er kann ja nicht schwimmen. Neben Harry muss Strubbel gehen. Links neben mir muss Punk gehen, dann James. Wir müssen uns an den Händen halten. Auf los geht's los!«

Eine Entenfamilie paddelte leise schnatternd näher, sie wollten sich von den Fremden ihre Morgenmahlzeit abholen, vielleicht ein bisschen Brot.

»Mann, ist das Wasser kalt!«, schimpfte Harry.

Niemand fragte nach, warum sie in dieser Konstellation in das Wasser gehen sollten, sie stellten sich einfach in der geforderten Reihenfolge auf, wenn Ark dies so bestimmte, dann hatte es schon seinen Grund.

Sie nahmen sich an den Händen und warteten.

Aber nicht lange, mit einem Mal schimmerte das schwarze Wasser bläulich, es warf schäumende Wellen. Ein blauer – etwa zehn Meter im Durchmesser – Kreis bildete sich in etwa zwanzig Metern Entfernung.

Die Entenfamilie flüchtete laut und ängstlich schnatternd mit wild flatternden Flügeln.

»Ich wünsche euch viel Glück«, sagte Ark und ging langsam in Richtung Kreis los. Den anderen blieb nichts anderes übrig, als ihr zu folgen.

Fünf zerrissene, verdreckte, erschöpfte und hungernde Gestrandete und ein Hund aus einer anderen Dimension wateten auf das Tor, welches sie in ihre *alte* Welt zurückführen sollte, zu.

Zwei Minuten später schlug das Wasser über die Häupter der Gestrandeten zusammen, der Zug fuhr ab.

Ic asse Wasser, meldete Strubbel.

Hoch in den Bäumen lachte eine Elster.

Weiter hinten im Wald fiel ein frisches Grab in sich zusammen.

Epilog

Hundertundzwölf Tage später.

Eva spürte, dass es bald so weit sein würde. Sie hatte *Etwas* in sich. Nicht das *Richtige*, doch, vielleicht, aber nicht *so* richtig.

Sie kauerte in einem verlassenen Fuchsbau, in ihr *rumorte* etwas. Eva hatte seit Tagen nichts fressen können.

Dieses *Etwas* versuchte, herauszukommen. Eva wollte auch, dass dieses *Etwas* herauskam. Sie quiekte leise, die Schmerzen wurden noch unerträglicher. Sie warf sich vor Schmerz auf dem Lehmboden hin und her.

Plötzlich zerriss ein fürchterlicher Ruck ihren Unterleib, der brutale Schmerz ließ Eva laut aufquieken. Dann flutschte dieses *Etwas* heraus. Eva quiekte erleichtert auf und rollte sich auf die Seite. Dann schlief sie augenblicklich ein.

Als sie erwachte, bewegte sich dieses *Etwas* hinter ihr. Eva stellte sich auf ihre zitterigen Beine und schaute dieses *Etwas* an. Dieses *Etwas* war nicht richtig, zumindest nicht alles, dieses *Ding* schrie ihr unbekannte Laute zu. Das *Ding* hatte einiges von ihr, aber nicht so richtig, *anders*. Eva beschnüffelte das *Etwas*, es roch *schlecht*!

Eva fraß das *Ding* auf.

Ende?

Das Vokabularium der Waldbewohner

Ah: Verstanden, ich (du) sehe oder siehst.

Auffa: Aufstehen, klettern.

Balla: Fußballgroße Orangen, Fußball und Handball spielen.

Dacka: Auch dakka. Danke, von Anna erfundenes Wort.

Dogga: Doch, ein Befehl.

Fatta: Fertig oder erfolgreiche Operation.

Fibba: Fiber, nicht ganz richtig im Kopf.

Flascha: Fleisch, Körper.

Fligga: Vogel, alles was fliegt, auch Insekten.

Giffa: Giftig.

Hogga: Höhle, Wasserloch, Bach, See.

Icka: Ich, ihr und ihre.

Jogga: Ja.

Kitta: Kind, Nachwuchs.

Kocka: Kochen und braten.

Kogga: Königin, oder vielleicht auch König.

Komma: Mitkommen, Geburt, gehen, beeilen, kommen, flüchten.

Lagga: Lecker, gut schmeckend, gut aussehend.

Löba: Eine Mutation aus Löwe und Bär.

Lodda: Leiter oder einen Baum hochklettern.

Mauffa: Maulwurf, Maulwurfshügel.

Nogga: Nein, oder weshalb nicht.

Netta: Netz, alles was aufhält.

Oppa: Operieren oder heilen.

Orha: Orchidee.

Ribba: Einreiben, verschmieren, einölen.

Schat: Schattenmänner.

Schlagga: Schlange, Regenwurm, alles was über dem Boden kreucht und fleucht.

Schnappa: Schnaps und andere Alkoholika.

Stoppa: Anhalten, aufhören und beenden.

Summa: Schlammloch, Sumpf, Krokodil und Monster.

Tagga: Tag, Dämmerung, morgens, mittags und abends.

Tana: Tannenwald, Tanne, Tannenzapfen, alles was pikst oder sticht, oder vielleicht Tanja.

Ticka: Trinken, Früchte die zu Boden fallen.

Tota: Tod und toter Wald, in dem keine oder kaum Lebewesen leben.

Tuppa: Salbe oder Creme.

Uffa: Unfall oder Missgeschick.

Wacha: Aufwachen, erwachen oder sehen.

Wassa: Was ist das? Was ist los? Was tun wir?

Widda: Auf Wiedersehen, Lebewohl.

Witta: Gewitter, Blitz und Donner.

Ziha: Hochziehen, runterlassen, fallen lassen, festhalten, rausziehen und Geburtshilfe.

Dank und Anmerkung

Ich danke Peter Kleine, der mich über die ASR (Anti-Schlupf-Reglung) aufgeklärt hat.

Ich danke Stefan Lorenz, der mich über die Tragezeit von Schweinen informiert hat. Ich hoffe, sie ist in jeder Dimension identisch.

Ich danke meiner Schwester Silke.

Ich danke Anna Oberstein, die (als ich einen Namen für das Mädchen gesucht habe), gerade zur Stelle war. Ich finde, meine Wahl war gut.

Ich danke Harry Melzner, der Namensgeber (welch Zufall) von Harry.

Und jene unbekannten Spaziergänger, die ich im Südholz Bönen getroffen habe. Die Frau und der Mann haben mir von der Müllkippe berichtet, und mir viel Glück gewünscht.

Die Personen und die meisten Orte in meinem Roman sind natürlich frei erfunden. Manche Orte (vielleicht sogar Anderland?), existieren tatsächlich. Das Hotel in Rheine und den Vorort von Bremen habe ich erfunden. Auch habe ich die Flora rund um den Teich in Bönen etwas verändert. Die Fragen und Antworten in der *"Gerichtsverhandlung"* habe ich im *Brockhaus* recherchiert. Die Informationen über Fliegen und Maden habe ich in dem Buch *Leichen sagen aus* von *Brian Innes* recherchiert.

Ich danke natürlich Tanja, sie weiß schon, wie ich das meine.

Dank auch an Bärbel Oberstein, Grobschnitt und Motörhead.

Und Kaiser Wilhelm.

Und ich danke jeden, den ich jetzt vergessen habe.

Undank zolle ich den selbstherrlichen Scheueraugen, auch Pathologen oder Rechtsmediziner genannt, welche mir auf Anfragen bezüglich Verwesungsstadium und Ähnlichem nicht oder patzig geantwortet haben. Manche haben mich wie den letzten Dreck behandelt. Einer – ich glaube, es war der Busbläser aus Düsseldorf, ich bin mir aber nicht hundertprozentig sicher –, wollte mir sogar die Polizei auf den Hals hetzen. Möge er ewig in der Hölle oder in Anderland schmoren. Wegen dieser Bananenbieger musste ich ob Maden und Fliegen in dem oben genannten Buch recherchieren. Ich hoffe, dies ist mir einigermaßen gelungen. Für diese Recherchen bin ich bei Regen, Sturm und Schneeregen nach Dortmund gefahren und habe mir einen kalten Arsch geholt. Wie gesagt: Mögen sie auf ewig in Anderland schmoren.

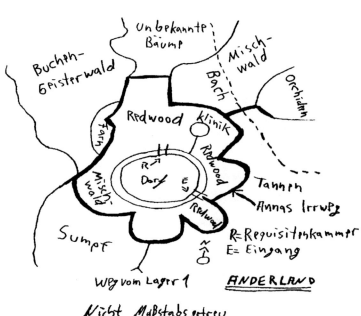

Nicht Maßstabsgetreu

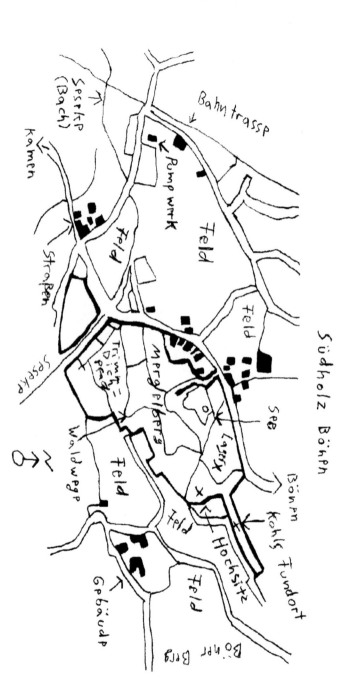